i

imaginist

想象另一种可能

理
想
国
imaginist

许子东文集
7

许子东 著

许子东
现代文学课

增订本

九州出版社
JIUZHOUPRESS

《呐喊与流言》

许子东　著

上海文艺出版社 2004 年版

《许子东现代文学课》简体版

许子东　著

上海三联书店 2018 年版

許子東

現代文學課

許子東　著

中華書局

《许子东现代文学课》繁体版

许子东　著

香港中华书局 2018 年版

编者的话

《许子东文集》共十卷。前三卷均为作家论；四至六卷，包括两项专题研究和一本论文集；七至九卷，都是以文本细读为中心的文学史论述。卷一至卷九只收学术文章，有文体分类，也按时序编排。最后一卷是自传。

关于作家论，研究中国现代文学的同行，大都从此起步，后来或进入文学史、思想史或文化研究。一再耕耘作家论的学者不多。作者却在几十年间，陆续写了三本（卷一《郁达夫新论》、卷二《细读张爱玲》、卷三《重读鲁迅》）。何以如此执着这种在今天学术生产工业中已不那么为人重视的研究方法和出版体例呢？作者意在探索，如何走进中国现代文学研究最重要的基础课题。

关于专题研究及论文集，起因是探讨小说如何研究历史。卷四《当代小说中的现代史》，开始把更多精力投入中国当代文学批评，介入文学现场。卷五是一项借用俄国形式主义理论的专题研究，题目里的"集体记忆"，并非研究1966—1976年的文学，而是考察20世纪80年代中国小说如何叙述"十年"。卷六，到了90年代，尤其作者到香港任教以后，同时也打开了一个新的研究领域。

关于文学史的论述，最早其实来自课堂讲述。卷七《许子东现代文学课》(《文集》收入的是增订本）是作者在岭南大学本科一年级课程的课堂实录，当时有腾讯新闻现场直播，保留了教学现场的气氛、效果和局限。卷八《重读 20 世纪中国小说》（上下册）及续篇卷九《21 世纪中国小说选读》是作者近些年的学术工作，以代表作文本细读为主体，但不按传统的以时代为中心，或以作家类型排序梳理。这些研究既是声音也是文字，始终重视文本，也正视一些复杂的文学史课题。

卷十作者自传，有感于时代循环迅速，过去也不会消失。人有可能两次进入同一河流？自传见证神奇的时代。《文集》记录作者几十年的文学批评实践。

中国现代文学时间轴（本书部分）

1917年　胡适《文学改良刍议》发表
　　　　陈独秀《文学革命论》发表

1918年　鲁迅《狂人日记》发表

1920年　胡适《尝试集》出版

1921年　文学研究会在北京成立
　　　　创造社在日本东京成立
　　　　郭沫若《女神》出版
　　　　郁达夫《沉沦》出版
　　　　鲁迅《阿Q正传》在《晨报副镌》开始连载

1923年　冰心《繁星》《春水》出版
　　　　闻一多《红烛》出版

1925年　凌叔华《绣枕》发表
　　　　徐志摩《志摩的诗》出版
　　　　周作人《雨天的书》出版

1928 年　丁玲《莎菲女士的日记》发表

　　　　　戴望舒《雨巷》发表

1930 年　左翼作家联盟在上海成立

　　　　　梁遇春《春醪集》出版

1931 年　巴金《家》在《时报》开始连载

1932 年　《现代》杂志在上海创刊

1933 年　茅盾《子夜》出版

1934 年　沈从文《边城》出版

　　　　　曹禺《雷雨》首演于浙江上虞春晖中学

1935 年　卞之琳《鱼目集》出版

　　　　　赵家璧主持编纂的《中国新文学大系》（1917—1927）出版

1936 年　老舍《骆驼祥子》在《宇宙风》开始连载

1937 年　曹禺《日出》首演于上海卡尔登大戏院

1941 年　丁玲《我在霞村的时候》发表

1943 年　张爱玲《沉香屑·第一炉香》《倾城之恋》发表

1944 年　老舍《四世同堂》之《惶惑》发表

目 录

可以做朋友，不能做丈夫

他究竟被谁杀掉？

最早的新诗诗人

草创阶段的代表作

不可能完美的"经典课堂"

高全之在《张爱玲学·增订版序》中说："我一向好奇课堂里老师们如何教读张爱玲。有位在大学教文学的朋友几次会面都直夸《封锁》好,赞完偏不说好在哪里。"

说实在的,我也一向好奇课堂里老师们如何教读我喜欢的作家,却一直很少有机会听到、看到人家的课堂。最后,竟追随了鲁迅人物的命运,从企图"看人"走到了"被看"。2016年夏,腾讯新闻的负责人邀请我参与"经典课堂"栏目。栏目宗旨是选择一些著名大学内经常开设且持久受欢迎的课程,通过腾讯网向海内外现场直播,让其他学校及大学以外的人们可以同步接收。我在香港岭南大学教书,正好香港的大学资助委员会(UGC)近年在实行研究评审(RAE)时,也特别强调学术的影响(impact),大意是希望"学术研究可以带来超越学术界的社会影响"。一门课程,一项研究,要改变社会当然不自量力,但即便只为稻粱谋,期待自己教的课对学生乃至社会有些影响,也是正常的教师责任。岭南大学虽是香港规模最小的公立大学,但追溯其历史,是1888年在广州创立,早于京师大学堂,当时有"南岭北燕"之说,后来也有陈序经、陈寅恪等学者在此任教,说到"著名",亦不过分。"中国现代文学",则是所有开设中文课程的大学必备的基础课。我在岭南大学教这门课已近二十年,虽然学生反应一直不错,也因此获得两次"优异教学奖",但讲到"经典课堂",怎么敢当?不过腾讯解释,不一定是课堂"经典",主要是内容"经典"。四书五"经"、春秋"典"律是"经典"(classics),但在现代中文文学中,"鲁郭茅巴老曹",还有沈从文、张爱玲等,不也是"经典"吗?这样理解以后,我也就大胆接受了腾讯的邀请,在2016年9月到12月,将我正好在教的"中国现代文学课"全程直播。这本书就是课堂上的现场录音文字。

其实,在哈佛、斯坦福等学校也有类似的课堂直播,一般是大学安排,目的是推广本校课程。不像腾讯新闻作为商业传媒公司,却也承担公共教育的某些责任。

关于线上课堂直播,大学内部及学术界也有不同意见:

一种是担心名校大课播出,影响二、三线学校的类似课程。尤其在理工科方面,名校大课优势明显,一般学校难道只需转播并配备助教导修?这种担心现在看来不是很必要。因为上课总是人对人效果最好,直播课程取代不了面对面的教学。这在人文学科方面更加不是问题。因为人文学科,尤其是文学、哲学等学科,一向没有标准答案,也从来没有所谓的最好课程。作为"经典课堂",最多只是多提供一个参考、一种选择而已,就像多了一本有视频的参考书。

另一种顾虑是"个人知识产权"。至少在我服务或客座的大学里,有部分老师似乎不太喜欢"外人"来旁听或者录音录像。我讲的还不是内地有些大学的课堂录像系统,而是指为了教学评审,其他老师来听课打分提意见,或者社会上的人跑来听课(但据说在北大,很多课容许甚至鼓励"外人"听课)。在香港的大学制度中,教学效果评分直接关系到老师的薪金、续约、职称等,也许评分高的可能不愿透露"自家秘方",评分低的自然也不想有人来揭短。大学老师于是将课堂看作"自己的园地",或者还担心课堂直播后,同样题目再也没法到处演讲……所以腾讯新闻的课堂计划一开始不那么顺利。说实话,我不怎么担心这个问题。因为讲的是文学课,同一门课,今年讲的和去年、前年都不一样,明年也会不同。所以直播也好,录像也好,真的无所谓。

对一门课来说,教材很重要。比如教中国现代文学,无论是沿用唐弢的《中国现代文学史》,或教育部指定教材《中国现代文学三十年》(钱理群、温儒敏、吴福辉著),还是夏志清的《中国现代小说史》,其实都是在选择这个领域中的权威著作(我在香港教书,同时选用后两种)。可是偏偏现在某些大学里的研究评审乃至职称评审,只要是教材,便不受重视。这是一个很奇怪的现象。文学论文每年几百上千,能有多少比王瑶、朱光潜的教材有更大的学术贡献?又有多少期刊文章能够比刘大杰、游国恩或章培恒等人的文学史更有学术影响?在现行的以理工科规则管理文科研究的所谓"与国际接轨"的学术管理体制中,项目基金大于研究成果,期刊级别大于著作影响,长此以往,大学教育的生命意义何在?这也是我参与腾讯课堂计划的原因之一。因为我相信,教学是大学之本,教学是推动学术发展的动力之一。

我的"中国现代文学课"直播,在岭南大学也碰到一些具体问题。感谢大学校长委员会的支持,批准这项计划并就知识产权等问题协助我与腾讯新闻签约。学校相关部门也给腾讯的技术人员以很好的协助。一开始声音效果有些问题,后来逐步改善。我还必须征求修课的一百多位同学的书面同意,一一签名,因为在直播过程中他们可能会被录音录像。少数不愿出镜的同学,要安排他们坐在课堂一角,保护隐私。我不想为了直播效果而改变课程的设计。这是岭南大学中文系一年级的基础课,学生是交了学费来的，直播不应该影响他们正常上课。我只在课程安排中做了微小调整（增加了原定在选修课讲的沈从文和张爱玲），使用的教材和讲课的观点一如往常，同时也没有违反腾讯关注的一些尺度。我在课上说了，希望成千上万的线上的听众观众，看到的是一种不可能完美但完全真实的课堂实况。

整个现代文学课共十二节，其中第四节我请北京大学的陈平原教授代课，讲鲁迅、周作人与中国现代散文的发展。因为那天上课时间，我正主持一个学术研讨会。本来也想请与会的王德威教授来讲一课，但他也因为同一时段要在会上发言，所以没能前来。陈平原教授的讲稿存目，特此说明。

海内外有很多大学，几百上千的老师在教中国现代文学，其中有很多名师、名家，很多也是我的同行、同学、同事。所以在整个课程直播计划中，我都是怀着忐忑不安和谦卑的心情——我想再三说明，这不是一部文学史稿，也不是研究论文，这只是课堂录音。所以一定会有很多即兴、疏漏或不严谨。这也不是专家汇集的集体项目，只是"一家之言"。如果其中偶有研究心得，和他人的现代文学研究不同，那应该感谢香港开放的学术环境；倘若其间出现缺失错误，则都是我"一人之言"的不足。

感谢"理想国"的约稿、催促和具体技术协助。在把直播内容变成书稿的过程中，我加了一些必须有的注释，略略改动个别口语，但基本保持上课的原生态。明知浅陋，还是抛砖，期望能答谢腾讯新闻的文化公益心，也期望大学能更加重视在第一线讲台上辛苦工作的老师。

至于我对中国现代文学的看法，对各种中国现代文学史的看法，对中国现代文学这门学科的看法，在讲课时都有提及，这里就不再重复了。

需要说明的是，这门课原来是一整年，现在压缩到一个学期，既要讲"五四"起源、各家流派，又要从作品入手，重点讨论"鲁郭茅巴老曹"等，还要兼顾诗歌、小说、散文、戏剧四个文类，总体上只能比较简略。希望以后有机会扩展成一部相对完整的中国现代文学史。

现代文学与"五四"文学革命

姓名	年份	
胡 适	1891	1962
鲁 迅	1881	1936
周作人	1885	1967
郁达夫	1896	1945
冰 心	1900	1999
凌叔华	1900	1990
丁 玲	1904	1986
郭沫若	1892	1978
戴望舒	1905	1950
闻一多	1899	1946
卞之琳	1910	2000
梁遇春	1906	1932
茅 盾	1896	1981
田 汉	1898	1968
曹 禺	1910	1996
老 舍	1899	1966
巴 金	1904	2005
沈从文	1902	1988
萧 红	1911	1942
张爱玲	1920	1995
钱锺书	1910	1998

什么是"中国现代文学"

时间、空间、语言和性质

今天第一课，只讲"中国现代文学"*的定义和"五四"文学革命。

"中国现代文学"，是中国内地学界的概念，1949 年以前是"现代"，1949 年以后是"当代"。它与西方的"现代"既有关联，又不等同。比如西方的现代主义（modernism）、现代性（modernity）、现代化（modernization）都和"中国现代文学"的"现代"不是一回事。

有一个做学问的最基本的起点，就是定义（definition）。当一个东西、一个概念、一个说法，你不明白时，就先问它的定义。"中国现代文学"，这是学科的名字，但如果中间加上两个点，"中国·现代·文学"，就是做学问了。这三个不同的概念及其相互关系，就

---

* 我认识的第一位作家是许杰先生。我曾经问他，什么是文学？他说，"在我的后园，可以看见墙外有两株树，一株是枣树，还有一株也是枣树"，这就是文学，因为打破了语言的常规。文学就是对语言的一种陌生化。而语言表达总是追求表达更快更直接，比如说"我家后院有两棵枣树"。如果说家后院有两棵树，一棵是枣树，那等于在说另外一棵肯定是别的树，否则就是脑子出问题。

有无穷的讨论余地。讨论"文学"有很多限定方法，第一是"时间"，第二是"空间"，第三是"语言"，第四是"性质"。

先来看"时间"。"中国现代文学"的时间范围：1917 年到 1949 年，这是内地主流学界的定义，这个阶段称为"现代"。[*]在海外，英文的"contemporary"基本是"现在、当下、同时代"的意思。在海外，基本上没有 1949 年以后"当代文学"这个特定概念。香港中文大学的黄继持教授他们讨论过，凡是古代文学以后的都称为现代文学，[1]台湾也是这样。2009 年，我们在岭南大学曾召开"当代文学六十年"国际学术研讨会，会后出版论文集《一九四九以后》[2]，王德威专门写序向台湾和海外读者解释"当代文学"这个概念，并解释"现代"、"当代"的关系与界线。[†]

再来看"空间"。"中国现代文学"发生在什么地方？它的空间定义是什么？内地学术界近年有人（比如说南京大学的丁帆教授，现在是中国现代文学研究会的会长）提出一个概念，叫"民国文学"，[4]吉林大学的教授张福贵好像是"民国文学"这个概念的发明者。[5]"民国文学"既是时间概念，也是空间概念，在时间和空间的意义上都牵涉台湾，又有些混淆。几十年前的内地是不讲"民国"这两个字的，叫"旧社会"，但也不好叫"旧社会文学"，所以叫"中国现代文学"。"民国"这个概念现在重新用，说明现在中国的政治开放开明，尊重历史事实。[‡]今天有很多人提出"民

---

[*]　在这之前，1840 年到 1917 年，或者准确说是 1840 年到 1911 年，这个阶段叫"近代"，之后叫"现代"。"现代"以后，称为"当代"。这是内地学术界的一个官方定义。

[†]　但在内地，"现代文学"特指"五四"以后到 1949 年以前的文学，已是约定俗成。北大的陈晓明教授把现代与当代的分界线划在 1942 年，[3]虽不是主流观点，也说明"中国现代文学"有不同的时间定义。

[‡]　虽然当时有日本人侵略，有军阀割据，等等，但国号还是"中华民国"，那时的世界各国都承认中华民国。只有日本政府管叫"支那政府"，用"支那"两个字就是不尊重中华民国的政府。

国文学"，其实这个概念在时间范围和空间界限都有含混之处。而且，"民国文学"里，还有写旧体诗、文言的文学，这些都不在"中国现代文学"的范围内。

"民国文学"是用汉语的白话文写成的。民国除了汉族，还有满族、藏族、回族等。这里又有空间界限的问题了，但"中国现代文学"讨论的只是汉族的文学，所以在"时间""空间"之外，还有一个非常重要的限制性的定义，就是"语言"。而且就汉语的白话来说，还有"新白话"和"旧白话"的区别：《水浒传》《红楼梦》是旧白话，巴金、老舍这些是新白话，[6]都是白话文，但它们是不同的。"中国现代文学"讨论的是新白话，就是现代汉语。

除了这些限定外，"中国现代文学"还把民国时期大部分中国人看的文学排斥掉了——通俗文学、流行文学。通俗文学、流行文学在"五四"时期的中国有一个名称，叫"鸳鸯蝴蝶派"，也叫"礼拜六派"[7]。当时广告是这样说的："宁可不讨小老婆，不可不看《礼拜六》。"我在另外一门"现代文学选读课"里，会专门讲鸳鸯蝴蝶派的作家张恨水，讲《啼笑因缘》，讲到他对言情小说、连载文学的影响，还有他对今天香港、台湾（比如琼瑶）的影响。讲茅盾时，也会提到张恨水的一些作品。但是整体来说，"中国现代文学"是不包括鸳鸯蝴蝶派的，是反对娱乐、消闲、赚钱的文学的。当然，这个问题很复杂，有很多相对立的概念，应用之文与文学之文，雅与俗、大众与严肃、流行文学与纯文学等，有很多这样的概念互相矛盾，以后会仔细梳理。和科学相反，文学就是要把"简单"的问题复杂化。

与西方现代主义的分别

"modern"这个概念，在民国时不翻成"现代"，翻成"摩登"。如果有人称赞你"摩登女郎"，你马上会想起张爱玲时代那个挂历，还有《良友》杂志。现在"摩登"这个词本身不够摩登了。*

第二个是"modernization"，现代化。今天现代化是整个中国的国家方向，全民现代化，用电器，用汽车。比较学术的一个概念还有"modernism"，现代主义。"化"变成"主义"，无形中升了一级。其实，"modernism"是西方的一个文学流派，从19世纪末、20世纪初开始，一直到1945年第二次世界大战结束，这是西方的"modernism"。它跟"中国现代文学"是两回事。"modernism"是指谁呢？是指乔伊斯、福克纳、海明威……"二战"以后，"modernism"就没落了。今天西方的文学文化潮流叫什么？"post modernism"，后现代主义，和现代主义很不一样的。同学们都是伴随后现代主义长大的。现代主义就是"我从哪里来、我是谁、我到哪里去"等很深奥的问题，后现代主义就是画罐头一排，Hello Kitty或抽水马桶也可以是艺术。西方现代主义恰巧跟中国现代文学同一个时期，但不要混淆。中国现代文学里也有现代主义，比如说鲁迅的《野草》，比如说新感觉派的小说，比如说李金发的诗、卞之琳的诗，但它不是主流。中国现代文学的主流是现实主义加上浪漫主义。而现实主义、浪漫主义恰恰是西方18、19世纪的文化成果。

因为中国之前跟西方比较隔绝，所以一旦打通，首先接受的是西方在上一个世纪占主流的文学，托尔斯泰、狄更斯、巴尔扎克、

---

* "摩登"是"modern"的音译。当时有很多这样的翻译，比如"烟士披里纯"。我非常喜欢这个翻译。"烟士披里纯"是很流行的一个文学术语，啥意思？"inspiration"，灵感。这个灵感是怎么来的？要抽烟，要披着被子躺在那里，然后就"纯"了。

雨果、拜伦……所有这些人成为鲁迅等人对话的对象，少数的人关心陀思妥耶夫斯基，而关心 T.S. 艾略特、威廉·福克纳就更晚了。所以，现代主义跟中国现代文学虽然在同一个时代，却是很不同的两种文学。

还有一个更复杂的概念，就是"现代性"（modernity）。*任何英文字，后面加上"ty"，事情就复杂了。"sexy"是性感，"sexuality"就复杂了。就好像"modern"，讲"摩登"是小市民，可是讨论"现代性"，就是社会科学院学术项目的热门题目。哈佛的王德威教授有个观点，说"没有晚清，何来五四"，因为晚清文学里，已充满了"被压抑的现代性"[8]。这个看法，在北京学术界有很大反响。

任何概念，外延总和内涵成反比。"中国现代文学"，乍一看定义很宽泛，其实比诸如"民国文学"等概念更有限制。第一，从时间上看，现代文学只到 1949 年，"民国文学"反而在台湾延续至今。第二，从空间地域看，现代文学不包括少数民族文学。在北京的中国社会科学院，有一个中国文学研究所，还专门另有一个少数民族文学研究所，为了体现国家意识。第三，从语言上看，文学的国语，国语的文学，很少关注文言文学。第四，从性质上讲，"五四"新文学是排斥、反对娱乐读者性质的通俗文学和流行文学的。

定义是一个非常有用的方法，两种情况下要用：

一种是写论文，当你处理一个题目，比如讨论"女性文学与王安忆"，这种时候，一定要先给"女性文学"一个定义。因为"女

---

* "现代性"，简单讲就是一种和现代化进程有关的意识形态。具体讲可以很复杂，反正现在很多教授写论文必谈"现代性"。"能指"和"所指"之间充满歧义：有的把赞扬鼓吹"现代化"称为"现代性"，有的把怀疑反省"现代化"称为"现代性"，有的把20 世纪 60 年代中国革命也称为"现代性"，近年更有人将西方价值观统称为"现代性"。北京青年学界流行"超克现代性"的说法。关于"超克"这个概念，更加复杂，我们以后再讲。

性文学"可以有不同的理解：女人写的,写女人的,写女权的,等等。所以一定要定义。

一种是找工作面试时,人家问你,哪个大学的中文系好？怎么回答？同学们先不要马上回答,最好的方法是倒过来问提问的人,不管对方是李嘉诚也好,TVB也好,投行也好,先问他,怎么定义"好"？因为"好"有各种各样的定义,规模大是好,钱多是好,校园漂亮是好,专家多是好……用这个时间取得两个信息：第一,进一步了解提问人到底想问什么；第二,给自己一个思考的时间。

为什么现在要讨论"定义"？因为"中国现代文学"要讨论的问题都包括在里面。

与中国古代文学的分别

"民国文学"这个学科概念也受到批评。北大一些学者的意见是,这个概念没有解释为什么不包括文言和通俗文学,也没有说明中国现代文学的基本特点。具体来说,即中国现代文学跟中国古代文学最大的分别在哪里？

同学们肯定在想："当然是现代人写现代的,古代人写古代的。"洛杉矶的迪士尼里,有一个全景电影是中国山水,很好看,但主持人让我忍不住笑出来——一个古人走出来,用英文说："I am Li Bai."然后跟所有人介绍说："我是中国的诗人。"当时我突然有一个联想：假如真是在唐朝碰到李白,李白会怎么介绍自己？"白,陇西布衣"？"我本楚狂人"？还是"我是一个诗人"？当然,他绝不会说"我是中国的诗人"。巴金旅法,郁达夫留日,闻一多留美,下笔之初便自知自己是中国的读书人。那时有人提名鲁迅得诺贝尔文学奖,鲁迅就说,我不够资格,我看中国现在也没有什么人够资格。* 鲁迅马上就把自己跟中国挂起钩来。中国现代文学的作家们有一个非常清醒的意识，他们是中国的作家。

　　而在这之前的作家，他们就是文人，不需要为中国写作（屈原的国也不是今天意义的"民族—国家"），也不为君王写作，而是为"天下"写作："先天下之忧而忧，后天下之乐而乐。""天下"有两个意思：第一个意思是普天之下，包括所有的地方，除了大海，或者包括大海；第二个意思是什么？皇帝从来不是最高的。中国的皇帝跟日本的天皇不一样，日本的天皇等于天，中国的皇帝一直是天子，天的儿子，所以一造反就说"替天行道"，士大夫可以反皇帝，但是不能反天下。天意才是最高的。这套文化观念根深蒂固，无论汉代、唐代、宋代，都有"天下"的概念。

　　可是，近现代文学的背景变了。第一，现代知识告诉我们，中国不是天下，只是一国。第二，近现代中国还是一个被欺负的国家，当时快要灭亡的国家。于是，"民族—国家"（nation-state）这个概念进入了现代文学的核心，这是西方文化的影响。不要以为西方文化的影响就是不好的，"民族—国家"这个最关键的概念是从欧洲出来的：讲同样的话，长得一样，是一个民族。一个民族变成一个国家，这个国家就有权利独立，这个是文艺复兴以后的观念。欧洲的官方语言原来都是拉丁文。拉丁文就像中国的文言一样，欧洲的各个国家就像河北、四川、广东一样。可到文艺

---

* 1927 年 9 月 27 日，鲁迅在写给台静农的信中说："九月十七日来信收到了。请你转致半农先生，为我，为中国。但我很抱歉，我不愿意如此。诺贝尔赏金，梁启超自然不配，我也不配，要拿这钱，还欠努力。世界上比我好的作家何限，他们得不到。你看我译的那本《小约翰》，我哪里做得出来，然而这作者就没有得到。或者我所便宜的，是我是中国人，靠着这'中国'两个字罢，那么，与陈焕章在美国做《孔门理财学》而得博士无异了，自己也觉得好笑。我觉得中国实在还没有可得诺贝尔赏金的人，瑞典最好是不要理我们，谁也不给。倘因为黄色脸皮人，格外优待从宽，反足以长中国人的虚荣心，以为真可与别国大作家比肩了，结果将很坏。"

复兴时，英国人翻译自己的《圣经》，意大利可以有但丁，每个国家有自己的语言，因此欧洲出现了"民族—国家"的概念。这个概念通过帝国主义殖民或革命进入全世界，在中国最初是被迫接受。中国本是"天下"，是"被国家"了；"被国家"了以后，毛泽东就说，一定要"自立于世界民族之林"。不再是"天下"的树林，而是"世界"的树林，还站得非常困难。这是整个中国现代文学的基础。

胡适的一篇文章开启中国现代文学，就是发表在《新青年》⁹上的《文学改良刍议》。这篇文章是 1917 年初发表，到现在已经一百多年。具有"民族—国家"概念的中国现代文学，后来被概括成"反帝反封建的新文学"。这个概念是不是符合现代文学创作的实际？等到具体阅读作品时再讨论。

简单来说，我们怎么定义"中国现代文学"？民国时期以白话文为主的、体现现代"民族—国家"意识的新文学？——这个冗长又面面俱到的定义，还是不能穷尽我们要讲的意思。

从学术界或者教科书的角度看，最早出现的概念是"新文学"，然后才"变成"了"中国现代文学"，近年又出现"民国文学"的概念。"新文学"突出的是与传统文学与鸳鸯蝴蝶派的区别；"现代文学"是一个约定俗成的时间概念，同时意味着是使用现代汉语的文学；"民国文学"更强调文学与国家政体之间的关系。

"中国现代文学"这门学科是大学中文系的必备课，但这门学科在不同地方又都有不同发展。在内地，它是重点学科，非常热，因为是"胜利"的历史。在北京、上海、深圳的书城，总会看到有一层都是文学书，古典文学最多占三分之一，现代文学的柜台超过古典文学，还有相当一部分是流行文学。很多人坐在地上看漫画，还有很多人坐在地上读鲁迅。在内地，"中国现代文学"这个学科是被夸大的，不仅是书城，学校里古代文学与现代文学的课程比例也是六四，甚至五五。香港应是七三。

在台湾，这门课不那么"热门"，因为是"失败"的历史。很多年来，好些作家的作品在台湾是被禁止的，在蒋经国解除戒严以后，台湾才可以出版巴金、鲁迅这些人的书。以前都是禁书，叫作"匪区作家"。很多台湾作家到了美国才读到鲁迅。在海外，一方面中国现代文学是研究中国文化的入门，另一方面北美、欧洲和日本的中国现代文学研究也有很高的成就。

香港没有内地的限制，也没有台湾的限制，所以从来都可以读各种各样的中国现代文学书籍，鲁迅、梁实秋、张爱玲、徐志摩，甚至张资平这些"汉奸作家"的书，在香港都能读到。另外，香港却没有"五四"革命的反传统，没有彻底的白话文运动，所以香港的文言保留得最好。从地名到民俗，香港的传统文化保留得相对完整。所以，在香港讲"五四"又有一番特别的语境。这是我个人的观点。

留学生们的救国之道

关于"五四"的不同看法

"五四"有三个不同的定义,三个相通而又不同的意思:

第一个定义是学生运动。1919 年 5 月 4 日,因为巴黎和会,北大的学生上街游行,火烧赵家楼。那次运动之所以成功,不只靠学生,还有工人罢工,商人罢市。学生罢课容易,商人罢市比较难。商店不做生意,是切肉之痛。看看香港的情况,一有公民抗命,都知道商人是什么态度。所以,当时学生一罢课,工人一罢工,商人一罢市,政治形势整个改变。"五四"运动是中国现代革命的一个起点。* 这是"五四"第一个定义,跟文学的直接关系不大。

第二个定义,是 1917 年到 1923 年的白话文运动以及新文学

————

* 北大教授陈平原曾组织中文系的学生,从沙滩老北大出发,重走"五四"路。他们根据考证,几点钟走过长安街、东交民巷,怎么去赵家楼。一路走得很辛苦。中间经过天安门,还不让走了,因为被警察拦住。警察打电话给校方,证实是学生在重走"五四"路,才让他们继续走。按照陈平原教授的说法,中间的这个风波,使同学们增进了对"五四"历史的真实感受,知道"五四"到底是怎么回事。

运动的开始。1917 年 1 月是胡适的文章首倡，2 月是陈独秀的文章声援。这次革命来得快，谁都没想到，胡适后来说，我以为这个要斗争二三十年。[10]结果两三年以后，在 1920 年，北洋政府就通过了在小学教白话文，语言的改变要推行，规定三年时间。到了 1923 年，全国中学开始使用白话。留学美国的几个学生提出建议，到全中国实现用白话教书，这中间最多只用了六年，非常厉害。但也有研究者指出，北洋政府反应得很快，老百姓的反应反而没那么快，很多年以后老百姓还喜欢看鸳鸯蝴蝶派，还喜欢看文言，读新文学的还是少数。这是非常有趣的现象。民国时期，"纯文学"用白话，但在日常生活中，文言仍被广泛使用。1935 年时，林语堂在《论语》发表了《与徐君论白话文言书》，表达不满：

> 今日有中国学生学白话，毕业做事学文言，此一奇。白话文人作文用白话，笔记小札私人函牍用文言，此二奇。报章小品用白话，新闻社论用文言，此三奇。林语堂心好白话与英文，却在拼命看文言，此四奇。学校教书用白话，公文布告用文言，此五奇。白话文人请帖还有"谨詹""治茗""洁樽""届时""命驾"，此六奇。古文愈不通者，愈好主张文言，维持风化，此七奇。文人主张白话，武夫偏好文言，此八奇。

香港的情况，是到 1927 年鲁迅来港演讲后，才有人用白话文写文章，比胡适提出新文学整整晚了十年。一直到 1935 年，香港的大学里才可以用白话文教书、用白话文写作。1935 年许地山到香港大学中文系做系主任。*那时香港只有一所大学，就是香港大

---

* 本来是请胡适的，胡适不来，推荐许地山。

学，因为他做系主任，所以港大允许白话文，等于白话文在香港获得官方地位。文言与白话并存的情况，在香港更加普遍，今天看也未必只是坏事。

第三个定义，当我们讲"五四新文学"，常常是泛指20世纪二三十年代的新文学。*

关于"五四"的不同看法，除了钱理群、温儒敏、吴福辉的《中国现代文学三十年》[11] 和夏志清的《中国现代小说史》[12] 外，我这里还列了几个名字。先简单地提一下：

第一位是余英时。他认为"五四"有很多不好的后果，直接影响到后来的"文革"，摧毁了民间社会。[13] 余英时是钱穆的学生，美国普林斯顿大学的"大学讲座教授"，目前在台湾看来是最有名的华人知识分子，学问很好。

第二位是李泽厚。这是我个人认识的、目前健在的内地最好的学者。他在美学方面的名声仅次于朱光潜。朱光潜早过世了，李泽厚还活着，住在美国。† 他写了一本很有名的书，叫作《中国现代思想史论》[14]，讨论鲁迅、陈独秀、胡适这些人的思想。他说那一代知识分子身上有两个任务：第一个任务叫"启蒙"，唤醒大众；第二个任务叫"救亡"，国家要亡了，必须救国。两个工作本来可以统一，但在当时中国的具体政治现实环境下，启蒙与救亡经常发生矛盾。这是李泽厚对中国现代文学的概括。我们很惭愧，做中国现代文学研究多年，还没有这么清晰地提出一条主线。

第三位是林毓生，是芝加哥大学的教授。他有一个重要的观点：大家都说鲁迅、陈独秀、胡适这一代人是反儒家的，说孔教吃人、

---

* 还有一种"五四形象"的穿衣风格，最简单的方法就是戴一条围巾，一边垂下来在胸前，另一边甩过去，这和胡适也有关系。
† 李泽厚于2021年逝世。——编辑注

儒教吃人,比如鲁迅的《狂人日记》,比如祥林嫂。林毓生说,不对,这代作家不是反儒教的,恰恰他们是太儒教了。用思想、文化来解决社会问题,这正是儒家思想的核心。[15]当一个古代国家转向现代国家,其他国家都是依靠军事、经济、法律,只有中国要依靠思想。虽然这些人嘴里说要反儒家,其实他们骨子里真正是儒家。

还有一位是李欧梵,他是我的老师,哈佛大学的教授。1989年我去芝加哥大学做访问学者也是他的邀请。他说"五四"讲民主,讲科学,但民主、科学至今都没有成功,只有一个东西成功了,就是进化论。简单地说,什么东西都是越新越好,三观之中,唯有中国人的时间观变了。[16]这一点在讨论鲁迅时详细来讲。

本课程的指定教材是钱理群、温儒敏、吴福辉三人的《中国现代文学三十年》,与夏志清《中国现代小说史》的中译本。钱理群等人都是王瑶的学生,王瑶则是朱自清的学生,也是这门学科的创建人。自从他的《中国新文学史稿》问世以后,内地先后出版了一二百本现代文学史,不仅是学术工业重复生产,也体现几十年文化语境天翻地覆。黄修己教授为此还写了《中国新文学史编纂史》。基本上,中国现代文学史一直在改写中:在20世纪五六十年代,越改越"革命",越改越痛苦;到了八九十年代,越改越开放,但也十分艰难。钱理群他们这本,是"王瑶—唐弢"系列中较晚近的一本,也是教育部的指定教材。夏志清这本,可能有很多缺憾,但始终坚持个人观点。一个人写的文学史,令人佩服。香港同学问:考试用哪本?回答是:都可用都可不用,都可借鉴都可批评。这不仅是香港学院的优势,也是所有大学里最基本的学术精神。另外,王德威等学者又在编写一本最新的中国现代文学史,是英文的,汇聚海内外很多学术权威,迟早也会有中译本,大家也可参考。*恐怕没有哪个学科，有这么多不同版本的现代史。不论是中国现代美术史、中国现代军事史、中国现代电影史、中国现代思想史，还是法律、医学、航海、农业……甚至 20 世纪中国史，都不会有二百多种。为什么中国现代文学史的数量这么多？作为一个思考题，也许这门课结束时，同学们可以回答我。

中国文学担任的家国使命

我刚才讲到，"五四"和"新文化运动"导致 20 世纪中国社会的变革。全世界主要的国家都有一个从传统社会向现代社会转变的过程，比如英国革命、法国革命、美国独立、日本明治维新、俄罗斯十月革命，德国谈不上革命，国力崛起较晚。这些国家从传统转到现代过程当中，都有一些非常重要的人物。这些人物大部分是哲学家，有的是经济学家，有的是将军，有的是政治家。但没有一个像中国一样，是由研究文字和文学的人发动的，放眼全球，这是一件令人非常惊讶的事情！整个中国的现代社会变化是由文学运动产生，而文学运动起源于两篇讨论怎么写文章的文章。

这里有偶然因素，也有必然原因。必然原因是中国儒家的"文以载道"主流，文章、文人跟政治历来关系很深，中国文学在国家社会当中担任的使命是高过很多国家的。

偶然原因可能是，中国人在鸦片战争以后承受了很大的社会压力，大家都在想救国之道，偏偏被几个留学生在美国的一个湖上划船时想出来了。当初和胡适讨论最关键问题的，还有一个人叫梅光迪。梅光迪后来是南京中央大学的文学院长，"五四"时，

---

* 王德威主编：《哈佛新编中国现代文学史》，成都：四川人民出版社，2022 年。——编辑注

他被认为是保守的"学衡派"，英文非常好，但他说中国古文非常重要。梅光迪、任鸿隽都是胡适留美时期的朋友，《文学改良刍议》就是他们当年在美国划船论诗争论的结果。*据胡适的日记引述，有一个人说，我们预想中国十年后有什么思想？胡适说这个问题最为重要，吾辈人人心中当刻刻存此思想。[17] 他想好十年以后要有什么思想，气魄非常大。然后他给任鸿隽写了一首诗："救国千万事，造人为最要，但得百十人，故国可重造。"[18] 如果有我们这么百十个人，中国就有得救了。

他们在美国读书，是考取了庚子赔款。八国联军打到北京，慈禧太后西逃，叫李鸿章签约，中国要赔世界列强四亿五千万两银子。当时中国的人口是四亿五千万，相当于每个人一两银子。中国当年被彻底搞惨了，就是因为庚子赔款。后来没有赔足，德国战败撤销了欠款，苏联革命也撤销了。美国把这笔钱用在中国的教育文化上。日本最抠，最终都不肯免。中国这笔钱一直赔到20世纪二三十年代，但这笔钱造就了一批中国留学生。后来有人说，美国人很阴险，不拿中国的土地，不拿中国的财产，就给中国办学校，训练中国人的思想，培养最成功的就是第二批留学生中的胡适。当然，胡适当时也不知道自己会起什么作用。当时留学生一个月八十块美金，相当于一百多块银洋，这在当时不得了。他每年的奖学金拿出一个月寄到家里，就足够家里用了。他是成绩好考出来的。

胡适和陈独秀，这两个新文学的开端的人，他们在一百年前用两篇文章启动了现代中国文化政治的巨大变革，其中一个是1879年出生，一个是1891年出生，也就是说，一个是"70后"，一个是

---

* 任鸿隽的女朋友是陈衡哲，据说胡适跟任争得那么厉害，很大一部分原因是要在这个女生面前争出一个名堂，结果就把中国文学争成现在这个面貌。

"90后"。我们这门课要讨论的作家，包括后来的鲁迅、茅盾、郁达夫这些人，都是"80后"和"90后"。当初，他们这一代人做事情的时候，都非常年轻，就是今天意义上的"80后"和"90后"。*

现代作家们的家庭规律

大部分中国现代作家的父亲，都在这些作家未成年时去世了。这不是偶然现象，而是包含某种规律。比如鲁迅的父亲大概是他十来岁去世的；郁达夫的父亲是在他两三岁时去世的；老舍的父亲最惨，他为保卫北京，被八国联军打死了，当时老舍不到两岁；茅盾也是，父亲在他很小的时候就去世了。鲁迅讲过一句话，他说当从小康人家堕入困境时，你最容易看见世人的真面目。[19]

这里面有两点非常重要：第一，小康人家。不是小康人家，你根本没权利读书，也根本不识字，那时候中国人识字率大约百分之二十（详细需要考证）。所以鲁迅这样的作家，家里一定是有些钱的，更何况他们要到大城市读书，还要出国留学。第二，这个钱不能越来越多，要越来越少。钱越来越多的人很得意，是富二代、官二代，开跑车、吃好东西、找女人，通常不做文学，也看不见世人的真面目。那么，在什么情况下，一个有钱人家的境况会往下走呢？一般就是父亲去世。父亲一去世，家境就往下走，虽然还有些家底，但是越来越惨。讲鲁迅时再详细讲。当然，这讲的是现代作家，当代作家已经不一样了。余华、莫言、王安忆等，他们的家庭情况不一样了。†

---

* 如果在今天，有一个年轻人做了什么事情、得了什么奖、写了什么文章、在什么位置，人们会特地讲一句"90后"，表示这么年轻很难得，也表示如有问题也应原谅。而在一百年前，胡适就是这个意义上的"90后"。

† 常有同学问我读文科还是读商科好，我最简单的建议是看家里的情况。家里要是股

还有一个规律，这些现代作家的启蒙老师大都是母亲。中国现代文学里面说父亲好的极少，算来算去只有一个半。一个是冰心，她不仅有个好老公是社会学家，还有个好老爸开军舰，真难得。半个是谁呢？就是朱自清爬铁路月台那个老爸。除了这一个半，几乎找不到哪个作家说他老爸是好的。曹禺的戏剧里面写出来的父亲都是周朴园那个德性。巴金《家》里的高老太爷，也是个反面角色。这些作家写的父亲，要么去世，要么很坏，但他们笔下的母亲都是好的，比如鲁迅的"鲁"，就是用了母亲的姓。母亲被作家恨的大概只有张爱玲，以后再来讲这个特例。

一个并不例外的例外者

胡适的父亲叫胡传，商人家庭出身，也读书，在胡适4岁时去世了。胡传过世时，遗嘱写得清清楚楚，儿子将来要从文，要做读书人。胡适的母亲是他父亲的不知第几个姨太太，当时20岁出头，胡适才4岁，在这个大家庭里，母子互相拉扯，儿子就是母亲的生命。所以，不管什么人的话胡适都可以不听，但一定要听母亲的。很多中国现代作家都是这个人生模式：父亲去世了，母亲和儿子互相拥有。老舍和母亲、郁达夫和母亲、鲁迅和母亲、胡适和母亲，这是有共同规律的。

母亲最重要的愿望和指示是什么？娶妻生子。当时的普遍情况是，母亲已经指定了一个原配夫人，但他留学以后又找到新的爱情。鲁迅、郭沫若、郁达夫……很多人都碰到这样的问题。只

票炒得很成功，发大财，就会读商科，要子承父业。比如王健林的儿子肯定跟着他。刚才也讲到李泽厚，很多人不知道李泽厚，但知道李泽楷，如果让李泽楷读文学，那也是资源错配。如果是世家出身，家里很有文化底子，自己又在这个社会上觉得处处碰壁，又有对人性了解的追求，就可能会读文科。

有胡适是例外，他在这一点上备受历史宠爱，他也觉得自己是吃小亏占大便宜。蒋介石后来搞"新生活运动"，胡适被人推崇为道德楷模。为什么？同学们可以看看胡适的照片，穿长衫，围一条围巾，戴最流行的眼镜，风度翩翩，现在没有几个文人有这样的风采，后来还做中华民国驻美大使。而他妻子江冬秀却是一个小脚老太太，不识字。可胡适永远带着她，到美国各路访问下来，都挽着这个旧式女人，让美国人真是感动，他们觉得中国的知识分子真是好。当然，后来大家查出来，胡适跟一个叫韦莲司（Edith Clifford Williams）的美国女人，通信通了不知道多少封。余英时还研究过胡适的婚外恋。

胡适在安徽读书，到上海读了几家学校，最有名的一家叫中国公学。当时他也不大喜欢上海，因为不会讲上海话，说上海是一个眼界不宽的商埠。其实那时正好是创造上海的时候，上海话就是那时形成的。北京话、广州话都是世代居住本地的人们的方言，上海话却和本地人（浦东、川沙、金山、奉贤）的母语很不一样，是由江苏、浙江等"外来人"在城市生活中自然形成的"新方言"（现在，又在与普通话的融合中走向消亡）。胡适的上海语言经验，后来体现在他对吴语《海上花列传》的兴趣上。*胡适考学，家里很多人帮忙，他当然也聪明，考取以后，到美国康奈尔大学读农科。当时有规定，美国赞助的留学生，百分之八十都要读实用的农科、机械、造船，只有百分之二十可以读商科、文科。康奈尔是常春藤名校。

---

* 胡适曾在《海上花列传·序》中写道："我们在这时候很郑重地把《海上花》重新校印出版。我们希望这部吴语文学的开山作品的重新出世能够引起一些说吴语的文人的注意，希望他们继续发展这个已经成熟的吴语文学的趋势。如果这一部方言文学的杰作还能引起别处文人创作各地方言文学的兴味，如果从今以后有各地的方言文学继续起来供给中国新文学的新材料、新血液、新生命，——那么，韩子云与他的《海上花列传》真可以说是给中国文学开一个新局面了。" 20

胡适在美国，经历过一次苹果测验，就像鲁迅看幻灯片一样重要。学生要给30多种不同的苹果贴标签，要分出30多种不同的苹果。一查字典，这个是佛罗里达的，这个是芝加哥的，不少美国学生很快贴好了，胡适贴了半天搞不好。他开始反省了，该不该做这个事情？他的志向是未来中国十年的思想，他的勇气是"但得百十人，故国可重造"。这时，他给哥哥写信，说在这里学的农科在中国没有用，要转到哲学系。*胡适从康奈尔大学转到哥伦比亚大学，博士论文就是后来的《中国哲学史大纲》[21]。为什么要转到哥大呢？因为胡适在康奈尔读书时整天演讲，喜欢辩论。他每年参加几十次演讲，讲中国应该怎么样，中国国防应该怎么样，中国海军应该怎么样，又关心古代的墨子……什么事情都去关心，精力充沛，忙得要命。因为演讲太多，谁都认识他，结果在这个小地方待不下去了，人家觉得这个学生不务正业。康奈尔大学在伊萨卡山城，是很小的地方，哥伦比亚大学在纽约市，没人认识他，比较自由。

1917年写了《文学改良刍议》后，胡适就收到蔡元培的聘书，北大请他做教授。正好他博士考试通不过——因为答辩委员会只有一个人懂中文，杜威也不懂，所以他用英文写的《中国哲学史大纲》没有通过，正在苦闷。†

中国现代作家多有第二次婚姻，胡适却是一个例外。虽然也

---

* 农业转到哲学，这个选择颇有象征意义：中国现在每年的一号中央文件总是关于农村问题，谁都知道农村问题是中国的根本。但很快，大家的注意力又都会转向意识形态，不由自主！

† 他最早的博士文凭是1927年获得的，那时他在中国已经非常有名了，所以是学校补给他的。当然，在20世纪三四十年代，胡适一共享了35个荣誉博士学位，拿遍全世界有名的大学博士学位，当时最有名的说法就叫"胡博士"。很多人一开口就说"我的朋友胡博士"，其实在新文学的最初十年，他的博士学位还没真正拿到。后来美国几十个大学都给他博士学位，是因为他对中国文化的贡献。

有些女朋友，夫人却只有江冬秀。胡适的思想非常洋化，外表也非常洋化，是一个自由主义者，可是他内心一直有一个中国传统文化的道德标准。

两篇文章启动了文化政治的大变革

胡适：《文学改良刍议》

《文学改良刍议》的要点是"八不主义"，其中最重要的是第八条。要理解这篇文章的历史意义，就要看大背景。为什么一句"不避俗字俗语"是胡适的巨大贡献？还会导致中国现代文学的革命？这要回到我们香港。1840年之前，中国觉得自己是"天下"，是天朝。那时东印度公司要买中国的茶叶，用鸦片付账。后来打了一仗，中国战败，这就是中国近代史的一个起点。自那以后，中国人发现我们的"天下"已经"被国家"了，从那以后不断被打，一直到八国联军侵华，整整六十年，中国不断地被欺负，越来越弱。这时，所有的中国人，尤其是读书人，都在思考中国怎样可以不再弱下去。一般的思路是两条：一条是船坚炮利有科学，所以有张之洞的"中学为体，西学为用"，引进科学技术，这是一条路。但另外一个思路，是说国弱的重要原因是中国的汉字。汉字太难了，别的国家的文明是"我手写我口"，说出话就能写成字。那时有一个很触目的传单，胡适也收到了，叫："汉字不灭，中国必亡。"当然，我们现在可以说，这可能是西方反动势力要消灭中国文化的阴谋，但在当时是救国的旗号，识字这么难，大部分的人不识字，国家就没法富强。

当时知识界一直在争论，想办法从文字改革入手救国家。一个方案就是罗马化，后来也一直在做，比如汉语拼音，曾经有一度也讲世界语。在20世纪30年代，瞿秋白还讨论过"五四"白话文的欧化或大众化问题。晚清时期的共识是，文言好在写诗弄文学，如果只是做生意耕田做工，用白话就行了。古人说"士农工商"，商在最后。当时有王照[22]、劳乃宣[23]提倡文字改革，建议一种学校教文言，一种学校教白话。中国有句老话叫"将相本无种"，胡适在《中国新文学大系》第1卷的导言里写了，说小孩子学的文字是为他们长大后使用的，他们若知道社会的上等人看不起这种文字，并不用这种文字著书、做官，肯定不愿自己从一开始就输在起跑线上。[24]* 所以，到胡适、梅光迪他们在美国再讨论时，争论的就是一条：梅光迪赞成白话是好的，卖豆浆白话好，做机器也是白话好，做官也是白话好，甚至文学也没关系，写小说也是白话好；但是有一样东西，白话是不如文言的，就是写诗。到今天为止，甚至我私下也这么认为："五四"的小说、散文、戏剧都不错，可是新诗能不能比得过中国的旧体诗？这是有疑问的。所以，梅光迪的观点非常开放，他说中国是诗的国家，只要有中国诗存在，中国的文言就不能被白话取代。

胡适的观点大概是说，做工种地是白话好，做生意当官也是白话好，写小说散文白话好，就是写诗也是白话好。这就是胡适勇敢的地方。胡适不是什么大的文学家，他其实缺乏

---

* 香港直至今天，任何合同、任何文件下面都有一句话：当中英文本发生矛盾时，以英文为准。所以香港的中学几十年来实行英校中校双轨制，学生、家长还是大都喜欢上英校。从香港的情况出发，很容易理解清末推广文言和白话双轨教育为什么不成功。再穷的小学生也要读文言。为什么？他们觉得文言是高级的。

艺术天才,但是为了证明白话也能写诗,他不怕"牺牲",写了一个《尝试集》[25]。他最有名的诗句是什么?"两个黄蝴蝶,双双飞上天。不知为什么,一个忽飞远。"不要笑,"90后"的胡适在那时挺身而出,他的白话诗在中国诗歌史上没多大成就,却为汉语的改革作出了重大贡献,使白话文在数年之后成为所有中小学的官方语言。

所以,他的"八不主义"的第八条是最重要的:"不避俗字俗语。"俗字俗语就是白话。文言是什么?之乎者也。小时候,我父亲老讲,你们只知道"的了吗呢",不知道"之乎者也"。说实在话,现在要用"之乎者也"写一封比较长的文言的信,我们都写不好。但在当时,在上千年科举制度训练下的文言语境中,写一句"教我如何不想她"[26]或者"一步一回头地瞟我意中人"[27],却是意义重大的突破。

有人会说,不避俗字俗语有什么难的。这使我想起哥伦布竖鸡蛋。据说,当年,西班牙的哥伦布发现美洲,很多王公大臣说,这有什么稀奇,不就是开船一直往前,撞到一个地方,就叫美洲了吗?哥伦布拿起一个煮熟的鸡蛋,说谁能把鸡蛋竖立在桌上,把它竖稳?大家觉得没什么难的,可是怎么竖鸡蛋都会倒下来。最后大家说,请教哥伦布先生,你竖竖看。熟鸡蛋有一头是空的,哥伦布一磕,就竖起来了。他们说这有什么难的,这个我也会。哥伦布说,那你们刚才怎么不磕?

世界上有很多事情就是这样,你做完了,别人觉得天经地义。今天我们觉得,"我手写我口"写白话文,这有什么难的呢?白话早就有了,《水浒传》《红楼梦》都是伟大的白话文学作品,胡适这么一个20多岁的、在美国留学的、哲学论文还没通过的人提出来,有什么了不起。可是,这是胡适最早提出来的。

陈独秀：《文学革命论》

《文学改良刍议》发表在两个地方，一个是《新青年》，一个叫《留美学生季报》[28]。*发表在《新青年》，在国内引起非常大的反响，美国的《留美学生季报》却一点反应都没有。也就是说，当时的留学生不觉得胡适的观点有什么重要。可是他没想到，在中国有多少人纠结在梅光迪的问题里，有多少人觉得中国的文字要改，不改国家要亡。可是怎么改呢？中国文化这么好的东西，我们的唐诗宋词，怎么能够把它废了呢？中国所有的教书先生都是从小读这个，大半辈子教这个，怎么可能？结果胡适做成了。当然，很大的原因是因为陈独秀。

陈独秀和胡适不一样，不是温文尔雅的。看看这两篇文章的题目，非常有意思：胡适的题目是《文学改良刍议》，"刍议"，就是说我的这个观点不太成熟，刚刚提出来。†陈独秀不一样，看看他写《文学革命论》——谁反对我？三门大炮轰你们！那时陈独秀还不是马克思主义者。

这两个讨论怎么写文章的人，胡适后来成了蒋介石的朋友，是民国政府驻美大使，是最重要的知识分子之一；陈独秀则是中国共产党的创始人之一，也是最重要的知识分子之一。当他们第一次提出这些观点时，两个党都还没有成立，他们只是想怎么写文章。可是，他们的共同点都不是热爱文学，都是把文学作为工具，

---

* 唐德刚在《胡适杂忆》中透露，胡适当时写的《文学改良刍议》，原是给美国的《留美学生季报》用的，只是抄了一份给陈独秀主持的《新青年》。

† 中国人这套道德我们是最熟悉的，自己第一篇文章就叫"初探"，我后来写了本讨论香港小说的书，也叫《香港短篇小说初探》。中国人喜欢这样来表达问题。在美国开会，华人学者上来做报告时，就说这个研究刚刚起步，我的看法还不成熟，抛砖引玉，请大家批评，云云。有个不懂中文的美国教授马上打断他，既然这么不成熟，还跑来讲什么？中国人说，这只是礼貌。

两个人都不是文学家。只是，胡适把文学作为工具，目的是文字改革、语言改革；而陈独秀把文学作为工具，要社会改革、政治改革，这是第一个不同。第二个不同更重要：一个是"改良"，一个是"革命"。其实后来一百年的中国历史，一直犹豫在"改良"和"革命"之间，是英国模式还是法国道路，决定了一百年间中国的文学、文化、政治的各种选择，这么巧合地出现在新文学的第一个篇章上，像是某种预言。

下一堂我们会详细讲比这两位更重要、一生肩负着救亡和启蒙的双重责任、又游走在改良与革命之间的鲁迅。

延伸阅读

胡适：《建设理论集·导言》，引自赵家璧主编：《中国新文学大系》（影印本）第1卷，上海：上海文艺出版社，2003年

胡适：《胡适日记》，太原：山西教育出版社，1997年

胡适：《胡适留学日记》，北京：同心出版社，2012年

唐弢：《中国现代文学史简编》，北京：人民文学出版社，1998年

王瑶：《中国新文学史稿》，上海：上海文艺出版社，1982年

周策纵：《五四运动史：现代中国的知识革命》，陈永明、张静译，北京：世界图书出版公司，2016年

唐德刚：《胡适杂忆》，桂林：广西师范大学出版社，2015年

司马长风：《中国新文学史》，香港：昭明出版社，1975年

余英时：《余英时访谈录》，北京：中华书局，2012年

李泽厚：《中国现代思想史论》，北京：生活·读书·新知三联书店，2008年

林毓生：《中国意识的危机："五四"时期激烈的反传统主义》，穆善培译，贵阳：贵州人民出版社，1986年

黄继持：《现代化·现代性·现代文学》，香港：牛津大学出版社，2003年

钱理群、温儒敏、吴福辉：《中国现代文学三十年》，北京：北京大学出版社，
　　1998 年

李欧梵、季进：《李欧梵季进对话录》，苏州：苏州大学出版社，2003 年

王德威：David Der-wei Wang (Editor), *A New Literary History of Modern China*,
　　Cambridge: The Belknap Press of Harvard University Press, 2017

王德威、许子东、陈思和：《一九四九以后：当代文学六十年》，上海：上海
　　文艺出版社，2011 年

王德威、许子东、陈平原：《想象中国的方法：以小说史研究为中心》，《当代
　　作家评论》，2007 年

陈平原：《二十世纪中国小说史》第 1 卷，北京：北京大学出版社，1989 年

陈晓明：《中国当代文学主潮》（第 2 版），北京：北京大学出版社，2013 年

胡适《文学改良刍议》*

今之谈文学改良者众矣，记者末学不文，何足以言此？然年来颇于此事再四研思，辅以友朋辩论，其结果所得，颇不无讨论之价值。因综括所怀见解，列为八事，分别言之，以与当世之留意文学改良者一研究之。

吾以为今日而言文学改良，须从八事入手。八事者何？

一曰，须言之有物。

二曰，不摹仿古人。

三曰，须讲求文法。

四曰，不作无病之呻吟。

五曰，务去烂调套语。

六曰，不用典。

七曰，不讲对仗。

八曰，不避俗字俗语。

---

* 按：本书所引作品原文，均以其早期发表的文本为底本，以保留作品语言文字的时代特色。

一曰须言之有物

吾国近世文学之大病，在于言之无物。今人徒知"言之无文，行之不远"，而不知言之无物，又何用文为乎？吾所谓"物"，非古人所谓"文以载道"之说也。吾所谓"物"，约有二事：

（一）情感 《诗序》曰："情动于中而形诸言。言之不足，故嗟叹之。嗟叹之不足，故咏歌之。咏歌之不足，不知手之舞之，足之蹈之也。"此吾所谓情感也。情感者，文学之灵魂。文学而无情感，如人之无魂，木偶而已，行尸走肉而已。（今人所谓"美感"者，亦情感之一也。）

（二）思想 吾所谓"思想"，盖兼见地、识力、理想三者而言之。思想不必皆赖文学而传，而文学以有思想而益贵；思想亦以有文学的价值而益贵也：此庄周之文，渊明、老杜之诗，稼轩之词，施耐庵之小说，所以敻绝千古也。思想之在文学，犹脑筋之在人身。人不能思想，则虽面目姣好，虽能笑啼感觉，亦何足取哉？文学亦犹是耳。

文学无此二物，便如无灵魂无脑筋之美人，虽有秾丽富厚之外观，抑亦末矣。近世文人沾沾于声调字句之间，既无高远之思想，又无真挚之情感，文学之衰微，此其大因矣。此文胜之害，所谓言之无物者是也。欲救此弊，宜以质救之。质者何？情与思二者而已。

二曰不摹仿古人

文学者，随时代而变迁者也。一时代有一时代之文学：周秦有周秦之文学，汉魏有汉魏之文学，唐宋元明有唐宋元明之文学。此非吾一人之私言，乃文明进化之公理也。即以文论，有《尚书》之文，有先秦诸子之文，有司马迁、班固之文，有韩、柳、欧、苏之文，有语录之文，有施耐庵、曹雪芹之文：此文之进化也。试更以韵文言之：《击壤》之歌，《五子》之歌，一时期也；《三百篇》之诗，一时期也；屈原、荀卿之骚赋，又一时期也；苏、李以下，至于魏晋，又一时期也；江左之诗流为排比，至唐而律诗大成，此又一时期也；老杜、香山之"写实"体诸诗（如杜之《石壕吏》《羌村》，白之《新乐府》），又一时期也；诗至唐而极盛，自此以后，词曲代兴，唐五代及宋初之小令，此词之一时代也；苏、柳（永）、辛、姜之词，又一时代也；至于元之杂剧传奇，则又一时代矣；凡此诸时代，各因时势风会而变，各有其特长，吾辈以历史进化之眼光观之，决不可谓古人之文学皆胜于今人也。左氏、史公之文奇矣，然施耐庵之《水浒传》视《左传》《史记》，何多让焉？《三都》《两京》之赋富矣，然以视唐诗宋词，则糟粕耳。此可见文学因时进化，不能自止。唐人不当作商周之诗，宋人不当作相如、子云之赋，——即令作之，亦必不工。逆天背时，违进化之迹，故不能工也。

既明文学进化之理，然后可言吾所谓"不摹仿古人"之说。今日之中国，当造今日之文学。不必摹仿唐宋，亦不必摹仿周秦也。前见国会开幕词，有云："于铄国会，遵晦时休。"此在今日而欲为三代以上之文之一证也。更观今之"文学大家"，文则下规姚、曾，上师韩、欧；更上则取法秦、汉、魏、晋，以为六朝以下无文学可言，此皆百步与五十步之别而已，而皆为文学下乘。即令神似古人，亦不过为博物院中添几许"逼真赝鼎"而已，文学云乎哉。昨见陈伯严先生一诗云：

涛园抄杜句，半岁秃千毫。所得都成泪，相过问奏刀。万灵噤不下，此老仰弥高。胸腹回滋味，徐看薄命骚。

此大足代表今日"第一流诗人"摹仿古人之心理也。其病根所在，在于以"半岁秃千毫"之工夫作古人的抄胥奴婢，故有"此老仰弥高"之叹。若能洒脱此种奴性，不作古人的诗，而惟作我自己的诗，则决不致如此失败矣！

吾每谓今日之文学，其足与世界"第一流"文学比较而无愧色者，独有白话小说（我佛山人、南亭亭长、洪都百炼生三人而已）一项。此无他故，以此种小说皆不事摹仿古人（三人皆得力于《儒林外史》《水浒》《石头记》。然非摹仿之作也），而惟实写今日社会之情状，故能成真正文学。其他学这个，学那个之诗古文家，皆无文学之价值也。今之有志文学者，宜知所从事矣。

三曰须讲求文法

今之作文作诗者，每不讲求文法之结构。其例至繁，不便举之，尤以作骈文律诗者为尤甚。夫不讲文法，是谓"不通"。此理至明，无待详论。

四曰不作无病之呻吟

此殊未易言也。今之少年往往作悲观，其取别号则曰"寒灰""无生""死灰"；其作为诗文，则对落日而思暮年，对秋风而思零落，春来则惟恐其速去，花发又惟惧其早谢。此亡国之哀音也，老年人为之犹不可，况少年乎？其流弊所至，遂养成一种暮气，不思奋发有为，服劳报国，但知发牢骚之音，感喟之文；作者将以促其寿年，读者将亦短其志气：此吾所谓无病之呻吟也。国之多患，吾岂不知之？然病国危时，岂痛哭流涕所能收效乎？吾惟愿今之文学家作费舒特（Fichte），作玛志尼（Mazzini），而不愿其为贾生、王粲、屈原、谢皋羽也。其不能为贾生、王粲、屈原、谢皋羽，而徒为妇人醇酒丧气失意之诗文者，尤卑卑不足道矣！

五曰务去烂调套语

今之学者，胸中记得几个文学的套语，便称诗人。其所为诗文处处是陈言烂调，"蹉跎""身世""寥落""飘零""虫沙""寒窗""斜阳""芳草""春闺""愁魂""归梦""鹃啼""孤影""雁字""玉楼""锦字""残更"……之类，累累不绝，最可憎厌。其流弊所至，遂令国中生出许多似是而非，貌似而实非之诗文。今试举吾友胡先骕先生一词以证之：

荧荧夜灯如豆，映幢幢孤影，凌乱无据。翡翠衾寒，鸳鸯瓦冷，禁得秋宵几度。幺弦漫语，早丁字帘前，繁霜飞舞。袅袅余音，片时犹绕柱。

此词骤观之，觉字字句句皆词也。其实仅一大堆陈套语耳。"翡翠衾"，"鸳鸯瓦"，用之白香山《长恨歌》则可，以其所言乃帝王之衾之瓦也。"丁字帘"，"幺弦"，皆套语也。此词在美国所作，其夜灯决不"荧荧如豆"，其居室尤无"柱"可绕也。至于"繁霜飞舞"，则更不成话矣。谁曾见繁霜之"飞舞"耶？

吾所谓务去烂调套语者，别无他法，惟在人人以其耳目所亲见亲闻所亲身阅历之事物，一一自己铸词以形容描写之；但求其不失真，但求能达其状物写意之目的，即是工夫。其用烂调套语者，皆懒惰不肯自己铸词状物者也。

六曰不用典

吾所主张八事之中，惟此一条最受朋友攻击，盖以此条最易误会也。吾友江亢虎君来书曰：

所谓典者，亦有广狭二义。饾饤獭祭，古人早悬为厉禁；若并成语故事而屏之，则非惟文字之品格全失，即文字之作用亦亡。……文字最妙之意味，在用字简而涵义多。此断非用典不为功。不用典不特不可作诗，并不可写信，且不可演说。来函满纸"旧雨"，"虚怀"，"治头治脚"，"舍本逐末"，"洪水猛兽"，"发聋振聩"，"负弩先驱"，"心悦诚服"，"词坛"，"退避三舍"，"无病呻吟"，"滔天"，"利器"，"铁证"……皆典也。试尽抉而去之，代以俚语俚字，将成何说话？其用字之繁简，犹其细焉。恐一易他词，虽加倍蓰而涵义仍终不能如是恰到好处，奈何？……

此论甚中肯要。今依江君之言，分典为广狭二义，分论之如下：

（一）广义之典非吾所谓典也。广义之典约有五种：

（甲）古人所设譬喻，其取譬之事物，含有普通意义，不以时代而失其效用者，今人亦可用之。如古人言"以子之矛，攻子之盾"，今人虽不读书者，亦知用"自相矛盾"之喻，然不可谓为用典也。上文所举例中之"治头治脚"，"洪水猛兽"，"发聋振聩"……皆此类也。盖设譬取喻，贵能切当；若能切当，固无古今之别也。若"负弩先驱"，"退避三舍"之类，在今日已非通行之事物，在文人相与之间，或可用之，然终以不用为上。如言"退避"，千里亦可，百里亦可，不必定用"三舍"之典也。

（乙）成语　成语者，合字成辞，别为意义。其习见之句，通行已久，不妨用之。然今日若能另铸"成语"，亦无不可也。"利器"，"虚怀"，"舍本逐末"，……皆属此类。此非"典"也，乃日用之字耳。

（丙）引史事　引史事与今所论议之事相比较，不可谓为用典也。如老杜诗云，"未闻殷周衰，中自诛褒妲"，此非用典也。近人诗云，"所以曹孟德，犹以汉相终"，此亦非用典也。

（丁）引古人作比　此亦非用典也。杜诗云，"清新庾开府，俊逸鲍参军"，此乃以古人比今人，非用典也。又云，"伯仲之间见伊吕，指挥若定失萧曹"，此亦非用典也。

（戊）引古人之语　此亦非用典也。吾尝有句云，"我闻古人言，艰难惟一死"。又云，"尝试成功自古无，放翁此语未必是"。此乃引语，非用典也。

以上五种为广义之典，其实非吾所谓典也。若此者可用可不用。

（二）狭义之典，吾所主张不用者也。吾所谓"用典"者，谓文人词客不能自己铸词造句以写眼前之景、胸中之意，故借用或不全切，或全不切之故事陈言以代之，以图含混过去：是谓"用典"。上所述广义之典，除戊条外，皆为取譬比方之辞。但以彼喻此，而非以彼代此也。狭义之用典，则全为以典代言，自己不能直言之，故用典以言之耳。此吾所谓用典与非用典之别也。狭义之典亦有工拙之别，其工者偶一用之，未为不可，其拙者则当痛绝之。

（子）用典之工者　此江君所谓用字简而涵义多者也。客中无书不能多举其例，但杂举一二，以实吾言：

（1）东坡所藏"仇池石"，王晋卿以诗借观，意在于夺。东坡不敢不借，先以诗寄之，有句云，"欲留嗟赵弱，宁许负秦曲。传观慎勿许，间道归应速。"此用蔺相如返璧之典，何其工切也。

（2）东坡又有"章质夫送酒六壶，书至而酒不达。"诗云，"岂意青州六从事，化为乌有一先生"。此虽工已近于纤巧矣。

（3）吾十年前尝有读《十字军英雄记》一诗云，"岂有酖人羊叔子，焉知微服赵主父？十字军真儿戏耳，独此两人可千古"。以两典包尽全书，当时颇沾沾自喜，其实此种诗，尽可不作也。

（4）江亢虎代华侨诔陈英士文有"本悬太白，先坏长城。世无钼麑，乃戕赵卿"四句，余极喜之。所用赵宣子一典，甚工切也。

（5）王国维咏史诗，有"虎狼在堂室，徒戎复何补。神州遂陆沉，百年委榛莽。寄语桓元子，莫罪王夷甫。"此亦可谓使事之工者矣。

上述诸例，皆以典代言，其妙处，终在不失设譬比方之原意；惟为文体所限，故譬喻变而为称代耳。用典之弊，在于使人失其所欲譬喻之原意。若反客为主，使读者迷于使事用典之繁，而转忘其所为设譬之事物，则为拙矣。古人虽作百韵长诗，其所用典不出一二事而已（《北征》与白香山《悟真寺诗》皆不用一典），今人作长律则非典不能下笔矣。尝见一诗八十四韵，而用典至百余事，宜其不能工也。

（丑）用典之拙者　用典之拙者，大抵皆懒惰之人，不知造词，故以此为躲懒藏拙之计。惟其不能造词，故亦不能用典也。总计拙典亦有数类：

（1）比例泛而不切，可作几种解释，无确定之根据。今取王渔洋

《秋柳》一章证之：

> 娟娟凉露欲为霜，万缕千条拂玉塘。浦里青荷中妇镜，江干黄竹女儿箱。空怜板渚隋堤水，不见琅琊大道王。若过洛阳风景地，含情重问永丰坊。

此诗中所用诸典无不可作几样说法者。

（2）僻典使人不解。夫文学所以达意抒情也。若必求人人能读五车书，然后能通其文，则此种文可不作矣。

（3）刻削古典成语，不合文法。"指兄弟以孔怀，称在位以曾是"（章太炎语），是其例也。今人言"为人作嫁"亦不通。

（4）用典而失其原意。如某君写山高与天接之状，而曰"西接杞天倾"是也。

（5）古事之实有所指，不可移用者，今往乱用作普通事实。如古人灞桥折柳，以送行者，本是一种特别土风。阳关、渭城亦皆实有所指。今之懒人不能状别离之情，于是虽身在滇越，亦言灞桥；虽不解阳关、渭城为何物，亦皆言"阳关三叠"，"渭城离歌"。又如张翰因秋风起而思故乡之莼羹鲈脍，今则虽非吴人，不知莼鲈为何味者，亦皆自称有"莼鲈之思"。此则不仅懒不可救，直是自欺欺人耳！

凡此种种，皆文人之下下工夫，一受其毒，便不可救。此吾所以有"不用典"之说也。

七曰不讲对仗

排偶乃人类言语之一种特性，故虽古代文字，如老子、孔子之文，亦间有骈句。如"道可道，非常道；名可名，非常名。无名天地之始，有名万物之母。故常无，欲以观其妙；常有，欲以观其微"。此三排句也。"食无求饱，居无求安"，"贫而无谄，富无而骄"，"尔爱其羊，我爱其礼"，此皆排句也。然此皆近于语言之自然，而无牵强刻削之迹；尤未有定其字之多寡，声之平仄，词之虚实者也。至于后世文学末流，言之无物，乃以文胜；文胜之极，而骈文律诗兴焉，而长律兴焉。骈文律诗之中非无佳作，然佳作终鲜。所以然者何？岂不以其束缚人之自由过甚之故耶？（长律之中，上下古今，无一首佳作可言也。）今日而言文学改良，当"先立乎其大者"，不当枉废有用之精力于微细纤巧之末：此吾所以有废骈废律之说也。即不能废此两者，亦但当视为文学末技而已，非讲求之急务也。

今人犹有鄙夷白话小说为文学小道者，不知施耐庵、曹雪芹、吴趼人皆文学正宗，而骈文律诗乃真小道耳。吾知必有闻此言而却走者矣。

八曰不避俗语俗字

吾惟以施耐庵、曹雪芹、吴趼人为文学正宗，故有"不避俗字俗语"之论也（参看上文第二条下）。盖吾国言文之背驰久矣。自佛书之输入，译者以文言不足以达意，故以浅近之文译之，其体已近白话。其后佛氏讲义语录尤多用白话为之者，是为语录体之原始。及宋人讲学以白话为语录，此体遂成讲学正体。（明人因之。）当是时，白话已久入韵文，观唐、宋人白话之诗词可见也。及至元时，中国北部已在异族之下，三百余年矣（辽、金、元）。此三百年中，中国乃发生一种通俗行远之文学。文则有《水浒》《西游》《三国》……之类，戏曲则尤不可胜计（关汉卿诸人，人各著剧数十种之多。吾国文人著作之富，未有过于此时者也）。以今世眼光观之，则中国文学当以元代为最盛；可传世不朽之作，当以元代为最多：此可无疑也。当是时，中国之文学最近言文合一，白话几成文学的语言矣。使此趋势不受阻遏，则中国几有"活文学出现"，而但丁、路得之伟业〔欧洲中古时，各国皆有俚语，而以拉丁文为文言，凡著作书籍皆用之，如吾国之以文言著书也。其后意大利有但丁（Dante）诸文豪，始以其国俚语著作。诸国踵与，国语亦代起。路得（Luther）创新教始以德文译《旧约》《新约》，遂开德文学之先。英、法诸国亦复如是。今世通用之英文《新旧约》乃一六一一年译本，距今才三百年耳。故今日欧洲诸国之文学，在当日皆为俚语。迨诸文豪兴，始以"活文学"代拉丁之死文学；有活文学而后有言文合一之国语也］，几发生于神州。不意此趋势骤为明代所阻，政府既以八股取士，而当时文人如何、李七子之徒，又争以复古为高，于是此千年难遇言文合一之机会，遂中道夭折矣。然以今世历史进化的眼光观之，则白话文学之为中国文学之正宗，又为将来文学必用之利器，可断言也（此"断言"乃自作者言之，赞成此说者今日未必甚多也）。以此之故，吾主张今日作文作诗，宜采用俗语俗字。与其用三千年前之死字（如"于铄国会，遵晦时休"之类），不如用二十世纪之活字；与其作不能行远不能普及之秦、汉、六朝文字，不如作家喻户晓之《水浒》《西游》文字也。

结论

上述八事，乃吾年来研思此一大问题之结果。远在异国，既无读书之暇晷，又不得就国中先生长者质疑问难，其所主张容有矫枉过正之处。然此八事皆文学上根本问题，一一有研究之价值。故草成此论，以为海内外留心此问题者作一草案。谓之刍议，犹云未定草也，伏惟国人同志有以匡纠是正之。

民国六年一月

陈独秀《文学革命论》

今日庄严灿烂之欧洲，何自而来乎？曰，革命之赐也。欧语所谓革命者，为革故更新之义，与中土所谓朝代鼎革，绝不相类；故自文艺复兴以来，政治界有革命，宗教界亦有革命，伦理道德亦有革命，文学艺术亦莫不有革命，莫不因革命而新兴而进化。近代欧洲文明史，宜可谓之革命史。故曰，今日庄严灿烂之欧洲，乃革命之赐也。

吾苟偷庸懦之国民，畏革命如蛇蝎，故政治界虽经三次革命，而黑暗未尝稍减。其原因之小部分，则为三次革命，皆虎头蛇尾，未能充分以鲜血洗净旧污。其大部分，则为盘踞吾人精神界根深底固之伦理、道德、文学、艺术诸端，莫不黑幕层张，垢污深积，并此虎头蛇尾之革命而未有焉。此单独政治革命所以于吾之社会，不生若何变化，不收若何效果也。推其总因，乃在吾人疾视革命，不知其为开发文明之利器故。

孔教问题，方喧呶于国中，此伦理道德革命之先声也。文学革命之气运，酝酿已非一日，其首举义旗之急先锋，则为吾友胡适。余甘冒全国学究之敌，高张"文学革命军"大旗，以为吾友之声援。旗上大书特书吾革命军三大主义：曰，推倒雕琢的阿谀的贵族文学，建设平易的抒情的国民文学；曰，推倒陈腐的铺张的古典文学，建设新鲜的立诚的写实文学；曰，推倒迂晦的艰涩的山林文学，建设明了的通俗的社会文学。

《国风》多里巷猥辞，《楚辞》盛用土语方物，非不斐然可观。承其流者两汉赋家，颂声大作，雕琢阿谀，词多而意寡，此贵族之文、古典之文之始作俑也。魏、晋以下之五言，抒情写事，一变前代板滞堆砌之风，在当时可谓为文学一大革命，即文学一大进化；然希托高古，言简意晦，社会现象，非所取材，是犹贵族之风，未足以语通俗的国民文学也。齐、梁以来，风尚对偶，演至有唐，遂成律体。无韵之文，亦尚对偶。《尚书》《周易》以来，即是如此。〔古人行文，不但风尚对偶，且多韵语，故骈文家颇主张骈体为中国文章正宗之说（亡友王旡生即主张此说之一人）。不知古书传抄不易，韵与对偶，以利传诵而已。后之作者，乌可泥此？〕

东晋而后，即细事陈启，亦尚骈丽。演至有唐，遂成骈体。诗之有律，文之有骈，皆发源于南北朝，大成于唐代。更进而为排律，为四六。此等雕琢的阿谀的铺张的空泛的贵族古典文学，极其长技，不过如涂脂抹粉之泥塑美人，以视八股试帖之价值，未必能高几何，可谓为文学之末运矣！韩、柳崛起，一洗前人纤巧堆朵之习，风会所趋，乃南北朝贵族古典文学，变而为宋、元国民通俗文学之过渡时代。韩、柳、元、白应运而出，为之中枢。俗论谓昌黎文章起八代之衰，虽非确论，然变八代之法，开宋、元之先，自是文界豪杰之士。吾人今日所不满于昌黎者二事：

一曰，文犹师古　虽非典文，然不脱贵族气派，寻其内容，远不若唐代诸小说家之丰富，其结果乃造成一新贵族文学。

二曰，误于"文以载道"之谬见　文学本非为载道而设，而自昌黎以讫曾国藩所谓载道之文，不过抄袭孔孟以来极肤浅极空泛之门面语而已。余尝谓唐、宋八家文之所谓"文以载道"，直与八股家之所谓"代圣贤立言"，同一鼻孔出气。

以此二事推之，昌黎之变古，乃时代使然，于文学史上，其自身并无十分特色可观也。元、明剧本，明、清小说，乃近代文学之粲然可观者。惜为妖魔所厄，未及出胎，竟尔流产，以至今日中国之文学，委琐陈腐，远不能与欧、美比肩。此妖魔为何？即明之前后七子及八家文派之归、方、刘、姚是也。此十八妖魔辈，尊古蔑今，咬文嚼字，称霸文坛，反使盖代文豪若马东篱，若施耐庵，若曹雪芹诸人之姓名，几不为国人所识。若夫七子之诗，刻意模古，直谓之抄袭可也。归、方、刘、姚之文，或希荣誉墓，或无病而呻，满纸之乎者也矣焉哉。每有长篇大作，摇头摆尾，说来说去，不知道说些什么。此等文学，作者既非创造才，胸中又无物，其伎俩惟在仿古欺人，直无一字有存在之价值。虽著作等身，与其时之社会文明进化无丝毫关系。

今日吾国文学，悉承前代之敝：所谓"桐城派"者，八家与八股之混合体也；所谓"骈体文"者，思绮堂与随园之四六也；所谓"西江派"者，山谷之偶像也。求夫目无古人，赤裸裸的抒情写世，所谓代表时代之文豪者，不独全国无其人，而且举世无此想。文学之文，既不足观；应用之友，益复怪诞。碑铭墓志，极量称扬，读者决不见信，作者必照例为之。寻常启事，首尾恒有种种谀词。居丧者即华居美食，而哀启必欺人曰"苫块昏迷"。赠医生以匾额，不曰"术迈岐黄"，即曰"著手成春"。穷乡僻壤极小之豆腐店，其春联恒作"生意兴隆通四海，财源茂盛达三江"。此等国民应用之文学之丑陋，皆阿谀的虚伪的铺张的贵族古典文学阶之厉耳。

际兹文学革新之时代，凡属贵族文学、古典文学、山林文学，均在排斥之列。以何理由而排斥此三种文学耶？曰，贵族文学，藻饰依他，失独立自尊之气象也；古典文学，铺张堆砌，失抒情写实之旨也；山林文学，深晦艰涩，自以为名山著述，于其群之大多数无所裨益也。其形体则陈陈相因，有肉无骨，有形无神，乃装饰品而非实用品；其内容则目光不越帝王权贵，神仙鬼怪，及其个人之穷通利达。

所谓宇宙，所谓人生，所谓社会，举非其构思所及。此三种文学公同之缺点也。此种文学，盖与吾阿谀夸张虚伪迂阔之国民性，互为因果。今欲革新政治，势不得不革新盘踞于运用此政治者精神界之文学。使吾人不张目以观世界社会文学之趋势及时代之精神，日夜埋头故纸堆中，所目注心营者，不越帝王、权贵、鬼怪、神仙与夫个人之穷通利达，以此而求革新文学，革新政治，是缚手足而敌孟贲也。

欧洲文化，受赐于政治科学者固多，受赐于文学者亦不少。予爱卢梭、巴士特之法兰西，予尤爱虞哥、左喇之法兰西；予爱康德、赫克尔之德意志，予尤爱桂特郝、卜特曼之德意志；予爱培根、达尔文之英吉利，予尤爱狄铿士、王尔德之英吉利。吾国文学界豪杰之士，有自负为中国之虞哥、左喇、桂特郝、卜特曼、狄铿士、王尔德者乎？有不顾迂儒之毁誉，明目张胆以与十八妖魔宣战者乎？予愿拖四十二生的大炮，为之前驱！

（1917 年）

鲁迅是狂人还是阿 Q ？

胡　适	1891		1962	
鲁　迅	1881	1936		
周作人	1885		1967	
郁达夫	1896	1945		
冰　心	1900			1999
凌叔华	1900		1990	
丁　玲	1904		1986	
郭沫若	1892		1978	
戴望舒	1905	1950		
闻一多	1899	1946		
卞之琳	1910			2000
梁遇春	1906	1932		
茅　盾	1896		1981	
田　汉	1898		1968	
曹　禺	1910			1996
老　舍	1899		1966	
巴　金	1904			2005
沈从文	1902		1988	
萧　红	1911	1942		
张爱玲	1920		1995	
钱锺书	1910		1998	

北大与《新青年》的分化

胡适与"整理国故派"

为什么要花两堂课（可能还不止）来讲一个作家鲁迅呢？

这里有两个原因：

第一是个人兴趣。我比较喜爱鲁迅，甚至超过我有专书研究的郁达夫和张爱玲。我读鲁迅，是在我人生非常艰苦的时期。痛苦经历了，"奴隶"也做了，在社会底层生活，才有点理解鲁迅。而且，我最早爱上鲁迅的不是他的小说，而是他早期的杂文《热风》，这是我一辈子喜欢鲁迅的个人原因。

第二，从课堂教学的原因来讲，中国现代文学里，鲁迅最重要。有一个研究鲁迅的日本人，非常出名，叫竹内好。*竹内好认为鲁迅"不愧是可以与孙文相提并论的现代中国的代表性人物"[1]。这个评价非常高。如果有人讲 20 世纪中国最重要的人物，很快就会数到鲁迅，而不会是其他作家。甚至在现代中国思想方面，鲁迅

---

* 现在北京学界流行的学术新词"超克"，就来自竹内好在 20 世纪 40 年代的一篇文章《近代的超克》，当时的背景是日本如何 overcome 西方。我们既不应为了竹内好当过日本兵而否定其鲁迅研究，也不该为了今天需求而忘却"超克"的历史语境。

也是其中最重要的人物之一。反过来讲，不读鲁迅，肯定读不了中国现代文学史。

讲鲁迅，必须先讲鲁迅与《新青年》的关系。

当时北大有几个非常出色的学生，傅斯年、顾颉刚、罗家伦等，听说原来老先生的课要改成一个从美国回来的洋博士教，年纪跟他们差不多，二十几岁的"90后"，喝了点洋墨水就来给他们讲墨子。他们很不服气，所以准备好了捣乱。胡适还没来上课，学生们已经串通好了，要准备给他提刁钻的问题。结果他们听了一阵子胡适的课，觉得有点东西，学问也许并不很扎实，但观点很新，以后就认真听课了。这段事情胡适也有记载，他说那时还好顾颉刚帮他，要不然他一上课就被学生们弄下来。

傅斯年、顾颉刚后来都是非常重要的人物。鲁迅在《阿Q正传》里说"胡适之先生的门人们"，就是讽刺他们。后来，《故事新编》还把顾颉刚写成一个小丑。其实顾颉刚是非常好的学者，有一本很有名的著作叫《古史辨》[2]。《诗经》《论语》《孟子》这些古籍的现代整理，比如诞生年代、背景、记录、流传，很多都是由顾颉刚这一辈"五四"学者做的。数千年来，国人一直把"四书五经"当作经典，一定要背，就像我们后来读《反杜林论》[3]。很多人背得滚瓜烂熟，考出榜眼探花，但是并不知道它到底是哪一年由谁写成，或有什么版本异同。这些考证工作是由顾颉刚这批人做的，这就是"整理国故"。多少年后，哈佛汉学家宇文所安（Stephen Owen）讲到这一点，还是既羡慕又嫉妒。*

这些学生当时就支持了胡适，形成了胡适这一派。傅斯年后

---

* 宇文所安曾在《过去的终结：民国初年对文学史的重写》一文中说："'五四'一代人对古典文学史进行重新诠释的程度，已经成为一个不再受到任何疑问的标准，它告诉我们说，'过去'真的已经结束了。几个传统型的作者还在，但是他们的著作远远不如那些追随'五四'传统的批评家们那样具有广大的权威性。"（参见《他山的石头记》）

来在台湾做"中研院"院长，做台大校长时，在"四六"运动中
保护学生，后来一直受到敬重。罗家伦也很重要，"五四"运动时，
学生去赵家楼砸曹汝霖的房子，当时有两个人出来支持学生，一
个是文科学长（等于现在的系主任）陈独秀，另一个就是罗家伦。
"五四"运动刚爆发不久，罗家伦就写文章，提出了"五四"的历
史意义。[4] 当时这等于是一个暴乱事件，可是他赋予它非常庄严的
意义，这是一种参与革命的历史意识。这就是罗家伦，非常了不起。
今天我们知道，"五四"改变了整个中国的命运。

"改良"与"革命"

北大聘蔡元培做校长时，有人劝蔡元培不要去，因为北大以
前叫"京师大学堂"，名声不好，很多富二代官二代。那时有一个
说法，说北京八大胡同的常客是"两院一堂"。八大胡同就是妓院
集中的地方。什么叫"两院一堂"呢？民国初年，有所谓参议院、
众议院，就是那些"贪官"，常常光顾八大胡同；"一堂"就是京
师大学堂。这个学校名声差到这个地步。是蔡元培改造了京师大
学堂。*

《新青年》原来叫《青年杂志》，1915 年改的刊名。1917 年，
胡适发表了《文学改良刍议》，陈独秀又发表了《文学革命论》，

---

* 有一次到新浪去做节目，新浪就在北京大学的对面，隔着北四环。站在大楼上，隔
着巨大的落地玻璃，我就感慨，隔了一条马路，跨了中国文化一百年。为什么是一百
年？对面是北京大学嘛。胡适、李大钊这些重要的人物都曾在红楼时期的北京大学任
教，那时的北京大学是中国文化的中心；而今天，影响中国文化的是门户网站。所以
说，隔了一条马路，文化变迁跨了一百年。新浪的人听我这样说，便告诉我说，许老师，
潘石屹有一次也站在这个位置上，却说了一番和你不一样的话。潘石屹是北京房地产
的大鳄，所有的 SOHO 都是他盖的。他的感受不一样，说怎么四环边上还有这么一片
平房啊？应该可以买地盖楼。旁边的人马上补充说，潘总，那是北京大学（其实过去
是燕京大学）。

促成了"五四"文学革命。《新青年》这个名字，便道出了那个时代的声音。这里有两个关键词：第一个是"青年"，第二个是"新"。我们以后还会讲"进化论"在中国的影响。《新青年》早期的主要作者有李大钊、陈独秀、胡适、钱玄同、鲁迅、周作人等。李大钊是最早的共产党，非常朴实的一个文化人，一个政治家，但是被张作霖杀害了。在他以后，左派最重要的人物就是陈独秀。《新青年》发表胡适文章不久，俄国就发生了十月革命。上次讲过，胡适跟陈独秀分别用了两个重要的词，一个叫"改良"，一个叫"革命"。

凡是古代或近代社会要转型到现代社会，基本上就是两个方式：一个是英国模式，一个是法国模式。英国是君主立宪，国王还在，但权力掌握在上议院和下议院，这样完成了现代的革命。大部分的北欧国家，比如瑞典、荷兰、丹麦，还有日本，都有国王、王后、王子，但他们都是民主国家，这是英国模式。其实英国也流血，光荣革命打来打去，也很惨烈的，但是最后保留了王室。法国模式就是第三等级革命推翻皇帝，后来闹了很多年，你死我活，波澜壮阔。美国独立是一部分法国的道路，但是后来形成的政策制度大部分是模仿英国，是两者的折中。最典型的走法国道路的是俄国，还有中国。*隔了差不多一百年了，中间革命代价惨重，现在还有很多讨论：我们当初有没有可能走改良的道路？换句话说，清朝有没有可能君主立宪，像康有为、梁启超想的那样？当然这都是事后的讨论，最根本的核心是我们要正视：当时我们走革命的道路而不是改良，是有一定的必然性；今天要反思革命重提改良，也有它的必然性。所以，这个讨论在史学界、政治学界都非常有意义。

---

* "五四"有四个意义：第一是白话取代文言；第二是引进了"德先生"（democracy）、"赛先生"（science），反对礼教；第三就是启蒙救国，要唤醒大众；第四是进化论，强调今天比昨天好，明天比今天更好，我们要向前进，这么一个进化论的时间观。哪一个对后来影响更大呢？很难说。

刚才讲了北大当年的风气不好。蔡元培一去，采取了措施：请有名的教授，比如说周作人、胡适，鲁迅也请了。蔡元培请教授只要学问好，不问是新是旧，不问是保守还是开放，所以请了胡适这派的年轻教授，还请了保守派，就是拖辫子的辜鸿铭。*

陈独秀离开北大

陈独秀支持学生运动，非常大胆，是当时思想界的领袖，可是这位领袖的个人生活把人看呆了。他一共有四个太太：其中有一个从来不出面，也搞不清楚真假；最后一个太太姓潘，是比较公开的；最妙的是中间两位太太，一位叫"高大众"，一位叫"高小众"，两人是同父异母姐妹，和平共处。据说高大众非常保守，不识字，陈独秀说和她隔了不止一代；而高小众是北京女师大的学生，一个崇拜他的新青年，所以他其实是和小众一起生活的。那时不仅一夫多妻不犯法，社会舆论也开通，他这样的家庭生活，也没有引起多大非议。

可是陈独秀有另外一件事情备受争议，就是他在帮助学生运动的前后，也去八大胡同。此事很有名，现在搜索引擎上一打"陈独秀"三个字，很快就有陈独秀八大胡同事件对历史的影响等条目出来。为什么说对历史有影响呢？当时不少人批评陈独秀，校长蔡元培保他，说他学问好，他在知识界的影响大，这和私德是两回事，除非他犯法。当时嫖娼是合法的，没有理由处罚。虽然

---

* 辜鸿铭学问非常好，英文也非常好，可有一个荒唐的观点，张爱玲在《色，戒》[5]里面还引用了：男人是茶壶，女人是茶杯。张爱玲在《色，戒》里还提出了另一个说法：爱情的道路，男人是通过胃，女人是通过阴道。但张爱玲不赞成这个说法。很多人把这句话忘掉了，以为张爱玲是赞成这个说法。爱情道路究竟经过哪里我们不好说，但茶壶茶杯论显然荒唐，鼓吹一夫多妻，典型的男权观点，必须批判。

蔡元培保他，但是大学里面有保守势力，他们可以同意辜鸿铭的"茶壶茶杯论"，却不允许陈独秀去八大胡同。最后撤掉他文科学长的职务，保留了教授，陈独秀一气之下离开了北大。

胡适在1936年谈到此事："独秀因此离开北大，以后中国共产党的创立及后来国中思想的左倾，《新青年》的分化，北大自由主义的变弱，皆起于此晚之会。独秀在北大，颇受我与孟和的影响，故不十分左倾。独秀离开北大后，渐渐脱离自由主义的立场，就更左倾了。此夜之会，……不但决定北大的命运，实在开后来十余年的政治与思想的分野。此会之重要，也许不是这十六年的短历史所能论定。"[6]

照胡适的逻辑，陈独秀去八大胡同还真是对历史产生了影响。政治及历史与性之关系，这不是太奇怪的偶然性吗？其实，中国共产党要成立，有共产国际的影响，陈独秀不南下，也可能会有别的人来做这件事。不会因为陈独秀不离开北大，受胡适的影响，共产党就不成立，后来就不走这条道路。但是，有时候偶然因素也会有一些偶然的影响。

再介绍一下《新青年》的分化。《新青年》分化的标志就是：一派主张激进社会革命；一派趋向于文化反传统，改造"国民性"；另一派主张"整理国故"。胡适这一派开始也反传统，比如《文学改良刍议》，但后来认为不应该打倒孔家店，不能说礼教吃人，中国的传统文化有很多好的东西，需要整理。拉开一百年再看，三派都有道理：要政治救国，可以；要文化救人心，也行；要整理国故，也很了不起。可在当时这是水火不容的，这个就是《新青年》的分化。

一百年后再看"主义"，意义何在呢？几年前，我在香港九龙的寓所招待一些朋友，有黄子平、阎连科、刘剑梅、甘阳、陈平原等。甘阳现在提倡"通三统"（即要同时继承孔子、毛泽东、邓小平的传统）。陈平原主张建构统合儒家传统与"五四"新传统的"通二统"。*眼看我们一些从 20 世纪 80 年代开始"从文"的同行，现在也分化了，但有一点，大学老师自觉操心民族文化方向，恐怕也还是"五四"精神的遗传。

---

*　可参看甘阳的《通三统》和陈平原的《走不出的五四》。

第二节

"永远正确"的鲁迅

关于鲁迅的评价

讨论"五四"的意义之后，再看鲁迅的作用。第一，鲁迅用白话做了小说的实验，最早而且最成功。第二，鲁迅也批判礼教吃人。第三，鲁迅也启蒙。这里有点不同，鲁迅说了他是"遵命"启蒙，[7]是听别人的将令，也就是说并不完全是他的本意。遵谁的命？遵陈独秀，遵胡适，你们说要怎么做，我就怎么做。第四，鲁迅坚定地相信进化论。从理论上讲，鲁迅就是"五四"的方向，鲁迅的影响就是"五四"的影响。当然，这是教科书式的结论，实际情况要复杂得多。

我们知道，庙里的神像，每个时期都会被人涂上新的油彩。鲁迅还在世的时候，跟文坛大部分的人都吵架，鲁迅骂过的人多过他赞的人。但是当他去世时，文坛暂时统一了，大家都纪念他是民族魂，这是民国时期在上海最大的一次出殡。*鲁迅去世以后，

---

* 鲁迅去世时体重只有七十几斤，他最后看病其实是误诊。现在有人拿出当年的 X 光片出来，说打针出错，而负责他的医生是一个日本人。但是鲁迅一直坚持找这个日本医生。

跟他反目的人都来称赞鲁迅。

这里稍微讲讲鲁迅研究史。瞿秋白曾称赞鲁迅。瞿秋白是陈独秀之后的共产党最高领导人，但他没做多久就被批评为错误路线下台了。那时他躲在上海，和鲁迅成为朋友。*瞿秋白说鲁迅是"封建宗法社会的逆子，是绅士阶级的贰臣，而同时也是一些浪漫蒂克的革命家的诤友"[8]。这里他给鲁迅三个定位：第一是"封建宗法社会的逆子"，鲁迅家里原是有钱的，他是背叛出来的；第二，他是"绅士阶级"，其实讲的就是资产阶级，但他又是他们的叛徒；第三，他是浪漫的革命家的好朋友，却是说实话的好朋友，这些浪漫的革命家指的是创造社、"左联"一些人。这是对鲁迅最早的评价。

对鲁迅最关键的评价，是在他去世几年以后，毛泽东说的一段话："二十年来，这个文化新军的锋芒所向，从思想到形式（文字等），无不起了极大的革命。其声势之浩大，威力之猛烈，简直是所向无敌的。其动员之广大，超过中国任何历史时代。而鲁迅，就是这个文化新军最伟大和最英勇的旗手。鲁迅是中国文化革命的主将，他不但是伟大的文学家，而且是伟大的思想家和伟大的革命家。鲁迅的骨头是最硬的，他没有丝毫的奴颜和媚骨，这是殖民地半殖民地人民最可宝贵的性格。鲁迅是在文化战线上，代表了全民族的大多数，向着敌人冲锋陷阵的最正确、最勇敢、最坚决、最忠实、最热忱的空前的民族英雄。鲁迅的方向，就是中华民族新文化的方向。"[9]三个"伟大"，五个"最"，这样说过之后，鲁迅的地位就彻底奠定了。甚至在台湾，都很少人说鲁迅不好，但他的作品一度是禁书。

---

*　瞿秋白也是我父亲的老师。我父亲常常回忆说他在上海大学时，和戴望舒、丁玲一起听过他的课。

　　小时候的印象，"文革"时什么书都不可以读，唯独鲁迅的书可以读。那时读的书是 1973 年版的《热风》，一本对我影响很大的书。*既然"文革"时什么书都不能看，怎么论证鲁迅伟大呢？原来鲁迅和"左联"的周扬、夏衍、田汉、阳翰笙吵过架。这四个人当时负责和鲁迅联络，是"左联"的领导，鲁迅给他们起了一个外号，叫"四条汉子"[10]。所以，在"文革"时，人们就说鲁迅早就看穿了"四条汉子"的面目，而这四个人一直被重用到 1966 年。说起来，鲁迅眼光厉害，早就知道了他们有问题。

　　"文革"结束，要批判"四人帮"，鲁迅又起作用了。据说张春桥十几岁时喜欢写诗，笔名叫狄克，写了一首爱情诗，里面说到猫。但是鲁迅不喜欢猫，尤其是他住的地方，猫老在那里叫春。他写过一篇很有名的散文《狗·猫·鼠》，就是讲这件事。也许，他就是不喜欢张春桥的诗。当然了，鲁迅非常"英明远大"，在 1936 年就写了一篇文章，说狄克这个人很不好。"文革"后我就看到有篇文章，说鲁迅"火眼金睛"，一早就拆穿了狄克的阴谋。

　　所以，鲁迅"永远正确"。20 世纪 80 年代要思想启蒙，要唤醒民主意识，鲁迅当然又是反专制的旗帜。90 年代中国出现商品化了，很多人经商，有些知识分子不满意，要骂商人。钱理群说他在北大开课，学生们最喜欢鲁迅骂梁实秋，"资本家的乏走狗"。鲁迅在每一个时代都可以被很多人所用。鲁迅自己其实也早有预言："待到伟大的人物成为化石，人们都称他伟人时，他已经变了傀儡了。"[11]

---

* 前些年，浙江文艺出版社想出新版《鲁迅全集》，要对《鲁迅全集》做一些新的注解，而且找了很多名家来做注释。鲁迅提到过很多人，骂了很多人，称赞过很多人，都要做一个解释，这个解释其实都有倾向性的。最后这个出版计划未获批准。

关于鲁迅的研究

关于鲁迅的研究，我这里带来一些自己的书，你们看看：丸山升的《鲁迅·革命·历史》[12]，藤井省三编的《鲁迅事典》[13]。在"文革"以前，中国最流行的研究鲁迅的书，是华东师大历史系教授李平心[*]的《人民文豪鲁迅》，这本书是比较左的，是从政治上讲鲁迅的战斗，但核心观点影响很大："鲁迅是现代中国号召思想革命和坚持战斗现实主义最英明、最强毅的先驱人物。他的思想不仅是中国人民要求进步，渴望光明的意志最集中的表现，同时也是中国民主革命运动往前发展和走向深入的最明确的反映。"[14]

日本最有影响的汉学家竹内好，也是专门研究鲁迅的，他的成果反过来又影响了中国的鲁迅研究，是研究中国思想非常重要的一个学者。代表 20 世纪 50 年代鲁迅研究的成就的，是陈涌，他是"文革"后中国文艺评论界的左派代表人物，很有影响力。[†]"文革"以后有一位学者叫王富仁，他是北京师范大学的教授，后来到汕头大学做教授，学术界对他的评定是"结束了鲁迅研究的陈涌时代"，这是很高的评价。

还有李欧梵用英文写的《铁屋中的呐喊》，这本书在观点上受到了夏济安很大影响。[‡]夏济安讲过一个故事：隋炀帝时，李世民召集各路好汉造反，结果事情败露，只好逃走。隋兵想用一个铁闸门把他关住，这时，一位侠客用身体把铁闸挡住，让好汉们都逃走，自己反被这个铁闸压死了。夏济安还引了鲁迅的话："先

[*]　李平心在 1966 年自尽。他写了很热情的歌颂鲁迅的书。他是我父亲很好的朋友。

[†]　后来长篇小说《白鹿原》得奖，据说陈涌帮了很大的忙，他是真心诚意的左派。我个人是不在乎左派右派，主要看你的信念是不是真的相信。

[‡]　夏济安是夏志清的哥哥，两兄弟都是台大的教授，是《现代文学》杂志流派的老师辈的人物。钱谷融先生说，夏济安的学问比夏志清更好。

从觉醒的人开手，各自解放了自己的孩子。自己背着因袭的重担，肩住了黑暗的闸门，放他们到宽阔光明的地方去；此后幸福的度日，合理的做人。"[15] 他论述鲁迅的核心意象，就是"黑暗的闸门"[16]，他说，鲁迅觉得他要做的事就是扛住黑暗的闸门，让年轻人去到一个光明的世界，而他自己是要被闸压死的。这是夏济安最基本的观点，鲁迅是这么一个英雄。那么，这个"闸门"是什么呢？一是中国传统文化；二是内心的悲观主义。就是鲁迅身上背负的这两个东西，使他走不远；但是，他愿意让年轻人走。这是夏济安最基本的观点，鲁迅是这么一个悲剧的英雄。这也是一个进化论的观点。*

80 年代后的鲁迅研究，推荐两个人：一个是汪晖，他写了《反抗绝望》。汪现在比较有争议，被认为是新左派理论的代表。他其实也受了夏济安的影响，不是只强调鲁迅的战斗性和光明面，而是注重分析鲁迅的"黑暗面"。鲁迅有一句话很有名："绝望之为虚妄，正与希望相同。"[18] 就是说，我相信这个世界是绝望的，所以这个世界是虚妄的。可是怎么证明你绝望呢？就像没办法证明有希望一样，也没办法证明一定是绝望；我没办法说将来一定会更好，但我也不可以说将来一定会更坏。这样的话，今天听来还是令人怦然心动。所以鲁迅要反抗绝望。另一个是钱理群，是很有激情的鲁迅研究者。他在北大开鲁迅专门课，很受学生欢迎。另外，鲁迅博物馆的馆长孙郁，写《鲁迅传》的朱正，等等，都是研究鲁迅的专家。做中国现代文学研究的人，大部分都会研究鲁迅。鲁学和红学，是中国文学界的两门显学。

---

* "进化论"在中国：严复和伊藤博文是同学，两个人一起到英国留学。伊藤博文回到日本，一手推动了明治维新；严复回到中国，翻译了《天演论》[17]。赫胥黎的《天演论》，就是演化的意思。本来是讲自然界的，但中国那时十分贫弱，所以用自然界的规律解释社会历史发展。严格来说，这叫社会达尔文主义，是错误的学说。理论上，政治社会不像自然界，不是简单的强者吃掉弱者，否则就是社会丛林法则。但实际上还有很多人相信，认为有了实力才能讲道义。

从周树人到鲁迅

人生中的几件大事

一百年前,鲁迅也是"80后",他比陈独秀小两岁,浙江绍兴人。相对来说,鲁迅的生活经历是比较简单的,不像其他作家。比如,胡适做过驻美大使,又在台湾做"中研院"院长,解放军包围北平时,最后时刻傅作义给他留了一架飞机,让他和陈寅恪一起离开北平,经历过很多大起大落的事情。再比如郭沫若,他是北伐军总政治部副主任,后来撰文讨蒋,流亡日本;1936年被蒋介石原谅,回国担任抗日高官;新中国成立后做了政务院副总理、人大常委会副委员长等,一直是政治地位很高的作家。郁达夫没官做,但爱情风风火火,最后在南洋当翻译被暗杀,很是浪漫传奇。相比之下,鲁迅的生平一点也不传奇,但研究他生平的著作是最多的——因为他的精神历程,最能体现现代中国的精神历程,直到今天还是。鲁迅的生平,就是读书、教书、写书。有个说法,认为人应该"士、农、工、商"什么都做做,鲁迅却工、农、商都没做过,一直是士。

关于鲁迅早年的生平,有两件事我要重点讲。竹内好讲到鲁迅生平,提了三个疑问:一是祖父去世与鲁迅父亲生病的影响;

二是鲁迅跟羽太信子的关系；三是到底周氏兄弟之间出了什么事情。[19] 后两件事可能有关联。

鲁迅人生的转折点是 13 岁，这一年，祖父出事，父亲生病。他祖父是一个官员，出了什么事呢？鲁迅的回忆里也语焉不详。一般认为是科场舞弊。中国的科举制度是世界文明的重要部分，是中国传统社会数千年维持社会公平、政治清明，使得下层寒门人士能够有向上阶梯的一个重要途径。[*] 即便到了社会腐化堕落如清朝，科举制度还是非常严格，科场舞弊是死罪。祖父一出事，鲁迅父亲被革了秀才，然后生了病。三年以后，他父亲去世，只有 36 岁，这一年鲁迅 16 岁。

这三年，对鲁迅一生产生了重大的影响。为了给父亲治病，他整天去买药，把家里的好东西拿去当铺换钱。在少年周树人看来，去当铺是非常失尊严的。药里面还有药引，其中一种是蟋蟀。蟋蟀不奇特，奇特的是要原配蟋蟀。[†] 鲁迅就特地把它记下来，这种胡说八道骗病人的钱，害得他家破人亡。[20] 他当时觉得，中医是庸医，骗人误国。当然，这个看法是偏激的。

鲁迅人生的第二件大事，就是在日本留学时在课间看了一段幻灯片。鲁迅在《呐喊·自序》里有很详细的描写。幻灯片讲日俄战争期间，一个中国人被认为是俄罗斯人的间谍，因此被日本人杀头。但是不光杀头，还要找人去看，围观的是中国人，被杀的也是中国人，可那些看客表情非常麻木。从那天起，鲁迅就觉得做医生没用。本来他要做医生救国的，可如果国民的精神是傻的，

---

[*] 以前都批评科举不好，"八股文"是个贬义词，"范进中举"是个悲剧。但是在长远的人类文化的角度来看，比起同时代的中东、欧洲等世界各个地方的情况，中国的文官科举制度是具有普世性价值的，当时代表先进的文化。

[†] 怎么来证明这个蟋蟀是原配？最多不过是捉奸捉双而已嘛，到野地里看到两只蟋蟀在交配把它抓住。可是，怎么知道它不是小三？或者是购买性服务？这完全是胡说八道嘛！

身体再健壮又有什么用？照样被人杀头。于是鲁迅要弃医从文。*

　　后来美国汉学家周蕾研究中国文学与视觉艺术的关系，就从鲁迅看幻灯片入手。[21] 日本有学者去仙台，在学校档案里怎么也找不到鲁迅讲的幻灯片。† 竹内好从鲁迅写的《藤野先生》里又发现，其实他还受了别的刺激，有别的屈辱，并不是完全因为爱国才弃医从文。而且，还考证出他的医学成绩不怎么好。但是，藤野先生又对他很寄托希望。鲁迅在《藤野先生》里有一段话，说到藤野先生，鲁迅"常常想：他的对于我的热心的希望，不倦的教诲，小而言之，是为中国……大而言之，是为学术……"，鲁迅把这希望和教诲记在心里一生。

　　在日本从文完全不成功，鲁迅和弟弟周作人编了《域外小说集》，销路很不好。回国后，1912年，鲁迅做了教育部的官员，工余抄古书。从1911年到1918年，是鲁迅身体最好的时候，整天抄古书，收入也不错。很多人说鲁迅之所以深刻，跟他抄古书的经历有关。鲁迅不像胡适、陈独秀那些人，一面做文学，一面做领袖，一面做教授，很风光。鲁迅这种在教育部的官员，闲暇时规规矩矩地抄古书，脑子里却想着古今中国。这使人想起卡夫卡。卡夫卡的正职是保险公司的职员，写出了《城堡》这样可以概括整个现代官僚社会的著作，影响了西方整个20世纪。

---

* 在日本福岛核电站出事前，有一度，国人去日本旅游，热门景点就是鲁迅在仙台上课的教室。这是非常反讽的：据说鲁迅当初选在仙台学医，就是为了避开国人。没想到，他读书的地方变成今天国人的旅游点。大家去买电饭煲之余，看看鲁迅在仙台读书的地方。

† 日本的汉学家考证很仔细，我真是佩服。有一个汉学家研究郁达夫，根据郁达夫的日记和《沉沦》等小说，画了一个郁达夫嫖妓的地图。还有一个汉学家是永骏，大阪外国语学院的校长，写了一篇文章，为了考证茅盾在日本的一个情人也是中国人，把那时的电费单都查出来，查出上面的名字是秦德君。

"铁屋"启蒙的悖论

后来,《新青年》的钱玄同来找鲁迅约稿,说我们办了一个杂志提倡白话,有胡适、陈独秀等支持,但也没什么好的作品,听说你的文章写得好,所以请你来写写。关于这次会面,鲁迅在《呐喊》自序里有一段对话:

> "假如一间铁屋子,是绝无窗户而万难破毁的,里面有许多熟睡的人们,不久都要闷死了,然而是从昏睡入死灭,并不感到就死的悲哀。现在你大嚷起来,惊起了较为清醒的几个人,使这不幸的少数者来受无可挽救的临终的苦楚,你倒以为对得起他们么?"
>
> "然而几个人既然起来,你不能说决没有毁坏这铁屋的希望。"

这个比喻,后来李欧梵用来概括鲁迅,书名就叫《铁屋中的呐喊》。这是鲁迅一辈子创作的核心,也象征了当时大部分中国知识分子的两难处境。*

今天看这个启蒙的悖论,有三层意思:

第一,鲁迅的开窗启蒙成功了。在民国期间,中国大约有四亿五千万人,小学以上水平的有二成多,其中也许有十分之一的人读《新青年》、鲁迅、郁达夫、巴金。换句话说,只有全中国人口的百分之二。而恰恰是这百分之二改变了中国的方向,引导了中国的变化,少数人启蒙了大多数人。鲁迅"开了窗",毛泽东和

---

* 美国曾有一座坚固的监狱,现在已经开放作博物馆了。这座监狱设备不错,有单间,有马桶,有水龙头,有一个窗,可以看到海景,还正对着旧金山市中心——非常繁华、非常"颓废"的一个城市,周末晚上灯红酒绿。但我认为它是世界上最残酷的监狱。这就是鲁迅讲的,要是铁屋子开了窗你还走不出去,就比睡死过去还痛苦可悲。

邓小平"开了门"。

第二，革命尚未成功，同志仍须努力。启蒙了，唤醒群众了，可是隔了若干年，无数的群众陷入了另外一种昏睡。1966年8月，老舍在"文革"中被打，后来自沉于太平湖。打老舍的就是某中学的纯真少女们。今天回头看，官方都已做了定论，党中央《关于建国以来党的若干历史问题的决议》认为"文革"造成了中国的"十年浩劫"。可是在这"十年浩劫"当中，我们的广大民众是被唤醒了还是又一次昏睡？有多少人选择性集体失忆？今天的读书人，比如钱理群、李泽厚、夏济安等很多人都觉得鲁迅的事业没有完成，还要继续做。当然，更大的意义是在文化层面。

想象一下，假如现在有一个巨大的机器，把全国所有的网络直播都放在同一个屏幕上，会看到什么？绝大部分是一些网红，说皮肤，说口红，下面有很多点赞。在这个大众化的"小时代"里，严肃节目的点击量是非常边缘、非常有限的。假如鲁迅还在世，不知他的微博有多少点击量。我大概查过，看谁的微博粉丝最多：第一名姚晨，第二名赵薇，第三名谢娜，两三千万粉丝。她们的微博在讲些什么？"我的一个扣子掉了"，下面几千回贴；"头发最近又染了一个颜色"，又是一群粉丝点赞。在文化的意义上，今天是不是还是很多人处在鲁迅所讲的状态，他们只是以不同的方式睡觉。这是第二层意思。*想想鲁迅的"铁屋中的呐喊"，早有悲观的预言。

第三，可是，你到底是谁？有没有资格启蒙别人？鲁迅的意义是大家都在睡着，他醒着，这叫世人皆醉我独醒。我们都是相信他的。如果比喻成"中毒"，我们都是中了鲁迅的"毒"，现在

---

* 我碰到北大的钱理群，说你有没有看网上的现象？他说不能看，一看就泄气，一看就不知道该做什么。

给同学们上课，我相信我说的是对的，希望能影响你们。同学们可能嘴角一撇：你讲的那些对我们来说有什么用？要是换马云来，大家精神就好起来了。在香港，甚至北京、上海，李泽厚没人知道，李泽楷个个都知道。

启蒙（enlightenment），这个概念一部分是从法国的卢梭、伏尔泰来的。现在，中文讲"启蒙"有两个意思：一是指第一个老师，就是开导"蒙昧"。父亲，母亲，或幼儿园老师、小学老师，总之是最早教你知识的人。第二个意思，是在你已经懂得很多之后的某一天，有一件事、一个人、一句话，"啪"地一下，把过去不明白或者误解的问题全解开了，把你过去崇拜的东西摔碎了。这样的一个火花，在禅宗叫"棒喝"[22]。东西都在，你看不见，划一个火，山洞里的东西就全看到了。

法国革命的基础是启蒙运动，卢梭讲天赋人权，伏尔泰讲自由平等，狄德罗讲理性崇拜。康德的一个总结很有名，他说法国启蒙主义可以归结成一句话，人和人的智力、财力、能力天差地别，但是差距再大，一个人也不能决定另一个人的命运。[23] 人跟人的差别可以巨大，比如智商、情商可以差一百倍，财产可以差一亿倍。比如比尔·盖茨的财产比我多一亿倍，但是我今天这样讲话，他不能要求我不这么讲话。这是现代民主社会的文化基石，这是一人一票制的哲学基础。

再回头看鲁迅的"铁屋"启蒙，会不会有人怀疑启蒙者的权力？怎么肯定世人皆醉我独醒？谁来判断什么状态是醉、什么状态是醒？"忧国忧民"，夏志清的英文直译是"为中国痴迷"，obsession with China，会不会是"执迷不悟"呢？所以，关于鲁迅的"铁屋"比喻，可有三种不同的解释：第一，这个意象隐喻了整个现代中国文明的解放史；第二，"五四"过去一百年，我们需要继续启蒙的精神；第三，要用现代民主观念来反思"五四"的启蒙。

第四节

鲁迅与几个女人

甘愿被旧文化束缚

鲁迅身边的女人并不像陈独秀、郭沫若、郁达夫等同代文人那么复杂，但对他一生影响巨大。第一个女人是他母亲。鲁迅尊重他的母亲，一再说她是他的启蒙老师。第二个女人是朱安。鲁迅25岁结婚前想办法要取消这门旧式婚姻，但他母亲不同意——道理很简单，取消婚约就是休妻，等于毁了朱安一生。*所以鲁迅必须从日本回来结婚。可他结婚第四天就走了，他们也没有行夫妻之实。有人后来问鲁迅，你的婚姻是什么情况？鲁迅说朱安女士"不是我的妻子，她是我妈妈的媳妇"。说此话时，鲁迅也是半个阿Q。是"自欺欺人"的半个，不是"欺软怕硬"的半个。

他虽然在婚姻上甘愿被旧文化束缚，但并不处于昏迷状态，这就是"肩住了黑暗的闸门"。鲁迅清楚他所坚持的道德是他不相

---

* 其实，在唐代，也有女人协议离婚又再婚的记载，女性被道德习俗压迫近千年，是逆向地与时俱进的。

信的,是旧的,是应该拿掉的。但是,人在很多情况下是没办法的,比如在这里,他对母亲的孝道是第一位的,就得遵从旧时的婚姻,但是他不希望别的人也这样。鲁迅有很多时候是这样的,他没办法,但知道这是不对的,并不是昏迷。这就是夏济安的观点。

最早的启蒙思考

从自己与朱安的无奈婚姻开始,鲁迅开始了他最早的启蒙思考,他写了一篇文章,叫《我之节烈观》。《狂人日记》讲礼教吃人,而礼教吃人最好的例子在《彷徨》里,那就是《祝福》。《祝福》可以作为《狂人日记》的注解。但是,鲁迅的相关的思想在这之前就形成了,那就是《我之节烈观》。[24]

先说"节"。一个男人在政治上、文化上、学术上丧失了他原来坚持的原则,比如周作人、汪精卫,才是"晚节不保"。可是,在女人身上,"节"不指思想行为,专指身体。"烈"就更不公平了。打仗牺牲的女子,比如刘胡兰,并不叫"烈女",叫"女烈士";一个女人做了英雄,叫"巾帼英雄""女英雄",不叫"英雌",也不叫"英女"。只有誓死保卫身体贞节的女人,才能叫"烈女"。显然,这套语言系统是非常男性中心主义的,充满性别偏见。*

鲁迅说,道德应是人人能遵守的美德;如果是少数人才能遵守的美德,那就不叫道德,这是一些人特别的美德。道德应当是适用于每个人的,比如要忠诚,要爱国,总之是每个人都可能做到的。鲁迅又说,假如一个女人很想做节女,可丈夫身体一直很好,也不去世,那么,她不是不做节女,是做不到嘛。再假如,一个

---

* 严格说来,赵一曼、刘胡兰也是"烈女",刚烈牺牲的女子。可是,在这种情况下,人们不用"烈女"这个概念。像一位同学讲的,"烈女"是用在这种情况:有人要强暴你,你跳了河,这个叫烈女。

女人很想体现忠贞做烈女，可是丈夫一直在家，也没有强徒来污辱她……她不是不做烈女，也是没法做。

鲁迅就从这些最简单的道理，指出中国人要遵守的礼教是荒谬的。在祥林嫂的故事里可以看到，礼教的吃人非常简单，不是贺老六，也不是狼叼走儿子，不是主人家对她不好，关键是柳妈劝了她一句话，说你一辈子有两个男人，死了以后到了阴间，这两个男人要争你，所以要捐门槛，否则你就是脏的。祥林嫂虔诚地相信了这个道理，但她捐了门槛后，大家还是看不起她。女人不能有两个男人，这个观念渗入很多人的心底。

在远古时代，男人和女人的关系可能是这样的：男人本来没办法或不需要控制女人，直到温度变低了，吃的东西难找了，找寻食物时男人比女人有体力优势，这时男人就要保障他的东西留给自己的后代，母系社会就开始瓦解。当男人要出去打猎，干活去了，有别的男人在旁边窥伺，也想来山洞，想得到这个女人。那男人怎么防止这个女人和别的男人在一起呢？我看来看去，从这个时候起，男人控制女人，从古至今就是三个方法：

第一个方法，把她关起来，不让任何人进来。听上去很野蛮，但这个方法用了几千年。中国古代的女人结婚后不能见外人。直到现在，中东很多国家还是这样，女人只能见丈夫、兄弟和父亲，不能见外人。丈夫要把她关起来，以确保以后孩子的身份。

第二个方法，就是用物质笼络。男人对女人说，不要理别的男人，我打猎的羊腿归你，包你半个月不愁吃。别的男人要找她，也都是搞这些花样：我这里有好看的石头，我这里有半只鸡。今天，羊腿变成 LV、Chanel，但还是一个道理。

第三个方法，是在她脑子里面嵌一个芯片，芯片的核心程序就是：女人一辈子只能跟一个男人，只要多一个男人，就不是好女人。这个观念打进脑子以后，哪里要贞节带，哪里要 LV 啊，哪里要笼子关啊？自然而然地，只要有别的男人接近她，她就自杀，成烈女了。

数千年来，男人控制女人的方法，说来说去就这三招，鲁迅当时就看清楚了。*

好在有许广平

鲁迅"肩住了黑暗的闸门"，克己复礼，孝敬母亲，守着媳妇。在北京八道湾买了两进四合院，和周作人合住后，还要面对弟媳羽太信子。周氏兄弟虽性格不同，但都有志文学，都有大才，感情一直很好。可是，某一天，两兄弟吵架了，鲁迅就搬出去了，回来拿东西时又吵了一次，从此两兄弟不见面。周作人后来做汉奸，在北平写了很多回忆鲁迅的文章，却从来不提这件事。鲁迅也从来不提这件事。到底发生什么事情谁也不知道。比较多的猜测是，鲁迅可能冒犯了羽太信子，使得两兄弟反目。此事没有证据，只是文坛八卦。这两兄弟都是何等人啊？一定是涉及极严重的隐私、伦理、感情和尊严，两位文坛大师才会彻底翻脸。不管怎样，与女人的关系，影响了鲁迅的生活。

好在他最后有许广平。鲁迅和许广平是师生恋，如果放在今天，情况也会很困难。鲁迅当时还支持女师大学潮。去厦门时，母亲、朱安没有同行。后来在广州，和许广平"同居"，但仍不是公开的关系。想想看，这件事情要是发生在今天，在网上被人揭露出来

---

* 我去维也纳看弗洛伊德故居，那里还保留着当年的原貌，周围一排都是现在住的人家。国外很多名人故居的保护基本都是一整片的。英国湖畔诗人柯勒律治，写《简·爱》的勃朗特，他们的故居，都是如此。这样才能体会他们当初在这里研究、创作、生活的很多细节。鲁迅的故居在鲁迅博物馆里面，旁边有很多现代化的高楼，看上去就像个被切割的模型。

的话，网民会怎么形容？思想界的领袖，文坛大师，却……事情后来是用最通俗的方法解决的，许广平怀孕了，他们才承认是夫妻。鲁迅去世以后，官方也承认许广平是他正式的太太，鲁迅的稿费归许广平，他的全集也是许广平来编。鲁迅去香港演讲，许广平是广东人，做了翻译。鲁迅的演讲又促进了香港新文学的发展，那是后话。

延伸阅读

胡适：《胡适来往书信选》，北京：中华书局，1979 年

郁达夫：《回忆鲁迅：郁达夫谈鲁迅全编》，上海：上海文化出版社，2006 年

瞿秋白编：《鲁迅杂感选集·序言》，贵阳：贵州教育出版社，2014 年

平心：《人民文豪鲁迅》，上海：心声阁，1941 年

[日] 竹内好：《鲁迅》，李心峰译，杭州：浙江文艺出版社，1986 年

[美] 夏济安：《黑暗的闸门：中国左翼文学运动研究》，万芷均等译，香港：香港中文大学出版社，2015 年

周海婴：《鲁迅与我七十年》，海口：南海出版公司，2001 年

[日] 丸山升：《鲁迅·革命·历史：丸山升现代中国文学论集》，王俊文译，北京：北京大学出版社，2005 年

钱理群：《心灵的探寻》，北京：生活·读书·新知三联书店，2014 年

王富仁：《中国文化的守夜人：鲁迅》，北京：人民文学出版社，2002 年

李欧梵：《铁屋中的呐喊》，尹慧珉译，杭州：浙江大学出版社，2016 年

[日] 藤井省三：《鲁迅事典》，东京：三省堂，2002 年

孙郁：《鲁迅忧思录》，北京：中国人民大学出版社，2012 年

王晓明：《无法直面的人生：鲁迅传》，上海：上海文艺出版社，2001 年

鲁迅《呐喊·自序》

我在年青时候也曾经做过许多梦，后来大半忘却了，但自己也并不以为可惜。所谓回忆者，虽说可以使人欢欣，有时也不免使人寂寞，使精神的丝缕还牵着已逝的寂寞的时光，又有什么意味呢，而我偏苦于不能全忘却，这不能全忘的一部分，到现在便成了《呐喊》的来由。

我有四年多，曾经常常，——几乎是每天，出入于质铺和药店里，年纪可是忘却了，总之是药店的柜台正和我一样高，质铺的是比我高一倍，我从一倍高的柜台外送上衣服或首饰去，在侮蔑里接了钱，再到一样高的柜台上给我久病的父亲去买药。回家之后，又须忙别的事了，因为开方的医生是最有名的，以此所用的药引也奇特：冬天的芦根，经霜三年的甘蔗，蟋蟀要原对的，结子的平地木，……多不是容易办到的东西。然而我的父亲终于日重一日的亡故了。

有谁从小康人家而坠入困顿的么，我以为在这途路中，大概可以看见世人的真面目；我要到N进K学堂去了，仿佛是想走异路，逃异地，去寻求别样的人们。我的母亲没有法，办了八元的川资，说是由我的自便；然而伊哭了，这正是情理中的事，因为那时读书应试是正路，所谓学洋务，社会上便以为是一种走投无路的人，只得将灵魂卖给鬼子，要加倍的奚落而且排斥的，而况伊又看不见自己的儿子了。然而我也顾不得这些事，终于到 N 去进了 K 学堂了，在这学堂里，我才知道世上还有所谓格致，算学，地理，历史，绘图和体操。生理学并不教，但我们却看到些木版的《全体新论》和《化学卫生论》之类了。我还记得先前的医生的议论和方药，和现在所知道的比较起来，便渐渐的悟得中医不过是一种有意的或无意的骗子，同时又很起了对于被骗的病人和他的家族的同情；而且从译出的历史上，又知道了日本维新是大半发端于西方医学的事实。

因为这些幼稚的知识，后来便使我的学籍列在日本一个乡间的医学专门学校里了。我的梦很美满，预备卒业回来，救治像我父亲似的被误的病人的疾苦，战争时候便去当军医，一面又促进了国人对于维新的信仰。我已不知道教授微生物学的方法，现在又有了怎样的进步了，总之那时是用了电影，来显示微生物的形状的，因此有时讲义的一段落已完，而时间还没有到，教师便映些风景或时事的画片给学生看，以用去这多余的光阴。其时正当日俄战争的时候，关于战事的画片自然也就比较的多了，我在这一个讲堂中，便须常常随喜我那同学们的拍手和喝采。有一回，我竟在画片上忽然会见我久违的许多中国人了，一个绑在中间，许多站在左右，一样是强壮的体格，而显出麻木的神情。据解说，则绑着的是替俄国做了军事上的侦探，正要被日军砍下头颅来示众，而围着的便是来赏鉴这示众的盛举的人们。

这一学年没有完毕，我已经到了东京了，因为从那一回以后，我便觉得医学并非一件紧要事，凡是愚弱的国民，即使体格如何健全，如何茁壮，也只能做毫无意义的示众的材料和看客，病死多少是不必以为不幸的。所以我们的第一要著，是在改变他们的精神，而善于改变精神的是，我那时以为当然要推文艺，于是想提倡文艺运动了。在东京的留学生很有学法政理化以至警察工业的，但没有人治文学和美术；可是在冷淡的空气中，也幸而寻到几个同志了，此外又邀集了必须的几个人，商量之后，第一步当然是出杂志，名目是取"新的生命"的意思，因为我们那时大抵带些复古的倾向，所以只谓之《新生》。

《新生》的出版之期接近了，但最先就隐去了若干担当文字的人，接着又逃走了资本，结果只剩下不名一钱的三个人。创始时候既已背时，失败时候当然无可告语，而其后却连这三个人也都为各自的运命所驱策，不能在一处纵谈将来的好梦了，这就是我们的并未产生的《新生》的结局。

我感到未尝经验的无聊，是自此以后的事。我当初是不知其所以然的；后来想，凡有一人的主张，得了赞和，是促其前进的，得了反对，是促其奋斗的，独有叫喊于生人中，而生人并无反应，既非赞同，也无反对，如置身毫无边际的荒原，无可措手的了，这是怎样的悲哀呵，我于是以我所感到者为寂寞。

这寂寞又一天一天的长大起来，如大毒蛇，缠住了我的灵魂了。

然而我虽然自有无端的悲哀，却也并不愤懑，因为这经验使我反省，看见自己了：就是我决不是一个振臂一呼应者云集的英雄。

只是我自己的寂寞是不可不驱除的，因为这于我太痛苦。我于是用了种种法，来麻醉自己的灵魂，使我沉入于国民中，使我回到古代去，后来也亲历或旁观过几样更寂寞更悲哀的事，都为我所不愿追怀，甘心使他们和我的脑一同消灭在泥土里的，但我的麻醉法却也似乎已经奏了功，再没有青年时候的慷慨激昂的意思了。

S会馆里有三间屋，相传是往昔曾在院子里的槐树上缢死过一个女人的，现在槐树已经高不可攀了，而这屋还没有人住；许多年，我便寓在这屋里钞古碑。客中少有人来，古碑中也遇不到什么问题和主义，而我的生命却居然暗暗的消去了，这也就是我惟一的愿望。夏夜，蚊子多了，便摇着蒲扇坐在槐树下，从密叶缝里看那一点一点的青天，晚出的槐蚕又每每冰冷的落在头颈上。

那时偶或来谈的是一个老朋友金心异，将手提的大皮夹放在破桌上，脱下长衫，对面坐下了，因为怕狗，似乎心房还在怦怦的跳动。

"你钞了这些有什么用？"有一夜，他翻着我那古碑的钞本，发了研究的质问了。

"没有什么用。"

"那么，你钞他是什么意思呢？"

"没有什么意思。"

"我想，你可以做点文章……"

我懂得他的意思了，他们正办《新青年》，然而那时仿佛不特没有人来赞同，并且也还没有人来反对，我想，他们许是感到寂寞了，但是说：

"假如一间铁屋子，是绝无窗户而万难破毁的，里面有许多熟睡的人们，不久都要闷死了，然而是从昏睡入死灭，并不感到就死的悲哀。现在你大嚷起来，惊起了较为清醒的几个人，使这不幸的少数者来受无可挽救的临终的苦楚，你倒以为对得起他们么？"

"然而几个人既然起来，你不能说决没有毁坏这铁屋的希望。"

是的，我虽然自有我的确信，然而说到希望，却是不能抹杀的，因为希望是在于将来，决不能以我之必无的证明，来折服了他之所谓可有，于是我终于答应他也做文章了，这便是最初的一篇《狂人日记》。从此以后，便一发而不可收，每写些小说模样的文章，以敷衍朋友们的嘱托，积久了就有了十余篇。

在我自己，本以为现在是已经并非一个切迫而不能已于言的人了，但或者也还未能忘怀于当日自己的寂寞的悲哀罢，所以有时候仍不免呐喊几声，聊以慰藉那在寂寞里奔驰的猛士，使他不惮于前驱。至于我的喊声是勇猛或是悲哀，是可憎或是可笑，那倒是不暇顾及的；但既然是呐喊，则当然须听将令的了，所以我往往不恤用了曲笔，在《药》的瑜儿的坟上平空添上一个花环，在《明天》里也不叙单四嫂子竟没有做到看见儿子的梦，因为那时的主将是不主张消极的。至于自己，却也并不愿将自以为苦的寂寞，再来传染给也如我那年青时候似的正做着好梦的青年。

这样说来，我的小说和艺术的距离之远，也就可想而知了，然而到今日还能蒙着小说的名，甚而至于且有成集的机会，无论如何总不能不说是一件侥幸的事，但侥幸虽使我不安于心，而悬揣人间暂时还有读者，则究竟也仍然是高兴的。

所以我竟将我的短篇小说结集起来，而且付印了，又因为上面所说的缘由，便称之为《呐喊》。

一九二二年十二月三日，鲁迅记于北京。

鲁迅《我之节烈观》

"世道浇漓，人心日下，国将不国"这一类话，本是中国历来的叹声。不过时代不同，则所谓"日下"的事情，也有迁变：从前指的是甲事，现在叹的或是乙事。除了"进呈御览"的东西不敢妄说外，其余的文章议论里，一向就带这口吻。因为如此叹息，不但针砭世人，还可以从"日下"之中，除去自己。所以君子固然相对慨叹，连杀人放火嫖妓骗钱以及一切鬼混的人，也都乘作恶余暇，摇着头说道，"他们人心日下了。"

世风人心这件事，不但鼓吹坏事，可以"日下"；即使未曾鼓吹，只是旁观，只是赏玩，只是叹息，也可以叫他"日下"。所以近一年来，居然也有几个不肯徒托空言的人，叹息一番之后，还要想法子来挽救。第一个是康有为，指手画脚的说"虚君共和"才好，陈独秀便斥他不兴；其次是一班灵学派的人，不知何以起了极古奥的思想，要请"孟圣矣乎"的鬼来画策；陈百年钱玄同刘半农又道他胡说。

这几篇驳论，都是《新青年》里最可寒心的文章。时候已是二十世纪了；人类眼前，早已闪出曙光。假如《新青年》里，有一篇和别人辩地球方圆的文字，读者见了，怕一定要发怔。然而现今所辩，正和说地体不方相差无几。将时代和事实，对照起来，怎能不教人寒心而且害怕？

近来虚君共和是不提了，灵学似乎还在那里捣鬼，此时却又有一群人，不能满足；仍然摇头说道，"人心日下"了。于是又想出一种挽救的方法；他们叫作"表彰节烈"！

这类妙法，自从君政复古时代以来，上上下下，已经提倡多年；此刻不过是竖起旗帜的时候。文章议论里，也照例时常出现，都嚷道"表彰节烈"！要不说这件事，也不能将自己提拔，出于"人心日下"之中。

节烈这两个字，从前也算是男子的美德，所以有过"节士"，"烈士"的名称。然而现在的"表彰节烈"，却是专指女子，并无男子在内。据时下道德家的意见，来定界说，大约节是丈夫死了，决不再嫁，也不私奔，丈夫死得愈早，家里愈穷，他便节得愈好。烈可是有两种：一种是无论已嫁未嫁，只要丈夫死了，他也跟着自尽；一种是有强暴来污辱他的时候，设法自戕，或者抗拒被杀，都无不可。这也是死得愈惨愈苦，他便烈得愈好，倘若不及抵御，竟受了污辱，然后自戕，便免不了议论。万一幸而遇着宽厚的道德家，有时也可以略迹原情，许他一个烈字。可是文人学士，已经不甚愿意替他作传；就令勉强动笔，临了也不免加上几个"惜夫惜夫"了。

总而言之：女子死了丈夫，便守着，或者死掉；遇了强暴，便死掉；将这类人物，称赞一通，世道人心便好，中国便得救了。大意只是如此。

康有为借重皇帝的虚名，灵学家全靠着鬼话。这表彰节烈，却是全权都在人民，大有渐进自力之意了。然而我仍有几个疑问，须得提出。还要据我的意见，给他解答。我又认定这节烈救世说，是多数国民的意思；主张的人，只是喉舌。虽然是他发声，却和四支五官神经内脏，都有关系。所以我这疑问和解答，便是提出于这群多数国民之前。

　　首先的疑问是：不节烈（中国称不守节作"失节"，不烈却并无成语，所以只能合称他"不节烈"）的女子如何害了国家？照现在的情形，"国将不国"，自不消说：丧尽良心的事故，层出不穷；刀兵盗贼水旱饥荒，又接连而起。但此等现象，只是不讲新道德新学问的缘故，行为思想，全钞旧帐；所以种种黑暗，竟和古代的乱世仿佛，况且政界军界学界商界等等里面，全是男人，并无不节烈的女子夹杂在内。也未必是有权力的男子，因为受了他们蛊惑，这才丧了良心，放手作恶。至于水旱饥荒，便是专拜龙神，迎大王，滥伐森林，不修水利的祸祟，没有新知识的结果；更与女子无关。只有刀兵盗贼，往往造出许多不节烈的妇女。但也是兵盗在先，不节烈在后，并非因为他们不节烈了，才将刀兵盗贼招来。

　　其次的疑问是：何以救世的责任，全在女子？照着旧派说起来，女子是"阴类"，是主内的，是男子的附属品。然则治世救国，正须责成阳类，全仗外子，偏劳主体。决不能将一个绝大题目，都阁在阴类肩上。倘依新说，则男女平等，义务略同。纵令该担责任，也只得分担。其余的一半男子，都该各尽义务。不特须除去强暴，还应发挥他自己的美德。不能专靠惩劝女子，便算尽了天职。

　　其次的疑问是：表彰之后，有何效果？据节烈为本，将所有活着的女子，分类起来，大约不外三种：一种是已经守节，应该表彰的人（烈者非死不可，所以除出）；一种是不节烈的人；一种是尚未出嫁，或丈夫还在，又未遇见强暴，节烈与否未可知的人。第一种已经很好，正蒙表彰，不必说了。第二种已经不好，中国从来不许忏悔，女子做事一错，补过无及，只好任其羞杀，也不值得说了。最要紧的，只在第三种，现在一经感化，他们便都打定主意道："倘若将来丈夫死了，决不再嫁；遇着强暴，赶紧自裁！"试问如此立意，与中国男子做主的世道人心，有何关系？这个缘故，已在上文说明。更有附带的疑问是：节烈的人，既经表彰，自是品格最高。但圣贤虽人人可学，此事却有所不能。假如第三种的人，虽然立志极高，万一丈夫长寿，天下太平，他便只好饮恨吞声，做一世次等的人物。

以上是单依旧日的常识，略加研究，便已发见了许多矛盾。若略带二十世纪气息，便又有两层：

一问节烈是否道德？道德这事，必须普遍，人人应做，人人能行，又于自他两利，才有存在的价值。现在所谓节烈，不特除开男子，绝不相干；就是女子，也不能全体都遇着这名誉的机会。所以决不能认为道德，当作法式。上回《新青年》登出的《贞操论》里，已经说过理由。不过贞是丈夫还在，节是男子已死的区别，道理却可类推。只有烈的一件事，尤为奇怪，还须略加研究。

照上文的节烈分类法看来，烈的第一种，其实也只是守节，不过生死不同。因为道德家分类，根据全在死活，所以归入烈类。性质全异的，便是第二种。这类人不过一个弱者（现在的情形，女子还是弱者），突然遇着男性的暴徒，父兄丈夫力不能救，左邻右舍也不帮忙，于是他就死了；或者竟受了辱，仍然死了；或者终于没有死。久而久之，父兄丈夫邻舍，夹着文人学士以及道德家，便渐渐聚集，既不羞自己怯弱无能，也不提暴徒如何惩办，只是七口八嘴，议论他死了没有？受污没有？死了如何好，活着如何不好。于是造出了许多光荣的烈女，和许多被人口诛笔伐的不烈女。只要平心一想，便觉不像人间应有的事情，何况说是道德。

二问多妻主义的男子，有无表彰节烈的资格？替以前的道德家说话，一定是理应表彰。因为凡是男子，便有点与众不同，社会上只配有他的意思。一面又靠着阴阳内外的古典，在女子面前逞能。然而一到现在，人类的眼里，不免见到光明，晓得阴阳内外之说，荒谬绝伦；就令如此，也证不出阳比阴尊贵，外比内崇高的道理。况且社会国家，又非单是男子造成。所以只好相信真理，说是一律平等。既然平等，男女便都有一律应守的契约。男子决不能将自己不守的事，向女子特别要求。若是买卖欺骗贡献的婚姻，则要求生时的贞操，尚且毫无理由。何况多妻主义的男子，来表彰女子的节烈。

以上，疑问和解答都完了。理由如此支离，何以直到现今，居然还能存在？要对付这问题，须先看节烈这事，何以发生，何以通行，何以不生改革的缘故。

古代的社会，女子多当作男人的物品。或杀或吃，都无不可；男人死后，和他喜欢的宝贝，日用的兵器，一同殉葬，更无不可。后来殉葬的风气，渐渐改了，守节便也渐渐发生。但大抵因为寡妇是鬼妻，亡魂跟着，所以无人敢娶，并非要他不事二夫。这样风俗，现在的蛮人社会里还有。中国太古的情形，现在已无从详考。但看周末虽有殉葬，并非专用女人，嫁否也任便，并无什么裁制，便可知道脱离了这宗习俗，为日已久。由汉至唐也并没有鼓吹节烈。直到宋朝，那一班"业儒"的才说出"饿死事小失节事大"的话，看见历史上"重适"两个字，便大惊小怪起来。出于真心，还是故意，现在却无从推测。其时也正是"人心日下，国将不国"的时候，全国士民，多不像样。或者"业儒"的人，想借女人守节的话，来鞭策男子，也不一定。但旁敲侧击，方法本嫌鬼祟，其意也太难分明，后来因此多了几个节妇，虽未可知，然而吏民将卒，却仍然无所感动。于是"开化最早，道德第一"的中国终于归了"长生天气力里大福荫护助里"的什么"薛禅皇帝，完泽笃皇帝，曲律皇帝"了。此后皇帝换过了几家，守节思想倒反发达。皇帝要臣子尽忠，男人便愈要女人守节。到了清朝，儒者真是愈加利害。看见唐人文章里有公主改嫁的话，也不免勃然大怒道，"这是什么事！你竟不为尊者讳，这还了得！"假使这唐人还活着，一定要斥革功名，"以正人心而端风俗"了。

国民将到被征服的地位，守节盛了；烈女也从此着重。因为女子既是男子所有，自己死了，不该嫁人，自己活着，自然更不许被夺。然而自己是被征服的国民，没有力量保护，没有勇气反抗了，只好别出心裁，鼓吹女人自杀。或者妻女极多的阔人，婢妾成行的富翁，乱离时候，照顾不到，一遇"逆兵"（或是"天兵"），就无法可想。只得救了自己，请别人都做烈女；变成烈女，"逆兵"便不要了。他便待事定以后，慢慢回来，称赞几句。好在男子再娶，又是天经地义，别讨女人，便都完事。因此世上遂有了"双烈合传"，"七姬墓志"，甚而至于钱谦益的集中，也布满了"赵节妇""钱烈女"的传记和歌颂。

只有自己不顾别人的民情，又是女应守节男子却可多妻的社会，造出如此畸形道德，而且日见精密苛酷，本也毫不足怪。但主张的是男子，上当的是女子。女子本身，何以毫无异言呢？原来"妇者服也"，理应服事于人。教育固可不必，连开口也都犯法。他的精神，也同他体质一样，成了畸形。所以对于这畸形道德，实在无甚意见。就令有了异议，也没有发表的机会。做几首"闺中望月""园里看花"的诗，尚且怕男子骂他怀春，何况竟敢破坏这"天地间的正气"？只有说部书上，记载过几个女人，因为境遇上不愿守节，据做书的人说：可是他再嫁以后，便被前夫的鬼捉去，落了地狱；或者世人个个唾骂，做了乞丐，也竟求乞无门，终于惨苦不堪而死了！

如此情形，女子便非"服也"不可。然而男子一面，何以也不主张真理，只是一味敷衍呢？汉朝以后，言论的机关，都被"业儒"的垄断了。宋元以来，尤其利害。我们几乎看不见一部非业儒的书，听不到一句非士人的话。除了和尚道士，奉旨可以说话的以外，其余"异端"的声音，决不能出他卧房一步。况且世人大抵受了"儒者柔也"的影响；不述而作，最为犯忌。即使有人见到，也不肯用性命来换真理。即如失节一事，岂不知道必须男女两性，才能实现。他却专责女性；至于破人节操的男子，以及造成不烈的暴徒，便都含糊过去。男子究竟较女性难惹，惩罚也比表彰为难。其间虽有过几个男人，实觉于心不安，说些室女不应守志殉死的平和话，可是社会不听；再说下去，便要不容，与失节的女人一样看待。他便也只好变了"柔也"，不再开口了。所以节烈这事，到现在不生变革。

（此时，我应声明：现在鼓吹节烈派的里面，我颇有知道的人。敢说确有好人在内，居心也好。可是救世的方法是不对，要向西走了北了。但也不能因为他是好人，便竟能从正西直走到北。所以我又愿他回转身来。）

其次还有疑问：

节烈难么？答道，很难。男子都知道极难，所以要表彰他。社会的公意，向来以为贞淫与否，全在女性。男子虽然诱惑了女人，却不负责任。譬如甲男引诱乙女，乙女不允，便是贞节，死了，便是烈；甲男并无恶名，社会可算淳古。倘若乙女允了，便是失节；甲男也无恶名，可是世风被乙女败坏了！别的事情，也是如此。所以历史上亡国败家的原因，每每归咎女子。糊糊涂涂的代担全体的罪恶，已经三千多年了。男子既然不负责任，又不能自己反省，自然放心诱惑；文人著作，反将他传为美谈。所以女子身旁，几乎布满了危险。除却他自己的父兄丈夫以外，便都带点诱惑的鬼气。所以我说很难。

节烈苦么？答道，很苦。男子都知道很苦，所以要表彰他。凡人都想活；烈是必死，不必说了。节妇还要活着。精神上的惨苦，也姑且弗论。单是生活一层，已是大宗的痛楚。假使女子生计已能独立，社会也知道互助，一人还可勉强生存。不幸中国情形，却正相反。所以有钱尚可，贫人便只能饿死。直到饿死以后，间或得了旌表，还要写入志书。所以各府各县志书传记类的末尾，也总有几卷"烈女"。一行一人，或是一行两人，赵钱孙李，可是从来无人翻读。就是一生崇拜节烈的道德大家，若问他贵县志书里烈女门的前十名是谁？也怕不能说出。其实他是生前死后，竟与社会漠不相关的。所以我说很苦。

照这样说，不节烈便不苦么？答道，也很苦。社会公意，不节烈的女人，既然是下品；他在这社会里，是容不住的。社会上多数古人模模糊糊传下来的道理，实在无理可讲；能用历史和数目的力量，挤死不合意的人。这一类无主名无意识的杀人团里，古来不晓得死了多少人物；节烈的女子，也就死在这里。不过他死后间有一回表彰，写入志书。不节烈的人，便生前也要受随便什么人的唾骂，无主名的虐待。所以我说也很苦。

女子自己愿意节烈么？答道，不愿。人类总有一种理想，一种希望。虽然高下不同，必须有个意义。自他两利固好，至少也得有益本身。节烈很难很苦，既不利人，又不利己。说是本人愿意，实在不合人情。所以假如遇着少年女人，诚心祝赞他将来节烈，一定发怒；或者还要受他父兄丈夫的尊拳。然而仍旧牢不可破，便是被这历史和数目的力量挤着。可是无论何人，都怕这节烈。怕他竟钉到自己和亲骨肉的身上。所以我说不愿。

我依据以上的事实和理由，要断定节烈这事是：极难，极苦，不愿身受，然而不利自他，无益社会国家，于人生将来又毫无意义的行为，现在已经失了存在的生命和价值。

临了还有一层疑问：

节烈这事，现代既然失了存在的生命和价值；节烈的女人，岂非白苦一番么？可以答他说：还有哀悼的价值。他们是可怜人；不幸上了历史和数目的无意识的圈套，做了无主名的牺牲。可以开一个追悼大会。

我们追悼了过去的人，还要发愿：要自己和别人，都纯洁聪明勇猛向上。要除去虚伪的脸谱。要除去世上害己害人的昏迷和强暴。

我们追悼了过去的人，还要发愿：要除去于人生毫无意义的苦痛。要除去制造并赏玩别人苦痛的昏迷和强暴。

我们还要发愿：要人类都受正当的幸福。

一九一八年七月

鲁迅对"五四"的怀疑和反省

胡　适	1891		1962
鲁　迅	**1881**	**1936**	
周作人	1885		1967
郁达夫	1896	1945	
冰　心	1900		1999
凌叔华	1900		1990
丁　玲	1904		1986
郭沫若	1892		1978
戴望舒	1905	1950	
闻一多	1899	1946	
卞之琳	1910		2000
梁遇春	1906	1932	
茅　盾	1896		1981
田　汉	1898		1968
曹　禺	1910		1996
老　舍	1899	1966	
巴　金	1904		2005
沈从文	1902		1988
萧　红	1911	1942	
张爱玲	1920		1995
钱锺书	1910		1998

《狂人日记》：唯一看破礼教吃人的人，投降了

"疯"与"狂"之区别

《狂人日记》是鲁迅第一篇白话小说作品，是总纲。这种情况很少见，这样的第一篇作品，变成了后来百年文学的提纲。文学和科学不同，科学总是新的比旧的好，有了新的，就淘汰旧的，文学不是的。第一篇作品就是最好作品的作家有很多，张爱玲、郁达夫、曹禺，都是。作为文学史的现象来讲，也不奇怪。中国文学最好的作品是什么？虽然后来有唐诗、宋词、元曲、明清小说，但是《国风》和《离骚》是中国文学无可替代的高峰。

鲁迅的《狂人日记》影响了百年来很多中国作家的创作，一直到当代。比如，残雪的《山上的小屋》，余华写《一九八六年》，都是《狂人日记》在当代的延续。而且,《狂人日记》最代表"五四"精神：一是借用了西方小说的形式；二是尝试了白话文；三是批判礼教；四是进化论的观点。这是《狂人日记》的基本特点，也是"五四"新文化的四个要点。

下面来具体分析这篇小说。

什么是"狂人"？英文叫"mad man"，是"疯子"。但"疯"

和"狂"有重要的区别。"疯子"与"天才"之间，隔着一个"狂人"，狂人跟疯子、天才都只差半步。在中文里，与"狂人"相关的，有很多概念，比如狂、癫、疯、野、痴、愚、傻、蠢……《辞海》里，"狂"有三个意思：第一个意思是精神病；第二个意思是重情任性，放浪恣肆；第三个意思是狂放不羁，过于进取。这后两个意思，并不是贬义，比如"我本楚狂人，凤歌笑孔丘""必也狂狷乎""狂者进取"。"狂人"在中文里是多义的。

"疯"与"狂"显然是有重要区别的。但吊诡之处在于，《狂人日记》的主人公既是一个疯子，又是一个狂人。按医生的角度来看，主人公是一个典型的被迫害狂、妄想狂，觉得所有人都要吃他，都看着他笑，他很害怕。这是一个典型的精神病患者。鲁迅曾学医，写了一个很真实的病人，有真实的原型。但换个角度看，他又是一个斗士，挑战旧礼教，世人皆醉我独醒。小说巧妙地利用了"疯"和"狂"的语意上的含糊。新批评理论有一个重要的观点：语意的含糊不是错，而是文学的魅力。如果说得很清楚，就不是文学性；意思模糊，左可以理解，右也可以理解，这才是文学性。各种各样的暧昧、歧义、朦胧，都是文学的魅力。[*]"狂人"这个题目，本身就很暧昧。

---

[*] 新批评派学者燕卜荪肯定语意含糊的好处："能在一个直接陈述上加添细腻意义的语言的任何微小效果"，"任何语义上的差别，不论如何细微，只要它使同一句话有可能引起不同反应"，便值得研究。可参见《朦胧的七种类型》。

后来德国接受主义学派虽与新批评南辕北辙，却也认为语意含糊形成作品的召唤结构，如伊瑟尔所认为的，文学语言包含许多意义未定性和意义空白。这种意义未定性和意义空白是文学作为读者接受并产生效果的基本条件。本文中的未定性与意义空白，是创作意识与接受意识的桥梁，是前者向后者转化的条件。"作品的未定性与意义空白促使读者去寻找作品的意义，从而赋予他参与作品意义构成的权利"——这就是作品的"召唤结构"。参见伊瑟尔《文本的召唤结构》。

"吃人"的写实与象征

小说里的"吃人"是一个比喻，读《祝福》就知道，礼教会把一个人害死。但是，"吃人"又很写实。小说里讲过几种吃人的形态，比如讲到狼子村时，说"不是荒年，怎么会吃人"，意思是：到了非常困难的荒年时，就可以吃人。历史上有"易子而食"，就是闹饥荒时，家长不忍心吃自家饿死的小孩，就跟别人家换着吃。这是一种。小说里还说到"爷娘生病，做儿子的须割下一片肉来，煮熟了请他吃，才算好人"，这是我们特有的一种"道德的吃法"，就是符合礼教的吃人。还有一种，小说里也写了，抓到敌人时，可以把他的心肝炒了吃，来表达愤怒。

汉学家葛浩文，是莫言小说的主要英语翻译者。莫言获诺贝尔文学奖，葛浩文功不可没，有人甚至说他翻译的英文比莫言的中文还漂亮。[1]（我并不同意这样的说法）葛浩文有一次演讲，就是讨论"吃人"的文化。究竟人类文明史上有哪几种不同的"吃人"呢？

第一种"吃人"就是为了生存。这种吃人在世界各国文献里都有记载，是人类的普遍问题，各个民族、各个时期都有过。当人快饿死的时候，就去吃其他的人，尤其是吃已经死掉的人。在1972年，有一架飞机在南美迫降，死了不少人。那么，活着的人可不可以吃死去的人，来生存下去？那些幸存的人展开了激烈的、关于人道主义的争论。

第二种"吃人"，就是吃敌人身体的一部分。把敌人身体上的某一部分，比如头颅、心肝吃掉，来宣泄仇恨，表示敌人的彻底消灭。秋瑾同时代的革命党徐锡麟，被人炒了心肝吃掉，已经快到清末民初的时候了。这也是刺激鲁迅写《药》的很重要的原因。虽然在鲁迅看来，这是一个恶习，但吃掉敌人的习俗也是很多民族都有的。

有一种极端的说法，说世界上只有三种动物是吃同类的，一种是蟑螂，一种是老鼠，一种就是人。当然这是瞎说的，是诬蔑人类，因为动物界吃同类的动物还有很多。但据说，狮子是无论如何也不吃死掉的狮子，而人类会吃死掉的人类。因此，人类虽然很聪明，是食物链的最顶端，但境界不高尚。《狂人日记》里就把人和动物做了很多比较，短短的几篇日记里面讲了好多种动物，狮子、狼、狗、狐狸、兔子。这是有意把人性和动物性比较。

葛浩文认为，有两种吃人方式是我们特有的：一种是"易子而食"，一种是把儿子煮了给父母吃，这是一种道德的吃人。最有名的例子，是传说晋文公重耳出逃时，一个大臣割了自己腿上的一块肉给他吃；而主君也照样能吃下去，感慨他对国家的贡献。这在历史上，是非常忠君爱国的、非常高尚的行为。

还有第四种"吃人"，很可能是我们都会有的。为了营养，为了美味，为了美容。李碧华有一篇小说[2]，说香港的女人为了保持美貌，就去吃胎盘做的饺子。当然，李碧华的情节一贯荒诞。但是，国人把人身上的东西拿来营养，是可以举出例子来的，除了胎盘，还有人奶。吴组缃的小说《官官的补品》[3]，讲一个地主的儿子，身体不好要补养。本来要买牛奶，但牛奶很贵，就找来家里一个长工的老婆，刚生完小孩，叫她把人奶给他。主人公以第一人称写道，人真是聪明，找牛干什么呢，人多好呢，这么好的奶，对身体又好。*

所以，鲁迅讲的"吃人"，既是象征，又是写实。既讲实际上

---

* 今天网上常常也有揭露，有很多地方提供人奶，有的甚至和色情业相联系。这也不单是我们，据说外国也有，还有罐装的。但他们规定是：生了小孩后，没有母乳的人才可以买。这个是第四种"吃人"，仅仅是为了营养，还不是为了生死。如果说一喝人奶癌症就没了，那也许卫生部还会同意。现在不是，它就是补身体，美容。这是否人道？

的吃人习俗，又讲礼教怎么限制人的灵魂。在文学手段里，单纯的象征容易，单纯的写实也容易，最难的就是把象征和写实结合起来，浑然天成，这是最高的文学手法。鲁迅的《野草》里有篇散文诗叫《影的告别》，影子隐喻了他自己，他说："然而黑暗又会吞并我，然而光明又会使我消失。"[4]这是一个思想家的困境和彷徨，不能与黑暗妥协，又受不了革命。可又是写实的，因为影子就是这样的。一般的评论只讲象征，却忘了它的写实层面。*《狂人日记》的隐喻层面，现在看来有点太露。比如"赵贵翁"，"古久先生"，都是比较明显的象征，稍稍有点简单化。

个人与群体的对立

除了"疯"与"狂"之区别、"吃人"的写实与象征之外，《狂人日记》值得关注的第三点，就是鲁迅小说的基本模式：个人与群体的对立。

我最早读鲁迅的小说时，非常震惊。因为在我成长的年代，个人跟群众如有矛盾，一定是群众对。当然，有一个个人比群众更对，但是他说了，群众是真正的英雄，所以我们都相信群众。我从小就知道，凡一件事情，很多人说不对那就一定不对，一定是我错了。直到读鲁迅的小说才知道，有可能个人是对的。我也可能就是这个人。

有两个强大的力量一直都在支持群众，一个是主流意识形态，人民群众总归是正确的。现在被称为主旋律，在 20 世纪五六十年

---

* 张爱玲也是一样。《第一炉香》的女主人公想知道一个男人爱不爱她，就抬起头来想看他的眼睛，可是他戴着墨镜，她怎么都看不到他的眼睛，只看到墨镜里自己缩小的身影。这个描写多厉害！这是写实的，对着墨镜看，当然看到自己；但实际的意思是：她根本抓不住这个男人的心，只看到自己非常可怜。[5]这种又写实又象征的技巧，非常高。

代，真的是主流。另一个是市场经济，讲销量，讲读者，讲点击率。流量是靠群众来的，少数人讲得再好也没有用，几十万点击量就是厉害。可是偏偏鲁迅支持个人。

《狂人日记》里，很多人都觉得主人公是傻瓜，可实际上他是对的，只有他才看到了历史的潮流。当然，他最后也自我否定。但是，在群体与个人对立的情况下，《狂人日记》站在了"个人"的立场上，是个人向庸众宣战，这是鲁迅早期的思想。当然，鲁迅写得更多的是"众人"，在分析一个一个的"吃瓜群众"。*但《狂人日记》写的是"个人"，而这个人，在众人眼里是有病的，是"癫佬"。但狂人想说的是：说不定你们在睡觉，我在叫醒你们。这个人物的反转，是这篇小说的基本主题。最早的"狂人"是企图"看人"（救人），其实也"被看"（被救）。后来的《阿Q正传》和《示众》，更多只是"被看"。（我在本书前言中说过，本想看人家教书，结果却是"被看"。）如果说鲁迅自己也是半个"狂人"，那是病中反抗"看人"的半个，而非最后被招安的半个（至少到1936年是这样，倘若鲁迅很长寿，后面的情况就不知道了）。

进化论和鲁迅的怀疑

《狂人日记》还有一个要点，就是进化论。之前讲过，影响"五四"的，有科学、民主、进化论三大主要思想。

科学，理论上是胜利了，今天中国人都相信科学。但也未必全部，因为还有一些科学是不能被怀疑的，而科学的精神是：任何东西都可以被怀疑。所以在某种程度上，我们距离科学精神的

---

* 最近有一个网络用语，群众前面加了两个字"吃瓜"，把看热闹的旁观的人称为"吃瓜群众"，不要小看这么一个网络用语，就有鲁迅精神渗透在里面：对国民性的批判，对群众大多数的怀疑。

真正实现，还有很大的发展空间。

民主，当然我们知道中国是人民民主专政，人民作主。但是，也有一些非常普遍的误解。民主也有几种。一种误解是，你是民，我是主。当然这个是错误的。第二种误解非常普遍，要为民服务，要为民作主。"当官不为民作主，不如回家卖红薯。"这句话看上去对，实际上有问题。"为民作主"，主语无论是谁，总之自己没法作主，才需要有人作主，所以还是要呼唤包青天。归根到底，民主的最终目的不是要清官。

其实，"五四"以后直到今天，进化论远比科学、民主更深入人心。在中国古代，人们对于时间的概念有两种：一种是循环论；一种是退化论。什么是退化论呢？就是说中国最好的时候，是上古时代；中国最好的皇帝，是尧舜禹，三皇五帝；过去的是最好的，圣贤都是古人。而我们今天总难企及尧舜禹汤，"世风日下，人心不古"的说法，就是历史退化论。另外，还有一个循环论，《三国演义》的第一句"话说天下大势，分久必合，合久必分"，你方唱罢我登场，主张历史是循环的。

清末，赫胥黎《天演论》译成中文后，中国人慢慢接受了一个新的时间观，就是把脸转过来了，以前看前人、先人，现在要进步，看未来。现在有很多话语，具有不证自明的正能量。比如说"前进"，往哪里前进？向未来前进。未来一定会更好，这就是进化论。为什么？物竞天择啊，留下来的都是好东西。世界是竞争的，历史的车轮滚滚向前势不可当，反动势力终将灭亡，正义终将胜利——把一切都归结到这样一个线性时间的发展上来。

刚才讲的这些主流意识形态的话语，其实已渗透到每个人的脑子里，不仅在内地，也在香港和台湾。同学们看今天在香港的街上，新鸿基、新地、新时代、新世纪、新光、新世界、新同乐……一大堆"新"，很少有哪家店以"旧"命名的。"老"还有一些，"旧"

非常罕见。香港虽然很重视文物保留，愿意保护旧建筑，但在语言上改得非常彻底。[*]

"新"就是好，这就是"五四"的现代性和主流意识形态。"五四"文学从鲁迅开始便形成了一个思想潮流，假定"新比旧好"，"西比中好"，"城比乡好"。这个历史潮流有它积极的意义，因为中国的传统社会形态凝固太久了，矫枉必须过正。《狂人日记》的最后一句话非常出色："救救孩子……"因为鲁迅的确相信希望在青年。

小说中有一句："没有吃过人的孩子，或者还有？"鲁迅觉得他自己也是"吃过人"的。他自己的生活状态，也并不是全新的。所以竹内好说，鲁迅的真诚在于他承认自己虚伪。比如鲁迅在《呐喊·自序》里说："既然是呐喊，则当然须听将令的了，所以我往往不恤用了曲笔，在《药》的瑜儿的坟上平空添上一个花环，在《明天》里也不叙单四嫂子竟没有做到看见儿子的梦，因为那时的主将是不主张消极的。至于自己，却也并不愿将自以为苦的寂寞，再来传染给也如我那年青时候似的正做着好梦的青年。"[†]所以，鲁迅厉害在什么地方？别人都说自己说的是真话，只有鲁迅说，我未必都说真话，你们都以为我是直抒胸臆，其实我说话有很多顾忌，我只是不愿意把黑暗的东西太多地影响青年人。按现实的情况，《药》里的坟大概是会被人踩掉，将来或成战场，或流转成高尔夫

---

* 我刚来香港时，看过一个香烟广告，一个男青年在女家抽烟，结果女家看不起他："仲食烟？真係老土！"反对抽烟我理解，但是为什么说它是"老土"呢？"老土"这个字又很难翻译。"old"在英文里是好的，"countryside"也是好的，老字号、老传统，"OLD NAVY"在美国是个品牌。在我们的传统里却是"out of date"，是"老土"。不要小看"老土"这个口语，充满了进化论的精神，非常有文化。"老"代表了时间，"土"代表空间。一个词，便是时间跟空间的结合，来表示"out of date"。

† "文革"结束时，刘心武写了一篇《班主任》，在艺术上跟《狂人日记》不能比，但也标志一个时代的改变：结束了"文革"时代，开启了"新时期文学"。小说里也有一句口号："救救被'四人帮'坑害了的孩子！"——小说批判一个受了"左"倾思想影响的女生，她把恋爱看作坏的，所以主人公也要"救救孩子"。这种"救救孩子"的呼喊，不知还会不会重现。

球场之类。有人纪念夏瑜，纪念秋瑾，这是鲁迅人为加上去的花环，光明的尾巴，他都告诉我们了。所以，鲁迅一方面振臂高呼"救救孩子"，这是一个时代的强音；另一方面，他非常清醒地知道，很难救。后来他更发现，孩子们也可以很坏。这个悲观的结局，鲁迅在《狂人日记》开篇就用文言交代了，除了在技术上让习惯文言的读者有一个过渡外，更深的意思是预先交代失败的结果。唯一能看破礼教吃人的人，最后怎么样了？投降了。他病好了又去做官了。没有悬念，道路是曲折的，前途是灰暗的。狂人的声音，非常积极，非常战斗，非常彻底，或者说，是最勇敢、最坚定的、最正确的——但鲁迅也深深地怀疑自己所做的事情，究竟有没有效。

《阿 Q 正传》：喜剧始，悲剧终，一个象征性的预言

"阿 Q" 这个名字

《阿 Q 正传》是鲁迅最有名的小说。《狂人日记》在思想上非常重要，但是从文学来讲，《阿 Q 正传》是更重要的作品。

"阿 Q" 这个名字，有几个解释。其实，我们叫 "阿 Q"，是不符合鲁迅的原意的。照鲁迅的原意，这个人叫 "阿 Quei"。小说的前言里说了，因为不知道他是不是生在中秋节，所以不能说 "桂花" 的 "桂"；也不知道他的哥哥是不是叫 "阿富"，所以也不能说是 "宝贵" 的 "贵"。因为搞不清楚是哪个 "Quei"，只好用拼音的第一个字母 "Q" 来概括他。[6] 所以，"阿 Q 正传" 应该是读作 "阿 Quei 正传"。"Quei" 在民国时是罗马音，用现在的拼音，应该说 "阿 Gui 正传"。

周作人另外有一个解释。他说，鲁迅本意就是要用这个 "Q" 字，因为 "觉得那 Q 字上边的小辫好玩"[7]。鲁迅不是写 "国民性" 吗？国民性是麻木的，看人杀头也没表情，"吃瓜群众" 只是看热闹，没有同情心。其实国民性就是圆圆的一张脸，没有嘴、没有眼睛、没有鼻子。"Q" 字的尾巴就是清代留的辫子，汉人被清廷统治近

四百年，最大的耻辱就是要留这个辫子。反清最重要的两个标志，就是：男人割辫，女人放脚。所以，"Q"就是一张麻木的国民的脸，留了一个辫子。

"精神胜利法"的层次和界定

精神胜利法最基本的出发点，就是"情理不分"，这是生理／心理基础。另外，精神胜利法有三个层次：

第一个层次，变换角度，以获得心理快感。比如，这里有半瓶水，你可以说"只有半瓶水"，也可以说"还有半瓶水"。两个说得都是事实，但表述角度不同，对心理造成的影响也不一样。但精神胜利法，是选择从高兴的角度出发，去看待这个事实。

同样是事实，同学们来岭南大学，也是"半瓶水"。有的同学可能填了港大，也填了岭南，结果收到岭南的通知。这件事情有两种解读方法。前一种解读方法是：我会考成绩只差一点，怎么就到了岭南呢，应该去港大的；但也可以反过来讲：我住在屯门，离岭南这么近，何必跑去港大呢，而且岭南中文系本来就比港大要好。这都是事实。但是，这两种事实对你的心理影响很大。如果同学们觉得，去港大天天坐车那么远，很辛苦，还没有宿舍，哪有岭南宿舍漂亮啊。这就说明你们已经具备了阿 Q 的第一个条件了，进入了精神胜利法的入门阶段。就是说，同样是事实，你们会选择从高兴的点出发，去看这个事实。

第二个层次，虚拟事实，再转换角度，以获得心理快感。这也是阿 Q 一出场就带我们进入的一个层次。要自然而然地、不自觉地、潜意识地将被迫害的处境假想成善意、合理或者意外、偶然，然后弱势个体才能心理平衡。

还是"半瓶水"的例子。比如在爬山途中或在沙漠，应该为半瓶水庆幸还是懊恼呢？其实要看另外半瓶水是怎么没有的。如果另外半瓶水是自己不小心打翻或偶然事故，无可挽回，那还是庆幸留下半瓶比较正能量，心里比较好受。但如果是被不讲理的同伴或路人抢去喝了，甚至是无理取闹的人故意打翻，也是无可挽回，人家已经扬长而去，打架报警都已太迟，这时应该怎么调整心态呢？如何安慰自己？怎样再走下去？"就当是不小心打翻的……"在这个关键时候，精神胜利法的初级阶段，便悄悄进入了第二个层次。

阿Q一出场就被人打了，痛、难过、丢脸。怎么办？"我总算被儿子打了，现在的世界真不像样……"这就不是简单换一个角度了，因为对方并不是他的儿子，他只是虚构了一个事实，让自己开心。可见，精神胜利法从一开始就和屈辱有关。我们在日常生活中，很多事情都是靠着这种层次的精神胜利法来维持的。*

第三个层次，也是虚拟一个事实再变换角度，以获取心理快感或安慰；不同之处是，这个虚构是以自虐的方式产生的。这也是比较难的一个层次。阿Q的精神胜利法有一个顶级的表现：他被人打了，人家又知道他的精神胜利法，知道他要说什么"儿子打老子"，所以就抓着他的辫子，逼他说"这不是儿子打老子，是人打畜生"。于是他只能说："打虫豸，好不好？"因为辫子在人家手里，痛。最后输得一塌糊涂，不仅皮肉痛楚，而且颜面全失。这时候，阿Q怎么让自己继续快乐地生存下去？他说，这个手是我的，这个脸是他的，然后他就啪啪打脸。痛了吧？求饶了吧？

---

* 鲁迅也举过一个自我安慰的例子。有一次，北洋政府的某种纸币突然宣布作废，大家在懊丧中过了两天后，银行又宣布纸币可以兑换银圆，两块换一块。于是人们纷纷排队去银行。鲁迅也去了，捧着一袋银圆幸福地离开。回家路上突然想到，我本来有二百元，现在只有一百元了，为什么还这么高兴呢？显然，鲁迅是看到了自己心里的阿Q之后，才看到了人们心里的阿Q。但是，在人人想做赵家人的时候，能看到并承认自己是阿Q，其实也就是"狂人"了。

啪啪再打。求饶了吧？然后非常得意地擎着自己的手，感受着他人的脸，觉得胜利了。这是精神胜利法的高级阶段。这就是以自虐的行为，制造某种虚构的东西，来满足精神的胜利。

今天有些地方，明明没有很高的 GDP，怎么办？阿 Q 精神的第一个阶段：我没有这么高的 GDP，但比旁边的省要高，比去年要高。阿 Q 精神的第二个阶段：虽然 GDP 没有这么高，但我把一些不应该报的东西也报进去，本来可以不报的东西也报进去，搞一个虚的数目，搞得 GDP 也很高。我们每年有统计，比方说国家统计是一万亿，但每个省又有一个统计，各个省的统计最后加起来是一万一千亿，多出来的一千亿哪里来的？还有阿 Q 精神的第三个阶段：为了虚造 GDP，搞有毒的土地，搞假药，害自己本省的人，来取得一个数据上的胜利。这样一种虚妄而且自虐的精神胜利法，到底是阶级固化秩序当中的弱者生存策略，还是我们民族的集体无意识，或者是一种普遍的人性特点？

精神胜利法有三种不同的界定：

第一种，说这是弱势群体心理，尤其是阶级固化的弱势群体心理。鲁迅自己在《阿 Q 正传》的俄文版序[8]中提出来，他说中国过去人分十等，自己的手还看不起自己的脚。阿 Q 为什么老是要"精神胜利"？因为他老受气，总被人看不起，他又看不起别人。所以，精神胜利法的要害，是欺软怕硬、自欺欺人。

第二种，说这是中国的民族性，这也是鲁迅的说法。鲁迅说，国人在过去几千年里习惯了在不合理的统治下幸福生活，就是"做稳了奴隶的时代"，只要有口饭吃，生活还不错，不杀我，就可以。这是国民性。虽然也曾被另外一种文明长期地统治，但中国文化的生命力是很强的。这在世界历史上也比较少见。

第三种，说这不是中国人的问题，全世界的人都有。欺软怕硬、

自欺欺人，是普遍的人性。*

阿 Q 精神有很大的坏处，不承认失败。如果一个人从不失败，当然就没法真正地胜利。好处就是自杀率低。我们相对来说自杀率低。碰到了再大的难处，中国人的说法是"没有过不去的坎"，"好死不如赖活着"。日本的国花是樱花，很漂亮，很绚丽，但一过季节就没了。日本武士崇尚剖腹，要么做英雄，要么就自杀。中国人喜欢什么花？梅花，冬天再冷都不死，生命力顽强。中国人不喜欢樱花，生命时间太短。民族性也体现在一些共同的审美符号里面。

对革命的象征性预言

阿 Q 的评论史，也是中国当代文学评论的发展史。20 世纪 50 年代的冯雪峰、何其芳等名家都为之头痛：阿 Q 明明是农民（理应勤劳、勇敢、善良），阿 Q 精神却是欺软怕硬、自欺欺人。怎么解释呢？于是有人说阿 Q 属于"落后农民"，有人（李希凡）说阿 Q 精神是剥削阶级对劳动人民的毒害，等等。†

《阿 Q 正传》最初是一个"搞笑"的小说，编辑孙伏园在北京《晨报副刊》设了一个专栏叫"开心话"，约鲁迅写稿，鲁迅就写了。《阿 Q 正传》的开始是很"搞笑"的。

因是连载，鲁迅也是写一段发一段。连载小说是影响文学生产的重要形式，比如张恨水、金庸的连载小说。连载的过程，也

---

* 我做过简单的课堂调查，关于精神胜利法，在香港的大学里，大多数学生认为是普遍人性；在上海、北京的大学里，大多数学生认为是国民性；而在美国加利福尼亚大学洛杉矶分校的讨论课上，更多学生认为是阶级固化秩序当中的弱者的生存之道。不同国家、地域、语境对阿 Q 精神的不同理解很有意思，值得思考。

† 关于阿 Q 的解读，可看看《"论'文学是人学'"批判集》第 1 集，上海：新文艺出版社，1958 年。

是创作的过程。可是，鲁迅不是让连载形式影响、改变小说的结构内容，而是反过来了。鲁迅连载两次以后，编辑孙伏园就看出这个小说的严肃性了，他的报纸让步了，把它搬到文艺版去，以报纸迁就作家。这是文化工业和作家之间的一个经典性的协调。那时的报纸跟现在不一样。所以，《阿Q正传》开始是喜剧，到后来是悲剧。

喜剧始，悲剧终，其实就是鲁迅一直讲的有关革命的故事。《阿Q正传》不只写精神胜利法，还提前预告了中国20世纪的革命，尤其是六七十年代的革命。鲁迅自己有一段非常有名的话，1927年，鲁迅说："革命，反革命，不革命。革命的被杀于反革命的。反革命的被杀于革命的。不革命的或当作革命的而被杀于反革命的，或当作反革命的而被杀于革命的，或并不当作什么而被杀于革命的或反革命的。革命，革革命，革革革命，革革……"这是写于《小杂感》的一段话。今天重读"文革"的历史，会发现鲁迅已经把这些事情都写在前面了。

我考查了不少文学作品里的红卫兵、造反派，发现鲁迅在《阿Q正传》里都写了，就是一个普通的年轻人的基本命运。阿Q的革命动机，既有很合理的一面，也有很合理的另一面。这话有点绕口，但不难明白。首先，动机合理，就是要平等。不许姓赵，被人欺负，在村里没有地位，什么都不能做，所以他要翻身。这是正当的，是所有革命的动力。但阿Q的翻身，不仅是为了天下太平、平等、自由，他的翻身，是最好能睡地主的小老婆。一讲到革命，他就已经把村里那些女人的样子想了一遍了，觉得革命以后他都可以占有。在阿Q这里，革命的动力，一方面是争取平等，一方面是掠夺有钱人的东西。*

---

* 陈丹燕采访过上海的老黄包车夫，问你们当初拉人力车是不是被欺负？那些老人说，

革命有两种，一种叫"平民革命"，一种叫"贫民革命"，一字之差，天壤之别。"平民革命"就是法国革命，追求自由、平等。"贫民革命"，就是打土豪，分田地，抢东西，睡地主的老婆，把有钱人的东西都拿来享受。阿Q是第二种。所以，人追求理性是合理，无限追求快乐也是人性。"文革"时的造反派，打着很神圣的旗帜，或许也有各种各样的动机，比如读书成绩不好，在班上被有钱人或干部子弟欺负，被女生看不起，等等。

《阿Q正传》里更妙的地方，就是写出革命当中的阿Q，是一个非常矛盾的状态。一方面，他"造反"，到村里很神气，赵家的人叫他"老Q"。另一方面，后来阿Q被人一抓，前面来了一个人，很高大，好像很有威严的样子，阿Q就不自觉地扑通跪下去了，奴性十足。在"文革"里，也能看到很多这样的人。不论是早期保卫红色江山的红卫兵，还是不满社会固化秩序的造反派，都可以真心拥抱理想，充满革命激情，挑战反抗权贵。然而只要一听到上面有什么精神，有什么表态，却又可以马上泄气，像阿Q般不自觉地扑通跪下（甚至还不清楚眼前是谁）。今天的网络上，是不是还常见这样有奴才血统的革命战士呢？（注意，是奴才，而不是奴隶，这两个概念在鲁迅笔下有重大区别。）而且，革命也要争资格。为了争取一个革命的资格，是比革命本身更大的问题，如果这个资格没争到，就只能是牺牲品。除了精神胜利法，《阿Q正传》还是一个有关中国革命的象征性预言。

是被欺负，坐在后面的洋人都不跟我们说话。要右转也不说"turn right"，只拿一个手杖，在我的右肩一敲，我就得往右转，在左肩一敲，我就得往左转。这个故事很有阶级压迫的内容，作家就继续挖掘，问那你当时心里是怎么想的？是不是想推翻这些有钱人，然后大家平等，建立新的社会？老车夫说，我当时是真的想，我立下志气，一定要改变命运。作家问，那你做什么？车夫说，我要坐在车上，让别人拉我。这就是阿Q的革命。他的革命不是要平等，而是要享受成果。

《肥皂》与《伤逝》

又曲折又美丽又变态的性幻想

《肥皂》在鲁迅的小说里，相对来说不大引人注意。夏志清说它是写得很好的小说，[9] 竹内好说它是写得不好的小说。[10]

小说里的四铭先生是一个读书人，有点地位。回家路上，看到一个穿得很破的小姑娘，在帮奶奶要饭。有几个光棍就嘲笑她，说如果拿个肥皂给她洗洗就会好得很。于是，男主人公买了一块肥皂，回家送给了妻子。小说一开始，是妻子在家里做事，四铭先生进来：

> 他好容易曲曲折折的汇出手来，手里就有一个小小的长方包，葵绿色的，一径递给四太太。她刚接到手，就闻到一阵似橄榄非橄榄的说不清的香味，还看见葵绿色的纸包上有一个金光灿烂的印子和许多细簇簇的花纹。秀儿即刻跳过来要抢着看，四太太赶忙推开她。
>
> "上了街？……"她一面看，一面问。
>
> "唔唔。"他看着她手里的纸包，说。

于是这葵绿色的纸包被打开了，里面还有一层很薄的纸，也是葵绿色，揭开薄纸，才露出那东西的本身来，光滑坚致，也是葵绿色，上面还有细簇簇的花纹，而薄纸原来却是米色的，似橄榄非橄榄的说不清的香味也来得更浓了。[11]

鲁迅写文章是惜墨如金的，很少这种大段大段的描述，这个地方却花了这么多篇幅去描写一块肥皂及包装——而这一段正是小说的精髓，是鲁迅非常罕见的写"性"的文字。整整一段写肥皂，怎么剥开，什么颜色，谁在细看肥皂的葵绿色，谁是叙述者……读者旁观者清，知道这个男人买肥皂送给妻子，是因为路上看到那个少女乞丐，产生了性幻想。后来他被妻子拆穿了，还对儿子发火，刚好有其他客人来，便讲了些虚伪又放荡的话。最后，妻子第二天早上用了肥皂。

这里有两个非常关键的问题。第一，四铭先生的性幻想有没有错？现代人受了弗洛伊德的理论影响，知道人的潜意识里充满了被压抑的性幻想。男生看到C罗的女朋友，女生看到哪个"小鲜肉"，有性幻想，这是正常的。但是，性幻想也是有禁忌的。"本我"总是无限地追求快乐，看到异性的身体，看到性的挑逗，就会有性的想象。"超我"会根据对象与"我"的社会关系，来规定可不可以有这样的想法，以及可不可以"意识到"有这样的想法。

从法律上讲，强奸妓女与强奸修女同罪。但对性工作者和宗教工作者产生性幻想，有没有道德上的差异呢？《肥皂》里的少女，是一个孝顺的乞丐，和四铭先生隔着礼教与社会身份两重禁忌。这已经和一般的路人不一样了，接近于修女的情况。比如去看病时，看到英俊的医生或漂亮的护士，这时的潜意识会自然而然压抑性幻想。面临伦理关系时，"超我"最强大。比如曹禺的《雷雨》，写兄妹在不知情的情况下发生了乱伦，然后两个人就崩溃了。

人伦关系越近，性幻想的自由就越低。

第二个问题，四铭先生给妻子买肥皂时，知不知道自己对女乞丐有性幻想？这是整个小说的关键。这篇小说可以理解成两个版本：一个是批判旧礼教，揭露伪君子；另一个是按照弗洛伊德的理论，揭露人的可悲本性，显示新旧交替时期士大夫的人性困境。文学的阅读不像科学，没有绝对的结论，但可以分别朝两个方向做一下沙盘推演。

如果他是知道的，那么这个人一定是非常理性的伪君子。他在外面受了诱惑，没去妓院或别的地方，而是用合法、合理的方式转移到妻子身上，来宣泄性欲。这是很理性的，也是一些西方电影里的常见桥段；这也是很下流的，明知对行乞孝女想入非非是不道德的（根据四铭先生的礼教），还要这样对待妻子。

如果他不知道，这个小说就更深刻。弗洛伊德讲，在人的潜意识里，理性是不知道自己的非理性的，这个才是作家厉害的地方。也许四铭先生对孝女礼教真的赞赏，所以性幻想被压抑到无意识层面。四铭先生没意识到自己对孝女的欲念，真心相信礼义廉耻，相信女人不该读书，相信世风日下。他也许真的只想买一个肥皂，让太太打扮一下。直到一个更粗鄙的同道点穿，他才明白自己有多下流。他的"超我"和"本我"是隔绝的。这样来看，《肥皂》真是一个很精彩的小说，要像小说中一层层剥开包装纸一样来阅读。

弗洛伊德厉害的地方，是告诉我们，决定我们生命的最重要的力量，可能是我们自己不知道的。文学厉害的地方，是可能知道作品主人公自己不知道的东西。*文学评论厉害的地方，就是可能知道作家自己不知道的东西。

---

* 鲁迅花这么多笔墨写肥皂，写怎么一层层剥开包装，透露出怎样的潜意识？背后这种性苦闷，这种又曲折又美丽又变态的宣泄，非常耐人寻味。

对"五四"启蒙主题的活生生的反省

《伤逝》是鲁迅笔下唯一一篇爱情小说。《伤逝》在中国曾经家喻户晓，在 20 世纪六七十年代，几乎人人都读过。在我小时候，这是唯一可读的爱情小说。小说里的爱情方式给了我们根深蒂固的影响，我从那时就学会了谈恋爱的最基本的方法——和女孩子谈文化。

有人很刻薄地总结了，说男生追女生归根结底就是三招：第一个，晒肌肉，现在这招也灵。比如宁泽涛，小鲜肉，奥运都没进复赛，还不能批评他，很多人说这是永远的男神。韩国明星都教授，不单晒肌肉，也晒颜值，晒发型。第二个，用钱砸。房票本写了女生的名，第一次见面就买 LV，而且砸钱砸得不能太粗鲁，要很含蓄。第三个，叫文化洗脑。读书人肌肉不发达，钱也不多，说来说去只有第三招。一见面就讲文化，女生就睁开了大大的眼睛，崇拜地看着你——涓生当初就是这样对子君的。

涓生跟子君的恋爱过程是一个象征，他们不仅是恋人，涓生还扮演了老师的角色，子君不知不觉地做一个学生。大约有半年的时间，一直是涓生在说、子君在听，然后子君突然说了一句："我是我自己的，他们谁也没有干涉我的权利！"可以想象这半年来，涓生一直在跟子君讲什么？主要是欧洲浪漫主义文学的主题，大概就是要个性解放，不要听家庭的，女人要决定自己的命运，爱是最崇高的，不能讲封建传统门当户对……讲了这么多，子君终于醒悟了。所以，除了男女关系、师生关系外，还有第三层象征意义，就是启蒙者和大众的关系。为什么是大众呢？看鲁迅的原文："这几句话很震动了我的灵魂，此后很多天还在耳中发响，而且说不出的狂喜，知道中国女性，并不如厌世家所说那样的无法可施，在不远的将来，便要看见辉煌的曙色的。"[12]

这个小说最后是悲剧收场。是什么原因？有几种说法：

第一，因为单纯的爱情至上、个性解放，是不可能成功的。如果整个社会力量都站在你的对立面，而你又相信感情的力量，这将是一个很悲壮的人生。按照浪漫主义的观点来说，人生就是应该在这种地方坚持的，在大部分时候，我们可以走现实主义路线，计算、考量、权衡，但总有一些极重要的事情，需要任性，需要坚持自己。虽然小说结局是"现实主义"地告败，但同一时段鲁迅与许广平的关系，却是"浪漫主义"地成功。

第二，就算两个人真的在一起了，但社会力量太大了，所以最终还是悲剧。后来的评论家从这里还引出一个马克思主义的结论，个人是不能解放自己的，除非解放全人类。所以《共产党宣言》最后一句是："全世界无产者联合起来。"[13] 意思是说，共产主义不会在一个国家实现，要么全世界，要么一个国家也不成功。

第三，子君在婚后变庸俗了。恋爱的时候讲浪漫主义，结婚以后就柴米油盐。其实，子君的形象非常感人。我第一次看时，印象最深的一幕，不是他们要好，而是子君离开。子君走的时候，把仅有的钱放在桌子上，让涓生还能活下去。*

最后一种，是涓生的错。涓生跟子君说，要个性解放，要自由。但是他们在一起时，涓生没钱了，生活不下去，最后还对子君说，我不爱你了，我们承受不住了。这不就等于是把她唤醒，却无力为她开辟活的道路？这篇小说就是一个"铁屋"比喻。在某种意义上，这篇小说是鲁迅对"五四"启蒙主题提出了活生生的反省。

如果说"五四"是一场革命，鲁迅对这场革命贡献最大，也最早怀疑革命能否成功。

---

* 我曾经说过一句非常理想主义的话，结婚时要多看对方的缺点，离婚时要多想对方的好处。

延伸阅读

鲁迅：《小说二集·导言》，引自赵家璧主编：《中国新文学大系》（影印本）第 1 卷，上海：上海文艺出版社，2003 年

周作人：《鲁迅小说里的人物》，北京：北京十月文艺出版社，2013 年

［日］竹内好：《鲁迅》，李心峰译，杭州：浙江文艺出版社，1986 年

陈涌：《鲁迅论》，北京：人民文学出版社，1984 年

［美］夏志清：《中国现代小说史》，刘绍铭等译，桂林：广西师范大学出版社，2014 年

［日］伊藤虎丸：《鲁迅与日本人：亚洲的近代与"个"的思想》，李冬木译，石家庄：河北教育出版社，2000 年

朱正：《鲁迅传》，北京：人民文学出版社，2013 年

［日］木山英雄：《文学复古与文学革命：木山英雄中国现代文学思想论集》，赵京华译，北京：北京大学出版社，2004 年

［日］丸尾常喜：《"人"与"鬼"的纠葛》，秦弓译，北京：人民文学出版社，2010 年

王富仁：《中国反封建思想革命的一面镜子：〈呐喊〉〈彷徨〉综论》，北京：中国人民大学出版社，2010 年

汪晖：《反抗绝望：鲁迅及其文学世界》（增订版），北京：生活·读书·新知三联书店，2008 年

鲁迅《我怎么做起小说来》

我怎么做起小说来？——这来由，已经在《呐喊》的序文上，约略说过了。这里还应该补叙一点的，是当我留心文学的时候，情形和现在很不同：在中国，小说不算文学，做小说的也决不能称为文学家，所以并没有人想在这一条道路上出世。我也并没有要将小说抬进"文苑"里的意思，不过想利用他的力量，来改良社会。

但也不是自己想创作，注重的倒是在绍介，在翻译，而尤其注重于短篇，特别是被压迫的民族中的作者的作品。因为那时正盛行着排满论，有些青年，都引那叫喊和反抗的作者为同调的。所以"小说作法"之类，我一部都没有看过，看短篇小说却不少，小半是自己也爱看，大半则因了搜寻绍介的材料。也看文学史和批评，这是因为想知道作者的为人和思想，以便决定应否绍介给中国。和学问之类，是绝不相干的。

因为所求的作品是叫喊和反抗，势必至于倾向了东欧，因此所看的俄国，波兰以及巴尔干诸小国作家的东西就特别多。也曾热心的搜求印度，埃及的作品，但是得不到。记得当时最爱看的作者，是俄国的果戈理（N. Gogol）和波兰的显克微支（H. Sienkiewitz）。日本的，是夏目漱石和森鸥外。

回国以后，就办学校，再没有看小说的工夫了，这样的有五六年。

为什么又开手了呢？——这也已经写在《呐喊》的序文里，不必说了。但我的来做小说，也并非自以为有做小说的才能，只因为那时是住在北京的会馆里的，要做论文罢，没有参考书，要翻译罢，没有底本，就只好做一点小说模样的东西塞责，这就是《狂人日记》。大约所仰仗的全在先前看过的百来篇外国作品和一点医学上的知识，此外的准备，一点也没有。

但是《新青年》的编辑者，却一回一回的来催，催几回，我就做一篇，这里我必得记念陈独秀先生，他是催促我做小说最着力的一个。

自然，做起小说来，总不免自己有些主见的。例如，说到"为什么"做小说罢，我仍抱着十多年前的"启蒙主义"，以为必须是"为人生"，而且要改良这人生。我深恶先前的称小说为"闲书"，而且将"为艺术的艺术"，看作不过是"消闲"的新式的别号。所以我的取材，多采自病态社会的不幸的人们中，意思是在揭出病苦，引起疗救的注意。所以我力避行文的唠叨，只要觉得够将意思传给别人了，就宁可什么陪衬拖带也没有。中国旧戏上，没有背景，新年卖给孩子看的花纸上，只有主要的几个人（但现在的花纸却多有背景了），我深信对于我的目的，这方法是适宜的，所以我不去描写风月，对话也决不说到一大篇。

我做完之后，总要看两遍，自己觉得拗口的，就增删几个字，一定要它读得顺口；没有相宜的白话，宁可引古语，希望总有人会懂，只有自己懂得或连自己也不懂的生造出来的字句，是不大用的。这一节，许多批评家之中，只有一个人看出来了，但他称我为 stylist。

所写的事迹，大抵有一点见过或听到过的缘由，但决不全用这事实，只是采取一端，加以改造，或生发开去，到足以几乎完全发表我的意思为止。人物的模特儿也一样，没有专用过一个人，往往嘴在浙江，脸在北京，衣服在山西，是一个拼凑起来的脚色。有人说，我的那一篇是骂谁，某一篇又是骂谁，那是完全胡说的。

不过这样的写法，有一种困难，就是令人难以放下笔。一气写下去，这人物就逐渐活动起来，尽了他的任务。但倘有什么分心的事情来一打岔，放下许久之后再来写，性格也许就变了样，情景也会和先前所豫想的不同起来。例如我做的《不周山》，原意是在描写性的发动和创造，以至衰亡的，而中途去看报章，见了一位道学的批评家攻击情诗的文章，心里很不以为然，于是小说里就有一个小人物跑到女娲的两腿之间来，不但不必有，且将结构的宏大毁坏了。但这些处所，除了自己，大概没有人会觉到的，我们的批评大家成仿吾先生，还说这一篇做得最出色。

我想，如果专用一个人做骨干，就可以没有这弊病的，但自己没有试验过。

忘记是谁说的了，总之是，要极省俭的画出一个人的特点，最好是画他的眼睛。我以为这话是极对的，倘若画了全副的头发，即使细得逼真，也毫无意思。我常在学学这一种方法，可惜学不好。

可省的处所，我决不硬添，做不出的时候，我也决不硬做，但这是因为我那时别有收入，不靠卖文为活的缘故，不能作为通例的。

还有一层，是我每当写作，一律抹杀各种的批评。因为那时中国的创作界固然幼稚，批评界更幼稚，不是举之上天，就是按之入地，倘将这些放在眼里，就要自命不凡，或觉得非自杀不足以谢天下的。批评必须坏处说坏，好处说好，才于作者有益。

但我常看外国的批评文章，因为他于我没有恩怨嫉恨，虽然所评的是别人的作品，却很有可以借镜之处。但自然，我也同时一定留心这批评家的派别。

以上，是十年前的事了，此后并无所作，也没有长进，编辑先生要我做一点这类的文章，怎么能呢。拉杂写来，不过如此而已。

三月五日灯下

鲁迅《俄文译本〈阿Q正传〉序及著者自叙传略》

《阿Q正传》序

这在我是很应该感谢，也是很觉得欣幸的事，就是：我的一篇短小的作品，仗着深通中国文学的王希礼（B.A.Vassiliev）先生的翻译，竟得展开在俄国读者的面前了。

我虽然已经试做，但终于自己还不能很有把握，我是否真能够写出一个现代的我们国人的魂灵来。别人我不得而知，在我自己，总仿佛觉得我们人人之间各有一道高墙，将各个分离，使大家的心无从相印。这就是我们古代的聪明人，即所谓圣贤，将人们分为十等，说是高下各不相同。其名目现在虽然不用了，但那鬼魂却依然存在，并且，变本加厉，连一个人的身体也有了等差，使手对于足也不免视为下等的异类。造化生人，已经非常巧妙，使一个人不会感到别人的肉体上的痛苦了，我们的圣人和圣人之徒却又补了造化之缺，并且使人们不再会感到别人的精神上的痛苦。

我们的古人又造出了一种难到可怕的一块一块的文字；但我还并不十分怨恨，因为我觉得他们倒并不是故意的。然而，许多人却不能借此说话了，加以古训所筑成的高墙，更使他们连想也不敢想。现在我们所能听到的，不过是几个圣人之徒的意见和道理，为了他们自己；至于百姓，却就默默的生长，萎黄，枯死了，像压在大石底下的草一样，已经有四千年！

要画出这样沉默的国民的魂灵来，在中国实在算一件难事，因为，已经说过，我们究竟还是未经革新的古国的人民，所以也还是各不相通，并且连自己的手也几乎不懂自己的足。我虽然竭力想摸索人们的魂灵，但时时总自憾有些隔膜。在将来，围在高墙里面的一切人众，该会自己觉醒，走出，都来开口的罢，而现在还少见，所以我也只得依了自己的觉察，孤寂地姑且将这些写出，作为在我的眼里所经过的中国的人生。

我的小说出版之后，首先收到的是一个青年批评家的谴责；后来，也有以为是病的，也有以为滑稽的，也有以为讽刺的；或者还以为冷嘲，至于使我自己也要疑心自己的心里真藏着可怕的冰块。然而我又想，看人生是因作者而不同，看作品又因读者而不同，那么，这一篇在毫无"我们的传统思想"的俄国读者的眼中，也许又会照见别样的情景的罢，这实在是使我觉得很有意味的。

一九二五年五月二十六日，于北京。鲁迅。

著者自叙传略

我于一八八一年生在浙江省绍兴府城里的一家姓周的家里。父亲是读书的；母亲姓鲁，乡下人，她以自修得到能够看书的学力。听人说，在我幼小时候，家里还有四五十亩水田，并不很愁生计。但到我十三岁时，我家忽而遭了一场很大的变故，几乎什么也没有了；我寄住在一个亲戚家，有时还被称为乞食者。我于是决心回家，而我底父亲又生了重病，约有三年多，死去了。我渐至于连极少的学费也无法可想；我底母亲便给我筹办了一点旅费，教我去寻无需学费的学校去，因为我总不肯学做幕友或商人，——这是我乡衰落了的读书人家子弟所常走的两条路。

其时我是十八岁，便旅行到南京，考入水师学堂了，分在机关科。大约过了半年，我又走出，改进矿路学堂去学开矿，毕业之后，即被派往日本去留学。但待到在东京的豫备学校毕业，我已经决意要学医了，原因之一是因为我确知道了新的医学对于日本的维新有很大的助力。我于是进了仙台（Sendai）医学专门学校，学了两年。这时正值俄日战争，我偶然在电影上看见一个中国人因做侦探而将被斩，因此又觉得在中国还应该先提倡新文艺。我便弃了学籍，再到东京，和几个朋友立了些小计画，但都陆续失败了。我又想往德国去，也失败了。终于，因为我底母亲和几个别的人很希望我有经济上的帮助，我便回到中国来；这时我是二十九岁。

我一回国，就在浙江杭州的两级师范学堂做化学和生理学教员，第二年就走出，到绍兴中学堂去做教务长，第三年又走出，没有地方可去，想在一个书店去做编译员，到底被拒绝了。但革命也就发生，绍兴光复后，我做了师范学校的校长。革命政府在南京成立，教育部长招我去做部员，移入北京，一直到现在。近几年，我还兼做北京大学，师范大学，女子师范大学的国文系讲师。

我在留学时候，只在杂志上登过几篇不好的文章。初做小说是1918年，因了我的朋友钱玄同的劝告，做来登在《新青年》上的。这时才用“鲁迅”的笔名（pen name）；也常用别的名字做一点短论。现在汇印成书的只有一本短篇小说集《呐喊》，其余还散在几种杂志上。别的，除翻译不计外，印成的又有一本《中国小说史略》。

周作人谈《狂人日记》两章

狂人是谁

《狂人日记》是集里的第一篇小说，作于一九一八年四月。序上说金心异劝进，"于是我终于答应他也做文章了，这便是最初的一篇《狂人日记》，从此以后，便一发而不可收，每写些小说模样的文章，以敷衍朋友们的嘱托。"篇首有一节文言的附记，说明写日记的本人是什么人，这当然是一种烟幕，但模型（俗称模特儿）却也实有其人，不过并不是"余昔日在中学校时良友"，病愈后也不曾"赴某地候补"，只是安住在家里罢了。这人乃是鲁迅的表兄弟，我们姑且称他为刘四，向在西北游幕，忽然说同事要谋害他，逃到北京来躲避，可是没有用。他告诉鲁迅他们怎样的追迹他，住在西河沿客栈里，听见楼上的客深夜橐橐行走，知道是他们的埋伏，赶紧要求换房间，一进去就听到隔壁什么哺哺的声音，原来也是他们的人，在暗示给他知道，已经到处都布置好，他再也插翅难逃了。鲁迅留他住在会馆，清早就来敲窗门，问他为什么这样早，答说今天要去杀了，怎么不早起来，声音十分凄惨。午前带他去看医生，车上看见背枪站岗的巡警，突然出惊，面无人色。据说他那眼神非常可怕，充满了恐怖，阴森森的显出狂人的特色，就是常人临死也所没有的。鲁迅给他找妥人护送回乡，这病后来就好了。因为亲自见过"迫害狂"的病人，又加了书本上的知识，所以才能写出这篇来，否则是很不容易下笔的。

礼教吃人

《狂人日记》的中心思想是礼教吃人。这是鲁迅在《新青年》上所放的第一炮，目标是古来的封建道德，以后的攻击便一直都集中在那上面。第三节中云："我翻开历史一查，这历史没有年代，歪歪斜斜的每叶上都写着'仁义道德'几个字。我横竖睡不着，仔细看了半夜，才从字缝里看出字，满本都写着两个字是'吃人'！"章太炎在东京时表彰过戴东原，说他不服宋儒，批评理学杀人之可怕，但那还是理论，鲁迅是直截的从书本上和社会上看了来的，野史正史里食人的记载，食肉寝皮的卫道论，近时徐锡麟心肝被吃的事实，证据更是确实了。此外如把女儿卖作娼妓，清朝有些地方的宰白鸭，便是把儿子卖给富户，充作凶手去抵罪，也都可以算作实例。鲁迅说李时珍在《本草纲目》上说人肉可以做药，这自然是割股的根据，但明太祖反对割股，不准旌表，又可见这事在明初也早已有了。礼教吃人，所包含甚广，这里借狂人说话，自然只可照题目实做，这是打倒礼教的一篇宣传文字，文艺与学术问题都是次要的事。果戈理有短篇小说《狂人日记》，鲁迅非常喜欢，这里显然受它的影响，如题目便是一样的，但果戈理自己犯过精神病，有点经验，那篇小说的主人公是"发花呆"的，原是一个替科长修鹅毛管笔尖的小书记，单相思爱上了上司的小姐，写的很有意思。鲁迅当初大概也有意思要学它，如说赵贵翁家的狗看了他两眼，这与果戈理小说里所说小姐的巴儿狗有点相近，后来又拉出古久先生来，也想弄到热闹点，可是写下去时要点集中于礼教，写的单纯起来了。附记中说"以供医家研究"，也是一句幽默话，因为那时报纸上喜欢登载异闻，如三只脚的牛、两个头的胎儿等，末了必云"以供博物家之研究"，所以这里也来这一句。这篇文章虽然说是狂人的日记，其实思路清晰，有一贯的条理，不是精神病患者所能写得出来的，这里迫害狂的名字原不过是作为一个楔子罢了。

（1952 年）

周氏兄弟与 20 年代的美文

（陈平原主讲，存目）

胡　适	1891		1962
鲁迅	1881	1936	
周作人	1885		1967
郁达夫	1896	1945	
冰　心	1900		1999
凌叔华	1900		1990
丁　玲	1904		1986
郭沫若	1892		1978
戴望舒	1905	1950	
闻一多	1899	1946	
卞之琳	1910		2000
梁遇春	1906	1932	
茅　盾	1896		1981
田　汉	1898	1968	
曹　禺	1910		1996
老　舍	1899	1966	
巴　金	1904		2005
沈从文	1902		1988
萧　红	1911	1942	
张爱玲	1920		1995
钱锺书	1910		1998

郁达夫：民族 · 性 · 郁闷

胡　适	1891	1962
鲁　迅	1881	1936
周作人	1885	1967
郁达夫	**1896**	**1945**
冰　心	1900	1999
凌叔华	1900	1990
丁　玲	1904	1986
郭沫若	1892	1978
戴望舒	1905	1950
闻一多	1899	1946
卞之琳	1910	2000
梁遇春	1906	1932
茅　盾	1896	1981
田　汉	1898	1968
曹　禺	1910	1996
老　舍	1899	1966
巴　金	1904	2005
沈从文	1902	1988
萧　红	1911	1942
张爱玲	1920	1995
钱锺书	1910	1998

中国现代文学的青春期

一幅文坛的纷争地图

在《新青年》分化以后的20世纪20年代，中国文学界出现了很多不同的色彩。"五四"时期是中国现代文学的青少年期，也是中国现代文学风格流派最发达、最繁荣的时期。这有点像人的青春期，十五六岁或十七八岁，也许是谈恋爱、写诗最重要的时期，过了就过了。对20世纪中国文学来说，"五四"就是这样一个青春期。当时，"文学研究会"和"创造社"是最重要的文学社团。

文学社团要变成一个文学流派，通常要有四个条件：第一，要有几个作家，有点名气，有些成就。第二，要有志同道合的文艺观点。第三，要有一个自己的阵地。换句话说，要有一个可以稳定发表作品的地方，通常会办一个杂志，或者有人本来就在办杂志或报纸，那么拉他入社团，来支持自己的流派。第四，要有自己的批评。创作之外，要有同一阵营或友好社团的人来评论。做得好，就变成了一个流派，或者说风格。一般来说，流派、风格越多，文学界就越繁荣、越热闹。

先看文学研究会、创造社出现的大背景。

在《新青年》以后的 20 世纪二三十年代，出现了哪些流派？我们从"左"和"右"开始讲起。这两个概念，后来在不同时期、不同语境中，变得十分混乱。法国大革命提倡自由、平等、博爱。最简单的理解，强调自由的就是右派，强调平等的就是左派，博爱的是中间派。*具体在"五四"时期来讲，革命是"左"，比如陈独秀；改良是"右"，比如胡适。

再具体来讲，这两派怎么看待中国老祖宗的东西？右派偏向于保存传统，左派偏向于反传统。最基本的定义是"自由"和"平等"，右派主张所有的人一起跑步，跑得远、跑得快的就拿得多，这样是公平的社会；左派主张不管你怎么跑，大家都要吃得差不多，这才是好的社会。一个是机会平等，一个是结果平等。在今天回过头来看，都是为中国好，为中国民众好，但主张是很不一样的。

要补充说明的是，我们现在只是讲新文学的流派，没有包括当时最保守的派别，比如晚清遗老林琴南，学衡派的梅光迪，还有吴宓等。这一派里，其实真正的大师是王国维[1]。王国维是最典型的传统文人，学问非常好，同时西学也极好。他跳湖自杀，因为看不下去社会文化变革。今天看来，王国维是"反动"派，因为他反对中国文化当时的变动方向。

除了保守派以外，新文学里比较"右"的就是胡适这一派，《现代评论》和新月社。胡适的学生傅斯年、罗家伦、顾颉刚都是"整理国故派"，所有的古代文献到现代重新整理。更加偏右的，是《现代评论》[2]的主编陈西滢[3]，凌叔华的丈夫，跟鲁迅老是吵架，后来是联合国教科文组织的一个官员。和这一派比较接近，同学们又

* 看《锵锵三人行》就知道了：梁文道是坐在左边的，他是一个强调平等的人，老是关心弱势群体。我是坐在右边的，是最关心自由价值的，这是个人意愿。窦文涛当然是博爱，他坐在中间，左右兼顾，左右逢源，也左右为难。所以，我们三个人基本上学习法国大革命的三个精神，也分左右，这是最简单的例子。

比较熟悉的，就是"轻轻的我走了，正如我轻轻的来；我轻轻的招手，作别西天的云彩"的徐志摩[4]，还有闻一多[5]、朱湘[6]、陈梦家[7]等，都是新月派。他们在艺术上不赞成艺术直接为政治服务，尤其不愿为"左翼"的政治写作，一般就被排在比较偏右。因为胡适的关系，这一派作家与当时国民政府的关系也不那么紧张敌对。而且，这些作家大都在英美留学过。

夏志清有一个非常重要的观点，说中国的现代文学作家中，凡是英美留学回来的就比较保守，凡是日本留学回来的就比较激进，这是非常有意思的一个观察。[8]为什么？因为他们出去留学都是20世纪初，当时西方已经进入了资本主义的成熟期，过了诸如"法国大革命"那样的造反岁月，出现了所谓"世纪末"情调，接下来就出现了现代派。所以，去欧美留学的人回来，不会那么激愤，觉得中国有的问题其实西方也有；而且，在西方人看来中国有不少东西很美好，比如科举，比如诗词。所以这一派比较倾向于改良，比较珍视中国的传统。而日本正处在明治维新之后，正在激烈地拆掉传统，走向现代社会，试图"脱亚入欧"，而且走得比中国成功。在世界文化发展链条里，日本比西方晚了百年，又比中国早了几十年，它还处在对"现代性"的想象中，介于中国与西方的发展时序之间。因此，当时去日本留学的人，不管性格怎么样，郁达夫也好，鲁迅也好，都比较激进。而且，日本的环境也特别刺激中国人的民族自尊心。讲《沉沦》时再专门讲这个原因。

早一批回来的留日学生，就是周氏兄弟。周氏兄弟很有趣，一方面很激进，说自己心中有个"流氓鬼"，同时又有非常绅士的一面。鲁迅很讲究，喜欢毛边书，周作人更不用说，喝茶，听雨。他们是很矛盾的，因为他们在"左"和"右"中间。周作人和鲁迅一起办的杂志叫《语丝》，据说这个名字是当时随便在一本书上挑了两个字。内容上不管政治，也不管左右，就是写散文。虽然后来兄弟反目，但这个流派延续到林语堂、梁实秋，影响到今天香港的小品专栏。小品文，最初是淡化政治的中间派。

比他们再稍"左"一点，但总体还是中间派的，就是文学研究会。比如茅盾、巴金、老舍、沈从文，都是广义的文学研究会的成员。文学研究会派别的作家，是中国"五四"文学的主流。从人数、阵容上看是这样，从观念、创作倾向看也是如此。如果说从欧美回来的是绅士，从日本回来的是革命派，那么文学研究会大部分是本土作家，是中国国学培养出来的教授。

创造社的几个创始人都是日本留学生，创办不久就和文学研究会发生争吵，互相讽刺，其中的文学倾向、政治背景以及个人恩怨后来曲折延续了几十年。"五四"以后中国文学尤其是小说创作，最重要的就是这两个流派，一是为人生的艺术，一是为艺术的艺术。除了一些表面的文人争吵、意气用事或误会误解外，两个流派的文学主张的分歧，也有重要的理论意义。即使在拉开历史距离、足够客观的今天，也可能会陷入两难的选择。

创造社其实有两个，早期创造社和晚期创造社，性质、主张、人员、功能都很不一样。郁达夫是早期的，郭沫若是贯穿的，但后期的是倾向于革命派的，和太阳社一样。创造社的人，不少成为共产党的重要官员，在地下状态活动，直接从事革命斗争，如成仿吾 [9]。他们是革命派和实践派。

还有一些比较小的流派，也不应忽视，如浅草社 [10]、沉钟社 [11]、莽原社 [12]。到了 20 世纪 30 年代以后，最重要的两个流派，一个是现代派，一个是"左联"。现代派是施蛰存、刘呐鸥、穆时英、李金发、戴望舒等，《现代》是一个杂志的名称 [13]，既代表 20 世纪 30 年代不成功的左右之外的第三条文学道路，也的确名副其实地与当时的西方现代主义文学有点关系。"左联"是更重要的文学组织，之后再讲。总之，我们现在 mapping 的，是当时文坛的左右纷争图,里面最重要的,是文学研究会和创造社。

文学研究会:文学是为人生的艺术

文学研究会的人最多,是 1921 年 1 月在北京成立的,发起人有郑振铎、叶绍钧、周作人、王统照、许地山、沈雁冰、耿济之、蒋百里等,后来加入的有冰心、庐隐、许钦文、许杰 [14]、王鲁彦、朱自清、老舍、沈从文等。文学研究会派别的作家是中国"五四"文学的主流,从人数、阵容上看是这样,从观念、创作倾向看也是如此。

文学研究会的大部分人都在北京。这些作家风格很接近,可是他们没有杂志,就拉拢沈雁冰成为社团的主要人物。沈雁冰当时很年轻,二十几岁,主编了中国最主要的一个文学杂志《小说月报》,商务印书馆出版,原来刊登文言小说,沈雁冰改版后登白话小说,然后变成文学研究会的基本杂志。夏志清有个概括,他说文学研究会是一个对文学抱着严肃态度而深具学术气氛的团体。[15] 有一种文学分类的说法,即通俗文学与严肃文学。通俗文学泛指娱乐的文学。但这些概念推敲起来都有些问题,不是说娱乐的文学就不严肃,不能说金庸写《鹿鼎记》就不严肃。一般说来,严肃文学自觉有营养,甚至像药一样有治病的功能;通俗文学则更关心如何让人舒服。这的确是两种不同的文学态度。

当时的文学主流是鸳鸯蝴蝶派。*通俗文学最多言情小说,

---

* 鸳鸯象征爱情,一男一女。蝴蝶呢?它把花里的花粉到处传播,说得好听是媒婆,说得不好听就是性行业的经纪人。有些东西用科学一讲就很令人惊讶。比如花,我们都觉得很美好,可鲁迅说,花其实是植物的生殖器 [16]。虽然生物学的角度是事实,但作为人类约定俗成的文化行为,是一种引诱的礼节。所以,科学跟文学不能越界。历史螺旋式发展,今天又到了"娱民政策"的时代,应该重新认识文学研究会的严肃态度:为人生的艺术。也可以重新思考,琼瑶等是否等于鸳鸯蝴蝶派?

包括今天香港同学们熟悉的深雪、李敏、亦舒、琼瑶等，都是批量制造爱情故事。这在当时也是主流。文学研究会要反对，认为写东西是有责任、有使命的，是要为社会好的，不只为了消遣和娱乐。

严肃态度是相对鸳鸯蝴蝶派而言，学术态度则是相对创造社而论。创造社是由一群相信天才、相信灵感的文人组成，好像不需要多读书，人品道德和文学成就没关系；文学研究会则认为作家要多读书，要有才能训练，要有学术追求，相信人品与文品有联系，作家应该为人正派，讲究道德修养。

叶圣陶[17]是文学研究会最有代表性的作家，代表作是《倪焕之》[18]，讲一个有新思想的老师斗不过学校的旧环境。还有短篇《遗腹子》[19]也很好。他的后代现在还在写小说，叶兆言。最早的中学教科书，都是叶圣陶主持选编的。20世纪30年代有一个《中学生》[20]杂志，还有个开明书店[21]*编中学教材，主编是三个人：叶圣陶、夏丏尊[22]、朱自清[23]。换句话说，当时的中学语文基础是由他们决定的，这个基础就是文学研究会的方向，关心社会，温柔敦厚，代表了文学国语的主流派。比如郁达夫的作品，他们选《钓台的春昼》《一个人在途上》，而不会选《沉沦》。

特别要提一下许地山[24]。他也是文学研究会的主要作家，福建人，在台湾出生，留学海外，又执教香港大学，对香港新文学

---

* 开明书店往事：1925年，原商务印书馆《妇女杂志》主编章锡琛，因提倡"新性道德"遭停职，之后创《新女性》杂志，因杂志销路很好，渐渐打开局面，促成开明书店的成立。1926年8月1日，章锡琛、章锡珊兄弟在宝山路宝山里六十号章锡琛住宅正式成立开明书店。1929年，开明书店改组为股份有限公司，杜海生、章锡琛先后任经理。开明书店规模扩大后，发行所迁至中区福州路，总店迁址东区梧州路三百号。1937年淞沪会战中，梧州路总店毁于战火。1941年，范洗人在广西桂林设立总办事处，后迁重庆，1946年迁回上海。与商务印书馆、中华书局类似，台湾也有一个台湾开明书店。1950年，在内地的开明书店实行"公私合营"，1953年与青年出版社合并改组为中国青年出版社，迁北京。

有重大影响。因为他在港大做中文系主任，白话文在香港才成为正式的语言。他写得很好的作品有《春桃》《玉官》《商人妇》等，最好的是《玉官》[25]，是写他母亲的，讲她吃教会饭，在教会里打工，可随身的口袋里老放着一本《易经》，就是这么一个很现实的人生，而且不矛盾。

还有《春桃》[26]，故事是讲春桃的丈夫被抓去当兵，传来消息说死了，但其实没死，只是瘸了腿。丈夫回来以后，发现春桃和另外一个男人同居了。这个男人在照顾春桃，以为她丈夫已经去世了。于是，回来的丈夫说，我走吧，你已经和春桃建立了家庭生活，我又是个废人。另一个男人说，你是她合法的丈夫，现在又残疾了，你不能走，我离开吧。当两个男人很尴尬地相互谦让时，春桃来了，她说，我的事情我决定，你们两个都不走。一个很浪漫的女权故事，还专门拍成电影。《商人妇》[27]的女主人公，是和祥林嫂一样命运的人，两次婚姻不幸，但最后靠宗教和读书，找到自己的生路，得到了一个幸福的结局。

许地山有个笔名叫"落花生"，意思是人生应该像花生一样，果子结在地下看不见的，但最有价值的东西是在地下，这是他的人生哲学。他的格言是："人间一切的事，本来没有什么苦与乐的分别。你造作时是苦，希望时是乐。临事时是苦，回想时是乐。"

文学研究会的作家们，大多已是大学教授，学问也都很好。比如郑振铎[28]，他的《文学大纲》[29]是我的启蒙读物。编写这部书时，他只有二十几岁。当初，他们这一代人做大事的时候，就是今天意义上的"80后""90后"，非常年轻。

创造社：文学是为艺术的艺术

早期创造社的这一批成员，也都是"80后""90后"，如郭沫若、郁达夫、成仿吾、张资平[30]、田汉[31]、郑伯奇[32]。他们有一个共同点，都在日本留学，都很傲娇自恋，都喜欢文学，而且看不惯国内的文学，既看不惯鸳鸯蝴蝶派，也看不惯文学研究会。他们觉得文学研究会是一批学究，带着功利目的，写"血和泪"，想救社会。他们说，文学不应该救社会，文学就是为艺术，不应该有目的。文学也不应该靠学问，文学就要靠"灵感"。这几个人还有一个共同的特点——没有一个是学文学的。郭沫若是学医的，郁达夫是学经济的[*]，成仿吾是学造军火、造大炮的，张资平是学地质学的，他的小说集叫《冲击期化石》。

这几个留学生在日本凑在一起，要成立一个团体，要改变中国文坛，十分骄傲自信。其中，郭沫若是一个重要的人物。创造社和文学研究会不一样，文学研究会是靠集体的力量，十几个作家一样重要。创造社虽然有五六个人，但重要的人就是郭沫若和郁达夫。两人无形之中有分工，郭沫若的成就是诗歌和戏剧，郁达夫的成就是小说和散文。

郭沫若这个领域对手比较少，尤其是戏剧，除了曹禺以外，戏剧成就高的人不多。现代诗歌方面，郭沫若也是写得最早的，后来徐志摩、闻一多超过了他。[†]但小说、散文是大部分作家都写的，比如鲁迅、巴金、老舍、沈从文……郁达夫能在这里占一个位置，很不容易。

在讲郁达夫之前，先要比较一下文学研究会和创造社的主张。

---

[*] 郁达夫原本读经济——我原以为他的性格不适合读经济——后来回国教书，据说他给所有的学生都是A，说大家都不容易。可是等到后期，才发现他真有经济才能，开了个酒厂做老板，还发了财。

[†] 我们一般不把胡适当作诗人，更多称其为文学史家。

　　文学研究会主张"为人生的艺术"，创造社提倡"为艺术的艺术"。这两个主张，关系到艺术的起源、本质、意义和功能。艺术的起源有很多种，有两种最根本的说法：

　　第一种，艺术起源于劳动。这是普列汉诺夫的主张[33]，鲁迅也相信这个说法。比如，最早的歌是怎么来的？在原始时代，如果很多人一起来搬一棵树，就要喊一个口号，这就是鲁迅说的"杭育杭育"（即"哼吼哼吼"），是最早的歌。[34]还有，现在能看到的最早的艺术，是欧洲一些山洞里的岩画，画了一些牛和标记，这可能是最早的人类绘画。有些人类学家说原始人画这个不是玩，就是做标记，说在这里曾打到过牛，或者藏了牛的什么东西。所以，艺术起源是劳动，它是功利性的，是有目的的。中国古代讲"文以载道"，也就推演出"为人生的艺术"。艺术和政治、经济、法律、宗教一样，要讲究它的效果，而且要有一定的方式。

　　第二种，游戏是艺术的起源。这是康德的说法。他说，原始人的劳动不算艺术，吃完了睡觉也不叫艺术。但是，人和动物有点不一样，在吃饱了但还没睡觉的时候，他有一点多出来的精力，做一点生存之外的事情。这时的这种活动等于是一种游戏，而这种游戏就是艺术的起源。康德还说，人有三种快乐：第一种快乐，是因为它给你直接的好处，这是物质上生理上的快乐；第二种快乐，是你做了正确的事情感到快乐，这是道德上的快乐；第三种快乐，是它既没有给你好处，也不涉及道德，比如你半夜听到风吹着落叶掉下来，感到舒服，感到说不出来的一种心灵上的快乐。只有第三种，才叫美，才叫艺术，它是源于游戏。[35]

　　艺术的起源，并没有标准答案，但它决定了我们对文学的基本见解。一个作品出来，有人说，这个作品有害，对社会不好；有人说，这个作品虽然不知道有什么意义，但是它很美。这就是两种不同的价值观在起作用。

第二节

郁达夫的生平

模拟的颓唐派，本质的清教徒

中国现代文学的两个最有名的作家，一个鲁迅，一个郭沫若，关系很不好。鲁迅生前，郭沫若骂他是法西斯，而鲁迅从来都看不起郭沫若，相传有"才子加流氓"的说法。*但他们都和郁达夫是好朋友。鲁迅对创造社的人一个都不理，唯独和郁达夫交朋友。郭沫若是什么人都不佩服的，就佩服郁达夫。

郁达夫的作家生平很典型：父亲很早去世，家里从小康往下滑，从小靠他的母亲过活。他的哥哥叫郁华，是北平的一个大法官，很有地位，后来被丁默邨暗杀了。†郁达夫因为哥哥的资助到日本留学，回家后娶了一个旧式的小脚女人孙荃[36]。但是，孙荃和朱安不一样，她旧体诗写得非常好。郁达夫写了很多旧体诗给太太孙荃，孙荃也写旧体诗给丈夫，两个人的旧式婚姻倒催生了很多的诗体家书。

郁达夫在日本的生活很颓废。一般人都是尽量显示自己美好

---

* 1928 年 8 月，郭沫若使用了笔名"杜荃"，在《创造月刊》上发表了《文艺战线上的封建余孽》，说鲁迅是"一位不得志的 fascist（法西斯谛）"。

† 张爱玲把丁默邨和郑苹如的事写成了小说《色，戒》，还用男主公来影射胡兰成。

的一面，比如出门要照照镜子，把头发弄弄好，衣服整整好。心情是这样，思想也是这样。但郁达夫专门讲自己不好的地方，有时候讲得比实际还要厉害。比如问他在日本留学做了些什么，他说，我也没做什么事，整天在酒吧里喝酒泡女生。而郭沫若说，郁达夫读了一千多册外国小说，会日文、德文、法文、英文，古文底子又非常好，其实是一个大作家。可《沉沦》的男主人公，哪里像一个好好的留学生？拿一本诗，也不好好做功课，觉得自己好可怜，又是自慰又是偷窥，等等。别人都是隐恶扬善，他好像故意要隐善扬恶。

　　这其实是艺术创作的有意为之，但也的确和作家的个性气质有关。李初梨后来称之为"模拟的颓唐派，本质的清教徒"[37]。隐善扬恶有两个效果：一是显得比他人更真实，二是质疑社会标准的善与恶——我做的这些事，或者不是光荣、伟大、纯洁、神圣的，但是不是恶呢？是不是人性呢？中国现代文学史上，第一篇白说小说是《狂人日记》，第一本白话小说集是《沉沦》。一个鲁迅，一个郁达夫，"五四"小说就以这样截然不同的风貌发端。

　　回到上海，郁达夫和郭沫若他们办杂志，《创造日》《创造季刊》《创造周报》等，这是创造社前期短暂的黄金时期：政治上偏左，激进，反执政者；而艺术上崇尚自我与个性，其实又"偏右"，有些自我矛盾。*后来，郁达夫去了北京，和鲁迅成了好朋友。那

---

*　看照片可以发现，郁达夫的外表有一个特点，他的两个耳朵是这样立体的。这个招风耳朵，导致了一个诺贝尔文学奖的诞生。日本有个作家叫大江健三郎[38]，他家里很穷，只能供一个人到东京读书。大江健三郎的母亲非常喜欢郁达夫。郁达夫、鲁迅、周作人这些人在日本是非常出名的，不仅研究中国文学的日本人知道他们，连普通受教育爱文学的日本人，都会读鲁迅和郁达夫，就好像中国人读雨果、巴尔扎克和托尔斯泰一样，很普遍。大江健三郎的母亲看了郁达夫的照片，又看看自己的儿子们——只有三郎的耳朵和郁达夫是一样的，她就送他去东京读书。后来大江健三郎得了诺贝尔文学奖。所以，大江健三郎到北京来，到中国现代文学馆，指着郁达夫的照片说，我就是因为耳朵像他，才有机会受教育。东京大学的藤井省三教授专门就此写了文章。

时鲁迅写《中国小说史略》，郁达夫的旧学底子很好，就常常和鲁迅谈天，鲁迅那时还想写长篇小说《杨贵妃》。到了1926年，创造社后期的一批革命派说郁达夫颓废。其实，郁达夫当时的文章也挺革命的，最早提倡"无产阶级文学"，虽然似懂非懂。[39] 但他写出来的作品很"小资"，感伤生活没意思，袋中无钱，心头多恨。总而言之，按今天的说法，他的小说缺乏正能量，忧郁颓废。

可以做朋友，不能做丈夫

一个偶然的机会，他在上海认识了一个女学生。当时王映霞20岁左右，杭州人，女子师范学生。郁达夫看见她，惊为天人，就天天到王映霞借住的孙百刚家，请他们全家吃饭。孙百刚夫人提醒王映霞，说这个男人是有妻室的。郁达夫也不避讳。那时法律上对一夫多妻的情况也比较宽容。他还把死缠烂打的过程细节都写在《日记九种》[40] 里。*《日记九种》当时非常畅销，和徐志摩的《爱眉小札》一样。

最后是王映霞的外公——一个旧体诗人——他非常欣赏郁达夫的才华，成全了这段爱情。郁达夫之前答应，结婚要到欧洲去旅行，家里的妻子要休掉。王映霞虽然20岁出头，却非常现实，情商很高，说：第一，欧洲旅行也不要了，钱留下来造房子；第二，孙荃也不要休掉，但郁达夫不能再回去生孩子。那时叫"两头大"，社会习俗上也认可。王映霞和郁达夫在一起，上海文坛都承认她。

---

* 我刚读中国现代文学的时候，也有写情书的需要，开始想抄，第一个找到的是鲁迅的《两地书》，发现没办法抄，鲁迅的情书一点谈情说爱都没有。但《日记九种》得抄！里面写肉麻的感情的东西多得不得了，有好几段非常细，郁达夫就把恋爱中所有的心情都写下来。后来那日记给王映霞看到，她大为发火。郁达夫就跪下来向她求饶，保证绝对不发表——当然，我们后来都看到了。稿费归王映霞。

鲁迅有一首很有名的诗："运交华盖欲何求，未敢翻身已碰头。破帽遮颜过闹市，漏船载酒泛中流。横眉冷对千夫指，俯首甘为孺子牛。躲进小楼成一统，管他冬夏与春秋。"这首诗就是他在"达夫、映霞招饮于聚丰园"之后有感而发写的。

郁达夫早期是"颓废派"，和王映霞好了以后，变成"名士派"了。也不写性了，改写游记。郁达夫晚期的散文、小说，像《钓台的春昼》《迟桂花》都是非常光明、欲情净化的。在王映霞的劝说下，郁达夫移居杭州，这在当年是文坛一件大事。鲁迅还专门写诗劝阻，因为上海是文坛中心，是文化斗争的战场。20 世纪 30 年代中期，从上海移居杭州，看上去好像从兼济天下转向独善其身。可身处那么一个风雨飘摇的时代，怎么可能独善其身？郁达夫、王映霞到杭州之后的居所就叫"风雨茅庐"，名字好像很破，其实是个豪宅。* 郁达夫为了风雨茅庐，欠了一屁股的债，于是到福建去打工，做参议员。抗战前夕，又去了一次日本，叫郭沫若回国，因为国共又要合作，蒋介石要郭沫若回来主持文坛。抗战爆发后，风雨茅庐很惨，一度被日本人拿来养马，后来被炸掉。王映霞带着孩子，一路逃到浙西的丽水。这时，郁达夫开始怀疑王映霞和国民党浙江省宣传部长许绍棣 † 有染。到了武汉，有一天王映霞不见了，郁达夫就在报纸上登了一个真名真姓的启事，说你要离开我也可以，但不要把家里的钱都拿走，家里的小孩现在没人管，你怎么忍心就把我抛弃了。当时，惊动了周恩来。周恩来、郭沫若、刘

---

* 香港的商店楼房起名，喜欢用财神酒店、富豪大厦之类的名称，越是公共屋邨，名字上越有个"富"字。其实，中国文化向来有讲究含蓄的传统，比方说"光临寒舍"，并不是真的"寒酸"，家里其实很漂亮。香港的总督府本来要改名字，想改变香港地产商的土豪文化，一度建议叫"紫庐"。结果有人写文章说改名字的人不动脑子。当时的特首是上海人，国家领导人也是上海来的，"紫庐"两个字沪语一读就是"猪猡"。"今天晚上住哪里？""住在猪猡那里。"后来就规规矩矩地叫"礼宾府"了。

† 许绍棣曾因通缉鲁迅又被鲁迅骂过而出名，是一个名声很坏的国民党官员。

海粟等很多人劝他，现在抗日当前，婚变也别搞得满城风雨。其实，王映霞并没有逃到许绍棣那儿，只是在朋友家里住了一晚。第二天，同一家报纸、同一个地方，又登了一个启事，说郁达夫昨天精神病犯了，错怪了太太，完全胡言乱语，所以道歉，请她回来！后来陈子善教授考证出来，说这封启事是王映霞起草的。

然后，郁达夫和王映霞去了新加坡。在那里，他喜欢上一个"美国之音"的播音员，又写了一批旧体诗，叫《毁家诗纪》[41]，诗下边都有注解，还把王映霞出轨的事情也不论真假全写上去，突然发表在香港。王映霞看到从香港寄来的杂志，才知道丈夫这样写她。这在文坛也是一件奇事。后来，郭沫若说郁达夫从来是扬丑的，可这样对待自己的老婆，也太过分了。王映霞受不了，就和他分手了。她是出名的美人，当时年纪也不大，去了重庆后，嫁了一个富商，婚姻几十年一直很好。王映霞晚年时，我去看她，她跟我说过一句话：郁达夫这个人可以做朋友，不能做丈夫。但归根到底，她这一辈子出名，还是因为郁达夫。其实，郁达夫是真喜欢王映霞，也真的受了刺激。人可以消失，但感情的故事，会留下来。

他究竟被谁杀掉？

日军在新加坡打败英军，郁达夫等很多文人流亡南洋。郁达夫隐姓埋名，改名叫赵廉，留了胡子，开了一个酒厂，帮了很多地下党员，掩护了很多人。但后来他被日本人发现了。有一次，一队日本军人把一车当地人拦下来，车上的人很慌，不知道发生什么事。其实，那些日本兵只是问路。结果，酒厂老板突然用纯正的东京口音跟他们交谈。日军军官对他非常尊敬，想不到在这么荒蛮的地方（那时印尼还是荷兰的殖民地）还有人可以讲这么纯正的东京口音。没过多久，郁达夫就被日本的宪兵队召去做翻译。

因为郁达夫会中文，还会当地的语言，日文又那么好，就被日本宪兵队征用了。那段时间非常痛苦，当时郁达夫和王任叔（王任叔后来是中国第一任驻印尼大使）见面的时候，就讲他的苦，怕被人识破身份，怕说梦话。1988年时，有一部香港电影《郁达夫传奇》，方令正导演，周润发主演，讲的就是这个故事。这件事在历史上一直没有定论。

郁达夫做宪兵翻译时，帮了很多中国人，也帮了很多当地人。如有人拍日本人马屁的，他就故意翻错，日本人反把拍马屁的骂一顿。还有些人，找到了印尼反抗组织的材料，郁达夫说这是账单，就遮盖过去。后来，郁达夫的作家身份被日本人发现——原来他在日本的大词典里有名字。据说，日本人一查，说中国人能写这样的旧体诗的就三个人，一个鲁迅，一个周作人，一个郁达夫。[*]鲁迅已经死了，周作人在北平，剩下的郁达夫，就是眼前这个人。当时也没打算处死他。但是，1945年日本被打败以后，他就被暗杀了。

他被谁杀掉？一直是个谜，有好几种说法：一种说法是，可能是印尼的游击队把他杀掉的，因为他做过日本的翻译；第二种说法来自胡愈之的回忆，说郁达夫是被日本宪兵杀掉，和一群欧洲人一起遇害，怕他在战争法庭上作证供。

日本的一位汉学家铃木正夫，他为了研究郁达夫，专程去了赤道边上的一个叫巴爷公务的小镇，做了很多调查。他还找到几十个当年的宪兵，一个一个采访。最后，铃木找到当年的一个宪兵队长，那人承认是日本人杀了郁达夫。当时，这个宪兵队长打算乔装逃跑。但是，对日本宪兵来说，逃是很无耻的，他怕被人知道，

---

[*]　很多人说郁达夫成就最高的是他的旧体诗。1989年6月，我去德国，一次偶然的机会，见到94岁的刘海粟[42]。他和郁达夫是好朋友，对郁达夫和王映霞的婚变清楚得很。王映霞在武汉出走，郁达夫在报上登广告寻妻又道歉，当时刘海粟就是调停人。他最称赞达夫的旧体诗。

就指使人杀掉郁达夫。杀死郁达夫的那个士兵也已经死了。铃木教授后来把这些调查写成一个论文，拿到中国的一个研讨会上宣读，还用日文写了一本关于郁达夫在苏门答腊的书，复旦大学的李振声将此书译成了中文 [43]。

日本人铃木正夫做研究，就像鲁迅在《藤野先生》里说过的那样："小而言之，是为中国；大而言之，是为学术。"*他原意是为日本人翻案，但归根到底，还是尊崇学术规则。从学术的道理，他得出的结论是：一个偶然的原因，一个宪兵为了自己的目的把郁达夫杀掉了。

---

* 我年轻时看到鲁迅的这篇《藤野先生》，十分震惊——因为在我的世界观里，应该是"小而言之，为了学术；大而言之，为了中国"。我后来几十年的人生努力，都在渐渐明白这段话：做中国文学研究，小而言之，为了中国，大而言之，为了文学。这是没有错的，因为文学是一个世界性的更永恒的东西。当然，也可以说："小而言之，为了文学；大而言之，为了中国。"人各有志。

—————

"颓废"与"色情"

《沉沦》: 性的苦闷

《沉沦》在文学史上一直有两种不同的解读：一种说是写爱国主义，另外一种说是写灵肉冲突。先前说"五四"文学是反帝反封建，研究者发现小说里"反封建反礼教"的很多，鲁迅的小说如《祝福》等都是"反封建"的。这里"反封建"或者应该打引号使用，因为马克思讲的欧洲中世纪封建社会，与中国古代的中央集权农业社会是否都可用同一个概念分析概括，在我看来还是问题。所以我抄书时少用"反封建"，说"反传统礼教"比较中性。但是无论如何，"反帝"的小说在"五四"早期很少，所以他们就以郁达夫举例，《沉沦》写留学生思念祖国——先不管因为什么理由思念——就被认为是爱国主义反帝小说。

郁达夫所有的作品，就是两点：一是"民族"；二是"性"。《沉沦》也是这样。郁达夫自己说过三次：第一次，是《沉沦》在1921年初版时，郁达夫说《沉沦》就是灵与肉的冲突，一个现代人的精神苦闷，这是他第一次自白。第二次，是1926年编全集的时候，郁达夫说《沉沦》一点意思都没有，讲出的话，毫无勇气。

把自己贬得一塌糊涂。一个作家对自己最有信心的时候，恰恰是可以把自己踩得一塌糊涂的时候，那时其实是他创作的最高峰。第三次是1932年，郁达夫突然开始爱国了，他说在《沉沦》里看清楚了故国是怎么沉沦的，才意识到整个中国是被人欺负的。这篇小说像很多小说一样，它是个篮子，可以拿到萝卜，可以找到青菜。主人公的苦闷既是"民族"的，又是"性"的。一个是青年忧郁症、灵肉冲突及性苦闷，另一个是民族情绪，这两样东西的混合，构成"郁闷"的要素。所以，郁达夫绝不过时。今天的很多网民，可能不知道郁达夫的名字，也没有读过《沉沦》，可是他们都有郁达夫式的苦闷："民族性郁闷"。

简单地说，《沉沦》的男主人公学问很好，又不发愁钱，在日本读书，是一个很有才、还有点"宅"的男生。可是，在小说里，他做了四件旁人可以非议、他自己也很不满的事情，或者说也是"沉沦"的四个阶段：第一是自慰；第二是偷窥；第三是在野地里偷听别人做爱；第四是跑到妓院里，但没有做成事情，在妓院里写爱国诗。*

还有一个重要的补充，是一件真事。郁达夫喜欢房东的女儿，叫静儿，写了很多旧体诗送给她。小说里写到偷看她洗澡，有一些文字赞美女孩的裸体，后来被认为是中国作家写性最差的文字。但在《沉沦》里，作家为什么要这样强调这个情节呢？因为主人公是一个留学生。中国的读书人一方面对自己有一套道德标准，格物致知，修齐治平；另一方面，又不知怎么面对自己的情欲本能。因此，这个有使命感的身体便出现了各种问题，自慰也好，偷窥女人洗澡也好，都被主人公自己认为是犯罪，是沉沦。†

---

* 在"文革"期间，郁达夫的作品是禁书，大概是被当作了黄色小说。

† 世界上的东西，有人看才变成秘密，没人看就没人关心。日本在明治、大正年间，男女有时在温泉共浴。这边是男的，那边是女的。但是，我们的留学生一去，很好奇，

　　简单地说，他犯的是一个普通人的错，可是他以一个很高的道德标准来衡量自己，觉得自己罪不可恕。记得以前上课，有个女同学说："这个男生不是不道德，而是太道德。"很有意思的说法。《肥皂》里的四铭先生，看不到自己的无意识里有性的要求，然后他买一块肥皂，来转移性幻想。而《沉沦》里的男主人公知道自己潜意识里有这些东西，同时，他又觉得是犯罪的，因此他要克制。郁达夫用作品正视人欲，又让主人公充满犯罪感，这就是《沉沦》的意义所在。这跟中国古代文学对待色情的态度有些不同。《金瓶梅》《肉蒲团》《三言二拍》所持的态度是："色"是不好的，是有害的，但是先让主人公和读者享受。享受完了以后告诉人们：美色从来藏杀机，多行不义必自毙。最后那些和尚荡妇肯定都是死掉的。这是一种"劝善惩恶"的模式，像香烟盒上的警告。郁达夫恰恰是打破这一点。

　　郁达夫的所谓"色情描写"，受了几个人的影响：

　　第一，受卢梭的影响。我专门写过一篇论文，《郁达夫与外国文学》[44]。卢梭是法国的思想家，"天赋人权"就是他提出来的。他还有本非常有名的《忏悔录》，郁达夫极其推崇[45]。《忏悔录》写卢梭年轻时，痴恋一个比他大的女人，用今天的世俗眼光来看，是一种很肉麻的变态的爱情。卢梭在西方思想界的地位，就像我们讲马克思或弗洛伊德一样，是伟大的思想家。可他把自己的情欲隐私都写出来。更重要的是，他写出来以后，还在《忏悔录》的第一章里说："万能的上帝啊！我的内心完全暴露出来了，和你

就跑过去看。一看，日本女人就害羞了，拿毛巾一遮，跑掉了。被看，是一件非常重要的事情，被看了才变得非常害羞了。在戛纳，在尼斯，很多人不穿上衣，都在那里晒太阳，没有人看，大家也不觉得被冒犯。盯着人看反而不礼貌。有些日本温泉，男女在一个池子里共浴，中间象征性地拿些篱笆、树叶遮一遮，声音都听得见。现在酒店已遵循国际惯例，男女已不同浴，但这习俗还是局部保留的。比如京都附近的汤之花温泉，现在要付费、预订，才能男女共浴，其实是森林里的私人空间。

亲自看到的完全一样，请你把那无数的众生叫到我跟前来！让他们听听我的忏悔，让他们为我的种种堕落而叹息，让他们为我的种种恶行而羞愧。然后，让他们每一个人在您的宝座面前，同样真诚地披露自己的心灵，看看有谁敢于对您说：'我比这个人好！'"[46]这是法国人道主义的一种自信，认为人性当中有这么一个东西，没什么值得羞耻的。郁达夫是受卢梭影响，他的表现方式是，拼命地不怕羞耻地表现羞耻，其实说明他骨子里是有某种自信的。

第二，受日本私小说的影响。日本文学写性，历来是比较露骨的。比如川端康成，写姐妹俩爱上一个男人。[47]而且，日本有一种小说叫"私小说"。"私"，在中文里曾是一个坏的词，"斗私批修"，"大公无私"，要消灭掉"私"。但是，"私"在日本没有"公私"的概念，"私"就是"我"，"私小说"就是写自我的小说。把它翻译得准确一点，就是"自我小说"，都是写自己的小事情。现在人们写的微博、微信，属性就是"私"。"今天我头晕"，"我头发乱了"，"我不知道吃什么好"，"我昨天买的袜子颜色搞错了"……这是一个"自我"的东西。郁达夫学了卢梭的精神和私小说的技术。其中，影响特别大的一个作家叫佐藤春夫[48]，他和郁达夫曾是很好的朋友。后来佐藤春夫在抗日时写了小说批评中国，郁达夫跟他断交。

郁达夫的风格，在中国现代文学里一直都后继有人。比如丁玲的《莎菲女士的日记》，就是女版的《沉沦》。这种小说，用今天的网络语概括，叫"no zuo no die"。"作"，说到底没什么大事，但"作"得很痛苦。这个传统是从郁达夫开始的。上海有个作家叫程乃珊，她的丈夫姓严。严先生曾讲过一句非常形象的话。他说，我以前不知道什么叫"作家"，后来认识了我妻子，就知道什么叫"作家"了。"作家"就是"作"的专家，比方说郁达夫。香港有个作家，叫昆南，也挺"作"的。青年男女，尤其是男的，交女朋友一不顺利，就要怪很多东西，留学生就要怪自己的国家。昆南在小说《地的门》里，怪家里没有钱，会考成绩不够好。世界上最主要的矛盾，就是阶级矛盾、民族矛盾。[*]

中国人在过去的一两百年里，的确是有屈辱感。男人在女人面前，也特别容易自卑。《沉沦》正结合了这两种情绪。我们上次讲过夏志清的观点，英美留学回来的比较温和，留日回来的比较激进革命。为什么？日本的环境所致。日本这个环境，有两点特别刺激中国人。我自己去了，也有感受。第一点，日本的国民性真的跟我们不一样。如果中国人去南美、南欧，会觉得很亲切，大家都是可偷懒则偷懒，也都有点欺软怕硬、自由放任，阿Q精神非常流行。但是如果去日本、德国，就会发现他们太认真了。

随便举个小例子。我去过神户附近的有马温泉，温泉旅馆的房间是日式的，旁边有个厕所。欧巴桑关照我，房间里是榻榻米，你要赤脚，但来到走廊就要穿拖鞋。穿着拖鞋，到前边只有一米路，就有一个洗手间。欧巴桑又特别叮嘱，到了洗手间，不能穿这拖鞋进去，洗手间里边另外有一双拖鞋。等于我上个洗手间，要换两次拖鞋。进到洗手间，我坐下来，当时就有感悟：怪不得鲁迅想要批判国民性，鲁迅要不是留学日本，大概就不会这样了！因为日本的国民真是不一样。洗手间周围的任何东西，所有前后左右能摸到的地方，没有一点灰。我在京都参加过他们的游行，祇园祭节日，十几万人穿着和服走大半天，他们经过的这些桥和路，都没有灰的。这个民族的行为规范和我们非常非常不一样。

第二点，日本人又跟中国人长得很像。如果是黑人，或者是白人，种族不一样，举止不同，大家还比较能接受，不存在你歧

---

[*]　在座的男同学，如果喜欢一个女生，追求一不成功，归结起来就两个原因：第一，因为我是香港人，或者因为我是内地来的，从族群身份上找原因；第二，我不够有钱，要是我有楼有车，她一定……其实，女生不是这么想的。可是，男生自卑的时候，一定往这两方面来想。

视我我歧视他。但是，日本人长得和中国人一样，行为却又那么不一样。在东京坐地铁，没有一个人跷二郎腿，连日本女人在车上打瞌睡的姿态，都很优雅。如果听到有大声讲电话说话的，一定是外国人，比如中国人。日本人真的是很特别。日本人如果谴责一个人做事太不像话，就会严厉地说："你是日本人吗?!"

后来我去了美国才发现，美国人跟中国人很相似，很随便。而在日本，特别容易感到郁达夫所讲的焦虑和民族的压力，尤其是那个年代。日本人身上有太多值得学习的地方。同学们都可以感受到，买日本货，去日本店吃东西，都会感到格外放心、细心。可惜，《沉沦》男主角跳海了。郁达夫自己没有跳海，他回来了。最后却也死在日本军人手里。

《春风沉醉的晚上》：生的苦闷

另外一篇郁达夫的小说，《春风沉醉的晚上》[49]，也很重要。从艺术上来讲，《沉沦》结构粗糙，文字拖沓，《春风沉醉的晚上》却是非常精练。小说很简单，讲一个很穷的文人住破房子，和邻屋女工差点好上。

小说里的男主人公是单身，没有工作，很无聊，整天在家里看书。住在里屋的女人对他很提防。开始几天，女人没跟他说话。但是，因为他老在看书，邻屋女人就对他少了提防，有了好感。看上去，这个故事跟子君、涓生的故事有点像，男人是读书人，女人在工厂里做工，更苦。于是男人要唤醒她，说工厂资本家剥削你。可是，这篇小说有一个非常有趣的情况，是这个女人反过来要救这个男人。

我非常喜欢这篇小说，有一个很重要的原因，就是我和这个男主人公有共同的毛病：第一个毛病是幻想旁边住一个女生，第二个毛病是喜欢深夜出去走路。我觉得，这个世界白天到处都是人，争不过人家，唯一的办法，就是不跟别人抢空间，而是争不同的时间。所以，人们不出来的时候，我出来。我喜欢晚上写东西，喜欢出来走路，我每住一个地方，周围都被我走透透。香港有个学者梁锡华，写过一篇散文，大意就是不争空间争时段。[50] 2016年，有个中国女作家获科幻小说雨果奖，《北京折叠》[51]，写半夜时间生活的是弱势群体。当然，在香港不争空间争时间也很困难。我曾经住在加州花园，半夜出来，散步，打腹稿。走累了，就在一个小孩玩的滑梯上坐着。坐了一会儿，发现有一只巨大的狗和两个尼泊尔籍英兵，正站在我身后。这些尼泊尔籍英兵，现在是帮物业做保安的，他们在半夜两点钟看到一个男人穿着短裤汗衫，坐在一个儿童滑梯上，这是不是很可疑？后来我回家开门，他们才离开。

　　一样的道理，出于困境或奢侈，小说里的男主人公因为晚上出去散步被女工误解了，以为他做坏事，是"三合会"之类。恰好第二天，又看到他收到一笔钱，五块大洋，是翻译的稿费。男主人公买了东西请她吃。两个人一起分享食物，就能开始交流感情。鲁迅写的涓生，把"吃"作为爱情事业的对立面，为了继续写作就把桌上的碗碟酱醋推开。[52] 但大部分的作家作品，基本上"食色性也"，"食"后面就有"色"。王安忆《小城之恋》是速泡面见真感情，[53] 张贤亮《绿化树》里的一个窝头，"有我吃的就有你吃的"[54]，听上去就像《泰坦尼克号》的爱情宣言："You jump，I jump！"《春风沉醉的晚上》，也是女人给吃的，然后劝他，男人解释说这个是稿费。女人的态度马上变了。那时的五块大洋是很大一笔钱，女工一个月都赚不到这么多钱。所以，女人就和他说，那你就多做几个。她以为这个很容易。

　　"春风沉醉的晚上"是一个有意误导的题目，其实是反讽。小说题目有两种：一种是概括的；一种是反讽的。"祝福"是反讽的；"阿Q正传""狂人日记"是概括性的；"药"既是概括的，也是反讽的。"春风沉醉的晚上"是非常美丽、浪漫的气氛，可两个人的爱情是完全不可能的，前景是非常凄惨的。这个小说显示了郁达夫创作从"性的苦闷"转向"生的苦闷"。

关于郁达夫，就先讲到这里。同学们如果还有兴趣，可以看我以前的论文《关于颓废倾向与色情描写》[55]。"颓废"与"色情"，是研究郁达夫的两个重点。

延伸阅读

郭沫若：《论郁达夫》，引自《众说郁达夫》，杭州：浙江文艺出版社，1996年

王映霞：《我与郁达夫》，桂林：广西教育出版社，1992年

[日]伊藤虎丸、稻叶昭二、铃木正夫编：《郁达夫资料：作品目录、参考资料目录及年谱》，东京：日本东京大学东洋文化研究所，1969年

[日]铃木正夫：《苏门答腊的郁达夫》，李振声译，上海：上海远东出版社，2004年

曾华鹏、范伯群：《郁达夫论》，《人民文学》1957年第5—6期

李欧梵：《中国现代作家的浪漫一代》，王宏志译，北京：新星出版社，2010年

陈子善、王自立编：《郁达夫研究资料》，北京：知识产权出版社，2010年

许子东：《郁达夫新论》，上海：华东师范大学出版社，2014年

许子东：《许子东讲稿·卷二》，北京：人民文学出版社，2011年

王晓明：《一份杂志和一个"社团"：重识"五四"文学传统》，《上海文学》1993年第4期

郁达夫《〈沉沦〉自序》

我的三篇小说，都不是强有力的表现。自家做好之后，也不愿再读一遍。所以这本书的批评如何，我是不顾着的。第一篇《沉沦》是描写着一个病的青年的心理，也可以说是青年忧郁病 Hypochondria 的解剖，里边也带叙着现代人的苦闷，——便是性的要求与灵肉的冲突——但是我的描写是失败了。第二篇《南迁》是描写一个无为的理想主义者的没落，主人公的思想在他的那篇演说里头就可以看得出来。这两篇是一类的东西，就把它们作连续的小说看，也未始不可的。这两篇东西里，也有几处说及日本的国家主义对于我们中国留学生的压迫的地方，但是怕被人看作了宣传的小说，所以描写的时候，不敢用力，不过烘云托月的点缀了几笔。第三篇附录的《银灰色的死》，是在《时事新报》上发表过的，寄稿的时候我是不写名字寄去的，《学灯》栏的主持者，好像把它当作了小孩儿的痴话看，竟把它丢弃了，后来不知什么缘故，过了半年，突然把它揭载了出来。我也很觉得奇怪，但是半年的中间，还不曾把那原稿销毁，却是他的盛意，我不得不感谢他的。

《银灰色的死》是我的试作，便是我的第一篇创作，是今年正月初二脱稿的。往年也曾做过一篇《还乡记》，但是在北京的时候，把

它烧失了，我现在正想再做它出来，不晓得也可以比得客拉衣耳的
《法国革命史》么？

                            一千九百二十一年七月三十日叙于东京旅次，达夫。

郁达夫《五六年来创作生活的回顾:〈过去集〉代序》

一个人活在世上,生了两只脚,天天不知不觉地,走来走去走的路真不知有多少。你若不细想则已,你若回头来细想一想,则你所已经走过了的路线,和将来不得不走的路线,实在是最自然,同时也是最复杂,最奇怪的一件事情。

面前的小小的一条路,你转弯抹角的走去,走一天也走不了,走一年也走不了,走一辈子也走不了。有时候你以为是没有路了,然而几个圈围一打,则前面的坦道,又好好的在你的眼前。今天的路,是昨天的续,明天的路,一定又是今天的延长,约而言之,我们所走的路,是继续我们父祖的足迹,而将来我们的子孙所走之路,又是和我们的在一条延长线上的。

外国人说:"各条路都引到罗马去",然而到了罗马之后,或是换一条路换一个方向走去,或是循原路而回,各人的前面,仍旧是有路的,罗马决不是人生行路的止境。

所以我们在不知不觉的中间,一步一步在走的路,你若把它接合起来,连成了一条直线来回头一看,实在是可以使人惊骇的一件事情。

路是如此,我们的心境行动,也是如此,你若把过去的一切,平铺起来,回头一看,自家也要骇一跳。因为自家以为这样平庸的一个过去，回顾起来，也有那么些个曲折，那么些个长度。

我在过去的创作生活，本来是不自觉的。平时为朋友所催促，或境遇所逼迫，于无聊之际，拿起笔来写写，不知不觉的五六年间，总计起来，也居然积写了五六十万字。两年前头，应了朋友之请，想把三十岁以前做的东西，汇集在一处，出一本全集。后来为饥寒所驱使，乞食四方，车无停辙，这事情也就搁起。去年冬天，从广州回到了上海，什么事情也不干，偶尔一检，将散佚的作品先检成了一本"寒灰"，其次把"沉沦""茑萝"两集，修改了一下，订成了一本"鸡肋"。现在又把上两集所未录的稿子修辑成功，编成了这一本"过去"。

对于全集出书的意见，和各集写成当时的心境环境，都已在上举两集的头上说过了。现在我只想把自己的"如何的和小说发生关系"，"如何的动起笔来"，又"对于创作，有如何的一种成见"，等等，来乱谈一下。

我在小学中学念书的时候，是一个品行方正的模范学生。学校的功课，做得很勤，空下来的时候，只读读四史和唐诗古文，当时正在流行的礼拜六派前身的那些肉麻小说和林畏庐的翻译说部，一本也没有读过。只有那年正在小学校毕业的暑假里，家里的一只禁阅书箱开放了，我从那只箱里，拿出了两部书来，一部是《石头记》，一部是《六才子》。

暑假以后，进了中学校，礼拜天的午后，我老到当时旧书铺很多的梅花碑去散步。有一天在一家旧书铺里买了一部《西湖佳话》，和一部《花月痕》。这两部书，是我有意看中国小说的时候，和我相接触的最初的两部小说。这一年是宣统二年，我在杭州的第一中学里读书。

第二年武昌革命军起了事，我于暑假中回到故乡，秋季开学的时候，省立各学校，都因为时局关系，关门停学，我就改入了一个教会学校。那时候的教会学校程度很低，我于功课之外，有许多闲暇，于是就去买了些浪漫的曲本来看，记得《桃花扇》和《燕子笺》，是我当时最爱读的两本戏曲。

这一年的九月里去国，到日本之后，拼命的用功补习，于半年之中，把中学校的课程全部修完。翌年三月，是我十八岁的春天，考入了东京第一高等学校的预科。这一年的功课虽则很紧，但我在课余之暇，也居然读了两本俄国杜儿葛纳夫的英译小说，一本是《初恋》，一本是《春潮》。

和西洋文学的接触开始了，以后就急转直下，从杜儿葛纳夫到托尔斯泰，从托尔斯泰到陀思妥耶夫斯基、高尔基、契诃夫。更从俄国作家，转到德国各作家的作品上去，后来甚至于弄得把学校的功课丢开，专在旅馆里读当时流行的所谓软文学作品。

在高等学校里住了四年，共计所读的俄、德、英、日、法的小说，总有一千部内外，后来进了东京的帝大，这读小说之癖，也终于改不过来，就是现在，于吃饭做事之外，坐下来读的，也以小说为最多。这是我和西洋小说发生关系以来的大概情形，在高等学校的神经病时代，说不定也因为读俄国小说过多，致受了一点坏的影响。

至于我的创作，在《沉沦》以前，的确没有做过什么可以记述的东西，若硬的要说出来，那么我在去国之先，曾经做过一篇模仿《西湖佳话》的叙事诗，在高等学校时代，曾经做过一篇记一个留学生和一位日本少女的恋爱的故事。这两篇东西，原稿当然早已不在，就是篇中的情节，现在也已经想不出来了。我的真正的创作生活，还是于《沉沦》发表以后起的。

写《沉沦》各篇的时候，我已在东京的帝大经济学部里了。那时候生活程度很低，学校的功课很宽，每天于读小说之暇，大半就在咖啡馆里找女孩子喝酒，谁也不愿意用功，谁也想不到将来会以小说吃饭。所以《沉沦》里的三篇小说，完全是游戏笔墨，既无真生命在内，也不曾加以推敲，经过磨琢的。记得《沉沦》那一篇东西写好之后，曾给几位当时在东京的朋友看过，他们读了，非但没有什么感想，并且背后头还在笑我说："这一种东西，将来是不是可以印行的？中国那里有这一种体裁？"因为当时的中国，思想实在还混乱得很，适之他们的《新青年》，在北京也不过博得一小部分的学生的同情而已，大家决不想到变迁会这样的快的。

后来《沉沦》出了书，引起了许多议论，一九二一年回国以后，另外也找不到职业，于是做小说卖文章的自觉意识，方才有点抬起头来了。接着就是《创造》周报、季刊等的发行，这中间生活愈苦，文章也做得愈多，一九二三的一年，总算是我的 most productive 的一年，在这一年之内，做的长短小说和议论杂文，总有四十来篇（现在在这集里所收的，是以这一年的作品为最多）。这一年的九月，受了北大之聘，到北京之后，因为环境的变迁和预备讲义的忙碌，在一九二四年中间，心里虽感到了许多苦闷焦躁，然而作品终究不多。在这一期的作品里，自家觉得稍为满意的，都已收在《寒灰集》里了。所以在这集里，所收特少。

一九二五年，是不言不语，不做东西的一年。这一年在武昌大学里教书，看了不少的阴谋诡计，读了不少的线装书籍，结果终因为武昌的恶浊空气压人太重，就匆匆的走了。自我从事于创作以来，像这一年那么的心境恶劣的经验，还没有过。在这一年中，感到了许多幻灭，引起了许多疑心，我以为以后我的创作力将永久地消失了。后来回到上海来小住，闲时也上从前住过的地方去走走，一种怀旧之情，落魄之感，重新将我的创作欲唤起，一直到现在止，虽则这中间，也曾南去广州，北返北京，行色匆匆，不曾坐下来做过伟大的东西，但自家想想，今后仿佛还能够奋斗，还能够重新回复一九二三年当时的元气的样子。

至于我的对于创作的态度，说出来，或者人家要笑我，我觉得"文学作品，都是作家的自叙传"这一句话，是千真万真的。客观的态度，客观的描写，无论你客观到怎么样一个地步，若真的纯客观的态度，纯客观的描写是可能的话，那艺术家的才气可以不要，艺术家存在的理由，也就消灭了。左拉的文章，若是纯客观的描写的标本，那么他著的小说上，何必要署左拉的名呢？他的弟子做的文章，又岂不是同他一样的么？他的弟子的弟子做的文章，又岂不是也和他一样的吗？所以我说，作家的个性，是无论如何，总须在他的作品里头保留着的。作家既有了这一种强的个性，他只要能够修养，就可以成为一个有力的作家。修养是什么呢？就是他一己的体验，美国有一位有钱的太太，因为她儿子想做一个小说家（她儿子是曾在哈佛大学文科毕业的），有一次写信去问 Maugham，要如何才可以使她的儿子成功。M. 氏回答她说："给他两千块金洋钱一年，由他去鬼混去！"（Give him two thousand dollars a year, and let him go to devils!）我觉得这就是作家要尊重自己一己的体验的证明。

关于这一层，我也和一位新进作家讨论过好几次，我觉得没有这一宗经验的人，决不能凭空捏造，做关于这一宗事情的小说。所以我主张，无产阶级的文学，非要由无产阶级自身来创造不可。他反驳我说："那么许多大文豪的小说里，有杀人做贼的事情描写在那里，难道他们真的去杀了人做了贼了么？"我觉得他这一句话，仍旧是驳我不倒。因为那些大文豪的小说里所描写的杀人做贼，只是由我们这些和作家一样的也无杀人做贼的经验的人看起来有趣而已，若果真教杀人者做贼者看起来，恐怕他们不但不能感动，或者也许要笑作家的浅薄哩！

所以我对于创作，抱的是这一种态度，起初就是这样，现在还是这样，将来大约也是不会变的。我觉得作者的生活，应该和作者的艺术紧抱在一块，作品里的 individuality 是决不能丧失的。若有人以为这一种见解是错的，那么请他指出证据来，或者请他自己做出几篇可以证明他的主张的作品来，那更是我所喜欢的了。

　　于"过去"一集编了之后，回顾了一下从前的经过，感慨正是不少，现在可惜我时间没有，不能详细地写它出来，勉强做了这一段短文，聊把它拿来当序。

一九二七年八月三十一日午前四时于上海之寓居

莎菲与丁玲：飞蛾扑火，非死不止

胡　适	1891	1962
鲁　迅	1881	1936
周作人	1885	1967
郁达夫	1896	1945
冰　心	1900	1999
凌叔华	1900	1990
丁　玲	1904	1986
郭沫若	1892	1978
戴望舒	1905	1950
闻一多	1899	1946
卞之琳	1910	2000
梁遇春	1906	1932
茅　盾	1896	1981
田　汉	1898	1968
曹　禺	1910	1996
老　舍	1899	1966
巴　金	1904	2005
沈从文	1902	1988
萧　红	1911	1942
张爱玲	1920	1995
钱锺书	1910	1998

冰心与凌叔华：幸福女作家的代表

两类不同的中国现代女作家

中国的现代女作家，可根据生活与作品的关系分成两类。一般来说，女作家的私人生活、感情生活对她创作的影响，比男作家更加直接。就男作家来说，比如鲁迅和郁达夫，这两个人的气质、地位、性格都非常不一样，可婚姻生活却有相似之处，描写女主人公的相貌也相当接近，对富家闺秀子君的描写，和对贫苦女工陈二妹的描写，差不多都是灰白的脸、眼睛很大、有点伤感的。难道两个作家对女人的审美是一样的？这是非常奇怪的一个现象，好像感情生活和他们的作品没有必然的联系，或者不像女作家那么明显。

现代女作家有两类：一类是一夫一妻，婚姻稳定；一类是五彩缤纷的感情，惊心动魄的小说。套用《安娜·卡列尼娜》的第一句话，"幸福的家庭都是相似的，不幸的家庭各有各的不幸"，女作家的幸福家庭也都是一样的幸福：冰心、冯沅君、凌叔华、林徽因……一般都是嫁给学者。冯沅君写的小说《隔绝》，也是"五四"时"娜拉出走"这一类的小说。她的丈夫陆侃如是中国古

典文学的研究教授，非常有名，二人合写了《中国诗史》。林徽因
不为徐志摩的爱情所动，理智地嫁给了梁启超的儿子梁思成，是
古建筑学家。她后来从事美术、建筑，中华人民共和国的国徽就
是林徽因参与设计的。她还是作家里出了名的美女。

今天先讲两位，一个凌叔华，一个冰心。

冰心的《超人》，是对应"狂人"的

冰心的家庭尤其美满，不仅父亲好，母亲好，而且丈夫也好，
几乎找不出另外一个例子。冰心写过一篇小说《超人》，可以和《狂
人日记》对比来读。小说讲一个叫何彬的男人，受了尼采的影响。
他看破红尘，不爱理人，觉得生活是虚假的，家庭亲情也像演戏。
其实，这个"超人"，是有点对应"狂人"的。鲁迅就是受过尼采
的影响。《狂人日记》是看破了一切，要打倒一切。冰心这个"超
人"呢？一个小孩一下子就把他感动了，思想转换非常快。*鲁迅
写狂人，是告诉人们：这个世界的礼教吃人，必须反抗，不能相
信周围的人，周围很多人都是在害你的。冰心写"超人"，是要人
们心中有爱，她有几个法宝——大海、繁星、母爱，这是她的红、绿、
蓝的三个基本颜色，还可以变换出其他的颜色，总之，生活永远
会充满光明。

在中国现代文学史上，大部分人都是接受"狂人"，所以我们
不断革命，缺少改良。冰心的传统，反而后来在台湾发扬得比较好，
作家张晓风、琦君、张秀亚、席慕蓉等，都是冰心范儿。而大陆
基本上只有冰心一个，但也不孤独，因为有无数相信大海、繁星、

---

* 西方通俗文学后来有一个"超人模式"，这个模式的要点是什么呢？就是这位超人或者
叫蜘蛛侠、蝙蝠侠，虽然能力非常大，但心肠非常软，而且是双面性格。这个"超人模式"
长演不衰。假如"超人"没有另外一面的话，这个故事就不好玩了。

母爱的读者。

有一年到北京，我和朋友吃饭聊天，他们问我要不要去看冰心。我说我不认识冰心。他们说，冰心在医院里，你去看她，即便不认识，她也会和你握手，有些人会在这个时候拍照。我听到这段话，心里很不舒服。想到巴金，活到百岁，大家也都很不忍心去看他。再想想冰心晚年在病床上，别人去和她笑着握手拍照，这是最不冰心的行为。这些跟冰心拍照的人，证实了她的失败，也反证了她的意义。

凌叔华的"绣枕"

凌叔华的《绣枕》[1]写得非常精练，很短，只有两段：

第一段，写一位大小姐在绣枕头，绣得非常漂亮，上面有鸟和花，各种美的东西。绣那个枕头是为了送人，为了婚事。当时，家里的小丫头想看这个枕头。对于小丫头来说，大小姐地位比她高，做的是一件高尚的事情，她非常想看。但大小姐不让看，觉得她脏。第二段是，过了两年，大小姐还在绣。原来那个绣枕又回来了，曾经送到一个有钱人家，当天晚上客人喝醉酒，吐得一塌糊涂。于是这个绣枕就在那里当了脚垫踩。转来转去不舍得丢掉，又回来了。

那时的女性的命运，必须靠一个媒介来显示自己的价值，以取得她的婚姻。而婚姻决定她一生的幸福。这不只是中国女性的遭遇。在英国的《傲慢与偏见》里，庄园里的小姐们，她们不需要绣枕，但要靠舞会。她在家里等候多年，终于等到一个有地位、有身家的男人，小姐要在舞会上和他认识，发展感情，通往自己的婚姻。舞会上几分钟的一支舞，可能就决定她的一生。反过来，男人也蛮惨的，虽然走南闯北，可最后一定会到某个庄园里，有几个小姐已经像捕猎者一样张开嘴等他。

凌叔华的"绣枕"是一个意象，凝聚着"三从四德"。"三从"是从父、从夫、从子，"四德"是德、言、容、功。德，是忠诚、贤惠，放在第一位。言，是少说话、会说话。容，是长得好看。功，是能做家务事，比如刺绣、煲汤。"绣枕"这个意象，把这四样全包括了。所绣的东西，会显示这个人的美学修养和道德追求，要么寄希望于幸福，要么寄希望于爱情，要么寄希望于美好。女性必须通过一个非常有限的方式，一种美学符号，来表达她的道德观和美学观。这个道德观，就是忠贞、忠诚。其实，现在社会的"绣枕"照样非常厉害。那个时代的女人把命运建立在一个绣枕上，今天的女人把命运建立在自己的脸上、身体上，甚至要动整容手术来争取幸福。这个社会百年来到底是进步？还是退步？

凌叔华是成功的，她的"绣枕"就是这篇小说。小说里渗透了她的德、言、容、功——她的美学观、道德观、文字水平和修养……包含了她作为女性的很多优点。她的老师陈西滢爱上了这个"绣枕"，也爱上了凌叔华。他们是很美满的婚姻。*

---

* 后来还有胡兰成，因为看了张爱玲的《封锁》² 认识了她。同样是"绣枕"，却是完全不同的故事。

丁玲：出走的娜拉，真正的女权英雄

丁玲这一辈子，太值得拍电影了

第二类女作家，她们的故事和作品，远比第一类女作家要丰富，充满戏剧性，文学影响也更大。比如丁玲、萧红、张爱玲。

丁玲，本名蒋冰之，湖南人，在上海大学读书。当时，中国有两个比较倾向革命的大学，武是黄埔军校，文是上海大学。丁玲在那里认识了两个很重要的人，一个叫王剑虹，一个叫瞿秋白。王剑虹就是莎菲女士的原型，丁玲的好朋友。

当时，这两个女生都喜欢她们的俄国文学老师瞿秋白[3]。瞿秋白是中共的第二任领导人。北伐途中国民党右翼"清党"以后，中共党内认为陈独秀是右倾机会主义路线，撤掉了他，瞿秋白便做了党的领导，不过时间不长。他认识丁玲时，还没有做党的最高领导。很快，瞿秋白和王剑虹结婚了。这件事对丁玲打击非常大，她喜欢的人和她的好朋友在一起了。没过多久，王剑虹生病去世了，当时，瞿秋白在闹革命，没有守在她身边。后来，瞿秋白娶了杨之华，很出名的一个才女。那时候，丁玲是有点怨瞿秋白的。但不管怎么样，瞿秋白是丁玲生活中第一个给她指路的人，而且这条路决

164

定了她的一生。瞿秋白说丁玲是"飞蛾扑火，非死不止"，那时丁玲才 20 岁出头。

很多作家曾在煤油灯前面写作，都会有感于这么一个画面。灯蛾，也是他们喜欢写的题材。比如，郁达夫写《灯蛾埋葬之夜》，鲁迅和瞿秋白也写过。灯蛾的这个行为太诡异了，有点像自杀。为了爱，为了光明，明知是死，还是往前撞。瞿秋白就用这八个字形容丁玲。*后来，丁玲一生真的是这样，被他全说中了。

丁玲发表了《莎菲女士的日记》后，陷入了三角恋。她喜欢冯雪峰[4]。冯雪峰当时是"左联"的领导，在 1957 年被打成右派之前，他是文艺界的领导，参加过长征的。但诗人胡也频[5]喜欢丁玲。胡也频是一个靓仔，做过海军军官。他曾经有大概两年的时间在精神恋爱，丁玲去哪里，他也跟去哪里。他们后来同居，但关系非常纯洁。沈从文是胡也频的好朋友，湘西当兵出身。当他了解到胡苦追丁玲两年而且还那么清白，就说你这样下去是不行的。所以，后来胡也频就和丁玲好了。丁玲也愿意和胡也频在一起，但心理上还是苦恋冯雪峰。中间还有一段时间在上海，胡也频、沈从文和丁玲住在一起，楼上楼下。沈从文多年以后还常常回忆当初和胡也频、丁玲在一起办杂志，一起吃住的情形。而丁玲从政治上觉得自己是左派，即使"文革"之后还看不起沈从文。这中间还有一些私人的原因。

丁玲这一辈子，太值得拍电影了，真是非常精彩。接下来，胡也频被捕，年纪轻轻被国民党枪毙，因为他参加"左联"。之后，据说是冯雪峰给丁玲介绍了一个丈夫，叫冯达[6]，这个人的才华平

---

* 除了灯蛾之外，作家们还喜欢写黄包车，因为他们经常要坐黄包车。但作家和有钱的商人不一样。商人坐黄包车没心没肺，"拉快点，拉快点"；作家也要坐车的，可坐上去又同情可怜拉车的人，觉得他们跑得这么辛苦。所以，作家写黄包车，是为了表达他们的人道关怀、社会良心与无奈的心情，胡适、郁达夫、老舍都写过。

平，但对丁玲非常好。冯达和丁玲一起生活，却被国民党抓起来，软禁在南京。这段历史说不清楚，有人说冯达是叛徒。[*]丁玲没有被抓去监狱。很多人以为她死了，鲁迅的悼念文章都写好了。[†]可是过了三年，丁玲又跑出来了。那时她碰到长征回来的冯雪峰，对他说想到延安去，离开上海。于是，在聂绀弩陪同下，丁玲奔赴延安。

在延安，丁玲是《解放日报》文艺版主编，陈企霞[7]是副主编。《解放日报》当时是共产党最重要的报纸。据陈企霞描述，他们当初千辛万苦离开国民党的占领区，离开大城市，冒着生命危险到陕北，一直不知道是否安全。在国民党东北军的保护下，终于到了一个地方，看到一个男孩，拿着个红缨枪，头剃光了，只留前面一撮头发，这就是延安时期的红小兵。他们一看到这个"红小鬼"，就高兴地从车上跳下来，趴在地上，亲吻黄土。后来，卞之琳、何其芳、周扬等很多文人都是这样去的延安。

但是"亲吻黄土"这个动作很奇特，除了教皇等圣人，一般人不会做。亲吻要留给亲爱的人或物，或者足球冠军亲吻奖杯，刘翔亲吻110米栏。一个农民会去亲吻土地吗？应该不会的。农民知道这个土里有粪啊。有时候，知识分子的行为，在农民看来是很好笑的事情。真正的陕北农民才不会趴下来亲吻黄土。[‡]可是这

---

[*] 冯达活得很久，比丁玲还长寿，他先是去了美国，又去了台湾。虽然冯达在海外做学者，却一直关注着丁玲几十年来的命运变化。他们生了一个小孩，后来跟着丁玲。

[†] 鲁迅有一篇非常有名的文章《为了忘却的纪念》，其中提到的柔石，就是和胡也频一起的"左联五烈士"。悼念柔石的时候，鲁迅以为丁玲去世了。

[‡] 我去过壶口，壶口的黄河上有一个很有名的瀑布。有一年，《黄河大合唱》搬到黄河边上演出，为了表现气氛。当然，除了音响效果以外，更大的问题是乐队让当地的农民来听。农民说这天不用出工了，坐下听，结果就闹了笑话。因为《黄河大合唱》里有一段著名的朗诵，是这样的："朋友！你们到过黄河吗？你渡过黄河吗？"可是在这个地方一讲，就好笑了："朋友，你到过黄河吗？"那些农民："啥？当然到过，还用你说，我们天天在这里，吃喝拉撒……"演不下去，全乱了。这个故事说明，那些乡土的符号，都是做给城里人看的。

个特定的历史情景，说明了当时知识分子对革命的向往。

丁玲到了陕西延安，给她开欢迎会。什么级别？周恩来坐在门槛上，吴亮平主持欢迎会，邓颖超唱了京戏。毛泽东为了欢迎丁玲，还专门写了一首词："昨天文小姐，今日武将军。"丁玲多年后回忆说，那是她一生最光荣的一天。[8] 可那是很多年以后才知道，当时她不知道。人永远不知道"今天"在你一生中的意义。当时问她要做什么，她说要当红军，就真派她到前线。前线很多将帅比如彭德怀、贺龙等，都对她很好。她最喜欢彭德怀，还给毛泽东发电报说过这件事。

可以看到，丁玲喜欢的男人，如瞿秋白、冯雪峰等，都是文化水平或政治地位比她高很多的人。但现实之中，她和胡也频、冯达、陈明[9] 一起生活。陈明是她在延安认识的一个年轻人，当时只有 20 岁，丁玲 30 多岁。陈明对丁玲非常好，跟她结婚以后，一直照顾她直到老年。丁玲去世以后，有任何人写文章批评丁玲，陈明就出来跟对方打官司。丁玲是真的女权英雄。

创造了延安文艺最好的成绩

丁玲在延安受了不少委屈，也创造了延安文艺最好的成绩。延安时期最好的小说里，有她的两个短篇：《在医院中》[10] 和《我在霞村的时候》[11]。

《我在霞村的时候》讲一个农村女人，被日本人强暴了，还被留作情妇，与很多日本军官有性关系。同时，这个女人又是八路军的间谍，弄情报。后来这个女人得了性病，回到家乡医病，小说就在这里开始的。"我"是一个工作组的组员，在霞村见到这个女人。女人叫贞贞，她原来有一个定了亲的丈夫。组织上对这个男人说，你一定要继续跟她好。但实际上有很大的问题。这个女人只好把所有的委屈都压在心里，只有和"我"诉说心事。*

丁玲当时除了主编《解放日报》文艺版之外，还发表了一篇文章，叫《三八节有感》[12]，这篇文章闯祸了。于是，舆论开始批评丁玲。尤其1942年抢救运动，丁玲在南京和冯达被国民党软禁这一段历史，被拿出来反复审查，审不清楚。审到最后，当时的组织部长说丁玲是一个好同志，丁玲也写了检查日记，毛泽东也保护她。[13]从此以后，丁玲的文风就改了。

丁玲的文风改了两次：第一次是她参加"左联"，把《莎菲女士的日记》的写法，改成写革命加恋爱，文风大变；第二次是她到延安之后的改变。她写《我在霞村的时候》，写得很好；被批判以后，她又努力改。有才的人终究有才，后来的长篇小说《太阳照在桑干河上》的文风改了更多，还是比当时其他的革命作家写得都好，得了斯大林文学奖二等奖。[†]丁玲在党内、在文化界是有地位的，但也受人质疑。据说一度有文化团体把鲁迅、郭沫若、茅盾、丁玲四个人的画像挂在一起，后来被人批评。

1949年以后，丁玲和主管文艺的周扬关系不好。这和冯雪峰有关。上海"左联"时期，冯雪峰、胡风、巴金和鲁迅关系比较近；而周扬、夏衍、茅盾、郭沫若等刚好是相反的。当年有"两个口号之争"，而丁玲是接近鲁迅、冯雪峰的。所以，她在1949年以后党内地位没有周扬高。丁玲早在1956年就被打倒。她比大多数同行提早十年受苦，到北大荒劳改，当时是54岁。当时的农垦部部长一直关照她，不让她太辛苦。但她直到"文革"结束还是右派，又拖了三年才平反，据说是因为她和冯达的那段历史。

---

* 这个故事后面的分量很重，民族、革命、性别，都融合在一起，女性成为一个民族战争的战场，和《色，戒》很像。如果让李安来拍《我在霞村的时候》，可能比《色，戒》还好。

† 那时，苏联给的奖就是最高的奖，也是中国作家所获得的最早的国际奖项。

丁玲晚年也和别的作家不一样。周扬、夏衍这些作家，到了"文革"以后，大彻大悟，说"文革"是错的，是忏悔的[*]，可是据说丁玲绝不讲不好。"飞蛾扑火，非死不止"，这是丁玲的一生。

早在九十年前，丁玲就敢写女性的情欲和追求了

回到丁玲最早期的《莎菲女士的日记》。在目前讲到的中国现代文学里，有三个典型的女性，在道路的选择上都很困难：一个是大小姐，"绣枕"被人糟践，盼不到好的婚姻；一个是子君，跟一个穷书生同居，分手后还回不了家；还有一个是莎菲。这些女性，背后都有一个共同的形象，就是娜拉。"娜拉"来自挪威剧作家易卜生的一出戏。这部戏在当时的中国影响非常大。大意是说，女主人公发现自己在家里只是一个花瓶，所以离家出走。剧本的最后，她推开门走出去，"砰"地关上门。当时胡适翻译了这个戏，叫《玩偶之家》。在当时，"娜拉出走"一度变成一个口号，一个象征。

跟这个戏一样有名的，是鲁迅的一篇文章，叫《娜拉走后怎样》。鲁迅的观察非常厉害：娜拉出走了，大家都鼓掌，戏落幕了。可她出走以后怎么办？只有两条路，要么回去，要么堕落。因为娜拉没钱啊！当时，一个女人在社会上是无法自己活下去的。所以，《伤逝》里的子君只有回家，曹禺《日出》里的陈白露只能堕落。

一百年前时，是争取女性的独立自由。莎菲女士，就是一个出走的"娜拉"，她不需要靠男人，也有一点钱，还是个文艺青年。

---

[*] 我在1985年参加过一个纪念郁达夫的会，我帮助起草胡愈之的报告，关于郁达夫的。会议主持人夏衍，是周扬的战友，地位很高。本来主持人只要讲五分钟，可他讲了半个多小时，他忏悔。下面的其他作家都看呆了，都没想到。他说我们当初对郁达夫不好，"左联"当时太左了，对郁达夫很不公平。这个老人动了真情。几十年以后，没有要求他说，他自己忏悔了。那次我在现场，亲眼目睹。

她有恋爱的自由，也有自由的麻烦。大小姐是没有自由的哭，子君是有了自由、选择失败以后的哭，莎菲是有自由、不知怎么选而哭。

《莎菲女士的日记》在文学史上一再地被提起，很重要的一个原因，即它是中国现代比较早期的女性主义的文学。有一本书叫《浮出历史地表》，其中一位作者戴锦华是北大教授，专门教电影的，来过岭南大学，是很受欢迎的一个教授；另一个作者孟悦，是我在加利福尼亚大学洛杉矶分校的同学，她本来是在北京打排球的，现在在加拿大教书。这本书是从女性主义角度讨论中国现代文学，属于最早、最成功的一本书，非常称赞丁玲的这篇小说。还有香港学者周蕾，她是美国杜克大学的讲座教授，在一本很有名的《妇女与中国现代性》，也讨论丁玲的这篇小说。*

为什么这篇小说如此受女性主义批评家推崇？因为小说里有一个双重的角色颠覆：

第一重角色颠覆就是苇弟。苇弟很善良，对莎菲非常好，但是没有莎菲聪明、坚强。小说颠覆了一个最基本、最传统的性别模式，这个模式就是：男人是树，要坚强；女人是花，要温柔。比如《春风沉醉的晚上》《伤逝》，都有这个模式，就像爱情电影的海报：男人高，女人矮；男人低下头来，女人仰起头来。但"女性"和"女人"是两个概念。"女性"是天生的，而"女人"的很多特点是后天造成的。可丁玲把它倒过来了。

第二重角色颠覆，就是对华侨凌吉士的描写。"这是我第一次

---

* 丁玲的《莎菲女士的日记》大概就是讲一个女人和两个男人的故事：一个男人非常喜欢女主人公，她却喜欢另一个男人，但这个男人对她并不是真心，所以女主人公把他也抛弃了。这不只是《莎菲女士的日记》的故事结构，这也是丁玲一生感情道路的基本结构。甚至也可能是现在很多人的感情道路。从那以后，丁玲所碰到的男人，基本都是这两类。

感觉到男人的美", "他, 这生人, 我将怎样去形容他的美呢? 固然, 他的颀长的身躯, 白嫩的脸庞, 薄薄的小嘴唇, 柔软的头发, 都足以闪耀人的眼睛, 但他还另外有一种说不出, 捉不到的丰仪来煽动你的心。" "我看见那两个鲜红的, 嫩腻的, 深深凹进的嘴角了。我能告诉人吗, 我用一种小儿要糖果的心情在望着那惹人的两个小东西。但我知道在这个社会里面是不准许我去取得我所要的来满足我的冲动, 我的欲望, 无论这于人并没有损害的事, 我只得忍耐着, 低下头去, 默默地念那名片上的字: '凌吉士, 新加坡……'"

即便是今天的女人, 见到一个男人很吸引她, 也会克制自己, 把它压到潜意识里去。而丁玲在九十年前, 就敢这么写了, 完全打破了"男人进攻女人是为了性欲, 女人吸引男人是为了生活"的常规思维。小说赤裸裸地描写女性的性欲, 毫不羞涩地写女性的追求。

后来, 丁玲的风格变了好几次, 但《我在霞村的时候》其实是"莎菲"到了延安。这么一个柔润、敏感的知识女性, 当她到了黄土高原这么个战争背景下, 她能注意到的东西, 还是与众不同的。在这个意义上, 郁达夫没有出现这么大的变化和进步。郁达夫的《沉沦》是他一辈子的基调, 而"莎菲"是到了延安而且产生了突变。这是丁玲在中国现代文学史上的独特贡献。

延伸阅读

萧军:《延安日记: 1940—1945》, 香港: 牛津大学出版社, 2013 年

陈明口述, 查振科、李向东整理:《我与丁玲五十年: 陈明回忆录》, 北京: 中国大百科全书出版社, 2010 年

孙瑞珍、王中忱编:《丁玲研究在国外》, 长沙: 湖南人民出版社, 1985 年

袁良骏编：《丁玲研究资料》，北京：知识产权出版社，2011 年

王德威：《做了女人真倒楣？：丁玲的"霞村"经验》，引自《想象中国的方
　　法：历史·小说·叙事》，北京：生活·读书·新知三联书店，1998 年

李向东、王增如：《丁玲传》，北京：中国大百科全书出版社，2015 年

［美］周蕾：《妇女与中国现代性：西方与东方之间的阅读政治》，蔡青松译，
　　上海：上海三联书店，2008 年

孟悦、戴锦华：《浮出历史地表：现代妇女文学研究》，北京：中国人民大学
　　出版社，2004 年

唐小兵：《再解读：大众文艺与意识形态》，北京：北京大学出版社，2007 年

丁玲《谈自己的创作》

　　我生在农村，长在城市，是小城市，不是大城市，但终究还是城市。我幼年因为逃避兵患战祸，去过农村，但时间较短，所以我对于农民虽然有一些印象，但并不懂得他们。我很早就写过农村，一九三一年我的短篇小说《田家冲》，不知你们看过没有，就是写的农村。再有我的《母亲》里面也写了一点农村。那时的农村，表面上比较平静，但实际封建压迫沉重，农民挣扎在死亡线上。我写了地主老爷随便打死佃户，写了农民自发起来参加大革命，但对于生活在农村里面的人物，真正农民的思想、感情、要求，我还只是一些抽象的表面的了解。我的《水》也是写农村，写农民，写农民的悲惨命运和斗争，同自然斗争，同统治者斗争。发表的当时，较有影响。并不是说它写得很好，主要是题材不同于过去了。一般作家都喜欢写个人的苦闷，对封建社会的不满，大都以小资产阶级知识分子为主。而《水》在当时冲破了这个格格。写了农村，写了农民，而且写了农民的斗争。我小时居住的常德县，在沅江下游，人们经常说："常德虽好，久后成湖。"那里离洞庭湖很近，洞庭湖附近好几个县，如华容等，都是沅江冲积下来的泥沙淤积而成的。原来沅江上游，地势很高，水流很急，每到春夏，就要涨水。一涨水，常德县城就像一个饭碗放在水中，城外一片汪洋，有时都和城墙一样高了，城内街巷都要用舟船往来。老百姓倾家荡产，灾黎遍地，乞丐成群，瘟疫疾病，接踵而来。因此，我对水灾后的惨象，从小印象很深。所以，我写农民与自然灾害作斗争还比较顺手，但写到农民与封建统治者作斗争，就比较抽象，只能是自己想象的东西了。

后来我到了延安，到了陕北。环境变了，那个地方周围全是农民，延安就是农村环境嘛。延安城小，留在那里的党、政、军人数也不算多，一走出机关，不论你干什么，总要和农民打交道。农民，特别是贫苦农民，是拥护共产党、八路军的，但是你自己若和农民不打好交道，仅仅依靠八路军的声誉，你想吃顿饭也不容易。所以，你必定得同农民搞好关系。陕北是山地，比较闭塞，农民过去文化低，思想比较保守，他如果不了解你，可以半天不和你讲话，你想吃顿饭，想找个地方住，非和他交朋友不可。弄得好了，农民就把你当成他自己家里人了，因为他们的子弟也参军了，也是八路军，八路军到他们家里来，他们非常欢迎，欢迎子弟兵，就像他们自己的孩子们回来了一样。那么，一到这样的地方，你也好像到了自己的家，那种关系，就使得工作很顺利，使得八路军和老百姓之间的关系更加融洽。在解放区，在抗日战争时期和解放战争时期，到农民那里去是比较容易的，现在知识分子要下乡就不大容易，农民生活比过去改善了，但吃的还是不好，比城市差得很远。那时候正相反，老百姓吃的尽管不如现在，但比我们要好一点。那时我们每顿吃的小米饭，常是陈米，土豆也不削皮，或者只是咸菜，又没多少油。可是到老百姓那里，同样吃小米，他们的小米弄得好；同样是土豆，很少油，他们家里用小锅做得好。他们欢迎公家人去，怎么样也要想办法，弄点好东西给我们吃，吃点面条，吃点杂面。那时到农民那里去吃一顿饭，我们还叫做"改善生活"。陕北有一首流行歌，唱："陕北好地方，小米熬米汤。"小米确实很好吃，初吃吃不来，慢慢就习惯了。这样，我们要去接近农民，就比较容易了。

从延安出来，我到晋察冀乡下的时候，站在一家农民的房门口，因为是从前没有去过的地方，便在门外站一会儿，看一看，欢迎不欢迎我？欢迎我，我好进屋去呀，这时，屋里边的老大娘就嚷开了：你瞧什么？屋里有老虎呀？意思是说：你怎么还不进来呀，屋子里没有老虎，不会吃你。在战争环境中的一个普通的农村老大娘，她就是这样说话，把你当成家里人一样，这是非常亲热的表示，说明人民对我们是亲密无间的。至于我写《太阳照在桑干河上》，那是一九四六年，党中央发下"五四"指示，要在农村中进行土地改革，我参加了晋察冀中央局组织的土改工作队，去河北怀来县、涿鹿县工作。有些情形，在这本书一九四八年的序言和一九七九年的重印前言里已经讲到了。我在涿鹿温泉屯村里参加了一个月的工作，经常和老乡们在一块儿。今天和这个聊，明天又找那个聊，我在工作上虽然本领不大，却有一点能耐，无论什么人，我都能和他聊天，好像都能说到一块儿。我和那些老大娘躺在炕上，两个人睡一头，聊他们的家常，她就和我讲了：什么儿子、媳妇啊，什么闹架不闹架啊，有什么生气的地方啊，有什么为难的事情啊；村子里谁家是好人啊，哪一家穷啊，哪一家不好啊。我可以和老头子一起聊，也可以和小伙子一起聊……不论对什么人，我都不嫌弃他们，不讨厌他们。变革中的农村总是不那么卫生的。记得我在陕北下乡时，一回机关，首先就得洗头发，因为长虱子了。那时不比现在，现在农村的老百姓干净得多了，过去农村老百姓长虱子并不稀奇。陕北水很少，住在山上，要到山下挑水，一上一下好几里，怎么能嫌老百姓脏呢？有些知识分子替农村搞卫生计划：规定一个月洗一次被子。心是好心，可是完全不符合实际，没那么多水，更没那么多时间，而且也不觉得有那么脏。就是我，在黑龙江农场也不能做到一个月洗一次被子，我们不过是一年洗个二次三次的。对农民，不要嫌他们脏，不要嫌他们没有文化、落后，农民的落后是几千年封建社会给造成的嘛。要同情他们保守落后，同情他们的脏（自然不是赞成这些）。这样关系就搞好了。

我刚才讲，我是个土包子，现在也是。我好像一谈到农民，心里就笑，就十分高兴，我是比较喜欢他们的。在桑干河畔，我虽只住了一个月，但由于是同农民一道战斗，同命运共生死，所以关系较深。因此，一结束工作，脑子里一下就想好这篇小说的轮廓了。当我离开张家口，到了阜平时，就像我说过的：需要的就是一张桌子，一个凳子，一本稿纸，一支笔了。这本书写得很顺利，一年多就完成了。这中间还参加了另外两次土改，真正写作时间不到一年。

有人问我，书里面那些人物是不是真人呢？说老实话，都不是真人。自然，也各有各的模特儿。我后来曾到桑干河上去了几次，去年又去了。我以前去时，那儿有些人找我，说我写了他们，那个妇女主任对我说："哎哟，你写我写得挺好的，可怎么把我的名字给改了呀？"当时的支部书记也认为我写了他。前个月，他还来北京，要到医院去看我。小说中的那些人，好像有些是真人，但并不完全是具体的真实的人，而是我把在别的地方看到的人，也加到这些人的身上了。脑子里有很多人物的印象，凡是可以放在一块儿的，都放到一块儿，捏成一团，融成一体。现在我在写《在严寒的日子里》，有些人问我，是不是还是《太阳照在桑干河上》那些人？我说：大体都不是了，但也还有那些人的影子。因为我后来到别的地方工作，很多人都是另一个地方另一个环境的，我把他们搬家，搬到老地方来。这些人在我脑子里生活的时间长了，很多很多的，有时候我自己也搞不清了，到底是真人，是"假人"，比如那个支书到底叫张裕民，还是叫曹裕民，还是别的什么名字？但我脑子里总是有这么一群人的，这些人经常生、经常长，是原来的样子，又不是原来的样子，他们已经变了。变了的人，在另外一个人身上出现了，但是，事实上根子还在这个人身上。这好像有些玄乎，实际上就是这个情况。

五七年的时候，有人批判我，说我是资产阶级生活作风，家里三日一小宴，五日一大宴；说我家里的客人很多，连什么工人、农民都有。我想，人家讲这话，大约是表扬我，不是骂我罢？我这个人，有个脾气，宴会倒是没有的，只是与朋友来来往往，但不是冠盖云集，普通朋友，遇事随便，见茶喝茶，遇饭吃饭。因此，有几个乡下朋友。他们想来北京瞻仰，那时我在北京有个小四合院，房子多两间，他们来了，就到我家来住。我没有多的时间，就让公务员带他们逛天安门呀，参观故宫呀，看电影呀，看戏呀，回家来很简便，吃顿饺子就是农村过年吃的东西了。来我家的这些人是不少的。前几天有人来看我，我说：如果不写你们，我舍不得。我舍不得丢掉你们这些朋友，因为我们是在下面一起战斗过的。尽管他们还有这样那样的缺点，一个人谁没有缺点呢？可是他们是那样朴实，那样真心实意，我们又彼此那样关心。我和这些人的关系是不会断的。

我在北大荒的时候，照惯例是不容易找到朋友了，因为我那时是个大右派，谁要和我在一块儿，将来会挨整的。但是有这样顾虑的人哩，大部分是知识分子。但是农民是不怕的，工人是不怕的。他们觉得，我不管你们什么派不派，我看实际，我看着谁对心思，谁好，我就和谁来往嘛。他们肩上没有包袱，既不是官，也不保乌纱帽，他们没有什么要保的东西，没有很多个人的东西。这样的人，他们对我很好，我当然对他们也好，我们之间建立起了了解、信任和感情。现在我们有好长时间不在一块儿了，可我们还是有感情啊！自然我要写他们的时候，就觉得很容易了。我脑子里有许多这样的人，这些人使我喜欢他们，爱他们。比如杜晚香，就是这样的例子。

我有个体会，就是在接触人时，绝不可以有架子，你得先把自己的心，自己全部的东西，给人家看，帮助人家了解你。只有人家了解了你，才会对你不设防了，这样，他才会把全部的东西讲给你听，那么，你就可以了解他了，你就可以写他了。如果不是平等坦率地和人相处，那么，人家也就不会对你讲什么真话了，所以，我总是这样，如果人家开始不说话，那我就再说，想办法把自己的心，自己的一切，交给别人，让你们来说我，批评我。你们对我好，对我坏，冷，热，那没关系，我都不在乎。一个人写文章，搞创作，就必得要体会社会上复杂的、各种各样的人的内心活动．你不了解他，你就没有办法去反映他。

你们问《太阳照在桑干河上》里面的文采有没有模特，过去也有人问过我：文采是不是写的某某人？我说：你说有模特，就有模特。谁要自己对号入座，我也不反对。像文采这样的人物在知识分子中现在还有不少，随便去找，眼前就有。教条主义，主观主义，自以为是，脱离群众，高高在上，喜欢训人，指挥人。这样的人啊，多得很，实际上对农民一点儿都不了解，也没有兴趣，更谈不上热情。他们看了书先问是不是写谁呀？真有意思。《太阳照在桑干河上》的文采没有大错误，没有大问题，还算比较好的。他无非是装腔作势，借以吓人。他在农村里是那样，在另外的环境里，他还会那样！而且能把人唬住，会有人相信他哩。这种人可以改好，但也可以变得很坏，变成一根打人的棍子。

关于作者与《莎菲女士的日记》中的主人公的关系问题，是个有趣的问题，过去已经有许多人发表了不少高明的见解。五七年有个叫姚文元的小编辑，投左倾之机，写了几篇文章，得到某些人的欣赏而跃上了文坛。他判决莎菲是玩弄男性。居然有些理论家和少数落井下石的人，跟着狂叫了一阵。直到现在还有人说，说得稍微好听些，莎菲是鼓吹性爱。我不明白这帮人口中的性爱是指的什么！当年莎菲也曾被围攻、批斗。有的图书馆现在还保存着这类材料。我真希望这些塞在莎菲档案里的材料可别毁了，因为它可以供以后年轻的研究莎菲的人翻阅、引用、借鉴。现在也确有不少爱读书、肯用脑子的人，为莎菲鸣不平，想为莎菲平反，但自然还是阻碍重重。这些事我个人不想插手，我相信："千秋功罪，自有人民评说。"也有人说那个玩弄男性或者讲性爱的莎菲就是作者自己，要我去受莎菲的牵连，这很可笑。有些人读文学作品，都习惯从书中找一个影子，把自己或者把别人贴上去，喜欢对号入座。一部作品同作者本人的思想是否有因缘呢？一定有。作品就是作家抒发自己对人生、对世界、对各种事物的认识、感觉和评论，通过描述具体的人、事的发展来表达。主人公不过成了作家创作中的一个工具，作者借他（或她）让读者体会出作者所要讲的话，怎么能简单地去猜测这是写的谁，而且就肯定是谁呢？一个作品里的人物是各种各样的，一个作家一生的作品里所描写的人物就更多了，即使是主要人物，也存在着千差万别的，怎么能恣意挑选，信口胡说，把作品中的人物贴在作家脸上去呢？我相信世界上有不少人会懂得创作，懂得作品与作家本人的正确关系，懂得通过创作去理解作家的心灵深处和作品的成败得失。至于个别心怀叵测的小丑，就让他们披着皇帝的新衣去跳舞吧。

还有人说黑妮是莎菲；也有人问我黑妮这个人物是从哪里得来的，我不得不替黑妮说几句话。

我在怀来搞土改的时候，看见过一个小姑娘，在地主家的院子里晃了一下。我问人家，这个女孩子是谁呀？人家给我讲，她是这地主家的侄女，说她很可怜，他们欺负她，压迫她，实际是家里的丫环。这个人在我面前一闪而过，我当时并没有把这个女孩子仔细地观察。就这么一点影子，却在作家的脑子里晃动了：她生活在那个阶级里，但她并不属于那个阶级，土改中不应该把她划到那个阶级，因为她在那个阶级里没有地位，没有参与剥削，她也是受压迫的。所以，写黑妮的时候，并没有什么具体的模特，而是凭藉一刹那时间的印象和联想，那一点火花，创造出来的一个人物。就是这样简单，值不得理论家去探索，去联系；莎菲是作家本人，黑妮也一定是作家本人。哈……

　　我是一个搞创作的人，很少从理论上，而更多是从现实生活里去认识社会。三十年代的时候，年纪轻，参加群众斗争少，从自己个人感受的东西多些。等到参加斗争多了，社会经历多了，考虑的问题多了，在反映到作品中时，就会常常想到一个更广泛的社会问题。我写《我在霞村的时候》就是那样。我并没有那样的生活，没有到过霞村，没有见到这一个女孩子。这也是人家对我说的。有一个从前方回来的朋友，我们两个一道走路，边走边说，他说：“我要走了。”我问他到哪里去，干什么？他说：“我到医院去看两个女同志，其中从日本人那儿回来，带来一身的病，她在前方表现很好，现在回到我们延安医院来治病。”他这么一说，我心里就很同情她。一场战争啊，里面很多人牺牲了，她也受了许多她不应该受的磨难，在命运中是牺牲者，但是人们不知道她，不了解她，甚至还看不起她，因为她是被敌人糟蹋过的人，名声不好听啊。于是，我想了好久，觉得非写出来不可，就写了《我在霞村的时候》。这个时候，哪里有什么作者个人的苦闷呢？无非想到一场战争，一个时代，想到其中的不少的人，同志、朋友和乡亲，所以就写出来了。到现在，这还是一篇没有定论的东西，有人批评它，说它同情汉奸。也有人说女主人公是莎菲的化身，自然也有人说是写的非常深刻，非常好。我照例不为这些所左右，我仍是按着我自己的思想，继续走着我自己的创作的道路。

　　因为斗争经历得多了，于是就从整个社会、整个运动、整个结果去看一些人，去想一些人。至于这是不是现实主义，是不是已经超脱了自然主义，我没有考虑。作品要达到一个什么样的政治目的，这不是主观愿望所决定的。作品写出来了，就一定会产生政治效果，究竟是鼓舞人心，还是涣散人心，在我看来，这种效果并不是作家在动笔前或在写的时候依靠主观愿望而能得到的，它是由作家自身的思想、感情来决定的，是根据作家生平的社会实践、个人的修养和写作能力来决定的。

　　至于讲到我们同现实生活的关系，我认为：不可否认，有些现象是令人很痛心的，我们不能说我们现在是很好了，我们看到了许多坏的东西，特别是我们一代人、两代人的思想里的封建余毒，"四人帮"的流毒还很深广，资产阶级的腐朽思想还在影响我们。我们的国家问题多得很，怎么办？要不要有人挑担子，是不是大家都不挑，只顾自己？像我们这样的人，说来似乎完全可以不去管那些事了，"你这么大年纪，操那么多心干什么？你的生活也可以，养养老，过个幸福的晚年算了。"可是不行啊，国家的问题太多，总是要有人来挑担子，作家也应该分担自己的一份。一个作家，如果不关心这个困难，不理解挑担子的人的难处，你老是写问题，那么，你的作品对我们的国家民族有什么好处呢？对老百姓有什么好处呢？对年轻人有什么好处呢？在这个问题上，有人说我是保守派，说我不够解放。难道一定要写得我们国家那么毫无希望，才算思想解放吗？我不懂了，那解放有什么好处？有什么用处？这能给人民带来一点福利吗？人民的生活能提高，没有房子的能有房子住吗？你不帮忙，你在那里老是挑剔，那有什么好处？人家又说，你这个人嘛，过去挨了批评，你是怕再挨批评，心有余悸啊。并不是这样的。正因为我挨过批评，我跟党走过很长的艰难曲折的路，吃过很多苦，所以，我才懂得这艰难。我们国家的四个现代化难得很，你不调动千千万万人的思想，再好的办法也搞不成。你有这么好那么好的计划，可是人们不积极干，那你就落空了。我们文学家应该理解这个困难，努力帮助克服困难。

　　我写的《"三八"节有感》提出的问题很小，现在实际上要比《"三八"节有感》大的问题多了。《"三八"节有感》不过是指责了随便离婚而已，把那个土包子老婆休了，另外找一个知识分子。现在看来，这实在没有什么了不起。离婚自由，双方没有共同语言，没有爱情，当然可以离婚。《"三八"节有感》就是表现这么一点，里面有一点批评，也不多，不过是替少数女同志发了点牢骚而已。那时在延安也没有掀起批判的浪潮，当时毛主席讲话，对我还是保护的。只是到了五七年才改变调门，把它打成反党作品。最近我编选杂文集，把这篇杂文也选进去了，这不是一篇了不起的好文章，留在那里，也为保存材料，让后人再批吧。

问到我最喜欢的作家，这很难说，过去有人说我最喜欢莫泊桑，受莫泊桑的影响很大，可能有一点，不过说老实话，那时候，虽然法国小说我看得很多，喜欢的不只是莫泊桑、福楼拜，也喜欢雨果，也喜欢巴尔扎克。但很难说我具体受哪个作家的影响。英国小说家我喜欢狄更斯，真正使我受到影响的，还是19世纪的俄国文学和苏联文学，还是托尔斯泰、屠格涅夫、高尔基这些人。直到现在，这些人的东西在我印象中还是比较深。我看书的时候，都觉得很好，但你说我专门学习哪一个人，学哪个外国作家，没有。我是什么书都看，都欣赏。而他们也是各有特色的嘛。

我比较更喜欢我国的《红楼梦》《三国演义》。看这些书，看他们写人和人的关系，写社会关系，可以使人百读不厌，你可以老读它老读它，读完了再读。《三国演义》写那么多大政治家，历史上有名人物，写他们的关系写得那么复杂，那么有味道，我觉得很少有的。但是，现在是不是就能够照他们的那个样子写呢？继承它的好的地方是必要的，我们现在也还没有很好继承。可是，我们的社会变化太快，生活变化太快，表现那个时代的手法，和今天的社会相差太远，两方面结合起来不是很容易的。

我想，我最喜欢的还是曹雪芹。贾宝玉、林黛玉、王熙凤……都写得太好了。但现在像这样的人物都不多了，自然像贾雨村这样的人物还是够多的。现实更复杂了，需要用一些更为宏伟的章法来写了。但过去的有些手法还是值得我们今天借鉴的。

（1980 年）

"五四"新诗的发展

胡　适	1891		1962
鲁　迅	1881	1936	
周作人	1885		1967
郁达夫	1896	1945	
冰　心	1900		1999
凌叔华	1900		1990
丁　玲	1904		1986
郭沫若	1892		1978
戴望舒	1905	1950	
闻一多	1899	1946	
卞之琳	1910		2000
梁遇春	1906	1932	
茅　盾	1896		1981
田　汉	1898	1968	
曹　禺	1910		1996
老　舍	1899	1966	
巴　金	1904		2005
沈从文	1902		1988
萧　红	1911	1942	
张爱玲	1920		1995
钱锺书	1910		1998

没有新诗，就没有"五四"

"诗"是比"文学"更早出现的概念

我选的新诗里，可能有一些，同学们在中学已经读过，但是我还是选了。第一，因为选的是经典，我希望通过这两节课，把"五四"新诗的全貌勾画一个基本的轮廓，也可以衔接到以后要读的当代朦胧诗和你们正在读的古典诗歌。第二，我希望同学们看到同一首诗，在中学和大学会有怎样不同的解读方法。重要的不是读了什么，而是怎么去读，读的方法。我一直觉得，大学生四年，和没读大学的人比较，重要的不是四年间读了多少书，而是养成一个读书的习惯，以后一生便受益无穷。

"诗"是比"文学"出现得更早的概念，无论在东方还是在西方。在中国古代，并没有"文学"这个说法，"文学"在中文里是近代的概念。在中国古代，较早和"文学"自觉意识有关的说法，是"文章"。曹丕是中国最早的文学批评家之一，他第一次把"文"和"章"加以区别。[1]"文"是指各种各样的文件文字，比如皇帝的诏书、讨伐令。"章"是讲如何把"文"写好的方法。这个方法，就是"文学"。

"文""章"分家已是汉末,"文学"概念出现得更晚,但"诗言志"的说法很早就出现了。* 西方也一样,"文学"这个说法出现得较晚,最早的概念是"诗"。亚里士多德有专著《诗学》[3]。中国古人讲诗,并不怎么关心诗的本质是什么,或者诗和其他文章有什么区别,首先讲的是诗有什么用——诗言志;或者,诗应该怎么样——思无邪。中国古代一直关心文艺的功能,比如"美"与"刺",兴观群怨,讲的都是功能,没有讲到底什么是诗。† 时至今日,《人民日报》《环球时报》还在纠结文学的这两个功能——到底是歌颂还是批判。

亚里士多德的时代和孔子的时代差不多,是轴心时代。他对诗的基本定义,到今天还是经典。文学的基本特性是虚构,那么虚构是否就是不真实?不真实的东西有什么意义呢?亚里士多德说了,历史是已经发生的事情,诗是写可能发生的事情。‡ 因此,诗比历史更哲学,更能反映事物的本质。这个定义非常深刻。电影字幕常常写"本故事纯属虚构",可为什么虚构的故事令人感动落泪?因为这"假"的故事可能真实发生。新闻、历史已经真实地发生在别人身上,文学里的故事却可能发生在你我身上。所以,诗和历史一样重要、一样久远。诗的本质,诗和真实及历史的关系,这是西方人的着重点。诗在人心、社会中的功能作用,是中国人的着重点。

新文化运动起源,就是梅光迪和胡适争论的焦点——能不能用白话写诗。梅光迪认为,"农工商"可以用白话,但"士"不

---

* 当时的"诗"其实是现在唱的歌,"诗"和"歌"是连在一起的。《诗经》被翻译成英文时,通常译成"song",不叫"poetry"。[2] 现在给鲍勃·迪伦颁奖,也算恢复传统,把歌纳入了文学的范畴。

† 子曰:小子何莫学夫诗。诗,可以兴,可以观,可以群,可以怨。(《论语》)

‡ 诗人的职责不在于描述已经发生的事,而在于描述可能发生的事,即根据可然或必然的原则可能发生的事。……诗是一种比历史更富哲学性、更严肃的艺术,因为诗倾向于表现带普遍性的事,而历史却倾向于记载具体事件。(亚里士多德《诗学》)

能全用白话，因为不能用白话写诗。所以，胡适偏偏就用白话来写。其实，"五四"新文学以后的四个领域里——诗歌、小说、散文、戏剧——新诗的成绩和古代相比是最弱的。不是新诗不努力，是中国古诗太伟大。现代小说把过去在文坛地位最低的街谈巷议、八卦绯闻的东西抬举为文学的正宗，这是小说的成就。戏剧方面，中国原来只有唱的戏曲，没有戏剧，所以"play"这个东西是西方来的，完全是新的。散文方面，中国古代的"文"是用来考科举的，除了写国家大事以外，写小狗小猫、花草鱼虫的，都是自娱自乐没有功名价值的，既不卖钱，也没有地位。由于周作人、鲁迅、朱自清、郁达夫他们的努力，形成了现代散文这个文类大综。而且，在"文学的国语，国语的文学"这个用文学建设现代汉语的过程中，散文的功劳是最大的。这三个领域的成就都很辉煌。

但是，也不能忽略新诗的意义，如果没有新诗的出现，"五四"文学运动就没法开始。不能想象现代汉语全用白话，仅有诗歌仍用文言。如果是这样，白话就不是一个正宗的国语。

最早的新诗诗人

最早提倡新诗的两个人，一个胡适，一个郭沫若，政见非常不同，但共同点是胆子大。胡适的名言是"大胆的假设，小心的求证"。郭沫若之后再讲。另外，他们两人后来分别成为国共两党里政治地位最高的文人。*还有一个有趣的现象：中国现代文学史上的诗人，几乎都不写小说。比如闻一多、戴望舒、卞之琳，

---

* 胡适不仅是学者，还在20世纪60年代被提名诺贝尔文学奖，因为他的成就主要在研究，所以没有得奖。胡适曾任国民政府驻美国大使、北大校长、台湾"中研院"院长。他和蒋介石有私人来往。郭沫若曾是中国科学院院长、政务院副总理、人大常委会副委员长。早在北伐时，他就做北伐军总政治部的副主任，抗日时，他又做国民党军委会政治部第三厅厅长。这两个最早的中国现代诗人，也是两个政治地位最高的文人。

大都不写小说的。他们偶尔写写散文，郭沫若还写戏剧，徐志摩倒是写过小说，不过远不如他的新诗有名。很多诗人只在年轻时写诗。大概诗比较像爱情，不会一辈子都在写的。在大多数时候，写诗是诗人生命中的一个阶段，过了这个阶段之后，他想写也写不出来。这很像人生当中的爱情。不像做学问、写小说，可以迟一点，多一点积累。诗歌不是的。好的诗可能在十六七岁、十八九岁就写出来了，五年、十年以后就没了灵感。这是非常有意思的。

那么，诗人不写诗了，做什么呢？很多诗人做古典文学研究，还有的做最"难"的甲骨文考证。王国维、郭沫若、闻一多、陈梦家，都是这样。研究甲骨文、青铜器是很枯燥的事情，可是最有成就的那些考证学者，往往在年轻时是最浪漫的诗人。余英时有个解释，说考证甲骨文更多不是依靠学识、修养，而是依靠想象力。这也是很有想象力的学术推理。[4]

郭沫若曾在 1927 年声讨蒋介石，为躲避国民党追捕，便逃到日本去，几年时间就变成了甲骨文的专家。[5] 今天，有人嘲笑他天马行空的诗，批评他古为今用的剧作，看不起他的政治操守，但几乎没人否定他的甲骨文研究。有很多学者是一辈子在做甲骨文研究，一辈子研究几个字。我们系的许子滨就是这方面的专家。葛兆光也是做中国古代文化研究的，有本专著《宅兹中国》[6]，依据东周、西周出土的石头、瓷器之类考证"中国"这个概念的来源。也不知他们年轻时是不是诗人。但香港文坛的情况不一样。有些小说家，比如西西、也斯等，也写诗。也斯写诗的成就甚至高于小说。"五四"时期的另一个现象是，鲁迅、郁达夫等以小说散文出名，新诗写得极少，却写旧体诗。中国当代文学中，基本上诗人与小说家分工明确，只有北岛早期写过一个有名的中篇小说《波动》，但写作背景很特殊，是"文革"时期的手抄本。关于诗人与小说家的关系问题，只是提醒同学们思考，我们课上的很多讨论是没有结论的，只是 open mind。

郭沫若 1892 年生，四川人，也和鲁迅一样，先学医后从文。《女神》和《沉沦》一样，是前期创造社最主要的成果。北伐开始前，郭沫若是广州中山大学的文学院长。随军北伐途中的几个月里，从中校升至中将，任北伐军总政治部副主任，主任是邓演达。说起来，郭沫若也是中国现代作家中军阶最高的人。本来，蒋介石还要郭沫若当"总司令行营政治部主任"，其实就是御用文胆。当时他才 30 多岁。"四一二"政变前，蒋介石的力量已经很大了，郭沫若却写文章声讨他，还去参加南昌起义，*后来逃到日本。郭沫若到日本后，诗也不写了，甲骨文研究自成一家。单凭这一点，也令人佩服他的才华。

1937 年时国共合作抗战，周恩来负责和国民党商谈统战。当时需要一个名人出来，做文化界、文艺界的领导。鲁迅已经去世了，周恩来就提议了郭沫若，说鲁迅是中国文学的导师，郭沫若是中国文学的方向、主将。†所以，郭沫若就担任了政治部第三厅厅长，相当于今天的文化部部长。‡当时的文联主席是老舍。这两位都是中立人士。1949 年以后，郭沫若还做了政务院副总理、中国科学院院长、文联主席、人大常委会副委员长等。

---

* 1927 年 8 月 1 日，周恩来领导了南昌起义，参加起义的朱德、叶剑英、贺龙、林彪，后来都做了元帅。

† "鲁迅自称是革命军马前卒，郭沫若就是革命队伍中人。鲁迅是新文化运动的导师，郭沫若便是新文化运动的主将。鲁迅如果是将没有路的路开辟出来的先锋，郭沫若便是带着大家一道前进的向导。"语出周恩来《我要说的话》。1941 年 11 月，周恩来为纪念郭沫若五十寿辰和创作生活 25 周年，作《我要说的话》一文，登载在《新华日报》上。

‡ 当时，郭沫若还在日本，郁达夫去找他。郭沫若专门写过一篇文章，讲他悄悄离开家，离开在日本的妻子和四个小孩，都没有告别。因为他知道，如果说了，他们是不让他走的。这个场面很戏剧化：一个男人抛妻儿，回到战火纷飞的中国去抗战。郭沫若回国后，和于立群结了婚。在日本的妻子安娜也没再嫁。新中国成立后，她和小孩住在中国的大连，郭沫若一直养着她。

郭沫若有两本学术书，令人印象很深。

一本书是《十批判书》[7]，批判孔子、孟子、庄子、老子等。如果和罗根泽、杨荣国、周谷城、范文澜等学者的研究放在一起看，会感觉到郭沫若对古代思想家的研究思维很像诗人，胆子大，想象力超人。

还有一本叫《李白与杜甫》[8]，其中有一个重大的考证，说李白不是中国人，生于中亚细亚碎叶城——现在的哈萨克斯坦。但他这个考证是有目的的。当时中国和苏联有领土纠纷，如果按照郭沫若的考证，那么苏联的部分地方其实原是中国的——李白是中国的，中亚碎叶城是李白的故乡，所以中亚碎叶城是中国的。其实同一个证据完全可以反过来理解：李白喝酒喝得那么多，还歌颂当街杀人，很多行为都是汉人难以想象的。所以，李白至少是一个少数族裔。

但最离谱的还是研究杜甫，郭沫若说杜甫是个地主阶级。杜甫有一句诗："新松恨不高千尺，恶竹应须斩万竿。"有一万竿竹子可以砍掉，可见他的地有多大，所以杜甫是个地主。还有一首最有名的诗，是《茅屋为秋风所破歌》，写道："南村群童欺我老无力，忍能对面为盗贼。公然抱茅入竹去，唇焦口燥呼不得，归来倚杖自叹息。"说对面的小孩抢他屋顶上的茅草，这些小孩都是穷人，很可怜，肯定家里也没得烧，也没得盖屋，肯定很穷，他们来拿屋顶上一些茅草，杜甫还要喊得"唇焦口燥"，多么吝啬的一个地主啊。

公平地讲，郭沫若的甲骨文研究是非常好的，晚年做李杜研究，他可能也有为难的地方。"文革"一开始，郭沫若就说他以前几十年写的东西，应该全部烧掉。*郭沫若故居在北京后海，是非常大

---

* 1966 年 4 月 14 日，郭沫若在全国人大常委会第三十次（扩大）会议上，即席发言，

的一个宅子。可他地位虽高，却连自己的孩子也救不了。当时他为了迎合形势，还写了一部戏替曹操平反，就是《蔡文姬》。别人看郭沫若一生顺风顺水，地位那么高，其实他自己恐怕有苦衷难言。

草创阶段的代表作

在新诗的草创阶段，有几首代表性的诗，其一就是胡适的《蝴蝶》：

> 两个黄蝴蝶，双双飞上天。
> 不知为什么，一个忽飞远。
> 剩下那一个，孤单怪可怜；
> 也无心上天，天上太孤单。[9]

如果今天写这样一首诗去投稿，大概是不会被发表的。但在当时，这首诗就是划时代的。中国的古诗已经发展到非常精深、精致、精美的地步，数千年来最有才华的人都在写诗——不做科学，不做商科，全都在写诗。能想象吗？王健林、马云、钱学森都在写诗，整个社会的全部精华积淀在此，到"五四"时却被"两个黄蝴蝶"打破。

胡适另外有一首《梦与诗》：

讲出了令当时文化界颇为震惊的一段话："几十年来，（我）一直拿着笔杆子在写东西，也翻译了一些东西。按字数来讲，恐怕有几百万字了，但是拿今天的标准来讲，我以前所写的东西，严格地说，应该全部把它烧掉，没有一点价值。"4月28日《光明日报》以《向工农兵群众学习，为工农兵群众服务》为题，全文刊登郭沫若的讲话。5月5日《人民日报》全文转载。

都是平常经验，
都是平常影像，
偶然涌到梦中来，
变幻出多少新奇花样！

都是平常情感，
都是平常言语，
偶然碰着个诗人，
变幻出多少新奇诗句！

醉过才知酒浓，
爱过才知情重：——
你不能做我的诗，
正如我不能做你的梦。[10]

这首比《蝴蝶》好一点，有一点诗意，特别是"你不能做我的诗，正如我不能做你的梦"，讲出了不同身份的人与人之间的隔膜。

鲁迅的旧体诗非常好，有些散文诗也很精彩，比如《野草》里的《影的告别》：

我不过一个影，要别你而沉没在黑暗里了。然而黑暗又会吞并我，然而光明又会使我消失。

然而我不愿彷徨于明暗之间，我不如在黑暗里沉没。[11]

虽然不大像新诗，但里面的意象太精彩。好的意象既是写实的，又是象征的。"然而黑暗又会吞并我，然而光明又会使我消失"，这是写影子，也是写他自己，写他的彷徨，写光明他也受不了（早

就预料到了），黑暗他也不能忍受。最后他说，"不如在黑暗里沉没"，
非常悲观的情绪。

还有一首刘半农的《教我如何不想她》，很有名：

天上飘着些微云，
地上吹着些微风。
啊！
微风吹动了我头发，
教我如何不想她？

月光恋爱着海洋，
海洋恋爱着月光。
啊！
这般蜜也似的银夜，
教我如何不想她？

水面落花慢慢流，
水底鱼儿慢慢游。
啊！
燕子你说些什么话？
教我如何不想她？

枯树在冷风里摇，
野火在暮色中烧。
啊！
西天还有些儿残霞，
教我如何不想她？ [12]

一首非常简单的、像回归国风传统的情歌，还被赵元任谱成了歌曲。

当时还有一个诗人叫汪静之，他写的所有诗，只有一句最有名：

一步一回头地瞟我意中人 [13]

简单的一句话，表现了"五四"对爱情的态度。《沉沦》里主人公的自白，就是名也不要，利也不要，什么都不顾，只要爱情。今天来看，这是很滥情的表达，可在当时是石破天惊的，"一步一回头地瞟我意中人"。

郭沫若受德国的歌德、席勒的影响，他最有名的诗是《凤凰涅槃》：

我们光明呀！

我们光明呀！

一切的一，光明呀！

一的一切，光明呀！

光明便是你，光明便是我！

光明便是"他"，光明便是火！

火便是你！

火便是我！

火便是"他"！

火便是火！

翱翔！翱翔！

欢唱！欢唱！ [14]

在当时，这就是时代的最强音，是郭沫若最早诗集《女神》里的代表作。另外一首特别有名的叫《天狗》，是郭沫若早期的浪漫主义：

> 我把月来吞了，
>
> 我把日来吞了，
>
> 我把一切的星球来吞了，
>
> 我把全宇宙来吞了。
>
> 我便是我了！ [15]

写这首诗的时候，他 28 岁。

第二期的新诗是格律派，代表作是《死水》[16]。闻一多曾在芝加哥艺术学院学习美术，就在密歇根湖边上。[*]

同学们在导修课上对《死水》有一些不同解释，有人说写中国，有人说写北洋政府，还有人说是批判美国。闻一多批判过美国，也写过《洗衣歌》[18]，写华人在美国很苦。但《死水》应该不是写美国的。他早期的诗非常浪漫直白，比如"这不是我的中华，不对，不对"，到《死水》已经收敛了许多，变得比较含蓄。他中年以后一直在研究中国古代文化，比如龙、图腾之类。他最后是被国民党特务杀掉的。闻一多早年接触过国家主义，而且他的美学趣味是非常奇怪的，我们后面再讲。

---

[*] 这个学校我专门去过，世界上的印象派画作收藏，最多是伦敦的国家美术馆，第二就是芝加哥艺术学院。当时他们正筹备一个东亚部，那时还没开放，我跟李欧梵教授、刘再复教授通过熟人到地下室去看。把中国的古画亲手展开来看，这还是我生平第一次，有文徵明、唐伯虎的画，还有更早一点的。有一些美国的博士生，金发碧眼，年轻得很，专门研究这些画。在那个仓库里看到很多中国的文物，上面都有标签，其中一个石像上的标签给我印象最深："一九二〇年购于天津火车站一百五十银圆。"一方面是帝国主义文化侵略，把很多中国的好东西都拿去了，另一方面，要不是他们把它买来，这个石像在一九二〇年的天津火车站，不知道会流转到哪里。后来我到大英博物馆，借采访为名直接入库看《女史箴图》[17]，这在中国反而不可想象。

现代诗歌四章

《炉中煤》的崇高,《雨巷》的优美

先来比较两首诗:郭沫若的《炉中煤》[19],戴望舒的《雨巷》[20]。

《炉中煤》有个副标题,叫"眷念祖国的情绪"。这首诗像一首情诗,诗人把自己比作煤,要为爱人燃烧。有的同学不满意这个副标题,因为它限制了想象,"眷念祖国的情绪"也太直白了。

其实,这里有两点值得注意:第一点是爱国的主题。在中国人的传统想象里,如果形容祖国是一个人的话,通常是"母亲"。这个非常有意思。约定俗成的说法是,把山川河流想象成母亲,因为抚养我们长大。父亲是什么呢?是王朝,皇帝天子。在中国人的传统想象里,我们是民众,祖国是母,王朝是父。如果他们发生冲突,我们帮谁啊?我们帮母亲,母亲是最重要的,这一点中国人都知道。*更何况,在中国现代文学上,很多作家的父亲早

---

* 身上被虫咬了一下,或者不小心跌了一跤,脱口而出"哎呀我的妈呀",你会说"哎呀我的爸呀"么?不会的,紧要关头我们都叫妈妈的。

就去世了。在象征层面,在"五四"时期,王朝、政府可以被打倒,政治道统要被推翻,但祖国"母亲"始终是爱的对象,必须对她忠诚,不管写实还是象征。

第二点,在这首诗里,郭沫若把祖国比喻成谁?爱人!在中国的语境里,这是"陌生化",这是"大逆不道"。祖国是爱人,那你自己是谁?这只有在"五四"时才会发生,今天没有人敢这么写诗。同时也说明了"五四"文学的浪漫、不拘一格。有一首意大利歌《我的太阳》[21],我原以为是歌颂意大利或太阳神阿波罗的,后来才知道是唱给情人的。原来心中爱一个人,可以把她比作太阳。郭沫若把祖国比作爱人,这是"五四"的声音。读诗能读出一个时代。

先讲一下审美的几个最基本的范畴,否则不太容易理解这些诗的异同:

第一是"优美"。比如《再别康桥》[22]里的平湖、花朵、垂柳、月亮、小桥流水。《雨巷》也是优美,是一种感伤美,纸伞、小巷、凄美、惆怅的意境,比较容易理解。*朱光潜早就总结过,在古罗马到中世纪时,"优美"的标准是完整、平衡、有光彩[23]。当然,实际变化有很多种,这只是最简单最抽象的定义。至于"美"可不可这样定义,"美"有没有普世性及客观性,这个以后再讨论,这是个非常复杂的问题。但郭沫若诗中黑乎乎的、烧死自己的炉中煤,为什么也是审美?

第二是"崇高"。这个美学概念,是古罗马的朗吉弩斯[24]提出的。某种程度上,悲壮、雄伟、惊险的审美对象其实很可怕,会伤害人,比如惊涛骇浪、危险的悬崖、陡峭的山峰,还有凶猛的狮子,是"有距离感的危险",使人感到"安全的恐惧"。但人

---

* 在周作人那里,听雨是一个境界,一种享受。

们也觉得它美。《炉中煤》里写："我为我心爱的人儿／燃到了这般模样！"其实是可怕的自焚。爱情就像自焚。

英国美学家博克把人类的基本情欲分成两类："一类涉及'自体保存'，即要求个体维持个体生命的本能；一类涉及'社会生活'，即要求维持种族生命的生殖欲以及一般社交愿望或群居本能。大体说来，崇高感所涉及的基本情欲是前一类，美感所涉及的基本情欲是后一类。"[25] 两个本能，促使人追求两种美。"优美"，是和性有关的，与延续繁殖的爱美的心理有关。但"崇高"满足什么欲望呢？"凡是能以某种方式适宜于引起苦痛或危险观念的事物，即凡是能以某种方式令人恐怖的，涉及可恐怖的对象的，或是类似恐怖那样发挥作用的事物，就是崇高的一个来源。"[26] 人有一种恐惧宣泄的欲望，其实就是求生的欲望。[*]

人在这两种最基本的欲望中生存。审美是人的心灵需求和无意识欲望的对象化，"优美"是幼小美好的东西的对象化，"崇高"是巨大可怕的东西的对象化。从后者这里，人们的恐惧情绪得以宣泄，很早以前亚里士多德就讲过了。走出剧院时，你得到一种净化，悲剧就是起这个效果的，令你悲鸣、怜悯。[†]人爱可怕的东西，比如看恐怖片、武侠片是看不厌的，打得一塌糊涂，血淋淋，但都知道好人会赢，知道它是怎么个套路，但还是会去欣赏，简单说，

---

[*] 以前讲"一不怕苦二不怕死"，可一个真正不怕死的人、没有求生欲望的人，其实是可怕极了，因为他没有恐惧感。

[†]《诗学》第六章悲剧定义中最后一句是："悲剧激起哀怜和恐惧，从而导致这些情绪的净化。"这里所提到的"净化"（katharsis）是历来研究亚里士多德的学者们长久争辩不休的一个问题。他们提出了各种不同的解释。有人说"净化"是借重复激发而减轻这些情绪的力量，从而导致内心的平静；有人说"净化"是消除这些情绪中的坏的因素，好像把它们清洗干净，从而发生健康的道德影响；也有人说"净化"是以毒攻毒，以假想情节所引起的哀怜和恐惧来医疗心理上常有的哀怜和恐惧。这些说法都有一个共同点，就是都认为悲剧的净化作用对观众可以产生心理健康的影响。（朱光潜《西方美学史》）

就是"被虐"。但这个"被虐"背后，是满足一种恐惧感，而这种恐惧感就是一种"崇高"的审美感。从字面上理解，"崇高"是"我向纪念碑敬礼"，而作为美学范畴的"崇高"（sublime），却是宣泄恐惧。当然也很勇敢，如《炉中煤》里自焚的恋爱者，为了心爱的女人把自己烧掉，这就是崇高美。刚才讲的郭沫若的《凤凰涅槃》，也是这个道理。

《雨巷》被叶圣陶称赞为"替新诗底音节开了一个新的纪元"[27]，其实就是"丁香空结雨中愁"[28]的现代诠释版，但戴望舒在音乐上有突破。*《雨巷》这样的诗，不能只是看，必须逐字逐句地读，很有韵味的。

香港很难找到"小巷"，因为香港都是高楼。小巷的情调在江南比较多。苏州、上海有，但现在也越来越少。上海叫"弄堂"，但这首诗如改成"弄堂"，恐怕就少了油纸伞的凄迷忧郁了。弄堂里更多邻居烧糊牛奶、街坊看热闹的那种张爱玲气息。北京叫"胡同"，胡同也走不出"雨巷"的味道。北京很少下雨，胡同多膀爷儿，有些老舍的味道。所以，不是弄堂，不是胡同，只能是雨巷。戴望舒写这首诗时也就是20来岁，当时还坐过监狱。所以，也有评论将此诗解读成对革命的憧憬。但如果是写革命，这憧憬则未免太飘忽了。初读此诗时，觉得意境凄美，文字精美，似是小资"样板诗"。余光中对这首诗有批评，认为《雨巷》用了太多的形容词，[29]他认为好的诗要多用动词。这是一家之言，给同学们提供一种参考意见。

从审美的角度来讲，感伤是属于优美的一种。

---

* 其实，香港的朗诵很特别，即便用普通话读，也还保留了唱歌般的风格，可以很多人齐诵，还有人指挥。其实有些唐诗用广东话的吟唱方法才好，更近古风。

《死水》的审丑，非常厉害的颠覆

《炉中煤》和《雨巷》都是写女人，《死水》和《再别康桥》都是写风景。从审美上来讲，《再别康桥》是最典型的"优美"，就像人们拍照常取的景，都是《再别康桥》的那一种。但《死水》的审美意境叫"丑怪"，这种审美在中国古代较少，在西方也是近代以后才被重视。

一般认为，对"丑怪"的审美，在欧洲浪漫主义以后才真正自觉，最典型的是雨果的《巴黎圣母院》。巴黎圣母院顶楼有一个钟楼怪人，是正面人物，可是奇丑无比。这个意象影响到世界美学的艺术潮流。最初的印象派，画面虽然模糊，但还是优美的；渐渐到了毕加索、康定斯基，就变形为常人眼里的"丑怪"了。文学上真正的审丑大师是法国诗人波德莱尔，他的《巴黎的忧郁》[30]，写街上的马的尸体和垃圾桶。法国有名的雕塑家罗丹，有很多很丑的雕塑，最有名的是一个老妓女——裸体的，身体已经一塌糊涂了——这样的一个雕像。18、19世纪，英国引领政治经济潮流，德国引领哲学音乐潮流，法国引领艺术美学潮流，包括"审丑"。

在现代生活当中，有些东西是非常丑的，但可能是人们非常喜欢的。换句话说，人们的日常生活已经进入了审丑的美学境界了，比如米老鼠。如果你睡在床上，有一只真的老鼠在被子里，什么感受？整个晚上不睡觉，家里被子要洗掉。可是，换成了米老鼠，就会抱在怀里亲。米老鼠还是老鼠，虽然经过了几十年的图像进化，通过和儿童互动，把它的鼻子越变越短，但它还是老鼠。再比如说男人穿的T恤，最有名的是两个牌子：一个叫"POLO"，标榜贵族生活，标志是一个男人骑在马上打球；另一个是"LACOSTE"，标志是一条鳄鱼，五百块一件。一个人骑马打球的标志，是显示追求贵族生活，可拿一个鳄鱼做什么？老鼠和鳄鱼是很丑很可怕的动物，可就有这样的生产商，把这么一个 ugly 的动物变成了这么值钱的符号，这就是现实中已经商业化的"审丑"。类似的例子还可以举很多。这种"审丑"满足什么样的需要，很难说，不像刚才讲的那么容易解决。可能很多人都没想过这种审丑的符号有什么意义。*

讲审丑，是为了读闻一多。《死水》写破铜烂铁、剩菜残羹，写铜的变成翡翠、铁罐变成桃花、油腻变成罗绮、霉菌蒸出云霞。精彩的文学意象，必须有象征意义，同时也是写实。看他的写实：铜是会氧化变成绿色的，铁一生锈，颜色就是粉红的。†

"再让油腻织一层罗绮"，在审美的方面来看，很多人觉得油腻很恶心；但如果在四川饭店吃水煮鱼，"油腻"是很美好的。浮在水面上的油腻确实是厚重的，有点像绸缎，不像轻纱。如果是一只苍蝇，正在找吃的，油腻对它来说就是大饭店。这种时候，哪些是美，哪些是丑？为什么要翡翠才好呢？是因为人贪钱。一棵绿色的树，一株绿色的草，也很美好的。讲翡翠，是因为渗透了人的价值观在里面。美丑是相对的。

我们专门分析这一段，就是看最厉害的所谓美丑对比：

第一，物理上的相似性。两种截然不同的东西和符号，却有物理上的相似性，铜锈了就是绿的，铁锈了就是粉红的，有相关性，

---

* 在改变丑的动物形象时，人类还是有底线的，我到现在没看见过一件童装，把小强（蟑螂）改得可爱。也有人想要改的，比如台湾作家商禽写动物，最极端的是歌颂蚊子的美好，说蚊子的身材怎么健美平衡 31。老鼠也常常被文学家欣赏，鲁迅散文里的老鼠多数是美好的，这个非常奇怪。

† 这个世界上，有很多审美标准是误会造成的。今天的雅典卫城，雕塑是米色的。很多人觉得这就是希腊的美，纯净的美。其实误会了。原来，古希腊的卫城神庙是五彩缤纷的，就好像秀水街的衣帽市场那么五颜六色。很多年之后，彩色褪去，只剩下大理石的米色了。文艺复兴时，人们把这种单一的米色称为"希腊的颜色"。如果今天把希腊的神庙再修成五颜六色，人们肯定都不接受，觉得很难看。在雅典的博物馆，还可以看到五彩的希腊神庙复原模型。现在西方有很多漂亮的石头房子，顶是绿色的，就是锈出来的，把它刷金了就不习惯了。

不是乱写。

第二，美丑是相对的。为什么说桃花美，翡翠美？这完全渗透了人的价值观，并不是桃花、翡翠本身美。这就对美丑的标准（以及善恶）提出怀疑。霉菌为什么是丑的？铜锈了为什么是不好的？这里已经在反省美丑对照的相对意义。

什么是"美"？朱光潜在《西方美学史》结论部分有精彩的总结：*

第一种看法，认为美是客观的，人对于"美"有一个共同标准。比如希腊的雕像，全世界的人都觉得美，不同时代的人都觉得美。这个标准，就是完整、对称、有光泽。把希腊、埃及、中国、印度的古画拿来比较，会发现美有一定的相似性。

第二种看法，美是主观的，有利益考虑的，含有人类主观目的性。这种理论，在法国古典主义时期特别流行。比如说人们觉得成熟的苹果是美的，烂苹果却不美。因为苹果本来是给人吃的。田野里麦浪滚滚，我们觉得它美，但如果是打霜了以后，或被坦克轧过，庄稼全部残破，你就觉得它不美。还有一个最典型的，美学家最喜欢举的例子，比方说成熟女性的身材，要有一定的曲线，这是为了审美吗？不是，因为某些器官代表了她很健康，可以哺育小孩。美的集体观念之后，有一个人类群体的目的性。这种目的性不是个人的，是人类的。

第三种，美是个人的，没有客观的标准，也不考虑人类群体利益。这是英国经验主义的美学观，人的生理因素、感官经验不仅不应被审美排斥，反而是个人审美的关键要素。求生、恐惧、繁殖等，这些审美标准会影响到每个人。

---

* 朱光潜认为"美"的本质大致有五种：1. 古典主义：美在物体形式；2. 新柏拉图主义和理性主义：美在完善；3. 英国经验主义：美感即快感，美即愉快；4. 德国古典美学：美在理性内容表现于感性形式；5. 俄国现实主义：美是生活。

《死水》一方面借用人类普遍的美丑观，同时也在解构这些美丑观；或者，至少发现这些美丑意象之间，有互相依存又互相颠覆的关系。

比如，"让死水酵成一沟绿酒"，这是写实的，酒就是发酵出来的。水发酵是臭的，但发酵成酒就是美的。这是非常美妙的比喻。把白沫说成是"珍珠般的"，又是将一个世俗的价值符号放在审丑意象中。"小珠们笑声变成大珠"，是套用了白居易"大珠小珠落玉盘"的名句，很形象化，"又被偷酒的花蚊咬破"。按说这个地方很糟糕，可还有青蛙耐不住寂寞，发出叫声，带来更多想象的空间——如果说"死水"是一个社会，还有人唱赞歌，搞八卦新闻，说多么美好，这就是青蛙。客观地来讲，青蛙也可以是好的意象。在日本的俳句里，青蛙跳到水里是非常美好的意象。可这里的青蛙变成了一个小丑一样的形象。*

在中国的丑怪审美这方面，《死水》做了非常突出的探索。看完这首诗，再想到底什么是美，什么是丑，会感到这首诗的颠覆非常厉害。

意象的变化发展非常重要

《炉中煤》《雨巷》《死水》，这几首诗有一个共同的特点，首尾都是呼应的。首尾呼应有两种情况，一种是"重复"，一种是"递进"。

《炉中煤》的首尾只是"重复"，没有意义上的区别。比较复杂的是《雨巷》。这首诗首尾最大的不同是，开始诗人希望遇到一个女子，期待认识、恋爱、一起走上新生活。可人来了，走过了，

---

* 松尾芭蕉的"古池塘，青蛙跳入水声响"，被认为是名句。

根本没有用，这只是他的梦。虽然只是他的梦，诗人最后还是希望有这么一个女子，哪怕不会拉手、不会说话、只是经过的，诗人还是希望她飘过。开始希望天长地久，最后只要曾经拥有。这是"递进"，诗的内容、主题发生了变化。

《死水》比较有意思，第一段和最后一段的字句有很大不同。第一段说："这是一沟绝望的死水，清风吹不起半点漪沦。不如多扔些破铜烂铁，爽性泼你的剩菜残羹。"最后一段是："这是一沟绝望的死水，这里断不是美的所在，不如让给丑恶来开垦，看他造出个什么世界。"这首诗的首尾结构表面上变化很大，其实是重复。只是前面是用形容，用具象，后面是用抽象，意思是同一个意思。"清风吹不起半点漪沦"就是"断不是美的所在"，"爽性泼你的剩菜残羹"就是"让给丑陋来开垦"。最后一段引发了一些对这首诗主题的不同理解：一种是朱自清的说法，恶贯满盈的坏，就让它坏到底，将来就会变好。*第二种是臧克家的说法，他曾经是闻一多的学生，†说死水是象征革命，整首诗是鼓吹革命。如果象征革命，翡翠、桃花、罗绮、蚊子全可以解释成革命大军或者游击队了，其实是有点牵强附会。

我的解读是，当时的闻一多是一个国家主义者，他不相信国民党或别的党，对当时的中国政治已经不抱希望了。在某种程度上，《死水》里的丑恶有点像北伐前的各种政治力量。闻一多不相信这些政治力量，但看上去也挺热闹，又像蚊子，又像青蛙，你们折腾吧，看后来会怎么样。可能并不是歌颂革命，但是爱国的。

---

* 这不是"恶之花"的赞颂，而是索性让"丑恶"早些"恶贯满盈"，"绝望"里才有希望。（朱自清《闻一多全集》序言）

† 我觉得，应该把"丑恶"意会为黑暗现实的反面。《死水》是客观的象征，它既如此腐朽，如此令人绝望，不如索性让另一种力量来开垦它，看它将开辟出一个怎样的世界？这是作者心中的一个未可知、未能知的渺茫希望，我们是否可以把这希望理解为革命？（臧克家《闻一多先生诗创作的艺术特色》）

用首尾呼应的方法来讲《再别康桥》是最精彩的。开始是"轻轻的我走了,正如我轻轻的来;我轻轻的招手,作别西天的云彩",最后是"悄悄的我走了,正如我悄悄的来;我挥一挥衣袖,不带走一片云彩"。

注意,"轻轻的招手"是一个西式的动作,"挥一挥衣袖"是一个中式的动作。整首诗的意象,前半段是油画,后半段是国画。水草、柔波、软泥,这都是画油画的颜料,彩虹似的梦、河畔的金柳、波光的艳影……都像是油画一样。从何时开始出现了中国意象呢?离别的笙箫、夏虫、星辉、长篙、青草更青处……如果说前面是油画,后面就转为国画了。整首诗开始是告别西方,到后来是回中国,所以"挥一挥衣袖,不带走一片云彩"。意象的变化发展非常重要。那么,这首诗是在哪里写的? 在印度洋的轮船上写的。

《断章》有三种解读

接下来讲卞之琳的《断章》[32]。简单说,《断章》*有三种解读:

第一种解读是"情诗"。"你站在桥上看风景,看风景人在楼上看你","你"所面向的方向,是很关键的。如果桥上的人看的是远方,那就不是情诗;如果看的是楼上的"看风景人",那就是情诗。"相看两不厌"[33],互相忘我。杰森在桥上看米歇尔,米歇尔在楼上看杰森,这就是情诗了。但是,如果这首诗只是情诗的话,不会流传这么久。

第二种解读是"装饰"。装饰是起修饰美化作用的物品,它不是主要的东西。比如桥是用来走路的,但把桥当作风景,就强调

---

* 据作者自云,这四行诗原在一首长诗中,但全诗仅有这四行使他满意,于是抽出来独立成章,《断章》的标题由此而来。

了现实世界的装饰作用。简单说，就是对世界持一个美学的（而不是实用的）看法。看风景的人觉得桥是一个风景，但是对于做生意的人，对于修桥的人，对于当地老百姓来说，桥主要是一个交通工具，不会整天把桥作为风景或者装饰来看。"明月装饰了你的窗子"，用现实的科学角度来讲，应该是"我在窗前可以看到月亮"。新批评理论有个说法，凡语言符合科学常理，就是日常实用的语言；如果语言不符合科学常理，却还要说，就可能是诗的语言了。[34] "我在我的窗前可以看到月亮"，再艺术化一点，就是"月光照进了我的窗子"。但卞之琳说"明月装饰了你的窗子"，完全主次颠倒，因为月亮不是依地球人的意志而存在的，却把它变成你的装饰品。主客体的颠倒，这是一种艺术化的处理。

但卞之琳不同意"装饰说"，他说是"相对论"。[*]这就是第三种解读。中国有一句成语："螳螂捕蝉，黄雀在后。""你"站在桥上看风景，以为自己站得很高，旁观者清，可以观察世界，其实别人也把"你"当作风景。第二段也是一样的意思，是倒退式的。你很浪漫，把月亮当作窗户的装饰，但别人也浪漫，把"你"当作他的梦中情人。

这个意象很重要，反省着一个人视野的局限。比如鲁迅的"铁屋"比喻。鲁迅在铁屋里发声呐喊，但别人也可能认为他也陷入了某种困境，或者像林毓生所说的那样，以思想文化解决政治社会问题，看似反孔，其实正是延续儒家精神。[35]鲁迅的忧国忧民，在别人看来，也许是一道悲剧的风景。鲁迅的方向是新文化的方向，但"鲁迅风"还有多少后继者？所以，从相对论角度看，这只是

---

[*] 《断章》发表后不久，卞之琳和李健吾有过一次讨论。李健吾在《鱼目集》谈到了它，认为诗人对于人生的解释都是"装饰"，"诗面呈浮的是不在意，暗地里却埋着说不尽的悲哀"。卞之琳在答复的文章中说，他对"装饰"的意思并不想看重，"我的意思也是着重在'相对'上"。

一个循环、一个过程。

拍电影时，镜头处理有两个最基本的方法。比如电影开始时，先是一个大城市，很多大楼、灯光和窗户，然后镜头穿进其中一个窗户，这里发生一个故事。这是一种镜头的运行方法。接下来看第二种。这个故事进行了两个小时，悲欢离合一大堆，最后两个人在客厅里和好了，这时，镜头退到窗户外面，慢慢拉远，看到很多窗户、灯光和大楼，再看到一个大城市，芸芸众生。原来这不只是一个人的故事，原来有那么多的普遍意义。《断章》用的是第二种方法。看上去是风景，是楼，然后是月亮，是梦，一步一步往后退。往后退，就是从个别中看到一般；往前进，就是从一般中寻找个别。这是歌德的理论概念。[36] 艺术应该写典型，还是写个别，永远是一个争论。

《断章》还使人联想到顾城的《远和近》："你，一会儿看我，一会儿看云。我觉得，你看我时很远，你看云时很近。"[37] 就这么短的一首诗，还很多重复的字，却非常有味道。中文诗里最短的一首是北岛的《生活》[38]，只有一个字："网"。

延伸阅读

［古希腊］卡苏斯·朗吉努斯：《论崇高》，引自章安祺编订：《缪灵珠美学译文集》第 1 卷，北京：中国人民大学出版社，1987 年

［法］波德莱尔：《巴黎的忧郁》，钱春绮译，北京：人民文学出版社，1996 年

郭沫若：《中国古代社会研究》，北京：商务印书馆，2012 年

郭沫若：《十批判书》，北京：人民出版社，2012 年

郭沫若：《李白与杜甫》，北京：人民文学出版社，1971 年

朱光潜：《西方美学史》，北京：商务印书馆，2011 年

朱自清：《新诗杂话》，桂林：广西师范大学出版社，2004 年

废名、朱英诞：《新诗讲稿》，北京：北京大学出版社，2008 年

袁可嘉：《论新诗现代化》，北京：生活·读书·新知三联书店，1988 年

痖弦：《中国新诗研究》，台北：洪范书店，1981 年

余英时：《谈郭沫若的古史研究》，引自《余英时文集》第 5 卷，桂林：广西
　　师范大学出版社，2014 年

张新颖编：《中国新诗：1916—2000》（修订版），上海：复旦大学出版社，
　　2011 年

［美］王斑：《历史的崇高形象：二十世纪中国的美学与政治》，孟祥春译，
　　上海：上海三联书店，2008 年

姜涛：《"新诗集"与中国新诗的发生》，北京：北京大学出版社，2005 年

郭沫若《炉中煤：眷念祖国的情绪》

啊，我年青的女郎！
我不辜负你的殷勤，
你也不要辜负了我的思量。
我为我心爱的人儿
燃到了这般模样！

啊，我年青的女郎！
你该知道了我的前身？
你该不嫌我黑奴卤莽？
要我这黑奴的胸中，
才有火一样的心肠。

啊，我年青的女郎！
我想我的前身
原本是有用的栋梁，
我活埋在地底多年，
到今朝总得重见天光。

啊，我年青的女郎！
我自从重见天光，
我常常思念我的故乡，
我为我心爱的人儿
燃到了这般模样！

（1920 年）

闻一多《死水》

这是一沟绝望的死水，
清风吹不起半点漪沦。
不如多扔些破铜烂铁，
爽性泼你的剩菜残羹。

也许铜的要绿成翡翠，
铁罐上锈出几瓣桃花；
再让油腻织一层罗绮，
霉菌给他蒸出些云霞。

让死水酵成一沟绿酒，
漂满了珍珠似的白沫；
小珠们笑声变成大珠，
又被偷酒的花蚊咬破。

那么一沟绝望的死水，
也就夸得上几分鲜明。

如果青蛙耐不住寂寞，
又算死水叫出了歌声。

这是一沟绝望的死水，
这里断不是美的所在，
不如让给丑恶来开垦，
看它造出个什么世界。

（1926 年）

戴望舒《雨巷》

撑着油纸伞，独自
彷徨在悠长、悠长
又寂寥的雨巷
我希望逢着
一个丁香一样地
结着愁怨的姑娘。

她是有
丁香一样的颜色，
丁香一样的芬芳，
丁香一样的忧愁，
在雨中哀怨，
哀怨又彷徨；

她彷徨在这寂寥的雨巷，
撑着油纸伞
像我一样，

像我一样地
默默彳亍着，
冷漠，凄清，又惆怅。

她静默地走近
走近，又投出
太息一般的眼光，
她飘过
像梦一般地，
像梦一般地凄婉迷茫。

像梦中飘过
一枝丁香地，
我身旁飘过这女郎；
她静默地远了，远了，
到了颓圮的篱墙，
走尽这雨巷。

在雨的哀曲里，
消了她的颜色，
散了她的芬芳，
消散了，甚至她的
太息般的眼光，
丁香般的惆怅。

撑着油纸伞，独自
彷徨在悠长、悠长
又寂寥的雨巷，
我希望飘过
一个丁香一样地
结着愁怨的姑娘。

（1928 年）

徐志摩《再别康桥》

轻轻的我走了，
  正如我轻轻的来；
我轻轻的招手，
  作别西天的云彩。

那河畔的金柳，
  是夕阳中的新娘；
波光里的艳影，
  在我的心头荡漾。

软泥上的青荇，
  油油的在水底招摇：
在康河的柔波里，
  我甘心做一条水草！

那榆荫下的一潭，
  不是清泉，是天上虹
揉碎在浮藻间，

沉淀着彩虹似的梦。

寻梦？撑一支长篙，
  向青草更青处漫溯，
满载一船星辉，
  在星辉斑斓里放歌。

但我不能放歌，
  悄悄是别离的笙箫；
夏虫也为我沉默，
  沉默是今晚的康桥！

悄悄的我走了，
  正如我悄悄的来；
我挥一挥衣袖，
  不带走一片云彩。

（1928 年）

卞之琳《断章》

你站在桥上看风景，
看风景人在楼上看你。

明月装饰了你的窗子，
你装饰了别人的梦。

（1935 年）

第八讲

文学与政治之间的茅盾

胡　适　　　　1891　　　　　　　　　　　　　　　1962
鲁　迅　1881　　　　　　　　　1936
周作人　1885　　　　　　　　　　　　　1967
郁达夫　　　　1896　　　　　　　1945
冰　心　　　　1900　　　　　　　　　　　　　　1999
凌叔华　　　　1900　　　　　　　　　　　　　1990
丁　玲　　　　　1904　　　　　　　　　　　1986
郭沫若　1892　　　　　　　　　　　　　1978
戴望舒　　　　　1905　　　　　1950
闻一多　　　　1899　　　　　1946
卞之琳　　　　　1910　　　　　　　　　　　　2000
梁遇春　　　　　1906　　　1932
茅　盾　　　1896　　　　　　　　　　　1981
田　汉　　　　1898　　　　　　　　　1968
曹　禺　　　　　1910　　　　　　　　　　1996
老　舍　　　　1899　　　　　　　1966
巴　金　　　　　1904　　　　　　　　　　　2005
沈从文　　　1902　　　　　　　　　1988
萧　红　　　　　1911　　　1942
张爱玲　　　　　1920　　　　　　　　1995
钱锺书　　　　1910　　　　　　　　1998

第一节

现代散文三章

《立论》：如果鼓励说假话，这个社会就会腐化

虽然本课程第四堂由陈平原教授代课，讲了现代散文之兴起，但我们仍有几篇散文要读。

现代散文基本上是四个潮流，第一个方向是战斗的、批判的杂文匕首，鲁迅是最好的代表，讽刺或者骂人，非常辛辣。这个风格在鲁迅的杂文里体现得最好，后人很少能学。*

鲁迅的文章确实经久耐读，他的很多格言都是通过杂文随笔给人留下深刻印象，比如他说人生一是要生存，二是要温饱，三是要发展[1]，然后还说："阔的聪明人种种譬如昨日死。不阔的傻子种种实在昨日死。曾经阔气的要复古，正在阔气的要保持现状，未曾阔气的要革新。大抵如是。大抵！"[2]等，这些话当年对我的三观有很大的影响。

《立论》[3]是很著名的一篇文章，讲一个小孩一百天，来了一

---

* 李敖也是这样的写法。虽然鲁迅这样的写法是被赞扬的，但实际上，他的批判文风是后继乏人的。

帮客人，第一个客人说他将来升官，大家很开心；第二个客人说他将来发财，大家感谢；第三个客人跑来说这个小孩将来要死的，当然被大家打了一顿。鲁迅发了一句感慨：说真话的要被打，说谎话的得好报，怎么办呢？这话非常深刻。古今中外，这个现象都存在着，这是一个残酷的现实。

其实，鲁迅在这里偷换概念。因为鲁迅描述的是一个礼节问题。小孩将来要死的科学事实是不用说的，每个人都会死。如果碰到任何一个人都说"你会死"，是永远被人打的，虽然你说的是真理。就好像鲁迅说花是植物的生殖器⁴，送枝玫瑰给人时，也不会有人喜欢听"送你一个生殖器"，虽然这是真理。鲁迅在这里偷换概念，他用礼节上的习惯来揭示出一个触目惊心的社会现象。

礼节上的话，重要的不是真实，而是真诚。比如宁波人请客吃饭的话是："小菜没有，白饭吃饱。"其实准备了一桌子菜，吃都吃不了。这是一个习惯，客人也不会觉得被骗。你要说我们虚伪，那日本人更虚伪，他们请吃饭怎么说？"什么也没有，请吃吧。"而西方人请你到家里吃饭，就会说我太太的手艺有多么好。每个民族都有自己的一套礼节，比如美国人一见面："How are you？"中国人一见面，就问："吃饭了没有？"日本人会问你是不是"元气"，你身体好不好？其实都只是 say hello。* 鲁迅在这里偷换概念，他用的是一个世俗礼节的场景，在礼节层面上不讲真理，讲真诚，不讲客观事实，讲主观态度。

但有些事是要真实的，比如牵扯到专业的、道德的和政治的意见。比如做老师、做医生、做公务员时，要打分、写病例、出报告，这就是专业意见。不能出于私人的原因而说假话。在这种时候，

---

* 当然，礼节背后可能都有集体无意识。有人分析中国人老是讲"吃"，说明这个民族几千年的集体无意识是"民以食为天"。这当然是开玩笑。在人类历史上，中国人解决粮食问题的能力好过大部分同时期的其他民族，所以人口多。

说假话是违背道德。一个社会如果鼓励说假话,这个社会就会腐化,容易出现专制,因为没人敢说真话。这才是鲁迅《立论》的立论,今天尤其不能忘却。

在社会上,要面对真实与利益,更多是在这两者之间选择。在专业意见和一般礼节的中间地带——这个地带我们叫"社交",就是人与人的关系,不管是面对面的交往,还是在 Facebook、微博、微信上,都会大量出现这样的情况,而这个中间地带模棱两可,既要讲真实,又要顾人情,怎么办? 有一个观点叫"犬儒"(Cynic),虽然知道,但不说。有点像季羡林说的"假话全不说,真话不全说"。没办法说所有的真话,但至少可以不说假话。还有一个意思:可以有观点,有锋芒,但说话不要太露,不要太得罪人。这和《立论》里的那个人差不多,说不了真话,但又不想说假话,最好的方法就还是今天天气哈哈哈。

顺便讲相关的两个故事:

第一个故事,是关于体温表的寓言。一个体温表很老实,量出主人的体温太高,主人发火,把它摔断了。另一个体温表进化了,不仅能量体温,更能测量心情,可以根据主人的心情给出让人满意的温度。这样一个自动调节的体温表,暂时让人舒服,但其实非常危险。而这恰恰建立在人性的基础上。

第二个故事是真实的。华东师大有个教授叫许杰,是文学研究会的老作家,在《中国新文学大系》可以找到他,茅盾编的《小说一集》[5]选了他的小说《惨雾》。许杰先生在 1957 年成了右派,后来又平反。因为他和我父亲是同乡,所以我考研究生时去找他,问他借过书。有一次我去他家,看到走出来一个人,大概有六七十岁,有点驼背,衣服也很破。他从许杰先生家出来,很深地吐了一口痰,用脚踩了踩就走了。其实那是许杰先生以前的学生。许杰先生被打成右派时,班上学生都得表态,有些学生沉默,有些学生揭发，也有一些学生写信说他是好的，不是右派。后来，一些写信说他好的学生也被打成右派。这个学生流放青海时20岁，二十多年后"文革"结束，他才被调回江南。可这个学生在二十多年里，已经结婚、离婚、劳改、坐牢，经历了无数的事情，变成了我当时看到的那个样子。*

讲这两个故事，是希望同学们记住，人还是应该说真话。在这个世界上，说真话常常要付出代价。但一个惩罚说真话的社会，则需要付更大的代价。

《故乡的野菜》：胃比脑袋重要，本我比超我重要

现代散文的两大潮流，是鲁迅和周作人。鲁迅是战斗批判的，周作人是文人的"冲淡"。周作人对散文的文字提了两个标准："简单"和"涩"。鲁迅散文是一针见血，有力量，像刚才讲的《立论》，把怎么做真实的人、社会怎么扭曲人等问题全提出来。周作人不是，他要的好像是清茶，茶叶是绿的，看上去很淡，像清水，其实很有味道，喝的时候有点苦，喝完后又有点甜。总而言之，它的味道是比较复杂的。这是周作人对散文的标准。他的味道要很大年龄才能体会。†青少年读《故乡的野菜》，会觉得很淡。周作人就是追求淡。但是不是只有淡呢？不是。"简单"容易，"涩"亦不难，难是难在又"简单"又"涩"，两者混合。

《故乡的野菜》[6]第一句话："我的故乡不止一个，凡我住过的地方都是故乡。"然后说："我在浙东住过十几年，南京东京都

---

* 后来华东师范大学成立校友会，请我和当时上海的新闻出版局局长回去作报告感谢母校，我们被称为"杰出校友"。当时我讲了这个故事，说这位同学也是我们的杰出校友。

† 打个比方，如果巴金是朱古力牛奶，茅盾是卡布奇诺，老舍是红茶，那周作人就是上乘的龙井了。

住过六年，这都是我的故乡；现在住在北京，于是北京就成了我的家乡了。"这段话要仔细掂量。如果有人问在座的同学："你是哪里人？"你肯定会说，是香港人。也许后来在巴黎生活很多年，也最多是说：巴黎是我的第二故乡。可是周作人无所谓，哪里都是他的故乡。这段话虽然很淡，但分量非常重，非常"反动"。"反动"在哪里？南京、东京都住过六年，南京是当时的民国首都，而东京是日本的首都。如果是阶级斗争觉悟高的人，马上会说他将来做汉奸，这是早就留下伏笔了。

周作人后来在北平就不走了，还在伪政权做了文化官员，可这篇文章写得很早。"五四"初期，周作人提倡"人的文学"，是一代大师，可他这么早就把中国和外国的地方完全并列在一起，"南京东京都住过六年，这都是我的故乡"。他的家国观念是怎么回事呢？这也可以说是世界意义的、比较超前的家国观念。从传统社会到现代社会，最大的分别就是从身份到契约。在传统观念里，中国人是黑头发、黄皮肤、黑眼睛，是龙的传人，这是一个身份，无可改变的。但是现代的国家制度是靠契约确定，比如美国的公民，不论什么种族，必须要宣誓效忠美利坚。在民主国家的概念里，契约说明一切，契约可以改变身份。周作人在20世纪20年代就接受了早期的空想社会主义的概念，提倡"新村文化"[7]，只要在哪里生活，哪里就是故乡。

然后他从家乡的菜讲起，讲到历史典故里的菜，又讲到日本的菜，讲到最后发现：原来浙东的菜是最好吃的。从理性上来说，国家、城市不重要，哪里都可以生活，没有理由强调乡土国家高于一切；可是，就饮食来讲，哪里的东西都比不上家乡的东西好，母亲做的菜是最好的菜。人有两件事最难改变，一个是语言，一个是胃。世界观可以改，国籍可以改，口音可以改，生活方式可以改，可一到吃东西，却还是喜欢家乡菜。我开始不懂，为什么这个胃这么难改，后来看了弗洛伊德的理论才有点搞清楚。弗洛伊德说"本我"是无限追求快感，而快感是紧张状态的消除。婴儿的紧张状态首先来源于饥饿，这时母亲给婴儿吃点东西，就可以消除紧张，这就形成了婴儿最早记忆的快感和本我。妈妈做的菜永远是最好吃的菜，大约是这个道理。

周作人之所以觉得他的野菜这么重要，是因为胃比脑袋重要，本我比超我重要。这篇散文有双重的主题：第一层是理性上的家国观念，哪里都是家乡；第二层是情感上的家国情感，浙东才是故乡。

《"春朝"一刻值千金》：春天睡懒觉的两个理由

再看第三篇，梁遇春《"春朝"一刻值千金》[8]。这个流派成就比较大的是梁实秋和林语堂，后来对香港散文的影响也是最大的。董桥、余光中等写散文的学者，继承的都是《雅舍小品》的传统。但梁遇春是个早逝的天才，他是这一派的创始人，英文的"essay"加上晚明的性灵，是周作人概括的"五四"散文的精华。英文"essay"和晚明小品最重要的相通之处，就是没有直接的功利目的，不像鲁迅要批判现实、改造社会，也不似冰心、朱自清那样温柔敦厚的人伦鸡汤，也不似郁达夫、丰子恺那样感悟性情、拯救灵魂。《"春朝"一刻值千金》好像什么概念都没表达，他是在开玩笑，只是幽默。幽默和讽刺最重要的区别是：讽刺是感情的，有目的的；幽默是理智的，无目的。

那么，春天睡懒觉，有什么好处呢？

梁遇春讲迟起，但重要的不是他喜欢迟起，而是他替迟起找的两个理由：第一个理由，诗人、画家为了追求自己的梦幻，实现自己的痴癫、痴怨，宁肯牺牲一切物质的快乐，受尽亲朋的诟骂，也要从艺术里得到无穷的安慰，这是他们的真实世界。换句话说，梁遇春把睡懒觉比作艺术，而且比喻得非常恰当。

我们之前说过，按照康德关于审美的定义[*]，人有三种快乐：第一种快乐，是得到利益，或肉体上直接获得快感，比如突然中奖得了一大笔钱，或者有人在海边帮你按摩。这是人类动物性的基础。第二种快乐，虽然不带来利益，也不带来快乐，但是很高尚、很正确、很道德的。比如帮妈妈倒茶，扶弟弟去医院看病，在街上做公益。这些事没有直接的好处，虽无本我的快乐，却有超我的满足。第三种快乐，没有利益满足，也没有道德满足，但你还是感到快乐，这就是艺术。比如，人总有一个时候，看见一个月亮，看见一片树林，走在夜晚的小路上，非常安静、舒服，得到心灵的喜悦。这是审美的境界。

现在，梁遇春把睡懒觉比作艺术，振振有词。其实，他比鲁迅更加赤裸裸地偷换概念。因为他在床上睡懒觉，直接有身体的好处，在满足人的肉体需求。他是把肉体的快乐，上升到艺术的境界。读者都被他骗了。当然，这是幽默。这就是他厉害的地方，乍一看好像很对，但仔细一想不恰当，证据和立论不恰当。

他还有一个理由证明迟起的好处：有一个美丽的早上，一天才有意义，等于说人的青春美丽，一生就会美丽。结果，他活到二十几岁就去世了。这代表了一种人生观，追求当下的快乐，不去想以后的事情。假定现在有一盆你很喜欢吃的水果——比如草莓——都是你一个人的。有的人先吃大的，有的人先吃小的。这是代表了两种最基本的人生观：先吃小草莓的人，明天永远更美好，因为下一个草莓一定比现在吃的这个更大，未来充满了期待；

---

[*]　愉快的东西使人满足，美的东西单纯地使人喜爱，善的东西受人尊敬（赞许）……在这三种快感之中，审美的快感是唯一的独特的一种不计较利害的自由的快感。（康德《判断力批判》第五节，朱光潜译）

先吃大草莓的人，享受的每一样东西永远是最好的，因为最好的草莓已被吃掉了，下一颗在现有的草莓里还是最好的。这是完全不同的两种人生观，前者是"明天永远更美好"，后者是"有花堪折直须折，莫待无花空折枝"。梁遇春鼓吹的是后一个：早上美好就行了，接下来让它忙吧，我有一个美好的早上就够了。

茅盾：最典型的中国现代作家

文学与政治的悲欣交集

大部分中国现代文学作家很难向鲁迅学习，也很少人向郭沫若学习，因为这两个人有很多不可复制的地方，无论是性格还是地位。但是，大部分作家的处境和茅盾有相似的地方。换句话说，茅盾是最典型的中国现代作家。

第一，茅盾是一个既精通政治又热爱文学的作家。鲁迅虽有政治热情，却不大懂政治，尤其是政治斗争的潜规则。20世纪30年代以后，鲁迅和"左联"的关系很不好；郭沫若貌似精通政治规则，但给人留下"精通政治"的印象，说明还是不够精通；周扬、冯雪峰等擅长政治斗争，但又不像茅盾这么热爱文学。

茅盾是中国共产党最早的成员之一。1921年中国共产党第一次代表大会的时候，茅盾虽然没有参加，但他参加了当时的上海共产主义小组，这个小组就是共产党创建的筹备机构。同时，他又是文学研究会最主要的刊物主编，他的长篇小说又是中国现代文学重要的收获。1949年以后，他还做了文化部部长，文学跟政治的地位都非常高。大部分中国现代作家虽然不能像茅盾那样同时"精通"政治和文学，但夹在两者之间的处境，却是大家都有体会的。

第二，茅盾有一个很大的特点，创作"主题先行"。小学、中学写命题作文，其实就是主题先行，如果你不清楚作文主题思想是什么，只是有一些人物细节和故事情节要写，老师就会批评你。但是，在文学史上，伟大的文学作品大部分不是主题先行的。比如托尔斯泰的《安娜·卡列尼娜》，他本想写一个放荡的女人怎么不道德，可写出来以后成了同情女性个性解放的爱情小说经典。类似情况有很多，《红楼梦》的主题到现在都说不清楚。大部分好的作品都是"主题后行"，思想在艺术之后。茅盾却是思想在艺术之前，这个写法后来被革命文学大量复制。

第三，茅盾是最早写城市生活的作家。城市生活，就是所谓资本主义和小资产阶级的生活。《创造》里写到家里的浴室，很漂亮的柜子，女主人穿的羊毛内衣，还有保姆佣人……这些场景在"五四"其他作家的作品里是看不到的，而率先出现在一个参与共产党建党活动的左派作家笔下。

茅盾是1896年出生，在那个时代他是"95后"，很年轻。他的父亲也很早就去世了，母亲是他的启蒙老师，家里什么事都听母亲的。他在北大读预科，英文很好，可是没有考到留美资格。毕业后他到上海的商务印书馆做编译工作，那时他叫沈雁冰。后来，他回家乡和孔德沚结婚。孔德沚不识字，茅盾的母亲就教她识字，渐渐有了文化，她帮助了茅盾一辈子。文学研究会在北京成立，但缺一个杂志，郑振铎就找沈雁冰办。沈那时20多岁，一面参加共产党的早期活动，同时又主编当时中国最重要的文学杂志。1926年北伐军打到武汉、上海，蒋介石4月12日在上海开始"清党"，但汪精卫的国民党中央在武汉还没有反共产党。郭沫若跟着周恩来等人参加南昌起义。茅盾当时做什么？他在武汉编一个《汉口民国日报》，名义上是国民党的党报，但茅盾当时已是共产党人了。他还曾在广州做国民党中央宣传部的秘书。可以想见他与政治的关系之深。

后来，茅盾在武汉得到通知要去南昌，但是因交通受阻，错过了八一起义；在回上海的轮船上，他丢失了一批巨款，这笔钱是要转交给党组织的经费。等他到了上海，等于出现了双重的问题：第一，丢失了经费；第二，没有参加八一起义。同时，茅盾被国民党通缉，因为他是共产党；他又被认为脱离党组织了，因此他在这时和女朋友秦德君去了日本。

隔了几年后，茅盾重返上海，回到他夫人的身边。当时鲁迅、叶圣陶也在上海，就一起投入文化战线的革命斗争。茅盾成为"左联"一个主要的成员。此后，茅盾以写小说为主，在文坛地位也很高。*

抗战爆发以后，茅盾还常来香港，为香港文化作了很大贡献。香港文学史中的南来作家里，茅盾是非常重要的。香港早期的新文学发展期，不少年轻人都是在茅盾主编的报纸杂志上发表作品。香港有些学者后来很不满意，说内地南来的作家不爱香港，他们是居港或过港心态，把香港当作一个避难所，临时住一住。说得也对，茅盾从来都没想在香港作永久居民。新中国一成立，他就回去做文化部部长了。但茅盾等南来作家还是对香港作了很大贡献，这些可以从不同的立场上去解读。关于茅盾在香港，香港中文大学的卢玮銮教授（小思）在这方面有比较多的研究。

1949 年以后，茅盾地位很高，做了文化部部长，却再也没有

---

* 我曾担任过《辞海》现代文学条目的编辑。1989 年，我和陈思和负责修订《辞海》里的中国现代文学条目。所有的中国现代作家都要修订，除了鲁迅、郭沫若、茅盾，因为这三位是"党史人物"，对历史有重大的贡献。不过，关于茅盾的文坛地位，我一直有个疑问，1936 年国共再次合作时，为什么一定要到日本请郭沫若回来作为中国新文学的主将？而且是周恩来出面。照我看来，茅的政治地位比郭高，文学成绩亦不差。为什么是"鲁郭茅"而不是"鲁茅郭"呢？

文学作品，只写了一些文学批评。他很长寿，一直活到郭沫若去世后的两三年。郭沫若在世时，到处有人请他题字，那时茅盾很少题字。郭沫若去世后，茅盾也开始题字，因为当时文坛地位他最高。茅盾去世之前，专门提了一个要求，要申请重新入党——几十年前，他是最早的党员之一。当时的党中央总书记同意恢复茅盾党籍，而且从 1921 年 7 月 1 日算起。这就是茅盾的生平，文学与政治的矛盾悲欣交集。

《创造》：启蒙者唤醒了民众，却被民众抛弃了

茅盾是非常重要的中国现代小说家，代表作是《子夜》[9]，是一部长篇小说，写资本家的。*但我们会着重讲他的第一个短篇小说《创造》[10]。

《创造》讲一个男人，家里蛮有钱的，也有文化，中年男性，但找不到理想的女人。那怎么办呢？他想，找不到完全合心意的，就自己创造一个——找一个年轻的、未经世俗污染的女人，按照他喜欢的样子来教育、培养、塑造她。于是，他就找到这样一个女人，和她结婚，教她读书，慢慢地培养她。小说是用三一律的写法。†整个小说全是"床戏"，就是写一男一女起床之前的一两个小时内，这个男人的意识流。这时，女人还在睡觉，男人还没起来，在回想他和妻子从认识到结婚前前后后的事情，断断续续的片段。这个故事若用一句话讲完，就是男人要创造一个理想的女人，结

---

* 我一直奇怪，香港为什么没人写像《子夜》这样的小说？香港有这么多的家族，有这么多的地产商，有这么多的桃色新闻，有这么多的政治经济之间的勾结斗争，还有夜总会、带赌场的邮轮、赛马会……正是所谓上流社会的舞台。

† 三一律是欧洲的戏剧方法，就是同一个时间、同一个地点、同一件事情。最早来自于古希腊悲剧，据说一出戏演十个小时的故事，演员就得演十个小时，观众也得坐在那里看十个小时。

果他创造成功了，但也失败了。

为什么说既成功又失败了呢？在他的培养下，女人按照他所希望的样子去读书，去打扮，去生活，去爱，所以男人的创造成功了。可是，女人的心越来越不向着他了，她越来越有自己的想法了。一开始，这个女人连拖手都不好意思，然后男人就教她，给她看一些电影和书，于是女人学会浪漫了，在街上也要跟他 kiss，而男主人公却受不了了。他觉得这样不够含蓄，怎么可以在街上也kiss 呢？这只是举一个例子。另外，男人教她读一些个性解放的书，女人都读了，现在要去参加妇女运动、参与政治活动了。男人觉得问题来了，这些都超出了他的设想计划。于是晨起之际，这个男人在检讨，自己这样创造她，究竟哪里做错了。

小说的结尾，女人已经起床了，要去参加一个妇女活动。而男人还在床上反省，最后得出一个结论：给她看的书，有太多是马克思和罗素的，都是激进的革命的学说；接下来要给她看些比较保守的书，要对她进行再教育。就在他想好这个计划时，年轻的太太已经走了，男人还不知道。这时，家里的佣人给男主人打招呼说，先生，太太让你追上去，她"先走一步了"。

这个小说当然不仅是讲一对夫妻的一段生活，茅盾作为一个政治家、文学家，当然有他的用意。第一个用意，在情节层面上批判大男人主义，支持新女性的解放精神。爱是了不起的，"创造"别人却是错的。茅盾用"创造"这个字，其实在影射创造社。20世纪 20 年代，中国文坛流派相争、意气用事，茅盾和创造社关系不好，郭沫若一直讥讽他。*本来，人"改造"人已经有点过分了。"创造"就更加错了。第二层用意，茅盾自己解释过，是想说革命一旦发动就不可阻挡。女主人公代表着比较激进的革命派，而男主

---

*　郭沫若对茅盾不大礼貌，说初见沈雁冰，感觉像个老鼠，诸如此类。多年后《创造十年》收入集子，也没删掉这些对茅盾不太尊重的话。

人公代表着比较保守、务实的胡适这一派。这就是茅盾的"主题先行"，年轻女人象征革命，中年男人代表保守。

把《创造》和《伤逝》《春风沉醉的晚上》放在一起阅读的话，会发现一个模式：在"五四"小说的男女恋爱关系当中，男人通常是老师的角色，女人通常是学生的角色；或者说，男人充当了知识分子的角色，女人代表被启蒙的民众的地位。可是，三部小说表现了三种不同的情况：第一种是《伤逝》的悲剧，男人把女人唤醒了，却走不远，于是两人分手，女人死掉。第二种是《春风沉醉的晚上》，男人想把女人叫醒，但没有能力，只好握握手、抱一抱，就作罢了。第三种是《创造》，男人有能力叫醒女人，也叫醒了女人，可女人却超过了他，抛弃了他。这些小说都带出了启蒙者和被启蒙者之间关系的思考。《创造》有意赞扬被启蒙者的超越，却又无意中同情启蒙者的处境。回想茅盾和当时的革命党的关系，其实可以明白：茅盾是启蒙者，后来的创造社、太阳社，都是在他们的影响下才参与革命文学的；可是，写《创造》时，他却被抛弃了，所以他在潜意识里，在男主人公的身上，找到了启蒙者被超越的这种微妙复杂的感情。*

---

* 茅盾的小说常有很多情色描写，他的小说是所有革命作家作品里最 sexy 的。我最早读茅盾的小说是当"黄色书"读的。那时下乡，有同学拿了一本书，没有封面，没有封底，已经被翻得卷边了，知青们都是废寝忘食地看，因为能借的时间都有限。那时当然还有其他的手抄本，什么《少女的心》之类，但是我印象最深的是这一本，也不知道是谁写的，也不知道前后的故事是什么。多年以后才知道是茅盾早期的小说《蚀》。

《蚀》讲大时代中的男女恋爱，不少女人胸部、大腿、衣裙等描写。《创造》里也有一大堆，比如女人睡在床上，内衣、身体怎么样，还写两个人去上海的龙华公园，桃花掉下来，掉到她的领口，然后从领口往胸口里掉进去……茅盾就喜欢写这些。我那时不知道，以为是看"黄色小说"，多年后才搞清楚这是一个革命作家。

当然我们那时的"阅读期待"[11] 是错的。"阅读期待"是德国接受美学的一个概念。当你戴着有色眼镜，用看苍井空的角度看茅盾的话，那无论怎样读书都要出差错。我们要深刻检讨，这都怪罪那个辉煌的时代，导致我们误入歧途，对茅盾不恭敬。我现在认真研究中国现代文学，就是努力弥补当年的缺失与过失。

新批评主张文本细读，信奉"作者已死"及"文本独立"，而传统文学批评讲究知人论事，有时必须两者结合才能好好读作品。文本阅读为主，在必要的时候，可以把作家资料放进去，但不能只从作家的主观动机来讲。主观上来讲，茅盾是歌颂女主人公，在理性层面，他可能根本没有联系过自己的处境；但文学是比任何东西都更能泄露作家的内心秘密的——真正的文学，比宣言、日记、情话更能宣泄心底的秘密，包括作家自己意识不到的东西。另一方面，这篇小说也是一个很早的预告：民众被唤醒以后，又用这套理论对付知识分子。后来中国发生的事情是值得慢慢琢磨的。

延伸阅读

周作人：《新村的理想与实际》，引自《艺术与生活》，北京：北京十月文艺出版社，2011 年

梁实秋：《雅舍小品》，南京：江苏文艺出版社，2010 年

梁遇春：《春醪集》，北京：人民文学出版社，2000 年

茅盾：《子夜》，北京：人民文学出版社，2016 年

钱理群：《周作人传》，北京：华文出版社，2013 年

止庵：《周作人传》，济南：山东画报出版社，2009 年

孙中田、查国华编：《茅盾研究资料》，北京：知识产权出版社，2010 年

茅盾：《我走过的道路》，北京：人民文学出版社，1997 年

孙郁：《鲁迅与周作人》，北京：现代出版社，2013 年

陈幼石：《茅盾〈蚀〉三部曲的历史分析》，北京：社会科学文献出版社，1993 年

乐黛云编：《茅盾论中国现代作家作品》，北京：北京大学出版社，1980 年

鲁迅《立论》

我梦见自己正在小学校的讲堂上预备作文，向老师请教立论的方法。

"难！"老师从眼镜圈外斜射出眼光来，看着我，说。"我告诉你一件事——

"一家人家生了一个男孩，合家高兴透顶了。满月的时候，抱出来给客人看，——大概自然是想得一点好兆头。

"一个说：'这孩子将来要发财的。'他于是得到一番感谢。

"一个说：'这孩子将来要做官的。'他于是收回几句恭维。

"一个说：'这孩子将来是要死的。'他于是得到一顿大家合力的痛打。

"说要死的必然，说富贵的许谎。但说谎的得好报，说必然的遭打。你……"

"我愿意既不谎人，也不遭打。那么，老师，我得怎么说呢？"

"那么，你得说：'啊呀！这孩子呵！您瞧！多么……。阿唷！哈哈！Hehe！he，hehehehe！'"

一九二五年七月八日

周作人《故乡的野菜》

　　我的故乡不止一个，凡我住过的地方都是故乡。故乡对于我并没有什么特别的情分，只因钓于斯游于斯的关系，朝夕会面，遂成相识，正如乡村里的邻舍一样，虽然不是亲属，别后有时也要想念到他。我在浙东住过十几年，南京东京都住过六年，这都是我的故乡；现在住在北京，于是北京就成了我的家乡了。

　　日前我的妻往西单市场买菜回来，说起有荠菜在那里卖着，我便想起浙东的事来。

　　荠菜是浙东人春天常吃的野菜，乡间不必说，就是城里只要有后园的人家都可以随时采食，妇女小儿各拿一把剪刀一只"苗篮"，蹲在地上搜寻，是一种有趣味的游戏的工作。那时小孩们唱道，"荠菜马兰头，姊姊嫁在后门头。"后来马兰头有乡人拿来进城售卖了，但荠菜还是一种野菜，须得自家去采。关于荠菜向来颇有风雅的传说，不过这似乎以吴地为主。《西湖游览志》云，"三月三日男女皆戴荠菜花。谚云，三春戴荠花，桃李羞繁华。"顾禄的《清嘉录》上亦说，"荠菜花俗呼野菜花，因谚有三月三蚂蚁上灶山之语，三日人家皆以野菜花置灶陉上，以厌虫蚁。侵晨村童叫卖不绝。或妇女簪髻上以祈清目，俗号眼亮花。"但浙东人却不很理会这些事情，只是挑来做菜或炒年糕吃罢了。

黄花麦果通称鼠曲草，系菊科植物，叶小微圆互生，表面有白毛，花黄色，簇生梢头。春天采嫩叶，捣烂去汁，和粉作糕，称黄花麦果糕。小孩们有歌赞美之云：

> 黄花麦果靷结结，
> 关得大门自要吃，
> 半块拿弗出，一块自要吃。

清明前后扫墓时，有些人家——大约是保存古风的人家——用黄花麦果作供，但不作饼状，做成小颗如指顶大，或细条如小指，以五六个作一攒，名曰茧果，不知是什么意思，或因蚕上山时设祭，也用这种食品，故有是称，亦未可知。自从十二三岁时外出不参与外祖家扫墓以后，不复见过茧果，近来住在北京，也不再见黄花麦果的影子了。日本称作"御形"，与荠菜同为春天的七草之一，也采来做点心用，状如艾饺，名曰"草饼"，春分前后多食之，在北京也有，但是吃去总是日本风味，不复是儿时的黄花麦果糕了。

扫墓时候所常吃的还有一种野菜，俗称草紫，通称紫云英。农人在收获后，播种田内，用作肥料，是一种很被贱视的植物，但采取嫩茎瀹食，味颇鲜美，似豌豆苗。花紫红色，数十亩接连不断，一片锦绣，如铺着华美的地毯，非常好看，而且花朵状若胡蝶，又如鸡雏，尤为小孩所喜，间有白色的花，相传可以治痢。很是珍重，但不易得。日本《俳句大辞典》云，"此草与蒲公英同是习见的东西，从幼年时代便已熟识。在女人里边，不曾采过紫云英的人，恐未必有罢。"中国古来没有花环，但紫云英的花球却是小孩常玩的东西，这一层我还替那些小人们欣幸的。浙东扫墓用鼓吹，所以少年常随了乐音去看"上坟船里的姣姣"；没有钱的人家虽没有鼓吹，但是船头上篷窗下总露出些紫云英和杜鹃的花束，这也就是上坟船的确实的证据了。

十三年二月

梁遇春《"春朝"一刻值千金:懒惰汉的懒惰想头之一》

　　十年来，求师访友，足迹走遍天涯，回想起来给我最大益处的却是"迟起"，因为我现在脑子里所有些聪明的想头，灵活的意思多半是早上懒洋洋地赖在床上想出来的。我真应该写几句话赞美它一番，同时还可以告诉有志的人们一点迟起艺术的门径。谈起艺术，我虽然是门外汉，不过对于迟起这门艺术倒可说是一位行家，因为我既具有明察秋毫的批评能力，又带了甘苦备尝的实践精神。我天天总是在可能范围之内，尽量地滞在床上——那是我们的神庙——看着射在被上的日光，暗笑四围人们无谓的匆忙，回味前夜的痴梦——那是比做梦还有意思的事，——细想迟起的好处，唯我独尊地躺着，东倒西倾的小房立刻变做一座快乐的皇宫。

　　诗人画家为着要追求自己的幻梦，实现自己的痴愿，宁可牺牲一切物质的快乐，受尽亲朋的诟骂，他们从艺术里能够得到无穷的安慰，那是他们真实的世界，外面的世界对于他们反变成一个空虚。迟起艺术家也具有同等的精神。区区虽然不是一个迟起大师，但是对于本行艺术的确有无限的热忱——艺术家的狂热。所以让我拿自己做个例子罢。当我是个小孩时候，我的生活由家庭替我安排，毫无艺术的自觉，早上六点就起来了。后来到北方念书去，北方的天气是培养迟起最好的沃土，许多同学又都是程度很高的迟起艺术专家，于是绝好的环境同朋辈的切磋使我领略到迟起的深味，我的忠于艺术的热度也一天一天地增高。暑假年假回家时期，总在全家人吃完了早饭之后，我才敢动起床的念头。老父常常对我说清晨新鲜空气的好处，母亲有时提到重温稀饭的麻烦，慈爱的祖母也屡次向我姑母说"早起三日当一工"（我的姑母老是起得很早的），我虽然万分不愿意失丢大人们的欢心，但是为着忠于艺术的缘故，居然甘心得罪老人家。后来老人家知道我是无可救药的，反动了怜惜的心肠，他们早上九点钟时候走过我的房门前还是用着足尖；人们温情地放纵我们的弱点是最容易刺动我们麻木的良心，但是我总舍不得违弃了心爱的艺术，所以还是懊悔地照样地高卧。在大学里，有几位道貌岸然的教授对于迟到学生总是白眼相待，我不幸得很，老做他们白眼的鹄的，也曾好几次下个决心早起，免得一进教室的门，就受两句冷讽，可是一年一年地过去，我足足受了四年的白眼待遇，里头的苦处是别人想不出来的。有一年寒假住在亲戚家里，他们晚饭的时间是很早的，所以一醒来，腹里就咕隆地响着，我却按下饥肠，故意想出许多有趣事情，使自己忘却了肚饿，有时饿出汗来，还是坚持着非到十时是不起来的。对于艺术我是多么忠实，情愿牺牲。枵腹做诗的爱仑·波真可说是我的同志。后来人世谋生，自然会忽略了艺术的追求；不过我还是尽量地保留一向的热诚，虽然已经是够堕落了。想起我个人因为迟起所受的许多说不出的苦痛，我深深相信迟起是一门艺术，因为只有艺术才会这样带累人，也只有艺术家才肯这样不变初衷地往前牺牲一切。

但是从迟起我也得到不少的安慰，总够补偿我种种的苦痛。迟起给我最大的好处是我没有一天不是很快乐地开头的。我天天起来总是心满意足的，觉得我们住的世界是无日不是春天，无处不是乐园。当我神怡气舒地躺着时候，我常常记起勃浪宁的诗："上帝在上，万物各得其所。"（鱼游水里，鸟栖树枝，我卧床上。）人生是短促的，可是若使我们有过光荣的青春，我们的一生就不能算是虚度，我们的残年很可以傍着火炉，晒着太阳在回忆里过日子。同样地一天的光阴是很短促的，可是若使我们有过光荣的早上（一半时间花在床上的早晨！）我们这一天就不能说是白丢了，我们其余时间可以用在追忆清早的幸福，我们青年时期若使是欢欣的结晶，我们的余生一定不会很凄凉的，青春的快乐是有影子留下的，那影子好似带了魔力，惨淡的老年给它一照，也呈出和蔼慈祥的光辉。我们一天里也是一样的，人们不是常说：一件事情好好地开头，就是已经成功一半了；那么赏心悦意的早晨是一天快乐的先导。迟起不单是使我天天快活地开头，还叫我们每夜高兴地结束这个日子；我们夜夜去睡时候，心里就预料到明早迟起的快乐——预料中的快乐是比当时的享受，味还长得多——这样子我们一天的始终都是给生机活泼的快乐空气围住，这个可爱的升平景象却是迟起一手做成的。

迟起不仅是能够给我们这甜蜜的空气，它还能够打破我们结结实实的苦闷。人生最大的愁忧是生活的单调。悲剧是很热闹的，怪有趣的，只有那不生不死的机械式生活才是最无聊赖的。迟起真是惟一的救济方法。你若使感到生活的沉闷，那么请你多睡半点钟（最好是一点钟），你起来一定觉得许多要干的事情没有时间做了，那么是非忙不可——"忙"是进到快乐宫的金钥，尤其那自己找来的忙碌。忙是人们体力发泄最好的法子，亚里士多德不是说过人的快乐是生于能力变成效率的畅适。我常常在办公时间五分钟以前起床，那时候洗脸拭牙进早餐，都要用最快的速度完成，全变通做最浪漫的举动，当牙膏四溅，脸水横飞，一手拿着头梳，对着镜子，一面吃面包时节，谁会说人生是没有趣味呢？而且当时只怕过了时间，心中充满了冒险的情绪。这些暗地晓得不碍事的冒险兴奋是顶可爱的东西，尤其是对于我们这班不敢真真履险的懦夫。我喜欢北方的狂风，因为当我们冲着黄沙往前进的时候，我们仿佛是斩将先登，冲锋陷阵的健儿，跟自然的大力肉搏，这是多么可歌可泣的壮举，同时除开耳孔鼻孔塞点沙土外，丝毫危险也没有，不管那时是怎地像煞有介事样子。冒险的嗜好那个人没有，不过我们胆小，不愿白丢了生命，仁爱的上帝，因此给我们卷地蔽天的刮风，做我们安稳冒险的材料。住在江南的可怜虫，找不到这一天赐的机会，只得英雄做时势，迟些起来，自己创造机会。就是放假期间，十时半起床，早餐后抽完了烟，已经十一时过了，一想到今天打算做的事情一件也没有动手，赶紧忙着起来——天下里还有比无事忙更有趣味的事吗？若使你因为迟起挨到人家的闲话，那最少也可以打破你日常一波不兴无声无臭的生活。我想凡是尝过生活的深味的人一定会说痛苦比单调灰色生活强得多，因为痛苦是活的，灰色的生活却是死的象征。迟起本身好似是很懒惰的，但是它能够给我们最大的活气，使我们的生活跳动生姿；世上最懒惰不过的人们是那般黎明即起，老早把事做好，坐着呆呆地打呵欠的人们。迟起所有的这许多安慰，除开艺术，我们那里还找得出来呢？许多人现在还不明白迟起的好处，这也可以证明迟起是一种艺术，因为只有艺术人们才会这样地不去睬它。

现在春天到了，"春宵苦短日高起"，五六点钟醒来，就可以看见太阳，我们可以醉也似地躺着，一直躺了好几个钟头，静听流莺的巧啭，细看花影的慢移，这真是迟起的绝好时光。能让我们天天多躺一会儿罢，别辜负了这一刻千金的"春朝"。

《懒惰汉的懒惰想头》是当代英国小品文家 Jerome K. Jerome 的文集名字（*Idle Thoughts of an Idle Fellow*），集里所说的都是拉闲扯散，瞎三道四的废话，可是自带有幽默的深味，好似对于人生有比一般人更微妙的认识同玩味——这或者只是因为我自己也是懒惰汉，官官相卫，惺惺惜惺惺，那么也好，就随它去罢。"春宵一刻值千金"这句老话，是谁也知道的，我觉得换一个字，就可以做我的题目。连小小二句题目，都要东抄西袭凑合成的，不肯费心机自己去做一个，这也可以见我的懒惰了。

在副题目底下加了"之一"两字，自然是指明我还要继续写些这类无聊的小品文字，但是什么时候会写第二篇，那是连上帝都不敢预言的，我是那么懒惰。有时晚上想好了意思，第二天起得太早，心中一懊悔，什么好意思都忘却了。

（1930 年）

第九讲

曹禺对中国现代戏剧的影响

胡　适	1891	1962
鲁　迅	1881	1936
周作人	1885	1967
郁达夫	1896	1945
冰　心	1900	1999
凌叔华	1900	1990
丁　玲	1904	1986
郭沫若	1892	1978
戴望舒	1905	1950
闻一多	1899	1946
卞之琳	1910	2000
梁遇春	1906	1932
茅　盾	1896	1981
田　汉	**1898**	**1968**
曹　禺	**1910**	**1996**
老　舍	1899	1966
巴　金	1904	2005
沈从文	1902	1988
萧　红	1911	1942
张爱玲	1920	1995
钱锺书	1910	1998

中国现代戏剧与《茶花女》

对中国来说，现代戏剧是一个全新的文类

中国的现代戏剧，就是话剧。"五四"之后的话剧发展，简单说，是"一个人＋一出戏"。没有这个人，没有这出戏，中国现代文学中的戏剧乏善可陈。人，就是曹禺；戏，就是老舍的《茶馆》[1]。

今天，大多数人看电影、电视剧——其实也是看戏——比看小说多。今天大家想得起来的剧本是什么？《我和春天有个约会》[2]？很多人都是先去看戏，看完话剧后再来读剧本。现在这个现象非常重要。中国现代文学讨论的"戏剧"不是指"演戏"，而是指"戏剧文学"，是剧本。戏剧文学在今天的读者非常少，它变成话剧、电影、小品以后，看的人却非常多，超过小说。而剧本本身很少有人看。而曹禺当年写《日出》时，是写一幕发表一幕，很出名。观众不是先看戏，都是看剧本，这是戏剧文学。

有人说"五四"以后戏剧最弱，成绩最少，但也可以说"五四"以后的戏剧成就最大，因为今天的人们看电影、看电视剧、看小品、看话剧远远超过看小说。

有几个非常基本的概念要加以区别。第一个概念，什么叫"戏

剧"，什么叫"戏曲"？简单说，戏曲是唱的，戏剧、话剧是说话的。严格说来，中国传统的戏剧都是戏曲，元杂剧、明清戏曲都是唱的。不唱的、说话的戏剧是19世纪末、20世纪初从西方引进到中国来的，一度叫"文明戏"，这就是现代戏剧。小说、散文、新诗都不是完全引进的，是借来西方思潮以后，原有的文类出现了变化：散文、小说的地位发生了变化，原来很低，现在很高；诗歌的格式发生了变化；唯有戏剧，更准确地说是话剧，是全新的。

西方的话剧（Play），可以追溯到古希腊悲剧、喜剧。*悲剧，是比你高一些的人物犯了小错，却受到大的惩罚；喜剧，是比你低的人物做的事情让我们嘲笑。这是亚里士多德很早的定义。

西方也有唱的剧，像中国的戏曲这样，叫歌剧（Opera）。西方的歌剧和中国的戏曲也是有区别的，京剧里有唱，但也有道白；但西方的歌剧，严格说来是一句话都不说的，从头到尾都是唱。

中国戏曲的种类非常多，昆剧、越剧、粤剧、川剧、京剧……凡中国的地方戏都是戏曲。而我们讨论的中国现代戏剧，在中国来说，是一个全新的文类。

《茶花女》的影响非常大

中国现代戏剧的开端是在东京，起源于1906年成立的春柳社。最早演的也不是中国戏，而是根据法国小说改编的一个戏，叫《茶花女》[4]。在那个时代，一些西方的故事传到中国，有特别大的影响，比如《玩偶之家》，胡适根据差不多的故事写了《终身大事》[5]，差不多是中国最早的话剧。

---

* 今天所谓的"泪剧"，也叫感伤剧，是法国启蒙运动时期的学者狄德罗[3]提出的概念，其实时间也不长。

　　小仲马的《茶花女》影响也非常大，与中国现代文学的不少作品都有关系。故事讲一个有钱的公子，在巴黎爱上一个交际花（social butterfly），实际上是高级妓女，但名义上是独立的，有人供养她，住着很好的房子，也可以更换她的主人，但还是一个风尘女子。男主人公和交际花是真心相爱，但他父亲找到这个女人，对她说，他女儿要被退婚了，就因为哥哥和一个交际花同居，家庭的贵族传统受到玷污。这婚事要是吹了，将来女儿一辈子都没法翻身。善良的女主人公被他说服，答应了他。于是，这个女人再去找从前的那些男人，一起去派对，当着男主人公的面和别的男人亲近。这个女人最后还和恋人过了一夜，因为是最后一次，两个人都非常疯狂。没想到，第二天早上，男主人公走了，丢了一堆钱给她——他把她重新当成妓女，丢了钱就离开，去了南美。后来他知道了真相，再坐船回来，女人已经生病死了。这个小说还被威尔第改编成歌剧，其中的《祝酒歌》非常有名。

　　这个故事在中国影响很大，因为触及了中国文学的一个传统——才子与风尘女子。在中国，有太多这样的故事。*《茶花女》最早是林琴南译成中文。林琴南反对白话文，他自己不懂外文，是别人把意思讲给他听，他用古文写下来。所以，《茶花女》当时在中国是文言小说，但大家看得非常开心，因为这个法国故事和中国"三言二拍"的才子佳人故事非常像，最后又非常悲伤。这

---

* 香港有一位作家，叫孔慧怡，她写了一篇小说《才子佳人的背面》[6]，妙极了，是只有香港作家才写得出来的小说，后来我把它选进《香港短篇小说选》。小说讲的是，一位小姐和一个进京考试的才子一夜欢娱以后，含情脉脉地送走了他。故事好像很老套，但关键是最后一笔——小姐的丫鬟出来了，拿着一个本子对小姐说，小姐，这个月已经是第五个了，你又送了这么多钱。小姐说，是啊，总有一个考试后会回来的吧。原来小姐在投资，过路的才子逐个留夜，总有一个会考上的吧。这一个结尾，把中国古代的浪漫故事彻底颠覆，完全解构掉了。这是做生意，分散投资风险，非常冷静。小姐还有账簿，记好了名字、相貌、联络方式等。

是中国的第一个话剧。当时，是中国话剧之父欧阳予倩在《茶花女》里扮演男主角，李叔同演了茶花女。

李叔同非常了不起，最早做中国现代戏剧，最早演茶花女。中国人画画用裸体模特的，李叔同是第一个。中国最早的现代音乐也是他作曲的。可是，他在"五四"之前突然出家。他有一个很好的朋友夏丏尊，一个很出名的学生丰子恺，他把所有东西都留给这两个人。中国的文人信佛首选禅宗，而李叔同修的是最难的一宗，叫律宗。律宗没怎么流传下来，因为教条规矩比任何一个其他宗派都难。*李叔同是何等人啊，使用裸体模特、创作现代歌曲、演茶花女，所有世上风情浪漫的东西他都有份，结果他信了最难遵守的佛家教派。他的去世也非常悲壮。他信佛以后把音乐、美术等爱好全丢掉了，只留下书法跟篆刻，临终前写了"悲欣交集"四个字。即便像他这样超脱尘世的人，最后还是有对日本军队的抗议。弘一法师一直是被人纪念的。当然，他的影响之所以这么大，很大的原因是丰子恺。丰子恺一生的画画、信仰，一直都受弘一法师的影响。

真正创作早期话剧的几个人

真正创作早期话剧的，是田汉、郭沫若和丁西林。

田汉早期的话剧非常浪漫，《咖啡店之一夜》[7]《获虎之夜》[8]都是非常浪漫的故事，因为他早期是创造社的，所以这些话剧被

---

* 中国的佛教，法相宗、华严宗、天台宗，这都是唐朝的，稍微晚一点的就是禅宗。但律宗从来就是很少人修，据说不仅是戒色、戒酒肉什么的，就是坐个凳子都得坐直，凳子上有小虫都不可以，每一次坐之前都要检查上面。我不懂这个，但梁文道也信佛，他跟我讲了一套，说律宗太难了。

忽略了。[*]

　　郭沫若有几个戏剧非常有名，比如《屈原》⁹。《屈原》最红的时候，是重庆被日军轰炸的时候，日本人已占了大半个中国，蒋介石根本没有还手之力。据说当时《屈原》在重庆演，场场爆满，因为是宣扬爱国民族气节的，有一定的时代因素。[†]郭沫若晚年还写了《蔡文姬》¹⁰，讲曹操的，文姬归汉的故事。

　　丁西林不像田汉、郭沫若、曹禺一辈子在文艺界。丁西林是学科学的，偶尔来写写独幕剧。他有一个很有名的独幕剧，叫《压迫》¹¹。讲一个单身男人去租房子，可房东的妈妈听说他没结婚，就不让租给这样的人。这个故事好熟悉，如果我们今天在香港租一个房子，房东也会比较愿意租给有家庭的人。这时，有个女人也来找房子，于是那男租客和女租客假装结婚，租下了这房子，房东也同意了，就是这样一个喜剧。结尾的时候，男租客问女租客，有一件事情忘了，你到底姓什么？这个戏就结束了。丁西林真是非常超前。现在上海还有很多人为了买房子假离婚。丁西林这个戏要是改成小品到春晚演的话，大家都会心一笑。这个世界的很多事情轮来轮去，是永远不过时的。

---

*　其实，如果有心写电视剧、写剧本、拍电影，找不到题材的话，不要老是瞎编《小时代》，回头把田汉的剧本拿出来改编都是很好的。

†　当然也有人说，民族爱国的概念是不一样的，今天来讲屈原，不就是湖南抵抗陕西吗？这怎么算爱国呢？这些看法太幼稚了，就好像人家以这个概念衡量岳飞，岳飞精忠报国，不就是反对另一个民族吗？这是完全荒唐的话。我们回到历史语境来说，楚国就是他的国。

其他人的戏剧加在一起，等于一个曹禺

《雷雨》：最早的作品就是最好的作品

如果没有曹禺，中国现代戏剧的地位没有现在这么高。私下的说法：其他人的戏剧加在一起，等于一个曹禺。

曹禺，本名万家宝，天津人。父亲万德尊做过黎元洪的秘书，还曾在曹锟麾下做中将，地位很高，家里有三个妻子。曹禺三岁就看文明戏，可家里不赞成他学演戏——一直到今天，很多中国人还是对演艺、娱乐看不起。但曹禺就是喜欢演戏，到了南开中学，有新剧社，他开始接触西方的戏剧。他家里的事情，后来在曹禺的戏剧里反复出现。

曹禺的戏剧里，常常会有一个非常严厉的父亲，《北京人》[12]是，《雷雨》[13]也是。生活当中，他父亲曾经把曹禺哥哥的腿踢断，因为他哥哥抽鸦片，在外面包女人。《雷雨》里的长子就很堕落的。曹禺的母亲是继母，比较软弱，这在《雷雨》里也看得很清楚。繁漪、鲁妈都是软弱的。母亲是软弱的，长子是堕落的，姐姐是不幸的，只有小儿子是很聪明的，那就是曹禺了。这一点在巴金的小说里也会看到。中国现代文学里有一些作品，故事里总有一个最聪明、最清醒的人，通常是小儿子，在巴金就是《家》里的觉慧，在曹禺是《雷雨》里的周冲。后来，在王蒙的优秀小说《活动变人形》[14]里也是这样。

曹禺最早受郁达夫的影响，模仿《沉沦》，写了处女作《今宵酒醒何处》，郁达夫还给他回信。*曹禺 18 岁就去演了丁西林的《压迫》，还去演《玩偶之家》。后来父亲去世，曹禺就读清华的西洋文学系。这时，他认识了一个校花郑秀。他知道郑秀爱演戏，就写一个戏让她演。这部戏就是《雷雨》，郑秀来演繁漪。有人问曹禺，《雷雨》在写什么？曹禺说，就是写繁漪，繁漪是一团火，就是为了这团火写。其实，他是在写郑秀，郑秀是一团火。写《雷雨》是在 1934 年，他才 24 岁。†

《雷雨》是曹禺戏剧性最强的一出戏。周朴园，是一个有钱人家的老爷，多年前跟家里的一个女佣发生了关系，这个女佣叫鲁妈，名字是侍萍。他一直以为这个女佣走掉了，或者去世了。女佣的丈夫叫鲁贵，也是周家的佣人，是个奴颜媚骨的佣人；女佣还有一个女儿，叫四凤，是女主人公。周家的两个儿子都喜欢四凤，大儿子叫周萍，小儿子叫周冲。另外，周朴园后来又结婚了，妻子叫繁漪。而繁漪和大儿子周萍有私情。所以，这个故事里出现很多不同的乱伦的圆圈。第一个圆圈，周萍和继母有不伦恋。第二个圆圈，周萍在不知情的情况下，和同母异父的妹妹四凤发生

---

* 郁达夫当时也很关心文学青年，他曾经给沈从文回信，还到他家里去看，送了他一条围巾。在沈从文北漂最苦的时候，郁达夫给他帮助，事后写了一篇文章《给一个文学青年的公开状》[15]，这也是一段文坛佳话。

† 作家有两种，一种是年轻时一举成名，最早的作品就是一生的代表作，比如郁达夫、张爱玲、曹禺。另外一种作家是劳动模范，写很多，改很多，不断地变化，做很多不同的尝试，比如老舍、沈从文。人们说沈从文的《边城》好，但他在《边城》之前走了不知多少大城小城，转了不知多少圈，才走到这《边城》，而《边城》之后长夜漫漫，又走了很多路。曹禺最好的戏都是二十几岁写的，张爱玲也一样，她最好的小说也写于二十三四岁。

关系。故事就是在这么一个混乱情况下展开的，人与人的心理关系都非常复杂。四凤还有一个哥哥叫鲁大海，是血气方刚要造反的。家里最聪明的周冲，最后触电死了——这就是惩罚，冥冥当中，因为是兄妹发生关系，最后一定要有一个惩罚的机制，而被惩罚的人其实是无辜的。繁漪，本来是一个发疯的女人，可是作家偏爱她，把她写得非常好。钱谷融先生写过一本《〈雷雨〉人物谈》，是文学评论的经典，专门分析《雷雨》里的这些人物。他写了八篇文章，在"文革"时很受批判；特别有一篇是讲周朴园，说周朴园也有人性的地方，这在当时被批判得非常厉害。

写了《雷雨》出名后，曹禺到了上海。据说有两件事触发曹禺写《日出》，其中一件是阮玲玉自杀。*阮玲玉之死，令曹禺很触动，他准备写一个戏，就是《日出》[16]。之后，曹禺又写了几个戏，一个叫《原野》[17]，也拍成电影，刘晓庆演的。最好的一个戏是《北京人》，在艺术上是高峰。写《北京人》时，他和郑秀的关系出现裂痕，爱上另一个女人，叫方瑞。那时他在四川，以新恋人方瑞为原型，写了《北京人》的愫芳。写完《北京人》后，曹禺的艺术生命基本结束了，但作家本人并不知道，因为他还年轻，只有30多岁，又重新结了婚。

之后的几十年，曹禺一直努力，不断地写。1949年以后，曹禺把他原来的这些戏重新改写，因为他觉得不够革命，比如他把方达生改成地下党。改来改去改不好，后来连周恩来都劝他别改了。曹禺晚年还写过一个王昭君的戏，也不好。后来年纪较大的时候，他做了北京人民艺术剧院的院长。人艺当时最主要的导演是焦菊隐，最经典的剧目是老舍的《茶馆》。老舍《茶馆》的诞生，是中

---

* 民国时期，有两个人的葬礼参加的人最多，一个是阮玲玉，一个是鲁迅。

国现代戏剧的一个神话，"十七年文学"中罕见的例外的精品。[*]曹禺在这方面作出了很大的贡献，他是院长，参与了很多戏，但他自己后来没能写出东西。黄永玉曾写信，对曹禺有直言不讳的批评，曹禺也接受。

曹禺的一生，有两个经验非常值得总结：第一，很多人说活到老学到老，思想好了作品就会好，并不是那么回事。作家的成就和思想、学问不成正比，二十几岁写的东西完全可以好过五六十岁的。第二，曹禺是典型的"主题后行"。《日出》是"主题先行"，前面有一句话："人之道，损不足以奉有余。"说人间社会很不公平。《雷雨》根本连主题都没有。据说直到周恩来看了，说这个戏就是揭露封建传统大家庭的黑暗，曹禺才追认说，这就是我的主题，我正是想表达这个。这叫作"主题后行"，一点不妨碍这个戏的价值。[†]

《日出》：一个社会的横截面

《日出》可以从两个角度来讲：

第一个角度，《日出》是中国城市各阶级的分析。《毛泽东选集》第 1 卷第一篇文章叫《中国社会各阶级的分析》："谁是我们的敌人？谁是我们的朋友？这个问题是革命的首要问题。"[18] 这是第一句话。《日出》的女主人公和"茶花女"很像，也是一个交际花，住在大都市的大酒店里，形形色色的人围着她转，贫穷的，巨富的，奇葩的，变态的，可怜的，野蛮的……各色人等，通过她的酒店房间展示出来。

---

[*]　有一个电视剧叫《大宅门》，里面的京腔就是学《茶馆》，地道的北京文化的味道。

[†]　如果同学们写小说，却不清楚你在表达什么，千万不要把它丢掉。主题思想太明确不一定是好文章。就像做人，一辈子的目标太明确，未见得是灿烂人生。

《日出》里最有钱的是金八，稍逊一点的是银行经理潘月亭。再比他差一点的，有好几个：一个是顾八奶奶，很胖很有钱，还包养一个叫胡四的男人；还有一个法国留学回来的张乔治，生活方式好像很欧化，洋腔洋调，附庸风雅，貌似有钱人；还有李石清，这个人物形象非常重要。最穷的是黄省三，银行破产要把他裁掉，最后要自杀。和黄省三同样可怜的，是一个叫"小东西"的女孩子，被逼出来做妓女，后来自杀了。情况稍好一点的是翠喜，一个上了年纪的妓女，但心肠很好，保护他们。还有一个有趣的人，叫王福升，按地位，他也是很低的，是茶房，但他蛮有钱的，还跟胡四一起去嫖妓。他的身份是下等人，可他自己觉得可以帮上等人做事。在曹禺的戏里，不是穷人就必定善良的。曹禺常写有一些人，很奴性，王福升是一个，《雷雨》中的鲁贵也是一个。

《日出》一共四幕。首先，它展示了交际花的客厅里所能看到的社会各个层面。有几个故事穿插在一起，核心的是潘月亭、李石清、黄省三，他们在银行里的不同身份显示着金钱与阶级的主线。底层小职员要无情被裁，中层李石清不甘穷困，冒险和潘月亭斗争——这是银行里的职员、襄理跟老板之间的关系，是这个社会最基本的阶级关系。*

整个《日出》只有一个圆形人物，就是李石清。为什么这样说？这出戏里的人，不是好就是坏，只有李石清，没办法说他是好还是坏。他有很可恨的地方，被欺压，不择手段地反抗；但整个性格是扭曲的，一有机会就乱来，但又较量不过大背景和大势力，最后是一个牺牲品。

---

* 假如由《日出》的图画来理解今天的香港社会，很容易就能找到哪些人是李石清的阶级，哪些人是黄省三的阶级，哪些人是潘月亭的阶级，这是一条主线。但是不是穷的一定善良，富人一定罪恶，新教伦理，天主教教义，佛家观点和革命意识形态，都可以有不同看法。

　　第二个角度，一个五光十色的复杂社会背后的主线是经济。曹禺很厉害，第一部作品还主题不明，第二部作品就已受左翼思想影响，能试用经济关系分析社会结构。和经济关系纠缠在一起的，还有"性"。这里又有三个不同的阶级的妓女，陈白露是高等的，翠喜是低等的，小东西连低等都做不到，是一个牺牲品。和有钱人在一起的是高级妓女，被王福升他们玩弄的是低级妓女，还要被黑帮欺负。小东西有点像斗兽棋里的老鼠，虽然在所有生物链里是最低的，却可以钻到大象的鼻子里，有机会被大富豪金八看中。*曹禺是按照阶级斗争的模式来写，我们看到经济上的上、中、下阶级，又看到妓女的上、中、下阶级，这是双重的阶级关系。

　　在有钱阶级当中，除了钱，还有很多病态现象。就像"死水"里的铜绿和铁锈，虽然不是主要的阶级斗争核心，却是腐化堕落生活的寄生虫。比如顾八奶奶，她的外形夸张，自己总结了一条"名言"：男人怎么花你的钱也不心疼，这就是爱。张乔治是国外回来的，洋腔洋调的，这个角色是用来讽刺那种受西方影响、说三句中文夹一句英文的留学生。胡四也非常叫人讨厌，靠一个自己不喜欢的女人生活，自己还去嫖妓，非常糟糕的一个男人。

　　同学们看这个《日出》的社会全景图，觉得真实吗？根据你们对香港社会的经验，根据你们理解想象的民国社会，觉得这样一个社会阶级图是真实的吗？是觉得现在差不多也是这样呢，还是觉得这只是我们对20世纪30年代社会的一种意识形态看法？这出戏为什么会成为经典？

　　《日出》的这幅社会全景图有一个模式，除了王福升，大多数人可以按经济状况排序，金八、潘月亭在最上面，黄省三、小东

---

*　当然，我觉得这个情节有点牵强。说一句开玩笑的话，说不定小东西认识金八了，这命运就会变得非常奇怪。

西在最下面，中间以李石清为界画一条线：凡是有钱人都是坏的，凡是穷人都是好的。"文革"也是这个分类法，分成红几类、黑几类，有钱的就是坏的，没钱的就是好的，这个观念深入人心，一直到今天。*《日出》是一个社会的横截面，像一棵树，把它切开，每一个层次都有了。从这个层次可以推演下去，会有一百个金八，会有一千个潘月亭，会有五千个陈白露，会有一万个翠喜。它是一个社会的窗口。

《日出》初演在卡尔登大戏院†，当时是欧阳予倩导演这部戏，把第三幕砍掉了。因为第一幕、第二幕、第四幕都是在陈白露酒店房间，社会的众生相通过这一个房间显示。而第三幕在妓院和弄堂，和上海很不相似。这里边就复杂了：《日出》整个戏是放在上海的，但第三幕写的其实是天津。曹禺是在天津体验生活，才写了第三幕。

欧阳予倩砍掉第三幕，最直接的原因可能是节省道具布景。当时，欧阳予倩是现代戏剧之父，曹禺只有二十六七岁，可他很有骨气，专门写一篇文章，说第三幕一定要保留，因为整个上海的场景都是堕落社会，唯有在底层、在翠喜的身上才有金子般的心。这就在海派的戏剧中加上了北方的价值观，这是戏中的南北意象。后来，《日出》作为京派的代表作得奖。难得沈从文和茅盾都称赞，当然理由不一样。

---

* 在今天，如果有两辆车撞了，一辆是比亚迪，一辆是宝马，宝马撞比亚迪就是新闻，比亚迪撞宝马根本不算新闻。为什么？就是一个仇富情节。对大部分民众来说，这是习以为常的。事实上，很多人都这么认为：在这个社会上，不做点坏事，不骗人，能赚到钱吗？但不能把它作为一个道理和社会规则来推广，因为穷的刁民也多了去。但客观上，连我自己都是这样看，两辆车在那里一撞，我会同情比较穷苦的、弱势的人。因为有钱的人，就是力量大，就是跑得了，就是有办法。

† 卡尔登大戏院就在上海南京路和黄河路的角落，它的对面是国际饭店，当时共24层，是远东最高的一个大楼。后来改名长江剧场，现在拆掉了，很可惜。

这是《日出》这部戏的第一个阅读层面，是一个社会的横截面和阶级分析，这阶级分析里包含一个推理，即把"穷富"和"善恶"简单挂钩，这是左派心态。但整个故事还有另外一个阅读层面，那就是陈白露。

一个女人怎么堕落，最少有三种完全不同的写法

陈白露有她自己的故事，方达生是她小时候的朋友，她的原名叫竹均。她结过婚，丈夫是一个诗人，后来有了小孩，小孩夭折了，两人就分开了。陈白露到了城里之后的经历交代得很简单，只知道她做过演员、舞女，但第一幕时，她已经是一个很红的、堕落很深的交际花。方达生作为一个知识分子，想劝她走，要拯救她——这里我们又看到了一个熟悉的"男人救女人"的模式——你快走，你怎么在这里，怎么这么堕落？陈白露就笑他，我跟你走，你养得起我吗？鲁迅不是说过吗，娜拉出走以后，要么回去，要么堕落。回去的故事就是子君，堕落的故事就是陈白露。

陈白露故事的开头，很像张爱玲小说《第一炉香》的结尾。《第一炉香》中的葛薇龙有一个很复杂的堕落过程，一开始她不愿意，各种各样地抵抗，但最后她爱上了一个不爱她的男人，她帮丈夫找钱，帮姑妈找男人。小说的结尾，两人开着车到湾仔，有外国的水手以为她是风尘女子，向她掷花炮。她的丈夫说，你看他们把你当作什么人了。葛薇龙说，我跟她们有什么差别？不过她们是被迫的，我是自愿的。这时，丈夫的烟头在黑暗中亮了一下，然后又陷入了黑暗，小说就结束了。张爱玲的写作永远这么含蓄，大概男人的良心闪现了片刻，接下来还是照样。看张爱玲这篇小说时，我想起《日出》，想起陈白露——葛薇龙再过五年或最多十年，就是陈白露。中国现代文学在描写大城市故事时，有一个情节，

各种流派的作家都会写：一个女人怎么堕落。写她碰到某个男人，就突然交到好运，突然有了钱，等等，但她要为此付出一个代价。"堕落"这两个字，严格说来也是男性中心的语言。什么叫"堕落"？最普通的定义，就是一个女性为了某种利益——不管这利益是房子、是钱、是名声，总而言之是为了得到好处——和一个她不喜欢的男人在一起。至少在"五四"时代的作家眼里，一个可爱的、美丽的、善良的女主人公，为了某种外在的力量屈从于男人，这是"堕落"。

这种故事，最少有三种完全不同的写法：

《日出》是第一种写法，"略前详后"。陈白露出场时，已经"堕落"了，她爱上了钱，和很多男人来往，欠了很多债，有很多解脱不开的东西，方达生救不了她，恐怕很难有谁能救她。但她天良未灭，她还要救小东西，她看到窗外的雪花会感动，并不是一个完全堕落的女性。看第四幕结尾这段，当她最后吃了安眠药，自己对着镜子说："这么年青，这么美。……太阳升起来了，黑暗留在后面，但是太阳不是我们的，我们要睡了。"这就是她最后结尾的台词。*这样的写法，使人非常同情她。她当初怎么走到这一步，这些都略过了，也不去看，我们只看到一个美丽女性最后悲惨自杀，走投无路。潘月亭破产以后，张乔治也逃走了，王福升向她逼债，她欠了很多债，唯一的路是去投靠金八。可是金八一定非常可怕，她无论如何不愿意。所以，她最后选择自杀。

第二种写法，是张恨水[19]的《啼笑因缘》[20]。†这个故事的写法，

---

* 钱谷融先生好几次上课都读这一段。

† 《啼笑因缘》是张恨水最有名的小说，多次改编成电影、电视剧[21]，是目前为止影视改编次数最多的鸳鸯蝴蝶派作品之一，也是非常有名的中国通俗文学的经典。民国时期，有两个人稿费最高，一个是鲁迅的《申报·自由谈》，一个是张恨水的《啼笑因缘》，据说十块大洋一千字。

是"详前详后"。《啼笑因缘》里有一个女孩叫沈凤喜，她和男主人公樊家树好了后，又碰到一个有钱的将军，也喜欢她。有一天，将军把凤喜请到家里，拿一个存折向她求爱，结果，凤喜说不；而当将军拿了全部的存折，跪在她面前时，凤喜就从了。可是结婚后，将军打她，对她不好，凤喜很快就发疯了，结局很惨。小说很详细地描写这个女孩子怎么天真，怎么虚荣，怎么堕落，再到发疯，关键时刻如何动摇。自己的堕落要自己负责的，这是通俗小说的写法，前面让你做梦，后面让你付代价，给你教训。很多香港言情小说都是这个模式。

第三种写法，就是张爱玲的《第一炉香》，故事的着重点在前面，是"详前略后"，是人性的解剖。

把这三部作品做比较，是为了突出《日出》的第二层意义：陈白露被现代都市逼迫得堕落了，但堕落不是她的错，是十里洋场、整个社会的错。这是典型的"左联"观点。那么，接下来应该怎么办？要革命。靠谁？王安忆后来也有一篇小说，叫《窗前搭起脚手架》[22]。女主人公是一个知识分子，她非常讨厌自己周围那些男性知识分子朋友，整天讲萨特，她觉得他们很虚伪。这女主人公看见窗外搭起脚手架，一个建筑工人在阳光的斜照下，身躯非常魁梧。她很崇拜窗外的这个工人，觉得自己那些男性朋友太不像话了，那么弱，眼前这个工人才有男人气概。有一天，这个工人来找她借书，她发现工人打扮得非常时髦，戴了一个蛤蟆镜，穿了一条喇叭裤。建筑工人的装扮只是他上班的样子，到了与女主人公想进一步发展的时候，要学一套社会上的标准。知识分子对工人的想象只是自己的想象。后来，她还是跟谈萨特的男性朋友们在一起了。这是王安忆的厉害之处，颠覆了革命文学中的工人形象。

所以，在《日出》里，工人们没有出现，如果他们真的出现，说不定也去欺负小东西，也会扮演王福升、李石清的角色。后来，在当代文学中，我们会充分发现这些工人是什么样子。可是在当时，曹禺虚化了群体的工人。

曹禺的戏剧很多，我们只讲其中一部，如果同学们有兴趣的话，可以看《雷雨》和《北京人》。不要只看演出，要先看剧本。

延伸阅读

曹禺：《雷雨·日出》，北京：人民文学出版社，2010 年

曹禺：《曹禺自述》，北京：新华出版社，2010 年

钱谷融：《〈雷雨〉人物谈》，上海：上海文艺出版社，1980 年

田本相、胡叔和编：《曹禺研究资料》，北京：中国戏剧出版社，1991 年

田本相、邹红编：《海外学者论曹禺》，桂林：广西师范大学出版社，2014 年

刘绍铭：《曹禺论》，香港：文艺书屋，1970 年

钱理群：《大小舞台之间：曹禺戏剧新论》，北京：北京大学出版社，2007 年

朱栋霖：《论曹禺的戏剧创作》，北京：人民文学出版社，1986 年

曹禺《〈雷雨〉序》

我不知道怎样来表白我自己，我素来有些忧郁而暗涩；纵然在人前我有时也显露着欢娱，在孤独时却如许多精神总不甘于凝固的人，自己不断地来苦恼着自己。这些年我不晓得"宁静"是什么，我不明了我自己，我没有古希腊人所宝贵的智慧——"自知"。除了心里永感着乱云似的匆促，切迫，我从不能在我的生活里找出个头绪。所以当着要我来解释自己的作品，我反而是茫然的。

我很钦佩，有许多人肯费了时间和精力，使用了说不尽的语言来替我剧本下注脚。在国内这些次公演之后，更时常有人论断我是易卜生的信徒，或者臆测剧中某些部分是承袭了 Euripides 的 Hippolytus 或 Racine 的 Phèdre 灵感。认真讲，这多少对我是个惊讶。我是我自己——一个渺小的自己：我不能窥探这些大师们的艰深，犹如黑夜的甲虫想象不来白昼的明朗。在过去的十几年，固然也读过几本戏，演过几次戏。但尽管我用了力量来思索，我追忆不出哪一点是在故意模拟谁。也许在所谓"潜意识"的下层，我自己欺骗了自己：我是一个忘恩的仆隶，一缕一缕地抽取主人家的金线，织好了自己丑陋的衣服，而否认这些褪了色（因为到了我的手里）的金丝也还是主人家的。其实偷人家一点故事，几段穿插，并不寒伧。同一件传述，经过古今多少大手笔的揉搓塑抹，演为种种诗歌、戏剧、小说、传奇，也很有些显著的先例。然而如若我能绷起脸，冷生生地分析自己的作品（固然作者的偏爱总不容他这样做），我会再说，我想不出执笔的时候我是追念着哪些作品而写下《雷雨》，虽然明明晓得能描摹出来这几位大师的遒劲和瑰丽，哪怕是一抹，一点或一勾呢，会是我无上的光彩。

我是一个不能冷静的人，谈自己的作品恐怕也不会例外。我爱着《雷雨》如欢喜在融冰后的春天，看一个活泼泼的孩子在日光下跳跃，或如在郊郊的野塘边偶然听得一声青蛙那样的欣悦。我会呼出这些小生命是交付我有多少灵感，给予我若何兴奋。我不会如心理学者立在一旁，静观小儿的举止，也不能如试验室的生物学家，运用理智的刀来支解分析青蛙的生命。这些事应该交与批评《雷雨》的人们。他们知道怎样解剖论断：哪样就契合了戏剧的原则，哪样就是背谬的。我对《雷雨》的了解，只是有如母亲抚慰自己的婴儿那样单纯的喜悦，感到的是一团原始的生命之感。我没有批评的冷静头脑，诚实也不容许我使用诡巧的言辞狡黠地袒护自己的作品。所以在这里，一个天赐的表白的机会，我知道我不会说出什么。这一年来批评《雷雨》的文章确实吓住了我，它们似乎刺痛了我的自卑意识，令我深切地感触自己的低能。我突地发现它们的主人了解我的作品比我自己要明晰得多。他们能一针一线地寻出个原由，指出究竟，而我只有普遍地觉得不满不成熟。每次公演《雷雨》或者提到《雷雨》，我不由自己地感觉到一种局促，一种不自在，仿佛是个拙笨的工徒，只图好歹做成了器皿，躲到壁落里，再也怕听得顾主们恶生生地挑剔器皿上面花纹的丑恶。

我说过我不会说出什么来。这样的申述也许使关心我的友人们读后少一些失望。累次有人问我《雷雨》是怎样写的，或者《雷雨》是为什么写的，这一类的问题。老实说，关于第一个，连我自己也莫明其妙。第二个呢，有些人已经替我下了注释。这些注释有的我可以追认——譬如"暴露大家庭的罪恶"——但是很奇怪，现在回忆起三年前提笔的光景，我以为我不应该用欺骗来炫耀自己的见地，我并没有显明地意识着我是要匡正，讽刺或攻击些什么。也许写到末了，隐隐仿佛有一种情感的汹涌的流来推动我，我在发泄着被抑压的愤懑，毁谤着中国的家庭和社会。然而在起首，我初次有了《雷雨》一个模糊的影像的时候，逗起我的兴趣的，只是一两段情节，几个人物，一种复杂而又原始的情绪。

《雷雨》对我是个诱惑。与《雷雨》俱来的情绪蕴成我对宇宙间许多神秘的事物一种不可言喻的憧憬。《雷雨》可以说是我的"蛮性的遗留"，我如原始的祖先们对那些不可理解的现象睁大了惊奇的眼。我不能断定《雷雨》的推动是由于神鬼，起于命运或源于哪种显明的力量。情感上，《雷雨》所象征的，对我是一种神秘的吸引，一种抓牢我心灵的魔。《雷雨》所显示的，并不是因果，并不是报应，而是我所觉得的天地间的"残忍"（这种自然的"冷酷"，四凤与周冲的遭际最足代表，他们的死亡，自己并无过咎）。如若读者肯细心体会这番心意，这篇戏虽然有时为几段较紧张的场面或一两个性格吸引了注意，但连绵不断地、若有若无地闪示这一点隐秘——这种种宇宙里斗争的"残忍"和"冷酷"。在这斗争的背后或有一个主宰来使用它的管辖。这主宰，希伯来的先知们赞它为"上帝"，希腊的戏剧家们称它为"命运"，近代的人撇弃了这些迷离恍惚的观念，直截了当地叫它为"自然的法则"。而我始终不能给它以适当的命名，也没有能力来形容它的真实相。因为它太大，太复杂。我的情感强要我表现的，只是对宇宙这一方面的憧憬。

写《雷雨》是一种情感的迫切的需要。我念起人类是怎样可怜的动物，带着踌躇满志的心情，仿佛自己来主宰自己的运命，而时常不是自己来主宰着。受着自己——情感的或者理解的——捉弄；一种不可知的力量的——机遇的，或者环境的——捉弄；生活在狭的笼里而洋洋地骄傲着，以为是徜徉在自由的天地里。称为万物之灵的人物，不是做着最愚蠢的事么？我用一种悲悯的心情，来写剧中人物的争执。我诚恳地祈望着看戏的人们也以一种悲悯的眼来俯视这群地上的人们。所以我最推崇我的观众，我视他们，如神仙，如佛，如先知，我献给他们以未来先知的神奇。在这些人不知道自己的危机之前，蠢蠢地动着情感，劳着心，用着手。他们已彻头彻尾地熟悉这一群人的错综关系。我使他们征兆似地觉出来这酝酿中的阴霾，预知这样不会引出好结果。我是个贫穷的主人，但我请了看戏的宾客升到上帝的座，来怜悯地俯视着这堆在下面蠕动的生物。他们怎样盲目地争执着，泥鳅似地在情感的火坑里打着昏迷的滚，用尽心力来拯救自己，而不知千万仞的深渊在眼前张着巨大的口。他们正如一匹跌在泽沼里的羸马，愈挣扎，愈深沉地陷落在死亡的泥沼里。周萍悔改了"以往的罪恶"，他抓住了四凤不放手，想由一个新的灵感来洗涤自己。但这样不自知地犯了更可怕的罪恶，这条路引到死亡。繁漪是个最动人怜悯的女人。她不悔改，她如一匹执拗的马，毫不犹疑地踏着艰难的老道。她抓住了周萍不放手，想重拾起一堆破碎的梦而救出自己，但这条路也引到死亡。在《雷雨》里，宇宙正像一口残酷的井。落在里面，怎样呼号也难逃脱这黑暗的坑。自一面看，《雷雨》是一种情感的憧憬，一种无名的恐惧的表征。这种憧憬的吸引恰如童稚时谛听脸上划着经历的皱纹的父老们，在森森的夜半，津津地述说坟头鬼火，野庙僵尸的故事。皮肤起了恐惧的寒栗，墙角似乎晃着摇摇的鬼影。然而奇怪，这"怕"本身就是个诱惑。我挪近身躯，咽着兴味的口沫，心惧怕地忐忑着，却一把提着那干枯的手，央求："再来一个！再来一个！"所以《雷雨》的降生，是一种心情在作祟，一种情感的发酵，说它为宇宙作一种隐秘的理解，乃是狂妄的夸张。但以它代表个人一时性情的趋止，对那些"不可理解的"莫名的爱好，在我个人短短的生命中是显明地划成一道阶段。

与这样原始或者野蛮的情绪俱来的，还有其他的方面，那便是我性情中郁热的氛围。夏天是个烦躁多事的季节，苦热会逼走人的理智。在夏天，炎热高高升起，天空郁结成一块烧红了的铁，人们会时常不由己地，更归回原始的野蛮的路，流着血，不是恨便是爱，不是爱便是恨。一切都是走向极端，要如电如雷地轰轰地烧一场，中间不容易有一条折衷的路。代表这样的性格是周繁漪，是鲁大海，甚至于是周萍；而流于相反的性格，遇事希望着妥协、缓冲、敷衍，便是周朴园，以至于鲁贵。但后者是前者的阴影，有了他们，前者才显得明亮。鲁妈，四凤，周冲是这明暗的间色，他们做成两个极端的阶梯。所以在《雷雨》的氛围里，周繁漪最显得调和。她的生命烧到电火一样地白热，也有它一样地短促。情感，郁热，境遇，激成一朵艳丽的火花。当着火星也消灭时，她的生机也顿时化为乌有。她是一个最"雷雨的"（原是我杜撰的，因为一时找不到适当的形容词）性格，她的生命交织着最残酷的爱和最不忍的恨，她拥有行为上许多的矛盾，但没有一个矛盾不是极端的。"极端"和"矛盾"是《雷雨》蒸热的氛围里两种自然的基调，剧情的调整多半以它们为转移。

在《雷雨》里的八个人物，我最早想出来的，并且也较觉真切的，是周繁漪，其次是周冲。其他如四凤，如朴园，如鲁贵，都曾在孕育时给我些苦痛与欣慰，但成了形后，反不给我多少满意。（我这样说，并不是说前两个性格已经成功，我愿特别提出来，只是因为这两种人抓住我的想象。）我欢喜看周繁漪这样的女人，但我的才力是贫弱的。我知道舞台上的她与我原来的企图，做成一种不可相信的参差。不过，一个作者总是不自主地有些姑息。对于繁漪，我仿佛是个很熟的朋友，我惭愧不能画出她一幅真实的像，近来颇盼望着遇见一位有灵魂有技能的演员扮她，交付给她血肉。我想她应该能动我的怜悯和尊敬，我会流着泪水哀悼这可怜的女人的。我会原谅她，虽然她做了所谓"罪大恶极"的事情——抛弃了神圣的母亲的天责。我算不清我亲眼看见多少繁漪。（当然她们不是繁漪，她们多半没有她的勇敢。）她们都在阴沟里讨着生活，却心偏天样的高；热情原是一片浇不熄的火，而上帝偏偏罚她们枯干地生长在砂上。这类的女人，许多有着美丽的心灵，然为着不正常的发展和环境的窒息，她们变为乖戾，成为人所不能了解的。受着人的嫉恶，社会的压制，这样抑郁终身，呼吸不着一口自由的空气的女人，在我们这个社会里不知有多少吧。在遭遇这样的不幸的女人里，繁漪自然是值得赞美的。她有火炽的热情，一颗强悍的心，她敢冲破一切的桎梏，做一次困兽的斗。虽然依旧落在火坑里，情热烧疯了她的心，然而不是更值得人的怜悯与尊敬么？这总比阉鸡似的男子们为着凡庸的生活，怯弱地度着一天一天的日子更值得人佩服罢。

有一个朋友告诉我：他迷上了繁漪，他说她的可爱不在她的"可爱"处，而在她的"不可爱"处。诚然，如若以寻常的尺来衡量她，她实在没有几分赢人的地方。不过聚许多所谓"可爱的"的女人在一起，便可以鉴别出她是最富于魅惑性的。这种魅惑不易为人解悟，正如爱嚼姜片的才道得出辛辣的好处。所以必须有一种明白繁漪的人，始能把握着她的魅惑，不然，就只会觉得她阴鸷可怖。平心讲，这类女人总有她的"魔"，是个"魔"便有它的尖锐性。也许繁漪吸住人的地方是她的尖锐。她是一柄犀利的刀，她愈爱的，她愈要划着深深的创痕。她满蓄着受着抑压的"力"，这阴鸷性的"力"，怕是造成这个朋友着迷的缘故。爱这样的女人，需有厚的口胃，铁的手腕，岩似的恒心。而周萍，一个情感和矛盾的奴隶，显然不是的。不过有人会问为什么她会爱这样一棵弱不禁风的草。这只好问她的运命，为什么她会落在周朴园这样的家庭中。

提起周冲，繁漪的儿子。他也是我喜欢的人。我看过一次《雷雨》的公演，我很失望。那位演周冲的人有些轻视他的角色，他没有了解周冲，他只演到痴憨——那只是周冲粗犷的肉体，而忽略他的精神。周冲原是可喜的性格，他最无辜，而他与四凤同样遭受了残酷的结果。他藏在理想的堡垒里。他有许多憧憬，对社会，对家庭，以至于对爱情。他不能了解他自己，他更不了解他的周围。一重一重的幻念，茧似地缚住了他。他看不清社会，他也看不清他所爱的人们。他犯着年青人 quixotic 病，有着一切青春发动期的青年对现实那样的隔离。他需要现实的铁锤来一次一次地敲醒他的梦：在喝药那一景，他才真认识了父亲的威权笼罩下的家庭；在鲁贵家里，忍受着鲁大海的侮慢，他才发现他和大海中间隔着一道不可填补的鸿沟；在末尾，繁漪唤他出来阻止四凤与周萍逃奔的时候，他才看出他的母亲全不是他所想的那样，而四凤也不是能与他在冬天的早晨，明亮的海空，乘着白帆船向着无边的理想航驶去的伴侣。连续不断的失望绊住他的脚。每次失望都是一只尖利的锥，那是他应受的刑罚。他痛苦地感觉到现实的丑恶，一种幻灭的悲哀袭击他的心。这样的人即便不为"残忍"的天所毁灭，他早晚会被那绵绵不尽的渺茫的梦掩埋，到了与世隔绝的地步。甚至在情爱里，他依然认不清真实。抓住他的心的并不是四凤，或者任何美丽的女人。他爱的只是"爱"，一个抽象的观念，还是个渺茫的梦。所以当着四凤不得已地说破了她同周萍的事，使他伤心的却不是因为四凤离弃了他，而是哀悼着一个美丽的梦的死亡。待到连母亲——那是十七岁的孩子的梦里幻化得最聪慧而慈祥的母亲，也这样丑恶地为着情爱痉挛地喊叫，他才彻头彻尾地感觉到现实的丑恶。他不能再活下去，他被人攻下了最后的堡垒，青春期的儿子对母亲的那一点憧憬。他于是整个死了他生活最宝贵的部分——那情感的激荡。以后那偶然的或者残酷的肉体的死亡，对他算不得痛苦，也许反是最适当的了结。其实，在生前，他未始不隐隐觉得他是追求着一个不可及的理想。他在鲁贵家里说过他白日的梦，那一段对着懵懂的四凤讲的："海，……天，……船，……光明，……快乐，"的话；（那也许是个无心的讽刺，他偏偏在那样地方津津地说着他最超脱的梦，那地方四周永远蒸发着腐秽的气息，瞎子们唱着唱不尽的春调，鲁贵如淤水塘边的癞蛤蟆哓哓地噪着他的丑恶的生意经。）在四凤将和周萍同走的时候，他只说（疑惑地，思考地）："我忽然发现，……我觉得，……我好像并不是真爱四凤；（渺渺茫茫地）以前，……我我，我——大概是胡闹。"于是他慷慨地让四凤跟着周萍，离弃了他。这不像一个爱人在申说，而是一个梦幻者探寻着自己。这样的超脱，无怪乎落在情热的火坑里的繁漪是不能了解的了。

理想如一串一串的肥皂泡荡漾在他的眼前，一根现实的铁针便轻轻地逐个点破。理想破灭时，生命也自然化成空影。周冲是这烦躁多事的夏天里一个春梦。在《雷雨》郁热的氛围里，他是个不调和的谐音，有了他，才衬出《雷雨》的明暗。他的死亡和周朴园的健在，都使我觉得宇宙里并没有一个智慧的上帝做主宰。而周冲来去这样匆匆，这么一个可爱的生命偏偏简短而痛楚地消逝，令我们情感要呼出："这确是太残忍的了。"

写《雷雨》的时候，我没有想到我的戏会有人排演。但是，为着读者的方便，我用了很多的篇幅释述每个人物的性格。如今呢，《雷雨》的演员们可以藉此看出些轮廓。不过一个雕刻师总先摸清他的材料有哪些弱点，才知用起斧子时哪些地方该加谨慎。所以演员们也应该明瞭这几个角色的脆弱易碎的地方。这几个角色没有一个是一具不漏的网，可以不用气力网起观众的称赞。譬如演鲁贵的，他应该小心翼翼地做到"均匀""恰好"，不要小丑似的叫《雷雨》头上凸起了隆包，尻上长了尾巴，使它成了只是个可笑的怪物。演鲁妈与四凤的，应该懂得"节制"（但并不是说不用情感），不要叫自己叹起来成风车，哭起来如倒海，要知道过度的悲痛的刺激会使观众的神经痛苦疲倦，再缺乏气力来怜悯；而反之，没有感情做柱石，一味在表面上下功夫，更令人发生厌恶。所以应该有真情感。但是要学得怎样收敛、运蓄着自己的精力，到了所谓"铁烧到最热的时候再锤"。而每锤是要用尽了最内在的力量。尤其是在第四幕，四凤见着鲁妈的当儿是最费斟酌的。两个人都需要多年演剧的经验和熟练的技巧。要找着自己情感的焦点，然后依着它做基准来合理地调整自己成了有韵味的波纹，不要让情感的狂风卷扫了自己的重心，忘却一举一动应有理性的根据和分寸。具体说来，我希望她们不要嘶声喊叫，不要重复地单调地哭泣。要知道这一景落眼泪的机会已经甚多，她们应该替观众的神经想一想，不应刺痛他们使他感觉倦怠甚至于苦楚，她们最好能运用各种不同的技巧来表达一个单纯的悲痛情绪。要抑压着一点，不要都发挥出来，如若必需有激烈的动作，请记住，"无声的音乐是更甜美"，思虑过后的节制或沉静，在舞台上更是为人所欣赏的。

周萍是最难演的，他的成功要看挑选的恰当。他的行为不易获得一般观众的同情，而性格又是很复杂的。演他，小心不要单调。须设法这样充实他的性格，令我们得到一种真实感。还有，如若可能，我希望有个好演员，化开他的性格上一层云翳，起首便清清白白地给他几根简单的线条。先画出一个清楚的轮廓，再慢慢地细描去。这样便井井有条，虽复杂而简单。观众才不会落在雾里。演他的人要设法替他找同情（犹如演繁漪的一样），不然到了后一幕便会搁了浅，行不开。周朴园的性格比较是容易捉摸的，他也有许多机会做戏，如喝药那一景，认鲁妈的景，以及第四幕一人感到孤独寂寞的景，都应加一些思索（更要有思虑过的节制）才能演得深隽。鲁大海自然要个硬性的人来演，口齿举动不要拖泥带水，干干脆脆地做下去，他的成功更靠挑选的适宜。《雷雨》有许多令人疑惑的地方，但最显明的莫如首尾的"序幕"与"尾声"。聪明的批评者多置之不提，这样便省略了多少引不到归结的争执。因为一切戏剧的设施须经过观众的筛漏；透过时间的洗涤，那好的会留存，粗恶的自然要滤走。所以我不在这里讨论"序幕"和"尾声"能否存留，能与不能总要看有否一位了解的导演精巧地搬到台上。这是个冒险的尝试，需要导演的聪明来帮忙。实际上的困难和取巧的地方一定也很多，我愿意将来有个机会来实

268

验。在此地我只想提出"序幕"和"尾声"的用意，简单地说，是想送看戏的人们回家，带着一种哀静的心情。低着头，沉思地，念着这些在情热、在梦想、在计算里煎熬着的人们。荡漾在他们的心里应该是水似的悲哀，流不尽的；而不是惶惑的，恐怖的，回念着《雷雨》像一场噩梦，死亡、惨痛如一只钳子似地夹住人的心灵，喘不出一口气来。《雷雨》诚如有一位朋友说，有些太紧张（这并不是句恭维的话），而我想以第四幕为最。我不愿这样戛然而止，我要流荡在人们中间还有诗样的情怀。"序幕"与"尾声"在这种用意下，仿佛有希腊悲剧 Chorus 一部分的功能，导引观众的情绪入于更宽阔的沉思的海。《雷雨》在东京出演时，他们曾经为着"序幕""尾声"费些斟酌，问到我，我写一封私人的信（那封信被披露了出来是我当时料想不到的事），提到我把《雷雨》做一篇诗看，一部故事读，用"序幕"和"尾声"把一件错综复杂的罪恶推到时间上非常辽远的处所。因为事理变动太吓人，里面那些隐秘不可知的东西对于现在一般聪明的观众情感上也仿佛不易明瞭，我乃罩上一层纱。那"序幕"和"尾声"的纱幕便给了所谓的"欣赏的距离"。这样，看戏的人们可以处在适中的地位来看戏，而不致于使情感或者理解受了惊吓。不过演出"序幕"和"尾声"实际上有个最大的困难，那便是《雷雨》的繁长。《雷雨》确实用时间太多，删了首尾，还要演上四小时余，如若再加上这两件"累赘"，不知又要观众厌倦多少时刻。我曾经为着演出"序幕"和"尾声"想在那四幕里删一下，然而思索许久，毫无头绪，终于废然地搁下笔。这个问题需要一位好的导演用番工夫来解决，也许有一天《雷雨》会有个新面目，经过一次合宜的删改。然而目前我将期待着好的机会，叫我能依我自己的情趣来删节《雷雨》，把它认真地搬到舞台上。

不过这个本头已和原来的不同，许多小地方都有些改动。这些地方我应该感谢颖如，和我的友人巴金（感谢他的友情，他在病中还替我细心校对和改正），孝曾，靳以，他们督催着我，鼓励着我，使《雷雨》才有现在的模样。在日本的，我应该谢谢秋田雨雀先生，影山三郎君和邢振铎君，有了他们的热诚和努力，《雷雨》的日译本才能出现，展开一片新天地。

末了，我将这本戏献给我的导师张彭春先生，他是第一个启发我接近戏剧的人。

一九三六年一月，曹禺

曹禺《〈日出〉跋》

　　我应该告罪的是我还年轻，我有着一般年青人按捺不住的习性，问题临在头上，恨不得立刻搜索出一个答案，苦思不得的时候便冥眩不安，流着汗，急躁地捶击着自己，如同肚内错投了一付致命的药剂。这些年在这光怪陆离的社会里流荡着，我看见过多少梦魇一般的可怖的人事，这些印象，我至死也不会忘却。它们化成多少严重的问题，死命地突击着我。这些问题灼热我的情绪，增强我的不平之感，有如一个热病患者。我整日觉得身旁有一个催命的鬼，低低地在耳边催促我，折磨我，使我得不到片刻的宁贴。我羡慕那些有一双透明的慧眼的人，静静地深思体会这包罗万象的人生，参悟出来个中的道理。我也爱那朴实的耕田大汉，睁大一对孩子似的无邪的眼，健旺得如一条母牛，不深虑地过着纯朴真挚的日子。两种可钦羡的人，我都学不成，而自己又不甘于模棱地活下去，于是便如痴如醉地陷在煎灼的火坑里。这种苦闷日深一日，挣扎中，一间屋子锁住了我，偶有所得，就狂喜一阵，以为已经搜寻出一条大道，而过了一刻，静下心，察觉偌大一个问题不是这样避重就轻地凭空解决得了，又不知不觉纠缠在失望的铁网中，解不开，丢不下的。

　　其实我也想料到如《日出》这样浅薄草率的作品不会激起人间的

波澜。我想过它将如水草下的鸟影，飘然掠过，在永久的寂寞里消失这短短的生存。然而情感的激动，终久按捺不住了。怀着一腔愤懑，我还是把它写出来，结果里面当然充满了各种荒疏、漏失和不成熟。发表之后，以为错已经铸成，便想任它消逝，日后再兢兢业业地写一篇比较看得过去的东西，弥补这次冒失、草率的罪愆。最近，知道了远道的一些前辈忽而对这本窳陋的作品留心起来，而且《大公报》文艺副刊为了这作品特辟专栏，加以集体的批评。于是我更加慌张，深深地自怨为什么当时不多费些时日把《日出》多琢磨一下，使它成为比较丰腴精炼的作品呢？如今，只好领下应受的指责了。然而也好，心里倒是欣欣然的，因为，能得到前辈做先生，指点着，评骘着，不也是一桩可以庆幸的事么？所以这篇文章谈不到什么"答辩"。我愿虚心地领受着关心我的前辈给我的教益。在这里，我只是申述我写《日出》的情感上的造因和安排材料的方法以及写《日出》时所遇到的事实上的困难。

原谅我一再地提起自己，只有这样我才能理出来乱麻一般的回忆。我说过我不能忍耐，最近我更烦躁不安，积郁时而激动起来，使我不能自制地做了多少只图一时快意的幼稚的事情。读了几年书，在人与人之间我又捱过了几年。实在，我也应该学些忍耐与夫长者们所标榜的中庸之道了。但奇怪，我更执拗地恨恶起来，我总是悻悻地念着我这样情意殷殷，妇人般地爱恋着、热望着人们，而所得的是无尽的残酷的失望。一件一件不公平的血腥的事实，利刃似地刺了我的心，逼成我按捺不下的愤怒。有时我也想，为哪一个呢？是哪一群人叫我这样呢？这些失眠的夜晚，困兽似地在一间笼子大的屋子里踱过来，拖过去，睁着一双布满了红丝的眼睛绝望地愣着神，看看低压在头上黑的屋顶，窗外昏黑的天空，四周漆黑的世界，一切都似乎埋进了坟墓，没有一丝动静。我捺不住了，在情绪的爆发当中，我曾经摔碎了许多可纪念的东西，内中有我最心爱的瓷马、瓷观音，是我在两岁时，母亲给我买来的护神和玩物。我绝望地嘶嘎着，那时我愿意一切都毁灭了吧，我如一只负伤的兽扑在地上，啮着咸丝丝的涩口的土壤，我觉得宇宙似乎缩成昏黑的一团，压得我喘不出一口气。湿漉漉的，粘腻腻的，是我紧紧抓着一把泥土的黑手。我划起洋火，我惊愕地看见了血。污黑的拇指，被那瓷像的碎片划成一道沟，血，一滴一滴快意的血，缓缓地流出来。

这样，我捱过许多煎熬的夜晚，于是我读《老子》，读《佛经》，读《圣经》，我读多少那被认为是洪水猛兽的书籍。我流着眼泪，赞美着这些伟大的孤独的心灵。他们怀着悲哀，驮负人间的酸辛，为这些不肖的子孙开辟大路。但我更恨人群中一些冥顽不灵的自命为"人"的这一类动物。他们偏若充耳无闻，不肯听旷野里那伟大的凄厉的唤声。他们闭着眼，情愿做地穴里的鼹鼠，避开阳光，鸵鸟似的把头插在愚蠢里。我忍耐不下了，我渴望着一线阳光。我想太阳我多半不及见了，但我也愿望我这一生里能看到平地轰起一声巨雷，把这群盘踞在地面上的魑魅魍魉击个糜烂，哪怕因而大陆便沉为海。我还是年青，不尽的令人发指的回忆围攻着我。我想不出一条智慧的路，顾虑得万分周全。冲到我的口上，是我在书房里摇头晃脑背通本《书经》的时代，最使一个小孩子魄动心惊的一句切齿的誓言："时日曷丧，予及汝偕亡！"（见《商书·汤誓》）萦绕于心的，也是一种暴风雨来临之感。我恶毒地诅咒四周的不公平，除了去掉这群腐烂的人们，我看不出眼前有多少光明。诚如《旧约》那热情的耶利米所呼号的，"我观看地，地是空虚混沌；我观看天，天也无光。"我感觉到大地震来临前那种"烦躁不安"，我眼看着要地崩山惊，"肥田变为荒地，城邑要被拆毁，"在这种心情下，"我已经听见角声和打仗的喊声。"我要写一点东西，宣泄这一腔愤懑。我要喊"你们的末日到了"！对这帮荒淫无耻，丢弃了太阳的人们。

"然而就这样慌慌张张地开始你的工作么？"我的心在逼问着我。

我知道这是笑话，单单在台上举手顿足地嘶喊了一顿，是疯狂。我求的是一点希望，一线光明。人毕竟是要活着的，并且应该幸福地活着。腐肉挖去，新的细胞会生起来。我们要有新的血，新的生命。刚刚冬天过去了，金光射着田野里每一棵临风抖擞的小草，死了的人们为什么不再生起来！我们要的是太阳，是春日，是充满了欢笑的好生活，虽然目前是一片混乱。于是我决定写《日出》。

《日出》写成了，然而太阳并没有能够露出全面。我描摹的只是日出以前的事情，有了阳光的人们始终藏在背景后，没有显明地走到面前。我写出了希望，一种令人兴奋的希望。我暗示出一个伟大的未来，但也只是暗示着。脱了稿，我独自冷静地读了几遍，我的心又追问着我："哪里是太阳呢？"我的脸热辣辣的，我觉出它在嘲笑我，并且责难我说谎话，用动听的名词来欺骗人。但是我怎样辩白我自己呢？这是一顿不由分解，按下就打的闷棍。我心里有苦，口里不能喊冤。我明白我说的是什么，我相信我说的未来。我也想到应该正面迎去，另写一幕摆开我的主角，那些确实有了太阳的人们。然而我不禁念起《雷雨》，这么一个微弱的生命，这几年所遭受种种的苛待，它为人无理地胡乱涂改着，监视着。最近某一些地方又忽然禁演起来……这样一个"无辜"的剧本，为一群"无辜"的人们来演，都会惹起一些风波，我又怎肯多说些话再让这些可怜的演员们受些无妄之灾呢？

有一位好心的朋友责问我："你写得这么啰唆，日头究竟怎么出来，你并没有提。"我只好用一副无赖的口吻告诉他："你来，一个人到我家里来，我将告诉你在这本戏里太阳是怎么出来的。"他摇摇头，仿佛不信我的诚实，耸耸肩走了！那时我忘记提《日出》里这一点暗示，一丝的光明的希望能够保存下来，也还占了那有夜猫子——就是枭，瞥见它，人便主有灾难的恶鸟——眼睛的人的便宜，他们也许当时正在过《日出》里某一类人的生活，忘记了有一种用了钱必须在"鸡蛋里挑骨头"的工作，不然连这一点点的希望都不容许呈现到我们眼前的。可惜我没有通盘告诉他，至今我总觉得他以为我用遁辞来掩饰自己，暗地骂我有些油滑。

所以，如果读者能够体贴一本戏由写到演出所受的各种苦难，便可立刻明瞭在这个戏里，方达生不能代表《日出》中的理想人物，正如陈白露不是《日出》中健全的女性。这一男一女，一个傻气，一个聪明，都是所谓的"有心人"。他们痛心疾首地厌恶那腐恶的环境，都想有所反抗。然而白露气馁了，她，一个久经风尘的女人，断然地跟着黑夜走了。方达生，那么一个永在"心里头"活的书呆子，怀着一肚子的不合时宜，整日地思索斟酌，长吁短叹。末尾，听见大众严肃地工作的声音，忽然欢呼起来，空泛地嚷着要做些事情，以为自己得了救星，又是多么可笑又复可怜的举动！我记得他说过他要"感化"白露，白露笑了笑，没有理他。现在他的想象又燃烧起来，他要做点事业，要改造世界，独力把太阳唤出来，难道我们就轻易相信这个呆子么？倒是白露看得穿，她知道太阳会升起来，黑暗也会留在后面，然而她清楚："太阳不是我们的"，长叹一声便"睡"了。这个"我们"有白露，算上方达生，包含了《日出》里所有的在场人物。这是一个腐烂的阶级的崩溃，他们——不幸地，黄省三，小东西，翠喜一类的人，也做了无辜的牺牲——将沉沉地"睡"下去，随着黑夜消逝。这是不可避免的必然的推演。方达生诚然是一个心有余而力不足的书生，但是太阳真会是他的么？哪一个相信他能够担当日出以后重大的责任？谁承认他是《日出》中的英雄？

说到这里，我怕我的幼稚又使我有些偏颇，而技巧的贫弱也许把读者的注意错牵到方达生身上去。因而，令人以为这样的男子便是《日出》中有希望的人物。说老实话，《日出》末尾方达生说："我们要做一点事，要同金八拼一拼！"原是个讽刺，这讽刺藏在里面。（自然，我也许根本没有把它弄显明，不过如果这个吉诃德真的依他所说的老实做下去，聪明的读者会料到他会碰着怎样大的钉子。）讽刺的对象是我自己，是与我有同样书呆子性格，空抱着一腔同情和理想，而实际无补于事的"好心人"。我倒也想过，把方达生夸张一下，写成一个比较可笑的人物，使这讽刺显明些。但我又不忍，因为一则方达生究竟与我有些休戚相关，再我也知道有许多勇敢有为的青年，他们确实也与方达生有同样的好心肠，不过他们早已不用叹气，空虚的同情来耗费自己的精力，早已和那帮高唱着夯歌的人们联系在一起。在《日出》那一堆"鬼"里就找不着他们。所以可怜的是这帮"无组织无计划"，满心向善，而充满着一脑子的幻想的呆子。他们看出阳光早晚要照耀地面，并且能预测光明会落在谁的身上［《日出》三三一页，方达生："（狂喜地）太阳就在外面，太阳就在他们身上。"］，却自己是否能为大家"做一点事"，也为将来的阳光爱惜着，就有些茫茫然。我若是一个理想的观众——自然，假设这个戏很荣幸地遇见一位了解它的导演，不遗余力认真地排出来——演到末尾，方达生听不见里面的应声，"转过头去听窗外的夯歌，迎着阳光，由中门昂首走出去"，我想落在我心里将是一种落漠的悲哀，为着这渺小的好心人的怜悯，而真使我油然生起希望的，还是那浩浩荡荡向前推进的呼声，象征伟大的将来蓬蓬勃勃的生命。

　　我常纳闷何以我每次写戏总把主要的人物漏掉。《雷雨》里原有第九个角色，而且是最重要的，我没有写进去，那就是称为"雷雨"的一名好汉。他几乎总是在场，他手下操纵其余八个傀儡。而我总不能明显地添上这个人，于是导演们也仿佛忘掉他。我看几次《雷雨》的演出，我总觉得台上很寂寞的，只有几个人跳进跳出，中间缺少了一点生命。我想大概因为那叫做"雷雨"的好汉没有出场，演出的人们无心中也把他漏掉。同样，在《日出》，也是一个最重要的角色我反而将他疏忽了，他原是《日出》唯一的生机，然而这却怪我，我不得已地故意把他漏了网。写"雷雨"，我不能如旧戏里用一个一手执铁钉，一手举着铁锤，青面红发的雷公，象征《雷雨》中渺茫不可知的神秘，那是技巧上的不允许。写《日出》，我不能使那象征着光明的人们出来，却因一些有夜猫子眼睛的怪物，无昼无夜，眈眈地守在一旁，是事实上的不可能。我曾经故意叫金八不露面，令他无影无踪，却时时操纵场面上的人物，他代表一种可怕的黑暗势力。但把那些劳作的人们，那拥有光明和生机的，也硬闭在背后，当做陪衬，确实是最令人痛心，一桩无可奈何的安排。我以为这个戏应该再写四幕，或者整个推翻，一切重新积极地写过，着重写那些应有光明的人们。却停下想，那有夜猫子眼睛的怪物可能轻易放过我这一着？斟酌再三，我只能采用一个下策。我硬将我们的主角推在背后，而在第二幕这样蹩脚地安排：

"窗外很整齐地传进来小工们打地基的桩歌，由近渐远，掺杂着渐远渐低多少人的步伐和沉重的石硪落地的闷塞的声音。……这种声音几乎一直在这一幕从头到尾，如一群含着愤怒的冤魂，抑郁暗塞地哼着，充满了警戒和恐吓。"

在第四幕末尾：

"……天空非常明亮，外面打地基的小工们早聚集在一起，迎着阳光，由远处'哼哼唷，哼哼唷'地，又以整齐严肃的步伐迈到楼前。

"砸夯的人们高亢而洪壮地合唱着轴歌，'日出东来……'沉重的石硪一下一下落在土里，那声音传到观众的耳里，是一个大生命浩浩荡荡地向前推，向前进，洋洋溢溢地充塞了宇宙。

"屋内渐渐暗淡，窗外更光明起来。"

但是，天，这是多么一个"无可奈何"的收场啊，说我失败，犯了"倒降顶点"的毛病是不冤枉的。

我讲过《日出》并没有写全，确实需要许多开展。我若有一支萧伯纳的锋芒的笔，我该写一篇长序，痛快淋漓地发挥一次，或者在戏里卖弄自己独到的见地，再不然，也可模拟《人与超人》后面 The

Revolutionist's Handbook 的体裁，另辟蹊径，再来饶舌。但我为人向来暗涩，又不大会议论，而最奇怪的，这块"自由土"又仿佛是不准人有舌头的。于是即便见到这本戏种种的弱点、幼稚，我只好闭口无言。唯一的补救方案，就是我在《日出》前面赘附着的八段引文。那引文编排的次序都很费些思虑，不容颠倒。偏爱的读者如肯多读两遍，略略体会里面的含义，也许可以发现多少欲说不能的话，藏蓄在那几段引文里。

　　写完《雷雨》，渐渐生出一种对于《雷雨》的厌倦。我很讨厌它的结构，我觉出有些"太像戏"了。技巧上，我用的过分。仿佛我只顾贪婪地使用着那简陋的"招数"，不想胃里有点装不下，过后我每读一遍《雷雨》便有点要作呕的感觉。我很想平铺直叙地写点东西，想敲碎了我从前拾得那一点点浅薄的技巧，老老实实重新学一点较为深刻的。我记起几年前着了迷，沉醉于柴霍甫深邃艰深的艺术里，一颗沉重的心怎样为他的戏感动着。读毕了《三姊妹》，我阖上眼，眼前展开那一幅秋天的忧郁。玛夏（Masha），哀林娜（Irina），阿尔加（Olga）那三个有大眼睛的姐妹悲哀地倚在一起，眼里浮起湿润的忧愁，静静地听着窗外远远奏着欢乐的进行曲。那充满了欢欣的生命的愉快的军乐渐远渐微，也消失在空虚里。静默中，仿佛年长的姐姐阿尔加喃喃地低述她们生活的悒郁，希望的渺茫，徒然地工作，徒然地生存着。我的眼渐为浮起的泪水模糊起来成了一片，再也抬不起头来。然而在这出伟大的戏里没有一点张牙舞爪的穿插，走进走出，是活人，有灵魂的活人。不见一段惊心动魄的场面，结构很平淡，剧情人物也没有什么起伏生展，却那样抓牢了我的魂魄。我几乎停住了气息，一直昏迷在那悲哀的氛围里。我想再拜一个伟大的老师，低首下气地做个低劣的学徒。也曾经发愤冒了几次险，照猫画虎也临摹几张丑恶的鬼影，但是这企图不但是个显然的失败，更使我忸怩不安的，是自命学徒的我摹出那些奇形怪状的文章简直是污辱了这超卓的心灵。我举起火，一字不留地烧成灰烬。我安慰着自己，这样也好。即便写得出来，勉强得到半分神味，我们现在的观众是否肯看，仍是问题。他们要故事，要穿插，要紧张的场面。这些在我烧掉了的几篇东西里是没有的。

不过我并没有完全抛弃这个念头，我想脱开了 la pièce bien faite 一类戏所笼罩的范围，试探一次新路，哪怕仅仅是一次呢。于是在我写《日出》的时候，我决心舍弃《雷雨》中所用的结构，不再集中于几个人身上。我想用片段的方法写起《日出》，用多少人生的零碎来阐明一个观念。如若中间有一点我们所谓的"结构"，那"结构"的联系正是那个基本观念，即第一段引文内"人之道损不足以奉有余"。所谓"结构的统一"也就藏在这一句话里。《日出》希望献与观众的，应是一个鲜血滴滴的印象，深深刻在人心里，也应为这"损不足以奉有余"的社会形态。因为挑选的题材比较庞大，用几件故事做线索，一两个人物为中心，也自然比较烦难。无数的沙砾积成一座山丘，每粒沙都有同等造山的功绩。在《日出》里，每个角色都应占有相等的轻重，合起来，他们造成了印象的一致。这里，正是用着所谓"横断面的描写"，尽可能的，减少些故事的起伏，与夫"起承转合"的手法，墨守章法的人更要觉得"平直板滞"。然而，"画虎不成反类狗"，自己技术上的幼稚也不能辞其咎。

但我也应喊声冤枉，如果承认我所试用的写法（自然，不深刻，不成熟，我应该告罪），我就有权利要求《日出》的第三幕还须保留在戏里。若认为小东西的一段故事和主要的动作没有多少关联而应割去，那么所谓的"主要的动作"在这出戏里一直也并没有。这里我想起一种用色点点成光影明亮的后期印象派图画，《日出》便是这类多少点子集成的一幅画面。果若《日出》有些微的生动，有一点社会的真实感，那应做为色点的小东西、翠喜、小顺子以及在那地狱里各色各样的人，同样的是构成这一点真实的因子。说是删去第三幕，全戏就变成一个独幕戏；说我为了把一篇独幕戏的材料凑成一个多幕戏，于是不得不插进一个本非必要的第三幕，这罪状加在我身上也似乎有点冤枉。我猜不出在第一、二、四幕里哪一段是绝对必要的，如若不是为了烘托《日出》里面一个主要的观念，为着"剧景始终是在××旅馆的一间华丽的休息室内"，"删去第三幕就成一个独幕剧"。独幕剧果如是观，则《群鬼》《娜拉》都应该称为独幕剧了，因为它们的剧景始终是在一个地方。这样看法，它们也都是独幕剧的材料，而被易卜生苦苦地硬将它们写成两篇多幕剧。我记得希腊悲剧多半是很完全的独幕剧，虽然占的"演出时间"并不短，如《阿加麦农》《厄狄浦斯皇帝》。他们所用的"剧中时间"是连贯的，所以只要"剧景"在一个地方，便可以作为一篇独幕剧来写。在《日出》的"剧中时间"分配，第二幕必与第一幕隔一当口。因为第一幕的黎明，正是那些"鬼"们要睡的时刻，陈白露、方达生、小东西等可以在破晓介绍出来。但把胡四、李石清和其他那许多"到了晚上才活动起来的""鬼"们也陆续引出台前，那真是不可能的事情。再，那些砸夯的人们的歌不应重复在两次天明日出的当口，令观众失了末尾那鲜明的印象，但打夯的歌若不早作介绍，冒失地在第四幕终了出声，观众自会觉得突然，于是为着"日出"这没有露面的主角，也不得不把第二幕放在傍晚。第四幕的时间的间隔更是必需的。多少事情，如潘月亭公债交易的起落，李石清擢为襄理，小东西久寻不见，胡四混成电影明星，方达生逐渐地转变，……以及黄省三毒杀全家，自杀遇救后的疯狂……处处都必须经过适当的时间，才显出这些片段故事的开展。这三幕清清楚楚地划成三个时间的段落，我不知道怎样"割去第三幕"后，"全剧就要变成一篇独幕剧"！"剧景始终在××旅馆的一间华丽的休息室内"是事实，在这种横断面的描写剧本，抽去第三幕似乎也未尝不可。但是将这些需要不同时期才能开展的片断故事硬放入一段需用连续的"剧中时间"的独幕剧里，毕竟是很困难的。

话说远了，我说到《日出》里没有绝对的主要动作，也没有绝对主要的人物。顾八奶奶、胡四与张乔治之流是陪衬，陈白露与潘月亭又何尝不是陪衬呢？这些人物并没有什么主宾的关系，只是萍水相逢，凑在一处。他们互为宾主，交相陪衬，而共同烘托出一个主要的角色，这"损不足以奉有余"的社会。这是一个新的企图，但是我怕我的技术表达不出原意，因而又将读者引入布局紧凑、中心人物、主要动作，这一些观念里。于是毫厘之差，这出戏便在另一种观点下领得它应该受的处分。这些天我常诧异《雷雨》和《日出》的遭遇，它们总是不得已地受着人们的支解，以前因为戏本的冗长，《雷雨》被斫去了"序幕"和"尾声"，无头无尾，直挺挺一段躯干摆在人们眼前。现在似乎也因为累赘，为着翠喜这样的角色不易找或者也由于求布局紧凑的缘故，《日出》的第三幕又得被删去的命运。这种"挖心"的办法，较之斩头截尾还令人难堪。我想这剧本纵或繁长无味，作戏人的手法似应先求理会，果若一味凭信自己的主见，不肯多体贴作者执笔的苦心，便率尔删除，这确实是残忍的。

说实话，《日出》里面的戏只有第三幕还略具形态。在那短短的三十五页里，我费的气力较多，时间较久。那里面的人，我曾经面对面地混在一起，并且各人真是以人与人的关系，流着泪，"掏出心窝子"的话，叙述自己的身世。这里有说不尽的凄惨的故事，只恨没有一支 Balzac 的笔来记载下来。在这堆"人类的渣滓"里，我怀着无限的惊异，发现一颗金子似的心，那就是叫做翠喜的妇人。她有一付好心肠，同时染有在那地狱下生活各种坏习惯。她认为那些买卖的勾当是当然的，她老老实实地做她的营生，"一分钱买一分货"，即便在她那种生涯里，她有她的公平。令人感动的是她那样狗似地效忠于她的老幼，和无意中流露出来对那更无告者的温暖的关心。她没有希望，希望早死了。前途是一片惨澹，而为着家里那一群老小，她必须卖着自己的肉体麻木地捱下去。她叹息着："人是贱骨头，什么苦都怕捱，到了还是得过，你能说一天不过么？"求生不得，求死不得，是这类可怜的动物最惨的悲剧。而落在地狱的小东西，如果活下去，也就成为"人老珠黄不值钱"的翠喜，正如现在的翠喜也有过小东西一样的青春。这两个人物我用来描述这"人类渣滓"的两个阶段，对那残酷境遇的两种反应。一个小，一个老；一个偷偷走上死的路（看看报纸吧，随时可以发现这类的事情），一个如大多数的这类女人，不得已必须活下去。死了的死了，活着的多半要遭翠喜一样的命运。这群人我们不应该忘掉，这是在这"损不足以奉有余"的社会里最黑暗的一个角落，最需要阳光的。《日出》不演则已，演了，第三幕无论如何应该有。挖了它，等于挖去《日出》的心脏，任它惨亡。如若为着某种原因，必须支解这个剧本，才能把一些罪恶暴露在观众面前，那么就斫掉其余的三幕吧。请演出的人们容许这帮"可怜的动物"在饱食暖衣、有余暇能看戏的先生们面前哀诉一下，使人们睁开自己昏聩的眼，想想人把人逼到什么田地。我将致无限的敬意于那演翠喜的演员，我料想她会有圆熟的演技，丰厚的人生经验，和更深沉的同情，她必和我一样地不忍再把那些动物锁闭在黑暗里，才来担任这个困难的角色。

　　情感上讲，第三幕确是最贴近我的心的。为着写这一段戏，我遭受了多少磨折、伤害，以至于侮辱。（我不是炫耀，我只是申述请不要删除第三幕的私衷。）我记得严冬的三九天，半夜里我在那一片荒凉的贫民区候着两个嗜吸毒品的龌龊乞丐，来教我唱"数来宝"。约好了，应许了给他们赏钱。大概赏钱许得过多了，他们猜疑我是侦缉队之流，他们没有来。我忍着刺骨的寒冷，瑟缩地踯躅到一种"鸡毛店"的地方找他们。似乎因为我访问得太殷勤，被一个有八分酒意罪犯模样的落魄英雄误会了，他蓦地动开手。那一次，我险些瞎了一只眼睛。我得了个好教训，我明白以后若再钻进这种地方，必须有人引路，不必冒这类无意义的险。于是我托人介绍。自己改头换面跑到

"土药店"和黑三一类的人物"讲交情"。为一个"朋友"瞥见了，给我散布许多不利于我的无稽的谣言，弄得多少天我无法解释自己。为着这短短三十五页戏，我幸运地见到许多奇形怪状的人物，他们有的投我以惊异的眼色，有的报我以嘲笑，有的就率性辱骂我，把我推出门去。（我穿的是多么寒伧一件破旧的衣服！）这些回忆，有的痛苦，有的可笑。我口袋里藏着铅笔和白纸，厚着脸皮，狠着性。一次一次地经验许多愉快的和不愉快的事实，一字一字地记下来，于是才躲到我那小屋子里，埋下头写那么一点点的东西。我恨我没有本领把当时那些细微的感觉记载清楚，有时文字是怎样一件无用的工具。我希望我将来能用一种符号记下那些腔调。每一个音都带着强烈地方的情绪，清清楚楚地留在我的耳鼓里。那样充满了生命，有着活人的气息。而奇怪，放在文字里，便似咽了气的生物，生生地窒闷死了。结果我知道这一幕戏里毛病一定很多，然而我应该承认没有一个"毛病"不是我经历过而写出来的。这里我苦痛地杀了我在《文季月刊》上刊登的第三幕的附言里那位"供给我材料的大量的朋友"。为着保全第三幕的生命，我只好出来"自首"了。

曾经有人问过我《雷雨》和《日出》哪一本比较好些，我答不出来。我想批评的先生们会定下怎么叫"好"，怎么叫"坏"，找出原则，分成条理；而我一个感情用事、素来不能冷静分析的人，只知道哪一个最令我关心的。比较说，我是喜欢《日出》的，因为它最令我痛苦。我记得，有一位多子的母亲，溺爱其中一个最不孝的儿子，她邻居问她缘故，她说："旁的孩子都好，只有他会磨我！"我爱《日出》恐怕也就是这么一个理由吧。全部《日出》材料的收集都令我受了相当的苦难（固然我不应否认，尽管我尽力忠诚地采集，里面的遗漏和错误依然很多），而最使我感到烦难的便是第三幕，现在偶尔念起当时写这段戏，多少天那种寝食不安的情况，而目前被人轻轻地删去了。这回忆诚然有着无限的酸楚的。所以，如果有一位同情的导演，看出我写这一段戏的苦衷，而不肯任意把它删去，我希望他切实地注意到这一幕戏的氛围，造成这地狱空气的复杂的效果，以及动作道白相关联的调和与快慢。关于"这些效果"，我曾提到它们"必须有一定的时间，长短，强弱，快慢，各样不同的韵味，远近。每一个声音必须顾到理性的根据，氛围的调和，以及适当的对意义的点醒和着重"。我更申言过："果若有人只想打趣，单看出妓院材料的新奇，可以号召观众，便拿来胡炮乱制，我宁肯把这一幕立刻烧成灰烬"，不愿这样被人蹂躏。这些话我一直到现在还相信着。在这一幕里，我利用在北方妓院一个特殊的处置，叫做"拉帐子"的习惯，用这种方法，把戏台隔成左右两部，在同一时间内可以演出两面的戏。这是一个较为新颖的尝试，我在欧尼尔的戏（如 *Dynamo*）里看到过，并且知道是成功的。如若演出的人也体贴出个中的妙处，这里面自有许多手法可以运用，有多少地方可以施展演出的聪明。弄得好，和外面的渲染氛围的各种声响打成一片，衬出一种境界奇异的和调是可能的。

朱孟实先生仿佛是一位铁面无私的法官，他那锐利的眼光要刺透我的昏钝不明，他那严正的审问使我无处躲闪。他提出了一个剧作者对于人生世相应该持的态度的问题。他说，写戏有两种态度，一个剧作家究竟"应该很冷静，很酷毒地把人生世相本来面目揭开给人看呢？还是送一点'打鼓骂曹'式的义气，在人生世相中显出一点报应昭彰的道理来，自己心里痛快一场叫听众也痛快一场呢？"孟实先生自己是喜欢第一种，而讨厌戏里面"打鼓骂曹"式的义气。本来，老老实实写人生最困难，最味永；而把自己放在里面，歪曲事实，故意叫观众喝彩，使他们尝到"义愤发泄后的甜蜜"较容易，但也很无聊。舞台上有多少皮相的手法，几种滥用的情绪，如果用得巧，单看这些滥调也可以达到一个肤浅的成功。孟实先生举出几个例子，证明《日出》就用了若干"打鼓骂曹"式的义气来博得一些普通的观众的喝彩。他给我指了一条自新之路，他要我以后采取第一种态度。这种诚挚的关心是非常可感的。不过在这里我不想为这些实例辩白。我更愿意注意他所提出的那个颇堪寻味的"根本问题"。写戏的人是否要一点 poetic justice 来一些善恶报应的玩意，还是（如自然主义的小说家们那样）叫许多恶人吃到脑满肠肥，白头到老，令许多好心人流浪一生，转于沟壑呢？还是都凭机遇，有的恶人就被责罚，有的就泰然逃过，幸福一辈子呢？这种文艺批评的大问题，我一个外行人本无置喙之余地。不过以常识来揣度，想到是非之心人总是有的，因而自有善恶赏罚情感上的甄别。无论智愚贤不肖，进了戏场，着上迷，看见秦桧，便恨得牙痒痒的，恨不立刻一刀将他结果。见了好人就希望他苦尽甘来，终得善报。所以应运而生的大团圆的戏的流行，恐怕也有不得已的苦衷。在一个诗人甚至于小说家，这种善恶赏罚的问题还不关轻重，一个写戏的人便不能不有所斟酌。诗人的诗，一时不得人的了解，可以藏诸名山，俟诸来世，过了几十年或者几百年，说不定掘发出来，逐渐得着大家的崇拜。一个弄戏的人，无论是演员、导演或者写戏的，便欲立即获有观众，并且是普通的观众。只有他们才是"剧场的生命"。尽管莎士比亚唱高调，说一个内行人的认识重于一戏院子 groundlings 的称赞，但他也不能不去博取他们的欢心，顾到职业演员们的生活。写戏的人最感觉苦闷而又最容易逗起兴味的，就是一个戏由写作到演出中的各种各样的限制，而最可怕的限制便是普通观众的趣味。怎样一面写真实不歪曲，一面又能叫观众感到愉快，愿意下次再来买票看戏，常是使一个从事于戏剧的人最头痛的问题。孟实先生仿佛提到"获得观众的同情对于一个写戏人是个很大的引诱"（我猜是这个意思，然而如孟实先生那样说，是为着"叫太太小姐们看着舒服些，"便似乎有些挖苦）。其实，岂止是个引诱，简直是迫切的需要。莎剧里有时便加进些无关宏旨的小丑的打诨，莫里哀戏中也有时塞入毫无关系的趣剧。这些大师为着得到普通观众的欢心，不惜曲意逢迎。做戏的人确实也有许多明知其不可，而又不得已为五斗米折腰的。我说这些话，绝非为自己的作品辩白——如果无意中我已受了这种引诱的迷惑，得到万一营业上的不失败，令目前几个亏本的职业剧团，借着一本非常幼稚的作品，侥幸地获得一些赢余，再维持下去，这也是一个作者所期望的。中国的话剧运动方兴未艾，现在需要提携，怎样拥有广大的观众，而揭示出来的又不失"人生世相的本来面目"，是颇值得内行的先生们严肃讨论的问题。无疑地，天才的作家，自然一面拥有大众，一面又把真实犀利地显示个清楚；次一等的人便有些捉襟见肘，招架不来，写成经得演经不得读的东西。不过，万一因才有所限，二者不得兼顾，我希望还是想想中国目前的话剧事业，写一些经得起演的东西，先造出普遍酷爱戏剧的空气。我们虽然愚昧，但我相信我们的子孙会生出天才的。

如若这可以说是我的自白、我的辩解，那么我就得感谢大家已经纵容我饶舌这许久了。我并不想再在这里哓哓不休，但我应该趁着这机会表白一点感激的心情。

我读了《大公报》文艺栏对于《日出》的集体批评，我想坦白地说几句话。一个作者自然喜欢别人称赞他的文章，可是他也并不一定就害怕人家责难他的作品。事实上，最使一个作者（尤其是一个年轻的作者）痛心的，还是自己的文章投在水里，任它浮游四海，没有人来理睬，这事实最伤害一个作者的自尊心，侥幸遇见了一位好心的编辑，萧乾先生，怕冷淡一个年青作者的热诚，请许多前辈出来说话，让《日出》也占一点阳光。更幸运地，有这些先进肯为着这本窳陋不堪的作品耗费他们的精神，这已经够使一个年青人感动的了。读了这些批评文章，使我惊异而感佩的，是每篇文章的公允与诚挚。除了我一两位最好的友人给我无限的鼓励和兄弟般偏爱之外，我知道每篇文章几乎同样地燃烧着一付体贴的心肠。字里行间我觉出他们拿笔的时候是怎样担心一个字下重了，一句话说狠了，会刺痛一个年青人的情感，又怕过分纵容，会忽略应给予作者的指示。这是一座用同情和公正搭成的桥梁，作者不由得伸出一双手，接收通过来的教导。我感谢前面给与我教益的孟实先生，我也感谢茅盾、圣陶、沈从文、黎烈文、荒煤、李蕤、谢迪克、*李广田、李影心、杨刚、陈蓝、王朔先生们。他们有的意存鼓励，有的好心指正，都给我无限的兴奋与愉快。最后，我愿意把这个戏献给我的朋友巴金、靳以、孝曾。

（1936 年）

---

* 李蕤先生责我对《日出》的人物都有些"过分的护短，即便是鞭打，无意中也是重起轻落。纵放他们躲入无罪中去"。我赞美他的深刻和锐利。《日出》里这些坏蛋，我深深地憎恶他们，却又不自主地怜悯他们的那许多聪明（如李石清，潘月亭之类）。奇怪的是这两种情绪并行不悖，憎恨的情绪愈高，怜悯他们的心也愈重，究竟他们是玩弄人，还是为人所玩弄呢，写起来，无意中便流露出这种偏袒的态度。目前的社会固然是黑暗，人心却未必今不若古，堕落到若何田地，症结还归在整个制度的窳败，想到这一点，不知不觉又为他们做一些曲宥，轻轻地描淡了他们的责咎。

　　谢迪克先生以一个异邦人那样细心体会这个剧本，并且那样周密而犀利地发挥他的意见，非常使人感佩。他很爽直地提到剧本长，出场繁，对话也多，这些地方都不是没有原由；而说起剧本犯了"重描"（over-emphasis）的毛病，我想也颇有道理。我想起写《雷雨》，为着藤萝架走了电，我描述了四遍，原因是怕我们的观众在锣鼓喧天的旧戏场里吃瓜子、喝龙井、谈闲天的习性还没有大改，注意力浮散，忘性太大，于是不得已地说了一遍再说一遍。在《日出》恐怕也犯了这种涂而又涂的病，弄不到恰好。

　　荒煤先生说我只"突击了现象"而忘了应该突击的"现实"，所以印象模糊，读完之后还有些茫然。透过"现象"来读"现实"，本来是很难的事，不过我不十分明白所指"现实"究竟怎么讲？依我的描测，那"现实"也许可以用"损不足以奉有余"这句话点出，因为这戏里一切现象都归根于这句话里。如若说到"现实"是指造成这本戏的原因，那么《日出》这种悲剧的原因果若能由一个剧作者找出来，说出究竟，那未免视一个写戏的人的本领太高了。固然，写这样的戏，有时可以道出个造成剧本所指现象的原因，而有时在各种实际籍制下，也只能描摹由于某种原因推演下来的"现象"。果若读完了《日出》，有人肯愤然地疑问一下：为什么有许多人要过这种"鬼"似的生活？难道这世界必须这样维持下去么？什么原因造成这不公平的禽兽世界？是不是这局面应该改造或者根本推翻呢？如果真地有人肯这样问两次，那已经是超过了一个作者的奢望了。

第十讲

老舍、巴金的生平与创作

胡　适	1891 ——————————————————— 1962
鲁　迅	1881 ———————— 1936
周作人	1885 ——————————————————— 1967
郁达夫	1896 ———————— 1945
冰　心	1900 ——————————————————— 1999
凌叔华	1900 ——————————————————— 1990
丁　玲	1904 ——————————————————— 1986
郭沫若	1892 ——————————————————— 1978
戴望舒	1905 ———————— 1950
闻一多	1899 ———————— 1946
卞之琳	1910 ——————————————————— 2000
梁遇春	1906 —————— 1932
茅　盾	1896 ——————————————————— 1981
田　汉	1898 ——————————————————— 1968
曹　禺	1910 ——————————————————— 1996
老　舍	**1899 ——————————————————— 1966**
巴　金	**1904 ——————————————————— 2005**
沈从文	1902 ——————————————————— 1988
萧　红	1911 —————— 1942
张爱玲	1920 ——————————————————— 1995
钱锺书	1910 ——————————————————— 1998

巴金：一生坚持青年抒情文体和革命心态

巴金在中国现代文学史上的意义

巴金生于四川的一个富有家庭，年轻时曾到法国读书。他最有名的小说，是《家》*《春》《秋》，就是"激流三部曲"，都是他很年轻的时候写的。

很长一段时间内，巴金的小说在台湾是禁书。国民党在文化控制方面是非常厉害的。当时在台湾能看到的，是梁实秋、林语堂、张爱玲的书。鲁迅、巴金、老舍的书都不能看。有很多书，台湾人也知道很好；但要出版时，因为这些作家叫"沦陷作家"，身在"匪区"，所以他们的作品在台湾不能出。当时，台湾的出版商为了出书，想出很多怪招。比如，复旦大学的学者刘大杰，写了一部《中国文学发展史》，台湾也想出。怎么办？把"刘大杰"改成"刘太杰"，名副其实的改动一"点"。台湾当时的年轻人，读的是"刘太杰"的《中国文学发展史》。直到蒋经国时代才文化解禁。

---

* 巴金的《家》，曹禺曾把它改编成话剧，后来还拍成电影、电视剧。很多名角都参演过，比如张瑞芳、孙道临、黄宗英、王丹凤等。

1993 年，我在美国收到王德威教授的约稿信，知道巴金的小说在台湾解冻了。远流出版公司要出一整套《巴金小说全集》。因为台湾人不熟悉巴金，巴金又是写革命的，主编王德威就邀约了一些人，给每一卷书写一个前言，让台湾人知道巴金的价值。*

巴金在中国现代文学史上的意义有三个：

第一，理想主义的政治观念。巴金最有趣的一个特点，是一生相信"无政府主义"。很多人以为"无政府主义"是一个负面的词，"无政府主义"不就是"反政府"吗？其实，"无政府主义"是一个很高的理想，向往一个理想但不可能存在的人类社会：无政府有道德，无警察有秩序，无军队有和平……因为西方人相信绝对权力使人腐化，人的好坏不在于人本身，而在于有没有权力。

英国人霍布斯[2]（旧译"霍布士"）的解释是，人类有两个天性：一个是绝对追求快乐，就是弗洛伊德所谓的绝对追求快乐的"本我"。但如果只有这一个天性，人类就会陷入混乱、相互残杀，这很可怕。所以，他说人类亏得有第二个本能——害怕突然死亡。第二个本能制约了第一个本能。为什么看到想要的东西，人们不会马上去拿？因为拿了会受到惩罚。所以，人们把暴力的权力交给君王等国家机器，这样人与人之间不必使用暴力，但会受暴力保护。†这就是政府最基本的概念。所以无政府主义是没法实行的。

有意思的是，中国现代作家里政治地位最高的，除了郭沫若，就是巴金。巴金去世时，是全国政协副主席。一辈子相信无政府

---

* 巴金的一个儿子，叫李晓[1]，也写小说，他的《门规》被张艺谋改编为电影《摇啊摇，摇到外婆桥》。李小林是他的女儿，是《收获》的主编。

† 依霍布士看，人生来是自私的，残酷的，在"自然状态"（即原始状态）里，"人对人是豺狼"，互相残杀，以便维持自己的生命和安全。等到这种情况维持不下去了，原始人才订成社会公约，宣布放弃原来的每一个人都有的互相掠夺残杀的自由和权力，把它移交给一位代表共同意志的个人（专制君王），对他都要绝对服从，以便换取社会全体成员都需要的和平和安全。（朱光潜《西方美学史》）

主义的人，最后成了党和国家的领导人，这是非常吊诡的。

"理想主义"和"有理想"不一样。每个人都有"理想"，但大部分人希望这理想能给自己带来好处，能使自己开心。要是这理想实现不了，或带来坏处了，就放弃了，忍让了，收藏心底了。什么叫"理想主义"？有好处相信，没有好处也相信，甚至不怕牺牲也要相信。这是巴金。巴金一直没有放弃无政府主义。在某种程度上讲，共产主义社会实现时，就没有政府了，天下大同。这是他一生坚持的信条。

第二，以笔为枪。年轻的巴金相信无政府主义很美好，但实现理想要做很多事情，还需要一些非常手段。很多手段是恐怖的，比如看到有人滥用权力就要除掉他。这样的事情巴金当然是不敢做的，他更多是以笔为枪。无政府主义和革命文学是南辕北辙的，但以笔为枪却是相通的。中国人的人生三境界：第一是立德，第二是立功，第三是立言。巴金说他因为做不了政治，立不了功，所以才立言。他从来不隐讳他的作品是武器。巴金的政治观点是反对一切专制的，很难说是左派还是右派，但他的艺术观是非常功利的。巴金公开主张，文学技巧是不重要的，最高的技巧是无技巧。他的小说都是不加修饰，不加象征手法，没有精心布局。像老舍、张爱玲对语言的推敲琢磨，像鲁迅、闻一多的文字意象，巴金都不讲究。巴金文字好比白开水，浅显，清楚，这是他的文学观造成的。

第三，是"青年抒情文体"。如果在中学开始写文章，第一个要学习的对象不是冰心就是巴金。巴金在解释他为什么要写《家》时，有这么一些文字：

> 为我大哥，为我自己，为我那些横遭摧残的兄弟姊妹，我要写一本小说，我要为自己，为同时代的年轻人控诉，申冤。

……我有十九年的生活，我有那么多的爱和恨，我不愁没有话说，我要写我的感情，我要把我过去咽在肚里的话全写出来，我要拨开大哥的眼睛让他看见他生活在什么样的环境里……[3]

这就是"青年抒情文体"。有什么特别？第一，"我"特别多，非常直白的。第二，很激动，毫不掩饰节制。少年开始写日记时，都是用这样的方法。再比如：

我忍受，我挣扎，我反抗，我想改变生活，改变命运，我想帮助别人，我在生活中倾注了自己的全部感情，我积累了那么多的爱憎。我答应报馆的约稿要求，也只是为了改变命运。……我在生活、我在战斗。战斗的对象就是高老太爷和他所代表的制度，以及那些凭借这个制度作恶的人……我拿起笔从来不苦思冥想，我照例写得快……我控制不住自己的感情，也不想控制它们。我以本来面目同读者见面，绝不化妆。我是在向读者交心，我并不想进入文坛。[4]

这是典型的巴金文字。

巴金有一个特点，他会为自己的同一篇小说写很多篇的序和后记。每一次他的书再版，出版商都会请巴金再写一个序，他还是有很多话要说。巴金喜欢反复解释小说的内容，比如："下笔的时候我常常动感情，有时丢下笔在屋子里走来走去，有时大声念出自己刚写完的文句，有时叹息呻吟、流眼泪，有时愤怒，有时痛苦。"[5]他把自己的写作状态也写进去了。*

---

* 关于创作状态，有两种最基本的看法。巴金的看法是，一有感触，马上写下来。郭沫若也是如此。而且他们一再鼓吹，这种"灵感"的时刻是控制不住的，往往是这样的状态：牙齿咯咯发抖啊，浑身像发烧一样啊，停不下来啊。小说诗歌就写下来了，名作就这

巴金的"青年抒情文体"，对中国现代文学，对上几代的青年人，都是有巨大影响的。巴金一生都有青年革命心态——年轻的、新的是对的，老的、旧的是错的，新的有权利打倒旧的。最难得的是，巴金越到老越坚持这种青年文体、革命心态。

第四，"文革"以后，巴金成为中国知识分子的一个代表。

巴金的地位在晚年越来越高，这很罕见。鲁迅自《狂人日记》奠基新文学后，文坛地位一直很高。有些作家曾被人忘掉或忽视，后来才变得有名，比如张爱玲、钱锺书。也有些作家生前有名，但后人评价一般，比如郭沫若。还有些作家出于各种原因在文学史中夭折，比如老舍、沈从文、徐志摩。更多的作家，晚年很少作品，吃吃老本，比如曹禺。相比之下，巴金是一个非常罕见的例子。他年轻时虽然读者很多，其实他作品的社会影响大于艺术价值；到晚年，巴金的文坛地位却非常高。令人尊敬的原因，不是他的小说，而是他晚年的散文《随想录》《真话集》。经历"文革"后，还能大胆地提出意见、控诉"文革"的老作家，当以巴金为代表。像艾青、曹禺、丁玲，这些人平反以后，很少公开提起往事。

巴金有两个遗愿很著名：一是要建立中国现代文学馆。这个馆已经建好了，在北京，规模很大，图书很多，巴金捐了很多图书。现在，很多其他作家的书也捐在里面。第二个遗愿，是建立"文革博物馆"，还没有实现。

样不可阻挡地诞生了。另外一种看法是，艺术不是热情本身，是热情冷却下来以后的东西。激动的时候，是不可以写诗的；只有激动过后才能写诗。这是华兹华斯的主张。张岱发达的时候，不写东西的，等到晚年很寒苦了，才回忆当年的西湖七月半。曹雪芹也一样，在大观园里被那么多小女生包围时，写不出《红楼梦》的，家族完全破落了才回头写红楼的灿烂。

《家》：年轻的、新的就是好的

下面来讲《家》。

先简单介绍一下小说人物。高老太爷是家里地位最高的。他有一个长子，已经去世了。他的太太叫周氏，就是觉新的继母，也去世了，还有个陈姨太。小说的主人公是三兄弟，觉新、觉民、觉慧。整个故事，是由这个大家庭里的四个爱情故事串起来的。

第一个爱情故事：觉新爱上了表妹梅，被家人反对，表面的理由是两人是表亲，其实是因为梅表妹这一家没地位。觉新是长孙，在家里执掌大权的。权力责任大了，爱情婚姻就不是私事了，要老太爷同意。

第二个爱情故事：家里给觉新说了一个亲，新娘叫瑞珏。这瑞珏，觉新见都没见过，结婚了盖头一掀，居然是个美女，而且很贤惠。我小时候读到这里，也松了口气。照理说很好，觉新和读者都意外。但瑞珏要生产的时候，高老太爷正好去世了，于是不能在家里生产，说有"血光之灾"，要"顾全大局"，把她弄到郊外的一个庙。因为这么折腾，就出事情了，最后是惨剧。这是觉新的两段爱情。

第三个爱情故事：觉民有一个女朋友，叫琴。这个故事里，觉民既不像觉新一样对大家庭负责任，也不像觉慧那么激进反抗，他比较中庸，接受新思想，但又接近温和改良派，其实是妥协。所以，他和琴的关系是最顺利、最美好、最光明的一段爱情。

第四个爱情故事：觉慧喜欢丫鬟鸣凤，也答应过要娶她。当然，像很多少爷对丫鬟说的话一样，当不得真，连鸣凤也没有当真。后来家里要安排鸣凤嫁给老太爷同辈一个姓冯的老头，做小老婆。鸣凤不愿意，去找觉慧说，觉慧却忙着写文章……过后，这女孩满怀冤屈，跳湖自杀了。

年幼读《家》时，觉得跟《红楼梦》差不多，都是讲一个大家庭，都有几代人，年轻人的爱情是小说的核心，而年轻人被老人控制，不能好好恋爱，家里还总是有一些人腐化……虽然这两本书的确是中国销量最多的长篇小说（印数都过千万），但《红楼梦》和《家》貌似相同实则不同。《红楼梦》写的是非常复杂的人，宝钗、黛玉、凤姐、贾母……每一个人都非常复杂。在大观园里，找不到一个完全好或完全不好的人。因此，在《红楼梦》里是没法闹革命的。而《家》是一半好人，一半坏人，分界线就在觉新。觉新就像《日出》里的李石清——比李石清有钱的，都是坏的，比李石清穷的，都是好的，这又是对阶级社会结构的一个简单的道德图解。

和《日出》一样，《家》是一幅由不同人物构成的社会关系图，这个图从高老太爷往下，一直到底层丫鬟佣人，不只是经济状况排列，更是简单直接的年龄排列。处在中间的关键人物，是觉新，他是小说里最丰富的圆形人物。比觉新年纪大的，比如他母亲、叔叔克安克定、高老太爷还有陈姨太，都是比较负面的人物；反之，比觉新年轻的，都是好的，善良、纯洁、受压迫、要反抗的。"五四"文学革命一开始的标题是什么？新青年！革命的进化论，年轻的、新的就是好的，旧的、传统的就是坏的。巴金的《家》简单图解了这个世界。而只有觉新是核心人物，他又好又坏：他又承担家庭责任，同时又理解支持弟弟。在某种程度上，就像鲁迅所说，"肩住黑暗的闸门"。他完全知道弟弟妹妹要什么，又知道爷爷奶奶要什么。他要替他们管家，又要替年轻人追求爱情。所以，这个人被自己压死了。[*]

如果说，《日出》画的是一个阶级斗争的图形，《家》所描画

---

[*]　为什么巴金要写《家》？因为这就是他大哥的困境，更因为他大哥的自杀。巴金的大哥是觉新的原型，这是《家》的直接创作动力。巴金其实就是觉慧，虽然他不承认。

的就是一个年龄层级的图形——相信年轻的人就是好的，年老的人就是不好——这么简单地看问题，其实是进化论的局限。整个"五四"现代文学就贯穿这两个理论，鲁迅一辈子也面对这"两论"：早期是进化论，后来是阶级论。《日出》讲的是阶级论，《家》讲的是进化论。两部作品合起来，就是20世纪30年代左倾的文学主流。而这个进化论的图景，是《家》和《红楼梦》的根本区别。《家》里有一半好人被坏人压迫。这些为什么是坏人？叔叔们抽鸦片，在外面包二奶，在家里贪污钱；高老太爷，是非常专制的，干预子女的生活；只有觉新的妈妈稍有一点善心，但那善心也是表面的，最后还是要把鸣凤卖掉。所以，《家》的世界是分成两半的。直到后来，张爱玲才对这种两分法产生怀疑。[6]*

巴金曾经说，觉慧并非他本人。当然也说得对，小说很多都是虚构的，不能简单说就是他，只能说以他的家庭为原型来写。那么，有哪些地方是虚构、加工、改造的呢？瑞珏，巴金家族里有一个女人，因为"血光之灾"，不能在家里生小孩，但后来在外面生也没事。梅表妹，真有其人，和巴金的哥哥恋爱没有成功，后来嫁给一个有钱人，生了好多孩子，据说蛮幸福的，并没有失恋以后痛苦凄凉一生。鸣凤也有原型，巴金家里也有一个丫鬟，要被嫁到一个老头子那儿，她不去，后来嫁了一个普通人，也没有跳湖自杀的事。所以，生活当中的故事没那么激烈，也没有那么多的革命和悲惨，而巴金把它写得那么激烈。这就是青年革命心态，他要突出小说的革命主题。

关于巴金的青年文体，还有一段非常有代表性：

---

* 张爱玲这样回忆父亲的家："那里什么我都看不起，鸦片，教我弟弟作《汉高祖论》的老先生，章回小说，懒洋洋灰扑扑地活下去。像拜火教的波斯人，我把世界强行分作两半，光明与黑暗，善与恶，神与魔。属于我父亲这一边的必定是不好的。"（《私语》）

　　觉慧不做声了，他脸上的表情变化得很快，这表现出来他的内心斗争是怎样地激烈。[7]

　　其实，"觉慧不做声了，他脸上的表情变化得很快"就可以了，意思已经有了，不需要加一句"这表现出来他的内心斗争是怎样地激烈"，多余了。但是，巴金喜欢这么写。老舍有一句话：越短越难，没有必要的话，不写；话很多，找最要紧的写，少写。

　　接下来：

　　他皱紧眉头，然后微微地张开口加重语气地自语道："我是青年。"他又愤愤地说："我是青年！"过后他又怀疑似地慢声说："我是青年？"又领悟似地说："我是青年。"最后用坚决的声音说："我是青年，不错，我是青年！"[8]

　　整段都在反复地重复，但每一句话的意思是不一样的。这有点像舞台上的台词，像曹禺的剧本，告诉这个演员应该怎么演，每一句话应该怎么说。*

　　巴金这样的写法，年轻时读容易感动，但到了一定的年龄，就会觉得太甜了。

　　鸣凤的事，很多同学觉得她很笨。虽然没有新思想，没有受教育，但她明明有很多办法可以解脱，比如可以逃走，可以装病，可以嫁个普通人，为什么还没有和觉慧摊牌，还没有在觉慧说"No"

---

*　张爱玲写小说，是不会说"某某皱着眉头说，某某撇着嘴巴道，某某流着眼泪讲"的。说话时给人物加辅助说明，是现代白话文的累赘。要学《金瓶梅》《红楼梦》，说"某某道"；至于某某"道"的时候，是皱着眉头、非常痛心，还是眯着眼睛、居心叵测，要用"道"的内容来具体表现。最多，说"笑道"。张爱玲喜欢用"笑道"，后来在《金锁记》英译时，坚持译成"said, smiling"，编者特别要加注解。[9]

之前，就自己去跳湖？当然，丫鬟和少爷的恋爱是超越了阶级观念的。但反讽的是，小说无意中流露出来的革命派的价值观，却也是非常传统的。丫鬟鸣凤跟家里的少爷要好，但是，家里人要把她卖掉，觉慧居然救不了她。而且，鸣凤死后，觉慧虽然很伤心，但想了一会儿，他居然还可以把这件事放下！鸣凤的故事，就这么惨。

另外，小说中的正面人物觉民还说了一句："看不出鸣凤倒是一个烈性的女子。"[10] 这句话有称赞的意思，刚好符合三从四德的标准。鼓吹革命的巴金，在无意中透露出觉民的道德标准是中国传统的，还带着某种赞叹的口气表扬这个"烈女"的自杀，说她保持清白。在这个地方，年青一代、革命一代所秉承的价值观，和高老太爷他们是相通的。黄子平在远流版《家》《春》《秋》的序言里写得很清楚。这就说明为什么在中国可以不断出现革命，但是悲剧也照样会不断出现。革命的人成功了以后，他可能还是高老太爷。这样评价巴金也许有点苛求，但是小说透露出的价值观，还不如鲁迅——《我之节烈观》对传统道德的批判，那是怎样的深刻。

小说的结尾，觉慧离家出走，是觉新给了钱让他到上海去。觉慧，其实就是巴金这个角色。而觉新，是自杀的。在真实的生活中，我们的社会是需要很多觉新的。觉新忍辱负重做事，家庭全靠他撑着，可上下都要怪他。觉新和觉慧，是我们处理自己与家庭、与团队、与社会的两个基本模式。每个同学都可以热心，你在家里，在学校，在社会上，是觉新，还是觉慧？

第二节

老舍：一个作家可以提前写出自己的命运

舍予，就是"放弃我"，名字真是预言

老舍是 20 世纪最出色的中国作家之一，曾经传说有可能是最早获得诺贝尔文学奖的中国作家，但他却在"文革"中投湖了。老舍原名舒庆春，字舍予。舍予，就是"放弃我"，名字真是预言。

中国现代作家大都是汉族。最明显的例外是两个：一个是沈从文，他的家族上有汉族、苗族、土家族血统，他自己认的是苗族；一个是老舍，他是满族。

老舍两岁时，父亲为保卫北京打八国联军，在北京巷战时被打死了；而老舍自己，在北京城墙附近投湖了。大部分作家的父亲是没落的有钱人或小康人家，有一些钱，让孩子可以到日本读书，或者到北京读清华。老舍却不行，他的父亲虽是正红旗人，却是底层旗人。父亲去世之后，老舍的母亲生活很苦。她住在北京的大杂院*里，靠洗衣为生。所以，在中国现代作家里，老舍的家庭

---

* 大杂院，原是四合院，是很美好的民居建筑。四合院是方方的，中间是一个院子，北边的房子是最好的，因为坐北朝南，是主人住的。东西厢房通常是儿子女儿住，对面坐南朝北的住佣人或放杂物。好的四合院是两进的。所谓两进，就是前面一个方块，

背景是非常特别的。

老舍小学毕业，母亲筹到一点钱让他读师范。读了师范以后，他工作表现很好，又当小学校长，钱也不少，后来又到南开中学教国文。可老舍是比较有眼光的，放弃了工资比较高的教职，到英国去留学，一边教汉语谋生，一边开始写小说。老舍的小说不是一举成名的，是辛辛苦苦摸索，写了《老张的哲学》[11]《二马》[12]等，寄回中国发表，没有特别出名的。老舍早期的小说追求幽默，因为英国人喜欢幽默，所以他也学了这一点。20世纪30年代他回国，在青岛和济南教书。

老舍写过一个长篇，叫《大明湖》，打仗烧掉了。后来，他把《大明湖》的部分内容改写成两篇小说，其中一个中篇叫《月牙儿》[13]。《月牙儿》以女性的角度写一个女孩子。因为母亲是妓女，这女孩子拼命抵抗她的命运，但最后还是走上了母亲的道路。称赞的人说，这就是老舍，关心社会底层，模拟女性口吻。我以前觉得他写得很好，但再仔细看看，也听了一些女同学、女作家的意见，她们都说这究竟是男作家写的，还是没能写出女性微妙细致的心理。总的来说，老舍觉得做妓女是被社会压迫的，是从社会的正义的道德观来写这故事。他还写了《离婚》[14]《断魂枪》[15]，代表作是《骆驼祥子》[16]。抗战初，中国成立了一个统战的文艺家协会，老舍被推为总务部主任，因为他既不是"左联"的系统，和国民党也没有关系。他的《骆驼祥子》，最能代表他的风格。

后来，他还写了一部《四世同堂》*，也很好。抗日战争期间，

后面一个方块，周作人和鲁迅在八道湾住的，就是两进四合院。我前些年去参观时，发现里面住了三十九户人家。北京现在一些四合院破败了——一个院子一家住是奢侈，十家住就非常狼狈了。很多人写关于四合院的小说，老舍也写。他和母亲住的地方，就是很多人一起住的大杂院。

* 《四世同堂》起笔于1944年初，完成于1949年初，全书分《惶惑》《偷生》《饥荒》三部。其中，《饥荒》最初连载于1950年《小说月刊》，至第二十段中止，老舍生前未出版。

老舍很努力，跟着军队去编话剧、编戏，叫"文章入伍"。那些作品当然不太成功。但《四世同堂》是非常好的。解放战争期间，老舍和曹禺在美国讲学，1949 年周恩来托人写信邀请他回来，老舍就回来了。1949 年以后，巴金写了一篇《团圆》[17]*。茅盾没再写什么，曹禺不断改写自己的东西。跟大部分中国现代作家不同的是，老舍写得最多，是最成功的劳模作家，尤其是他的剧本《茶馆》。当然，他也写了很多今天看来艺术价值不高的作品。

前不久，有一个门户网站邀我做直播节目，为了纪念 1966 年的 8 月 23 日。他们找到了当时北京市文化局"革委会"副主任葛献挺，老先生现在 80 多岁。我们和另一位女作家一起，重走当时老舍的路。那么，这一天究竟发生了什么事？

北京有一个孔庙，孔庙有一个印刷学校，印刷学校有一些红卫兵，在那天准备烧唱京戏的服装——是"四旧"，应该烧掉，因为那是帝王将相。不仅要烧这批"四旧"，还要叫一批"反动作家"跪在边上陪着。因此，他们找文联，找了一批"反动作家"，包括骆宾基、端木蕻良、萧军等人，还有陈凯歌的父亲陈怀皑。†

当时老舍生着病，还搞不懂"文革"是怎么回事。他一直是革命模范，是人民艺术家，地位很高。那一天，他穿戴整齐，准备好材料，要去参加"文革"。妻子问他，你去文联干什么？他说，我要参加运动呀，将来要写运动的，不参加我怎么能写？

到了文联，正好红卫兵把一批"反动作家"往车上赶。那批

1981 年，在美国人艾达·普鲁伊特翻译的《四世同堂》英译本《黄色风暴》中，发现了经过缩略处理的《四世同堂》最后十三段，由马小弥转译为中文后，发表于 1982 年第 2 期《十月》杂志。后来又从浦爱德英译本手稿中发现被美国哈考特出版社删除的三段，由赵武平转译为中文后，发表于 2017 年第 1 期《收获》杂志。

* 《团圆》还改编成电影，叫作《英雄儿女》，有一句经典台词是："我是 851，我是王成！为了胜利，向我开炮！"

† 陈凯歌是《霸王别姬》的导演，那部电影里有一场戏，可能就是根据这个场景来的。

红卫兵是某中学舞蹈队的女生，多是十五六岁。平时，文联有老师教她们跳舞，现在对付那些"反动权威"，有人把这些女孩子叫来了。结果，有个人对女学生说，你们要找权威，看那个老头，他是最大的权威。女学生跑过去问老舍："你是不是老舍？"其实她们当时不认识老舍，但老舍太老实，说我是老舍，就一起上了车。历史有时候就是这样的一个差错。这些事，是当年那位文化局"革委会"副主任葛献挺老先生亲口告诉我们的。

他们到孔庙时，已经有一些人被打。看过《霸王别姬》没有？那个场面可能是所有"文革"电影场面里令人印象最深刻的一个。[*]当时，这些学生一轮一轮地去问这些"反动作家"。第一轮问成分和出身，第二轮问收入。出身不好，收入太高，皮带就打上来了。在 1949 年以后，老舍一直是受表扬的。他还要求入党，周总理跟他说，你留在党外，作用更大。老舍此前从来没有被打过。当天拉回文联后，还被挂了个牌子，老舍觉得冤枉，就把那牌子摘下来，往地上一砸。据说砸到了一个红卫兵的腿，结果周围的人说他打人，就围上去打他。

当时掌握局面的是文联"革委会"的副主任浩然，也是有名的作家，写过《艳阳天》《金光大道》，在当代文学史很出名，说是为了保护老舍，就把他送到派出所。而派出所当时只收"现行反革命"——这是非常重的一个罪——于是给他套了这么一个罪。当然，派出所也不管，也没有地方，老舍就回家了。此前，老舍的家庭关系不好。那个阶段，他长期住办公室，家很少回。可是那天，他回去了，那一晚不知道过得怎么样。后来他妻子回忆说，老舍回家那天晚上，她安慰他，替他擦伤口，叫他忍耐，很关心他。第二天早上，老舍去派出所报到，妻子没陪着。这是让人非常困

---

[*]　我现在才知道，这个场面可能不是虚构的。因为陈怀皑当时也在场，有可能告诉陈凯歌。

感的。后来，老舍一个人走到德胜门豁口外的太平湖，离家有十几里地。据说那里很靠近老舍母亲原来住的地方。他在太平湖边，待了很久，直到第二天早上，才有人发现他投湖了。至于他什么时候下水，怎么下水，都不知道。永远是个谜。*

《骆驼祥子》里有一段，祥子在曹家拉包月，一切都上正轨的时候，虎妞来敲门，肚子里装了一个枕头。她对祥子说，我们那一晚上之后，现在就是这样了。祥子就像听到轰天之雷，不知道该怎么办。小说里，祥子也走到御水边上，看着北京的城。他想，我怎么办？我离开北京？逃走？不行，我所有的一切都在北京，不能离开。可接下来该怎么办？怎么来面对这个世界？小说借祥子的眼睛写了北京的景山、白塔、大桥……这一段，真是让我看不下去。一个作家可以提前写出自己的命运。杰克·伦敦[18]的《马丁·伊登》[19]也是这样。†

文学就这点厉害。一个人在任何地方都可以撒谎，宣誓、日记、情书，都可以是假的，可是要写好文学作品，内心、潜意识就一定会暴露。老舍几十年前就借着祥子的口，写出了一个人在困境时，他宁死也不离开北京，而要守在护城河边。婚姻方面也是这样，祥子回去和虎妞结婚，其实他不情愿，老舍的婚姻也不幸福。再看看祥子这个人，没什么了不起的地位和本领，但是人品端正，靠自己的能力做自己的事情，希望得到社会的公正对待，不能弯，

---

* 1968 年，坊间传说诺贝尔奖委员会提名老舍，但他那时已经去世了。他最后投湖的这段故事，有日本作家专门来写小说。

† 《马丁·伊登》是杰克·伦敦写的自传体小说。小说讲一个水手爱上了中产阶级的女大学生，为了爱情，他想进入中上层阶级，便把过去生活中乱七八糟的故事写成精彩的小说。但一直都不成功，终于连本来支持他的女朋友也提出分手。不料，穷极潦倒后不多久，他的小说开始出名，发表在《大西洋月刊》上。《大西洋月刊》是美国著名的知识分子杂志，和《纽约客》差不多。结果，马丁·伊登成为一个非常出名的人物。女朋友回来找他，他却没有感觉了，谢绝了女朋友。之后他投海自杀。现实中，杰克·伦敦写完小说不久，就在加州的庄园里吃药自杀。

不能扭曲。小说里的祥子最后是被扭曲了。但老舍自己是不能被扭曲的,他不是竹子,弯一弯还可以再弹回来。有些树不能弯,"咔嚓"就断了。老舍就是这样。

《断魂枪》:这个时代不配这样的好东西

讲《骆驼祥子》之前,先读《断魂枪》。老舍晚年写了很多差的东西,但在 20 世纪 30 年代的创作高峰期,写了很多好的作品。

《断魂枪》是一篇绝好的小说。故事讲一个武功很好的人,神枪沙子龙,原来开镖局,帮钱庄运钱,但现在都没用了。整个小说里,写了三个人的武功,三个人有三种不同的武功境界。第一个是王三胜,第二个是孙老者,第三个就是沙子龙。

王三胜会武功,但主要是拿来表演的。小说写他表演的文字,写得非常漂亮:

> 大刀靠了身,眼珠努出多高,脸上绷紧,胸脯子鼓出,像两块老桦木根子。一跺脚,刀横起,大红缨子在肩前摆动。削砍劈拨,蹲越闪转,手起风生,忽忽直响。忽然刀在右手心上旋转,身弯下去,四围鸦雀无声,只有缨铃轻叫。刀顺过来,猛的一个"跺泥",身子直挺,比众人高着一头,黑塔似的。收了势:"诸位!"一手持刀,一手叉腰,看着四围。稀稀的扔下几个铜钱,他点点头。"诸位!"
>
> 他等着,等着,地上依旧是那几个亮而削薄的铜钱,外层的人偷偷散去。他咽了口气:"没人懂!"他低声的说,可是大家全听见了。[20]

打得很厉害，但是给钱的人很少。这时，王三胜怪别人不懂。会武功的人和读书人一样，都有一个毛病，总觉得没得到足够的认可，一旦得不到掌声、得不到荣誉，就说别人不懂。这是第一个境界，表演。当然了，现在也有后现代的理论，认为这个世界什么都靠表演操作，都是场域、操盘、运作。

表演之外，武功的第二层面，就是实用功能。孙老者他用这套功夫杀人，是典型的武侠人物形象。金庸的武侠小说经常会写这样一类人，比如在一个酒馆，几个人在那里吵啊骂啊，角落里坐一个老头，几根胡须，眼睛细细的，身体很瘦。到时候一动手，这边拿起来一个碗飞过去，那老者把碗"啪"地夹住了，轻轻放下，照样倒茶。最厉害的角色不是五大三粗的壮汉，也不是威风的靓仔，往往是看起来其貌不扬的那个。但这不是最高的境界。否则，沙子龙为什么不和他比武？为什么瞧不上他？沙子龙看中的，是精神，是灵魂。好的武术，是和精神、灵魂相通的东西。

武功的第三个层面，不仅是表演，不仅是功夫，它还是灵魂。所以小说的最后一句是最耐人寻味的。人走了，夜深人静，他把全套打下来，然后摸了摸枪杆，又微微一笑。这"微微一笑"四个字，千万不能少的。如果没有微微一笑，只有叹一口气，那就是哀悼武艺的过时。可是他又叹气，又微微一笑，那就是："你们不配。"——这个时代不配这样的好东西，我就要留着它。所以，小说名字叫《断魂枪》。这武艺可以比作文学，也可以比作学问。

对老舍来说，文学也是这样，文学不是表演。有些作家很得志，把文学当作表演，但老舍不是这样。文学也不是功夫，功夫讲究实效，要有用，但文学不一定有用；功夫可以改，流行什么做什么，可文学是不能改的。作家的灵魂是不能造的。

《骆驼祥子》：老舍在写我们自己，在写今天的中国

接下来讲《骆驼祥子》。这是中国现代文学的必读课。《骆驼祥子》的语言，也是最标准、最正宗、以北京话为基础的普通话。国语的文学，文学的国语，《骆驼祥子》是样品。

人力车夫在中国现代文学里，是一个非常典型的象征，很多作家写过人力车夫。最早的是胡适，他写诗同情车夫，不好意思坐，最后还是要考虑穷人生计，要车夫"拉到内务部西"。郁达夫有一篇小说，和《春风沉醉的晚上》一样有名，叫《薄奠》。讲郁达夫和一位车夫的感情。这车夫后来去世了，郁达夫就烧了一个纸做的车给他，这是对车夫最好最重要的纪念。因为车夫曾以能够拉上自己的车为最高的人生理想。*

读书人出去也要坐车，那时就是人力车。车夫在前面跑，你越想快他跑得越累，他在你前面光着膀子，满身是汗地拖着车。如果坐车的是没良心的潘月亭、金八，他们肯定无所谓；但是偏偏后面坐的是方达生，或是《一件小事》中的知识分子，看到人家这样卖力气、卖血汗，心里是不好受的，甚至有点犯罪感。知识分子面对人力车夫的困境，是"五四"知识分子所面对的困境——又想唤醒大众，又要承认他们的没办法。当时，左派说不应该这样写《骆驼祥子》《薄奠》，应该描写人力车夫不拉车了，赶快参加革命、造反、拿枪，到街上去暴动。可是到街上去暴动，车夫很快会被人打死。而且，车夫可能也没有这么高的觉悟。

《骆驼祥子》是写得最好的有关人力车夫的小说。这个车夫很努力，很正直，身体很好，不骗钱。他想拉自己的车，还买到了

---

* 香港现在还是这样，那个车子值十万，可是车牌几百万，你别看车里司机是一个老头很惨，可他几百万的车牌是他的身家，这是他的资产。

自己的车。打仗的时候，他冒险拉了一个客人到一个危险的地方，为了赚多一点钱。结果车子被人抢走了。

车子被抢以后，他顺便偷了几个骆驼回来，把骆驼卖了，但还买不起车。这时他就替一家车行拉车。车是"生产资料"啊，拉人家的车就好像种人家的地。所以，他很努力地在做这份工。这中间，祥子醉过一次酒，和虎妞发生了关系。第二天，祥子后悔，走掉了，后来到一个读书人家里去拉包月，这是比较好的。正在祥子的生活步入正轨时，虎妞来找他，骗他说怀孕了。祥子是个老实人，女人大着肚子来找他，他是不能推掉这个责任的，虽然他不开心。后来，他又攒了钱，差点可以买车了，结果碰到一个侦探敲竹杠，把他那笔钱又抢了，这是第二次挫折。

最后，他和虎妞结婚了。虎妞也不错，离家出来和他一起住。同住以后，虎妞说，你别拉车了，我有钱啊！不行，祥子一定要拉车。虎妞觉得他骨头贱，只会拉车。最后，虎妞难产，去世了。祥子只好把车又卖了，安葬虎妞。这时，祥子爱上了妓女小福子，等他再去找她时，小福子死了。最后祥子崩溃了，走投无路。在小说结尾，他出卖革命党，拿情报，赚点小外快，帮人家送丧的队伍举举花圈挽联，从一个曾经非常自豪、正直、勇敢的男人，变成了一个什么都做的烂仔，一个"个人主义的末路鬼"。

记住，"个人主义"这个词在老舍那里，不是一个负面的概念，反而是"正能量"。说"个人主义的末路鬼"，等于说是"英雄的末路"。

表面来看，《骆驼祥子》讲一个弱势群体的人在一个不好的社会里，受尽各种磨难，最后走投无路。其实，老舍不只是在写一位人力车夫，也在写他自己。老舍不像巴金、曹禺那么容易就相信了左派的理论。开始老舍受英国文化的影响，追求幽默，不亲近左派，不怎么相信革命。《骆驼祥子》是他的转折点。在小说的第一段，老舍写的是一个人想靠个人努力成为社会中的一种健康力量，但最后走不通。换句话说，通过祥子的失败，老舍完成了他的世界观的转折：一个人想端端正正地做人，何其难啊！如果做不到这一点，这个社会就非常糟糕，就要革命。

更深一层，《骆驼祥子》在写一个基本的人生价值观。一般来说，我们做一件事情，是能够做的，是乐意做的，也是能获得好处的。这三个要素，是很多人的人生观的很重要的部分。我们理想的基本信念，就是祥子的信念。祥子拉车拉得很快，拉得很好，爱这个行业，想赚钱比别人多，还想能拉自己的车。这三条，是最朴素、最正常的人生观。

那么，祥子有错吗？如果有，他到底错在什么地方呢？之前的解读是，祥子没有错，他一步一步摔倒，是社会的错。他攒钱买车，钱被人敲走了；他拉自己的车，车被人抢了；他跟虎妞结婚，虎妞死掉了；他爱小福子，小福子死掉了；最后他做了一个奸细……所有这些，都是人生道路的坎。所有这些坎，祥子是没有错的，是被社会逼到这个地步的，一步一步地摔下去，他的人格、命运、生活摔下去，都是社会的错。

但大部分同学认为，祥子在这过程中也有错，比如偷骆驼。可是，假定说你的车被抢走了，走投无路时，看到几个骆驼在那里，是不是也可以牵走几匹骆驼，弥补一些损失？看起来是可以被理解的。然而，这就是祥子堕落的开始。这堕落的性质就是：别人对我不好，我也可以对他不好，这叫"以恶抗恶"。这种处境是很普遍的。*这就是今天的社会，可以是汽车，也可以是一个停车位，还可以是吐一口痰、憋一口气、一个职位、一份奖金，等等。总之，所有人都觉得自己吃亏了，吃亏以后无法反抗，但可以从别处拿

---

* 杭州有个作家李杭育，写了一篇小说，大意是讲张三丢了一个自行车铃盖，第二天，几乎全杭州的双铃盖都换了一遍。你拿他的，他拿别人的，所以全杭州的双铃盖差不多就换了一遍。

回来。于是，更多的人吃亏了，就有更多的人去拿回来。在这个意义上，《骆驼祥子》在写我们自己，在写今天的中国。

我认认真真读《骆驼祥子》，至少三次。第一次读的是一个弱势群体工人被罪恶社会环境压迫的故事。第二次读的是个人主义如何在中国此路不通的故事。第三次才发现，小说写的就是我——我也有自己能做、爱做的事（比如教书、做研究），我也曾相信如果做事努力，就会获得社会意义上的"成功"。但后来我发现，好好学习，不一定会天天向上。一个坚持自己原则做事的人，"不忘初心"，却不一定能获得"成功"。这个时候，我们该怎么办呢？在这个意义上，祥子就是我。

再讲一点虎妞。如果从女性主义的角度去研究虎妞，虎妞有什么错？她只是爱上了一个男人，为了他牺牲了家庭、牺牲了钱。至于她动了一些心思、花了一些手段，也不能算错。所以，虎妞真是很惨。她生病了，祥子还拉车，他不卖车，也不帮老婆看病，最后老婆死了，他还得卖车葬老婆。他宁可葬老婆也不卖车给她看病。

如果这小说改写一下，从虎妞的角度写——就像很多西方的电影，常常是先从 A 的角度写，然后把同样的故事用 B 的角度重讲一遍——也很精彩的。换一个角度讲同样的故事，完全可以是不同的故事。这不单是罗生门，只是从不同的眼光、不同的角度来看同一件事。

延伸阅读

巴金：《家》，北京：人民文学出版社，2013 年

巴金：《随想录》，北京：人民文学出版社，2014 年

谭兴国：《走进巴金的世界》，成都：四川文艺出版社，2003 年

李存光编：《巴金研究资料》，北京：知识产权出版社，2010 年

李存光编：《百年巴金：生平及文学活动事略》，北京：人民文学出版社，
2003 年

黄子平：《〈家·春·秋〉前言》，引自王德威主编：《巴金小说全集》，台北：
远流出版公司，1992 年

陈思和：《人格的发展：巴金传》，上海：上海人民出版社，1992 年

许子东：《巴金的革命情怀》，引自王德威主编：《巴金小说全集》，台北：远
流出版公司，1993 年

许子东：《巴金的青年抒情问题》，引自王德威主编：《巴金小说全集》，台北：
远流出版公司，1993 年

刘禾：《回顾历史：看巴金的文字救世说》，引自王德威主编：《巴金小说全集》，
台北：远流出版公司，1993 年

［美］杰克·伦敦：《马丁·伊登》，吴劳译，上海：上海译文出版社，2011 年

老舍：《骆驼祥子》，北京：人民文学出版社，2012 年

老舍：《老舍生活与创作自述》，北京：人民文学出版社，1997 年

［日］中山时子主编：《老舍事典》，东京：大修馆出版，1988 年

舒乙：《老舍的关坎和爱好》，北京：中国建设出版社，1988 年

曾广灿、吴怀斌编：《老舍研究资料》，北京：知识产权出版社，2010 年

王润华：《老舍小说新论》，上海：学林出版社，1995 年

张钟：《老舍研究》，澳门：澳门大学图书研究中心，1995 年

张桂兴编：《老舍评说七十年》，北京：中国华侨出版社，2005 年

关纪新：《老舍评传》，重庆：重庆出版社，2003 年

关纪新：《老舍与满族文化》，沈阳：辽宁民族出版社，2008 年

王德威：《写实主义小说的虚构：茅盾，老舍，沈从文》，胡晓真、宋明炜等译，
上海：复旦大学出版社，2011 年

孙洁：《世纪彷徨：老舍论》，南昌：百花洲文艺出版社，2003 年

巴金《关于〈家〉（十版代序）：给我的一个表哥》

请原谅我的长期的沉默，我很早就应该给你写这封信的。的确我前年在东京意外地接到你的信时，我就想给你写这样的一封信。一些琐碎的事情缠住我，使我没有机会向你详细解释。我只写了短短的信。它不曾把我的胸怀尽情地对你吐露，使你对我仍有所误解。你在以后的来信里提到我的作品《家》，仍然说"剑云固然不必一定是我，但我说写得有点像我——"一类的话。对这一点我后来也不曾明白答复，就随便支吾过去。我脑子里时常存着这样一个念头：我将来应该找一个机会向你详细剖白；其实不仅向你，而且还向别的许多人，他们对这本小说都多少有过误解。

许多人以为《家》是我的自传，甚至有不少的读者写信来派定我为觉慧。我早说过"这是一个错误"。但这声明是没有用的。在别人看来，我屡次声明倒是"欲盖弥彰"了。你的信便是一个例子。最近我的一个叔父甚至写信来说："至今尚有人说《家》中不管好坏何独无某，果照此说我实在应该谢谢你笔下超生了……"你看，如今连我的六叔，你的六舅，十一二年前常常和你我在一起聚谈游玩的人也有了这样的误解。现在我才相信你信上提到的亲戚们对我那小说的"非议"是相当普遍的了。

我当时曾经对你说，我不怕一切"亲戚的非议"。现在我的话也不会是两样。部分亲戚以为我把这本小说当作个人泄愤的工具，这是他们不了解我。其实我是永远不会被他们了解的。我跟他们是两个时代的人。他们更不会了解我的作品，他们的教养和生活经验在他们的眼镜片上涂了一层颜色，他们的眼光透过这颜色来看我的小说，他们只想在那里面找寻他们自己的影子。他们见着一些模糊的影子，也不仔细辨认，就连忙将它们抓住，看作他们自己的肖像。倘使他们在这肖像上发见了一些自己不喜欢的地方（自然这样的地方是很多的），便会勃然作色说我在挖苦他们。只有你，你永远是那么谦逊，你带着绝大的忍耐读完了我这本将近三十万字的小说，你不曾发出一声怨言。甚至当我在小说的末尾准备拿"很重的肺病"来结束剑云的"渺小的生存"时（关于于剑云的结局，在《家》的初版本里有这样一句话："……我知道他患着很重的肺病，恐怕活不到多久了。"现在我把它改作了："他身体不好，应该好好地将息。"），你也不发出一声抗议。我佩服你的大量，但是当我想到许多年前在一盏清油灯旁边，我跟着你一字一字地读英文小说的光景，我不能不起一种悲痛的心情。你改变得太多了。难道是生活的艰辛把你折磨成了这个样子？那个时候常常是你给我指路，你介绍许多书籍给我，你最初把我的眼睛拨开，使它们看见家庭以外的种种事情。你的家境不大宽裕，你很早就失掉了父亲，母亲的爱抚使你长大成人。我们常常觉得你的生活里充满着寂寞。但是你一个人勇敢地各处往来。你自己决定了每个计划，你自己又一一实行了它。我们看见你怎样跟困难的环境苦斗，而得到了暂时的成功。那个时候我崇拜你，我尊敬你那勇敢而健全的性格，这正是我们的亲戚中间所缺乏的。我感激你，你是对我的智力最初的发展大有帮助的人。在那个时候，我们的亲戚里面，头脑稍微清楚一点的，都很看重你，相信你会有一个光明的前途。然而如今这一切都变成了渺茫的春梦。你有一次写信给我说，倘使不是为了你的母亲和妻儿，你会拿"自杀"来做灵药。我在广州的旅舍里读到这封信，那时我的心情也不好，我只简单地给你写了一封短信，我不知道用了什么样的安慰的话回答你。总之我的话是没有力量的。你后来写信给我，还说你"除了逗弄小孩而外，可以说全无人生乐趣"；又说你"大概注定只好当一具活尸"。我不能够责备你像你自己责备那样。你是没有错的。一个人的肩上挑不起那样沉重的担子，况且还有那重重的命运的打击（我这里姑且用了"命运"两个字，我所说的命运是"社会的"，不是"自然的"）。你的改变并不是突然的。我亲眼看见那第一下打击怎样落到你的头上，你又怎样苦苦地挣扎。于是第二个打击又接着来了。一次的让步算是开了端，以后便不得不步步退让。虽然在我们的圈子里你还算是一个够倔强的人，但是你终于不得不渐渐地沉落在你所憎厌的环境里面了。我看见，我听说你是怎样地一天一天沉落下去，一重一重的负担压住了你。但你还不时努力往上面浮，你几次要浮起来，又几次被压下去。甚至在今天你也还不平似地说"消极又不愿"的话，从这里也可看出你跟剑云是完全不同的两种人，你们的性格里绝对没有共同点。他是一个柔弱、怯懦的性格。剑云从不反抗，从不抱怨，也从没有想到挣扎。他默默地忍受他所得到的一切。他甚至比觉新还更软弱，还更缺乏果断。其实他可以说是根本就没有计划，没有志愿。他只把对一个少女的爱情看作他生活里的唯一的明灯。然而他连他自己所最宝贵的感情也不敢让那个少女（琴）知道，反而很谦逊地看着另一个男子去取得她的爱情。你不会是这种人。也许在你的生活里是有一个琴存在的。的确，那个时候我有过这样的猜想。倘使这猜想近于事实，那么你竟然也像剑云那样，把这个新生的感情埋葬在自己的心底了。但是你仍然不同，你不是没有勇气，而是没有机会，因为在以后不久你就由"母亲之命媒妁之言"跟另一位小姐结了婚。否则，那个"觉民"并不能够做你的竞争者，而时间一久，你倒有机会向你的琴表白的。现在你的妻子已经去世，你的第一个孩子也成了十四岁的少年，我似乎不应该对你说这种话。但是我一提笔给你写信说到关于《家》的事情，就不能不想到我们在一起所过的那些年代，当时的生活就若隐若现地在我的脑子里浮动了。这回忆很使我痛苦，而且激起了我的愤怒。固然我不能够给你帮一点忙。但是对你这些年来的不幸的遭遇，我却是充满了同情，同时我还要代你叫出一声"不平之鸣"。你不是一个像剑云那样的人，你却得着了剑云有的那样的命运。这是不公平的！我要反抗这不公平的命运！

然而得着这个不公平的命运的，你并不是第一个，也不是最后的一个。做了这个命运的牺牲者的，同时还有无数的人——我们所认识的，和那更多的我们所不认识的。这样地受摧残的尽是些可爱的、有为的、年轻的生命。我爱惜他们，为了他们，我也应当反抗这个不公平的命运！

是的，我要反抗这个命运。我的思想，我的工作都是从这一点出发的。

我写《家》的动机也就在这里。我在一篇小说里曾经写过："那十几年的生活是一个多么可怕的梦魇！我读着线装书，坐在礼教的监牢里，眼看着许多人在那里面挣扎、受苦，没有青春，没有幸福，永远做不必要的牺牲品，最后终于得着灭亡的命运。还不说我自己所身受到的痛苦！……那十几年里面我已经用眼泪埋葬了不少的尸首，那些都是不必要的牺牲者，完全是被陈腐的封建道德、传统观念和两三个人的一时的任性杀死的。我离开旧家庭，就像甩掉一个可怕的阴影，我没有一点留恋。……"（见短篇小说《在门槛上》）

这样的话你一定比别人更了解。你知道它们是多么真实。只有最后的一句是应该更正的。我说没有一点留恋，我希望我能够做到这样。然而理智和感情常常有不很近的距离。那些人物，那些地方，那些事情，已经深深地刻在我的心上，任是怎样磨洗，也会留下一点痕迹。我想忘掉他们，我觉得应该忘掉他们，事实上却又不能够。到现在我才知道我不能说没有一点留恋。也就是这留恋伴着那更大的愤怒，才鼓舞起我来写一部旧家庭的历史，是的，"一个正在崩溃中的封建大家庭的全部悲欢离合的历史"。

　　然而单说愤怒和留恋是不够的。我还要提说一样更重要的东西，那就是信念。自然先有认识而后有信念。旧家庭是渐渐地沉落在灭亡的命运里面了。我看见它一天一天地往崩溃的路上走。这是必然的趋势，是被经济关系和社会环境决定了的。这便是我的信念（这个你一定了解，你自己似乎就有过这样的信念）。它使我更有勇气来宣告一个不合理的制度的死刑。我要向一个垂死的制度叫出我的J'accuse（我控诉）。[《我控诉》：法国小说家左拉（1840—1902）的一篇杂文的题目。] 我不能忘记甚至在崩溃的途中它还会捕获更多的"食物"：牺牲品。

　　所以我要写一部《家》来作为一代青年的呼吁。我要为过去那无数的无名的牺牲者"喊冤"！我要从恶魔的爪牙下救出那些失掉了青春的青年。这个工作虽是我所不能胜任的，但是我不愿意逃避我的责任。

　　写《家》的念头在我的脑子里孕育了三年。后来得到一个机会我便写下了它的头两章，以后又接着写下去。我刚写到"做大哥的人"那一章（第六章），报告我大哥自杀的电报就意外地来了。这对我是一个不小的打击。但因此坚定了我的写作的决心，而且使我感到我应尽的责任。

　　我当初刚起了写《家》的念头，我曾把小说的结构略略思索了一下。最先浮现在我的脑子里的就是那些我所熟悉的面庞，然后又接连地出现了许多我所不能够忘记的事情，还有那些我在那里消磨了我的童年的地方。我并不要写我的家庭，我并不要把我所认识的人写进我的小说里面。我更不愿意把小说作为报复的武器来攻击私人。我所憎恨的并不是个人，而是制度。这也是你所知道的。然而意外地那些人物，那些地方，那些事情都争先恐后地要在我的笔下出现了。其中最明显的便是我大哥的面庞。这和我的本意相违。我不能不因此而有所踌躇。有一次我在给我大哥的信里顺便提到了这件事，我说，我恐怕会把他写进小说里面（也许是说我要为他写一部小说，现在记不清楚了），我又说到那种种的顾虑和困难。他的回信的内容却出乎我意料之外。他鼓舞我写这部小说，他并且劝我不妨"以我家人物为主人公"。他还说："实在我家的历史很可以代表一般家族的历史。我自从得到《新青年》等书报读过以后我就想写一部这样的书。但是我写不出来。现在你想写，我简直喜欢得了不得。希望你把它写成罢。"我知道他的话是从他的深心里吐出来的。我感激他的鼓励。但是我并不想照他的话做去。我不要单给我们的家族写一部特殊的历史。我所要写的应该是一般的封建大家庭的历史。这里面的主人公应该是我们在那些家庭里常常见到的。我要写这种家庭怎样必然地走上崩溃的路，走到它自己亲手掘成的墓穴。我要写包含在那里面的倾轧、斗争和悲剧。我要写一些可爱的年轻的生命怎样在那里面受苦、挣扎而终于不免灭亡。我最后还要写一个旧礼教的叛徒，一个幼稚然而大胆的叛徒。我要把希望寄托在他的身上，要他给我们带进来一点新鲜空气，在那个旧家庭里面我们是闷得透不过气来了。

　　我终于依照我自己的意思开始写了我的小说。我希望大哥能够读到它，而且把他的意见告诉我。但是我的小说刚在《时报》上发表了一天，那个可怕的电报就来了。我得到电报的晚上，第六章的原稿还不曾送到报馆去。我反复地读着那一章，忽然惊恐地发觉我是把我大哥的面影绘在纸上了。这是我最初的意思，而后来却又极力想避免的。我又仔细地读完了那一章，我没有一点疑惑，我的分析是不错的。在十几页原稿纸上我仿佛看出了他那个不可避免的悲惨的结局。他当时自然不会看见自己怎样一步一步地走近悬崖的边沿。我却看得十分清楚。我本可以拨开他的眼睛，使他能够看见横在面前的深渊。然而我没有做。如今刚有了这个机会，可是他已经突然地落下去了。我待要伸手救他，也来不及了。这是我终生的遗憾。我只有责备我自己。

我一夜都不曾闭眼。经过了一夜的思索，我最后一次决定了《家》的全部结构。我把我大哥作为小说的一个主人公。他是《家》里面两个真实人物中的一个。

然而，甚至这样，我的小说里面的觉新的遭遇也并不是完全真实的。我主要地采取了我大哥的性格。我大哥的性格的确是那样的。

我写觉新、觉民、觉慧三弟兄，代表三种不同的性格，由这不同的性格而得到不同的结局。觉慧的性格也许跟我的差不多，但是我们做的事情不一定相同。这是瞒不过你的。你在觉慧那样的年纪时，你也许比他更勇敢。我三哥从前也比我更敢作敢为，我不能够把他当作觉民。在女人方面我也写了梅、琴、鸣凤，也代表三种不同的性格，也有三个不同的结局。至于琴，你还可以把她看作某某人。但是梅和鸣凤呢，你能够指出她们是谁的化身？自然这样的女子，你我也见过几个。但是在我们家里，你却找不到她们。那么再说剑云，你想我们家里有这样的一个人吗？不要因为找不到那样的人，就拿你自己来充数。你要知道，我所写的人物并不一定是我们家里有的。我们家里没有，不要紧，中国社会里有！

我不是一个冷静的作者。我在生活里有过爱和恨，悲哀和渴望；我在写作的时候也有我的爱和恨，悲哀和渴望的。倘使没有这些我就不会写小说。我并非为了要做作家才拿笔的。这一层你一定比谁都明白。所以我若对你说《家》里面没有我自己的感情，你可以责备我说谎。我最近又翻阅过这本小说，我最近还在修改这本小说。在每一篇页、每一字句上我都看见一对眼睛。这是我自己的眼睛。我的眼睛把那些人物，那些事情，那些地方连接起来成了一本历史。我的眼光笼罩着全书。我监视着每一个人，我不放松任何一件事情。好像连一件细小的事也有我在旁做见证。我仿佛跟着书中每一个人受苦，跟着每一个人在魔爪下面挣扎。我陪着那些年轻的灵魂流过一些眼泪，我也陪着他们发过几声欢笑。我愿意说我是跟我的几个主人公同患难共甘苦的。倘若我因此受到一些严正的批评家的责难，我也只有低头服罪，却不想改过自新。

所以我坦白地说《家》里面没有我自己，但要是有人坚持说《家》里面处处都有我自己，我也无法否认。你知道，事实上，没有我自己，那一本小说就不会存在。换一个人来写，它也会成为另一个面目。我所写的便是我的眼睛所看见的；人物自然也是我自己知道得最清楚的。这样我虽然不把自己放在我的小说里面，而事实上我已经在那里面了。我曾经在一个地方声明过："我从没有把自己写进我的作品里面，虽然我的作品中也浸透了我自己的血和泪，爱和恨，悲哀和欢乐。"我写《家》的时候也决没有想到用觉慧代表我自己。固然觉慧也做我做过的事情，譬如他在"外专"读书，他交结新朋友，他编辑刊物，他创办阅报处，这些我都做过。他有两个哥哥，我也有两个哥哥（大哥和三哥），而且那两个哥哥的性情也和我两个哥哥的相差不远。他最后也怀着我有过的那种心情离开家庭。但这些并不能作为别人用来反驳我的论据。我自己早就明白地说了："我偶尔也把个人的经历加进我的小说里，但这也只是为着使小说更近于真实。而且就是在这些地方，我也注意到全书的统一性和性格描写的一致。"（见《爱情的三部曲》的《总序》）我的性格和觉慧的也许十分相像。然而两个人的遭遇却不一定相同。我比他幸福，我可以公开地和一个哥哥同路离开成都。他却不得不独自私选。我的生活里不曾有过鸣凤，在那些日子里我就没有起过在恋爱中寻求安慰的念头。那时我的雄心比现在有的还大。甚至我孩子时代的幻梦中也没有安定的生活与温暖的家庭。为着别人，我的确祷祝过"有情人终成眷属"；对于自己我只安放了一个艰苦的事业。我这种态度自然是受了别人（还有书本）的影响以后才有的。我现在也不想为它写下什么辩护的话。我不过叙述一件过去的事实。我在《家》里面安插了一个鸣凤，并不是因为我们家里有过一个叫做翠凤的丫头。关于这个女孩子，我什么记忆也没有。我只记得一件事情：我们有一个远房的亲戚要讨她去做姨太太，却被她严辞拒绝。她在我们家里只是一个"寄饭"的婢女，她的叔父苏升又是我家的老仆，所以她还有这样的自由。她后来快乐地嫁了人。她嫁的自然是一个贫家丈夫。然而我们家里的人都称赞她有胆量。撇弃老爷而选取"下人"，在一个丫头，这的确不是一件容易的事情。因此我在小说里写鸣凤因为不愿意到冯家去做姨太太而投湖自尽，我觉得并没有一点夸张。这不是小说作者代鸣凤出主意要她走那条路；是性格、教养、环境逼着她（或者说引诱她）在湖水中找到归宿。

现在我们那所"老宅"已经落进了别人的手里。我离开成都十多年就没有回过家。我不知道那里还留着什么样的景象（听说它已经成了"十家院"）。你从前常常到我们家里来。你知道我们的花园里并没有湖水，连那个小池塘也因为我四岁时候失脚跌入的缘故，被祖父叫人填塞了。代替它的是一些方砖，上面长满了青苔。旁边种着桂树和茶花。秋天，经过一夜的风雨，金沙和银粒似的盛开的桂花铺满了一地。馥郁的甜香随着微风一股一股地扑进我们的书房。窗外便是花园。那个秃头的教书先生像一株枯木似地没有感觉。我们的心却是很年轻的。我们弟兄姊妹读完了"早书"就急急跑进园子里，大家撩起衣襟拾了满衣兜的桂花带回房里去。春天茶花开繁了，整朵地落在地上，我们下午放学出来就去拾它们。柔嫩的花瓣跟着手指头一一地散落了。我们就用这些花瓣在方砖上堆砌了许多"春"字。

这些也已经成了捕捉不回来的飞去的梦景了。你不曾做过这些事情的见证。但是你会从别人的叙述里知道它们。我不想重温旧梦。然而别人忘不了它们。连六叔最近的信里也还有"不知尚能忆否……在小园以茶花片砌'春'字事耶"的话。过去的印迹怎样鲜明地盖在一些人的心上，这情形只有你可以了解。它们像梦魇一般把一些年轻的灵魂无情地摧残了。我几乎也成了受害者中的一个。然而"幼稚"救了我。在这一点我也许像觉慧，我凭着一个单纯的信仰，踏着大步向一个简单的目标走去：我要做我自己的主人！我偏偏要做别人不许我做的事，有时候我也不免有过分的行动。我在自己办的刊物上面写过几篇文章，那些论据有时自己也弄不十分清楚。记得烂熟的倒是一些口号。有一个时候你还是启发我的导师，你的思想和见解都比我的透彻。但是"不顾忌，不害怕，不妥协"，这九个字在那种环境里却意外地收到了效果，它们帮助我得到了你所不曾得着的东西——解放（其实这只是初步的解放）。觉慧也正是靠了这九个字才能够逃出那个在崩溃中的旧家庭，去找寻自己的新天地；而"作揖主义"和"无抵抗主义"却把年轻有为的觉新活生生地断送了。现在你翻读我的小说，你还不能够看出这个很明显的教训么？那么我们亲戚间的普遍的"非议"是无足怪的了。

你也许会提出梅这个名字来问我。譬如你要我指出那个值得人同情的女子。那么让我坦白地答复一句：我不能够。因为在我们家里并没有这样的一个人。然而我知道你不会相信，或者你自己是相信了，而别的人却不肯轻信我的话。你会指出某一个人，别人又会指出另一个，还有人出来指第三个。你们都有理，或者都没理；都对或者都不对。我把三四个人合在一起拼成了一个钱梅芬。你们从各人的观点看见她一个侧面，便以为见着了熟人。只有我才可以看见她的全个面目。梅穿着"一件玄青缎子的背心"，这也是有原因的。许多年前我还是八九岁的孩子的时候，我第一次看见了一个像梅那样的女子，她穿了"一件玄青缎子的背心"。她是我们的远房亲戚。她死了父亲，境遇又很不好，说是要去"带发修行"。她在我们家里做了几天客人，以后就走了。她的结局怎样我不知道，现在我连她的名字也记不起来，要去探问她的踪迹更是不可能的了。只有那件玄青缎子的背心还深深地印在我的脑子里。

我写梅，我写瑞珏；我写鸣凤，我心里充满着同情和悲愤。我还要说我那时候有着更多的憎恨。后来在《春》里面我写淑英、淑贞、蕙和芸，我也有着这同样的心情。我深自庆幸我把自己的感情放进了我的小说里面，我代那许多做了不必要的牺牲品的女人叫出了一声："冤枉！"

我的这心情别人或许不能了解，但是你一定明白。我还是一个五六岁的小孩的时候，在我姐姐的房里我找到了一本《列女传》。是插图本，下栏有图，上栏是字。小孩子最喜欢图画书。我一页一页地翻看着。图画很细致，上面尽是些美丽的古装女子。但是她们总带着忧愁、悲哀的面容。有的用刀砍断自己的手，有的投身在烈火中，有的在汪洋的水上浮沉，有的拿宝剑割自己的头颈。还有一个年轻的女人在高楼上投缳自尽。都是些可怕的故事！为什么这些命运专落在女人身上？我不明白！我问姐姐，她们说这是《列女传》。我依旧不明白。我再三追问。她们的回答是：女人的榜样！我还是不明白。我一有机会便拿了书去求母亲给我讲解。毕竟是母亲知道的事情多。她告诉我：那是一个寡妇，因为一个陌生的男子拉了她的手，她便当着那个人把自己这只手砍下来。这是一个王妃，宫里起了火灾，但是陪伴她的人没有来，她不能够一个人走出宫去，便甘心烧死在宫中。那边是一个孝女，她把自己的身子沉在水里，只为了去寻找父亲的遗体（母亲还告诉我许多许多可怕的事情，我现在已经忘记了）。听母亲的口气她似乎羡慕那些女人的命运。但是我却感到不平地疑惑起来。为什么女人就应该为了那些可笑的封建道德和陈腐观念忍受种种的痛苦，而且甚至牺牲自己的生命？为什么那一本充满血腥味的《列女传》就应该被看作女人的榜样？我那孩子的心不能够相信书本上的话和母亲的话，虽然后来一些事实证明出来那些话也有"道理"。我始终是一个倔强的孩子。我不能够相信那个充满血腥味的"道理"。纵然我的母亲、父亲、祖父和别的许许多多的人都拥护它，我也要起来反抗。

我还记得一个堂妹的不幸的遭遇。她的父母不许她读书，却强迫她缠脚。我常常听见那个八九岁女孩的悲惨的哭声，那时我已经是十几岁的少年，而且已经看见几个比我年长的同辈少女怎样在旧礼教的束缚下憔悴地消磨日子了。

我的悲愤太大了。我不能忍受那些不公道的事情。我常常被逼迫着目睹一些可爱的生命怎样任人摧残以至临到那悲惨的结局。那个时候我的心因爱怜而苦恼，同时又充满了恶毒的诅咒。我有过觉慧在梅的灵前所起的那种感情。我甚至说过觉慧在他哥哥面前说的话："让他们来做一次牺牲品罢。"

我不忍掘开我的回忆的坟墓，"那里面不知道埋葬了若干令人伤心断肠的痛史！"我的积愤，我对于不合理的制度的积愤直到现在才有机会倾吐出来。我写了《家》，我倘使真把这本小说作为武器，我也是有权利的。

希望的火花有时也微微地照亮了我们家庭里的暗夜。琴出现了。不，这只能说是琴的影子。便是琴，也不能算是健全的女性。何况我们所看见的只是琴的影子。我们自然不能够存着奢望。我知道我们那样的家庭里根本就产生不出一个健全的性格。但是那个人，她本来也可以成为一个张蕴华（琴的全名），她或许还有更大的成就。然而环境薄待了她，使她重落在陈旧的观念里，任她那一点点的锋芒被时间磨洗干净。到后来，一个类似惜春（《红楼梦》里的人物）的那样的结局就像一个狭的笼似地把她永远关在里面了。

如果你愿意说这是罪孽，那么你应该明白这是谁的罪过。什么东西害了你，也就是什么东西害了她。你们两个原都是有着光明的前途的人。

然而我依旧寄了一线的希望在琴的身上。也许真如琴所说，另一个女性许倩如比她"强得多"。但是在《家》里面我们却只看见影子的晃动，她（许倩如）并没有把脸完全露出来。

我只愿琴将来不使我们失望。在《家》中我已经看见希望的火花了。

——难道因为几千年来这条路上就浸饱了女人的血泪，所以现在和将来的女人还要继续在那里断送她们的青春，流尽她们的眼泪，呕尽她们的心血吗？

——难道女人只是男人的玩物吗？

——牺牲，这样的牺牲究竟给谁带来了幸福呢？（见《家》第二十五章。）

琴已经发出这样的疑问了。她不平地叫起来。她的呼声得到了她同代的姊妹们的响应。

关于《家》我已经写了这许多话。这样地反复剖白，也许可以解除你和别的许多人对这部作品的误解。我也不想再说什么了。《家》我已经读过了五遍。这次我重读我五六年前写成的小说，我还有耐心把它从头到尾修改了一次。我简直抑制不住自己的感情，我想笑，我又想哭，我有悲愤，我也有喜悦。但是我现在才知道一件事情：

青春毕竟是美丽的东西。

不错，我会牢牢记住：青春是美丽的东西。那么就让它作为我的鼓舞的泉源罢。

巴金　一九三七年二月

老舍《我怎样写〈骆驼祥子〉》

从何月何日起，我开始写《骆驼祥子》？已经想不起来了。我的抗战前的日记已随同我的书籍全在济南失落，此事恐永无对证矣。

这本书和我的写作生活有很重要的关系。在写它以前，我总是以教书为正职，写作为副业，从《老张的哲学》起到《牛天赐传》止，一直是如此。这就是说，在学校开课的时候，我便专心教书，等到学校放寒暑假，我才从事写作。我不甚满意这个办法。因为它使我既不能专心一志的写作，而又终年无一日休息，有损于健康。在我从国外回到北平的时候，我已经有了去作职业写家的心意；经好友们的谆谆劝告，我才就了齐鲁大学的教职。在齐大辞职后，我跑到上海去，主要的目的是在看看有没有作职业写家的可能。那时候，正是"一二八"以后，书业不景气，文艺刊物很少，沪上的朋友告诉我不要冒险。于是，我就接了山东大学的聘书。我不喜欢教书，一来是我没有渊博的学识，时时感到不安；二来是即使我能胜任，教书也不能给我像写作那样的愉快。为了一家子的生活，我不敢独断独行的丢掉了月间可靠的收入，可是我的心里一时一刻也没忘掉尝一尝职业写家的滋味。

事有凑巧，在"山大"教过两年书之后，学校闹了风潮，我便随着许多位同事辞了职。这回，我既不想到上海去看看风向，也没同任何人商议，便决定在青岛住下去，专凭写作的收入过日子。这是"七七"抗战的前一年。《骆驼祥子》是我作职业写家的第一炮。这一炮要放响了，我就可以放胆的作下去，每年预计着可以写出两部长篇小说来。不幸这一炮若是不过火，我便只好再去教书，也许因为扫兴而完全放弃了写作。所以我说，这本书和我的写作生活有很重要的关系。

记得是在一九三六年春天吧，"山大"的一位朋友跟我闲谈，随便的谈到他在北平时曾用过一个车夫。这个车夫自己买了车，又卖掉，如此三起三落，到末了还是受穷。听了这几句简单的叙述，我当时就说："这颇可以写一篇小说。"紧跟着，朋友又说：有一个车夫被军队抓了去，哪知道，转祸为福，他乘着军队移动之际，偷偷的牵回三匹骆驼回来。

这两个车夫都姓什么？哪里的人？我都没问过。我只记住了车夫与骆驼。这便是骆驼祥子的故事的核心。

从春到夏，我心里老在盘算，怎样把那一点简单的故事扩大，成为一篇十多万字的小说。

不管用得着与否？我首先向齐铁恨先生打听骆驼的生活习惯。齐先生生长在北平的西山，山下有许多家养骆驼的。得到他的回信，我看出来，我须以车夫为主，骆驼不过是一点陪衬，因为假若以骆驼为主，恐怕我就须到"口外"去一趟，看看草原与骆驼的情景了。若以车夫为主呢，我就无须到口外去，而随时随处可以观察。这样，我便把骆驼与祥子结合到一处，而骆驼只负引出祥子的责任。

怎么写祥子呢？我先细想车夫有多少种，好给他一个确定的地位。把他的地位确定了，我便可以把其余的各种车夫顺手儿叙述出来；以他为主，以他们为宾，既有中心人物，又有他的社会环境，他就可以活起来了。换言之，我的眼一时一刻也不离开祥子；写别的人正可以烘托他。

车夫们而外，我又去想，祥子应该租赁哪一车主的车，和拉过什么样的人。这样，我便把他的车夫社会扩大了，而把比他的地位高的人也能介绍进来。可是，这些比他高的人物，也还是因祥子而存在故事里，我决定不许任何人夺去祥子的主角地位。

有了人，事情是不难想到的。人既以祥子为主，事情当然也以拉车为主。只要我教一切的人都和车发生关系，我便能把祥子拴住，像把小羊拴在草地上的柳树下那样。

可是，人与人，事与事，虽以车为联系，我还感觉着不易写出车夫的全部生活来。于是，我还再去想：刮风云，车夫怎样？下雨天，车夫怎样？假若我能把这些细琐的遭遇写出来，我的主角便必定能成为一个最真确的人，不但吃的苦，喝的苦，连一阵风，一场雨，也给他的神经以无情的苦刑。

由这里，我又想到，一个车夫也应当和别人一样的有那些吃喝而外的问题。他也必定有志愿，有性欲，有家庭和儿女。对这些问题，他怎样解决呢？他是否能解决呢？这样一想，我所听来的简单的故事便马上变成了一个社会那么大。我所要观察的不仅是车夫的一点点的浮现在衣冠上的、表现在言语与姿态上的那些小事情了，而是要由车夫的内心状态观察到地狱究竟是什么样子。车夫的外表上的一切，都必有生活与生命上的根据。我必须找到这个根源，才能写出个劳苦社会。

由一九三六年春天到夏天，我入了迷似的去搜集材料，把祥子的生活与相貌变换过不知多少次——材料变了，人也就随着变。

到了夏天，我辞去了"山大"的教职，开始把祥子写在纸上。因为酝酿的时期相当的长，搜集的材料相当的多，拿起笔来的时候我并没感到多少阻碍。一九三七年一月，"祥子"开始在《宇宙风》上出现，作为长篇连载。当发表第一段的时候，全部还没有写完，可是通篇的故事与字数已大概的有了准谱儿，不会有很大的出入。假若没有这个把握，我是不敢一边写一边发表的。刚刚入夏，我将它写完，共二十四段，恰合《宇宙风》每月要两段，连载一年之用。

　　当我刚刚把它写完的时候，我就告诉了《宇宙风》的编辑：这是一本最使我自己满意的作品。后来，刊印单行本的时候，书店即以此语嵌入广告中。它使我满意的地方大概是：（一）故事在我心中酝酿得相当的长久，收集的材料也相当的多，所以一落笔便准确，不蔓不枝，没有什么敷衍的地方。（二）我开始专以写作为业，一天到晚心中老想着写作这一回事，所以虽然每天落在纸上的不过是一二千字，可是在我放下笔的时候，心中并没有休息，依然是在思索；思索的时候长，笔尖上便能滴出血与泪来。（三）在这故事刚一开头的时候，我就决定抛开幽默而正正经经的去写。在往常，每逢遇到可以幽默一下的机会，我就必抓住它不放手。有时候，事情本没什么可笑之处，我也要运用俏皮的言语，勉强的使它带上点幽默味道。这，往好里说，足以使文字活泼有趣；往坏里说，就往往招人讨厌。《祥子》里没有这个毛病。即使它还未能完全排除幽默，可是它的幽默是出自事实本身的可笑，而不是由文字里硬挤出来的。这一决定，使我的作风略有改变，教我知道了只要材料丰富，心中有话可说，就不必一定非幽默不足叫好。（四）既决定了不利用幽默，也就自然的决定了文字要极平易，澄清如无波的湖水。因为要求平易，我就注意到如何在平易中而不死板。恰好，在这时候，好友顾石君先生供给了我许多北平口语中的字和词。在平日，我总以为这些词汇是有音无字的，所以往往因写不出而割爱。现在，有了顾先生的帮助，我的笔下就丰富了许多，而可以从容调动口语，给平易的文字添上些亲切，新鲜，恰当，活泼的味儿。因此，《祥子》可以朗诵。它的言语是活的。

　　《祥子》自然也有许多缺点。使我自己最不满意的是收尾收得太慌了一点。因为连载的关系，我必须整整齐齐的写成二十四段；事实上，我应当多写两三段才能从容不迫的刹住。这，可是没法补救了，因为我对已发表过的作品是不愿再加修改的。

《祥子》的运气不算很好：在《宇宙风》上登刊到一半就遇上"七七"抗战。《宇宙风》何时在沪停刊，我不知道；所以我也不知道，《祥子》全部登完过没有。后来，《宇宙风》社迁到广州，首先把《祥子》印成单行本。可是，据说刚刚印好，广州就沦陷了，《祥子》便落在敌人的手中。《宇宙风》又迁到桂林，《祥子》也又得到出版的机会，但因邮递不便，在渝蓉各地就很少见到它。后来，文化生活出版社把纸型买过来，它才在大后方稍稍活动开。

近来，《祥子》好像转了运，据友人报告，它已被译成俄文、日文与英文。

（1945 年）

沈从文与 30 年代 "反动文艺"

姓名	生年	卒年
胡 适	1891	1962
鲁 迅	1881	1936
周作人	1885	1967
郁达夫	1896	1945
冰 心	1900	1999
凌叔华	1900	1990
丁 玲	1904	1986
郭沫若	1892	1978
戴望舒	1905	1950
闻一多	1899	1946
卞之琳	1910	2000
梁遇春	1906	1932
茅 盾	1896	1981
田 汉	1898	1968
曹 禺	1910	1996
老 舍	1899	1966
巴 金	1904	2005
沈从文	**1902**	**1988**
萧 红	1911	1942
张爱玲	1920	1995
钱锺书	1910	1998

一辈子不接受城市

凡写乡村，都很美好；凡写城市，都很糟糕

到目前为止，我们还在"鲁、郭、茅、巴、老、曹"的主流范围，讲到鲁迅开辟新文学方向，茅盾是左翼文学的大师，郭沫若是国家领导人，巴金、曹禺和老舍也都从不同的角度相信革命——巴金提倡年轻人的革命，曹禺提倡穷人的革命，老舍讲个人主义的失败，这些都是主流。但是，现在会碰到一个非主流的作家——沈从文。

沈从文和老舍一样，不算是汉族。他和大部分中国现代作家的经历也不一样，因为他没有好好读书。他出生于军人家庭，现在看来，湘西的军人也不是正规军，而是地方武装，有点半军半匪的情况。沈从文很年轻就在军队里，见过一般人没有见过的很多事情。如果比较一下 20 岁的鲁迅、郁达夫和沈从文，会发现 20 岁的沈从文读书少得多，但见识过的事情却多得多。沈从文后来的小说就写这些很奇怪的事情，比如刽子手杀人后到庙里忏悔，女人自杀后尸体被痴恋者挖出来同睡，农民如何心甘情愿送老婆去卖身赚钱……但是，他做了几年军队里的副官以后，就离开军队，

要去"从文"。

沈从文刚"北漂"时，也很惨，穷得叮当响，最早开始写作也没人给他发表。郁达夫曾经去看他，送了他围巾。后来他进入文坛，有一段时间和胡也频是好朋友，还劝胡也频追丁玲。他们三个在上海曾经一起"同居"。人们以前一直觉得这里有点暧昧，沈从文后来写文章，也把这段经历讲得很神秘，其实是住楼上楼下的。胡也频和丁玲结婚后，也是有三角关系，但丁玲心里装的是冯雪峰，根本不是沈从文。沈从文晚年老怀念这段往事，丁玲因为政治偏见，不大领情。沈从文的婚姻也是非常引人注目的，张兆和当时是他的学生，沈从文死追，胡适还帮了忙。张兆和后来陪沈从文度过几十年艰辛苦难的生活。张家四姐妹在民国是名门，四姐妹也都嫁给名人。

在那时的文坛上，沈从文显得很特别。第一，当时的大部分作家都是海外留学回来教书。沈从文虽然后来也到大学里教书，但没有文凭，没读过大学，更没留过洋。因为胡适这一派的人欣赏他，才介绍沈从文到青岛和北京教书，还去过西南联大。*但在大学里，沈从文是有些自卑的，也可能是被忽视的。沈从文写的小说，基本是两个类型，一部分写乡村，一部分写城市。凡写乡村，都很美好；凡写城市，都很糟糕。他有篇小说叫《八骏图》[1]，写城里的知识分子，都是讽刺的。†

在《边城》里，作家直接说，我们乡村的妓女比城里的太太要高贵。为什么贬低城市、抬高乡村呢？第一种解释，沈从文热

---

* 西南联大是抗日时期北大、清华、南开几个学校合并，集中了中国最优秀的知识分子，沈从文也在其中。

† 岭南大学有一届学生，毕业时送了个礼物给中文系的老师，那幅画叫《八骏图》。那时中文系大概就八个老师。那些学生不好好读书，不知"八骏图"有个骂人的典故，当时就送了这么一幅画来。

爱乡村，一辈子不接受城市。第二种解释，他在城市里不开心，所以一直歌颂乡村。其实，他歌颂乡村的小说，也不是给农民看的，是给城里人看的。王晓明专门写过一篇文章[2]，讨论沈从文的城乡爱憎是怎么来的。他在大学里不吃香，为什么还要进大学谋职呢？原因是文学流派斗争。当时偏右的文坛作家，如胡适、徐志摩、闻一多、梁实秋等多是诗人、散文、政论家，没有一个小说家。当时，诗歌是新月派写得最好，但这批人除了写诗就是搞理论，包括顾颉刚、罗家伦这些胡适的弟子，多做考古或其他研究，就是没有人写小说。写小说的作家大部分左倾：文学研究会微左，创作社后期很左，"左联"更不用说，写出来的故事都是阶级斗争。小说界唯一明显的例外，就是沈从文。所以，胡适这一派可能有意识地要把沈从文拉到他们的阵营，沈从文也的确希望有人支持他。[*]

很多作家想不出来的故事，他都是真的见到的

沈从文和老舍一样，不是一举成名的。他早期的小说写了很多很怪的故事。他有一篇小说《三个男人和一个女人》[3]，讲三个男人，其中两个是当兵的，一个是豆腐店的年轻老板，却都看上了一家大户人家的年轻女子。这个女子非常漂亮，可突然吞金自杀了。三个男人都非常伤心。结果，年轻的豆腐店老板失踪了，后来才发现，他把那个女子的尸体从坟里挖出来，放在一个山洞

---

[*] 香港大学曾邀请胡适做中文系主任和文学院院长，现在赤柱那里还有一个纪念碑，纪念胡适来港。胡适当时在中国叱咤风云，后来做国民政府驻美大使，怎么会来港大做一个系主任呢？但他介绍了许地山来，许地山后来对香港文化有很大贡献。商务印书馆也曾找胡适做主编。胡适自己不做，介绍他的老师王云五来做主编。胡适欣赏沈从文的才华，介绍他到大学里教书。这样的事情，胡适做了很多。

里，周围放了很多鲜花，他就睡在尸体旁边。按说，这是非常恐怖、变态的情节，但沈从文把它写成了一个浪漫故事。这是沈从文早期的小说。

还有一篇小说，叫《柏子》[4]。一个江上的水手，在工作之余找了一个妓女，小说写的就是他跟这个妓女的事情。他怎么带了东西送给她，妓女怎么吃醋，埋怨他这么些日子不来，是不是在外面乱来。他说，我在外面一直想你，你看我帮你买了雪花膏，买了香粉。男欢女爱一大堆动作以后，水手离开了这个地方，觉得他已经把接下来一个月的幸福都预支了，至于女人今晚是不是又和别人怎么样，这些都不是他关心的问题。他觉得他的生活很美好，充满力量。小说就完了。[*] 沈从文早期的小说，是很多作家想不出来的故事，他都是真的见到的。

还有一篇小说更精彩，叫《新与旧》[7]。写一个刽子手，清代末年负责杀头。但杀了头以后，他会连滚带爬跑到土地庙，对着庙里的菩萨磕头忏悔。庙里的主持就跑出来，给他洒点水，丢点土，说神饶恕你了。这样折腾一番，他才能正常地过日子。这个叫"旧"。过了一些年，换成枪毙了，凡有犯人，一枪打死。拿枪打死人的刽子手，是没有任何羞愧感的，打死了人马上就去喝酒，也不到土地庙来磕头了。两代的刽子手，哪一个好？

---

[*] 有个美国人叫埃德加·斯诺[5]，要编一本英文的中国现代短篇小说集，书名叫《活的中国》[6]，让鲁迅推荐，鲁迅就推荐了沈从文这一篇《柏子》，作为当时中国小说的代表。

《丈夫》：屈辱比优胜的感觉深刻得多

"反动"，就是反潮流而动

抗战前后，郭沫若、茅盾等很多南来作家影响了香港的文学，导致香港产生了《虾球传》等文学作品。其实，20 世纪 40 年代后期的香港文学活动，是 1949 年后内地文化活动的一个预演。《在延安文艺座谈会上的讲话》，除了延安以外，最早的发表地就是香港。因为当时内地都在国民党的统治下，香港曾是文艺左派的根据地，最主要的杂志就是《大众文艺丛刊》。侯桂新专门研究过这个时段[8]。

1948 年 3 月，郭沫若发表了《斥反动文艺》一文，将沈从文明确定性为"桃红色"的"反动作家"。文中说："特别是沈从文，他一直是有意识地作为反动派而活动着。"[9]文章发表在香港的《大众文艺丛刊》，从那时起，香港的杂志报纸就被卷入并影响内地，尤其是影响到政治文化斗争。一年后，人们把这篇文章抄成大字报，贴在沈从文任教的北京大学。沈从文为此事两次轻生,差一点死掉。所以，沈从文跟"反动文艺"这个标签的确有关系，在文学史上很有名。不过,从某种意义上说,沈从文的文学真的是"反动"——

在 20 世纪 30 年代他曾有意识地"反"时代发展主流而"动"。

那么，究竟什么是"反动"？到底什么是"反动文艺"？说他"反动"，也不冤枉。从字面意思来看，"反动"就是反主流而动，反潮流而动。打个比方，现在大家都买楼，我不买楼，还嘲笑，反对买楼，就是"反动"了。另外一个意思，"动"就是运动，如果不想运动，不想变化，只想保持稳定和谐，在某种程度上也是"反动"的。

为什么说沈从文"反动"呢？"五四"的主流意识形态，是受进化论影响，用西方的"先进"文化批评中国，用城市的"文明"标准改造乡村。因此，中国"五四"以后的文学主流，就有"新与旧""城与乡""西与中"三种假定关系。简单说就是企图相信：新的比旧的好，城里比乡村好，西方文化比传统文化好，因为西方是科学、民主、进步。中国虽然强调国学，强调民族主义，但整体的趋势是走向全球化。这是主流意识形态。

从鲁迅开始，大部分的作家，比如巴金、老舍、曹禺，都走的是这条主流的道路。但沈从文偏偏有点反主旋律。沈从文觉得乡村比城市好，西方的东西不一定比古老的乡土中国好，他还认为旧的比新的好。比如《新与旧》，讲的就是旧的拿刀的刽子手讲道德，新的拿枪的刽子手不讲道德，非常糟糕。以前的刽子手杀了人，知道这个事情不对，还要装模作样地忏悔一番。新的刽子手杀了人以后，枪口一吹，根本不当一回事。这么一个讲杀人的故事，他用了一个题目叫《新与旧》，就说明了沈从文的个人"反动"野心：边城离奇小故事，也要挂上意识形态大问题。他在当时的写作是和主流不同的，甚至有些相反。

而且，从沈从文开始，地域文化才在中国现代文学中受到重视。没有哪一个作家能像沈从文这样，由于一个人的创作，改变了一个地方整体的文化形象。很多作家写上海，老舍写北京，鲁迅对绍兴贡献也很大。但是，北京没有老舍还有王朔，浙江没有鲁迅还有金庸。湖南不一样，今天人们对湘西的地域文化的追求，湘西还因此保留了很多民俗风味，这都是因为沈从文。

严肃文学中的屈辱感

沈从文还有一个特点，就是执着于描写屈辱感，比如《丈夫》。为什么题目叫"丈夫"？小说的题目，要么点题，要么反讽。"狂人日记"是点题，"祝福"是反讽；"肥皂"是点题，"日出"是反讽；"药"是点题，同时又反讽。而《丈夫》写什么？写一个男人眼看着自己的女人卖淫，而且她从事性工作是他知道、同意的，家里还靠她赚钱。这是当地的一个乡俗，乡下人穷，女人结婚后没生小孩，先送到城里做几年妓女，赚点钱，丈夫在乡下靠她养猪种地，偶尔来探亲。这个人是不是最没资格叫"丈夫"？

我的老师许杰早期有一篇小说叫《赌徒吉顺》，被茅盾选在《中国新文学大系》的《小说一集》里[10]。讲一个男人叫吉顺，是个赌徒。赌到后来全输了，把妻子押上去了。他回家跟妻子解释，说对不起你，但是没办法，赢家的人就要来接你了。然后整理衣服，抱头痛哭，详详细细地写他怎么样把妻子交出去的过程。小说完全没写那个赢家的心理、心情、心态。

另外一篇《为奴隶的母亲》[11]，作者柔石。柔石是"左联五烈士"，鲁迅专门写文章纪念他。他最有名的小说是《早春二月》和《为奴隶的母亲》。《为奴隶的母亲》讲有钱人的妻子生不了孩子，这穷人家就把妻子借给有钱人家的男人，帮他生孩子。可这小说是从这穷人家丈夫的角度来讲的。他把妻子送到别人家做代母，生了小孩后，这个女人不舍得离开了，因为这家人对她很好，她也贪恋富家的生活。她回家后，夫妻关系也不好，丈夫气得要命。

再如"左联"作家蒋牧良的《夜工》[12]，写一个女人瞒着丈夫，晚上出去"打工"。打什么"工"？就是打这份"工"，但丈夫不知道。她要维持家用，说是"夜工"。还有罗淑的《生人妻》[13]，也是这一类的故事。

这类作品，简单说，都是写女人被迫卖淫，但小说的角度既不是写这女人，也不是写嫖客，而是写这女人的丈夫，他怎么知道、怎么忍受、怎么看待这件事。总而言之，怎么难过怎么写。因为在整个关系里，最难过的就是他。

当代作家曹乃谦*的小说《到黑夜想你没办法》[14]也是这样。小说写一个男人欠了另一个男人钱，还不出来，只好每个月把妻子送给债主几天。临走，妻子上了驴子，他还特别跟那个男人交代，说女人这两天身体不好，另一个男人说，你放心吧，我会照顾她。"中国人要讲信用"，这丈夫还说了这样一句话，就这么把妻子送去。小说写得非常精练，从头到尾没有感情的流露，好像这件事情天经地义。[†]

从《丈夫》讲起的中国现代文学执着于写屈辱感，仅仅是大陆吗？不是。台湾乡土派作家王祯和的《嫁妆一牛车》[15]，讲一个男人很向往一辆牛车，但是买不起，只好借别人的车。车的主人就向他提出一个交易，说可以随便用车，条件是你的妻子要定期到我

---

* 曹乃谦是山西的一个警察，当代的一位作家。他和马悦然关系很好，有一度人们猜他有可能得诺贝尔文学奖。

† 长久以来，中国人总觉得自己民族被外国人欺负。文学承担"民族—国家"寓言。但是，欺负吾邦像欺负女人一样，这个比喻最早是外国人提出来的。20世纪80年代在港大开会时，北大教授谢冕曾说，中国经过了长时间的封闭，现在终于张开臂膀，拥抱世界。意思是"文革"是中国把自己封闭，现在要拥抱世界。当时学者周蕾也在场，她说，谢教授的比喻非常光明，把我们比作一个被抛弃的孤儿，现在回到世界大家庭；可是，西方的看法不是这样的，他们把中国比作女人，把西方比作男人，是用性关系来想象这个欺负的关系的。这是两套完全不同的意象与想象及符号系统。当时听了，我非常震惊，觉得两个都有道理。

这里来。最后，他们达成了这协议。整篇小说写这件事。

黄春明的《莎哟娜拉·再见》[16]更典型。讲一个台湾的小学老师，后来当了旅行社的导游，专门带日本的游客到花莲嫖妓。这个旅行团叫"千人斩俱乐部"，是一批参加过"二战"的日本老兵，俱乐部的宗旨是，要睡一千个女人，绝不重复。这当然只能靠性产业来实现，所以他们长期去台湾。曾经有一度台湾是"邦富民娼"，色情业非常发达，因为日本当时禁止性产业。结果，到了旅游点，导游发现出来接待"千人斩俱乐部"的这些女孩子，都是他以前的学生。导游也没办法，也不能对客人说不可以，因为女孩子都是自愿拿钱做事的。后来，他碰到一个崇拜日本的台湾人，就把那人乱骂一通。可又有什么用呢？他自己还不是在做这样的事？作家有时候真是把人逼到道德绝境上去写。《莎哟娜拉·再见》也是有名的台湾乡土文学作品。*

这些作品有一个共同点，就是男人的耻辱——眼看着"自己的女人"跟别人睡觉。"自己的女人"，可以是夫妻，可以是乡亲，可以是同胞。对中国人来说，"自己"这个概念是有几层混合的意思的。郁达夫就是这样，他在船上看到中国女人跟日本男人亲热，就很不高兴。而法国人也许就不会有这种心理。

为什么我们喜欢写男人的屈辱感多于写胜利感？可能是因为"民族-国家"的集体无意识，我们对屈辱的记忆，比对优胜的感觉要深刻得多，因为我们在过去一百多年的历史里，屈辱远多于胜利。但又不单是民族屈辱感的问题，还有纯文学和通俗文学的界限问题。屈辱感是一个比较文学性的、要探讨人性更深一层的东西，《007》之类的通俗小说不会给人屈辱感，它让人得到优越感，

---

* 台湾文学有两派。一派是现代主义派，代表作家有余光中、白先勇、王文兴，及刘绍铭、李欧梵等。另外一派是乡土派，最出名的是陈映真、王祯和、黄春明等。《嫁妆一牛车》是王祯和最有名的小说。

满足人的白日梦。

但是，好的世界名作，恰恰要探讨人性更深层一些的东西。托尔斯泰的《战争与和平》就是这样。皮埃尔自己的女人，很放荡，最后没有好下场；安德烈喜欢上娜塔莎，两人也订婚了，结果娜塔莎又碰到花花公子，要一起去看演出——这是世界文学史上写得最深刻的场景之一，男主人公喜欢的女人要跟别的男人出去，像《丈夫》里的丈夫所遭遇的那样。索契冬奥会的开幕式上，在全世界电视转播下，俄罗斯最有名的芭蕾舞演员演绎的，就是娜塔莎跟安德烈的这个片段。

欧洲浪漫主义的文学，基本赞扬、同情、支持三角关系中的后来者。比如司汤达的《红与黑》[17]，比如歌德的小说，不少都是讲一个男人出身低微，却长得帅、有才华，喜欢上一个女人，女人的丈夫又老又保守，虽然有地位有钱，但妻子照样被后来者抢去——男主人公爬阳台和女主人公偷情，这是欧洲浪漫文学的典型场面。教科书的说法是，后来者代表了新兴资产阶级的雄心，女人则是土地、财产、社会、山水及美的象征，是被贵族占有的。新兴的平民资产阶级要把她抢过来。最典型的文学作品就是《乱世佳人》[18]：女主人公在两个男人中间犹豫，一个有地位、有教养，另一个像暴发户流氓一样，可是有钱有魅力，最后当然赢了。在某种程度上，20世纪以后的文化工业，使得整个世界文明走向市场化，某种程度上也走向庸俗。*

---

* 有个网络作家，赚了很多钱，别人问他，你的小说这么多人看，有什么诀窍？他说，网络写作和一般的写作不太一样。一般的作者和读者是隔了距离的，中间有一个印刷工业的流通过程。网络不一样，读者都是付钱阅读的，如果写得不好看，马上就不付钱了，每天的点击量就是小说的受欢迎程度，作者和读者的互动关系非常直接。所以，这个网络作家写第三十三章时，就已经知道第三十四章要怎么写了。他说写网络小说有几个原则：第一个原则，男主人公喜欢的女人，一定要追到；第二，男主人公喜欢的女人，一定不能跟别人好；第三，男主人公有仇一定要报。这和我们所讲的严肃文学的法则完全相反，正好是通俗文学的法则。

《边城》: 这么多好人合作做了一件坏事

中国乡土文学的重要人物

看《边城》[19]，一定要看它的题记。沈从文在题记里写得很清楚，这小说不是写给农民看的，不是写给大学生看的，也不是写给评论家看的，是写给没有进到体制的、没有读大学的、但又关心中文文化命运的人看的。因为沈从文觉得，当时大学里的人都被左派思想感染了，都相信革命，而农民又没有能力来关心这些。所以，《边城》的理想读者，就是关心主流文化、又有自己独特看法的人，也就是观察社会主潮但又反主潮而动的人。前些年《亚洲周刊》曾经评选了 20 世纪一百部中国小说[20]，第一位是《呐喊》，第二位就是《边城》。现在，《边城》在中国文学史上的地位是非常高的。[*]

那么，沈从文为什么要批判都市文化，歌颂湘西文化？第一，他对乡村充满感情；第二，他讨厌城市。不仅是城乡的问题，他

---

[*] 据香港《亚洲周刊》于 1999 年 6 月公布之 "20 世纪中文小说一百强排行榜"，经 14 名来自中国大陆与港台地区及新加坡、马来西亚和北美的作家学者评选，鲁迅以小说集《呐喊》名列第一，沈从文《边城》第二。若以单篇小说计，《边城》则属第一。

342

也不那么简单地接受进化论和所谓革命进步之类的观点，所以他所描写、所留恋的是一些比较传统的、乡土的东西。*

中国"乡土文学"大致分三种：第一种是鲁迅这一类，从乡村到城市，又回到乡村，既留恋又批判乡镇农村。乡村是破旧的，但童年记忆是美好的。最典型的就是《故乡》。第二种是沈从文这一类，以乡村为对照批判城市，城市很糟糕，乡村才是美好的，比如《丈夫》和《边城》。第三种其实是一种"本土文学"，不只是指农村，还包含着一种"本土"的概念，比如陈映真和舒巷城。当"乡土文学"变成了"本土"概念，内涵就更复杂了："乡土"不仅相对城市，不仅代表地域，还寄托族群意识。在这个意义上，包涵"民族−国家"寓言的中国现当代文学，一直以乡土为主流。或者说，中国文学是世界文学中的"乡土文学"。在乡土文学的发展中，沈从文扮演了一个非常重要的角色。

沈从文不是农村的谢冰心

《边城》的故事很简单。有一个政府出钱的摆渡船，一个老头负责撑船。他女儿当初为了爱情出走，后来死了，把外孙女留在他身边。外孙女是老头的宝贝，长得很漂亮。这地方最有势力的船总，是当地的一个地主，又是一个绅士武装力量的头头。他有两个儿子，大老叫天保，二老叫傩送。两个男人都喜欢这个女孩，怎么办呢？他们就商定唱歌。两个富二代喜欢一个穷女子，但小

---

* 也许香港的读者会比较接受沈从文。香港的新界比较像沈从文描写的理想乡村，到现在还是传丁不传女。岭南大学旁边的乡村，一有大事就插很多三角的狼牙旗，像《三国演义》《水浒传》里的景象。有一次，我请王蒙来岭南大学演讲，车子开到学校边上，他就问我，这里在拍电影吗？我说，不是在拍电影，这旁边就是新界的村庄，他们就是这样，很像中国古代。这在内地是看不到的。

说里竟没有什么坏人坏心，整个小说里都是很美好的人与事。

小说出现了三层结构性的矛盾关系：

第一层矛盾关系，是义与利。

边城这个地方，和今天社会最大的不同，在于见义让利。坐渡船，那老头说，不要给钱。中国历来就有这个说法，叫"君子喻于义，小人喻于利"。"小人"的意思不是卑鄙的人，也不是小孩，就是普通人。不读书的人，就是要钱；读了书的人知道，要按道理，不能收钱。而在这个小小的边城，不管读书也好，不读书也好，大家都不要钱。这是一个最大的不同，也是边城最美好的地方。但是，这个地方归根到底又是讲钱的。男主人公讲婚嫁的时候，旁人告诉他：如果娶了翠翠，得到的是一个船；如果娶另一个女人，就会有一个碾坊，是稳定赚钱的。对于这个男人，虽然自家是有钱的，但也面临着一个最基本的选择：找一个穷女人还是找一个富女人。这个选择，无情解构了前面的"见义让利"。

第二层矛盾关系，是家庭亲情和男女爱情。

小说里设计了一个绝大绝难的选择。两兄弟喜欢了同一个女人，这个问题上，恰恰是西方道德和东方道德冲突得最厉害的。按照中国传统道德，女人没那么重要，不值得伤了兄弟的感情，兄弟是手足，女人是衣服。张爱玲曾解构说，男人把女人当衣服，女人把男人当作还不如她的衣服。至于两姐妹争一个男人，更是不道德，只能让那个男人来选。但是，按西方人文主义的观念，爱情是最高的，比兄弟姐妹、比父母的感情都要高。按西方价值观来说，家庭指的是夫妻和小孩，这才是最直接的。中国人传统的家，首先是父母长辈，一定是和父母的关系更重要。两个人相好，父母反对，就没办法了。现代西方人不是这样，真爱是必须要争的，千万不能让，也不能听任对方挑，因为如果你放弃了爱情，既对不起自己，也对不起爱人。

在这个地方，小说里展开了一个无解的矛盾。开始好像很有办法，两兄弟说好了，我们唱歌，她挑中谁就算谁，等于是俄罗斯转盘。大哥说我唱不好，二弟说那我代唱。这其实有点开玩笑的性质了。但这哥哥知道争不过他，就走了，结果在船上出事，死了。他一死，使得弟弟有负罪感，觉得对不起他哥哥，于是也伤心地走了。女孩的外祖父后来也死了，女孩就等着二老回来。小说写得很美好，也很凄凉、很浪漫、很忧郁。结尾非常经典："这个人也许永远不回来了，也许'明天'回来！"这是一个爱情故事的省略号。亲情与爱情的冲突，造成了小说的核心矛盾。

第三层矛盾关系，是整个《边城》没有一个坏人，却讲了一件坏透了的事。

常有同学问我，怎么来区分"通俗文学"和"严肃文学"？这个问题很难。最简单地说，凡是有明显的坏人，大都是通俗文学；凡是找不到一个明确的坏人，可能就是严肃文学。当然有特例，比如《奥赛罗》[21]就是一部有坏人的、经典的严肃作品。但大部分情况下，这个文学阅读的简单规律是靠谱的。*

《边城》就是这样，船总顺顺虽然有钱，但人很好，大老、二老也是很好的年轻人。整个《边城》里找不到坏人。可事情其实坏透了。老头死了，外孙女嫁不出去了；追求她的两个男人，一个死了，一个走了；他们的父亲也不开心，嘴里说不出，心里可能在责怪翠翠给两个儿子带来的命运。这件感情的纠纷，导致与此相关的每一个人都不快乐。这就是"众多好人合起来做了一件坏事"。

德国哲学家叔本华说，悲剧有三种：第一种悲剧，是出现一

---

* 还有人问我："什么叫色情？什么叫艺术里的情欲？"简单说，画面是色情的，却让你难过的，就是艺术的；而让你兴奋的，就是色情的。比如《色，戒》的三场床戏，一场比一场难过，这是艺术。

个坏人。比如两个人相爱了，结果来了一个非常坏的第三者，不择手段地把两人破坏了。这是最简单的一种悲剧，是在 TVB 常常可以看到的悲剧。第二种悲剧，是出现了突发事件。比如香港电影《新不了情》，一男一女相爱了，也没有坏人作梗。突然其中一个得了白血病，另一个哭得昏天暗地，但也没有办法。最难写的是第三种悲剧：没有坏人，也没有突发事件。就事论事，谁都是对的，因为他们所处的位置不同，或者性格不同，必然会发生矛盾冲突，从而产生悲剧。这种悲剧是最深刻的悲剧，是最无解的悲剧，也是最难写的悲剧。*巴金的《家》有坏人，是第一种悲剧。但是巴金的《寒夜》[22]是第三种悲剧，母亲、媳妇、儿子，都是好人，可关系就是弄不好。巴金的《寒夜》就是好小说。关于"文革"的作品，大概有四种故事类型：第一种，少数坏人害多数好人；第二种，坏事最后变成好事；第三种，我当年错了，但我不忏悔；

---

* 叔本华论悲剧三个类型——

　　第一种是："造成巨大不幸的原因可以是某一剧中人异乎寻常的，发挥尽致的恶毒，这时，这角色就是肇祸人。"

　　第二种是："造成不幸的还可以是盲目的命运，也即是偶然和错误。"

　　第三种是："不幸也可以仅仅是由于剧中人彼此的地位不同，由于他们的关系造成的；这就无需乎（布置）可怕的错误或闻所未闻的意外事故，也不用恶毒已到可能的极限的人物；而只需要在道德上平平常常的人们，把他们安排在经常发生的情况之下，使他们处于相互对立的地位，他们为这种地位所迫明明知道，明明看到却互为对方制造灾祸，同时还不能说单是那一方面不对。"

　　在这三种类型中，叔本华认为最后一类悲剧更为可取。"因为这一类不是把不幸当作一个例外指给我们看，不是当作由于罕有的情况或狠毒异常的人物带来的东西，而是当作一种轻易而自发的，从人的行为和性格中产生的东西，几乎是当作（人的）本质上要产生的东西，这就是不幸也和我们接近到可怕的程度了。并且，我们在那两类悲剧中虽是把可怕的命运和骇人的恶毒看作使人恐怖的因素，然而究竟只是看作离开我们老远老远的威慑力量，我们很可以躲避这些力量而不必以自我克制为逃逃薮；可是最后这一类悲剧指给我们看的那些破坏幸福和生命的力量却又是一种性质。这些力量光临我们这儿来的道路随时都是畅通无阻的。我们看到最大的痛苦，都是在本质上我们自己的命运也难免的复杂关系和我们自己也可能干出来的行为带来的，所以我们也无须为不公平而抱怨。这样我们就会不寒而栗，觉得自己已到地狱中来了。"（见叔本华：《作为意志和表象的世界》，石冲白译，北京：商务印书馆，1982 年）

第四种,众多好人合作做一件坏事。第四种是最深刻的,余华、马原、残雪、王安忆诸位写的小说就是这个类型,没有坏人。比如马原的小说《错误》[23],里面没有一个人是坏的,可故事是非常惨的。

《边城》好就好在:这么多好人合作做了一件坏事。悲剧的具体原因是什么呢?兄弟相争?老人过于关心?翠翠无法表达?人与人缺乏沟通?各种原因都有。老人是为外孙女好,他以为她喜欢大老。女孩呢?喜欢二老。因为亏欠了她母亲,老人对外孙女特别好,使得她觉得有自由恋爱的权利,但她又不能和爷爷沟通,又使得顺顺那边产生矛盾。整个小说是一个非常美丽的悲惨故事。

如果"左联"作家来写的话,《边城》可能是关于阶级斗争的重要作品,但沈从文没写。比如他的小说《萧萧》,讲一个童养媳和帮工偷情,结果生了个儿子。儿子长大后,她和小丈夫完婚,还一起帮儿子再找媳妇。初次看,觉得很意外,有些温馨,没有出现悲剧。但是,想深一层,不由得心底悲凉:假如她不是生儿子呢?现在她生了儿子,将来又找一个童养媳,她的童养媳将来会不会也碰到另外一个花狗呢?这样的事情会不会代代重复?沈从文的小说表面上非常温馨美丽,但要是真的当作田园牧歌来读,就太简单了,太一厢情愿了。沈从文不是农村的谢冰心。

因为他没写阶级斗争,所以当时的左翼作家说他"反动"。"反动"这个词,在特定语境下是负面的。如果完全中性地来看字面意思,就是"逆历史潮流而动"。一般说来,20世纪30年代讲革命,沈从文不革命,他是错的。但一个地方的历史潮流,不见得就是世界的潮流。

20世纪30年代的"左联"是非常好的,强调革命。但是,对于像沈从文这样的"反动作家",要公平地来看:他也不是完全反对阶级斗争,只是描写人与人矛盾冲突的另外一些可能性。一个农村女孩被两个有钱人家的儿子看中了,很可能是一个悲剧,很可能被逼成了白毛女；但是，她也可能变成翠翠，也可以是另一种浪漫的悲剧。隔了几十年后，我们回过头来看这段历史，再展望将来，就应该有足够的智慧，理解翠翠生活在这个世界上的多种可能性。

延伸阅读

朱光潜等著：《我所认识的沈从文》，长沙：岳麓书社，1986 年

沈从文：《从文自传》，北京：人民文学出版社，2017 年

沈从文：《湘行散记·湘西》，北京：人民文学出版社，2017 年

沈从文：《从文小说习作选》，上海：上海书店，1990 年

巴金等著：《长河不尽流》，吉首大学沈从文研究室编，长沙：湖南文艺出版社，1989 年

凌宇：《沈从文传》，上海：东方出版社，2009 年

凌宇：《从边城走向世界：对作为文学家的沈从文的研究》，北京：生活·读书·新知三联书店，1985 年

［美］金介甫：《沈从文笔下的中国社会与文化》，虞建华、邵华强译，上海：华东师范大学出版社，1994 年

［美］金介甫：《凤凰之子·沈从文传》，符家钦译，北京：中国友谊出版公司，2000 年

邵华强编：《沈从文研究资料》，广州：花城出版社，香港：三联书店，1991 年

刘洪涛：《沈从文小说新论》，北京：北京师范大学出版社，2005 年

张新颖：《沈从文的后半生：1948—1988》，桂林：广西师范大学出版社，2014 年

张新颖：《沈从文的前半生：1902—1948》，上海：上海三联书店，2018 年

张新颖：《生命流转，长河不尽：沈从文纪念集》，太原：北岳文艺出版社，2015 年

沈从文《习作选集代序》

先生，真亏你们的耐心和宽容，许我在这十年中一本书接一本书印出来。花费金钱是小事，花费你们许多宝贵的时间，我心里真难受，我们未必全有机会见面或通信，但我知道你我相互之间无形中早已有了一种友谊流通。我尊重这种友谊。不过我虽然写了许多东西，我猜想你们从这儿得不到什么好处。你们目前所需要的或者我竟完全没有。过去一时有个书评家称呼我为"空虚的作家"，实代表了你们一部分人的意见。那称呼很有见识。活在这个大时代里，个人实在太渺小了。我知道的并不比任何人多。对于广泛人生的种种，能用笔写到的只是很窄很小一部分。我表示的人生态度，你们从另外一个立场上看来觉得不对，那也是很自然的。倘若我作品不合你们的趣味，事不足奇，原因是我的写作还只算是给我自己终生工作一种初步的试验。你们欢喜什么，了解什么，切盼什么，我一时尚注意不到。我虽明白人应在人群中生存，吸收一切人的气息，必贴近人生，方能扩大他的心灵同人格。我很明白！至于临到执笔写作那一刻，可不同了。我除了用文字捕捉感觉与事象以外，俨然与外界绝缘，不相粘附。我以为应当如此，必需如此。一切作品都需要个性，都必需浸透作者人格和感情，想达到这个目的，写作时要独断，要彻底地独断！（文学在这时代虽不免被当作商品之一种，便是商品，也有精粗，且即在同一物品上，制作者还可匠心独运，不落窠臼，社会上流行的风格，流行的款式，尽可置之不问。）先生，不瞒你，我就在这样态度下写作了十年。十年不是一个短短的时间，你只看看同时代多少人的反复"转变"和"没落"就可明白。我总以为这个工作比较一切事业还艰辛，需要日子从各方面去试验，作品失败了，不足丧气，不妨重来一次；成功了，也许近于凑巧，不妨再换个方式看看。不特读者如何不能引起我的注意，便是任何一种批评和意见，目前似乎也都不需要。如果这件事你们把它叫作"傲慢"，就那么称呼下去好了，我不想分辩。我只觉得我至少还应当保留这种孤立态度十年，方能够把那个充满了我也更贴近人生的作品和你们对面。目前我的工作还刚好开始，若不中途倒下，我能走的路还很远。

这世界上或有想在沙基或水面上建造崇楼杰阁的人，那可不是我。我只想造希腊小庙。选山地作基础，用坚硬石头堆砌它。精致，结实，匀称，形体虽小而不纤巧，是我理想的建筑。这神庙供奉的是"人性"。作成了，你们也许嫌它式样太旧了，形体太小了，不妨事。我已说过，那原本不是特别为你们中某某人作的。它或许目前不值得注意，将来更无希望引人注意；或许比你们寿命长一点，受得住风雨寒暑，受得住冷落，幸而存在，后来人还须要它。这我全不管。我不过要那么作，存心那么作罢了。在作品上我使用"习作"字样，不图掩饰作品的失败，得到读者的宽容，只在说明我取材下笔不拘常例的理由。

先生，关于写作我还想另外说几句话。我和你虽然共同住在一个都市里，有时居然还有机会同在一节火车上旅行，一张桌子上吃饭，可是说真话，你我原是两路人。提到这一点你不用误会，不必难受，我并没有看轻你的意思。你不妨想象为人比我高超一等，好书读得比较多，人生知识比较丰富，道德品性比较齐全，——总而言之一切请便。只是我们应当分开。有一段很长很长的时期，你我过的日子太不相同了。你我的生活，习惯，思想，都太不相同了。我实在是个乡下人，说乡下人我毫无骄傲，也不在自贬，乡下人照例有根深蒂固永远是乡巴老的性情，爱憎和哀乐自有它独特的式样，与城市中人截然不同！他保守，顽固，爱土地，也不缺少机警却不甚懂诡诈。他对一切事照例十分认真，似乎太认真了，这认真处某一时就不免成为"傻头傻脑"。这乡下人又因为从小飘江湖，各处奔跑，挨饿，受寒，身体发育受了障碍，另外却发育了想象，而且储蓄了一点点人生经验。即或这个人已经来到大都市中，同你们做学生的——我敢说你们大多数是青年学生——生活在一处，过了十来年日子。也各以因缘多少读了一点你们所读的书，某一时且居然到学校里去教书。也每天照例阅读报纸，对时事发生愤慨，对汉奸感觉切齿。也常常同朋友争论，题目不外乎中国民族的出路，外交联俄亲日的得失，以至于某一本书的好坏，某一个作品的好坏。也有时伤风，必需吃三五片发汗药，躺一两天，机会凑巧等到对于一个女子发生爱情时，也还得昏脑昏头的恋爱，抛下日常正当事务不作，无日无夜写那种永远写不完同时也永远写不妥的信，而且结果就结了婚。自然的，表面生活我们已经差不多完全一样了。可是试提出一两个抽象的名词说说，即如"道德"或"爱情"吧，分别就见出来了。我既仿佛命里注定要拿一支笔弄饭吃，这枝笔又侧重在写小说，写小说又不可免得在故事里对于"道德""爱情"以及"人生"这类名词有所表示，这件事就显然划分了你我的界限。请你试从我的作品里找出两个短篇对照看看，从《柏子》同《八骏图》看看，就可明白对于道德的态度，城市与乡村的好恶，知识分子与抹布阶级的爱憎，一个乡下人之所以为乡下人，如何显明具体反映在作品里。这不过是一个小小例子罢了，你细心，应当发现比我说到的更多。有许多事情可以是我的弱点，但你也应当知道我这个弱点。

　　我这种乡下人的气质倘若得到你的承认，你就会明白我的作品目前与多数读者对面时如何失败的理由了，即或有一两个作品给你们留下点好印象，那仍然不能不说是失败。我作品能够在市场上流行，实际上近于买椟还珠，你们能欣赏我故事的清新，照例那作品背后蕴藏的热情却忽略了，你们能欣赏我文字的朴实，照例那作品背后隐伏的悲痛也忽略了。原因简单，你们是城市中人。城市中人生活太匆忙，太杂乱，耳朵眼睛接触声音光色过分疲劳，加之多睡眠不足，营养不足，虽俨然事事神经异常尖锐敏感，其实除了色欲意识以外，别的感觉官能都有点麻木不仁。这并非你们的过失，只是你们的不幸，造成你们不幸的是这一个现代社会。就文学欣赏而言，却又有过多的理论家和批评家，弄得你们头目晕眩。两年前，我常见有人在报章杂志上写论文和杂感，针对着"民族文学"问题"农民"文学问题，而有所讨论。讨论不完，补充辱骂。我当时想：这些人既然知识都丰富异常，引经据典头头是道，立场又各不相同，一时必不会有如何结论。即或有了结论，派谁来证实，谁又能证实？我这乡下人正闲着，不妨试来写一个小说看看吧。因此《边城》问了世。这作品原本近于一个小房子的设计，用少料，占地少，希望它既经济而又不缺少空气和阳光。我要表现的本是一种"人生的形式"，一种"优美，健康，自然，而又不悖乎人性的人生形式"。我主意不在领导读者去桃源旅行，却想借重桃源上行七百里路酉水流域一个小城小市中几个愚夫俗子，被一件人事牵连在一处时，各人应有的一分哀乐，为人类"爱"字作一度恰如其分的说明。文字少，故事又简单，批评它也方便，只看它表现得对不对，合理不合理；若处置题材表现人物一切都无问题，那么，这种世界虽消灭了，自然还能够生存在我那故事中。这种世界即或根本没有，也无碍于故事的真实。这作品从一般读者印象上找答案，我知道没人把它看成载道作品，也没有人觉得还是民族文学，也没有人认为是农民文学。我本来就只求效果，不问名义；效果得到，我的事就完了。不过这本书一到了批评家手中，就有了花样。一个说"这是过去的世界，不是我们的世界，我们不要"。一个却说"这作品没有思想，我们不要"。很凑巧，恰好这两个批评家一个属于民族文学派，一个属于对立那一派。这些批评我一点儿也不吃惊。虽说不要，然而究竟来了，烧不掉的，也批评不倒的。原来他们要的他们自己也没有，我写出的又不是他们预定的形式，真无办法，我别无意见可说，只觉得中国倘若没有这些说教者，先生，你接近我这个作品，也许可以得到一点东西，不拘是什么；或一点忧愁，一点快乐，一点烦恼和惆怅，多少总得到一点点。你倘若毫无成见，还可慢慢的接触作品中人物的情绪，也接触到作者的情绪，那不会使你堕落的！只是可惜你们大多数即不被批评家把眼睛蒙住，另一时却早被理论家把兴味凝固了。你们多知道要作品有"思想"，有"血"，有"泪"；且要求一个作品具体表现这些东西到故事发展上，人物言语上，甚至于一本书的封面上，目录上。你们要的事多容易办！可是我不能给你们这个。我存心放弃你们，在那书的序言上就写得清清楚楚。我的作品没有这样也没有那样。你们所要的"思想"，我本人就完全不懂你说的是什么意义。

提到这点，我感觉异常孤独。乡下人太少了。倘若多有两个乡下人，我们这个"文坛"会热闹一点吧。目前中国虽也有血管里流着农民的血的作者，为了"成功"，却多数在体会你们的兴味，阿谀你们的情趣，博取你们的注意。自愿作乡下人的实在太少了。

虽然如此，我还预备继续我这个工作，且永远不放下我一点狂妄的想象，以为在另外一时，你们少数的少数，会越过那条间隔城乡的深沟，从一个乡下人的作品中，发现一种燃烧的感情，对于人类智慧与美丽永远的倾心，康健诚实的赞颂，以及对愚蠢自私极端憎恶的感情。这种感情且居然能刺激你们，引起你们对人生向上的憧憬，对当前一切的怀疑。先生，这打算在目前近于一个乡下人的打算，是不是。然而到另外一时，我相信有这种事。

先生，时间太快，想起来令人惆怅。我的第一个十年的工作已快要结束了，现在从一堆习作里，选了这样二十个短篇，附入几个性质不同的作品，编成这个集子，算是我这个乡下人来到都市中十年一点纪念。这样一本厚厚的书能够和你们见面，需要出版者的勇气，同时还有几个人，特别值得记忆，我也想向你们提提：徐志摩先生，胡适之先生，林宰平先生，郁达夫先生，陈通伯先生，杨今甫先生，这十年来没有他们对我种种的帮助和鼓励，这集子里的作品不会产生，不会存在。尤其是徐志摩先生，没有他，我这时节也许照《自传》上说的那两条路选了较方便的一条，不过北平市区里作巡警，就卧在什么人家的屋檐下瘟了，僵了，而且早已腐烂了。你们看完了这本书，如果能够从这些作品里得到一点力量，或一点喜悦，把书掩上时，盼望对那不幸早死的诗人表示敬意和感谢，从他的那儿我接了一个火，你得到的温暖原是他的。如果觉得完全失望了，不妨把我放在"作家"以外，给我一个机会，到另外一时，再来注意我的工作。十年日子在人事上不是个很短的时期，从人类历史说来却太短了。我们从事的工作，原来也可以看得很轻易，以为是制造饽饽食物必需现作现卖的，也可以看得比较严重，以为是种树造林必需相当时间的。我希望我的工作，在历史上能负一点儿责任，尽时间来陶冶，给它证明什么应消灭，什么宜存在。

（1936 年）

沈从文《〈边城〉题记》

对于农人与兵士，怀了不可言说的温爱，这点感情在我一切作品中，随处都可以看出。我从不隐讳这点感情。我生长于作品中所写到的那类小乡城，我的祖父，父亲，以及兄弟，全列身军籍；死去的莫不在职务上死去，不死的也必然的将在职务上终其一生。就我所接触的世界一面，来叙述他们的爱憎与哀乐，即或这枝笔如何笨拙，或尚不至于离题太远。因为他们是正直的，诚实的，生活有些方面极其伟大，有些方面又极其平凡，性情有些方面极其美丽，有些方面又极其琐碎，——我动手写他们时，为了使其更有人性，更近人情，自然便老老实实的写下去。但因此一来，这作品或者便不免成为一种无益之业了。因为它对于在都市中生长教育的读书人说来，似乎相去太远了。他们的需要应当是另外一种作品，我知道的。

照目前风气说来，文学理论家，批评家，及大多数读者，对于这种作品是极容易引起不愉快的感情的。前者表示"不落伍"，告给人中国不需要这类作品，后者"太担心落伍"，目前也不愿意读这类作品。这自然是真事。"落伍"是什么？一个有点理性的人，也许就永远无法明白，但多数人谁不害怕"落伍"？我有句话想说："我这本书不是为这种多数人而写的。"大凡念了三五本关于文学理论文学批评问题的洋装书籍，或同时还念过一大堆古典与近代世界名作的人，他们生活的经验，却常常不许可他们在"博学"之外，还知道一点点中国另外一个地方另外一种事情。因此这个作品即或与当前某种文学理论相符合，批评家便加以各种赞美，这种批评其实仍然不免成为作者的侮辱。他们既并不想明白这个民族真正的爱憎与哀乐，便无法说明这个作品的得失，——这本书不是为他们而写的。至于文艺爱好者呢，或是大学生，或是中学生，分布于国内人口较密的都市中，常常很诚实天真的把一部分极可宝贵的时间，来阅读国内新近出版的文学书籍。他们为一些理论家，批评家，聪明出版家，以及习惯于说谎造谣的文坛消息家，同力协作造成一种习气所控制，所支配，他们的生活，同时又实在与这个作品所提到的世界相去太远了。——他们不需要这种作品，这本书也就并不希望得到他们。理论家有各国出版物中的文学理论可以参证，不愁无话可说；批评家有他们欠了点儿小恩小怨的作家与作品，够他们去毁誉一世。大多数的读者，不问趣味如何，信仰如何，皆有作品可读。正因为关心读者大众，不是便有许多人，据说为读者大众，永远如陀螺在那里转变吗？这本书的出版，即或并不为领导多数的理论家与批评家所弃，被领导的多数读者又并不完全放弃它，但本书作者，却早已存心把这个"多数"放弃了。

我这本书只预备给一些"本身已离开了学校，或始终就无从接近学校，还认识些中国文字，置身于文学理论，文学批评，以及说谎造谣消息所达不到的那种职务上，在那个社会里生活，而且极关心全个民族在空间与时间下所有的好处与坏处"的人去看。他们真知道当前农村是什么，想知道过去农村有什么，他们必也愿意从这本书上同时还知道点世界一小角隅的农村与军人。我所写到的世界，即或在他们全然是一个陌生的世界，然而他们的宽容，他们向一本书去求取安慰与知识的热忱，却一定使他们能够把这本书很从容读下去的。我并不即此而止，还预备给他们一种对照的机会，将在另外一个作品里，来提到二十年来的内战，使一些首当其冲的农民，性格灵魂被大力所压，失去了原来的朴质，勤俭，和平，正直的型范以后，成了一个什么样子的新东西。他们受横征暴敛以及鸦片烟的毒害，变成了如何穷困与懒惰！我将把这个民族为历史所带走向一个不可知的命运中前进时，一些小人物在变动中的忧患，与由于营养不足所产生的"活下去"以及"怎样活下去"的观念和欲望，来作朴素的叙述。我的读者应是有理性，而这点理性便基于对中国现社会变动有所关心，认识这个民族的过去伟大处与目前堕落处，各在那里很寂寞的从事于民族复兴大业的人。这作品或者只能给他们一点怀古的幽情，或者只能给他们一次苦笑，或者又将给他们一个噩梦，但同时说不定，也许尚能给他们一种勇气同信心！

二十三年四月二十四日记

沈从文《〈边城〉新题记》

民十随部队入川，由茶峒过路，住宿二日，曾从有马粪城门口至城中二次，驻防一小庙中，至河街小船上玩数次。开拔日微雨，约四里始过渡，闻杜鹃极悲哀。是日翻上棉花坡，约高上二十五里，半路见路劫致死者数人。山顶堡砦已焚毁多日。民二十二至青岛崂山北九水路上，见村中有死者家人"报庙"行列，一小女孩奉灵幡引路。因与兆和约，将写一故事引入所见。九月至平结婚，即在达子营住处小院中，用小方桌在树荫下写第一章。在《国闻周报》发表。入冬返湘看望母亲，来回四十天，在家乡三天，回到北平续写。二十三年母亲死去，书出版时心中充满悲伤。二十年来生者多已成尘成土，死者在生人记忆中亦淡如烟雾，惟书中人与个人生命成一希奇结合，俨若可以不死，其实作品能不死，当为其中有几个人在个人生命中影响，和几种印象在个人生命中影响。

从文　卅七年北平

鲁迅是一座山，但张爱玲是一条河

胡　适	1891		1962	
鲁　迅	1881	1936		
周作人	1885		1967	
郁达夫	1896	1945		
冰　心	1900			1999
凌叔华	1900		1990	
丁　玲	1904		1986	
郭沫若	1892		1978	
戴望舒	1905	1950		
闻一多	1899	1946		
卞之琳	1910			2000
梁遇春	1906	1932		
茅　盾	1896		1981	
田　汉	1898		1968	
曹　禺	1910		1996	
老　舍	1899		1966	
巴　金	1904			2005
沈从文	1902		1988	
萧　红	1911	1942		
张爱玲	1920		1995	
钱锺书	1910		1998	

"五四"主流文学史无法安放的作家

对"五四"新文学的反驳与挑战

张爱玲在中国现代文学史上的地位和影响，可用三点来简单概括：

第一点，张爱玲是一个用中国传统小说手法写出现代主义精神的作家。"五四"文学的主流是现实主义加浪漫主义，是反叛或更新中国传统的。西方现代主义基本上是20世纪的上半叶，中国现代文学也是20世纪的前五十年。但中国现代文学的主流，走的是西方18、19世纪的道路，就是现实主义、浪漫主义，讲平等、自由、博爱，相信人道主义，追求个性解放之类。老实说，"五四"的这些工作至今还没完成。能否跳过去？能否"超克"？我很怀疑。

与此同时，西方文学的主流是现代主义，是颓废的、异化的、黑色幽默的、意识流的东西。现代主义在中国现代文学里并不是主流。*所以，张爱玲和中国现代文学作家的区别在于：她比较向

---

* 现代主义在中国现代文学中只是一个支流，是非常边缘的。施蛰存、刘呐鸥、穆时英、李金发、穆旦等，都是现代主义作家，但他们都不是主流作家。在中国，现代主义和现代文学的时间是重合的。

往过去，用传统小说如《红楼梦》《海上花列传》的笔法，写民国世界。她不会像巴金那样写："咬着牙齿狠狠地说：……"张爱玲会这么写："觉慧道：……梅表姐笑道：……""咬着牙狠狠地"这些表情，都要通过"道"的内容来体现，她不会加上新文艺腔的说明形容。《红楼梦》和《海上花列传》从来没有这样写过。这种加上表情、形容词的写法是新白话，而她用的是旧白话。

但她的旧白话又不真写鸳鸯蝴蝶派小说。旧白话当时有人写，比如《海上花列传》，还有周瘦鹃、秦瘦鸥甚至张恨水，写了很多鸳鸯蝴蝶派小说。可张爱玲用传统小说的部分手法，写貌似鸳鸯蝴蝶的情欲故事，却能写出现代主义的悲凉颓废。简言之，她是以《红楼梦》手法写现代主义。她有一句话："生命是一袭华美的袍，爬满了蚤子。"[1]这是她19岁时写的，后来成为她一生创作的总标题，就好像鲁迅的《狂人日记》是整个中国现代文学的总标题。或者有人想过"生命是一袭华美的袍"，但就想不到后一句"爬满了蚤子"。我曾把这句话讲给一位美国教授听，他说，这本身就是高度的现代主义。他还提供了另一个解释，我原来没想到。我本以为华美的袍很漂亮，上面有蚤子。那个美国教授说，不，这袍为什么华美呢？也许就因为蚤子小虫的细细闪光，远看才显得华美了——因为它有花纹，而这花纹不是别的，正是密密麻麻的蚤子。这样一解的话，张爱玲的小说就更深刻了。*

第二点，张爱玲以俗文学的方式写纯文学。"五四"时期，文学壁垒分明。鸳鸯蝴蝶派就是俗文学，口号是"宁可不娶小老婆，不可不看礼拜六"；巴金、老舍的作品都是严肃文学，忧国忧民。可张爱玲的第一篇小说就给了《紫罗兰》主编周瘦鹃，一点都不

---

* 有一段时间，张爱玲在中国也变成一个小资消费品，随便什么人都知道张爱玲。人们不一定知道沈从文，甚至也不关心鲁迅，却知道张爱玲的格言，如"出名要趁早"。这是典型的只知华美，不知悲凉，或者说不知苍凉。

忌讳通俗文学，而且她后来把作品全部授权皇冠出版。张爱玲的书在皇冠出版，封面很华丽，乍一看好像应该放在言情小说、流行文学一栏。所以，在很多书城，张爱玲和张小娴、李碧华放在一起，张抗抗、王安忆放在另外一边。张爱玲毫不忌讳俗文学的书店、包装、宣传甚至题材和写法。一方面，她的文学以貌似通俗文学的名义出版，但另外一方面，她的作品又进入了纯文学甚至学术研究的大雅之堂。

第三点，张爱玲的作品是批判女人的女性主义。女性主义的核心观点，是要提高女性的地位，觉得男人写的作品歪曲了女性。可张爱玲的作品偏偏在很多地方批判女性，比如《倾城之恋》[2]里，范柳原讲白流苏，说"根本你以为婚姻就是长期的卖淫"，好像是男人的偏见。张爱玲的另一篇文章《谈女人》[3]，也从正面的角度讲，在某种意义上，女人就是把婚姻看作长期的饭票。再如《倾城之恋》里的这些话："一个女人，再好些，得不着异性的爱，也就得不着同性的尊重。女人们就是这点贱。"张爱玲是一个女性主义作家，可又有很多话在批判女人。

简言之，张爱玲在历史观、语言、抒情方式这三个方向，对忧国忧民、启蒙批判的"五四"新文学构成了某种反驳与挑战。

生活上、精神上似乎都"无家可归"

黄子平曾说，张爱玲是一个"'五四'主流文学史无法安放的作家"[4]。"安放"这个词用得非常精彩。中国现代文学史有一个大概的秩序，本来是"鲁、郭、茅、巴、老、曹"，后来再加上沈从文、钱锺书，唯独张爱玲不知该怎么放。然而，在台湾、香港和海外文学中，张爱玲的影响和地位就像鲁迅那么重要。张爱玲是所有中国现代作家里面出身最"豪华"的，虽然她小时候并不知道。

她的祖父张佩纶是同光年间的清流派，曾在皇帝面前做侍讲，外面有什么贪官，有什么腐败，他就告状，让皇帝去处理，等于又做"中央党校"的教授，又做"中纪委"的官员。可惜好景不长，当时是"浊世"，他做"清流"是要得罪人的。人家也不说他不好，只说国家有大难，"清流"都是精英，派他们担当重任吧。当时朝廷里就有人出诡计，把张佩纶派到福建，跟法国人打了一仗，叫"马江之战"，输了。其实谁打都输，因为法国军舰好，清朝贪官买来的炮弹里面是沙。但这个打败的责任就是张佩纶的。犯错误了，他被流放到张家口。过了几年，流放完了，李鸿章觉得对不起他，就把女儿嫁给他。张爱玲的祖母李菊耦，是李鸿章的第二个女儿，他们结婚的房子就是李鸿章送的。当时李鸿章是朝廷重臣，权力很大。到民初时，张家已经衰落了，昔日荣耀变成丑事了，所以张爱玲的父亲从没跟她说起这些事。她后来看了曾朴的《孽海花》[5]才知道。那时她已经十几岁了。

　　张爱玲的父亲和母亲是截然不同的。她父亲是个很没用的人，好像就做两件事情，读《红楼梦》和抽鸦片。一辈子不会赚钱，把家里的财都败掉了。张爱玲的母亲家世也很好，是曾国藩下面一个将军的后代，她看不惯丈夫。在张爱玲四岁的时候，姑姑要去英国留学，母亲就跟着陪读去了。张爱玲读小学时，母亲又回来了。父亲和母亲是离婚的。对张爱玲来说，父教和母教完全不同。父教等于是晚清前朝的气氛，鸦片、《红楼梦》、小老婆……她父亲后来又结婚，后母也是清代破落官员出身，过气的贵族。而张爱玲的母亲呢？留欧回来，讲法文，吃西餐，给张爱玲找外国老师教弹钢琴，让张爱玲穿现代的裙子、鞋子，带她做头发。*

---

* 其实香港就是这么一个地方，这个城市的背景，就像有一个前清的"父亲"，跟一个英伦的"母亲"。

在理性上，张爱玲当然选择母亲，16岁以后和母亲住在一起，因为父亲打她、关她。可她后来的回忆文章里，写到母亲，大都是负面的，尤其是《小团圆》[6]。写到父亲，反而批评之中含着深情。举个例子，她写母亲给她找了一个教钢琴的俄国老师，老师教完钢琴后，在她额头上亲一下。小张爱玲记住了那个被亲的地方，等老师走后，她就拿出手绢拼命地擦。她恨。可是，父亲做了那么多的坏事，她回想起来还是充满温情。

为什么张爱玲对父亲比较留恋，对母亲比较麻木呢？有人说是恋父情结，但张爱玲后来和父亲关系一点都不好，父亲晚年在上海生活得很惨，她也不关心。她写过一个小说《心经》讲恋父，写得也很勉强，最后还是母亲出来救了女主人公。[*]

从大的方面来讲，可能是因为张爱玲对时代、对中西文化的看法与众不同。在"五四"那个时代，觉得现代比清代好，是所有新文学作家的共识。但张爱玲不这么觉得。她并不觉得从法国回来弹弹钢琴就一定更有文化。所以，后来胡兰成和她谈起《战争与和平》与《金瓶梅》哪个好，张爱玲说，当然《金瓶梅》好。张爱玲回忆说，那时"我把世界强行分作两半"，一半是光明，一半是黑暗，凡是中国的都是黑暗的，凡是过去的都是黑暗的，凡是现在的都是光明的，凡是西方的都是光明的。[7]"强行"这两个字就说明，她后来知道这种划分是不对的。所以，张爱玲在对父母的态度上，显示出与很多"五四"作家的不同，这和沈从文有点相似。她不认为在文化上，民国就一定比清朝好，也不认为外国的东西一定比中国的东西好。[†]

---

[*]　王安忆有个非常精彩的说法是，张爱玲觉得母亲比她漂亮，一辈子嫉妒母亲。也有道理，她母亲有很多艳遇，张爱玲没有。

[†]　但她也不是盲目地认为中国的东西就是好，这一点和林语堂又不一样。后来她在美国用英文写作时，描写中国传统家庭里的黑暗，美国的编辑说，你把中国的家庭写得这

张爱玲后来的小说主题是"男女战争"——就是男女谈恋爱。但这个"恋爱"是打仗，是计算，是猜疑，是提防，是博弈，从头到尾是在"打仗"。而这种爱情战争最早、最佳的人物原型就是她的父母。她的父母一辈子打仗，不能说没有感情，也有过家庭、有过孩子，可就是一直在较量。张爱玲小说有四个最基本的原型：自己，父亲，母亲，当然还有胡兰成。

还有一点，"五四"文学中的"父亲"是个显眼的空白。现实层面上，作家的父亲们很多都很早去世了；象征层面上，父亲又大多是负面人物。所以有一个"弑父"情结。与此同时，无论写实还是象征，母亲都是启蒙者，都是爱与被爱的对象。张爱玲与众不同的地方是，她"弑"父，但也不恋母。在某种意义上，张爱玲晚年凄凉地死在洛杉矶也是有一定道理的，生活上、精神上似乎都"无家可归"。最后，她所有的版税、稿费都是交给朋友宋淇和皇冠出版社，没有留给任何亲人。其实她是有亲人的，姑妈对她很好，但她晚年也不回上海，什么亲情都放弃了。*

张爱玲写小说的黄金期，是在1943年到1945年，大概二十四五岁。她写小说以后，认识了汪兆铭伪政权下的宣传官员胡兰成，也是一个才子。胡兰成离婚后和张爱玲秘密结婚了。可没几个月，胡兰成就跑到武汉，和小护士周训德结婚了。抗战结束，他作为汉奸出逃，有个寡妇范秀美一路送他，他又和她在一起。后

么黑暗，不等于还是说左派党好吗？张爱玲听了很不高兴，她说，难道我要瞎编吗？要我把中国过去的传统编成非常美好的、像你们美国人想象的那样？那也不行。张爱玲是一个很矛盾的人。

* 我1990年在UCLA（加利福尼亚大学洛杉矶分校）时，常常把车停在一个路口，那时我还在写论文，写《张爱玲小说和上海小市民社会》等。多年以后我才知道，张爱玲最后住的地方就是我常常停车的地方，这使我非常感慨。她的晚年很凄凉，到处搬家，每到一个地方，都觉得这个地方有虫，头发上有虫，拼命剪自己的头发，不断地搬家。她那句有名的话"生活是一袭华美的袍，爬满了蚤子"，当时是象征，没想到变成了写实。她晚年就一直在和小虫挣扎，死了好几天才被人发现。

来他去日本，和日本女人一枝在一起。再后来又娶黑手党头目的妻子佘爱珍。胡兰成把自己这些故事，写进一本书叫《今生今世》[8]。很多人喜欢他，说他的文字非常好。台湾很有名的作家朱天文、朱天心非常崇拜胡兰成。张爱玲后来写的《小团圆》，就是纠正或者说改造胡兰成版的恋爱故事。

第二节

《第一炉香》与《倾城之恋》

《日出》之前的堕落故事

《第一炉香》[9]是张爱玲的第一篇小说，奠定了她的基本风格。小说的故事讲一个上海女孩葛薇龙到香港读书，钱用完了。她有一个姑妈在香港，家里很有钱，于是女孩去求姑妈的援助继续读书。可她到姑妈家一看，觉得姑妈的生活方式很颓废，交往的男人很杂，家里的佣人也很怪。她当时在犹豫，要不要留下。但是，姑妈给她安排了独立的房间，能看到山景，衣柜里全是好衣服——从睡衣到礼服，什么都有，全是她的尺寸。这个女孩对着镜子，一件一件地穿这些衣服，很开心。但试完衣服突然瘫在床上，说："这跟长三堂子里买进一个人，有什么分别？"* 女孩有些害怕，但晚上睡觉时，这么多好衣服就像《蓝色多瑙河》一样，在梦中绕着

---

* "长三堂子"是最高级的夜总会。侯孝贤导演的《海上花》[10]，就是描写上海的长三堂子。长三堂子有很多规矩，来这里的客人，要先请吃饭，弹音乐，花好多钱，来来去去很久以后才能跟女主人（当时叫"先生"）"定情"。而且，一旦和先生好了以后，就不能再拈花惹草了，否则先生要吃醋的。客人要忠实于先生，比现代很多婚姻还要牢靠。可这依然是长三堂子。

她跳舞，睡得很舒服。于是，她对自己说，先看看再说。女孩在大宅住了几个月，参加很多派对，认识了很多人，吃喝玩乐。终于有一天晚上，有个广东富商送了她姑妈一个金刚石手镯。女孩正在羡慕时，没想到这个老板在她手上也套了一个，这个套的动作像套手铐一样，扣上了。人的一生里，总有这么一个瞬间，会有一个不喜欢的人，送一个你非常想要的东西，人在这个地方就会经历考验。

女孩想，可能姑妈要把她送给这个老头，她想回上海，或者在香港嫁人。她爱上一个混血靓仔乔琪乔。小说写得非常美丽，讲晚上两人做爱的场景，她好像坐在一辆高速行进的汽车上，两耳都是风，但那不是风，那是乔琪乔的吻。可惜几小时后梦就破碎了，没到第二天，乔琪乔就和花园里的丫头搞上了。她又想回上海，偏偏在这时又生病了。女孩想，也许我有心要生这个病。病好后，她就和乔琪乔复合了。

最后她嫁给了乔琪乔，帮丈夫搵钱，帮她姑妈找男人。因为她可以吸引男人来姑妈家，又可以和那些男人来往赚钱，用来帮助她的丈夫。小说的结尾在湾仔街上，有些外国水兵以为她也是风尘女子，对她掷花炮。乔琪乔把她拉进汽车，说那些人把你当什么人了。葛薇龙说，我和她们有什么分别？只是她们是被迫的，我是自愿的。乔琪乔点了一支烟，黑暗中烟头亮了一下，很快又陷入了黑暗。这个男人瞬间良心发现，但也只有瞬间，接下来还是要靠葛薇龙赚钱。

这个小说，如果再接下去，过五年、十年，就是陈白露的故事。只是张爱玲写的是陈白露的早期阶段。

这么一个女子在城市里堕落的故事，被张恨水写，是一个通俗故事，前面堕落有责任，后面结果受惩罚，因果相报；被曹禺写，是一个阶级压迫、社会黑暗的故事；但在张爱玲笔下，就写成了人性堕落的故事。葛薇龙的故事，可能发生在任何人身上：她走出去的每一步，都有理由，都有一点错，但还是会走，因为说得通；但当她一步一步走出去时，突然在某一个点上，发现自己已经处于非常危险的境地了。虽然每一步都是合理的，但结果可能是荒谬的。这就是张爱玲所写的人性堕落、虚荣的必然性。*

张爱玲最重要的作品至少有五部，其中四部都是早期写的：《第一炉香》《倾城之恋》[11]《金锁记》[12]，还有《红玫瑰与白玫瑰》[13]。†第五部是她晚年的《小团圆》，非常重要的作品。另外，她有一些短篇也非常好，比如《封锁》《留情》[14]，还有《茉莉香片》[15]和《心经》，都有可读之处。

女人第一次发出这么不浪漫的声音

张爱玲的爱情故事基本上都是悲剧，除了《倾城之恋》。傅雷当时写过一篇文章，赞扬《金锁记》，批评《倾城之恋》，觉得这只是一个普通的爱情故事。但把张爱玲放回到中国现代文学史的脉络里看，会发现《倾城之恋》很特别。

《倾城之恋》讲一个上海女人白流苏，28 岁‡，离婚了，回到娘家很苦，上海的家很保守。这里有两个重要情节：第一，她母亲不帮她。张爱玲小说里的母亲都不怎么样，这种情况在中国现代文学中很少见。第二，她的镜子帮了她。在母亲那里得不到援助后，

---

* 我一直很奇怪，为什么没人把这个小说拍成电影？它具备了拍电影的很多基本条件，有故事，有男女，有深度，又有知名度，为什么那些电影导演老是拍《小时代》，不拍《第一炉香》？

† 《金锁记》是和鲁迅一样的写法，不过这个故事非常有血有肉，是非常颓废、非常深刻，批判人性堕落、也批评礼教的故事。后来张爱玲用中文英文改写过好几次。我最喜欢的还是第一版。《红玫瑰与白玫瑰》被香港导演关锦鹏拍成电影，拍得很谨慎，中规中矩。陈冲演第一女主角，第二女主角是叶玉卿。小说也很好看，批判男人非常到位。《红玫瑰与白玫瑰》是张爱玲认识胡兰成后写的。

‡ 张爱玲后来说白流苏其实应该 30 多岁，但不敢写，怕读者会不同情她，就写她 28 岁。

她就回到房间，对着镜子，走了几步，作者对镜子里的她做了一番细细的描写，然后她"阴阴的，不怀好意的一笑"。[*]

有人给白流苏的妹妹介绍了一个海外华侨范柳原，却被她抢了。接下来，范柳原就邀请她去香港。白流苏一到浅水湾饭店[†]，房已开好，就在隔壁。两人彬彬有礼，一起跳舞。这个小说和一般的爱情小说有点不同。通常的恋爱故事是先君子后小人的，而《倾城之恋》是一个先小人后君子的恋爱故事。《倾城之恋》反过来，一开始两个人就都在算计，女人找"长期饭票"，男人找一个新的艳遇。这个小说为什么在今天还这么受欢迎？因为是很罕见的女性的胜利，把一个花花公子改造成"长期饭票"，是世俗中多少女人的美梦。当然小说只讲了一半的故事。小说中有一段流苏的独白，是有文学史意义的：

> 流苏自己忖量着，原来范柳原是讲究精神恋爱的。她倒也赞成，因为精神恋爱的结果永远是结婚，而肉体之爱往往就停顿在某一阶段，很少结婚的希望，精神恋爱只有一个毛病：在恋爱过程中，女人往往听不懂男人的话。然而那倒也没有多大关系。后来总还是结婚、找房子、置家具、雇佣人——那些事上，女人可比男人在行得多。她这么一想，今天这点小误会，也就不放在心上。

---

* 中国现代文学史上，有两个"一笑"非常重要：一个是《断魂枪》里沙子龙"叹口气，用手指慢慢摸着凉滑的枪身，又微微一笑"；一个是白流苏对着镜子里的自己"阴阴的，不怀好意的一笑"。有人专门研究张爱玲文学里的镜子，她的镜子用处可大了。

† 小说里写到的浅水湾饭店还在，很多香港人在那里拍婚纱照，里面的装修，全部继承了旧上海的风格，还有那种老式风扇。香港很少有地产开发商为了一个作家的作品而保留一个地方，浅水湾饭店是一个特例。就是因为张爱玲在小说里写了这个地方，后来盖大楼时，才把这个餐厅保留下来。

在这之前，有很多恋爱故事，鲁迅的《伤逝》，郁达夫的《春风沉醉的晚上》，茅盾的《创造》，巴金的《家》，曹禺的《雷雨》……所有这些爱情故事里，当男人和女人讲爱情、讲文学、讲自由的时候，没有哪一个女人有过这样的声音："原来他是要精神恋爱"，"精神恋爱的话是听不懂的，不过没有关系……"，"将来找家具、找佣人，都是听我的"。在中国现代文学里，这是女人第一次发出这么世俗、这么实际、这么不浪漫的声音。

这就是张爱玲的文学史意义，她打破了"五四"以来基本的爱情模式：男性给女性讲文化、讲知识、讲道理，唤醒女性，而女性非常纯真善良，被男性的知识风采所感染，陷入了爱情；有的女性超越了男性，有的女性和男性分开，但她们都是玉洁冰清的，都是相信爱情的。可是，到了张爱玲笔下，女性满脑子想的都是"饭票"，是极现实的问题。男性讲爱情，讲《诗经》，讲"执子之手，与子偕老"，她听不大懂，只要结婚就好。张爱玲小说的文学史意义，在于她提供了一种完全不同的女性的声音。

中国传统爱情故事有一个基本的模式：一男一女相爱，社会反对，男女是联合起来反抗社会的，比如《梁山伯与祝英台》《家》《春》《秋》。但《倾城之恋》里，基本上是没有人也没有社会力量反对、阻碍范柳原和白流苏，只是这一男一女本身在斗争。这个斗争更加复杂，是男人需求和女人利益的根本性冲突。通俗地讲，男人是没有现在就没有将来的，女人是没有将来就没有现在的。这么一个性别斗争，在张爱玲笔下，被描写得非常通俗又非常精彩。

简单来讲，中国现代文学作品可归纳为三类：

第一类，忧国忧民，要救世，希望文学作为武器能改造中国。鲁迅、巴金、茅盾等"左联"作家，都是这条线索。

第二类，文学是文人自己的园地，不一定能救国家，但先要救自己。这一类作家有周作人，一部分的鲁迅，还有郁达夫、林语堂、梁实秋、闻一多、徐志摩等。

　　第三类，目的是娱乐，怎么畅销流行就怎么写，一切以读者需求为第一。这一类就是鸳鸯蝴蝶派。

　　而张爱玲这样的作家，哪一类都放不进去。她的风格，讲都市感性，找现代主义，重女性感官，追传统文笔。这种文学现象，和鲁迅开创的主流方向很不一样。王德威曾列举过很多受张爱玲影响的作家，像台湾的白先勇、苏伟贞、朱天文、朱天心，香港的李碧华、刘以鬯、黄碧云，这些作家都继承张爱玲这条线索——有忧患意识，但不一定要去救世界；是为自己，又为社会；是严肃的，又有通俗的方式；追求艺术，又有娱乐的效果。这就是黄子平教授的那句话，张爱玲是一个"'五四'主流文学史无法安放的作家"。

　　在中国现代文学史研究领域里，张爱玲和鲁迅是两个最受注意的作家。不是说张爱玲像鲁迅这么伟大，而是说：鲁迅是一座山，后面很多作家都是山，被这座最高的山的影子遮盖了；但张爱玲是一条河。

　　因为时间关系，这门课结束得有点仓促——本来这就是个仓促的时代。同学们如果对现代文学有兴趣，明年可以选修"中国现代文学选读课"，我们会考察"左联"与20世纪30年代的六次文艺论争，会讨论鲁迅、梁实秋、林语堂、丰子恺等人的散文，会阅读萧红、吴组缃、张天翼、赵树理、钱锺书等人的小说。另外，同学们也可继续修读我的"当代文学课"，我们一起来观察1949年以后国家文学生产机制的形成和演变。今天的课，就到这里。

延伸阅读

曾朴：《孽海花》，北京：人民文学出版社，2015 年

胡兰成：《今生今世》，北京：中国长安出版社，2013 年

张爱玲：《倾城之恋：张爱玲全集 01》，北京：北京十月文艺出版社，2012 年

张爱玲：《小团圆：张爱玲全集 05》，北京：北京十月文艺出版社，2012 年

张爱玲：《流言：张爱玲全集 06》，北京：北京十月文艺出版社，2012 年

夏志清：《张爱玲给我的信件》，武汉：长江文艺出版社，2014 年

刘绍铭：《到底是张爱玲》，上海：上海书店，2007 年

刘绍铭：《爱玲说》，广州：广东人民出版社，2016 年

刘绍铭、梁秉钧、许子东编：《再读张爱玲》，济南：山东画报出版社，2004 年

水晶：《替张爱玲补妆》，济南：山东画报出版社，2004 年

李欧梵：《苍凉与世故》，上海：上海三联书店，2008 年

陈子善：《张爱玲丛考》，北京：海豚出版社，2015 年

高全之：《张爱玲学》，桂林：漓江出版社，2015 年

高全之：《张爱玲学续篇》，台北：麦田出版，2014 年

宋以朗主编：《张爱玲私语录》，北京：北京十月文艺出版社，2011 年

王德威：《落地的麦子不死：张爱玲与"张派"传人》，济南：山东画报出版社，
　　2004 年

林幸谦：《历史、女性与性别政治：重读张爱玲》，台北：麦田出版，2000 年

司马新：《张爱玲与赖雅》，台北：大地出版社，1996 年

黄德伟编：《阅读张爱玲》，香港：香港大学比较文学系，1998 年

蔡凤仪编：《华丽与苍凉：张爱玲纪念文集》，台湾：皇冠文学出版有限公司，
　　1996 年

苏伟贞：《长镜头下的张爱玲》，上海：上海文艺出版社，2012 年

杨泽：《阅读张爱玲》，桂林：广西师范大学出版社，2003 年

许子东：《张爱玲的文学史意义》，香港：中华书局，2011 年

万燕：《海上花开又花落：读解张爱玲》，南昌：百花洲文艺出版社，1996 年

王晓莺：《离散译者张爱玲的中英翻译：一个后殖民女性主义的解读》，广州：
　　中山大学出版社，2015 年

张爱玲《自己的文章》

我虽然在写小说和散文，可是不大注意到理论。近来忽然觉得有些话要说，就写在下面。

我以为文学理论是出在文学作品之后的，过去如此，现在如此，将来恐怕还是如此，倘要提高作者的自觉，则从作品中汲取理论，而以之为作品的再生产的衡量，自然是有益处的。但在这样衡量之际，须得记住在文学的发展过程中作品与理论乃如马之两骖，或前或后，互相推进。理论并非高高坐在上面，手执鞭子的御者。

现在似乎是文学作品贫乏，理论也贫乏。我发现弄文学的人向来是注重人生飞扬的一面，而忽视人生安稳的一面。其实，后者正是前者的底子。又如，他们多是注重人生的斗争，而忽略和谐的一面。其实，人是为了要求和谐的一面才斗争的。

强调人生飞扬的一面，多少有点超人的气质。超人是生在一个时代里的。而人生安稳的一面则有着永恒的意味，虽然这种安稳常是不安全的，而且每隔多少时候就要破坏一次，但仍然是永恒的。它存在于一切时代。它是人的神性，也可以说是妇人性。

文学史上素朴地歌咏人生的安稳的作品很少，倒是强调人生的飞扬的作品多，但好的作品，还是在于它是以人生的安稳做底子来描写人生的飞扬的。没有这底子，飞扬只能是浮沫，许多强有力的作品只予人以兴奋，不能予人以启示，就是失败在不知道把握这底子。

斗争是动人的，因为它是强大的，而同时是酸楚的。斗争者失去了人生的和谐，寻求着新的和谐。倘使为斗争而斗争，便缺少回味。写了出来也不能成为好的作品。

我发觉许多作品里力的成分大于美的成分。力是快乐的，美却是悲哀的，两者不能独立存在。"死生契阔，与子成说；执子之手，与子偕老"是一首悲哀的诗，然而它的人生态度又是何等肯定。我不喜欢壮烈。我是喜欢悲壮，更喜欢苍凉。壮烈只有力，没有美，似乎缺少人性。悲壮则如大红大绿的配色，是一种强烈的对照。但它的刺激性还是大于启发性。苍凉之所以有更深长的回味，就因为它像葱绿配桃红，是一种参差的对照。

我喜欢参差的对照的写法，因为它是较近事实的。《倾城之恋》里，从腐旧的家庭里走出来的流苏，香港之战的洗礼并不曾将她感化成为革命女性；香港之战影响范柳原，使他转向平实的生活，终于结婚了，但结婚并不使他变为圣人，完全放弃往日的生活习惯与作风。因之柳原与流苏的结局，虽然多少是健康的，仍旧是庸俗；就事论事，他们也只能如此。

极端病态与极端觉悟的人究竟不多。时代是这么沉重，不那么容易就大彻大悟。这些年来，人类到底也这么生活了下来，可见疯狂是疯狂，还是有分寸的。所以我的小说里，除了《金锁记》里的曹七巧，全是些不彻底的人物。他们不是英雄，他们可是这时代的广大的负荷者。因为他们虽然不彻底，但究竟是认真的。他们没有悲壮，只有苍凉。悲壮是一种完成，而苍凉则是一种启示。

我知道人们急于要求完成，不然就要求刺激来满足自己都好。他们对于仅仅是启示，似乎不耐烦。但我还是只能这样写。我以为这样写是更真实的。我知道我的作品里缺少力，但既然是个写小说的，就只能尽量表现小说里人物的力，不能代替他们创造出力来。而且我相信，他们虽然不过是软弱的凡人，不及英雄的有力，但正是这些凡人比英雄更能代表这时代的总量。

这时代，旧的东西在崩坏，新的在滋长中。但在时代的高潮来到之前，斩钉截铁的事物不过是例外。人们只是感觉日常的一切都有点儿不对，不对到恐怖的程度。人是生活于一个时代里的，可是这时代却在影子似地沉没下去，人觉得自己是被抛弃了。为要证实自己的存在，抓住一点真实的、最基本的东西，不能不求助于古老的记忆，人类在一切时代之中生活过的记忆，这比瞭望将来要更明晰、亲切。于是他对于周围的现实发生了一种奇异的感觉，疑心这是个荒唐的、古代的世界，阴暗而明亮的。回忆与现实之间时时发现尴尬的不和谐，因而产生了郑重而轻微的骚动，认真而未有名目的斗争。

Michael Angelo 的一个未完工的石像，题名"黎明"的，只是一个粗糙的人形，面目都不清楚，正是大气磅礴的，象征一个将要到的新时代。倘若现在也有那样的作品，自然是使人神往的，可是没有，也不能有，因为人们还不能挣脱时代的梦魇。

我写作的题材便是这么一个时代，我以为用参差的对照的手法是比较适宜的。我用这手法描写人类在一切时代之中生活下来的记忆。而以此给予周围的现实一个启示。我存着这个心，可不知道做得好做不好。一般所说"时代的纪念碑"那样的作品，我是写不出来的，也不打算尝试，因为现在似乎还没有这样集中的客观题材。我甚至只是写些男女间的小事情，我的作品里没有战争，也没有革命。我以为人在恋爱的时候，是比在战争或革命的时候更素朴，也更放恣的。战争与革命，由于事件本身的性质，往往要求才智比要求感情的支持更迫切。而描写战争与革命的作品也往往失败在技术的成分大于艺术的成分。和恋爱的放恣相比，战争是被驱使的，而革命则有时候多少有点强迫自己。真的革命与革命的战争，在情调上我想应当和恋爱是近亲，和恋爱一样是放恣地渗透于人生的全面，而对于自己是和谐。

我喜欢素朴，可是我只能从描写现代人的机智与装饰中去衬出人生的素朴的底子。因此我的文章容易被人看做过于华靡。但我以为用《旧约》那样单纯的写法是做不通的，托尔斯泰晚年就是被这个牺牲了。我也并不赞成唯美派。但我以为唯美派的缺点不在于它的美，而在于它的美没有底子。溪涧之水的浪花是轻佻的，但倘是海水，则看来虽似一般的微波粼粼，也仍然饱蓄着洪涛大浪的气象的。美的东西不一定伟大，但伟大的东西总是美的。只是我不把虚伪与真实写成强烈的对照，却是用参差的对照的手法写出现代人的虚伪之中有真实，浮华之中有素朴，因此容易被人看做我是有所耽溺，流连忘返了。虽然如此，我还是保持我的作风，只是自己惭愧写得不到家。而我也不过是一个文学的习作者。

我的作品，旧派的人看了觉得还轻松，可是嫌它不够舒服。新派的人看了觉得还有些意思，可是嫌它不够严肃。但我只能做到这样，而且自信也并非折衷派。我只求自己能够写得真实些。

还有，因为我用的是参差的对照的写法，不喜欢采取善与恶、灵与肉的斩钉截铁的冲突那种古典的写法，所以我的作品有时候主题欠分明。但我以为，文学的主题论或者是可以改进一下。写小说应当是个故事，让故事自身去说明，比拟定了主题去编故事要好些。许多留到现在的伟大作品，原来的主题往往不再被读者注意，因为事过境迁之后，原来的主题早已不使我们感觉兴趣，倒是随时从故事本身发现了新的启示，使那作品成为永生的。就说《战争与和平》吧，托尔斯泰原来是想归结到当时流行的一种宗教团体的人生态度的，结果却是故事自身的展开战胜了预定的主题。这作品修改七次之多，每次修改都使预定的主题受到了惩罚。终于剩下来的主题只占插话的地位，而且是全书中安放得最不舒服的部分，但也没有新的主题去代替它。因此写成之后，托尔斯泰自己还觉得若有所失。和《复活》比较，《战争与和平》的主题果然是很模糊的，但后者仍然是更伟大的作品。至今我们读它，依然一寸寸都是活的。现代文学作品和过去不同的地方，似乎也就在这一点上，不再那么强调主题，却是让故事自身给它所能给的，而让读者取得他所能取得的。

《连环套》就是这样子写下来的，现在也还在继续写下去。在那作品里，欠注意到主题是真，但我希望这故事本身有人喜欢。我的本意很简单：既然有这样的事情，我就来描写它。现代人多是疲倦的，现代婚姻制度又是不合理的。所以有沉默的夫妻关系，有怕致负责，但求轻松一下的高等调情，有回复到动物的性欲的嫖妓——但仍然是动物式的人，不是动物，所以比动物更为可怖。还有便是姘居，姘居不像夫妻关系的郑重，但比高等调情更负责任，比嫖妓又是更人性的。走极端的人究竟不多，所以姘居在今日成了很普遍的现象。营姘居生活的男人的社会地位，大概是中等或中等以下，倒是勤勤俭俭在过日子的。他们不敢太放肆，也不那么拘谨得无聊。他们需要活泼的、着实的男女关系，这正是和他们其他方面生活的活泼而着实相适应的。他们需要有女人替他们照顾家庭，所以，他们对于女人倒也并不那么病态。《连环套》里的雅赫雅不过是个中等的绸缎店主，得自己上柜台去的。如果霓喜能够同他相安无事，不难一直相安下去，白头偕老也无不可。他们同居生活的失败是由于霓喜本身性格上的缺陷。她的第二个男人窦尧芳是个规模较好的药材店主，也还是没有大资本家的气派的。和霓喜姘居过的小官吏，也不过仅仅沾着点官气而已。他们对霓喜并没有任何特殊心理，相互之间还是人与人的关系，有着某种真情，原是不足为异的。

姘居的女人呢，她们的原来地位总比男人还要低些，但多是些有着泼辣的生命力的。她们对男人具有一种魅惑力，但那是健康的女人的魅惑力。因为倘使过于病态，便不合那些男人的需要。她们也操作，也吃醋争风打架，可以很野蛮，但不歇斯底里。她们只有一宗不足处：就是她们的地位始终是不确定的。疑忌与自危使她们渐渐变成自私者。

这种姘居生活中国比外国更多，但还没有人认真拿它写过，鸳鸯蝴蝶派文人看看他们不够才子佳人的多情，新式文人又嫌他们既不像爱，又不像嫖，不够健康，又不够病态，缺乏主题的明朗性。

霓喜的故事，使我感动的是霓喜对于物质生活的单纯的爱，而这物质生活需要随时下死劲去抓住。她要男性的爱，同时也要安全，可是不能兼顾，每致人财两空。结果她觉得什么都靠不住，还是投资在儿女身上，囤积了一点人力——最无人道的囤积。

霓喜并非没有感情的，对于这个世界她要爱而爱不进去。但她并非完全没有得到爱，不过只是摭食人家的残羹冷炙，如杜甫诗里说："残羹与冷炙，到处潜酸辛。"但她究竟是个健康的女人，不至于沦为乞儿相。她倒像是在贪婪地嚼着大量的榨过油的豆饼，虽然依恃着她的体质，而豆饼里也多少有着滋养，但终于不免吃伤了脾胃。而且，人吃畜生的饲料，到底是悲怆的。

至于《连环套》里有许多地方袭用旧小说的词句——五十年前的广东人与外国人，语气像《金瓶梅》中的人物；赛珍珠小说中的中国人，说话带有英国旧文学气息，同属迁就的借用，原是不足为训的。我当初的用意是这样：写上海人心目中的浪漫气氛的香港，已经隔有相当的距离；五十年前的香港，更多了一重时间上的距离，因此特地采用一种过了时的词汇来代表这双重距离。有时候未免刻意做作，所以有些过分了。我想将来是可改掉一点的。

张爱玲《〈张爱玲小说集〉自序》

　　我写的《传奇》与《流言》两种集子，曾经有人在香港印过，那是盗印的。此外，我也还见到两本小说，作者的名字和我完全相同，看着觉得很诧异。其实说来惭愧，我写的东西实在是很少。《传奇》出版后，在一九四七年又添上几篇新的，把我所有的短篇小说都收在里面，成为"《传奇》增订本"。这次出版的，也就是根据那本"增订本"，不过书名和封面都换过了。

　　内容我自己看看，实在有些惶愧，但是我总认为这些故事本身是值得一写的，可惜被我写坏了。这里的故事，从某一个角度看来，可以说是传奇，其实像这一类的事也多得很。我希望读者看这本书的时候，也说不定会联想到他自己认识的人，或是见到听到的事情。不记得是不是《论语》上有这样两句话："如得其情，哀矜而勿喜。"这两句话给我的印象很深刻。我们明白了一件事的内情，与一个人内心的曲折，我们也都"哀矜而勿喜"吧。

一九五四年七月于香港

附录一

当代文学史中的"遗产"与"债务"

　　"当代文学"是不是一个年轻的新兴的学科？当复旦大学出版社 1999 年 9 月出版后来在学界颇受好评的《中国当代文学史教程》时，不知陈思和和他的学生们是否意识到：这已经是中国第 56 本当代文学史了。北京大学中文系 1955 级编写过《中国现代文学史当代文学部分纲要》，但只有内部铅印本，从未正式出版。其实直到 70 年代末，也只有三四本当代文学史。但截至 2008 年 10 月，中国内地（以下若不特别注明，"中国"均指"中国内地"或"中国大陆"）已出版"当代文学史"至少 71 种（见文末附表）。我"头昏眼花"不厌其烦抄录这些书目，除了从中可以看到中国目前学术数量之高以及教育割据争夺学生情况外，还想特别指出两个当代文学史出版最密集的年份：1990 年（7 部）和 1999 年（7 部）。1999 年是因为"50 周年"，1990 年却是意识形态环境比较紧张的一年，所以这 7 部文学史均在省城出版。写这篇论文之前我读了（有的是重读）其中的十余种（主要是近十年的），并选择其中四部当代文学史作为主要讨论对象：一、洪子诚的《中国当代文学史》（北京：北京大学出版社，1999 年第 1 版，"北京大学中国语言文学教材系列"；2007 年修订版，"普通高等教育'十一五'国家规划教材"），此书也是洪子诚《中国当代文学概说》（香港：青文书屋，1997 年）的删改修订版。二、陈思和主编的《中国当代文学史教程》（上海：复旦大学出版社，1999 年；该书也有台湾版：《当代大陆文学史教程 1949—1999》，台北：联合文学出版社，2001 年）。三、陶东风、和磊的《中国新时期文学 30 年（1978—2008）》（北京：中国社会科学出版社，2008 年）。四、德国顾彬（Wolfgang Kubin）著，范劲等译的《二十世纪中国文学史》（*Die chinesische Literatur im 20. Jahrhundert*，上海：华东师范大学出版社，2008 年）。

之所以选择这四部当代文学史，一方面是因为洪、陈两书一般被认为是诸多同类作中的佼佼者，而后两部则刚刚出版，颇能体现这一学科的近况；另一方面也是因为我想通过这几部文学史讨论与当代文学史有关的三个问题：一是写作时间与文学史现场的关系，二是文学史结构与章节安排，三是意识形态管理中的经济因素。

一

当代文学史的始、终、转、接都是政治事件而非文学事件，起点均是 1949 年 7 月第一次中华全国文学史工作代表大会，下限则取决于该书的写作、出版时间。中间的转折总是"文革"。近十年各种当代文学史的结构大致有两种：

第一种是先分时段，再以题材、文类、现象排章节，如洪子诚《中国当代文学史》（以下简称"洪著"）分上编"50—70 年代的文学"和下编"80 年代以来的文学"。金汉总主编的《中国当代文学发展史》（上海：上海文艺出版社，2002 年）则分第一部"'现实主义'一元化美学形态的文学（1949—1978）"和第二部"多元美学形态并存的新时期文学（1979—2000）"，时期加命名，每部再分诗歌史、小说史、散文史、戏剧史。曹万生主编的《中国现代汉语文学史》下册（北京：中国人民大学出版社，2007年）则将当代文学部分分成三编，分别为"中国现代汉语文学转型期（1949—1976）""中国现代汉语文学繁荣期（1976—1989）"和"中国现代汉语文学多元期（1989—2006）"，每个时期下再列题材、文类甚至地域。

第二种是全书顺时序但不分时段，以1949年以来的各种文学（文化）现象做章节标题，顺时序叙述。如复旦本《中国当代文学史教程》（以下简称"陈著"）分二十二章，其中前三十年分别以"迎接新的时代到来""来自民间的土地之歌""再现战争的艺术画卷""重建现代历史的叙事""新的社会矛盾的探索""寻求历史与现实的呼应""多民族文学的民间精神""对时代的多层面思考""'文化大革命'时期的文学"等九章叙述。这里除了"文革"一章外，其余皆是排比句形容特定题材、文类和现象。

无论划分时期，下列题材、文类或以思潮、现象为线索组织文学史，近年多种当代文学史都不以代表作家或名作品作为章节题目（这是很多现代文学史和古代文学史常见的体例）。这个问题下面再讨论。

在这两种布局外，也有少数例外，如董健、丁帆、王彬彬主编的《中国当代文学史新稿》（北京：人民文学出版社，2005年）则将五十多年的文学分为五个时期：分别是1949—1962、1962—1971、1971—1978、1978—1989以及1989—2000。其理据（分割点）分别是1962年中共八届十中全会（提出"千万不要忘记阶级斗争"）、1971年"九一三事件"、1978年中共十一届三中全会和1989年春夏之交的风波。其宗旨是正视而不是回避当代中国政治对文学的制约和影响。另外顾彬的《二十世纪中国文学史》则笼统以第三章写"1949年后的中国文学：国家、个人和地域"，转点是先从边缘（台、港、澳）写起，然后"从中心看中国文学"，考察"文学的组织形式"，综述"中华人民共和国文学"，最后是"20世纪末中国文学的商业化"。

多种文学史对1978—1989年即"文革"后文学的看法大致接近，对1966—1976年"文革"时期，列举作品迥异（如洪著评论样板戏，陈著全选地下文学），但价值判断也差别不大。反而最有分歧的是对"十七年"，尤其是对50年代文学的评价和研究，对90年代以后的文学发展也无"共识"。也就是说：六十年当代文学，一头一尾，陷入审美与评说的尴尬。

对50年代，是艰难的继承（对90年代，则是痛苦的宽容）。洪子诚在为岭南、哈佛、复旦合办的"当代文学六十年"研讨会所写的书面发言稿中提问：到底"十七年"文学是我们当代文学的"债务"还是"遗产"？我以为两者皆是，两者相加就是"负资产"。从审美角度看（无论是80年代眼光、"五四"精神，或中国传统艺术，或欧洲19世纪，或现代主义……），"好作品"实在有限。但毕竟这是"我们"（我们当代文学？ 我们中国人？ 我们"社会主义"？ 我们这一代？ ……）的"青春期"，不能全扔了吧？——这个"我们"是怎么来的？ 这也正是梳理当代文学史的关键。

洪子诚曾说明他的文学史标准："尽管'文学性'或'审美性'的含义难以确定，但是'审美尺度'，即对作品的'独特经验'和表达上的'独创性'的衡量，仍首先应被考虑。但本书又不一贯地坚持这种尺度。某些'生成'于当代的重要的文学现象、艺术形态、理论模式，虽然在'审美性'上存在不可否认的缺失，但也会得到应有的关注。"[1]

前些年我也面临过类似的"双重标准"："我编选《香港短篇小说选》试图依据的标准有两条：一是'好作品'——不仅在香

港文学范围里看是'好作品',而且在全部现代汉语的文学中,在文学的一般定义中也是'好作品';二是'重要作品'——也就是说近年来香港小说发展中有影响有代表性或引起争议的作品。两条标准之中,前者是主要标准。"[2]

问题是,如何用 80 年代的"好作品"标准去评论 50 年代历史现场中的"重要作品"?

不同文学史采用不同的方法和策略。

策略之一是以后来的发展肯定 50 年代起步的意义,如杨匡汉、孟繁华主编的《共和国文学 50 年》详细解释毛泽东路线与民粹主义的关系[3],还以数字说明文学发展,比如:1949 年到 1999 年,作协会员从 401 人到 6647 人;文学书籍出版从 156 种到 15000 种;印数从 214 万册到 1 亿 5000 万册……[4]

策略之二是提出"新概念",解释"负资产"当初确有价值。如郑万鹏提出"建国文学思潮":

> 尽管自 1951 年对电影《武训传》的批判,到 1956 年对"胡风反革命集团"的批判,批判运动连年不断,肃杀的板斧已欲抡起,但是大多数中国人民,包括知识分子,由于刚刚摆脱三十多年的战乱和殖民地的屈辱,无比珍视久违了的统一、独立、大规模的建设局面。他们尚未感觉到这些政治运动会殃及自己,也料想不到一个更大规模的整肃运动会接踵而至。他们在自 1949 到 1956 年这一相对安定期里,满怀热情和信心,建设着一个新的中国,"建国文学"在这样的社会背景下形成。[5]

按照郑万鹏的定义,"建国文学"表现的是统一、独立、建设,"三位一体的思想,建国文学虽然满身的稚气,是昙花一现,但它却是中国当代文学坚实的基点,永久的精神家园"。以后伤痕文学、反思文学等均与此有关。建国文学"表现出历史的整体感，表现了饱经动荡与战乱的中国人民对于稳定局面的衷心欢迎"（着重号为笔者所加），谢冕说："像这样的立论和判断，正是作者学术勇气的证明。"[6]

称"学术勇气"其实是体谅"建国文学"之类概念的政治苦心。谢冕自己也提出过"计划文学"的概念。[7]路文彬则命名为"国家的文学"。[8]事实上，如何评论50年代的中国（及中国文学），可以说是当今中国社会最容易引起争议、分化甚至斗争的话题。可以说社会全无"共识"。一方面，"文革"在80年代作品中早已成了"浩劫"，等同于"旧社会"，《芙蓉镇》否定了"四清"，《剪辑错了的故事》否定了"大跃进"，《李顺大造屋》否定了三十年农村政策，《古船》和近来获奖的《生死疲劳》曲折否定了50年代初的"镇反""土改"和合作化……在严肃文学中，追溯至50年代，几乎没有什么事件是正面的。可是在另一方面，与文学的边缘化相反，公民教育和大众传媒却从90年代开始一直神圣化50年代，《红岩》初版时印400万册，80年代以后还印了800万册；红色经典作品不断被改编成连续剧；"红歌会"成了主旋律；样板戏还要进入中学教材……

当代文学史夹在对50年代的文学批判与舆论歌颂之间，处境微妙。

连顾彬远在欧洲也感到类似的困境："难道我们因此就该不再研究大陆从1949年到1979年间的文艺作品吗？难道当年的文学作品果真没有美学价值吗？"[9]他甚至想到注意样板戏与安迪·沃霍尔（Andy Warhol）之间的关系，或借助这些作品认识毛主义的内在性质。当然他也注意到："为了化解这一窘境，上海的文学专家陈思和提出另一条思路，即研究'抽屉文学'。"[10]

陈思和在文学史中提出"潜在写作"，是将"债务"变成"遗产"

的一个有效方法：将沈从文、绿原、曾卓、牛汉、穆旦、张中晓，还有傅雷、丰子恺等人在50年代甚至"文革"中私下写作，直到八九十年代才发表的散文书信，和"十七年"主流作品放在"共时态"里讨论。既坚持80年代的审美原则，又丰富重构了50年代的文学现场。

当然，将哪些"抽屉文学"纳入文学史现场，其实有偶然因素（绿原、曾卓、牛汉、张中晓等人与陈思和的老师贾植芳先生同属胡风集团）。"抽屉文学"的文学史书写也自然会带出方法论上的思考和挑战。如果文学史是一系列伟大作品的心灵史（是一个民族特定时期的精神形态历史），那么不仅作家当初怎么写怎么说，而且作家当初怎么不写怎么不说但坚持怎么想，也的确都应该进入文学史的视野，而且是重要资料。陈著很明确是教材，主要对象不是学者而是大学生（包括非中文系的本科生），从阅读效果而言，年轻读者应该可以同时看到中国作家在某一特定时期精神状态的多个层面而不至于简单忘却50年代。[11]但形式主义、新批评理论框架下的文学史常常不再只是作家心灵的历史，更是文本与语境与读者的关系史。按照姚斯（Hans Robert Jauss）的理论，文学作品的艺术价值必须通过读者才能体现。文学作品"更多像一部管弦乐谱，在其演奏中不断获得读者新的反响"[12]，才成其为音乐。所以，写作时间与文学史现场的关系，存在多种解读可能。

一种情况如王蒙的《青春万岁》，研究作家心态，这是50年代作品；考察读者反应、社会影响，这是80年代作品。由于作品的内容、意旨和情调与写作年代血肉相连，客观原因的出版延期对作品的价值体现及社会意义（包含读者参与因素）有明显影响。倘若《青春万岁》在50年代出版，颇有可能成为比《青春之歌》更激动人心的热销上百万的"红色经典"。（《青春之歌》的续集《芳菲之歌》80年代发表后全无反响。）倘若《组织部来了个年轻人》

《在桥梁工地上》也不巧成为"抽屉文学"要到几十年后才"初放"，其文学价值、社会意义又会打怎样的"折扣"？所以，在这种情况下，如果我们不囿于新批评所谓"感受谬误"的观念而将读者反应、社会影响都排除在文学史以外，可以说沈从文或张中晓的"50年代散文"因为"延时发表"，作品的意义（及文学史价值）已经改变。

另一种情况是假设作品意旨情调与时代不那么直接相关，如张爱玲的《小团圆》，或陈著所评的《傅雷家书》、丰子恺《缘缘堂续笔》等，则写作时间与文学史现场错位的影响可能不会那么明确。在傅雷、丰子恺的作品里，我们读到的还是一直熟悉的傅雷、丰子恺，如果这些作品在"文革"中出现，倒是与当时环境不"和谐"的事件了。《小团圆》如果 1975 年发表会引起胡兰成怎样的反应，张爱玲、宋淇、夏志清再怎样接招，是否会演变成一场文坛闹剧，以及对张爱玲形象有什么影响，现在都很难重新"沙盘推演"。但至少《小团圆》中对情爱与母亲的刻骨铭心的挑战文字，却不会因为其出版的"时间差"而损失其文学史意义。

作家当年的书信、日记等本来没想要发表的文字，当然是研究作家精神历程的重要注释，但除了时时记住这是"不在场"的历史文本以外，"抽屉文学"也有其"多层次"。比如近年问世的沈从文 50 年代书信，既有愤世自杀的情绪，也有思想改造的痕迹。和《小团圆》一样，放回文学史，效果是多方面的。

第三种更微妙的情况是作家有意更改写作时间，人为拉开创作与发表的时间差。阿城的中篇《棋王》1984 年发表于《上海文学》，关于其写作发表过程，郑万隆、李陀都有回忆，说阿城本是在北京朋友圈说故事，被怂恿写成小说，一举成名。但后来阿城一直坚持说该小说早在云南插队时就写成，并以手抄本流传。某日有知青神秘地给他看一份手抄本，一看才发现原来是自己的作品。听来似笑话，却是作者自述。同样的情况也出现在马原那里，马原也解释短篇《虚构》最初写于他的东北下乡时期。这种将写作时间"提前"的做法一则更显示作家当初的"先知先觉"，在"文革"当中已是"众人皆醉我独醒"；二来也凸显再超脱的内容也与生活背景有历史联系。[13]郭路生（食指）的《这是四点零八分的北京》的确应与1968年12月20日这个时间联系起来朗读。赵振开（北岛）的《波动》因为写于1974年而更具文学史上的探索意义；1980年的《宣告》也修改了写作时间（标明写于"文革"期间）而发表；更有意思的是《回答》的写作时间，也做过修改，但不是通常的"推前"，而是"延后"。原文写于1973年，早已流传，1978年发表在《今天》上略有改动，但标注写作日期是1976年4月5日——一种人为的历史现场感，因为这日期已与作品浑然一体，铸入文学史（心灵史），无法剥离。

第四种情况是由地域隔离形成的"时间差"。比如，顾彬的文学史有一章讨论50年代"土改"时将周立波的《山乡巨变》和张爱玲的《秧歌》一起讨论。[14]写作时间倒是接近，但《秧歌》里的悲剧其实要"延时"二十多年才会在高晓声、茹志鹃笔下出现。同样道理，能否将陈若曦的《尹县长》放回1975年"文革"文学的历史现场考察呢？当代文学六十年，潜文本加上地域间隔，有时情况真是"吊诡"，比如同是1975年，西西在报上连载《我城》给天真的阿果、阿发加上漫画插图，张爱玲反复修改初吻与打胎的情感实录，大陆当时最重要的文学杂志《朝霞》上刊出余秋雨的早期散文……

二

接受美学虽然对陈思和的"抽屉文学"策略构成某种质疑，

但对这部文学史的另一个突破点"民间隐形结构"却有重要理论支持。伊瑟尔（Wolfgang Iser）认为："文学作品的意义并非文本固有。……作品意义只有在阅读过程中才能产生，是作品与读者相互作用的产物。"[15] 所以，文本中的未定性，即"召唤结构"，是创作意识与接受意识的桥梁。"文学作品的意义未定性与意义空白绝不像人们所认为的那样是作品的缺陷，而是作品产生效果的根本出发点。"[16]

像《红楼梦》《呐喊》那样的"召唤结构"固然引人前赴后继不断获取新的意义，即使是《林海雪原》《沙家浜》等宣传文本，人们也可从中获得（或者说是"投入"）集体无意识的"匪气"或江湖女人情趣。"诲淫诲盗"，即使如样板戏，也难断根。"文革"后大红的《红高粱》等，也是连贯了久违了的"匪气"而已。从这些读者需求和再创造角度出发考察"文革"十年，实在不应该只列地下文学。

回到文学史的体例、布局与章节铺排，前面说过近十年各种当代文学史有一个共同点，就是都以题材、现象（而不是以作家、作品）来结构文学史。在夏志清的《中国现代小说史》[17] 中，全书十九章中有十章的标题是作家：鲁迅、茅盾、老舍、沈从文、张天翼、巴金、吴组缃、张爱玲、钱锺书、师陀，另有两章讨论作家群（第三章"文学研究会：叶绍钧、冰心、凌叔华、许地山"和第四章"创造社：郭沫若、郁达夫"）；在钱理群、温儒敏、吴福辉的《中国现代文学三十年》[18] 中，也以十年为一编，下分思潮、文类，但全书二十九章中也有十章作家专论这样的章节（鲁迅两章，其他代表性作家是郭沫若、茅盾、老舍、巴金、沈从文、曹禺、赵树理、艾青）；而古代文学史书写中，以作家、作品作为章节题目的体例也颇常见[19]。何以在当代文学史中，章节结构却总是以题材或现象加文体来贯穿[20]？前三十年总是文艺运动—农村小说—

革命历史–知识分子，然后是散文–新诗–历史剧，再加一章"文革"；后三十年总是伤痕–反思–寻根–先锋–新写实，再加朦胧诗–散文–戏剧及90年代后……六十年文学，难道真的太少（抑或太多）代表作家和名作品？

越晚出版的文学史，这种重现象思潮轻作家文本的倾向越明显。2008年出版的《中国新时期文学30年（1978—2008）》以将近一半篇幅叙说90年代以后的"众声喧哗"，列出章节标题便不难看出作者的视角："王朔与'痞子文学'"、"人文精神与世俗精神的论争"、"女性写作：从私人化写作到身体写作"（林白、陈染、卫慧、棉棉、木子美《遗情书》）、"大话文学与经典消费思潮"（周星驰"无厘头"、《水煮三国》、《Q版语文》、《云报》及其恶搞版……）以及"青春文学、盗墓文学与玄幻文学"（新概念大赛、"80后写作"、韩寒、郭敬明、张悦然、游戏机一代等）。重要的还不是"一地鸡毛"展示种种"新新"现象，而是编者在文学史建构中试图以这些新的文学（文化）趋向来质疑80年代文学自觉的价值观（洪子诚、陈思和及其他当代文学史编者虽然在如何补救或解构50年代文学时策略不同，但在坚持文学自觉的价值观方向上"大同小异"）——

> 新时期文学开始于对新中国建立后特别是"文化大革命"时期的民粹主义思潮的反思和否定，对以"样板戏"为代表的"革命文化／文学"的反思和否定，对"以阶级斗争为纲"的"工具论"文学的反思和否定，确立精英知识分子和精英文化／文学的统治地位。这个过程，我们称之为精英化过程。[21]

从"文革"后的"精英化"到90年代所谓"非精英化"，有点否定之否定的意思，然而"民粹主义"的定义有些含混。"反精英倾向却是形形色色的民粹主义的共同特征",依靠民众,怀疑体制,20、30年代"到民间去"、40年代"文艺工农兵方向"及新中国成立后知识分子思想改造,乃至"文革",都以民粹主义来贯穿。这倒是对50年代文学的新的声援方式。而且,"新时期以后确立的精英知识分子的话语霸权在20世纪90年代文化市场、大众文化、消费主义价值观,以及新传播媒介的综合冲击下,受到极大的挑战,精英文学和精英文化感受到了极大危机。去精英化的矛头同时指向了'启蒙文学'和'纯文学',更直接威胁到了其核心价值,即文学自主性"[22]。

单独看这段宣言,其间既有进化论的理据(新的潮流自然比旧的风气有力量),也有革命文学的逻辑(多数大众 VS 少数精英,天然道德优势),而且"去精英化",新"左"话语,虽然看似"雷人",政治上却安全。

但这部文学史是由陶东风与和磊分工合写的,和磊负责的是描述80年代的章节,文风平和、立论规矩,仍然有意无意维护"启蒙文学"和"纯文学"的"核心价值"。即使是陶东风执笔的90年代部分,对具体现象的分析批判又分解削弱了"去精英化"的矛头。比如"痞子文学"被认为是"去精英化"的重要角色,"甚至可以说,王朔的出现是导致中国知识分子世纪末大分化的重要原因之一"。王朔的反叛、调侃、戏谑、反讽获得很大篇幅的强调,王朔亵渎崇高的文字也被大量引用,但作者也注意到"王蒙对于王朔'痞子文学'以及大众文化的肯定是有其特殊情结的,这种肯定与其说是审美趣味上的,不如说是政治策略上的"[23]。而且,作者还指出:"王朔小说激进的反文化和反智主义姿态,其调侃理想和崇高的话语方式,与一种极其中国特色的,既非大众,亦非精英的'大院文化'有相当紧密的关系。"这里的"大院","特指新中国成立后在北京出现的,占有特殊地位的军区大院或国家

机关大院，它们常常是中国式特权的象征"[24]。"大院文化"这个
角度，颇能解释为什么王朔在调侃解构时又处处流露"小毛泽东"
的造反精神。混杂在太多引文太多情感表达的不那么学术规范的
文学史书写中，陶东风与和磊的这部文学史有些论点其实颇有见
地。比如综述 90 年代"人文精神"讨论："'人文精神'作为一种
批判性话题的出场……不能只在思想史、学术史的范畴内加以解
释；毋宁说它是知识分子对当今的社会文化转型的一种值得关注
的响应方式，是知识分子在面对社会文化现实时重新寻找自己的
身份定位和言谈方式的一次努力……'人文精神'这个话题的提
出，未尝不可以说是人文知识分子对于自己的边缘化处境的一种
抗拒。"[25] 这部文学史一方面认为"到 90 年代末，大众消费文化
已经牢固地确立了自己的'霸主'地位"[26]，但也清醒看到"文学
的去精英化是与全社会的政治冷漠的弥漫、消费主义的膨胀、娱
乐工业的畸形发达、叛逆价值的真空状态联系在一起的"[27]，进而
尖锐指出，"正是在一些根本问题上的不宽容和受制性，加上在一
些无关紧要的消费领域的'宽容'，甚至纵容，使得大众的潜能被
有意识地引导到无聊的娱乐和消费领域"[28]。显而易见，琐碎细密
的现象分析，同时在解构"导论"中的"民粹主义"论述。同纵
横激昂的文化批评相比，这部文学史里的作品分析少得不成比例，
例如对贾平凹《秦腔》，仅引用李建军的一句批评："这部作品充
满了无聊琐细的日常生活描写，庸俗和琐碎。"同一本书中讨论"芙
蓉姐姐"或木子美却花了很大篇幅。看来文学史书写"与时俱进"，
"好作品"和"重要作品"的优先秩序显然已经调换。

　　即使在颇受学界好评的文学史如陈思和的《中国当代文学史
教程》中，尽管主编一再强调为教学需求要以作品为主，大部分
重要作家也都有一篇（也只有一篇）代表作得到重点分析[29]，但
这些作品都是归纳在各种文学现象的题目下。现象，只有现象，

才是全书的主线。所以，涉及多种潮流现象的作家便要不断分身，如王蒙出现在第十一章（"归来者"）、第十五章（新的美学原则）、第十六章（文化寻根意识的实验）等章节，王安忆更分别出现在第十二章（人道主义）、第十五章、第十六章、第十八章（生存意识）、第二十章（个人立场）等章节。洪子诚的书中也没有专章讨论特定作家，列专节的有赵树理、浩然、穆旦，作品有《创业史》《红岩》《青春之歌》《李自成》《三家巷》《茶馆》。反而80年代以后，再重要的作家和作品也都只在时期、文类、现象名下"成堆"出现。

更细致又简洁的文学史写法出现在曹万生的《中国现代汉语文学史》（下）。这部文学史每章后面附有"阅读书目""相关文献"及"复习思考"，显然也是教材格局。材料丰富、论述简洁，也有见解，如论"杨朔模式"：

> ……散文诗意画面美与个人情感假的悖反，给人强烈的作文感……一篇可以，多篇如此，就让散文的美与个人的真情离得太远，显得勉强，从而构成模式上的泥塘与困境……又多少有点像"散文的新八股"，即过多的先写景物，再借喻比人，最后点明哲理，抒发情感的"物—人—理"的三段结构。[30]

该书篇幅不长，却面面俱到，讲"文革"前后诗歌还涉及歌词创作。90年代部分谈于坚、王家新、《渴望》、《中国式离婚》、身体写作、流行曲、周国平、张中行、孟京辉、《一声叹息》、王小帅、张元、下半身、"冲击波作家群"、网络文学……唯恐遗漏了什么。重要作品如《受活》《大浴女》《秦腔》《兄弟》等也都有提及，但只是几行评语，数语带过。

为什么近年当代文学史大都不以作家、作品为主轴展开论述呢？可能的原因至少有三：

第一，前三十年的当代中国文学有意无意在几乎是"史无前例"的政治教化合一文化生态中担任"信服"工具——帮助民众也帮助自己"化服从为信仰"。作协文学主张（其实是领袖文学思想）犹如军队号令[31]，作品生产则可以组织计划[32]。写乡村必然为"土改"、"镇反"、合作化、统购统销以及农民养城市及苏式军工的政策护航，写历史必须用伦理观念翻身情感为一时还没（或虚设）宪法的新政权建构执政合法性及"创世神话"[33]，写知识分子则总是写其经过磨炼、动摇、考验最后在多种选择（常常是多个男人）之中走向左倾。本来文学的根本问题看上去就是"怎么写"与"写什么"，既然"怎么写"（倾向、意义甚至方法）已被决定，那作家及文学史只好按"写什么"（题材、行业以及文体）努力和归类。

第二，20世纪70年代末80年代初，执政集团与作家及大众读者曾有一段短暂联盟。这个联盟到1980年"在剧本创作座谈会上的讲话"开始破裂。[34]这个短暂联盟使得作家、评论家与意识形态管理层分享对"题材"的命名权，于是"题材"成了"现象"："伤痕文学""反思文学""改革文学""朦胧诗"，既是动向、潮流概括，同时也是一种指引规范。为什么很多中国作家愿意强调1985年的转折意义？因为"寻根文学"的主张表面上由作家、评论家提出（1984年杭州会议开始形成新一代作协评论集团），却是1949年以来第一个政治指向不明确的文学主张（后来确实形成了第一个文学界主导的文艺想象）。之后"先锋小说""新写实主义"等，也是评论家、作家互动合作的惯性，"关键词"有利于评论家进行理论操作、归类，也有助于作家扩大名声（如李杭育、郑万隆、孙甘露、格非及后来的陈染、林白等，相反，陈村、史铁生等不属于某潮流的作家，评论界比较沉默）。所以与"十七年"的文学史章目"题材大于作家"相比，80年代的评论是"现象大于作品"。

第三，"十七年"题材行业划分文学史，80年代"话语""现象"支撑文学史，前提都是主流意识形态与文学创作有某种（被迫或主动的）同步协调。这种协调到 1989 年结束了。90 年代官方要回到"红色经典"，市场机制却允许文学从先锋走向边缘，两者之间无法协调，所以便一时"互动"不出有文学史意义的焦点现象和文学潮流（陈思和称之为"无名"[35]）。这一时期当代文学其实有重大收获，《心灵史》《九月寓言》《废都》《长恨歌》《秦腔》《兄弟》等无法再像以前那样归于某潮流某倾向现象。这里文学史的失职其实也和当代文学批评的自身条件及发展有关。作协评论集团在 70 年代前主要从社会－政治角度规范文学；80 年代中期，这个集团趋向年轻化，转向翻译的形式主义、心理学及各种叙事理论，与寻根、先锋潮流互动"立竿见影"；90 年代，这个集团转向学院化，追赶后殖民、女性主义等"后现代"话语，学习文化研究——所以，现象新潮一直大于作家作品。其间强调文本独立性的"新批评"理论，不仅在批评界，而且在学院里也一直相对"缺席"。

当然，或许时间也是一个因素，距离有助于产生经典和大家。作家不断变化，新作不停或华丽或郁闷地"转身"，文学史较难处理太"新鲜"的材料。但是，王瑶、唐弢、夏志清写现代文学史时，距离鲁迅、沈从文、张爱玲也只有十几、二十年距离。当代文学，仅看"文革"后，也已三十年。

三

由于意识形态环境的限制，各种当代文学史中有关意识形态控制的研究论述也通常比较"意识形态化"。

这里所谓的意识形态的因素，并不只有内地的政治环境限制。顾彬的《二十世纪中国文学史》资料引文（尤其是海外汉学作品的引文）非常丰富，但总体上没有给中国学界带来类似当年夏志清《中国现代小说史》那样广义的"意识形态冲击"。其实夏志清的冲击力，主要并不是政治立场，而是离开大陆主流意识形态框架而重新发现了沈从文、张爱玲、钱锺书等作家的文学价值。刘绍铭将"Obsession with China"——夏志清这个形容中国现代文学的关键词——译成较有文人传统的"感时忧国"；顾著汉译本则直译为"对中国的执迷"，显然较多质疑的成分："'对中国的执迷'，表示了一种整齐划一的事业，它将一切思想和行动统统纳入其中，以至于对所有不能同祖国发生关联的事情都不予考虑……'对中国的执迷'在狭义上又会意味着什么呢？这后面隐藏着两重意思：第一，把中国看成一个急需医生的病人。医学的隐喻手段因此就必不可免地在中国现代文学的奠基中扮演了重要角色。然而在这层关系中机械的归类就带来了灾难性的影响：疾病和传统画上等号，以至于现代性成了推翻偶像的代名词。……第二，因为政治理由和社会危机才转向现代。现代对于文人们来说其价值通常不在自身，而在于它服从于实践的需要。它似乎是治愈病夫中国的保证。那就意味着，首先并非是艺术冲动促使作家同过去作别，而是出于政治上的衡量。文学因此主要被看作为社会抗议的手段和实际变革的工具。"[36]

这些对"五四"精神的反省放在当代中国文学语境，听来颇奢侈：八九十年前的问题是怀疑该不该作社会抗议，八九十年后的问题是可不可以作社会抗议。

顾著在结构布局上与大陆的同类文学史都不一样。但在1949年以后的论述中有不少细节、选例乃至题目和陈思和的《中国当代文学史教程》颇有类似之处，如第三章第四节第一段"文学的军事化"，将建国时期作家分成三类，分类方式、举例均与陈著第一章的有关分类相同；两本文学史在战争小说、历史小说里均选择《百合花》《红豆》作为主要讨论文本，论"民族性"均以《阿诗玛》《正红旗下》为例，也都断言《剪辑错了的故事》标志着反思文学开始，就连一些很反常的选例，如顾著在"改革文学"中讨论高晓声，也可在陈著十三章找到知音。顾彬的文学史出版时间较晚，参考陈著的可能性较大，有些参照也做了注解。除了某些细节失误[37]和一些流言绯闻不宜入文学史[38]外，顾著不少文本分析细腻简洁，有些批评文字很有锋芒，比如从巴金谈及"文革罪责"问题："70年代初，一群人以'梁效'为名聚集在北京大学，为毛泽东思想的晚期理论收集材料，恶意曲解中国历史。'梁效'成员包括如今的名教授汤一介（哲学家，1927年生）、叶朗（美学家，1938年生）等，可是没有人会指望他们为自己当年的行为表达某种歉意或公开的反思。"[39]又如对高行健的"流亡文学"，顾彬也指出"对曾经的故土不作区分的拒斥属于中国知识分子的策略性运作，为了证明他们居留的正当性和获得必要的支持"[40]，这类文本操作外的"实话实说"，在其他的文学史里比较少见。

在本文所讨论的四部当代文学史（以及我最近所阅读的十几种当代文学史）中，对当代文学意识形态环境分析比较平实深入的还是洪子诚香港青文书屋版的《中国当代文学概说》。这本书是洪子诚1991—1993年间在东京大学的讲稿，成书时曾获刈间文俊、白井启介和陈顺馨的协助。在我读来，该书及后来北大版当代文学史有三个突破：

第一，洪著不仅关注50年代作家心态，而且研究作家生态。"在1949年以前，现代中国作家的写作收入，主要靠稿费（在报刊上发表作品）和版税（出版著作）。50年代以后，逐步废除版税制，全部实施稿酬制。（着重号为笔者所加）到50年代中期，稿酬制在全国范围的报刊社、出版社实行。这种制度，将文稿分为'创作''翻译'等门类，以一千字为计费的基本单位，分别规定统一

的稿酬等级。除此之外，在书籍的出版上，还规定了'额定印数'
的制度。版税制与稿酬制虽有一些共同点，但差异也是明显的。
因为主要以计算字数作为稿酬计算的依据，作品的印刷数量和出
版次数，对作家收入的重要性大大降低。这样，畅销书与非畅销
书在收入上的差距已不存在；而作家实际上也失去其在著作版权
上应得的经济利益。"[41]

　　这段"经济分析"后来在北京大学版《中国当代文学史》中
被简化了，夹在这段文字中的一个重要的数字注解被删除了。这
个注解列明 1956 年稿酬标准，中央一级刊物、出版社给文学创作、
理论的稿酬是千字人民币 10 元、12 元、15 元、18 元之四级，超
过印数可加倍。而当时——直至 70 年代末，大学生、工人工资在
四五十元左右，干部、知识分子工资在一二百元，可谓"高薪"。

　　从经济角度考察文学的政治环境，是一大"发明"。

　　书在香港出版，读者都会"计数"。香港目前报上刊文，千字
得 200 至 500 元，若以 300 元计，要达到大学生毕业人工薪水 1.5
万，则每月要写 5 万字；若要达到大学最低教职起薪点 4 万，则
要写 13 万字。退回 50 年代香港，稿费低生活费用也低，但文化
人同时写三五个专栏艰难卖文为生已是传统。同期内地，如能发表，
最低千字 10 元，每月 0.5 万字已有工人工资水平，每月 2 万字可
达教授、首长月薪，若真写 13 万字……确有其事，杜鹏程、柳青、
陈登科等一本书热销，稿酬可以买房子同时亦会兼任省作协领导。

　　过去大家只看到 50 年代中国作家开会、"洗澡"、受批判，勉
强写规定题材，总之都是政治控制"大棒"，其实也有利益分享"胡
萝卜"：稿酬、干部体制、劳保、作协、政协……

　　1949 年前作家的情况和香港类似，所以老舍、沈从文等均要
在卖文之余到大学兼职。1949 年以后作家在国家文化制度里才能
靠写作为生。但稿酬和版税的区别还不只是洪子诚所说的作家损

失著作版权经济利益，更重要的是版税后面是销量，销量后面是读者要求；而稿酬后面是出版社编辑，编辑后面是宣传部、审查机制。经济因素导致的是作家效忠对象的转移。

今天中国传媒影视人均知作品要兼顾"二老"（老干部、老百姓）。50年代版税稿酬制度改革，在文学的生产过程中改变了"二老"的平衡，且当年干部并不"老"，代表"新时代"；百姓趣味倒是"旧社会"过来的。

洪子诚将柳青、赵树理、杜鹏程、梁斌等几十位"主流作家"的学历、经历甚至地域、籍贯罗列成表，也是从作家生态到文化性格的一个独到的观察方法。相比"五四"过来的作家如叶圣陶、茅盾等宁做闲官也少有新作，从延安到北京的作家群，生态对心态的影响制约比较统一（至少60年代以前）。

第二，洪著比其他文学史都更详细直接历数1949年以来的文艺批判运动，但主要不是用形容词控诉政治环境对文学的迫害、压制、整肃，而是用中性的语言解析左翼文学界内部的思想、人事矛盾，尤其是周扬与冯雪峰、丁玲与胡风之间的分歧斗争，概括出周、冯、丁、胡之间的共同点（乃至类似的悲剧角色），又梳理几个重要的分歧点：世界观与实践；现实主义的理想与批判；主观与客观；民族与世界等。这些海外学者和中国大众都缺乏兴趣的"理论分歧"却实实在在影响着50年代乃至80年代的中国文学发展。

局外人看不清楚，局内人又各有利益、派别、立场，洪著在这方面细密平实的理论辨析，颇为难得。

第三，如何既坚持"审美"标准又讨论"重要作品"的生成环境，与陈思和挖掘"潜在文本"不同，洪著更注重研究"重要作品"的生产过程。北大版《中国当代文学史》新加的"《红岩》写作方式"、第六章第二节"题材的分类和等级"，都开拓了很有

意义的研究角度，近年对新一代研究者产生了影响。时至新世纪，
对"题材"的分类和等级处理，仍然是中国意识形态管理的一个
重要方法（只不过管理对象更多转向电视、电影或春晚节目单）。
洪子诚注意到的"编者按"和"读者来信"的管理功能则在对门
户网站首页乃至点击率的操控中得以"与时俱进"。在这个意义上，
中国当代文学史真的没有下限，各种意识形态的管理策略、方法、
技巧其实没有本质变化。"新时期"从"一元"到"多元"，"去
精英化"等理论概念在文学现实面前，都显得有点过于仓促和一
厢情愿。

　　总之，50 年代和 90 年代（尤其是 50 年代）是当代文学史写
作中较多分歧的时段。写作时间和发表语境之间的距离有多种解
读可能。"抽屉文学"策略可以丰富文学的历史语境，也可能重构
文学史现场。多种文学史均以题材、现象及文类而非作家名为主轴，
既是由于文学政治互动关系，也和批评集团方法演变有关。在梳
理当代文学的意识形态环境时，文学史不仅关注艺术家个人与国
家思想制度之间的政治文化精神联系，也研讨作家生态与文学生
产程序中的经济因素。后一种研究角度，对于解读 50 年代和 90
年代以后的文学现象，都有意义。

　　仅就本文讨论的四部文学史而言，顾著、陶著体现了学科的
最近动向，洪著、陈著仍然显示了当代文学史的学术水平。

附表：

序号	书名、作者	版本信息
01	山东大学中文系中国当代文学史编写组编：《中国当代文学史》（上）	济南：山东人民出版社，1960 年
02	华中师范学院中国语言文学系编著：《中国当代文学史稿》	北京：科学出版社，1962 年（写于1958 年）
03	中国科学院文学研究所编：《十年来的新中国文学》	北京：作家出版社，1963 年
04	二十二院校编写组合编：《中国当代文学史》	福州：福建人民出版社，1980—1985年；海峡文艺出版社，1987 年
05	郭志刚、董健、曲本陆、陈美兰等主编：《中国当代文学史初稿》	北京：人民文学出版社，1980 年
06	张钟、洪子诚、佘树森、赵祖谟、汪景寿编：《当代文学概观》	北京：北京大学出版社，1980 年
07	张炯、邾瑢主编：《中国当代文学讲稿》	北京：中央广播电视大学出版社，1983 年
08	王庆生主编：《中国当代文学》（三卷本）	上海：上海文艺出版社，1983、1984、1989 年
09	吉林省五院校合编：《中国当代文学史》	长春：吉林人民出版社，1984 年
10	张炯主编：《新时期文学六年》	北京：中国社会科学出版社，1985 年
11	汪华藻等主编：《中国当代文学简史》	长沙：湖南人民出版社，1985 年
12	公仲主编：《中国当代文学史新编》	南昌：江西教育出版社，1985 年
13	吴军等编著：《中国当代文学》（北京自修大学教材）	北京：北京广播学院出版社，1986 年
14	邱岚主编：《中国当代文学》	沈阳：辽宁教育出版社，1986 年
15	谭宪昭等主编：《中国当代文学史简编》	广州：广东高等教育出版社，1986 年
16	王锐、罗谦怡主编：《中国当代文学简明教程》	长春：吉林大学出版社，1986 年
17	周鉴铭：《新时期文学》	昆明：云南教育出版社，1986 年
18	朱寨主编：《中国当代文学思潮史》	北京：人民文学出版社，1987 年
19	吴三元主编：《中国当代文学》	天津：天津教育出版社，1987 年

20	张钟、洪子诚、佘树森、赵祖谟、汪景寿:《中国当代文学》	北京:北京大学出版社,1988 年
21	李丛中主编:《新中国文学发展史》	昆明:云南教育出版社,1988 年
22	张暹明主编:《当代文学新编》	沈阳:辽宁大学出版社,1988 年
23	邱岚:《中国当代文学史略》	北京:高等教育出版社,1988 年
24	郑观年等主编:《中国当代文学教程》	杭州:浙江大学出版社,1989 年
25	陈涛主编:《中国当代文学扫描》	成都:四川文艺出版社,1989 年
26	张广益、张暹明、蒋镇主编:《中国当代文学史简编》	长春:吉林教育出版社,1989 年
27	李达三主编:《中国当代文学史略》	杭州:浙江大学出版社,1989 年
28	高文升、单占生主编:《中国当代文学史稿》	郑州:河南人民出版社,1989 年
29	周红兴主编:《简明中国当代文学》	北京:作家出版社,1989 年
30	戴克强、廉文澂主编:《中国当代文学》	西安:陕西人民教育出版社,1990 年
31	田怡主编:《中国当代文学论稿》	呼和浩特:内蒙古人民出版社,1990 年
32	舒其惠、汪华藻主编:《新中国文学史》	长沙:湖南文艺出版社,1990 年
33	林湮、金汉、邓星雨主编:《中国当代文学发展史》	南京:江苏教育出版社,1990 年
34	江西大学中文系编:《中国当代文学史》	南昌:百花洲文艺出版社,1990 年
35	王惠云、苏庆昌、崔志远主编:《中国当代文学教程》	石家庄:花山文艺出版社,1990 年
36	雷敢、齐振平主编:《中国当代文学》	西安:陕西师范大学出版社,1990 年
37	高文池、陈慧忠编著:《中国当代文学概论》	上海:上海外语教育出版社,1991 年
38	刘文田、周相海、郭文静主编:《当代中国文学史》	保定:河北大学出版社,1991 年
39	山东省当代文学研究会编:《当代文学四十年》	济南:山东大学出版社,1991 年
40	李旦初:《中国当代文学》	北京:北京师范大学出版社,1992 年
41	陈其光主编:《中国当代文学史》	广州:广东高等教育出版社,1992 年

42	鲁原、刘敏言主编：《中国当代文学史纲》	北京：中国文联出版公司，1993 年
43	冯忠一、朱本轩主编：《中国当代文学史论》	青岛：青岛海洋大学出版社，1994 年
44	阎奇男主编：《中国当代文学》	北京：中国文学出版社，1995 年
45	何寅泰：《当代中国文学史纲》	杭州：杭州大学出版社，1996 年
46	刘锡庆主编：《新中国文学史略》	北京：北京师范大学出版社，1996 年
47	张炯、邓绍基、樊骏主编：《中华文学通史·当代文学编》	北京：华艺出版社，1997 年
48	孔范今主编：《二十世纪中国文学史》	济南：山东文艺出版社，1997 年
49	於可训：《中国当代文学概论》	武汉：武汉大学出版社，1998 年
50	国家教委高教司编：《中国当代文学史教学大纲》	北京：高等教育出版社，1998 年
51	陈其光主编：《中国当代文学史》	广州：暨南大学出版社，1998 年
52	特·赛音巴雅尔主编：《中国当代文学史》	北京：民族出版社，1999 年
53	杨匡汉、孟繁华主编：《共和国文学50 年》	北京：中国社会科学出版社，1999 年
54	洪子诚：《中国当代文学史》	北京：北京大学出版社，1999 年
55	陈思和主编：《中国当代文学史教程》	上海：复旦大学出版社，1999 年
56	张炯主编：《新中国文学五十年》	济南：山东教育出版社，1999 年
57	张炯编著：《新中国文学史》	福州：海峡文艺出版社，1999 年
58	朱栋霖、丁帆、朱晓进主编：《中国现代文学史（1917—1997）》（下）	北京：高等教育出版社，1999 年
59	张永健主编：《中国当代文学史参考资料》	武汉：华中科技大学出版社，2001 年
60	金汉总主编：《中国当代文学发展史》	上海：上海文艺出版社，2002 年
61	吴秀明主编：《中国当代文学史写真》	杭州：浙江大学出版社，2002 年
62	唐金海、周斌主编：《20 世纪中国文学通史》	上海：东方出版中心，2003 年
63	李赣、熊家良、蒋淑娴主编：《中国当代文学史》	北京：科学出版社，2004 年
64	孟繁华、程光炜：《中国当代文学发展史》，	北京：人民文学出版社，2004 年

65	董健、丁帆、王彬彬主编:《中国当代文学史新稿》	北京：人民文学出版社，2005 年
66	杨朴主编:《中国现当代文学史》(下)	北京：人民教育出版社，2005 年
67	欧阳祯人主编:《中国现当代文学史教程》	北京：北京大学出版社，2007 年
68	曹万生主编:《中国现代汉语文学史》(下)	北京：中国人民大学出版社，2007 年
69	郑万鹏:《中国当代文学史（1949—1999)》	北京：华夏出版社，2007 年
70	[德] 顾彬著，范劲等译:《二十世纪中国文学史》	上海：华东师范大学出版社，2008 年
71	陶东风、和磊:《中国新时期文学 30 年（1978—2008)》	北京：中国社会科学出版社，2008 年

注：以上书目并不包括在内地以外出版的"中国当代文学史"，如林曼叔、海枫、程海：《中国当代文学史稿：1949—1965 大陆部分》，巴黎：巴黎第七大学东亚出版中心，1978 年；洪子诚：《中国当代文学概说》，香港：青文书屋，1997 年，等等。

（本文收入《许子东讲稿·卷二》，
北京：人民文学出版社，2011 年）

现代文学批评的不同类型

本文认为，"五四"以来，中国以白话文为主的新文学中的文学批评，至少有四类：作家流派批评、社团组织批评、学院研究型的文学批评、网络时代的泛商业批评。本文主要讨论前三种文学批评类型的写作动机和文体特点，同时也观察这几种文学批评类型之间的转化演变关系。至于这些文学批评类型形成的历史原因和文学、文化及政治思潮背景，则不在本文的研讨范围之内。

一

在中国现代文学史上，最先出现的一类文学批评，是作家、社团、风格流派之间的文学批评。这类文学批评最兴盛的时期，也是中国文学社团流派风格发展最繁荣的时期，即20世纪20年代。仅从流派风格的多样性来讲，中国的新文学一起步就是高峰，不知是幸还是不幸。当时在文学研究会、创造社、语丝、浅草、沉钟、新月以及现代评论派、后期创造社、太阳社之间，互相都有文学批评。一般说来，一个文学社团之所以能够形成文学史上所谓的风格流派，通常要具备四个条件：一是有几个志同道合的作家文人，二是有一批比较出名且风格接近的作品，三是有自己的阵地、刊物或出版社，四是有"自己"的评论家，有与众不同的文学主张，比如"为人生的艺术""为艺术的艺术"等。这最后一点，就是所谓"作家流派类文学批评"的关键。很多这类文学批评是作家自己写的，如郭沫若、郁达夫、梁实秋等都在创作之外也写评论。但有时文学社团有几乎没有创作只写评论（或评论比他的创作更有名）的"专职"评论家，如创造社的成仿吾、文学研究会的沈雁冰（早期）、现代评论派的陈西滢等。这些作家流派间的批评可以很刻薄尖锐，如徐志摩曾讽刺"创造社的人就和街头的乞丐一样，故意在自己身上造些血脓糜烂的创伤来吸引路人的同情"[1]，钱杏邨骂鲁迅"醉眼朦胧"[2]，郭沫若则化名杜荃指责鲁迅"是一位不得志的法西斯谛"[3]，等等。但也有些作家圈的评论，能够超越流派立场，不只是互相批判。如1936年11月18日，鲁迅去世一个月，新月派女作家苏雪林写给胡适一封长信，称鲁迅为"刻毒残酷的刀笔吏，阴险无比、人格卑污又无比的小人"[4]。12月14日，胡适回信："……凡论一人，总须持平。爱而知其恶，恶而知其美，方是持平。鲁迅自有他的长处。如他的早年文学作品，如他的小说史研究，皆是上等工作。"[5]另一位曾和鲁迅激烈论战的陈西滢，在他的《新文学运动以来的十部著作》[6]中也评论了鲁迅的小说。陈西滢认为《孔乙己》《风波》《故乡》是鲁迅"描写他回忆中的故乡的人们风物，都是好作品"[7]，但小说里的"乡下人"，"虽然口吻举止，惟妙惟肖，还是一种外表的观察，皮毛的描写"。陈西滢认为《阿Q正传》要高出一筹，阿Q是同李逵、鲁智深、刘姥姥等"同样生动，同样有趣的人物，将来大约会同样的不朽的"。对鲁迅杂文，陈西滢说："我不能因为我不尊敬鲁迅先生的人格，就不说他的小说好，我也不能因为佩服他的小说，就称赞他其余的文章。我觉得他的杂感，除了《热风》中二三篇外，实在没有一读的价值。"[8] 有文学倾向又超越流派立场,周作人也曾为与他本人文学趣味很不相同的郁达夫的《沉沦》辩护:"《沉沦》是显然属于第二种的非意识的不端方的文学,虽然有猥亵的分子而并无不道德的性质。……这集内所描写是青年的现代的苦闷,似乎更为确实。生的意志与现实之冲突,是这一切苦闷的基本;人不满足于现实,而不复肯遁于空虚,仍就这坚冷的现实之中,寻求其不可得的快乐与幸福……著者在这个描写上实在是很成功了。所谓灵肉的冲突原只是说情欲与迫压的对抗,并不含有批判的意思,以为灵优而肉劣……"[9] 但周作人同时也指出了《沉沦》为什么在某种程度上"儿童不宜":"《沉沦》是一件艺术作品,但他是受戒者的文学,而非一般人的读物。在已经受过人生的密戒,有他的光与影的性的生活的人,自能从这些书里得到希有的力,但是对于正需要性的教育的儿童们却是极不适合的。还有那些不知道人生的严肃的人们也没有诵读的资格。他们会把鸦片去当饭吃的。"[10]

上面所引的一些批评文字片段,已可窥见作家风格流派批评的基本文体特点:第一,很多作家相信文学批评也是文学,所以评论文字也注重文采、形容、比喻、象征等"陌生化"效果("血脓糜烂的创伤""醉眼朦胧""刀笔吏");如果使用一些抽象概念,事后看反而不准确("不得志的法西斯谛")。第二,作家流派批评大都从个人观点趣味出发,并不掩饰美学好恶与价值偏见,甚至夸大这些好恶偏见,从而催化助长流派社团之争(如沈雁冰几十年后在《茅盾回忆录》中仍念念不忘 20 年代初他与创造社的笔战恩怨旧账,回忆篇幅甚至超过他参与共产党建党早期活动[11])。第三,个人或流派偏见好恶之中或之上,仍会有一些"客观""公允"之论。事实上,作家风格流派类的文学批评,写得最认真也最有文学史价值的,不是对其他风格流派的批评,而是在承认和划分流派之后,对自己社团流派的解剖与评论。典型的文本例子，就是作家们为赵家璧主编的良友版《中国新文学大系》写的各卷导言（尤其是小说各卷的导言）。这是后来几套《大系》的很多导言都无法重复的，因为后来再没有这些"流派之见"。

二

作家风格流派之间的文学批评，从 20 年代末开始向社团组织及党派的文学批评转化，其间的关键人物李立三，却不是文学评论家。革命文学论争中后期创造社、太阳社对鲁迅、茅盾的尖锐批评，其实还属于第一类作家团体间的文学批评，但李立三以上海党中央名义叫停这些批评，并指示这些留日回来的年轻革命者向鲁迅道歉认错，进而团结鲁迅（甚至郁达夫）创立左联[12]，这个"立三路线"的文化成果就是第二类文学批评的开始，影响深远。从左联开始，文学批评，不再只是作家的个人行为，不再只是表达文人自己的美学好恶与艺术风格，更要考虑整个社团组织在政治文化场域中的斗争策略。

第二类社团组织和党派的文学批评，在时间上有不同的发展阶段，在生产过程与功能上也可再细分为三种不同形式，其间相通与差异处十分重要，必须细细梳理。

第一种是社团组织"对外"的文学批评，如左联批判"民族主义文学"，左联与《现代》杂志及"第三种人"的争论，或者 40年代后期郭沫若对沈从文的批评等。在文体形式上，这种文学批评与之前讨论的一般作家风格流派间的批评笔战十分相似。关键差别只在于在文学批评的个人行为后面，有没有组织党派的策略、计划、战术甚至纪律。在 20 年代末 30 年代初那个现代文学史的重要时刻，鲁迅同时受到来自太阳社、创造社与新月派梁实秋两个方面的批判，结果前者"顾全大局"，立刻求和服软甚至转为"崇敬"，梁实秋等却缺乏文化斗争策略，只顾文人意气挑战权威甚至直斥鲁迅"硬译"（质疑对方学术能力，比批评对方学术观点更加伤人自尊）。在文学史上看，有谋略策划和组织支持的文学批评，在文化论争中较易主导文学"场域"中的话语权。

和"对外"的文学批评不同，第二种社团组织的文学批评，其实是组织乃至党派内部的文学论争，最早有瞿秋白和茅盾关于文学大众化的讨论，最典型的是1936年"两个口号之争"（周扬、夏衍VS鲁迅、冯雪峰），后来在延安也有"鲁艺"与"文抗"的分歧，还有胡风引起的文学理念论争等。这种左翼社团组织内部的文艺分歧及论争，如果在一个时期可以"势均力敌"，谁也无法马上说服压倒消灭对方，便会出现一种暂时的话语权力制衡，因此成为中国现代文学批评发展的一个重要动力。后来在70年代末到80年代，周扬、张光年、王元化、王蒙诸位，与邓力群、冯牧、丁玲、胡乔木等，在讨论文学与政治的关系，中国文学要不要"现代派"，人道主义与反思"文革"等一系列重大理论问题方面，都出现了论争分歧，客观上推动了当代文学批评的发展。直到90年代，这种组织内部的文学分歧，才转为"不争论"、沉寂与"和谐"。

社团组织的文学批评除了上述的"对外批评"和"内部论争"外，还有第三种，就是组织内部"自上而下"的文学批评。鲁迅在左联成立时的讲话，当年就有些"指点革命文坛"的苦心，瞿秋白、冯雪峰、周扬当时撰文，也都想对文艺发展方向提出指导性意见。李立三还曾约见鲁迅，希望鲁迅支持他的"革命首先在一省或数省胜利"的政纲（但被鲁迅拒绝）。据夏衍回忆："左联成立不久，李立三在5月9号准备发表一个文件，就是后来在6月11号发表的那个党史上有名的《新的革命高潮与一省或数省的首先胜利》。

再提此口号之前李要求见鲁迅，希望鲁迅发一个宣言支持他，即指此事。当时是立三路线高峰，他扬言'会师武汉，饮马长江'，搞城市暴动。"[13] 按冯雪峰的说法，"李立三约鲁迅谈话的目的，据我了解，是希望鲁迅公开发表一篇宣言，表示拥护当时立三路线的各项政治主张……鲁迅没有同意，他认为中国革命是不能不长期的、艰巨的，必须'韧战'、持久战"[14]。组织内部"自上而下"的批评，真正要同时具备精神上和组织上的双重权威，还是毛泽东在延安文艺座谈会上的讲话。讲话的直接起因之一，也是为了平息上述第二种"组织内部论争"（从"两个口号之争"延续到"鲁艺 VS 文抗"[15]）。据萧军《延安日记》，为了准备这个讲话，毛泽东与很多作家，包括丁玲、萧军、周扬等，有大量的私人交谈，很做了一番准备功夫。也有历史学家认为延安的座谈会是为了和王明、张闻天等争夺党内的意识形态话语权。[16] 就观点而言，"讲话"的几个要点，今天来看仍有理论意义。"政治标准第一，艺术标准第二"，如果"政治"可作广义理解，而非只是个别党派利益，则"政治标准"确实到处可见。"为工农兵和小资产阶级服务"也没错，只是后来渐渐忘了"小资产阶级"这个国旗上的第四个星星。"先普及后提高"，如今香港 TVB、湖南卫视等，都在实现前一半，只是没人关心后一半。"讲话"最初仍然是可以讨论的形式，毛泽东讲话后萧军还站起来讲了几十分钟，并不只是附和同意。[17] 对中国现代文学批评影响最大的不只是"讲话"的内容，更是之后由批判王实味和延安"抢救运动"组成的贯彻讲话的方式：文学批评从此成为组织审查和政治斗争的一部分。像"讲话"这样典型的"自上而下"的有系统的文学理论，其实罕见（且难模仿）。可以复制推广的还是"自上而下"的批评运作方式：很快，第一种"对外"的批评，也因为有了"自上而下"的背景而产生了国家机器的力量。如 20 年代末郭沫若批评鲁迅是"法西斯谛"，鲁迅及其他人并不害怕。到 1948 年郭沫若再批沈从文是"反动文人"[18]，北大学生又将郭文抄成大字报贴在校园里，沈从文精神失常几乎自杀。50 年代后一系列文学批评／批判都是前述第一种"对外"和第三种"自上而下"批评之结合。另一方面，在第二种"内部文艺论争"时，人们忍不住马上要辨认寻找"自上而下"的线索痕迹，并迅速领悟哪一个观点态度甚至措辞用语来自最高的领袖。根据经验，于是另一派观点马上崩败，"组织内文学论争"在 50—70 年代几乎不复存在。中国的评论家再次能够对文学理论表达不同意见，是在"文革"结束以后。

本文讨论的这三种社团组织类文学批评，各有自己的文体文风特点。第一种"对外的批评"，与一般作家流派间的批评表面相似，强调表达的文学性，用比喻、象征等方法嘲讽对方（"丧家的资本家的乏走狗"[19]"洋场恶少"[20]"破落户的飘零子弟"[21]）。在嬉笑怒骂之中当然有理念价值信仰之争，但不会脱离或超越社团组织的政治文化立场。第二种"内部论争"的文学批评以论说文为主，较少讽刺形容与比喻，较多理论概念堆砌。早期比较互相尊重，如瞿秋白与茅盾的论争。"两个口号"之争私下已经结怨，桌面上还是说理文章（有火也转发到徐懋庸这样的小人物身上）。虽然这种内部论争很难不涉及人事恩怨，但只要按牌理出牌，坚持论理，直到 80 年代周扬等讨论人道主义，这种话语上的权力制衡，依然有助于中国文学批评的发展。第三种"自上而下"的文学批评也有非常独特同时又影响甚广的文体文风，那就是"居高临下"的视野与即兴感想式文体。虽然事实上，有能力有权力"自上而下"批评的人其实很少或极少，但这并不妨碍很多文人或官员（两者界限不清，下面会详论）无意之中习惯以"目前的形势与我们的任务"作为自己写文章发言的基本框架。在展开具体论述时，通常说："关于某某问题，我讲几点意见……"或："关于当前形势，我有几点看法……"这些意见、看法不一定合乎逻辑地可以并列，有的或可"合并同类项"，有的大小性质不成比例，但讲话的权力有时就等于话语的权威。地位越高的讲者越可以即兴凭印象"讲几点"（而不用论文体）。久而久之，很多人有意无意会模仿有权力的文体文风，也是某种集体无意识中对权威的向往。这种文风在中国持续流行，从一个侧面说明毛泽东文体的深远影响。

　　50年代以后中国的国有文学生产机制至少有三个要素：一是将作家纳入干部官员体制；二是从50年代开始废除版税制，只实行稿费制（作家只要应对编辑、出版审查，不需要直接面对读者）[22]；三是以作协（发表在党报上）的文学批评，承担管理作家引导读者的重大责任。这一时期，20年代那种作家风格流派之间的文学批评早已基本消失了。左翼革命文学传统之中，前述第二种"内部论争"也大都不能持久，不能真正"势均力敌"。因为五六十年代文艺战线仍被视为意识形态战场，即使有文学批评也很快就分出胜负，变成力量对比悬殊的政治批判（如胡风案，如丁玲、陈企霞反党集团等）。"内部论争"消失后，剩下第一种"对外"（对党外、对大众、对社会）的文学批评因为具有执政的官方色彩，所以也就自然而然和"自上而下"的视角相结合（帮助作家改造世界观，劝告作家体验生活或告诫读者提高警惕等）。五六十年代一系列文学批评与党内斗争互为因果，到底先有鸡还是先有蛋，批评的动机和目的，到底是意识形态信仰还是场域斗争策略，也很难说。有时是因为一部作品引起社会争论，引发党内不同意见，然后领袖直接过问（化名写社论），结果是在党争中增强话语权力（如批判《武训传》《清宫秘史》等）。有时是因为党内高层意见不合，借批判某作品貌似"自下而上"实现话语及政治权力重组（如上海批《海瑞罢官》、全民评《水浒传》等）。有一点可以肯定，这一时期的"文学批评"，在中国现代（乃至古代）文学史上，都是最受社会关注也拥有最多读者的一个时期。通过一两篇评论文章，作者可以进政治局，读者可以过亿。文学干预社会"超额完成任务"。仅从党内派别斗争看，文学／政治批判，至少比斯大林肃反，或江西 AB 时的消灭肉体，多一点"人道"待遇和话语技术含量。这一时期文学／政治批评的文风、逻辑、词汇及其影响功能等，后来远没有得到应有的研究和梳理。

三

第三大类的文学批评是学院批评。回顾起来，其实"五四"作家文人，大都也曾在高等学府教书，不过"新文学评论"多为课外兼职，学院研究还是古典学术为主（如鲁迅、闻一多、郭沫若等）。现代文学进入学院课堂应该还是在朱自清的学生王瑶以后。在五六十年代，学院的文学评论基本贯彻组织党派批评，成为第三种"自上而下"文艺观的教材化普及版。包括王瑶在内的教授们改造思想与时俱进，有时还是赶不上形势。一不小心如钱谷融等，写文学批评反而成为同行专家和学生进行"文学批评"的对象。如北大中文系学生在 50 年代中期编的文学史，倒是可以证明，当时学院批评基本上就是"学生批评"。学院批评真正介入当代文学的进程，是在 80 年代初，也就是组织党派内文艺论争相持不下、各抒己见的所谓"五四"以后的第二个"启蒙时期"。一边要"解放思想"，一边要注意"社会效果"，一会儿强调创作自由，一会儿要清除"精神污染"……80 年代大学体制正在恢复，重新拥有话语权的老专家与不同年龄层的"新人"互相促进，既重建学术规范，也面对尖锐的社会问题。《文艺理论研究》与中国文艺理论学会创立的背景与初期活动，就是 80 年代学院批评介入文学论争的一个具体注解。

　　但"80年代"很短，学院批评很快被一种看上去更"学院"的学术研究取代，学院于是又悄悄退出了当代文学批评的主流。这是一种被李泽厚、陈平原或贬或褒称之为"从思想到学术"的转变。更具体说，是从注重思想锋芒到讲究研究规范，从强调文化影响到关心项目资金的转变。90年代后学院批评的这种转变，一方面和大学体制国际化同步，另一方面也和执政者对文学的管理方法的转变有关。笔者在2006年复旦与哈佛合办的一个当代文学研讨会上发言，不准确地试图概括形容过近年的中国文学是"新媒体、旧文化、政府管、人民逼（币）"（原文出自王朔讲女人的十二个字：上海生、北京话、新思维、旧道德）。新媒体、旧文化以及人民逼（币），我下边讨论第四类文学批评时再讲，这里先讲政府管：

　　前面说过，第二类从左联到作协的社团组织的文学批评，尤其是"对外"和"自上而下"两种批评文体之混合演化，是1949年后的国家文学生产机制中，和作家干部体制及版税报酬制度改革一样重要（如果不是更加重要）的支柱。这种文学批评，在"前三十年"，通常由宣传部门和作协组织通过党报发动对文艺作品和作家的点名批判。这种政府管理文学并调节舆情的主要手段，在"后三十年"的初期，即70年代末到80年代依然被采用——但人们发现，效果变差了，甚至产生了反效果。批判《在社会档案里》，批判《假如我是真的》，批判《苦恋》，批判戴厚英……作家没有被批臭，反而更加出名（至少在海外）。90年代卫慧的《上海宝贝》以及"布老虎丛书"被禁，大概是这种文学／政治批判的最后的受害／受惠者（该书海外版权卖出数千万）。

　　批判的理据其实不能算错：要宣扬正能量，要注意社会效果，要追求清洁的精神，要团结人民，教育人民……假定理念没有问题，那效果不理想，应该就是文学／政治批判的传统手法出了问题。所以，90年代后不再展开文学／政治批判，转而在出版方向上加强管理，"创作有自由，出版守纪律"。这个转变，非常值得讨论。看上去只是宣传管理的策略方法变化，其实整个思维背后，有一个组织党派与作家评论群体的关系定位问题，有一个从"家规"到"国法"的转变：如果认为作家必须是文艺队伍中的战士，并将"战士"这个光荣称号从比喻变为现实，那就回到30年代左翼批评的战斗语境了。战场上不听指挥，"战士"有个人意见、个人情绪而与众不同，当然要马上帮助、批评、教育。跟不上形势，就要提高觉悟，文章出了"轨"，就要批判纠正，就要改造作家的世界观。但90年代后，逐渐把文学或者知识分子团体看作是一个可以有利益共享也可能有观点冲突因而既要团结又要管理的社会力量。于是政府的文化管理就会由"管心灵"转为"管行为"。于是《废都》《兄弟》或者阎连科的作品，有争议，也不批判，淡化不争议（但是这些作品，如要拍成电影、电视，比如《生死疲劳》等，那就要慎重）。从家规到国法的转变，也是从革命党到执政党的演化，都显示文学生产体制的管理在与时俱进。

如果说昔日文学／政治批判的管理，以惩罚警告大棒为主，那么今天的学院批评在项目职称的游戏规则中，就是奖励分饼胡萝卜为主了。如果说对著作论文的出版审查或批判是被动监控，那么政府越来越慷慨地出资赞助各种科研项目，便是对学院批评的主动规划与"契约精神"了。与其事后批判评论家／教授们的言论出位，不如事先用项目职称等学术阶梯对学院批评进行"宏观调控"。虽不能全部资助红色经典课题，但至少可以尽量控制一些诸如"文革"研究之类的项目。说起来，这也是和国际接轨。西方国家的学术或文化项目，不也都有他们的意识形态偏向吗？（学术界如夏志清的小说史，出版界如张爱玲的英文写作等，都是由资助影响研究写作的意识形态倾向的成功范例。）目前以国际化（英美化）为名的工科思维管理人文的大学学术规范（重资金，轻影响；重项目，轻成果；重论文，轻著作；重刊名，轻质量……），颇有成效地减少甚至切断了学院研究与当代文学批评发展的关系。而正是这种学院批评与先锋文学的互动关系，在 80 年代中期曾经是中国当代文学发展的重要推力。

结语

本文最后讨论的是第四种，网络时代的泛商业批评。前面论述的三类文学批评，至少前两大类，作家流派和社团组织的批评，大都通过报纸期刊流通。市场背景和商业运作的大众传媒批评，是在 90 年代以后才显示出其意义。由于网络这个更大更广义的传媒社会的出现，传统意义的文学批评进入了全新的时代，也遇到了全新的挑战。

一方面，读者看似多了。一篇咪蒙或吴晓波的微信公众号上的短文（有时也是杂文或广义的文艺、文化批评），网上点击可以到几百万。因而立刻混合着广告，马上由文化混合商业，犹如 60 年代文学批评与政治批判的关系一样水乳交融。但有时候，网上有深度的文学批评，跟帖寥寥无几，无从判断读者数量与背景。另一方面，作者也多了。不仅有很多从未在作协、大学系统见过的书评人作家大量出现，普通人也可以在博客上写作，更不必说还有周小平、花千芳等新秀令人惊奇。其中一个因素是，写作限制少了。最近笔者在 CETV 讲丁玲，谨慎谈到她与毛泽东、彭德怀的交往及赠诗等。后来一查，很多延安内情，早有网文披露。历史以空前的碎片化、煽情化的形式被人们拾起同时忘却。另一个因素是，发表速度快了。一按键盘，如不被删，作品已过发表出版关……媒体虽"新"，文化却"旧"。之前提到"新媒体""旧文化"，指的是如有好事者将今日新浪、搜狐等门户网站首页，与过去百年来各个时期的中文报纸版面相对比，除了前面一小块总像五六十年代党报外，总体看，与大众网页最相似的却是民国早期的《申报》《新闻报》等：政治新闻、国际消息与男女八卦、明星绯闻堂皇并置，思想言论、书榜影评与美容广告、心灵鸡汤尺寸相邻。流行符号虽然还是毛泽东，不过大部分时候得印在纸币上。

本文所讨论的前三种传统意义的"文学批评"，在今日的媒体网络生态中，又可以如何变化发展呢？

第一类，作家风格流派的文学批评，现在几乎很难看到。中国作家现在的创作成绩，虽然据说没有"高峰"，但至少已有"高原"。总体水平及风格多样性，应该不在二三十年代之下（更不必论中间几十年）。但为什么现在没有"五四"时期的倾向不同、风格各异的文学流派呢？难道"高原"只是高的统一的"平原"？以前至少有"京派""海派"之争，后来也有"湘军""陕军"之别，到了新世纪，为什么好像完全没有催生、挑拨、助长这些风格流派的文学批评或者至少是作家之间的互相批评呢？因为都是好友？都是在作协体制内？因为风格只属于个人，不能成派？还是因为……

第二类，社团组织党派的文学批评，以作协或文学团体名义"对外"的批评，一则找不到敌人，二则面对"大众"软弱无力。一度有人觉得《色，戒》有问题，但不敢讨论，连李安也不能提，只能暂时封杀女演员汤唯的广告。《小时代》刚出，《环球时报》说不应有续集，结果电影连拍四部，票房十几亿。对《心花怒放》之类的电影也是类似情况。近年一连串票房破纪录的电影，都是叫座不叫好，可是专业文艺批评和对这类文化现象的分析，明显缺席。

　　"自上而下"的指导性的批评，偶尔还有，如果体现集体智慧，面面俱到，倾向不明，且不立刻伴随话语之外的权力运作，看来也是成效有限。以往较有针对性的批评，如"反三俗"等，文化产品立刻下架，却也被市场曲线抵制。至于曾经最富"理论生产力"的"组织内部"的文艺论争，近年仍然一片和谐。社会在分化，但理论界没有什么分歧。报业集团一度还有点南北之争，主流门户网站，说来也有四五家，几乎看不出思想政治倾向上的差异，更不用说文化风格的流派了。

　　第三类的学院批评与大众传媒及网络社会之关系，是另一种尴尬：一是在报纸网络发文，不算学术成果，不计入研究项目（对"教书先为房贷谋"的年轻一辈学人来说，"干预社会"近乎一种浪费精力的奢侈行为）；二是也有学院中人进入媒体网络写作，人们虽不羡慕却也嫉妒恨，所以其中的成功或者失败都很难复制；三是即便学院批评与媒体红人真的论战起来，前者未必会占上风（比如白烨笔战韩寒，或苏童批评郭敬明）。最重要的是，读者对象完全不在学者、评论家的设计和预期之中，批评范式便很难把握。学院批评未必与大众趣味在一个频道。有时，需要在客厅书房慢慢欣赏玩味的红酒，拿到看球的广场上，便失了香味。这对学院中人来说，也是绝大挑战。

　　既缺乏作家文人间的文学批评，也不再能展开组织名义的政治批判和旗鼓相当的文艺论争，学院批评又和媒体网络缺乏联系，于是，现阶段最常见的文学批评就只是文化工业产业链的一环（连审查制度也成了这个产业链的另一环）。出书销量、电影票房、舆情调控等，其实都还需要文学评论——只是这样的评论，是市场自动操作，与文学关系不大，也不会欢迎真的批评。文学作品想要引人注目，只好一靠评奖，二托影视，三打官司（抄袭或绯闻）。[23]

　　所以，虽然今天中国文学创作相当繁荣，发表天地又那么多元，管制相对宽松，网络世界充满魅力，可是中国的文学批评，却好像走到了近百年最软弱、最边缘的一个时期？

（本文发表于《文艺理论研究》2016 年第 3 期）

架空穿越：第三种虚构历史的文学方法

"历史演义""故事新编"和"架空穿越"，可以说是中国现当代文学虚构历史的三种基本方法。我们暂且不涉及中国古典文学、外国文学和当代的影视作品。本文的重点在于讨论第三种虚构历史的文学方法，而且试图辨析"架空"与"穿越"的不同之处。

一

中国历史小说的主流，《三国演义》的传统，在"五四"以后的新文学影响不大，成就有限。我们看钦定排名的"鲁、郭、茅、巴、老、曹"，还有夏志清添加的沈从文、张爱玲、钱锺书等，除了郭沫若的历史剧外，鲜有历史小说和戏剧成为代表作真正留名传世。其实茅盾写过《大泽乡》，描写陈胜、吴广；郑振铎写过《桂公塘》，歌颂民族义士。但都没有进入当时文坛主流，文学史后来也很少提及。鲁迅计划写长篇《杨贵妃》，可惜后期困于杂文战斗，也没有写成，不知会写成传统演义模式，还是大篇幅的"故事新编"，无法判断。真正有文学史意义的长篇是李劼人的《大波》，但写的是清末民初的四川保路风潮，有论者说李劼人生于1891年，所以写的是现实而非历史。¹ 这里存在一个"历史小说"定义的界定。可惜《大波》没有写完（新中国成立后只忙于与时俱进的改写，竟然一直没有全部完成，令人遗憾）。今天中国有关历史小说的专门文学奖是"姚雪垠长篇历史小说奖"，说明对广大读者来说，姚雪垠被破格允许在"文革"时期仍可创作的《李自成》，不管研究者、评论界喜欢与否，已成为现当代文学中历史演义的代表作，也为后来二月河《雍正王朝》等作品开了先河。简而言之，这种传统的历史演义写法，虽然宣传演绎的是写作者的"当代意义"（比如《三国演义》中的明代儒家意识形态与民间趣味，比如《李自成》中歌颂造反、美化领袖夫人等时代需求），但至少，历史材料是旧的，是一般常识公认的发生过的事件和人物，用菊池宽的定义，就是"将历史上有名的事件或人物作为题材"²。用郁达夫的解释："现在所说的历史小说，是指由我们一般所承认的历史中取出题材来，以历史上著名的事件和人物为骨干，再配以历史背景的一类小说而言。"³ 这种演义传统的历史小说最大的特点，就是尽量不要点穿文学叙述与历史事件之间的距离，尽量至少让民间大众相信，演绎是对过去历史的真实的记录和模仿。尽管实际上，现代演义体的"古为今用"可以最为直接具体，比如郭沫若创作《蔡文姬》就是配合毛泽东想为曹操翻案的个人历史趣味。《李自成》里的高夫人后来越写越像当时左派心目中的江青。《海瑞罢官》吴晗赞扬清官姚文元批判罢官，似乎都联系着当代政治目的。二月河也毫不讳言《雍正王朝》得到了当时总理的喜爱。

演义体小说在现当代虽然佳作不多，但用故事讲历史的方式，却在 50 年代文学中得到了传承。黄子平等人精心研究的"革命历史小说"都是同时代人用文学故事记录甚至创造历史。较著名的"三红"均写具体历史事件：《红日》写张灵甫第七十四师如何被歼，证明中共军事胜利；《红岩》写重庆渣滓洞监狱斗争，显示中共道德力量;《红旗谱》写河北农村阶级斗争，展现土地与革命的关系。这些小说当然也都是"虚写实事"，且反复修改集体创作令主题可以与时俱进。一个时期内如教科书般畅销而且成功建构了主流意识形态的法理基础：百年忧患，只有共产党才能救中国。贺桂梅等研究者也注意到同样是讲述革命历史，在民间还有更容易流传的演义体，如《吕梁英雄传》《烈火金刚》《铁道游击队》《林海雪原》。有的复活章回体，有的改编成京剧电影甚至说书段子（如李陀很称赞的"肖飞买药"）。可见历史演义传统在当代原来到处存在。国共斗争史、抗战史，很大程度上不是通过史书或教材，而是以文学故事的形式深入人心。

二

鲁迅的《故事新编》，不仅是他个人后期精彩的文学实验，更在无意中开创了用文学虚构历史的另一路向。传统演义，是对历史人物和事件的叙述、虚构与改造，有意或无意演绎出当代的意义；故事新编，则是对历史故事的重新叙述与改造，通常是有意颠覆有关历史的文学经典。前者的书写材料是事实（姑且假定有所谓的历史事实存在），后者的挑战对象是故事，是前人的文本。前者千方百计隐藏"古为今用"的动机和手段，后者明目张胆公开"古为今用"的态度和目的。一个不一定恰当的比方：前者是斯坦尼斯拉夫斯基体系，演员（演义）尽量投入历史角色；后者更像布莱希特方式，演员（新编）摆明了可以抽离角色故事。

"故事新编"传统在 20 世纪中文文学中有很多不同的发展变化，我特别关注其中两种发展趋势：

一是用现代心理学理论重写经典古代人物。最早是鲁迅并不喜欢的作家施蛰存，比鲁迅更早开始了"故事新编"。小说《石秀》

颠覆了水浒的兄弟义气神话，小说中原来石秀曾经暗恋杨修之妻，鸠摩罗什的形象也在施蛰存的弗洛伊德显微镜下显得面目全非。施蛰存的这种写法后来尤其在香港文学中有引人注目的发展。刘以鬯的名篇《寺内》主要写红娘而非莺莺与张生的恋情。李碧华的小说与改编电影《青蛇》，也写小青暗恋许仙，法海则是同性恋。香港文学中这种对中国文化经典文本的大胆改造甚至颠覆，当然可以解释为是作家刻意求新并在影视领域要呼应观众读者新鲜口味的文化工业生产规则，但为什么偏偏香港读者可以接受甚至喜欢看到完全不同版本的中国经典文本呢？这里是否也有某种寻找本土心理定位的特定历史、文化、政治原因？当吴宇森遵从好莱坞模式让正反男主角在美貌女主人公面前决斗时，电影《赤壁》在内地受到观众普遍质疑。林志玲扮演的小乔怎么可能在战火纷飞之中渡过长江，从周营来到曹操帐中，然后还要让梁朝伟扮演的周瑜、金城武扮演的诸葛亮与张丰毅扮演的曹操，在花容失色的林志玲面前直接比武定胜负……这是三国，这是赤壁吗？但电影编剧、香港获奖作家陈汉说，历史上有没有赤壁之战也不一定。更极端的例子当然是周星驰的《大话西游》，在香港只是大胆的娱乐（并无"大话"的标签），到了北京竟被解读成后现代"恶搞"。实际上，还是"故事新编"挑战"历史演义"。

二是，内地的文学主流，在1985年以后，也出现了"故事新编"的潜流。对港台及其他地方的大部分华人来说，要"新编"中国故事，挑战的是四大名著或者白蛇传、霸王别姬、少林武当之类的传说。但对在80年代开始有权利写小说的新一代中国作家来说，他们从小到大面对的最频繁、最强大也最令他们有挑战欲望的故事，就是前面说的"革命历史小说"（我曾目睹北岛能够随意完整背诵贺敬之的诗歌）。所谓"三国范儿""红楼范儿"等私下的比喻，都是后来中国作家在挑战"三红"模式时有意无意中所依赖的文学传统。所以，我们细读自"寻根小说"起的一系列佳作，在某种意义上，也是"革命故事新编"。《红日》歌颂三野神勇，《雪白血红》突出四野战况惨烈，乔良《灵旗》更写苏区 AB 团和湘江战役惨况。《红旗谱》清晰展示中国农村阶级斗争六种势力的排列组合规律，穷苦农民＋乡下新学教师＋共产党 VS 地主富农＋宗族祠堂＋国民党。可是到了《红高粱》，六种力量之外出现了决定性的第七种力量即土匪，继承《水浒传》传统，打日本最有力的既非国民党也非共产党，而是抱得美人归的土匪男主角。再到《白鹿原》，新编的故事更有了演义的规模和民族心灵史的雄心，不过原先保守反动的宗族祠堂，一跃成了国共相争、贫富相斗过程中一贯正确的传统文化力量。还有 50 年代革命故事中常常出现的如运涛、江涛、卢嘉川式戴着"五四围巾"的知识分子地下党员，到了格非的《大年》里，变成了假装与乡绅统战又煽动农民造反最后却拐走地主老婆并以政治权利书写历史的知识分子。格非这种"革命历史解构"后来一直延续到他的《人面桃花》等三部曲。50 年代另一重要长篇《创业史》，上续周立波《山乡巨变》、赵树理《三里湾》，下接浩然的《艳阳天》和《金光大道》，中国农民怎么走向集体化社会主义康庄大道，这个革命故事的"主题讲座"，后来也一直被高晓声、莫言、余华的"故事新编"改写和颠覆。李顺大几十年盖不起房子，《生死疲劳》中地主变成各种动物也要见证农民对精神和物质的自留地的坚守。余华则告诉我们不管什么主义，人首先要"活着"。相当部分 1985 年以后重写民国史和"十七年"故事的小说，都在某种程度上有意无意地书写"革命故事新编"。这种新编甚至很难离开革命故事的原有文本来单独阅读，而且这些"革命故事"至今也一直在延续演变，难道这就是革命的"故事"与"新编"之"不可互相否定"？

　　对革命故事的新编，有的是结构性的，如《白鹿原》；也有针对某个人物类型，如上述《大年》；也可以是细节性的，比如一向有一群土匪武装被一个共产党员改造的故事（顶峰是后期样板戏《杜鹃山》），莫言《红高粱》里也有个"八成是共产党员"的任副官，也改造余司令的土匪军纪（让司令处决其强奸民女的叔叔），但这个任副官最后在小说里竟然因为自己的手枪走火死了。

撇开内容不谈，仅从虚构历史的方法看，"革命故事"还是要人相信这是历史，"革命故事新编"则明白自己说的只是"故事"。

三

当然，上面讨论的两种"故事新编"性质不同。香港作家的"故事新编"是直接颠覆经典文本，"寻根文学"则是间接改写革命故事模式。"红色经典"因为需维系主流意识形态的神话，恶搞和戏仿大都在民间段子层面（近年还有人因质疑"狼牙山五壮士"的真实性，而被法院起诉）。90年代以后对"红色经典"的"新编"只能是扩展商业趣味，不能有意义颠覆（比如徐克导演的电影《林海雪原》）。如果历史文本久远一些，则尺度就比较开放，比如前面讨论过的吴宇森《赤壁》，或者近期香港导演拍的《孙悟空三打白骨精》——结尾可以把唐僧写成以生命救妖精。80年代改写革命史的小说如《丰乳肥臀》等虽获大奖，在文学上获得好评，却无法改编成电影。在这种"故事"与"新编"的胶着状态中，另一种虚构历史的文学方法悄悄出现，那就是爱国文青主题与通俗游戏手法相结合的"穿越架空历史小说"。

许道军、葛红兵在《叙事模式·价值取向·历史传承："架空历史小说"研究论纲》一文中有一个定义："往往设定一个具有现代意识或现代身份的人，或是在一个虚构的历史时空，或是通过时空穿越的方式，回到正式记载的历史情境，创造或改变历史。"[4]

这段论述将"架空"和"穿越"放在一起讨论。其实，作为文学技巧的广义的"穿越"，在网络文学之前早已存在。吴趼人历史小说《痛史》第二回"闻警报度宗染微恙　施巧计巫忠媚权奸"中有一段：

> 巫忠说："依姐儿这么说，非但'女权'二字，没有懂得，竟是生就的'奴隶性质'了。"叶氏道："甚的'女权'？甚的'奴隶性质'？这是甚么话，我都不懂呀！"巫忠呵呵大笑道："你不懂么？也难怪你。你可知还有什么'男女平权''女子世界'呢！你再过去七百三十多年，就知道了。"[5]

后来《吴趼人小说四种》，把这段对话删去了。其实这种搬运七百三十年后的政治术语对古人进行人权启蒙，正是一种观念上的公开的"穿越"。另外还有一种读者视角的"穿越"，把故事进程中的人物动作突然定格，加入几十年后的历史结局，比如《红高粱》中余占鳌一摸轿子里女人的脚，小说马上告诉读者，主人公一辈子的命运从此改变。刘恒《伏羲伏羲》中侄子和婶婶农地偷情，叙事者也马上说这欢快的叫声以后多年都会响彻田野。再如《白鹿原》里白灵一腔热血投身革命时，小说突然插入她后来成为政治斗争牺牲品的悲惨结局。这种"多年以后……"的加西亚·马尔克斯手法，也可以说是一种让读者观感打乱历史进程的"穿越"手法。故事立刻由"现场直播"变成"录影重播"，土匪劫色、农夫野合顿时产生了道德意义，白灵热情也瞬间穿越成"杯具"，显示了革命的残酷。

但我们今天讨论的"架空历史小说"中的"穿越"确实是另外一回事。这种"穿越"应有非常具体的定义和特征，即一个现代中国人，出于某种特别的原因（生病、郊游、做实验、出事故），无端来到另一个历史时空……这种穿越行为有几个基本特征：

第一，穿越小说，无论网络文学还是热门电视连续剧，大多数是今人穿越到古代，少有古人穿越来今天（张艺谋拍的《秦俑》是个艺术上比较失败的例外）。这是否意味着著作者及广大受众，以现代目光批判或改变中国历史进程的爱国主义愿望，多过以古典文化审视批判 20 世纪的中国现实呢？作为反例或参照，《终结者 2》从可怕的未来穿越回来，更多显示了好莱坞主流受众对世界前景的焦虑。《来自星星的你》或许代表韩国文化工业对传统符号比较重视？

第二，穿越的人大都是年轻人，鲜有老年人，无论愚公还是智叟。不知是考虑到时空穿梭的体力条件，还是去了以后完成使命的可能性。或者更现实的推理是穿越小说的读者群，手拿 iPhone，脚踏耐克鞋，突然面对潘金莲或项羽的妃子，这样"脑洞大开"的想象力，大都属于十几岁的青少年消费群体。在收费阅读中，读者与作者与发行商之间的商业契约关系远比传统文学生产机制要更紧密、更直接。

第三，穿越者总是回到中国历史上比较混乱、比较重要、比较可能改变的时间段，例如春秋战国、秦汉之际、三国、南宋或者明代。我注意到很少有 21 世纪的中国青年，穿越到距离较近的晚清民国甚至"文革"时期。就没有人去试图改变"北伐"以后"西安事变"或者"反右""大跃进""三年困难时期"的历史进程？（陈冠中是一个香港制造的罕见例外）就没有人回去劝劝老舍不要自杀或者混到庐山旁听会议？是距离太近不值得穿越还是革命故事的禁区不得入内？耐人寻味。

当然还有第四，中国网络小说，少有人穿越到西方或中东的历史中去，是否仅仅因为语言或知识障碍，还是民族主义大于世界视野？

无论穿越小说在文类上怎么混杂，集玄幻、科教、武侠、侦探、旅游文学于一体，也无论这些作品在语言上怎么浅白粗糙，同时在细节上违反历史常识，也无论这些作品为了商业利益怎样拖长剧情迎合或培训青少年口味，但仅从技术方法看，穿越与传统演义及故事新编确有明显不同：演义要隐藏"古为今用"，故事新编要颠覆经典文本，但穿越者却通常是叙事者第一人称，躯体血肉直接出场面对所谓"历史"。倘若历史布景真切，穿越细节认真，应该可以如《变形记》中的甲虫一般，冷眼旁观古人们的社会生态，仿佛在精神层面模拟盗墓考古。但也可能只是娱乐游戏"男盗墓女穿越"，就像儿童被引入游乐场，兴致勃勃和纸制帝王将相、公主王子玩耍中国梦。阿英当年批评晚清民初的历史小说是"文学生命上的一种自杀行为"[6]，但如果从一开始就以网络游戏自居，从不希冀文学生命，自然也就无从自杀了。

王晓明说，20 世纪 90 年代至今的中国文学与以往（1950 年到 1990 年间）的最重要的不同，"就是它所置身的整个社会的文化生产机制，发生了根本的变化"[7]。中国的文学及文化生产机制是否已有"根本的变化"？还是为了防止出现"根本的变化"而"与时俱进"？这是一个非常值得讨论的问题。至少从表面现象看，以前主流意识形态对印刷工业（报纸、杂志、书本）的控制与反控制关系，近年已逐步转化为民族主义与印刷工业、网络生态、影视文化三驾马车的操控、互动与合作关系。据 2008 年《第21 次中国互联网络发展状况统计报告》显示，目前中国的网民以青年为主，总体网民中 18—24 岁青年占 31.8 %，25—30 岁占18.1%，31—35 岁占 11%。而在"年轻人写年轻人读"的网络文学中，穿越架空历史小说成了历史题材创作的主流，如 2009 年起点中文网就有原创的历史类小说共 11,320 部，其中架空类历史小说就有 7026 部。但影响较大的作品，如酒徒的《明》、赤虎的《商业三国》、阿越的《新宋》、月关的《回到明朝当王爷》等，还有我们下面要讨论的《琅琊榜》，虽在网上互动走红形成巨大电子阅读人口，但最后也会出版实体书进入印刷工业市场。[8]

因为在网络文学有偿阅读规则中，作者、发行者与读者群的关系比实体书甚至报刊连载文学更为密切，所以穿越文学在满足特定读者需求方面也特别直接：一是现实竞争中的弱者可以在第一人称白日梦中重新挑选"起跑线"，想象自己突然可以"重新来过"，一下子到另一时空成为王孙贵族、公主将军，或至少富二代、官三代。二是穿越者的双重身份可以满足世人转移身份甚至改变容貌的隐身欲望。三是困于知识焦虑的现代青年在实际考场可以失败，瞬间来到另一空间，简单常识立刻变成学问谋略，更不必说还能在那里预测未来，扭转乾坤现实。所以即使不能穿越成王公贵族，布衣农夫亦可靠过人学识取得上升阶梯并参与"顶层设计"。四是不仅在知识上可以打翻身仗，而且在道德上也很容易超越。仅靠现代社会的政治常识，有时就自以为很容易指点古人走出困境。不少前人先人苦苦挣扎的伦理难题，如女人贞操、政治手腕、忠君与爱国的矛盾、忠孝义关系等，穿越者都不难用马克思或卢梭或弗洛伊德的理论碎片去指点迷津——这就在有意无意间使穿越文学也衔接和继承了"五四"文学的启蒙心态。只是这次不是唤醒屋子里沉睡的民众，而是启蒙了宫廷大殿上的帝王将相，何等令人满足！最后第五，以往种种历史小说有很多不同的历史观，比如尊崇三皇五帝、感慨一代不如一代的历史退化论，三十年河东三十年河西的历史循环论，色即是空、空即是色的历史虚无论，当然，穿越过去的当代青年，都随身携带先进世界观，或者说是相信社会与时间线性发展的进化论，因此在任何时代都有先天优势。如酒徒的小说《明》，写一个冶金工程师登山堕入另一空间，最后凭自己的冶金知识在明代发展了科技，使中国提早进入工业时代。小说有很多卷，我只列出章节标题——

"祸不单行，除害，垄亩，理想，经济，槐树下，广陵散，风气，铁马冰河，尊严，如画江山，杯酒，献策，中华，希望，海之歌，扬帆，黑土，荣誉，乱，棋局，麋鹿，彩云之南，国土，政治，复出，较量，长生天，兄弟，路，生命，战机，莫须有，殇，夜航，儒，中国海，故园，黍离，家，忠魂，浴火，重生，碧血，天问，英雄。"

标题当然不能说明内容，或者只能窥见一点穿越小说与当代青年语言仓库及民族主义情绪之间的概念联系。前面说过穿越小说归根结底是由青年爱国主旋律与通俗小说游戏趣味合作而成，有关部门明令禁止穿越文学，实在是误会了。

四

"架空"，据说来自日语汉字，译成中文，就是天线、空中架设。引申义就是虚构、空想。其实中文也早有"架空"一词，刘禹锡《答饶州元使君书》，就有"今研核至论，渊乎有味，非游言架空之徒……"的说法。《西游记》第四十回也说："那泼物，有认得你的在这里哩！莫要只管架空捣鬼，说谎哄人。"鲁迅在谈《封神演义》时也用了"架空"一词："书之开篇诗有云：'商周演义古今传。'似志在于演史，而侈谈神怪，什九虚造，实不过假商周之争，自写幻想，较《水浒》固失之架空，方《西游》又逊其雄肆，故迄今未有以鼎足视之者也。"[9]可见在中文里，架空原是一个贬义词。但现在讲"架空历史小说"，并不是自称"说谎哄人小说"，而是借用日语汉字的引申义，强调"架空"，即空想，全盘虚构。

虚构是文学的基本特性，所以最广义的"架空"可以用来形容所有的历史小说。但比较狭义的"架空"，则不同于"演义"和"新编"。评论界通常将穿越小说归在"架空类历史小说"名下，其实在我看来，穿越与架空，作为虚构历史的文学方法，还是有技术上的重要区别："穿越"是有人回到所谓古代，但那个朝代人物均有历史记载。"架空"（狭义的架空）则不一定有今人回去，但重要的是过去的那个时代纯属虚构，讲明了没有那个朝代。

海宴的作品《琅琊榜》曾获得起点中文网"架空历史类年度网络最佳小说"，在起点中文网持续占据榜首，也成为最热门的点击作品。《琅琊榜》不仅能在浩如烟海的网络文学中脱颖而出，而且小说改编的电视连续剧在播出时收视排名第一，热播期间曾经有两天网上点击率破亿。而《琅琊榜》的小说作者简介如下：女，属兔，定居成都，普通上班族，"80后"起点网签约作家，"顺便领点工资"。据她自己说："自小爱文学，爱史学，立志将来读大学时如不上中文系，就上历史系，然风骨不够，志向不坚，最终就读的是……英文系……毕业至今十年，所学英文经久不用已忘却大半，幸而还有美丽的母语，是我表述思想的最佳工具。"[10] 另据相关介绍，海宴曾是房地产公司职员，她在2015年"第十届作家榜·编剧作家榜"以800万收入排名第七。

虽然"架空"与"穿越"是两个技巧概念，但我们依然可以借助前面讨论的"穿越"诸条件，来考察架空小说《琅琊榜》的主人公梅长苏。首先，起点很高，这个与京城格格不入的陌生的外来人，身份特殊，名为草莽书生，却有"琅琊榜"预言的光环：得此人得天下，因此引来朝廷两大政治势力——太子与誉王——竞相拉拢。"琅琊榜"在小说里是个很特殊的机构，有独立的文武排名，比今天瑞典皇家科学院还要权威，居然不受朝廷控制，充分显示了大众心目中对传统知识分子地位的乌托邦想象。其次梅长苏表面是江湖首领，实际上是朝廷昔日政治斗争的残余分子，心情隐秘，外表易容，双重身份，面目全非，连昔日好友甚至已订婚的女人也难以认出。然而在知识、智慧、谋略方面，梅长苏却远远超出那个架空朝代里的任何人，知识、计谋和智商的优越性，使他可以用现代理论指导靖王的政治活动：我负责政治，你继续忠诚善良。一种简单的儒法两分法，后来居然真的受到广大中国电视观众的拥护，被称为"赤子之心"。小说与电视剧中，梅长苏实际上是一个"文以儒乱法，武以侠犯禁"（韩非子）的传统侠客。不过他长得病病歪歪（大概书生若肌肉太健壮，不大符合国人传统想象），但作者又神奇捏造了一个智商不高而武艺极强的飞流，与他形影不离、双身一人，完成了陈平原总结过的"平不平，立功名，报恩仇"三重千古文人侠客梦。所以从价值观来讲，梅长苏最后当然是忍辱负重，忧国忧民，既要报仇，又要忠君，完成不可能完成的任务——一会儿我们再讨论这个任务的复杂性。

"演义"总要讲历史，"新编"还需改故事，"穿越"的张力在于今人遇旧朝，那么完全"架空"的历史小说又有什么好处呢？一方面，史实可以天马行空了。电视剧热播以后有人将《琅琊榜》剧情与南北朝萧统及其父亲的史迹对照，但这其实与海宴的小说无关。虽然朝代是虚的，小说还是写了刑部、礼部、户部等种种实际的官僚体制。先架空后写实，不合史实处人们也原谅，若还有史迹可寻，或后来据说电视剧的服饰、礼节还颇讲究，那就倍受称赞了。当然有不少常规礼节，不必认真，比如皇帝的妹妹莅阳长公主孤身一人与寄居在府上的江湖男人单独长谈，不用说古代，即便在今天也不符合常理。又如有一次皇上要将一些戴罪立功的小孩送给女儿景宁，而萧景睿，一个晚辈皇族青年，居然直接发声说："陛下此言不妥！"皇帝居然也不生气……此类细节甚多，或许是网络历史文学常态，但在"架空"标签下，好像也不那么引人注目了。

另一方面是语言。既然是架空历史，叙述语言也就不必模仿古人了。本来《李自成》《雍正王朝》等貌似重现历史的小说也没有努力去寻找旧白话，用现代汉语叙述及对话并非《琅琊榜》特点。只是有时一些古人话语（不管哪个朝代）还是会不禁令人出戏，比方梅长苏说"我现在还缺些资料"，等等。更有趣的是写武打场面，这历来是金庸、古龙、老舍这些文人浓墨重彩、文白相间、最显示文字功夫的地方。在《琅琊榜》中，也有一段侠客打斗场面——

> 这位刺客首领的决定虽然果断，但他却犯了两个错误。
>
> 第一，他低估了萧景睿的武功。被他分配去阻挡萧景睿的两名黑衣人，第三招就被夺去了兵刃，第四招就双双倒地，只将这位侯门公子前进的步子稍稍减缓了一下而已。
>
> 第二，他低估了飞流的狠辣。因为梅长苏一直约束着飞流不许伤人，所以给了某些有心的旁观者一个错觉，以为这少年只是武功高而已。没想到暗夜之中他有如杀神，招招毙命，不留一丝生机，解决起周边的人来不仅快速而且干脆得吓人。
>
> 可是同时，萧景睿与飞流也犯了一个错误，他们都低估了那首领的实力。
>
> 在意识到自己的劣势以后，那首领快速地指令所有的人前去迎战飞流，自己独自面对萧景睿迎面劈来的一刀。[11]

这与其说是侠客武打文字，不如说更像论文写作。

然而，除了史实细节不严谨（本来就说了不是史实）和叙述语言太现代之外，架空历史小说还有什么特点，可以使小说和电视剧如此火爆，在什么意义上，《琅琊榜》可以满足中国民众的集体欲望？在我看来，历史被架空后，整出戏都更加写实了。

电视剧《琅琊榜》在制作上基本接近《北平无战事》的水准。许多网友说这是良心之作。所谓"良心"，既是指制作方态度认真——假货太多，正常生产就算有良心的了；也还因为小说和电视剧的内容也讲良心，讲赤子之心。不过耐人寻味的是，"赤子"

二字到底讲的是天地正气呢，还是受了委屈也要爱国忠君呢？还是"赤子"字面意思，是"红色的儿子"呢？这个也耐人寻味。

《琅琊榜》在架空中展示了怎样的一种政治现实与愿景？

第一，人们看到很多社会事件，这些社会事件跟政治斗争互为因果。有些非常熟悉的社会贪腐事件：有人进京告状，地方官侵占土地，造成群体事件，制造冤案；或者官员跟商人勾结私设烟火厂，最后危险品爆炸伤及了无辜的市民；又比如，一个官员的儿子在妓院打架闹出人命，结果引发了司法不公、冒名顶替等。这些从古至今都会引起公愤的事件，马上就会牵涉出相关的官员，大致是到户部、工部等，按今天的说法就是到部委一级。然后，因为要寻找保护伞，马上牵涉到京城两大主要政治势力——争夺王位的太子和誉王。反过来我们也可以看到，这些公众事件的揭发、处理、淡化或者恶化，其实又都是党争权斗的直接、间接的结果。党争跟社会事件到底先有鸡还是先有蛋说不清楚。不过我们注意到，对这些贪腐事件的处理，并不只靠权力，还要考虑民情、舆论、祖宗规矩，还有朝廷威信等。在这个虚构的历史王朝里边，没有什么事情是一个人可以决定的，甚至皇帝下任何决心都要左顾右盼。在某种意义上，这种私利的党争，客观上也有权力制衡的作用。当然，这个权力制衡到了电视剧结尾的时候，由于好人都战胜了坏人，制衡又没有了，让人浮想联翩。

第二，在这个架空的历史中，除了上述背景，更多的是浪漫想象。前面说过，"琅琊榜"本身就是一个想象，一个独立于朝廷之外的文武价值评判系统，并且改变党争局面的竟是一个文人面目的江湖力量。而且一旦朝廷出现大的论争，还会请很多学者来辩论，达成学术上的共识，皇上也要遵守。《琅琊榜》虽然出自"80后"网络写手，无意中却承传着千年儒家书生的白日梦。

第三，以苏先生、靖王为首的第三派渐渐战胜太子和誉王是全剧的情节主干，可是这二者的好坏在哪里？善恶怎么区分呢？我开始觉得是手段，文攻对武斗，苏派讲计谋，谢玉搞暗杀，可是后来发现随着剧情发展，好人也动武。后来，我想也许是忠诚和欺骗，但是不少情节中苏派的人也说假话不眨眼，为达目的不择手段，比方说夏冬为了丈夫的事情有意陷害夏江。难道好坏善恶就只靠脸谱颜值，或者他们慷慨陈词自己的赤子之心就是好人了吗？其实仔细看，故事里好坏的主要分野线就是十多年前的一单政治冤情。在剧中，凡同情当年齐王、林帅的最终都是忠臣，凡参与当年冤案、不准平反的便是反派。如何将政治上已经定得死死的冤案翻过来，又不推翻当年定案的皇上，还不能损害体制的合法性，这真是体现了《琅琊榜》上各位英雄的智慧和赤子之心，也考验着电视剧制作者的一番苦心。至于观众在这方面有多少对1989年的无意和有意的记忆与共鸣，和电视收视率有没有关系，虽然没有评论家点破，但似乎是架空新衣下人人参与大家无份的文化共谋。

第四，朝廷上上下下几十号人，帅哥美女一大堆，中年老戏骨更精彩，但只有一人远在众人之上。全剧剧情其实不无破绽，但总体紧凑精彩，概括起来就是好人最后能完胜坏人，忠臣最后赶尽奸臣，这样一个武侠浪漫主题由文人实现。我说这不是"武侠剧"也是"文侠剧"——一切只要听苏先生计划，就从胜利走向胜利；不听苏先生劝告或者苏先生病了，平反事业就会遭到困难跟挫折。一人高于所有人，大家就期盼着这一个人"架空"历史，我不知道这是这部历史剧中的善良人们的共识和信仰呢，还是小说和电视剧的千千万万善良读者、观众的共识和信仰。

（本文收入《岭南学报》复刊第8辑，
上海：上海古籍出版社，2017年）

知识分子与大众："五四"小说中的"男女关系"

时　间：2008 年 4 月 18 日
地　点：复旦大学文史讲堂
主讲人：许子东
主持人：郜元宝

郜元宝：许子东老师不用我介绍，大家都很熟悉。他是我的老师辈，在 20 世纪 80 年代，他的一本《郁达夫新论》可以说是震撼性的，这些我也没有必要重新去描述。但是后来，我进大学以后，他很快就离开内地，去美国、去香港读书，后来又在香港定居教学。再后来，我曾很有意要"眺望"他的行踪，发现很复杂，在网上的那些资料也很复杂，难以概括他整个学术构架和生活轨迹。但是有一点他给我印象很深，就是他对中国文学的感情，这个很难得。因为我们很多 20 世纪 80 年代起来的一批批评家，后来学问越大，阅历越深，和文学本身的关系却很远了。但是子东老师一直专注于文学本身，有几次开会我印象很深，他对文本的解读好像就是个相反的方向，他的视界越大，他对文学本身的解读越趋向于细节性。有一次我记得在青岛开会，子东老师参加王蒙的那个研讨会，讲的是《〈活动变人形〉的"一碗稀粥"》，那个粥怎样从姜静珍那边抛过去，怎么打在倪吾诚的脸上，跟钱锺书的《围城》相比较。子东老师后来作的文章其实有大有小，比如说对"文革"的一个通盘的文学检讨，当时我看了以后觉得很纳闷，他怎么想到做这么一个研究。他是现代和当代都打通的，但他却没去说这样极端的口号。同时，他做得又非常细致，这对我们现代文学专业来说应该是个表率的作用，我们同学写文章，"大"了以后不知道"小"，"小"了以后又不知道"大"，如何解决这两个问题，他这次的讲演应该能给我们一个很好的启示。其实，他讲演的题目我一看都很吃惊，这个题目怎么写法，我都"汗不敢出"，但往往读下去以后才感到，这个很有意思，他总是能够独辟蹊径。今天这个题目我相信大家也很有期待，"五四"小说的"男女关系"，好像没有人去这样研究过，我们都讲很"高"的话语："五四"的爱情话语，"五四"的什么什么。相信许子东先生会给我们一个很好的讲演。

许子东：我先要谢谢葛兆光教授，他请我来做这个讲演，他身体很不好（刚要去做视网膜手术），我刚才还跟他谈了一会儿话，心里感到很不安。也谢谢郜元宝，我那本美国的书你有过评论对吧？我那本书出来以后，有很多批判，很高兴郜元宝教授也批判我，很开心。

我上一次在复旦讲课，是在座的大部分同学还在童年的时候，1985年底，你们多大？还没出生？（郜元宝：那时候我大学三年级。）说明我现在有多老。我那个时候刚刚华东师大毕业，出了一本书叫《郁达夫新论》，结果复旦中文系就请我到复旦来上一门课——"郁达夫研究"。很累啊，骑自行车过来，上完课还得骑自行车回去，整整一个学期。我本来是想推的，后来我的老师钱谷融教授说复旦请你去上课是很大的面子，一定要去，所以我就去了，那是1985年底。修课的同学很多，当时我记得有上百个同学。很多往事，二十多年前到复旦，今天都想起来了。我当时讲完课，很荣幸地就被升为全国中文系最年轻的副教授，很好笑的一个称呼。但是贵校的国际政治系王教授比我更小一点，他就跑到我家里来说，许子东，听说你上课学生很多，我一阵喜啊，接下来他就“攻击”我说，听说前面坐的都是女生。这不是诬蔑我的学术成就吗？事隔多年才知道，多么荣幸的称赞啊！那时候不知道。

一晃二十多年就过去了。我还记得有个有趣的现象是，我那时候在华东师大同时也开一门“郁达夫研究”的选修课，考试的题目是一样的，就是 term paper，就是“郁达夫与……”，省略号里随便你放什么。华东师大同学交上来的题目呢，大部分是“郁达夫与郭沫若”“郁达夫与鲁迅”“郁达夫与佐藤村夫”“郁达夫与屠格涅夫”或者“郁达夫与世纪末思潮”等；复旦呢，很多同学交上来的是“郁达夫与王仲则”“郁达夫与晚明散文”，相对来说偏中国传统这一块。我当时改考卷的时候，对这一点印象很深。

今天的题目我稍解释一下，“五四”小说中的“男女关系”。我们面对很多关系，穷富的关系，阶级；中外的关系，民族；人跟神的关系，宗教；等等。我自己对现代文学，关心最多的是两个关系：第一个是知识分子与社会、与大众的关系，我们读书人跟社会的关系；第二个就是男女的关系。今天讨论的就是这两个关系，给郜元宝教授说中了，所有的讨论都是从一段文本开始。

读一段你们都很熟悉的文本：《伤逝》中谈恋爱的一段。其实你们都知道，但是我还是要读一下。一开始大概是涓生在等子君，等的时候在看书，书是看不进去的，字里行间看不进去。等到子君来了，房间里就光明了，接下来一段是这样说的：“默默地相视片时之后，破屋里便渐渐充满了我的语声，谈家庭专制，谈打破旧习惯，谈男女平等，谈易卜生，谈泰戈尔，谈雪莱。她总是微笑点头，两眼里弥漫着稚气的好奇的光泽……”接下来有一段就是涓生让子君看雪莱的画像，子君不大好意思。现在的人可没有这么不好意思，半年以后，记住哦，在涓生一个人给子君讲了半年的西方文学知识以后，子君回答说：“我是我自己的，他们谁也没有干涉我的权利！""分明地、坚决地、沉静地"说出来的话。接下来涓生说："这几句话很震动了我的灵魂，此后许多天还在耳中发响，而且说不出的狂喜。"请注意下面这一句："知道中国女性，并不如厌世家所说那样的无法可施，在不远的将来，便要看见辉煌的曙色的。"这在鲁迅笔下是很罕见的，这么光明的词，"辉煌的曙色"。

在这一段里，同学们对照我们的日常经验就会发现，有两点非常有意思：第一，他们整个谈恋爱的过程，只有一个人说话，另外一个是听者，一直是男的在说，女的在听。说什么呢？说的是西方文学、欧洲文学知识，所以基本上等于老师给学生上课。第二呢，最精彩的是，你们想想有没有这种可能，你跟一个上海女生好了，跟她讲了一大堆求爱的话，最后这个女生有个积极的反应，然后你的反应是什么？"哇，上海女性真是有救啊！"大家明白没有，他不是对这一个人哦，遇见一个法国女人跟他好了，也说"法国女人有希望啊"，这不大合常理对不对？

在这个地方我们看到了一个模式，这个模式影响深远，简单地概括就是"爱人＝教人＝救人"。记住这个模式。"教人"很简单，我们刚才讲了，一讲一听，传递知识，而且是文学知识。那为什么"教人"就是"救人"呢？比如说我今天给你们传递知识，并不代表我要救你们，因为救是什么啊，救是假定你在苦难当中。我们刚才讲的，鲁迅写这个女的一有反应，就等于"中国的女性"走上解放的道路，所以这个"教人"背后就一下子把个人感情和启蒙社会连上了。

大家知道这个模式影响深远啊，现在的人概括说，男人对女人，基本上三招：第一，用钱砸；第二，文化洗脑；第三，晒身体。我们从小一直接受的教育是，你们现在可能不一样了，我们是觉得，用钱砸呢，我也没多少钱，砸也砸不了，而且广东商人、台湾商人才上来就用钱砸，我给你买了楼啊，这对人家不尊重；晒身体，这是很脱的事情，像“冠希”兄这样的是很晚以后才发展出来的，以前我们谈朋友的时候谁会说“秀一下”啊。为什么说不晒身体呢，鲁迅写的《伤逝》，有谁还记得涓生长什么样吗？一个字都没有描写涓生是什么样的。我们等一下会接触到其他男作家写爱情的作品，都一样，只写女的不写男的。换句话说，男作家写爱情故事的时候，他觉得我长什么样是完全不重要的，我们根本不知道涓生多高个儿，单眼皮还是双眼皮，肌肉发达不发达，所有这些问题完全不存在。

只剩下一个：文化洗脑，用逻辑的、学术上的语言说，叫：文化的差异成为“五四”爱情小说的一个基础，这个差异构成了爱情小说的戏剧性、张力；而对文化差异的消除便成了爱情成功的一个标志。有差异才有故事，消除差异就是爱情的胜利。大家知道《伤逝》是没有消除的，虽然这个女学生听了半年的课，得出了一个结论“我是我自己的”，可是他们同居以后，这个女学生并没有对易卜生、泰戈尔感兴趣，她感兴趣的是阿随、油鸡，还有整天吃饭。而这个男的呢，渐渐失望了，我给你讲了这么多的易卜生，没有用，你关心的都是吃饭这些东西。所以终于有一天，像我们大家都很熟悉的，涓生就告诉她说我不爱你了。这是个永恒的困惑，我很高兴地发现在座的男生比女生多，你们表一个态吧，碰到这种情况你会怎么办。情况很简单，你喜欢一个女孩，很喜欢，过了一阵，你发现你们出现问题了，你喜欢易卜生，她喜欢小鸡小狗，这个时候你是跟她实话实说呢，还是说你 keep your promise 继续你的诺言呢？这个选择王安忆分析过很多次了，情与爱，恩与恨，这个是永恒的矛盾，没对没错。

但问题是，我们知道这个小说，没有人把它当作单纯的爱情小说来读。从一开始，文学史把这个小说解读为“无产阶级要解放自己首先要解放全人类"，这是我们的官方解读，就是男女追求爱情自由，在不改变社会现实的情况下是得不到的，我们课堂里是这样教的。但是，我刚才说的，这个小说有象征意义，这个象征意义后面，男女关系背后是知识分子和大众的关系。既然男的是拯救者，女的处在一个牺牲和被拯救的环境下，因此男女关系在这里是知识分子想象中的他跟大众的关系。所以从这个角度来看，涓生承认他不爱子君，等于是知识分子要承认他的理论、他的思想帮不到大众，而最后的结果是反而害了大众。大家知道，子君最后回去糊里糊涂就死掉了，这是鲁迅特别安排的，让她死掉，我始终没想明白她是怎么死的，但是这个死掉就使得涓生要忏悔，指的是启蒙失败。

我讲这些听上去好像是 over reading 是吧，一点都不是。大家记得鲁迅一开始写小说就是钱玄同劝他的，就是"打破黑房子里的天窗"，大家还记得吧？钱玄同说鲁迅你要写小说，鲁迅说一群人睡在一个黑房子里，他们睡得好好的，我给他们开个窗，又没有门。开了窗又没有门，等于涓生说我爱你，但是我最后不爱你了，改变不了你的生活。大家明白吗？鲁迅是一个启蒙主义者，但又是一个悲观的启蒙主义者。钱玄同当时劝他说，开窗吧，也许以后还会有力量开门。但是鲁迅在写《伤逝》的时候很清楚，他觉得完全有可能你没有能够救人反而害了人。在这个时候，你作为一个启蒙运动者、一个思想家、一个知识分子，甚至作为一种政治力量，你有没有勇气向大众承认说我的力量不够，你跟我走可能是没有出路的。鲁迅在这里告诉你，他承认了，他后悔了，他最后发现害了人家。

旧金山中间有一个岛，这个岛就是一个监狱，有个电影叫《勇闯夺命岛》（*The Rock*），讲有个人从这个岛上逃出来。这个监狱在1930年以前是美国最好的监狱，现在开放可以去参观。我参观后才发现这是世界上最残酷的监狱。为什么？它条件很好，有单人间，有洗手间，旁边还有厕所，但那个监狱大部分窗户正对着旧金山 downtown，换句话说，游是游不过去的。出去死路一条，但能看得见。旧金山是美国的"颓废"之都，大家都知道的，吸毒啊、同性恋啊全包括，总之那个地方晚上非常诱人。大家想想看，你要判无期徒刑，谁愿意住这样的牢房啊。这就是鲁迅讲的"开了窗没有门"的状况。

我们没有看到鲁迅最后警告的严重性，我们只记住了他当初怎么成功。我记得我们最早拍拖，第一次见面的时候谈什么，还不就是找些小说、诗歌的话题，莫奈的画啊，哪会第一次跑来就说楼价现在又升了，或者说你单杠能拉多少次啊（现场大笑）。你们不要笑，自己回想一下，扪心自问，特别是男生，你忽悠女生的那几招。其实我们现在看得清楚啊，涓生就是忽悠她，说家庭专制，你在家里不好，其实就是男的忽悠女的嘛，背后是知识分子启蒙大众。

后来的正例反例都很多。反例是什么呢，假如一个女的碰到一个男的，他不能用文化来开始的话，那女的就感觉不对头。很有名的例子是张弦写过的一个小说，叫《挣不断的红丝线》。说一个女学生到了部队里，领导给她介绍了个师长，要他们拍拖，那女学生就去拍拖了，正好外面有月亮，那女学生就说，月亮多美啊，那师长说，是啊，像个烧饼。那个女生就不爱他了。你看，这就是没有用文化开路啊，师长是很实在的，实心眼的人，说像个烧饼，可是女学生就不喜欢他。后来女学生就嫁给一个拉小提琴的男的，做了右派，很苦。几十年以后，已经到中年的女学生，又重新和这个已经做市长的老干部拍拖，叫"挣不断的红丝线"。这是反例：文化没有开道。

正例，太多啦。样板戏里面仅存的爱情故事，洪常青和红色娘子军，这都是先进文化。最新林白的《致命的飞翔》，大家知道林白接受了很多女性主义理论，小说里有很多对着镜子自慰的场景。她跟那个男的很不好，最后她从厨房里面拿了一把刀要去斩他，学李昂的《杀夫》。斩之前，她把那把刀贴在脸上，小说里是这样描写的，说"就像琼花把党旗贴在自己脸上"。这个意象非常精彩，这个细节体现了女性跟革命、女性主义跟革命的关系。所以这些都证明了《伤逝》中恋爱模式的不同演变。

我们现在再来看第二个例子，《春风沉醉的晚上》。这个大家都该很熟悉，都看过是吧？就是讲一个很穷的知识分子去找房子，在外白渡桥那里，要跟隔壁的一个女工合租。租了以后，那个女工回来了，他就和她打招呼说，对不起，我是今天才来的。女工呢，有这么一段文字描写，说"一个圆形灰白的面貌，半截纤细的女人的身体"，那个女工没有回答，只是"放了一双漆黑的大眼，对我深深地看了一眼"，然后是"她的高高的鼻梁，灰白长圆的面貌，清瘦不高的身体"。

Again，男的是没有面貌的，有趣的是，大家记得子君的面貌是怎么样的吧？鲁迅写："带着笑涡的苍白的圆脸，苍白的瘦的臂膊，布的有条纹的衫子，玄色的裙……"两篇文章是差不多时间写的，都是20年代，鲁迅和郁达夫是多么不同的男人呐，可是他们对女性的审美标准是一样的，大家发现没有，而且一个是女工，一个是小姐，她们都是苍白的、圆形的脸，瘦瘦的胳膊，两个人写得一模一样，不可能是谁抄谁吧。那个时候鲁迅跟郁达夫还是好朋友，鲁迅在北大教文学，郁达夫教统计学。郁达夫是学经济学的，晚年开酒厂还赚了好多钱。

鲁迅和郁达夫的关系一直是一个非常有意思的话题，因为看来这两个人实在很不一样，我一直在想是什么道理。其实他们有很多共同点。比方说，他们都有一个婚姻是家庭指定的，其实也不单是他们，我们读现代文学都知道，基本上现代文学作家大部分都有个特点：老爸很早死掉。胡适三岁，茅盾十岁，郁达夫四岁，老舍的父亲也很早死掉，鲁迅晚了，他老爸在他十几岁时死掉，但对他影响极大。大家都知道他帮父亲去抓药，一直影响了他对中医、中国文化的很多看法。

父亲早死带来两个直接的后果：第一，小康人家坠入困顿。太穷的人做不了作家，完全没有钱读书；但若小时候你的家庭不断地"发"，从小康人家走向越来越发，这个小孩多数也不做作家，不断在发的父母亲就叫你去读商科什么的。更重要的原因是鲁迅的说法，因为你的家庭从小康人家坠入困顿，在这个过程中你能看到世人的真面目，这就是看人心。如果你小时候家里在发，你父亲做官三级跳，你是看不见真面目的，你也做不了作家，你体会不到这种人情冷暖。第二，母亲变得很重要。母亲对孩子的感情影响终生。后来鲁迅在朱安隔壁房间住，从来不同居。写《伤逝》的时候，大家想想，其实鲁迅蛮不容易的，把《伤逝》写这么悲观，现实生活当中他和许广平在拍拖。我小时候想学写情书，找来《两地书》看，结果发现没什么好抄的，抄这些都没用，"广平兄"啊什么什么，然后谈了很多哲学。后来发现《日记九种》还有点用。其实，你发现郁达夫和鲁迅有些相似，郁达夫后来和王映霞，对不对？

讲深一点，在文学史上两人能关系非常好的另一个因素是，他们对文学和政治关系的基本看法是一致的。大家知道鲁迅那句话，他为什么跟郁达夫好，鲁迅说，他在郁达夫身上看不出那张"创造"脸。就是鲁迅对创造社有点反感，郁达夫没有。"创造"脸是什么，大家知道，后来郭沫若提倡"党喇叭"，他们开始虽然提倡"为艺术而艺术"，但是很快就转到宣传工具，郁达夫不肯。后来鲁迅把郁达夫硬介绍到"左联"，郁达夫很快就退出来了。郁达夫觉得文学是文学，宣传是宣传。

在这方面，我最近想到一个比方比较精彩。大家记得鲁迅讲过一句话，"一切文艺固是宣传，而一切宣传却并非全是文艺"。接下来鲁迅说，"这正如一切花皆有色（我将白也算作色），而凡颜色未必都是花一样"。我们管文艺的领导，就是对鲁迅的这段话没有好好学习，多年来运动当中出了很多的差错。什么叫"一切花皆有色，而凡颜色未必都是花"，大家明白吗？他说，我们的文艺是宣传部门管，按鲁迅的说法宣传部门就是管颜色的，而文艺是花。大家想一想，我们有一个花园，本来这里是玫瑰，这里是杜鹃，这里是牡丹，这里是山茶花，这里是百合花，可是这位管花园的人进来后，他只注意颜色，说所有红色的都到那边去。红色有很多种啊，牡丹、玫瑰、山茶花等；所有黄色的都到那边去，郁金香啊什么的，郁金香也有别的颜色；白色的都到那边去……大家明白了，多少年来，为什么我们的文艺跟宣传部门一直会有矛盾？谁都没错，主要就是一个是管颜色的，一个是管花的，用颜色来管花就会出现这样的后果。

现实生活当中我们有很多时候是只管颜色不管花的，比方说葬礼，我们不管什么花，白色的就行啦；又比方说婚礼，我们用什么花都可以，最重要的是颜色；机场欢迎仪式，不管什么花，你多名贵的花我不 care，我只要你有这个颜色就可以了。可是毕竟，大家知道，那是花呀，花有它自己不同的品种的，有的花一年四季都有，有的花只开很短暂的时间。我前一阵去武汉大学看樱花，哇，人头涌动，一片樱花。我去上野的时候看不到，没开，我问他们，他们说樱花一年只开一个星期，所以大家都去看。要是只看颜色的话，那有什么好看的，桃花也是粉红的，粉红的花多了，再不行的话我们弄个塑料花，或者涂颜色，在香港花店里就有卖蓝色的百合，我跑去一看发现它是用颜料涂上去的。所以颜色和花的矛盾大家要清楚，你要是一味地强调颜色就不行，现在不是有一句话大家很困惑吗？叫"红色经典"。文学作品以颜色来分，叫"红色经典"，不讲黄色经典、白色经典，要是都以颜色分的话我们就不是走进花园，我们是走进体育馆，体育馆为了找位置方便常常有红区、蓝区、白区。这个矛盾，谁都没错，管颜色的人一点都没错，因为上级就叫他管颜色；而花园的人很痛苦，也没办法，因为我是花，我不是为颜色而生的，颜色只是我的其中一个功能。你可以用我这个功能，但不可以否认我还有其他功能。在这个问题上，鲁迅和郁达夫的观点非常一致，郁达夫和创造社其他很多人观点不一致。这是题外话。

　　再回到《春风沉醉的晚上》。我一直很羡慕里边的男的，虽然他的房子很小很破。说实在话，我们都有一个习惯，男人呐，受到中国传统的才子落难风尘女子相救模式的影响，我每次心情不好的时候，坐飞机坐火车，心想旁边应该坐一个美女了吧，我总该有点什么……后来到美国找房子也常常看，经常有这种帖的嘛，要男的要女的。我一点都不同情《春风沉醉的晚上》中这个男主角，我在想，房子住得再差，旁边有一个靓女，有什么好抱怨的，旁边住一个打呼噜的老头，那你才倒霉。一个礼拜，那个女的天天从他的房间经过没说话，后来终于说了第一句话，大家还记得那句话是什么吗？第一句话，她说："你天天在这里看的是什么书？"这个男的一个礼拜都在看书嘛，女的就问他。Again，文化，play an important role，现在男的不大用了，现在要"露一手"，以前男人等女人的时候都用这招，拿本书。现在在星巴克拿本书，人家当你假的，可在以前这是真的。但是别拿错了，最好拿一本歌德啊、易卜生啊，你要拿错了，弄本像于丹那种的就有点……

　　第二段，隔了几天那个女工跟这个男的打招呼，买了香蕉，请他到房间里来坐。大家注意，这个小说和鲁迅小说很相似的就是，男的吸引女的是书，不同的只是前面一个在讲，讲了半年，后面一个是看了一个星期，但是都是书，女的看中的都是书，虽然这两个女的身份不一样。但是余下来有很大的不同了，在《春风沉醉的晚上》里面，打通男女关系的是"吃"。《伤逝》里面有一段很有趣的话，后来北大孔庆东讲的时候注意到了，我觉得他注意得蛮对的。涓生不是被辞退了吗？所以他要发奋，要做事情，小说里面说他"转身向了书案，推开盛香油的瓶子和醋碟"，摊开稿纸，开始翻译。大家记住，非常精彩，酱油醋瓶碗和他的写作是对立的，子君的东西就是鸡啊狗啊，油盐酱醋，涓生要推开油盐酱醋才能做他的翻译。可是在郁达夫的小说里呢，男女是靠"吃"来联系的，这个用"吃"来联系男女关系，在后来许多小说中都成为关键。

大家看过《芙蓉镇》没有？《芙蓉镇》的小说是古华写的，男女主角都是"黑"帮扫街。小说里写有一天晚上下了很大的雨，两个人躲进一间房子，身上都湿掉了，就把衣服都脱掉，然后才突然发现大家都没穿衣服，他们就要好了。这个小说的情节到了拍电影的时候就不行了（电影是谢晋导演、阿城改编的），技术上就做不到，俩人一进去黑咕隆咚的，你就算不脱衣服我们也看不见，电影里什么效果啊，这个不好。电影里怎么出现的呢？是这样，姜文去看她（刘晓庆），刘晓庆做了碗米豆腐给他吃，姜文就低头吃，刘晓庆自己不吃，深情地望着他吃，姜文吃到一半的时候突然发现她在深情地望着他，这个时候音乐起，姜文就用手"啪"地抓住刘晓庆的手，突破了。全靠食物啊。同学们，哪一种方法比较好，是半夜里脱好呢，还是吃的时候这么一片深情好？

大家再看《绿化树》，马缨花怎么表达对男主角章永璘的爱情啊，就给他一个白面馍馍，大家记得这个情节，小说里是慢镜头处理，这个男的拿到那馍馍，说他活了二十九年了，已经有多少年没吃白面馍馍了，这是实心的馍馍啊，上面还有手指的纹，是

"罗"啊不是"箕"啊，然后他的眼泪就掉下来了。再然后听到马缨花的爱情誓言是什么？不是前面讲的"我是我自己的"，没有这个，是"有我吃的就有你吃的"，这跟《伤逝》的推开油盐酱醋是很大的不同。章永璘拿着馍馍，心头响起了威尔第的咏叹调，她给他一馍馍，他心头响起了咏叹调，以代表他比她的文化高……

《小城之恋》看过吧？男女两个人肉搏啊，王安忆写性，李泽厚说她缺乏感性经验，这个太武断了吧。《小城之恋》基本上是肉搏战，可两个人有一个时刻是通感情的，不是他们做爱的时刻，而是女的做吃的给男的吃的时刻，怎么说的？通向心灵的道路通过什么地方。

所以这样看来，涓生的失败是在所难免的，他根本没有体会到子君这些油盐酱醋所包含的爱情，他把它推开，最后突然有一天说我不爱你了。在这个地方郁达夫比他（鲁迅）高，女工请男主角吃香蕉，两个人谈心，然后在这里，郁达夫就表现了他所谓的早期的社会主义色彩，关注弱势群体。写这个女工每天做多少工，赚多少钱，还有人要性骚扰，等等，这个我们文学史上称之为"'五四'以来最早描写工人阶级的作品"。为什么我们的文学史会这样写，大家明白，我们注重颜色。文学史后来是怎么写的，革命作家、民族主义作家、反动作家，都是以颜色分的。我们多少年都是这样分，连古代都是这样，唐朝有"人民性的诗人"，有"颓废的诗人"，我们不是看他的风格怎么样，写得怎么样，我们是以倾向来分的，当然倾向是一个作家重要的东西，但如果单单以它分，就是以颜色来评论花。

然后小说写这个男主人公半夜出去散步，这个房间又没有窗没有门，那是闷么，所以他半夜出去散步，散步后拿到稿费了，拿到稿费做了三件事情：第一是买了新衣服，第二是买了面包，第三是去洗了个澡。看，这个男人准备好了，买了面包，买了衣服，还去洗了澡，他一个月没洗澡了。这天晚上，进入了戏剧的高潮。我们一看标题就是个引导，《春风沉醉的晚上》，就像普契尼的《波希米亚人》一样，在阁楼上，一个文人，跟一个弱势女子，这个晚上总要发生些什么事情。原来那个女的是怪他，觉得他半夜出去是做坏事，这个女的跟子君不一样，子君是从头就是学生，一开始就把涓生看得比她高，所以她才接受他的文化洗脑。这女工不一样，她虽然地位很低，文化很低，可她自己觉得道德上比他高，她觉得这个男的在堕落，就劝他说你不要去做那些坏事，他说我做什么坏事？她说你看你晚上通夜不归，现在还突然有钱了，去买衣服啊什么的，你的钱哪里来的？

在这里我们可以发现，刚才讲的拯救者与被拯救者一面倒的关系改变了，双方都要拯救对方。男的觉得你是可怜的工人啊，你被人剥削，多苦啊，一大套的"社会主义"启蒙理论；可女的也在教男的，你不要堕落啊，不要在社会上做坏事啊。这种"双向可怜"的状况，我们今天碰到很多。同学们现在在这里读研究生，你们是"高级知识分子"，或将来是"高级知识分子"，设想一下在回家探亲的火车上，你对面坐了一个小贩，一个赚了点钱的商人，你试着跟他交流，最后出现的情况就是你可怜他，他可怜你，不知谁可怜谁，这就是做导弹的跟卖茶叶蛋的不知道谁可怜谁。陈平原有一次说过，"五四"的时候，知识分子坐在人力车上同情人力车夫，可那个时候（陈平原讲这话时）北京出租车司机赚的钱都比大学教授要多，陈平原说他在课堂上讲人力车夫的事情都觉得挺尴尬的，现在谁可怜谁啊。我有一次跟王晓明到南京去开会，我们坐了硬铺，从上海到南京的。坐在对面的一个人和我们聊天，他是住在华东师大边上的，做生意的，他先跟我们解释说买不到软座的票，我们说明白了，你有钱，没办法才坐在这里。接下来他问我们是干什么的，晓明就说我们是在华东师大教书的。那时候是 90 年代中期，提倡“人文精神”。然后对面那个人就满怀同情地看着我们说，你们还在教书啊。真的是满怀同情啊，他的眼光就在说，你们好端端的也不缺胳膊不缺腿的，怎么两个男人还在华师大教书。他说他就住在华师大边上，他的房子怎么怎么样。我们呢，当然心里也同情他，认为他这么目光短浅，我尤其同情他，我们旁边坐着提倡人文精神的名教授，你都不知道他这么有名，这个很可怜。

但是我们不会去点穿，王晓明也不会马上说你别看这个教书的，他在香港赚的钱比你多啊。为什么不点穿呢？其实我告诉你们，士大夫落难碰到民间女子的时候，虽然自己处境不如人，可是心中仍有一份潜意识里的优越感。这有点像假面舞会，同学们回想一下，你们有没有这样的心情，你有时候不用点穿，人家在很可怜你的时候你不会马上告诉他，喂，我复旦研究生啊，我博士后啊，我将来……你觉得，哎呀，没必要和他计较，虽然他现在比你有钱，但他可怜啊。潜意识里我们还是有这个优越感的，这个优越感是集体无意识传给我们的，这个优越感能维持多久就不知道了，不过现在好像又能够维持了，90 年代中期的时候是最危机的时候，最危机的时候所有读书人都非常有危机感，现在待遇又提高了，公务员的地位，知识分子的地位又提高了，终于又回到大众之上了，所以现在又不大容易出现这种事，但这种情况还是存在的。

所以这个男的（《春风沉醉的晚上》的主人公）也没有给女的解释太多，什么我会德文啊，我翻译啊，他只是轻描淡写地跟她说，我就是穷嘛，就翻译点东西，拿到五块钱的稿费。女的大喜，一下子对他感觉好了。好了以后说了一句话：“噢，我错怪你了……你刚才说的那——叫什么的——东西，能够卖五块钱，要是每天能做一个，多么好呢？”记住这句话非常重要。就在女的听了这个态度极好的时候，小说里说，这个男主人公突然起了一阵要拥抱她的冲动。

这是我们期待的。郁达夫的男主人公通常都是这样的，何况还有个题目叫《春风沉醉的晚上》，已经铺垫到现在，我们都等着这个 movement，可是在这个时候郁达夫突然给我们来个"反高潮"：男主人公马上自己命令自己说，你这个妖孽啊，你想想你现在的处境，你哪有什么权利，你还要再害人吗？喘一口气，一下就定下来了，然后就好好地劝女的回到房间，他自己走到外面街上，接着是一大段非常有名的抒情文字，什么外面的乌云啊，景色啊，像波德莱尔一样很现代派的文字，小说就这样结束了。

Now the question is，他为什么要 stop？他为什么不敢上去。他把鲁迅的模式变成了什么？因为我没法教人，无力救人，所以我不敢爱人。鲁迅那里是从爱人到救人到教人，道理很简单啊，你爱一个人，你就要教人、救人，在现实情况下，如果这个知识分子爱上了女工，他就得不让她再做女工啊，让她读书、识字，然后成为一个和他志同道合的人，我们之后可以看到茅盾就是这样做的。但是郁达夫在这里完全没有信心。为什么没有信心呢？有两点：

第一，在写《春风沉醉的晚上》的时候，郁达夫写了一篇论文《文学上的阶级斗争》，主张无产阶级文艺，主张文艺为大众服务，远比延安座谈会讲话还要早，很高很革命的口号。为什么在小说里这个男主人公却不敢动呢，郁达夫实际是想，要是我给她讲了这么一大套理论，我到底是在救她还是在害她呢？这个问题到今天还存在。我有个亲戚在美国开厂，他跑到深圳，他说深圳的工人很苦，每天工作十个小时，他想去同情他们，可那些工人脸红扑扑的都很开心，因为他们在深圳做工赚的钱比在乡下做要多很多。当然里边也有要求高的，中间出来做另外的行业，那是另一回事。所以我那朋友说，你不知道该跟他们说什么，他们很可怜，但你要去告诉他们可怜,你不知道他们会受到什么样的影响。他们还很开心啊,你觉得他们可怜那是你觉得啊,again,又是我们刚才讲的"黑房子"的事情。你有没有权力把他们从这个状态拉出来呢,而且特别是你把他拉出来后又不管了。郁达夫的男主人公抱了那个女工后可能又会去寻找别人了,为什么他说"你莫再作孽了"呢,就是这个道理。这是他的第一个顾虑。

第二个顾虑,更精彩。男主人公当时觉得女的对他有好感,可是你仔细分析,那句话大家再推敲一下——"你刚才说的那——叫什么的——东西,能够卖五块钱,要是每天能做一个,多么好呢?"你们觉得这个女工对他有好感,是因为看到他才华横溢、懂多种外文能够翻译、有文学才情呢,还是这么容易就挣到五块钱了?大家知道,五块钱在那时是很大的数字,郁达夫跟王映霞结婚以后住在嘉禾里赫德道,就是常德路,现在被拆掉了,嘉里中心嘉里集团要盖香格里拉那个地方,租金八块钱,楼上楼下。所以那个时候五块钱是很大的数字。你说你写篇文章就五块钱,那女的当然对你……

郁达夫在写了这个小说三年以后,1927年1月14日,在上海认识了王映霞,接下来差不多有一个月左右的时间,他发疯地追王映霞。王映霞开始不理他,他就胡搅蛮缠,用各种各样的方法去追她,详情不多讲了。现在据说也有华东师大的人求婚,一楼到四楼都铺花瓣,男的穿了西装拿个玫瑰花在下面等,有点傻。郁达夫那个时候也有些相似。他没钱啊,他就赶快写小说,写完了卖钱,换了钱赶快给王女士买礼物,还问别人借钱。后来王映霞对他有些好感了,他就去开旅馆,大白天开了旅馆,两个人抱在那里 kiss,然后就谈他们的计划。

我后来看他们的计划,王映霞那批信1938年在"长沙大火"中遗失了,被一个铁路工人捡到,一直保留到"文革"前,后来给了华东师大资料馆一个叫林艾园的人，他保留了这批信，再后来通过许杰先生还给王映霞。我二十多年前去看过王映霞，当时她70多岁了，真是美女啊，她20多岁的时候我倒没觉得她多好看，这老太太真是漂亮。我最近再一看这信，这个信当时没发表，一直到郁达夫死后才发表，郁达夫怎么忽悠王映霞的，来来去去就两个：一个是我可以介绍你到上海来教书，那个时候王映霞18岁，读师范的学生么，你要去北京也可以，我都有人认识；然后呢，我们结婚就去欧洲，还写了首诗，说钱不成问题，我的小说都可以出集子，我大概有三千块的稿费。王映霞一不理他，他就是两招，我知道你为什么不理我，第一，我长得不够好看；第二，我没有足够的钱。来来去去就那几招。用小说里的话就是，我这个东西做一个五块钱，我多做几个，你跟我好吧！后来王映霞就跟他好了。接下来的故事你们都知道，20世纪30年代，王映霞到杭州盖了个"风雨茅庐"。1927年两个人同居的时候他们的房子租金八块，盖风雨茅庐买那块地是一千六百块，盖房子总共花去一万五千多块，在今天最少也要上千万的。郁达夫全部的稿费积蓄用掉也不够，王映霞说是郁达夫一个姓丁的女学生给他填补了余数，这个余数大概是几千块。不好意思啊，拿女粉丝的钱来盖房子啊。盖完，郁达夫住了一个月就走了，到福建去，到陈仪那里去做翻译，三百块大洋的人工，没办法，欠了债了。郁达夫跟王映霞相好期间，他回去看乡下的老婆子，王映霞就不高兴，后来他们的版权之类都有协议，他的稿费都要归王映霞。"五块钱做一个"，郁达夫在小说里清醒，等碰到王映霞就糊涂了。

但郁达夫也有他自己夸张的地方，后来他怀疑王映霞和许绍棣的关系，以至于写《毁家诗纪》的时候，提到许绍棣曾经给王映霞看过一个三十七万港币的存折。许绍棣是当时的浙江教育厅长，是1930年通缉鲁迅的"堕落文人"，是所有左派非常恨的国民党官员。照郁达夫的说法，许绍棣和王映霞在他们随杭州政府逃难到丽水的时候，曾经有关系，郁达夫把它想象得很清楚，王映霞一直是否定的。但不管这关系怎么样，中间有个因素很重要，郁达夫一直耿耿于怀的是，你跟他好，是因为他给你看了个三十七万港币的存折。而王映霞后来的辩驳就更有意思了，她辩驳说许绍棣从来没有给她看过一个三十七万港币的存折。

这就是以"文化洗脑"始，但最终还是"被钱砸了"。我们的文学史是不写这些事情的，但这些事是完全存在的。陈子善比我更熟，鲁迅跟林语堂吵架其实很多是和稿费有关。所以我一直觉得我们的文学史研究要是 down to the earth，把作家的"心态"和他的"生态"联系起来的话，我们看问题会看得更清楚一点。

简单地说，郁达夫看到了知识分子和大众同命运，但是中间的鸿沟无法跨越，所以他 stop。后面有很多作家没有看到郁达夫的这个警告，他们跨过去了：《绿化树》跨过去了，最后这个女人不见了；《男人的一半是女人》跨过去了，最后吵得一塌糊涂，两个人分开；《一个人的圣经》跨过去了，这是高行健现实中的老婆的故事，这个老婆把个尿盆"啪"地摔在他身上，这老婆是没什么文化的，而这男的觉得自己是才子。所以后来小说中写到才子和工农大众的结合，最后都是以悲剧收场的。

我们再讲第三个例子，就是《创造》。这是茅盾的第一个短篇小说，故事的情节大概是说：有一个男的，名字叫君实，家里很有钱，他找不到女朋友，不是这个不满意，就是那个不满意。最后他想出个办法，既然找不到现成的，就自己创造一个。怎么创造呢？他就找一张白纸：找一个女的，漂亮，年轻，什么都不懂，他来教她。他教她所有的东西，这样的话，她一定能成他心意当中的人。他找到了叫娴娴的女的，这个女的家里还是名士出身，年纪非常小，书也不懂，这个男的就开始教她。给她安排各种各样的课程，读各种各样的书，尼采啊，马克思啊，罗素啊，科学啊，物理啊，很多很多东西，渐渐这个女的就都学会了，学得很好，而且青出于蓝胜于蓝。开始这个女的很害羞，要跟她 kiss，女的怎么都不肯，后来学啦，《爱的教育》，什么都给她看了，这个女的就超过男的了，公开场合也要跟他 kiss，把男的给吓着了，说不行不行。又学了很多社会理论，然后女的就想参加革命了，出去参加夜校，认识了外面搞革命的人，渐渐脱离了他的控制。小说是完全意识流的。整个小说写的是早上起来，男的和女的睡在床上，在两个小时之间，这个男的所有的回想。大概就是这么个故事。最后呢，女的去冲凉，到了洗手间，总不出来，男的就去找，结果女的从另外一个门走掉了。他们房子大概不错，洗手间还有两个门。茅盾喜欢写小资生活。走掉了以后，女的就叫佣人跟男的说，我先走一步了，你追上来吧，你要不追上来呢，我也不等你了。

这个小说第一个特点是对女人的写法。茅盾写女人可跟鲁迅、郁达夫不一样，他写女人，我读几段给大家看看。"（娴娴）两臂一松……女性的肉的活力，从长背心后透出来，沦浃了君实的肌骨……""这温软的胸脯，这可爱的面庞，这善蹙的长眉，这媚眼，这诱人的熟透樱桃似的嘴唇……""娴娴扬起了面孔，接受那些悠悠然飘下来的桃花瓣。那浅红的小圆片落在她的眉间，她的嘴唇旁，她的颈际——又从衣领的微开处直滑下去，粘在她的乳峰的上端……"茅盾，革命作家。Again，男的是不写的，我们等一下会讲两个女作家的例子，女作家就会写男的，男作家写谈恋爱不写男的面貌，这是女性主义批评可以大做文章的一点，因为都是男的眼睛看出去，男的相貌对女性的性欲是不重要的，男的只要讲课、让女的看书就行啦，长什么样是不重要的。

关于《创造》可以有三种不同的读法：

第一种，解释为娜拉出走的故事，女的不堪做花瓶，最后走掉了。现实当中大家都知道，茅盾的太太叫孔德沚，也是家庭指定的婚姻，可是茅盾选择的道路就和鲁迅、郁达夫不一样，茅盾的母亲教孔德沚识字。中间有一段，茅盾到日本跟一个叫秦德君的人同居，但同居完分开以后茅盾还回去，那个时候孔德沚也就原谅他了，以后大半辈子茅盾都是和孔德沚在一起，而且据说晚年要见茅盾必须先通过孔德沚，所以他倒真是成功创造了一个现代女性。

第二种，茅盾说他写这小说，爱情只是个外衣，他自己有解释的。大家注意，有好多作家写小说都是有解释的，郁达夫很少，他只有《沉沦》有些解释，鲁迅很少解释自己的小说，茅盾解释得很多，解释得最多的是巴金，说得最少的是钱锺书。茅盾自己说他写《创造》是因为《蚀》三部曲受到批评，他的主旨是为自己辩护，"革命一旦发动就无法阻挡"，他的意思就是你把那个女的唤醒了她就往前走，无法阻挡。看上去好像是激进的，反对中庸。这种情况下茅盾是非常有远见的。我后来发现，中国从 20 世纪 20 年代以来，每隔十年就要清算上一个十年，你们去看，30 年代否定 20 年代，40 年代否定 30 年代，50 年代当然要否定前面，60 年代把全面全扫掉，一直到 70 年代，到 80 年代又要把 60、70 年代扫掉，后来 90 年代，一直到今天"80 后""90 后"，任何一个时代都在警告你说你要过时了。反正以代来划分的这种革命，代代革命，茅盾那时候已经意识到了。

为什么意识到了呢？就是这个小说还有第三种意思，发动者反而会被后来者抛弃。你回到刚才鲁迅的模式，你爱人就是救人就是教人么，鲁迅是没教成，茅盾是教成了，可是这个学生不感谢老师，女的不感谢男的，而要把你抛弃。为什么呢？因为你教我的道理就是革命的，所以成功就是失败。大家知道，茅盾在写这个小说的时候是在歌颂这个女的，可是我在香港教学生，每次问你们同情谁啊，香港学生都同情这个男的。换句话说，这小说写得很"矛盾"，就是他理性上支持这个女的，可在感性上透出对这个男人的同情。

同情在哪里呢？大家知道茅盾和革命是什么关系。1921年中国共产党成立的时候，他是第一批马列学习小组的成员，陈望道是组长。他那时太忙了，编《小说月报》错过了中共"一大"的会，要不然他也是创始人啊，当然，创始人也不一定保险，张国焘也是创始人，周佛海、陈公博也是，你要做到毛泽东、蔡和森那才对，十二个人里面没几个现在被肯定的，大浪淘沙。茅盾是第一批党员，是中共创始的党员啊。接下来多少的文学青年，包括后来批判他的冯乃超啊、夏衍啊、钱杏邨啊，都是在他的《小说月报》的启蒙下成长起来的，茅盾的《小说月报》是最早的新文学杂志。到了1926年茅盾还赶趟，郭沫若做北伐军政治部副主任，茅盾做武汉《民国日报》的主编，那时候蒋介石叛变了，汪精卫还是左派，联合共产党，《民国日报》实际的指挥是董必武，那等于是国民党的中央党报啊，茅盾是主编，所以他还在风口浪尖上，很厉害。

接下来的事情就有点蹊跷了，他接到了党的一个指令，给他一笔钱，要他到南昌去。可是茅盾呢，众所周知，你们读文学史就知道，他去了庐山，去了牯岭。按陈子善的说法，他是跟了女同事去的，这在《我所走过的道路里》并没有记载，但后来从《幻灭》《动摇》里看他写女人这么栩栩如生，估计不会凭空创造，那个时候孔德沚根本不在他身边。在庐山上待的这段时间，南昌发生什么事啊？八一起义，本来茅盾不光是创党的，还是创军的呢，错过了，你说人生就有这种事情，真是想不通。当时周恩来、朱德、叶挺、叶剑英、贺龙、林彪、陈毅都在南昌，否则的话，照我说，沈雁冰也弄个大将啊，他居然小资情调跟女生在牯岭，说他生病。后来你看在《我所走过的道路》里，茅盾反复说他买不到票，我开始就看不懂，你买不到票就买不到票了呗，还写那么多，其实你想，茅盾那个后悔啊，北京话怎么说，把肠子都悔青了。接下来在回到上海的船上，支票又丢了，茅盾后来反复强调钱没掉，就是支票给人拿去了但钱没被取掉，但不管怎么样，他把党的经费丢了，所以回到上海以后，茅盾就脱离组织了。这一段始终语焉不详。我在1989年接到一个任务，要修改《辞海》的现代文学条目，我和贵校的陈思和，我们俩负责所有的现代作家，但有三个作家除外，鲁迅、郭沫若、茅盾。我和陈思和当时脑子转不过来就问，为什么这三个人不让我们修订，回答说，这三个人是"党史人物"。我一直没搞懂鲁迅有没有入过党，只有茅盾真是党史人物，郭沫若其实也从来没有入过党。《创造》那个小说就是在茅盾脱离组织期间写的。他去世前有人问他有什么愿望，他就说我要求重新参加共产党，党中央那时候就批准，不是重新参加，是全部都算，党龄从1921年算起。我们当时不大明白，茅盾为何在这时提出入党，党的信念坚贞啊。

所以大家听到这里就明白，茅盾是小说里的那个男的，是君实，他教了别人，别人革命把他抛弃掉了。所以如果我们还是用知识分子和大众的关系来体会的话，就会发现一个情况，你把人家"启蒙"了，人家最后把你抛弃了。再想想20世纪知识分子和大众的关系，茅盾有远见啊，比鲁迅、比郁达夫都有远见。

刚才我们讲的都是男作家的小说。在这些小说中我们发现，经济、身体跟文化通常是三个张力，而这三个张力中，强调身体因素是很少的，郁达夫的《迷羊》是强调身体的，《绿化树》里这男的要干活干得比人家强，还有《小城之恋》，但基本上强调身体的一直很少，最近强调身体的是电影《色，戒》里的梁朝伟，他不是靠文化洗脑，是先把你睡晕了，然后用钱砸，一砸，好了。但这是完全反过来的，在整个现代文学里面是很少的。第二，打破经济平衡的往往就是失败。大家知道，鸣凤投湖；祥子最后也很惨，虎妞比他有钱。凡是打破经济平衡的在"五四"小说里都不成功，或者是悲剧，什么《金锁记》《啼笑因缘》《日出》，人变成经济的锁链。所以，最重要、写得最多的是我刚才所说的，文化差距以及对文化差距的消除。在这个消除中，我们看到男作家写了三种模式：A，爱人－教人－失败，反而害人；B，爱人，但不敢去教，也不敢去救，互相同情；C，爱人－教人－成功－反过来被抛弃。

但这三个都是男作家写的，背后都有象征意义：第一种，知识分子爱国、救世，没错，接下来你去启蒙，但你启蒙可能失败，结果你没法救大众，这是鲁迅描述的；第二种，爱国救世，但是不敢启蒙、无力启蒙，只停留在人道主义的同是天涯沦落人的层面；第三种，你爱国救世，你去启蒙，唤起了群众，最后却被革命吞没，臭老九，你被改造，被打倒。这个打倒你的武器全部是你教他的，你没什么可以抱怨的。所以，三种爱情——启蒙模式引出了三种知识分子对自身使命的认识，到今天为止、到现在为止，还存在。当然我们有个问题，有没有第四条路？这个留给大家去思考。我在北大讲课的时候学生追着我问，难道我们知识分子就这三条路吗？

我们看看女作家又是怎么写的。第一个例子，丁玲《莎菲女士的日记》。所有现代女作家写这类东西写得最好的，我觉得一个是丁玲，一个是张爱玲。《莎菲女士的日记》里写女的生病了，盼望爱情，这时候有两个人出现了，一个叫苇弟，一个叫凌吉士。苇弟其实比她大四岁，可是没什么主见，爱她，可是只会哭，以文化的角度来说，他教不了这个女的任何东西。所以她说"我无法爱他"。我一直觉得这个名起得挺妙，他明明比她大四岁，可她叫他苇弟；第二个是凌吉士，凌吉士教她。凌吉士是个南洋华侨，个子高，长得帅，女的一看见就想 kiss，丁玲写的么，他的嘴就像苹果一样，要摘苹果。孟悦、戴锦华她们称赞这是女性觉醒，性意识的觉醒，在美国教女性主义都是拿这个做文本的，我在洛杉矶时去一家书店就看到它有英文的翻译。但很快凌吉士就叫她失望，因为他教她的东西都是她受不了的，他教她外国大学辩论、打网球，总之是资产阶级生活方式，而莎菲是比较激进的，所以她觉得你教我的东西不好，最后 kiss 了一下把他甩了。结果是她把两个都拒绝了，到南方去了。在我看来，她在继续等待爱情，讲得再明白一点，她是继续在等待有人教她，有人救她。

所以丁玲没有真的颠覆掉前面讲的这个模式，只是换了一个角度。而这种写法后来影响深远，有许多小说的女主人公有几个男的在身边，凡是这种情况，你就发现，女主人公不是在找这几个男的，她是在选择不同的生活方式、不同的生活道路甚至不同的信念信仰。《青春之歌》就是最好的例子，余永泽不行，卢嘉川可以，死掉了，后来是江华，不同的男人不同的道路。张抗抗写过一个小说叫《北极光》也是，有三个男的，一个男的对女主人公很好，可是吃饭的时候老是抖脚，抗议说馄饨里面少了一个，应该是十二个，她就觉得这个男的不好，不要了；然后又碰到第二个男的，夸夸其谈，也觉得不好；后来找到一个很实在的。所以女的交几个朋友，是选择几个生活道路。

不过，在丁玲的小说中，莎菲长什么样子她不描写，那些男的长什么样子她很详细地描写。这跟男作家不一样。我后来看到王映霞写 1927 年初见郁达夫的情形，多少年后她都记得郁达夫穿什么衣服，头发有多少，样子怎么样，所有她都记得。

另外一个很好的例子就是《倾城之恋》。我们先站在范柳原的角度看，范柳原的角度很像我们刚才讲过的男作家的角度。第一，他爱白流苏，爱了以后怎么样，他也要教她。教她什么，执子之手，他弄《诗经》，还要带到一个荒的墙壁前面。教了还不够，跟她说，你在上海很可怜，被家庭害成这样，到了香港的浅水湾还是有些问题，去马来西亚的丛林吧，你到了丛林就回复到自然了。你看，这男人爱人就是教人、救人，这模式一点没变。但是我们对范柳原始终不太同情，为什么呢？他跟鲁迅、郁达夫写的男主人公有个根本性的区别，就是他有钱。鲁迅、郁达夫写的男主人公都没钱，没钱的男的教人读书，性苦闷值得同情，一有钱就变 playboy 了，我们不同情范柳原是因为他有钱，他一来浅水湾就给白流苏开个房，一看就是居心不良。其实郁达夫也开房的。但我们感觉范柳原就和涓生不一样，涓生一个穷书生，所以书生一定要穷，一有钱就不能当书生了。这已经是张爱玲的第一个捣乱了。

第二个捣乱是什么？我们把事情从白流苏的角度来看一下。白流苏是等待被救的，当然了，28 岁，老公死了，娘家待不下去，这个时候要靠男人来救。可她要的是什么？她要男人爱她，要有钱，给她一个家庭，可她知道要得到爱需经过一个桥梁，这个桥梁就是这个男人要教她，她要假装做学生。你们记得小说里最精彩的段落是什么？就是当这个男的跟她讲，你是不是理解我啊，讲《诗经》的时候，白流苏的内心独白，张爱玲写："原来范柳原是讲究精神恋爱的。她倒也赞成，因为精神恋爱的结果永远是结婚，而肉体之爱往往就停顿在某一阶段，很少结婚的希望，精神恋爱只有一个毛病：在恋爱过程中，女人往往听不懂男人的话。然而那倒也没有多大关系。后来总还是结婚、找房子、置家具、雇佣人——那些事上，女人可比男人在行的多。"这个描写真是非常非常精彩。你们回过头来看"五四"男作家写女的，都是一个特点，叫玉洁冰清，外表要好看，内心要纯洁，我值得救。我们会不会想到，当涓生在跟子君讲易卜生的时候子君心里说，听是听不懂的，但将来找房子要我作主。鲁迅看不到，这是男作家的盲区、盲点，他只看到了她睁大着稚嫩的眼睛，好学生；郁达夫也看不到的，他看到王映霞，只欣赏她的浪漫；茅盾也看不到。这只有张爱玲看得到，张爱玲是女人。她知道，哦，碰上个精神恋爱的，不过不要紧，没有危险，不会立刻叫我上床，慢慢来。

所以下面有一段更精彩的，就是那个男的不是总夸她低着头好看吗？她就总低头。后来范柳原都发现了，就说，我是夸你低头好看，不过也不能总低头，总低头脖子上要起皱纹的，颈椎有问题啊。白流苏马上变色，这一天就吵架，就不高兴了。这个颠覆性就在这里。张爱玲这种写法就把"五四"小说给颠覆了。我第一次看《倾城之恋》的时候没什么印象，受了傅雷的影响，觉得没什么意思嘛，小市民的故事，后来才觉得好。原来的爱情小说都是男女在一起跟社会作战。涓生和子君他们很相爱，但社会逼得他们要分开；梁山伯、祝英台是这样，罗密欧、朱丽叶是这样，觉慧跟鸣凤是这样。男女在一起没有问题，他们有问题是社会的问题。直到《倾城之恋》，社会没有问题，没有一个人反对你们两个，可这两个人自己在打仗。这对男女从头至尾在打仗，而最后居然还打到一起去了，这是很多人的白日梦。到今天你看，香港、台湾的纯文学小说基本都是男女战争，讲男女好、跟社会作战的都是通俗文学，那是张小娴、亦舒、李碧华她们写的，西西、黄碧云、朱天文、朱天心、李昂她们写的都是男女作战。《倾城之恋》就是这个转折。

女作家写作时，就没有男作家那么明显的要把知识分子角色带进去启蒙的现象——谁启蒙谁啊。要是还回到"五四"文学的象征意义上的话，那我们老百姓大部分就是这样：哦，碰到一个讲理论的，讲吧讲吧，反正钱我们是自己赚的。

谢谢大家。（热烈的掌声）

郜元宝：非常精彩的报告，许老师用侦探式的方法对"五四"以来小说的男女关系非常细节地概括了几个模式，但是我想，清官难断家务事，学者也未必能断得了情爱的事情。可能大家会有一些疑问或者兴趣，我们欢迎大家提问。

学生：您刚才讲到作家的心态和生态研究，有助于丰富文学史的研究，关于这方面您可以多谈一点吗？

许子东：其实我们的资料也做了很多，但中国现当代文学研究中存在一个问题，就是许多家属，包括子女和太太都参与研究。这有好处，可以提供很多资料，但中国人有个习惯是"为尊者讳"，所以有些事情就不大好讲，这妨碍了研究。其实拉开距离看，这都没什么，回到原生态看会看得更清楚。

大陆现当代文学研究界存在一个割裂的情况，好像研究的管研究，资料的管资料，而且有轻资料的倾向。其实资料很重要。渐渐就形成了一个状况，就是搞资料的只是搞资料，他不提供任何看法，这样也不好，两者不能太分开。日本汉学研究有一点值得我们学习，就是他们的理论见解是建基在对一些资料的发现上的，他们不凭空讲一个思潮或观点，而是从具体文本拉上去，最后可以讲得很大，但你的立脚点要放得很小，这样就会做得比较扎实。

学生：我想问一下，在你看来，现代社会里，正常的男女关系应该是怎样的？再高一点来说，你认为知识分子和市民、大众的关系应该是什么样的？另外，现在都讲市民社会，那么在你看来，和谐的市民社会需要具备什么样的特质？

许子东：哇，你这三个问题一个套一个，套得那么大啊。正常的男女关系，这个我也说不清楚，很难说什么才是"正常"的男女关系，每个社会阶段的"常态"都不一样。

"五四"的和传统的知识分子都有个习惯，夸大自己跟社会的关系，夸大自己的社会功能。举个例子，在古代假设有 1 亿人，读书人 100 万，考出来 5 万个人去做官，除了皇帝，这 5 万人就统治了这个社会。在古代，读书做官就会管理社会，这个思路是根深蒂固的。到了"五四"，这个没有了，但我们的集体无意识里还存在，尤其是学文的人，会夸大我们对社会的责任。刚才讲了，他们通过爱情把自己想象成救世的人，只有我一个人醒着，其他人都睡了，醉了。我们需要调整，但是不是就调整成像西方那样的专业人士呢，我不敢说，但我肯定中国知识分子对自己的启蒙责任是夸大了，是出于自己的想象。虽然我现在可能也在犯同样的错误。

另外，你说的 society 是西方哈贝马斯的概念，是法兰克福学派的概念，源于希腊一个人文理想。中国远远没到这一步，中国是没有进入现代社会就已经进入了后现代社会，中国是前现代加后现代，缺的就是现代，缺的就是基本的法律、人权、理性，市民社会最简单一个就是言论自由。所以才会有知识分子要启蒙、要唤醒大众。

学生："五四"小说中还有一种男女关系好像放不进您刚才讲的那个模式中，就是穆时英他们写的都市小说，那里的男女主角并不是启蒙与被启蒙的关系。

许子东：这些作品中的男人是靠女人救的，这类作品我看得不是很多，但《白金的女体塑像》印象很深，"身体"的因素很重要，看上去是女人给了男人力量，男人从女人那里变成熟，其实是非常男性中心的。穆时英、刘呐鸥，包括施蛰存都是，他们不属于我刚才讲的那个模式，原因很简单，和刚才讲的男作家不一样，他们没有救世的责任感，他们关心更多的是自己如何救。郁达夫就是他们这批人和鲁迅他们之间的转折，他表面上要去救，后来写《出奔》《她是一个弱女子》等，但他写下去是靠近穆时英的写法的，到最后男人都是靠女人的身体来救。刚才讲的这个模式当然不能概括所有，举的那几个例子也都不是真正的爱情小说，都是打着爱情的旗号在讲别的。我自己的理解是，它表达最多的是"五四"启蒙的主题，是读书人跟大众的想象关系。

郜元宝：我的问题跟刚才那个同学的很相像：刚才许子东老师的演讲主要是从爱情小说里读出知识分子与社会的关系，但这样会不会像朱熹读《诗经》一样，"关关雎鸠"也是后妃之德。所以有没有一些作品是抛开知识分子和社会的紧张关系不论，而只是纯粹的男女相遇？

许子东：有啊，比如他刚才讲的，包括郁达夫自己也有，比如《迷羊》就完全套不进去。还有《过去》，周作人很称赞的，写一对姐妹跟一个男人的故事。姐姐很漂亮，这男的就追她，但姐姐一直捉弄他，这男的有些自虐，还是追她，妹妹很喜欢这个男的，但总被忽略。多年以后这男的和妹妹在澳门相遇，两人还住在一起，但情已过。这就是比较纯粹的探讨男女爱情心理的，但这类作品在文学史上往往不太出名。

我绝不是要说"五四"时期的爱情小说都是要表达刚才我说的那个模式，我只是找出几篇来说有这么一种模式，其实当时有很多种不同的写法。但问题是，我刚才举的几个例子，都是最有名的作品，最有名就说明它对后来影响最大，为什么会影响最大？因为从二三十年代一直到现在，我们对这个时期的文学的读解是有选择地接受的，穿着爱情小说的外衣、背后进行社会思考的作品倍受我们的注意，它对当代文学产生了很大影响，我一直都记得涓生和子君讲话的这种方式和气氛。而施蛰存他们的作品，我们现在看来发现很难讲出它的"意义"，比如《巴黎大戏院》，一个男人在电影院里想要摸一个女人的手，又不敢动，来来去去，这是很正常的男女之间的东西，但这个东西我们无法放入哪个

discourse 里。这个问题提醒我要做一个补充，就是写爱情的小说有许多种，但其中有些流传得特别久，因为它承载了爱情以外更多的象征。

另外还有一个例子可以证明这个问题，就是《沉沦》。郁达夫的《沉沦》发表的时候，他说这是"灵与肉的冲突""现代青年人的苦闷"；到了 1927 年他编集子的时候，他又说这个小说是"感伤"，一点用处都没有，完全没有意义，乱写的；到了 1932 年，他又说，他是到了岛国看见自己祖国的路程、民族的屈辱，所思所感就写成了这个作品。其实他的作品里什么都有，也有青年人的苦闷，也有民族的屈辱，可是为什么他在 1921 年的时候强调的是一个比较普世的、永久的青年人的苦闷，而到了 1932 年的时候他强调民族屈辱？一方面是 1932 年中日已经有争端，另一方面也是因为我们的主流意识形态形成了，这个小说是被意识形态所"阅读"了，所以连作家自己也去拔高它，到了 20 世纪 50 年代以后我们就说《沉沦》是最早有爱国主义思想的，就是一路拔高。

学生：您刚才讲了一个"知识分子－社会"的象征系统，您认为这个象征系统是"五四"时候形成的呢，还是他们从传统小说表达当中所汲取的？或者从哪里来无关紧要？

许子东：各个作家不一样，或有意或无意，茅盾和鲁迅是有意识的。茅盾觉得革命一发动就不可阻挡，他有意用小说象征革命、象征社会变化，但他又同情被革命抛弃的人，这是无意识的。鲁迅写涓生和子君的悲剧是有意识的，他非常清楚在当时启蒙都会失败，否则他为什么"彷徨"，他很清楚地看到救人不成反害人的可能。郁达夫是无意识的，他就是有传统士大夫跟社会的亲近感，这个解读是我加给他的。至于你讲的来源，两方面都有，一个是传统，读书人觉得他对天下有责任，在庙堂忧其民，在江湖忧其君，另一个就是"五四"以来从西方进来的那些观念，认为中国出了许多问题，我们要承担起唤醒民众的责任，两方面都有。

学生:我觉得涓生和子君到了后来也是有彼此间的"战争"的，也属于男女之间爱情的"战争"，并不是到了《倾城之恋》才有。

许子东:《倾城之恋》中并没有讲后来两个人怎样，婚后怎样，他们的战争是在过程中展开的，有点像先小人后君子，摊开来说两人各自需要的东西，然后再走到一起。《伤逝》两个人的矛盾出现在结合以后，他们之前的干扰来自社会，自己本身之间没有障碍。即使是他们后来的战争也可以从社会方面找出原因，比如失业，还是有点不同。

张爱玲最后让两个人的爱情成功是用了香港沦陷，这意外促成了两人爱情的成功，按照张爱玲一贯的逻辑，也是不能成功的。后来香港把《倾城之恋》改成话剧，由毛俊辉导演，让我和李欧梵、刘绍铭去帮忙做宣传，在香港的一个公共场合，来的人女性居多，大家关心最多的问题是"范柳原为什么喜欢白流苏"，白流苏为什么喜欢范柳原我们都明白，但我们不明白为什么后来范柳原喜欢了白流苏。李欧梵回答说我要是范柳原就不喜欢白流苏，回答"很不负责任"，虽然他后来还写了《范柳原忏情录》，还写了续集。刘绍铭的回答是，大概白流苏很漂亮吧。我当时说，大概因为范柳原跟白流苏打仗，他一直都占了主动，占优势的，从开始看到白流苏低头装纯情，他就看到这个女孩在用心计，当他们同居的时候，这个男的已经把这个女的打败了，全败了以后，男的反生恻隐之心，正好又碰到战争，毕竟这个女的是死心塌地跟他好。当白流苏已经没有任何棋子可输了，范柳原反而对她产生了感情。

学生:今天讲了很多鲁迅，想请许老师谈谈鲁迅和萧红的关系。

许子东:鲁迅肯定是喜欢萧红的。你看鲁迅早期写的小说，萧红很符合鲁迅喜欢的类型。但这大概就是伟大作家对年轻作家的喜爱吧，别的我想没有什么。萧红是个了不起的作家，也是叫人唏嘘感慨的作家。两次怀孕期间都和别的男的谈恋爱，两次那个男的都喜欢她，把她带走，两次谈恋爱的时候肚子里都带着别人的孩子，在男性中心社会里这个很不容易啊，而且不是一次，是两次，萧红必有过人之处。

郜元宝：好，报告就到这里，我们再次用掌声感谢许老师。（掌声）

（本文收入《许子东讲稿·卷二》，
北京：人民文学出版社，2011 年）

附录五
————

想象中国的方法：以小说史研究为中心

时　间：2006 年 11 月 8 日
地　点：北京大学五院（中文系）演讲厅
主讲人：王德威、许子东、陈平原
主持人：陈平原

陈平原：今天晚上的讨论现在开始，关于"想象中国的方法：以小说史研究为中心"的专题讨论会，由王德威教授、许子东教授和我三个人共同讨论，主要涉及小说史研究的视野、方法和特点等。

关于这个课题，我先稍微做一些介绍，因为今天可能会比较多地涉及小说史研究里国外的研究方法和国内的研究方法的差异。这正是我今天选择这个题目的用意所在。诸位知道中国人写文学史，最早把小说纳入视野，是受外国人的启迪。1904 年林传甲写《中国文学史》的时候是没有小说，没有戏曲的。当时的日本学者笹川种郎写的文学史中有小说，有戏曲。林传甲还嘲笑人家说，这么低贱的东西，你也放进文学史来谈。此后，我们逐渐接受了他们的影响。20 年代的时候——诸位读鲁迅的肯定会知道——在 1921 年，郭希汾也就是郭绍虞先生翻译了盐谷温的"中国小说史略"，在上海出版。陈西滢不知道，听人家说鲁迅的《中国小说史略》是抄的，在《晨报》写文章，引起一场很大的争议。鲁迅恨了他一辈子。说人家是抄袭，这是特别大的侮辱。但是，大概从 20 年代中期到 40 年代，中国人接受的外国学者关于小说史研究的意见，基本上是日本学者的意见，包括盐谷温，也包括长泽规矩也，等等，主要目的是版本目录资料。因为好多书，包括诸位今天知道的"三言二拍"等，都是从日本回来的。换句话说，50 年代以前我们对国外学者的想象就是，他们提供我们没有的、流传在外面的小说版本。50 年代以后我们没有多少跟国外学者接触的机会。真正有意识地与国外学者进行小说史研究的对话大概是从 1981 年开始。最早是因为鲁迅、《红楼梦》、《金瓶梅》。最早的几本介绍国外学者研究中国小说的书籍，是《国外鲁迅研究论集》，还有金瓶梅研究、红楼梦研究等。1983 年起，我们才翻译介绍了《中国古典小说研究》《论中国古典小说艺术》等，都是编的，杂编的。而且说实在的，那些编者都是从台湾的书籍里面转编过来的，不是直接翻译的。80 年代中后期起，有几个学者开始进入中国。捷克斯洛伐克的普实克、苏联的谢曼诺夫，以及后来苏联的李福清等人逐渐进来。但是 90 年代以后，我们关注的重点转为欧美。那个时候，韩南、夏志清、伊维德、马幼垣、余国藩、米列娜、浦安迪、柳存仁及日本的小南一郎，他们的小说史研究，对中国大陆开始产生影响。最近几年，不仅仅是这一批学者，包括现代文学研究里面的李欧梵先生，尤其是在座的王德威先生，他们的小说史研究影响到大陆的学术界。现在我们再做小说史研究的时候，已经不能够完全闭门来思考，必须面对日本学者、美国学者、欧洲学者和俄国学者的研究成果。

我曾经作了一个简要的叙述，小说史研究在 20 世纪获得了所有文类研究里最大的成绩。比起诗歌、戏剧、散文，20 世纪中国的文学研究里面成绩最突出的是小说史研究。我记得 50 年代胡适之做《胡适口述自传》的时候，特别说了一件事情，把小说史研究做得像经学研究、史学研究，这个努力是从他开始的。换句话说，把小说史研究当作经学、史学那样来经营。当然，后面导致的问题也从那出来，那个我不说。我想说的是，我们把小说史研究做一个专门的领域来经营。到今天为止，发表论文，小说史依然是文学研究的一个大头。可能有几个问题，最简单的是，我们说20世纪中国的大学制度的建立对小说史研究起了决定性的影响。我说一个很好玩的事情，就是讲课的人——这里面大部分人还没有教书的经历——教书的人明白，讲诗歌，讲散文，讲戏剧不是很容易，当然可以讲得很好，但讲小说绝对容易，因为，如果课堂里里外外笑声一片，十有八九是在讲小说，讲小说容易获得这种效果，讲诗、讲文不见得。换句话说，小说的门槛比较低，大家都容易进入，是讲课效果特别好的一个领域。我曾经举了一个例子说，当年俞平伯讲诗词，经常会讲不出来，贴一个布告说，今天没有心得，下课。30年代的老学生张中行后来回忆说，俞平伯在北大讲词，"帘卷西风，人比黄花瘦"，讲完以后闭着眼睛说："真好！真好！为什么，我也说不出来。"于是，满堂都在叹息："真好！"（笑声）按照张中行的说法，讲诗讲词就应该这么讲，让你进入那个境界以后，自己去体味。讲小说要这么讲，肯定不行。而且即使讲词这么讲，也有人有意见。我们知道，那个赵俪生也是清华的老学生，说当年听俞平伯讲课，那叫什么课啊，他讲不出来，老说"真好"，好在哪？你说啊，说不出来。（笑声）但是请大家注意，张中行是国文系，赵俪生是历史系的，历史系的学生一听中文系的教授摇头晃脑说"真好"，受不了。我想说的其实是，诗词的讲述更多借助于体味，而小说的理解和研究更容易为大家接受和关注。

还有一点，小说史研究到目前为止，是一个各个领域的学者都可以进入的一个课题。比如文艺理论研究可以拿小说开刀，比较文学学者最喜欢做小说研究；或者做政治学，甚至做法学，就像我们的朱苏力先生，也拿元杂剧啊、小说啊来开刀。大家很容易从里面做出自己研究的课题。换句话说，小说提供的内涵足以使得专业以外的人也能进入，所以这个领域会显得特别活跃。正因为如此，文学史的研究者在小说研究中能扮演什么样的角色，我们不知道，我们还在探寻。所以，我说这是一个各种新方法、新观念最容易进入的领域，也正因为如此，相对来说比较活跃。但今天面临的问题是，我们面对各种五花八门的小说史研究的角度、方法、观念，作为一个中国学生，你怎样进入。今天我们先请王德威先生，接下来请许子东先生，最后有时间我也讲一下我自己对小说史研究的设想。然后留下比较多的时间给大家提问，因为下面两次的演讲主要是王德威先生讲，星期五、星期六大家没有多少发问的机会，所以有问题的话下面要争取主动表现。好，今天先请王德威先生做一个引言吧。（掌声）

王德威：好，谢谢大家！又一次和大家在晚上一起讨论关于中国文学的各种问题，这是一个很难得的机会。尤其是老朋友许子东教授也一起在这里参与对话。今天很期待在我们的引言之后得到大家不同方面的批评和问题，只有这样的互动，才能促进我们对文学史尤其是小说史的进一步理解。我想这是一个相当大的题目。陈平原教授特别嘱咐说，我们每个人不要超出太多时间，以便留出更多时间给大家提问以及回答。所以，我想就两个方面来说明一下过去这些年我自己对现代中国文学史尤其是小说史方面所付诸的一些研究方式，以及实验的不同门路。有的时候有一些心得，有的时候也有并不是非常成功的进入小说史的方式，提出来供大家参考。

首先，我想回应刚才陈平原教授的说明，就是关于文学史，尤其是现代文学史这么一门学科的研究，它其实本身就是一个现代的发明。刚才陈教授也提到了，现代文学史或者广义的文学史研究，它的周期也不过一百多年。时至今日，距离1904年林传甲初步的所谓文学史的规模，我们其实走得并不是太远。但是我们今天一提到文学史，感觉上这是从开天辟地以来就总是在那里的一个大的文学研究工程。我们想到的文学史，是一个一以贯之的论述，从头到尾从某一个时代的断代点开始，一直延续的、逻辑性的、历史进程性的、叙事性的这么一个行为。它基本上有一个大叙事的基础作为支撑的架构。这个大叙事，通常包括了对大师的推崇，如果做中国现代文学史，尤其小说史的话，肯定是鲁迅，然后是鲁迅的门人，然后是茅盾、巴金、老舍等。当然，我们通常对经典的研读不遗余力，从《孔乙己》《阿Q正传》，到《家》《春》《秋》《子夜》，我们在一般的课程上都会接触到。那么，时代，不同的划时代的一个特别精致的定义，从某一个时代嫁接到另一个时代，是这么一个进程性的发展。在这种种大叙事的因素下，说实在的，有一个非常强大的国家论述在支撑着。尤其是现代文学史，它跟现代国家的想象，跟现代国族的想象有一个密不可分的关系。每一个国家的建立都需要一套叙事来作为回顾过去、瞻望未来的基准点。而特别有意思的是，这个叙事往往以文学史的方式来作为最后结晶式的表现。所以，当Benedict Anderson，我们这里翻译成安德森，他的《想象的共同体》《想象的本邦》等，提出印刷资本主义作为想象共同体的这么一个发展的时候，我们从文学史研究的立场，也可以提出来，这个国家的想象，和文学的创造、文学的建造是密不可分的。过了一个世纪之后，今天我们只要到书店去看一看，目前排列在架子上的各种各样的文学史，的确是叹为观止。尤其是在中国大陆这么一个特殊的时间和地点，这么一个语境里边，以我个人的经验，我从来没有看到过这么多各种各样的文学史，这么多细密的划分。在大型的国家文学史上，再划分出各种各样的地方的文学史、流派的文学史，乃至于专注于作家本人的创作史，等等。所以我们必须意识到，它的整个文化建构之下的历史因素，尤其是政治理念与意识形态上的一些承担或是负担。

其次，我想谈一下，文学和史的观念，本身有一个非常微妙的互相解构的因素。我们在最粗浅、最原始的判断文学史的方法上，通常忽略了一个问题：当我们谈文学的时候，我们通常想象的是一种虚构的文艺的工作，或是劳动。它的虚构性，永远是我们念兹在兹的一个前提。而相对于文学，我们讲到历史，不管是过去讲历史，还是今天讲历史，历史能够证明一切，我们未来要朝向一个历史的目标迈进，等等，它毕竟有一个实证性的基础，似乎是在告诉我们，这是一个信而有征的叙事行为的建构。它所有可以参考以及述写的资料，都是在过往历史的时间的流变上，是事实具体地发生过。所以，当我们把"文学史"这三个字，或者是"文学"和"史"这两个词，放在一起合而观之的时候，我们有多少时候能意会到文学史之间互相矛盾的一个现象。我们可以把文学当作一个历史实存的现象，各种各样的经典大师都存在过，我们以史家的观点来排比、分析、判断他们的贡献。我们塑造出一个不断有事件发生、消逝、流转、前进，各种各样的方式，这是一种非常依附于历史尤其是传统历史论述的一种文学史的做法。而从另外一个观点看，我们不得不承认，即使是最实在最贴近现实的历史，当它一旦变成一个叙事行为的时候，它必须纳入虚构的可能性，或者是想象的必然性，总是一个后见之明，总是从已经有的残存的、片断的、各种各样的证据里面，再去营造一个起承转合的大的论述过程。在文学和历史的交错之处，文学史诞生了，它提醒着我们历史本身虚构的可能，也提醒着我们，文学不必总是必须依附在所谓实证式的社会科学的种种史观之下，成为一种好像总是次一等的历史叙事行为。这两者之间的互动我想可能已经是老生常谈，但是我仍然觉得在这里有再次提出来作为参考的必要。

而当我们把"现代"这个词纳入到"现代文学史"这样一个词汇的思考中，我们必须很警觉，问题更为复杂了，当我们谈现代的时候，我们谈的是一个时间在流程上的断裂点，这个现代呢，要相对于过去、相对于传统、相对于未来，在一个时间陷落的点上，我们意识到所谓前无古人、后无来者的这么一个不可逆转性，以及未必能够有前进性的这么一个非常存在主义的时间的点。所以，"现代"本身必须隐含着对历史的批判，也是对历史或历史观、历史感的一种瓦解。当我们谈"现代""文学""史"这三个词的时候，这三者之间的互动已经足够让我们思考大半天了。什么样的意义上，我们谈现代文学史，如果现代是这么一个时间进程上的、一种短暂的稍纵即逝的时间感觉的话，它怎么可能变成历史叙事中的一个要素呢？所以这一点，尤其是在80年代以及90年代，当解构主义风靡一时的时候，美国学者 Paul de Man——这里翻译成德曼——对现代时间感的不可依赖性、不可重复以及不可重述性，以及"unrepresentability"这个问题，有许多深入的见解。但是我也要提醒大家，当刻意强调现代的现实当下性，还有现代可能会瓦解或者抹消历史这么一个连续或者是叙事的可能的时候，现代也可能变成一个托词、一个伪说、一个伪托。我想大家都知道德曼这么一个重要的美国解构学专家，在他过世之后我们才发现，原来他在第二次世界大战的时候，在比利时曾经有一段很长时间的工作经验，是和纳粹德国法西斯的整个宣传活动互通声息。所以很多人，在后见之明的情况下，觉得原来德曼在推动这样一个以现代为立足点的文学史观的时候，无非是要抹消他自己也不愿意再去面对或承担的那些过往的、林林总总的历史，要去遮蔽它，要去抹消它。所以，我们在讨论"现代""文学""史"这三个词的时候，必须特别在意这三者之间在理念上的互为因果，有的时候互相折冲或互相解构的这么一种可能性。现代和当代呢，在未来二十年或三十年之后回过来看，会让我们哑然失笑。我们有怎样大的自信和自觉，把现代和当代就当作是我们这个时代了。想想看，在公元 2050 年的时候，大家谈"现代文学史"，原来是 20 世纪的产物，原来是一个历史的东西，原来是历史留下来的，那一块叫他们自己是现代、是当代，这是非常自尊自大式的对历史的看法。就像 19 世纪西方的理论家以及小说创作者把他们那个时代叫作现实或写实主义的时代一样。时至今日，我们怎么来安顿现实或者写实的位置呢？这是在这一类思考下我们必须再一次面对的问题。

接下来，我就要谈到现代小说史的问题，这是我们今天共同注意的焦点。我刚才和陈教授也商量了，我们以各自研究的方向作为一个讨论的基础，可能比较落实在我们实际从事的研究方法上，可以给大家作为更具体的参考。

我在 20 世纪 90 年代初期，写出了一本作品叫《小说中国》，这本作品用"小说"这两个字来玩弄这个字眼下的不同含义。我的起始点是认为小说是 20 世纪无可讳言的最重要的文类。从 1902 年梁启超就告诉我们小说有不可思议的力量：改造社会民心、强身建国，都用小说包揽了。过了一个世纪之后，显然小说在今天没有那么大的力量，失去了它的威力。而我在更进一步的研究过程中，甚至觉得在梁启超推出这个伟大的新小说的观念同时，可能每出版或者每推荐一本他心目中的新小说，就有无数部他认为不应该是新小说的小说也同时出现。所以，新小说这么一个乌托邦式文类的存在本身，也必须要付诸讨论。这种文类的观念总是一种权宜的、过渡的文学史上的划分。那么，小说的形式永远在改变。它的题材，还有参与小说生产的各种各样的模式，总是在变动着。而我在当时做这个小说史的想法，是希望借这样一个切入点，让小说和中国，尤其是国家叙事的问题，产生相互对话的可能。所以在这么一个写作文学史的想象里，我认为小说是应该相对于我们长久以来习以为常的"大说"，黄子平教授过去曾经用调侃式的方法，说明我们在过去一个世纪述写中国的时候，都是大言夸夸、不可思议的所谓雄伟论述、崇高论述。我认为，过了一个世纪以后，小说之所以为小说，正是因为它必须认清自己的位置。小说在一个虚构的立场上，不必负担所谓国计民生的大责任；小说作为一种虚构，不必和中国的建构发生必然的连锁。但是，反过来说，中国的建构却总也离不开一种对虚构的想象。就是你对中国未来的憧憬，对一个乌托邦世界的敷演和创造，总是需要依赖于一种论述、一种叙事、一种小说式的行为。所以，当我们谈到"虚构"这两个字，它就并不是那么简单的、天外飞来的、无中生有的一种叙事行为。它总是在一个历史脉络里面刺激着我们、挑逗着我们、挑衅着我们在现实以外逃逸出去，在不可能中去创造可能。在这个层次上来谈论小说史或者小说中国的意义，我觉得可能更有意义。这是我在当时的一个想法。同时我也特别强调，在1949年之后，因为政治和历史的因素，整个中国文学的发展，其实变成了一个分崩离析的状态。在这里，我想绝大多数同学以及同事们，是基于一个大的中国传统的立场、一个大陆的中原的立场，来看待文学史的发展。这个当然是言之成理而且也是无可厚非的一个立场。但是如果我们要对现代小说的发展和流变有更深刻的思考，对它各种各样的面向有更全面的观照的话，尤其是1949年以后小说的发展，在我上次所说的海峡两岸还有包括欧美的这种离散的华人社群里边，对虚构叙事尤其是想象的试验，这个方面，我建议是大家可以再用心或用力的地方。这是一个小说中国的观念。

　　其次就是早两年，在1988年，我在台湾推出另外一部作品叫《众声喧哗》，当然现在这个词大家已经习以为常。当时我是基于海峡两岸对话的观点，还有现代和当代文学对话的观点，运用巴赫金的观念，来讨论小说所含蕴的各种各样声音的可能。我们都知道，巴赫金对小说的推崇是无以复加的，他把小说和诗歌这个文类对立起来，认为诗歌是单音的文学创作的行为，而小说则是复调的、各种各样的声音众声喧哗式的创作行为。但是在巴赫金的见解里面，这样一种广义的小说叙事的文类的发展其实可以上溯到希腊、罗马，有一个非常长远的传统。当然他这种观念有强大的理论上的吸引力。我想曾经有十来年吧，我们每一个人都必须征引到巴赫金，才能够为自己的理论或自己的研究提供一个合法性的说法，但是逐渐我们开始发现众声喧哗以后不见得就是一片和谐，众声喧哗以后可能还是乱作一团。我想最近台湾的政坛给我们上了很好的一课。众声喧哗有很多时候是相互的误会，很多时候各种平行线、抛物线互相冲击之后，不见得有一个具体的结果。所以，巴赫金的想法也许有他个人的乌托邦的寄托。那么我们在今天，尤其放在中国的语境里面，对众声喧哗的观念可能有再重新思考的必要。但是无论把小说还是其他文类当作众声喧哗，当作研究的前提，我自己觉得还是非常值得我们重视。这是我在个人较早的研究工作中所作的提议或建议，也得到了很多不同的反响，有正面的，也有负面的。我也很希望得到大家的提醒，特别是我所忽略的地方或者不足的地方。

　　我过去一两年中同样把小说史的概念运用到个人的研究上，有一些粗浅、初步的成果。一言以蔽之，我觉得在19、20世纪整个漫长的小说现代化的过程里面，也许在早期，我们的工作是利用小说这个文类来祛魅，无论是鲁迅还是他所代表的批判写实主义，都希望把小说当作切入现实人生的一种利器，将各种传统的阴魂不散的这些鬼魅抛除、驱除开。但是过了一个世纪之后，到了世纪末，我们所从事的工作，尤其是在小说界，可能是"招魂"的工作，希望在小说述写中夹杂各种各样的资讯、各种各样的情绪、各种各样的20世纪的生活体验，再次把我们曾经失去或者错过的，各种斑驳的纷乱的现象，放在大的述写的领域里去重新思考。在这样一个大的观念之下，我在两年以前有一本英文书，它的题目就像我以前提到的，用中文翻译不见得那么顺当，叫《历史与怪兽》，英文里面它的题目就比较有趣，叫"The Monster That is History"，就是"称之为怪兽的历史"，或者"像怪兽一样的历史"。我在当时也是因缘际会，找到一个小说叙事与史学叙事的关键点。远古时代有一种怪兽叫作梼杌，我想从事早期文学史学的同学可能对此是有所知的。梼杌是一种四不像的怪兽，人面虎足毛长二尺，有猪口牙，长得特别可怕。它不断地变异，是一个非常凶猛的东西。但在早期的史书里面，包括《左传》以及《山海经》这一类的地理书都提到这种怪兽。这种怪兽却在早期的史学想象里，逐渐演变成为坏蛋，成为一个家族或宗族中不肖子的代称，就是兽变成了人。这个不可思议的变化的怪物逐渐和我们现实人生中的恶人或者坏人成为同义词了。再过了千百年，到了《孟子》的时候，梼杌变成了楚这个地区的史书的代称，梼杌在楚地也成为当地的镇墓兽，就是坟墓（尤其是贵族坟墓）中的镇墓兽。为什么呢？因为梼杌这种怪兽有预知未来的能力，它预知危险的时候就可以先跑掉。所以这是有多义性的一个词。而这个词到了17世纪被像李清这样的作者拿来当作小说的代名词，他有《梼杌列传》《梼杌萃编》等好几本类似的作品。

所以我深深为这个词汇本身的改变而着迷，我觉得这个词汇本身的变异，从历史的想象、史学撰述的想象变成小说叙事的想象，也许可以作为我们今天在20世纪还要探问的小说所呈现的现代性或怪兽性。这是玩弄英文词汇的做法，就是"modernity"与"monstrosity"这两个词。我们说我们文明了一个世纪，在这样的文明里面，在什么样的层次上，我们仍然需要去面对那样一个残存的怪兽性，在我们的文明中的，不可思议的、非常猛烈的、非常残暴的那个怪兽性呢？在什么时候，我们的历史和历史的再现是可以相互对应的呢？所以在这个意义上，我来讨论20世纪小说怎么去见证历史，尤其是历史暴力的一面，梼杌这个词所隐含的那个历史上的恶人、恶事、恶性的总其成的这么一种叙事的方法。在这个大的架构之下，我只把我这本书里面大致的纲要和题目列出来给大家作参考，然后就请大家来讨论。我讨论了鲁迅的砍头的情结和沈从文的砍头的情结。我们都知道，鲁迅1906年看了杀头之后不得不去写作这一桩历史的公案。或者是到了20世纪二三十年代，沈从文是真正看过砍头的，他当兵的时候看过千百个人头落地的现象，这是一个另外的可能性。但是我猜今天在座的绝大部分来宾不会想到在20世纪30年代，在日据时代台湾山区的雾社曾经有大规模少数民族，这里我们叫山胞，山地的同胞。他们在一个庆典活动里面突然发动抗争，砍了上百名日本人的头。这个故事在2000年的时候被台湾作家舞鹤写成一个大的小说叫《余生》，是非常精彩的作品。这在某个意义上，代表了我切入小说史的做法，我希望打破以中原大陆为中心的看待历史的方式，跳跃着，试图不论是用书写的形式、用主题，还是用作家本身的迁徙，来看出历史的尤其是小说史的驳杂性。所以我这篇文章里还是谈到了1902年连梦青的《邻女语》讲庚子事变时大规模的砍头活动。这只是提供给大家作参考。另外我谈到了像"罪与罚"的问题，从晚清的《活地狱》《老残游记》等这一类作品来看待这么一个关于正义与刑罚的问题，怎么投射到20世纪以革命启蒙论述为基准的正义的论述。我谈到革命加恋爱的问题，我在上次讨论红色抒情，以蒋光慈、瞿秋白为背景的时候也谈论到了。我讨论到饥饿和女性的问题，在上次也稍微触及了。我也谈到了海峡两岸在50、60年代，尽管政治上是剑拔弩张的，但是在文学实践上居然有非常不可思议的暧昧的相似性，都是用政治机器来促进宣传文学、口号文学的发动，政治跟文学之间的连锁如何密切，真是不可思议，这真是"本是同根生"的一个特别奇怪的现象。事实上我以为正是因为我们要开拓小说史研究的视野，这类方法是可以推动的。除此以外像《历史与怪兽》，用不同时代的作品，晚明的、晚清的、民国的作品相互印证。"魂兮归来"的问题，到了世纪末我们怎样用"招魂"的论述，来看待一个世纪的小说，从鲁迅到张爱玲，从早期的鬼魅式的这种论述，包括一些小型的鸳鸯蝴蝶派的作品，一直到余华、苏童等，这类夹杂着小说所营造出来的虚构性的问题，怎样来刺激我们对世纪末的想象。林林总总地，我先提到这里，作为大家的参考，也许作为未来提问的依据。

好，谢谢大家！（掌声）

陈平原：下面请许子东先生发言。

许子东：刚才听陈平原说大学制度对小说史研究的影响，我才明白为什么我平常在岭南上课，名为文学史，其实大部分都是在讲小说。诗歌、散文、戏剧都是意思意思，每一次课百分之七十都是小说。

小说史呢，我是从来都没做成过，也不敢做，我一直想做。我跟黄子平在香港申请了一个研究项目，题目大言不惭，叫"20世纪晚期中文小说研究"，他说他那卷是"思潮与现象"，我那卷就叫"文本与作品"。我这"文本与作品"到现在都没写出来。什么道理呢？因为我曾经列了十几章的章名，如王蒙、张贤亮、张承志、韩少功、史铁生、汪曾祺、贾平凹、余华、莫言等，可是我没法断后，我没法截断他们，因为我们原来的计划是写到1997年，可是这些人生命力很旺盛，他也不管我们评论家多么辛苦。（笑声）单单一个王安忆就已经把我们搞得很苦，我也不知道王德威怎么对付得过来。最近贾平凹又弄一个《秦腔》，看得我们头昏脑涨。我跟黄子平现在就没办法，以前我们还很认真地坐下来谈谈，我们怎么办，最近连这个问题都不考虑了，这个当代小说史怎么做？所以难怪你在新华书店可以看到这么多的文学史出现，那是集体编写的。常常可以看到一个人挂牌，算是列车长，后面有很多包厢、通铺、搬运工，很多甚至没有名字。我们在香港的研究生，你连叫他借本书都不大好意思，怎么能让他做苦工呢？当然主要还是自己疏懒，所以我对写当代小说史到目前为止越来越没信心了。

我写过一篇论文——《当代小说中的现代史》，讨论《红旗谱》《红高粱》还有《大年》《白鹿原》怎么改写中国农村的阶级斗争史。后来做的一个勉强跟小说史有关的就是关于"文革小说"的研究。弄了几十到一百篇的小说，前后也有二十年的时间跨度。我今天其实不想讲这个，因为有书，大家可以看书嘛。陈平原跟我说讲讲书里没写的，想法、动机啊什么的，那我就交代一下我写这个书的想法、动机。（笑声）你们为什么笑，我说得不对吗？（笑声）

最近北大有个硕士生到我们这里来读博士，他跟我讨论他的论文要怎么做，用什么方法做。我给他打了一个比方，比方说文学是一个花园，那你进去怎么做研究呢？简单来说，有这么几种方法：

第一种方法，你按照你的需要去摘花。这个需要有几种，最基本的一种就是凭着兴趣，好看，这朵好看，那朵好看，然后我走出花园的时候，手里有一束很漂亮的花，不管你送给谁啦。这样的做法在研究层次上类似文学鉴赏者。但是你打开每年人大资料汇编的论文目录，最多的就是论几个基本特征、论潮流、论现阶段倾向等。文学史论文中大量题目都是这样。而这些"论"的论据都是从论点找来的，看得出他是先有几个论点了，然后去找几个论据，这其实是现在最多的做法。当然可以这样做，出来一束花很鲜艳，以后这个花园什么样，你搞不清楚。当然如果你凭着印象做、凭着兴趣做，还好一点。最差的是，你是凭着需要做，凭着功利的需要做，比方说今天霍英东要出殡啦，我就看到满花园都是黄花；明天要过情人节啦，满花园都是玫瑰花。大家明白这意思，为了某一种时兴的需要或为了引起争议去采集证据，把文学当作一个采花场，这在行规里讲不够严肃。

第二种方法，我就姑且以陈平原为例。（笑声）当然我可能歪曲他啦。我说呢，你就在那个花园里面找出一块地方，然后你就把它挖透，多少草，多少木，每个叶子都贴上标签，所有的东西，你都把它翻透。翻透了以后，其他地方有什么花，陈平原的说法是：我还没看到呢，我不负责任的。（笑声）但是，你如果到我这个角落来，以后谁来这里，你都得过我这一关。这个功夫很难做，我们都做过。我、陈思和、王晓明，我们开始其实不是挖一块地，我们是拆一棵树，弄一个郁达夫啊，弄一个巴金啊，弄一个林语堂，把一棵树上上下下全摸索一遍。（笑声）我们呢，弄了一下就累了，熬到硕士学位，大学里混到一职呢，就不做了。我们的很多同行心胸眼界马上就开阔了，一下子从一棵树就跳到全世界了。平原兄呢，比较本分，他挖一块地。刚才讲小说史，一块地有时候还不大对，他有时候还挖一条线，他就沿着他那条线一直走下去，凡在他这条线上的东西，他讲得很清楚，旁边他暂时不看，先这么做下去。平原，要是"诬蔑"你了，你接下来要纠正。（陈平原：没关系，随便你说。）（笑声）

第三种方法呢，我就跟我的学生说，有些人是这样的，他跑到花园里，不知道为什么，在东边摘一棵花，西边摘一棵树，那边取一块石头。你开始不明白他要干什么，这些花和石头表面上是没什么关系的。可是，他把它拉起来一讲，哇，你发现可以讲出一个道道，可以有很大的启发。这是谁的做法？（王德威：是我吗？）（全场大笑）我没说，人家笑。我开始很想学这个方法，我觉得这个方法比平原那个方法省力。他那边挖得很辛苦。我1988年初识王德威教授，在香港大学开会，我当时的论文是讲一部《血色黄昏》，他的论文是讲"原乡神话"，讲莫言，把几个不相干的人拉在一起。这是上个世纪的事情。（笑声）真的是上个世纪开的会，记得吧？（王德威：莫言、李永平，是那次吗？）对，我那个时候还不知道谁是李永平。（王德威：沈从文、莫言、李永平，还有一个台湾的作家宋泽莱。）他就是把几个我没想到可以放在一起的人放在一起，讲出了"原乡神话"这么一个题目。其实黄子平也是这个样子。但是这个做法呢，我跟我的学生说，看上去简单，其实非常不简单。要是不对整个花园下面的整个地形了解的话，随便采几朵，跟第一种方法是没区别的，必须下面摸得非常熟，到处都知道，哪里有虫，你才可以跳出来看到。表面上看起来是随便采，其实是福柯的方法，他找几个点引出一条线，这需要过人的阅读量。王德威的阅读量，不要说我，陈平原也佩服。我记得多年前我们在台北开会时就私下议论，说他哪有那么多时间看这么多书。他台湾的小说看得多，大陆没有谁看台湾小说看得像他那么多，可是他看大陆的小说也比我们看得多。总而言之，我跟你讲，这个不是随便好采的。

我其实在想讨论"文革小说"的时候，这几种写法都想过，后来都放弃了。这里所谓"文革小说"，指的是国人后来写"文革"的小说，不是指"文革"期间的小说。如果挖一片地、挖一个"文革小说"，我数了数，有几千部作品，你怎么论，怎么写？你要跳出来找几个代表作品,怎么找法?不行。所以后来我想了一个方法,我的方法是什么呢?我基本上是折中的,我的方法是以他人的标准到花园里去选一部分花,然后我来评论这些花。我借鉴普罗普的方法,普罗普找了一百部神话,那一百部神话是别的院士选的,不是他选的,这是非常重要的事情。这样做可以避免"以论带史"。从一百部神话里面,普罗普总结出三十一个功能,搞出那么大一套规则,而这套规则,后来我的学生把它拿来套金庸,全部套得进去,几乎一模一样。假如拿来套中国的革命历史小说或爱情小说也套得进去。所以我把"文革小说"也这样改造了一下。这有点像我切饼你来挑,或者你切饼我来挑,有点像民主的三权分立,你立法,我执行。材料你找,我来评论,材料的来源我不负责任,这样我的评论才有价值。我举个例子:我在五十部作品里发现一个现象,十几部都写自杀。可是呢,再一分析发现,"文革小说"的主人公要么是知识分子,要么是官员,也有一些造反派或者农民。结果,我一查,十几个自杀的主人公全都是知识分子,没有一个做官的。你看,这个是很有趣的现象,对不对?可以讨论出很多东西。因为革命干部嘛,他们的信仰比较高嘛,再苦他们也不自杀嘛,对不对?他眼光要看得远。王蒙小说的主人公就不会自杀,只有傅雷这种人才会自杀,知识分子呢,眼光短浅嘛,骨头硬嘛,嘣,倒下了。但是我提出这个看法,它的前提是,这些文本不是我选的。假如是我选的,研究价值就打折扣,因为我很容易找一些对我有利的证据。因为说到底,官员少自杀,只有知识分子才玉碎,这其实是知识分子的集体的文学想象(为什么会这么想象,读者大众为什么会信,这就值得深究了)。现实历史中,官员如罗瑞卿,也曾自杀未遂。田家英、邓拓等,也是知识分子,也是官。

再说一个例子,我分析这些小说里面的男女相救。"文革小说"通常讲落难了以后,男的由女的救,女的由男的救。我发现男的落难了，来救他的女的，要么文化水平比他低一点点，要么文化水平比他低很多。干部呢，就找文化水平比他低一点，还能沟通的。王蒙写的干部就找乡村女医生。张贤亮就找"美国饭店"，风尘女子。总而言之，没有一个人找一个文化层次比他高的女性来救他。但是反过来，所有女主人公落难了，救她的那个男的，不管在哪个人的小说里，他的文化水平一定高于这个女的。《芙蓉镇》里边的姜文，《人啊，人》里边那个男的，想不出名字了，对不起。总而言之，无一例外，没有一个女的落难后，是找一个比她文化层次低的。偶尔有一个例外，就是遇罗锦的《一个冬天的童话》，不过到了《春天的童话》里她就把他离婚掉了。（笑声）而进一步的发展是，所有女的被救的时候，男的都是跟她讲思想，交流看法；而男的被救的时候，女的就是给他吃馍馍，或者米豆腐，不是马上上床的，通常都是先吃东西。再一个有意思的是，所有以女主人公为主的叙事，男的来救的时候，到了小说结尾那个男的还在，就是说他们在一起了，患难之间的真情后来谱出了很经典的爱情。而凡是男主人公为主的叙事作品，女的来救了，等到最后男的平反了，好了以后，那些女的最后全部自动 disappear。像马缨花最后就找不到了；王蒙的《蝴蝶》，男的走回到乡下（他已经是副部长了嘛）找到那个女医生说——跟我到北京去。女的说，我为什么要跟你到北京去啊，你为什么不能跟我继续待在乡下？那个女的就不走了。男的得救了以后女的都 disappear 了，这个现象，可以有很多的论证，女性主义的角度啊，中国人的集体无意识啊，大众的梦啊，等等。但是关键点是这个材料不是我选的，假如我是从我的观点出发来找一些论证的话，我觉得我的研究也讲得过去，但不是很 strong。而问题是我当时的材料根据是历年的得奖，受争议，销量最大，也就是说它是根据另外一个标准出来的，所以我相信，你越好地确定你的研究范围，多加了限制，我们得出的一些结论可能就越有意义、越有启发。

　　我还有一个叫我自己感到更惊讶的结论是我在写那本书之前完全没有想到的。因为这些小说里面通常都有工人、农民、干部、知识分子、造反派、右派，有各种各样的人物，我以为主人公是知识分子、干部、工人、农民，他一定是受害者，那一定就有人害他，这个时候造反派、红卫兵多数都是不好的。可是我后来把所有这些小说阅读下来，发现只要小说主人公有名有姓是红卫兵或造反派的，那红卫兵或造反派就是好的。换句话说，所有80年代中国以小说形式来记忆"文革"的这么一种东西，叙事者从来都没有怀疑自己的主场优势。这个看法我还是建立在"客观"材料的基础上。每一个都值得做，我是做得不够啦。很多人说我很闷，比如刘绍铭看完了，跟我说，许子东啊，这样的书一辈子写一本就够了。（笑声）也有人说我的标题很闷。我自己也很想再写下去，比如王小波啊，很多人都有更新的论述出来，而且我发现很多东西，我只是提到，没有好好地挖下去。我讲的方法就是这种方法，就是既没有能力把一块地彻底翻过来，也没有能力在了然全局的情况下点划几块。我的方法就是请人帮我，比方说拜托啦，把里面紫色的花，全部拿出来，我就来做一番这样的分析，这就是我的方法，大概不是很好的小说史研究的方法。但是还了我的一个凤愿。什么凤愿呢？我可以跟大家交代一下，就是我为什么老盯着"文革小说"不放呢？我的老师钱谷融教授，在我刚读书的时候跟我讲过一句话，就是写东西可以不写就不写，什么样的情况一定写呢？生活中有些事情、有些感觉你怎么也忘不了，那你就把它写出来。我有什么事情是生活中怎么也忘不了的呢？在1966年，有一天，我的家里第三次被抄家，那是半夜，北京来的红卫兵，全家抄遍了，找不到我父亲。我父亲呢？我的成绩跟王德威没法比，可是我的父亲却和王德威的父亲一样是"国大"代表，我们有点相似，只是他那个"国大"代表早早地离开了，我父亲1949年后留在了上海。他觉得世界上没有一个政权会比国民党更腐败了。（笑声）红卫兵翻了半个小时后，才知道我父亲穿着睡衣，从水路管爬到楼下的一个花园里，躲在那里。那时候我父亲70岁。后来他被抓出来了，站在那里被批斗，还戴着睡帽，很滑稽的样子。我还记得那个红卫兵，十几岁，问了我很多问题，比如年龄多大啊之类。最后她用很灿烂的笑脸——她长得很漂亮——跟我说：小朋友，你是有希望的，你是可以教育好的子女，你还没有受污染。当时听完这个话以后，我心里很高兴，我一点都不恨红卫兵，我到现在还记得，那个时候一点都不恨她。只是，后来我看到父亲穿着白的棉毛裤站在那里，我心里很难过，我不知道我为什么难过。这件事情给了我极深极深的印象，到现在我半辈子多都过去了，还没有忘掉它。而我看过的那么多小说，还没有写到过类似的感觉，所以我觉得有一个夙愿没有完成。我自己想写，但是他们说我缺乏形象思维。（笑声）后来我就想我写不好，我就看看人家写得怎么样。所以，这就是我要交代的我的"伪小说史"研究的动机。谢谢大家。（掌声）

陈平原：许子东说他的小说史越写越没有信心，我觉得一个例证就是我们自己。从80年代，我和严家炎老师、钱理群老师、吴福辉、黄子平、洪子诚先生，六个人合作写20世纪中国小说史，1989年第一卷出版，2006年第二卷还没出版。（笑声）我不知道什么时候能写完。但是不管怎么说，在写作中，我们个人性格很强，主体性很强，所以很难做成像许子东所嘲笑那样，有一个人挂头，回头管理那一片，我们做不到这一点，每个人都有很强的主体性，合在一起的时候，那套书是很难写的。

　　我只能讲我自己的小说史研究的一些体会。诸位肯定会注意到一个事情，就是作为新红学的创始人，胡适曾经说了一点：他读了很多遍《水浒传》，都没读完，读到中间就岔开去了。然后，晚年还说他研究了一辈子《红楼梦》，发现《红楼梦》还不如《老残游记》。为什么？人家老嘲笑他没有感觉，后来胡适非常愤怒，在50年代给朋友写了一封信，他说他们不明白我是做文学史的，我不是做文学研究的。在他看来，文学评论或者文学研究，和文学史是两种不同类型的研究思路。文学史研究会强调演进、注重实证，文学研究会注重强调片段，强调品味、感觉。而我想说，有没有可能把注重感觉的那种审美的批评和注重实证的那种历史的叙述结合在一起？这起码是早年我做小说史一开始的宏伟志愿，想这么来做。在具体操作中，有几个设想，有的做到了，有的没做到。有一个做到的是，诸位如果念我们这个专业的都会知道我的博士论文《中国小说叙事模式的转变》，那本书出了以后到现在为止，我还不断被人家问一个问题就是，你为什么不接着往下做？因为很多人说，小说叙述模式的转变做得不错，为什么不做30年代、50年代，为什么不做明代的叙事模式、唐代的叙事模式，为什么你跑了？做完那个以后，我没有再做叙事模式。我说有几个原因，其中一个原因是，我发现叙事学，不足以完成我所设想的小说的研究，叙事学在一个很完整的很好看的体系里面掩盖了很多东西。小说的写作不仅仅是叙事，当然从叙事学角度，我说叙事时间、叙事角度、叙事结构，以及各种各样关于叙事的理论进来以后，我能判断，一部在叙事学上非常完整的小说，我知道它不是好小说，但有些好小说我没办法用叙事学来解说它。所以做完以后我才说作为转变时期的论述，我来理解传统小说如何向现代小说转变过程中形式的因素很重要，叙事的因素很重要，我抓住这个来做就行了。叙事学只帮助我完成了描述传统小说向现代小说过渡的那个过程，如果我纯粹做叙事学的研究，又要研究《红楼梦》，又要研究《金瓶梅》，再来研究鲁迅和莫言、贾平凹，我相信我的小说史研究会做得特别乏味，所以我觉得不够。因此你们会注意到我第二本认真做的其实是一个类型的研究，就是《千古文人侠客梦》。《千古文人侠客梦》想建立一个模式，就是类型研究中的形式层面和文化层面，或者说内容层面，二者如何交叉。换句话说，我假定每一种形式背后必定有它相适应的内容，所以我会把武侠小说类型的写作分解成若干种功能，功能和形式之间的对应，以及后面的文化层次的解读，比如仗剑行侠，我讲武器；比如浪迹江湖，我说行旅、启悟等。就每一个问题都力图兼及叙事的因素、形式的因素和背后的文化因素。做完类型研究之后，第三步我做得比较多的是文体。小说的文体与散文的、诗的文体，它们之间的差异，这个问题，我一直在做，还没有做完，但陆陆续续在做，把叙事学的、文体学的、类型学的三者合在一起来解读我所理解的小说。这是我想做的努力，做了若干部书，但现在还没有很美好地解决这个问题。

第二个我一直在努力的是打通古今。我进来的时候是因为一个特别的状态，我的导师王瑶先生，他早年跟着朱自清做中古文学，50 年代以后转为现代文学。我跟他念书的时候，很大程度我们是在谈中古，因为现代文学我自己写作就差不多，所以我跟他讨论比较多的是阮籍、嵇康、陶渊明，他晚年喜欢谈这些问题。也许在我的师兄弟里面，我是比较多兼及古代的，所以我选的题目讲晚清也是这个原因。把晚清作为一个桥梁，把古代中国和现代中国先沟通，以后的研究你会发现我写中国小说史，是从先秦讲下来的，一直讲到当代，力图假定中国小说并不是截然分别的两段。古代小说和现代小说之间有很多回应、有很多回声。比如谈金庸，你不谈唐传奇不行；谈《红楼梦》，你不知道今天一大堆对《红楼梦》谜题的重新述写、反写的话，也不行。其实，中国小说中有一个变化确实是西方小说对中国小说有所影响，小说史的研究博士阶段，也许可以做一个点，但是作为一个长期的研究计划，我觉得小说史研究确实应该古今贯通。像王德威现在做的梼杌，其实也是力图把从古到今的中国小说重新理一遍。以前我们假定"五四"以后我们受西方小说影响产生了决定性的变化，我们这些人对这些论述坚信不疑，后来我们越来越发现其实晚清小说的变化，晚清小说跟此前的章回小说，章回小说再跟以前的传奇、笔记存在着关系，我们越来越意识到也许中国小说不见得非把它打成两段不可。作为具体的研究课题，你可以做唐传奇，你可以做明话本，你可以做"五四"，这都没问题。但是观念中必须意识到小说这个文类它是自古到今一直存在的，它有各种变异，唐传奇是一回事，明清小说是一回事，或者文言的、白话的，有一大堆变异，但总的来说，假如研究小说的人，只管古代不管现代，或只管现代不管古代，都是一个遗憾，这是我力图做的，就是把古今之间的小说打通。

第三个想法是，不知道诸位有没有读过我那本书，叫《中国散文小说史》。当年，他们做课题，其实是"中华文化通志"这个项目要做的。我当时承接这个项目时提了两个要求：第一，允许我从古代写到现代，他们别人都写到辛亥革命，就我要写到现代，就是我刚才那个思路，小说不是能够抽刀断水的。第二，允许我把两个文体放在一起讲，就是散文、小说里面的笔记，在我看来是理解中国小说的关键，也是理解中国散文的关键。诸位知道笔记可以是小说也可以是散文，这是一个很特殊的文类，在西方文学史上不必考虑这个问题，但在中国文学史上必须考虑一个问题，有一种介于小说和散文之间的特殊文类，使得它们之间得以沟通对话。

所以，我要写的话，允许我把小说散文一起写，然后用散文来看小说，用小说来看散文。这样来讨论问题，因为诸位，在80年代，我们有好多先生提出一个问题——中国小说不是从史诗流传下来的，中国小说是从历史写作里面出来的。我们以前过多地考虑神话，我觉得是不对的。神话是母题，而叙事方式是史书，从《左传》《史记》这么下来，影响我们的小说，所以在晚清的时候还一直在说，我们的小说写得好，我们是史迁笔法，包括林纾的翻译都是史迁笔法。司马迁的历史写作后来影响了散文，也影响了小说。中国人的叙事能力是从历史著作中学得的，所以我会将散文和小说两个文类放在一起讨论。我还会提醒诸位，可以把小说和戏剧两个文类放在一起讨论，强调它的叙事性，可以把小说、叙事诗和说唱等放在一起来讨论，就是弹词啊，这些东西放在一起讨论。换句话说，也许我们必须打破那种把小说当作单个文类的看法，而意识到中国的叙事的特殊性，叙事可以在叙事诗，可以在说唱，可以在戏剧里面得以体现。这样来理解小说，小说的观念会更加宏大，以后做研究会更加有趣吧，然后才能够实现像许子东所描述的那样左右逢源，上下其手。

　　然后我给许子东做一个小小的补正，我觉得他对王德威的描述不是很准确。写单篇的文章，确实可以是抽样的办法，一个世纪中的，一个世纪末的，一个马来西亚的，写文章可以这么做。但是，你看他的《被压抑的现代性》，也是一个小说史的写法。其实还有一个问题，写单篇的论文和写专著是两回事情。写专著的话，相对来说，在这个特定的范围内，不管这个范围多大，你都必须扎死寨打硬仗。在这个范围内我必须解决，只不过因为你的理论框架的设定使得你的侧重面可以不一样。假如写文章，我以问题为中心，确实可以纵横驰骋，那样的话会更加自由。当然还有一个问题，上了几次课后，同学们就跟我说，确实国外学者的研究跟国内的学者有差异，包括他要面对的读者，是非汉语的研究者，他不能用像我们这样的写法。还有他要面对的学生，他也不能像我们这样要求学生阅读特别多的著作。所以，其实我们各自所处的语境、面对的学生，使得我们的研究稍微有点差异。我想这样来说，可能更合适一点。

最后补充一个材料。说到"小说"和"大说"，我给你提一个小小的补正。1914年，当时的《小说月报》编辑恽铁樵写了一篇文章，说现在完蛋了，自从梁启超提倡小说界革命以后，小说变成大说了，我们没办法用轻松愉快的姿态来写小说，我们把小说当大说来写。这也许是后来词义发展的一个先声吧。好了，谢谢！（掌声）

问答（节选）：

陆胤（中文系古代文学05硕）：王老师您好！我的问题主要是针对您的晚清小说史的研究。我注意到您的小说史研究从80年代开始，其实是从小说类型角度进入的，都是针对鲁迅的，比如"谴责小说""狭邪小说"等。在您的《被压抑的现代性》那本书中，虽然您说您主要关注的问题不是文类研究，但是它的结构仍然是以四个文类为主要框架的。那么您如何评价作为文学史家、小说史家的鲁迅的研究在当时及现在的意义？与此相关的是，您在现代文学研究中似乎一直把鲁迅作为一个阴影，或者是作为一个需要去克服的对象。比如您把他总结为写实主义传统的代言人，而并不是像普实克、夏济安那样把鲁迅看作抒情作家。那么您是否有这样一个倾向——把鲁迅看成是一个需要克服的障碍，而不是一个我们今天讨论的抒情传统所能包括进去的对象？谢谢。

王德威：这是一个非常精彩的问题！首先我对鲁迅的《中国小说史略》非常敬佩，而且我在书里一再说明，作为一个世纪末的文学史研究者，我不再去积极追求那种超越、那种以革命的方式把前人的理论全部推翻。我不再去追求那种自我表现式的、英雄式的史观。相对地，我觉得鲁迅的见解非常精彩。事实上我所碰触的四个类型，有三个都是在鲁迅影响下做进一步的延伸，做更细腻的辨正，如此而已。当然对于科幻小说，我有自己的见解。在这一点上，鲁迅对我的影响非常大。但是对于类型，与其说是传统定义下的文类，不如像刚才陈教授所提到的，把它当作一个文化论述模式的虚构的表征。我觉得"文类"这个词已经被污名化了。有时我们很呆板地把它当作一个文类。比如武侠小说，我把它加以延伸，把武侠与正义、律法等问题相联系，当作转型期间的一种知识体系的想象的表达方式，这是我特别想要完成的工作。我在书中反复强调，每一个所谓的类型，其实与我所关注的20世纪的大型论述，不论是知识、正义、欲望，还是价值等，都是相互连锁的。在这样的眼光下看待这些类型，我们的收获会更多。我的"鲁迅情结"或没有"鲁迅情结"是一个很有趣的问题。我们都知道李欧梵教授对鲁迅有非常精深的研究，他把鲁迅从神坛请下来，变成人，这是美国鲁迅学研究的一个大的转捩点，时间是在1987年。在此之后，我一直有一个想法，我们必须承认，20世纪文学如果是一个多彩多姿的表现的话，鲁迅当然是一个不可忽视的巨人。但是他不必被我们当成是一个开头的"big bang"，一开始简直是惊天动地，从那以后，我们的中国文学史就是走下坡的；我们所有的研究，所有的历史看法，都是回声，都是鲁迅大师的回声。我觉得这大概也不必吧？这是我的一个看法。但是没有人在今天仍然能够运用20世纪初期的那种大叙述，刻意地去提出一种推翻式的论述。我觉得不必，也没有可能。所以鲁迅的抒情面向，我在讲课的第一讲已经特别标明了，他是讨论抒情性的一个很重要的源头，正是因为我们大家对鲁迅的认知已经如此根深蒂固，在那一天我就没有刻意地发挥，也没有在后来的专题讨论和演讲里继续发挥。回应你的问题，我就要讯问自己，我是不是在这样的"情结"下也刻意地遮掩了鲁迅的重要性呢？这之间和鲁迅的"搏斗"是一个不可说的问题。我为什么每次必须要把沈从文抬出来呢？（笑声）这里面的问题大家自己去体会。

彭春凌（中文系现代文学06博）：我想请教王老师的问题，就是对"历史"这一概念的表述，在您的论文和专著中好像有一些差异性。一方面，"历史与怪兽"，"历史的暴力"，好像历史是与个人相对的外在化的一个范畴。另一方面，您在《被压抑的现代性》里又说，小说是呈现20世纪现代中国人精神状态的一种物质载体，如果这种精神状态也是一种历史的话，那么这个历史是不是一种内在化的东西？在您这两种阐释之中是否存在差异性？怎样看待这种差异性？谢谢。

王德威：历史是一个太大的话题。尤其是在这样一个语境里，历史所展现的不言自明的具有目的论和始终论倾向的大规模的宏观的历史观问题，恰恰是我们在做历史研究，尤其是文学史研究时要去面对以至于去克服的问题。我在今天一开始就讲到了文学与历史错综的辩证关系。我的意思当然是把历史当作一种文化的行为，不把它当作一个天经地义的、亘古以来我们就得去遵从的唯一路向，尤其是以粗黑的大字不断号召出来的历史观，我觉得大可不必。在人类的文化情境里——这个情境是可以不断改变的——我们回顾过往，还有投向未来的憧憬的时候，用叙事的行为所编织出来的一个起承转合的论述，这是我所谓的历史的脉络。这个历史的叙事不见得就是小说。当然我今天特别把小说的叙事行为标明出来，我认为在20世纪历史不足的地方，可以由小说来填补。但是回到一个更大的规模里，历史观念不见得就是用小说这样一种叙事行为承载。在我们今天的视觉媒体里面，甚至一出连续剧，或者我们内心对过去和未来想象出来的一个有意义的叙事模式，都是我们进入历史的不同的门径。所以不需要把历史变成一个不可抗争的雄伟的东西，而是把它当成我们在任何文明里不断去辨正、不断去思考的一个看待过去和未来的行为。谢谢。

谢俊（中文系当代文学 06 硕）：我想请教许老师的是刚才提到的"文革"文学的写作，特别是红卫兵形象的问题。这里有我个人的经验。我读了几篇小说，包括郑义的《枫》《重逢》，还有冯骥才的《铺花的歧路》，这三篇小说中的红卫兵形象并不像您所说的是完全的好人或坏人，而是有很丰富的内涵。这几篇小说在当时也比较流行。不知道您有没有把它们列入您的考察范围中？我在想一个问题，就是您这样的研究方法，如果碰到一些意外的材料，您会怎样处理？

许子东：你提到的三篇小说在我的书里都有讨论。郑义的《枫》在当时还曾拍成电影，但很快就被禁了。它讲的是一男一女两个高中生相爱，在武斗时男的一派攻上去，女的就从楼上跳下来。他们是相爱的，但跳楼时喊的当然是"主席万岁"。这个电影后来被禁了，我不知道为什么在 80 年代这样的故事不能讲。《重逢》是讲一个造反派，后来倒霉了。他多年以后碰到"文革"中批斗过的一个干部。那个干部其实在"文革"中也做过不好的事情。造反派后来受到了惩罚。小说的叙述角度是同情这个造反派的。我不是讲好人坏人，这一类作品不涉及好人坏人。我分析的"文革"小说里只有一类是有好人坏人的，就是像古华的《芙蓉镇》、戴厚英的《人啊！人》之类作品。套用王德威教授的说法，他们"想象""文革"的方式，是把"文革"看成少数坏人害了多数好人。一旦有坏人了，事情就好办了。因为坏人的出现，可以帮助我们大众消除心中对"文革"的犯罪感。"文革"当中谁没有被人整过，谁没有整过人？有几个人能够说没有整过人。所以"文革"结束后有几个人被拿上祭坛，这是非常重要的。这起到了"为了忘却而去记忆"的功能。

　　另外一类关于知识分子、干部之类的作品，就已经不讲好人坏人了。它讲的是坏事怎么变成了好事。就像王蒙作品中一些干部曾经做过坏事，在"文革"中也受到惩罚，但他反省过来了，从此得到大彻大悟。还有一类是像张贤亮那种描写，是所谓"天将降大任于是人也，必先苦其心志……"，经历了坏事，但最后变成好事，走进大会堂，就感谢当初的马缨花，等等。你刚才提到的几个作品基本上属于红卫兵、知青叙述。他们的作品里没有价值判断，没有好人坏人这个概念，整个主题就是一个：我们，或者我，做了很多错事，但我决不忏悔，反反复复地强调决不忏悔。这些作品艺术上有高下。平原兄刚才讲得很重要，这种叙述方法的研究有一个很大的不足，就是把艺术质量很不一样的作品放在一起来讨论。用这样一个讨论方法你就会发现他们的共同点，他反反复复强调我做了那么多错的事情，但是我不忏悔。我隐隐地觉得，老是说"我不忏悔，我不忏悔"，是否也是一种变形的忏悔形式。（笑声）因为到今天，二三十年过去了，"文革"到今天的时间，差不多等于"五四"新文化运动到1949年，整体上讲现代文学的时间，就是"文革"到现在的时间。可能今天你去火车站，去飞机场，还可以看到这一类的书，像红卫兵、忏悔等红色记忆的东西，是几十年不消退的，它一直存在。所以我觉得坐飞机的这些人一直有一个忏悔的需要。（笑声）通过这个东西，每次想想当年我曾经怎样。对于这个问题，当然可以有很多不同角度切入，比如心理分析、文化人类学等。我只是关注这个现象。

　　另外你提到意外材料怎样处理的问题。其实我在阅读时最希望碰到意外材料，我最希望碰到的一类作品是我解释不了的，然后我试图去解释。比方说有很多关于"右派神话"的作品，但突然出现了一部王安忆的《叔叔的故事》，把"右派神话"解构得非常厉害，我很高兴。有很多关于女性主义的创作，突然来了一部

《玫瑰门》，又可以用女性主义来读，又不能这样读。这些解释不了的作品，恰恰是最有挑战性的。陈平原教授刚才讲，中西方研究有一个不同。我自己的体会是，中国的文学研究是从问题出发的，从现象出发的。研究的初始动机就是说：怎么啦？这是怎么回事啊？为什么这样啊？我们要怎么来解决这个问题啊？而我理解的海外很多学者的研究，主要是从方法出发的。就是说我有一套理论，我用这个理论来检验很多不同的现象，然后我得出一个和原来的解释稍稍有点不同的结论。我可以用巴赫金来解释某一个问题，我可以用福柯来解释中国"毛语汇"的问题，我可以证明这理论有用，进而得出对原来现象解读的新的看法，那就非常有收获了。我在做这个尝试的时候想，有时候，我们除了在证明这个理论有用甚至提出新看法的时候，也反过来看这个理论本身。有时候这把刀碰到某一块石头就卷了，这也许是最需要我们花工夫停下来的时候。比如用叙事学的理论来检验某些作品时，最有趣味的就是解不通的时候。这也是做学问有意思的地方。（掌声）

邓函彬（中文系当代文学 04 博）：刚才几位老师谈到小说史的问题。就像王德威老师所说，"文学"和"史"两个词放在一起，有的时候是有矛盾的。就它的偏重而言，好像更偏重"史"的一面；而艺术史的偏重点则是在"艺术"方面。为什么我们的研究会出现这样的情况？文学史研究会不会出现和艺术史一样偏重艺术方面的著作，比如偏重小说，从艺术的角度去考察小说的演变，而不是从文化层面。为什么现在没有？以后会不会出现？想听听各位老师的看法。谢谢。

王德威：关于文学和历史的交错，我同意你的看法。我所接触到的大陆出版的大部分文学史著作，基本是偏重历史叙述，而且有一个非常清楚的历史脉络，一个非常清楚的意识形态的脉络。这些书其实很好读，看了目录就可以知道它的起承转合的逻辑性在哪里。当然这几年有很多不同的写作方式，包括我昨天看到一本关于"欲望"的书，作者是程文超。（陈平原：他是谢冕老师的博士生，到中山大学工作，不幸在去年去世了。）他是从欲望的角度切入看当代文学的转折，这是一个突破。所以在这一点上我同意你的看法。至于怎样松动文学史的基础，能够把对文学本身的想象，乃至于审美的层面提出来，这是我们大家共同努力的方向。这就回到我们前几次的讨论中所提到的，作为一个文学专业的读者，我们的基本功夫是细读文本。对我们而言，作品可能有好坏之别，但有的时候坏作品也能够激发出精彩的阅读成果。我在读晚清小说的时候，期望做到这一点。因为在国外有太多的客观限制，比如材料不足等，这反而促成我在文本阅读上可以多发挥出心力。我仔细读了《品花宝鉴》《花月痕》等作品，大做文章，有的时候觉得有心得，有的时候觉得稍微要夸张一点。这似乎也代表了我个人和当下主流的文学史论述的一个区隔。我觉得审美的层次还是要注意的。我要提出的一点，在北大特别是有意义的，就是林庚先生的《中国文学史》。这是在"史"和"审美"层面上具有相当精致的对话性的一部作品。试想哪一个作者能够把"黄金时代""黑暗时代""启蒙时代"放在一起。这本文学史的脉络是跳动的，它不是真正地从开天辟地开始，而是用后面的资料讲前面的事情，用前面的事情照应后来的发展，这是很见个人情性的做法，也许并不符合主流的规范。这本书的存在，我想可以间接地回应刚才这位同学的问题。

许子东： "小说"和"史"两个并重的是王德威，看上去比较重"史"的是陈平原，比较重"小说"的就是我。（全场大笑）但这或许是表象——平原研究的是"小说的历史"，是形式、文类、叙事方式变化的历史。我在文本中其实更关心"小说中的历史"，尤其是无法用其他方式仅可以用小说来叙说的某些当代历史或伪历史、伪记忆。当然他们花的功夫深，学问做得大，这点很明显。

陈平原：这其实是由论题决定的，就要看你在写什么样的东西。比如你写一部文学史，不管是大的文学史、小的文学史，还是断代文学史，一定偏重于史。但如果你做偏风格的、叙事的研究，那样必定偏文学。除非做得不好，做得好的人都会考虑这个问题。刚才王德威所说的情况，其实大陆许多人是因为写教材写坏了，结果就是许多人写起著作来都像是写通史。通史的写作、通史的趣味，不是以问题为出发点来展开论述的。假如以问题为出发点，就会以诸如"欲望""性别""国家想象"等问题展开。只是因为现在写文学史的人都是大学老师，大学老师要讲课，讲课的同时还要编教材；编教材，写久了就很容易变成这个样子。在他的论述范围内，巨细无遗地铺排出来，那不是一个好的办法。所以我说这是 50 年代大编教材落下来的一个毛病，现在还有很多学者在这么做。最近几年因为我们要做大课题，我们北大的口号是要造大船，小船不要了。大船怎么办？必然是很多人一起来；很多人一起来，必定要写成通史；写通史，必定成为这个样子。所以这是体制决定的。当然具体的教授、具体的研究者他们要是把握得住的话，他会知道该怎样做。

张帆（社会学系人类学专业 06 硕）：三位老师好。老师们刚才一直在讨论文学和史之间的关系，我很好奇文学和人类学之间的关系。也就是说，在文学史研究内部，可能常常是 text 本身的研究，包括陈平原老师提到的叙述模式以及许子东老师提到的自杀主题等，往往都是文本内部的历史。而人类学研究，文本常常是一个宏大的 context 下面的一个象征，或者一个符号，我们的重点可能是对那个 context 的研究。我想问三位老师如何处理内部的历史和外部的历史这一问题。

王德威：文学史和人类学的关系，尤其是在现当代文学研究中是非常密切的。在英语学界里，人类学从外延的层面，甚至田野方面的工作给予我们新的刺激，是毋庸讳言的。但我们也应理解，在人类学中比较属于后现代的这一支，往往认为 context 也必须是我们的 text 的一种。因为当外来的人类学的观察者进入到一个原始部落里面，去叙事、去观察、去做一个他所认为很客观的观看和述写的方式的时候，事实上那个被框架住的 context 已经是 text 的一种。这里边的互动也许可以提供出来作为参考。

彭春凌：刚才陈老师说中国小说的叙述传统是从史传而来的，我很认同这个观点。但是现代文学研究不讨论现代历史学家的著作。是不是只有文人或小说家的写作才算是现代文学？如果把其他写作都纳入研究范畴的话，能为我们的小说研究或现代文学研究提供哪些新的扩展的视野？

陈平原：你的问题是历史写作如何影响到小说。其实不完全是古代中国，现代中国从晚清以后，你会发现革命历史小说是一种叙事，通俗小说里的历史演义又是一种叙事。还有必须考虑到有些作品，现在很难说是小说还是散文。比如大量的自传、回忆录，星火燎原，还有各种各样的口述自传、革命历史小说等，这些叙事都兼及散文和小说。你可以说他们的本意是一个真实的书写，但所有的回忆都不可靠，所有的回忆都带有创作的成分。我记得钱锺书说过，中国人的想象能力一般来说不太好；而一到写回忆录的时候，中国人的想象力又太强了。（笑声）所以回忆录、自传和各种类似的写作中，会有兼及散文和小说的成分。这些东西很容易被大历史吸纳，就像我们知道写南朝史、北朝史都会用到当时的小说，《世说新语》会进入历史，今天很多人的自传和回忆录会进入历史。在这个意义上，历史和文人的写作之间是可以自由浮动的。关注这些问题就会明白，历史和小说之间还不断在对话，不只限于古代。

许子东：我有补充。其实文学史的写作模式，很多是排座次规定出来的，比如"鲁、郭、茅、巴、老、曹"。我曾参与《辞海》现代文学条目的修订，那时候我被他们拉去开了好几次会，规定谁多少字，谁怎么评价。最可气的是有三个人我们不能写，就是鲁迅、郭沫若跟茅盾。我们说为什么其他人可以改，这三个我们不可以写呢？他们说这三个是党史人物，不归我们做文学的人处理。（笑声）我想鲁迅参加过什么党啊？（笑声不断）我知道我们有些同行，在大学里策划文学史，开始的会议就是分章节、篇幅，然后就是排座次。而这个排座次很多是根据政治的原因，所以现代文学这几十年来在大陆成为显学，一个众所周知、大家又不愿意说出来的原因就是它是党的文化胜利史。在台湾之所以不愿意多讲就是因为它是一个失败史。所以巴金的集子到很晚才能出，郁达夫的书都是改名字才能出版。台湾是痛心啊，不能回首。（笑声）这个背景窒息了文学史的写法。其实仔细想一想，文学史的写法有很多种。我们现在想来想去都是以作家为主线的，而作家都是以有名的经典为主线的，包括生平、作品和文学影响。现在有很多人开始从杂志这条线来做。从《东方杂志》做，从《良友画报》做，这又是不同的文学史。还有一些所谓的断年份其实并不是很准确，讲了一些年份，其实里面都是一些论题。要真是规规矩矩讲年份，就一天一天地写。1932 年 1 月 1 日这一天，全中国的主要报纸的副刊登了什么样的文章。那样你就会发现，鲁迅的文章旁登的可能是香水广告，另外一边可能是鸳鸯蝴蝶派的小说。就是说你可以复原到现场去。就像我们今天看这个乱纷纷的世界，混杂得很，分不清楚。

张清芳（中文系当代文学 04 博）：我记得王德威教授曾经提到，夏志清先生说您继承了他的学术。我想请您具体谈一谈，您在哪种层次上继承了他的学术？夏先生 1999 年新版的《中国现代小说史》的序言是您写的，您对夏先生比我们熟悉。

王德威：我和夏先生的渊源是在 1986 年。那一年我们在德国开了一个会，也许我可以把这个故事讲得更复杂一点，大家可以付诸一笑。我在威斯康星大学做博士生的时候，有一次夏先生去演讲。在座的各位很少有人见过夏先生，除了子东和平原之外。他是一个不折不扣的老顽童。如果你问我继承了他哪一点，我大概没有那个勇气在公共场合第一次见到清芳同学就拉着你的小手，说你是个大美人什么的。（笑声）这是夏先生的风格。他是一位"语不惊人死不休"的老先生。到了八十五六岁了，仍然"活蹦乱跳"，这个词只能用在夏先生身上，他是极其活泼的一个人。我但愿有他五分之一的风格，我就觉得很高兴了。这一点我恐怕没有继承。在 1986 年的德国会议上，我做了一个关于近现代和台湾文学非常细腻的呼应关系的课题，夏先生当时注意到了。那是我们真正认识的开始。到了 1990 年，我仍然在哈佛大学教书，他希望接受他的邀请去哥伦比亚大学，那对我来讲当然是极大的荣誉，但也有非常非常大的压力。在以后的十几年里跟他有很多的互动。

关于我们的"同"与"异"，夏先生是一个坚决的反对主义者。我想我们今天，没有人像他那样还会把"左""右"分得那么清楚。另外就是他对新批评的传统、人文主义传统的大包容。我们这一代的学者身上或多或少都沾染了一些犬儒的色彩，就算是我们自命眼界更开阔，看到的世界、看到的人生更复杂细腻，可是可能不再像夏先生那一代，对人文主义信仰有那么坚定的信心。所以看他的《中国现代小说史》这部著作——这里可以间接回应吴晓东老师上次的观察——我觉得表面地去问他是一个左派还是右派，是一个极其浅薄的问题。因为夏先生在很多左派作家的作品里，看到了这些作家对人生的真切的感受和关怀。包括后来的《欧阳海之歌》《三千里江山》，他所做出的诠释，这里的很多同事是不能够比拟的。而另外一方面，他对沈从文、张爱玲的褒扬，是站在一个非常广义的、更复杂的中国现代人生的看法上所做出的结论。但愿我能继承他的这种包容性。

在分工方面，我觉得美国的汉学目前在分科系的方式上，太过分地强调门派，强调理论的师承，是一个很大的障碍。所以现在如何克服欧美理论强势的压力，这一点是我们必须要顾及的。夏先生所代表的那个阶段，是中国现代文学在欧美读者的眼光中nothing，什么都不是的阶段，他等于把没有变成有。那个时代，他运用大量比较文学方法——不管这种比较是否得体，运用大量的西方理论，是情有可原的。但这并不代表我完全赞成他的比较，赞成他的方法的运用。我觉得过了五十年之后，我站在他这个巨人——如果他是巨人——的肩膀上，我们应该有更广阔的视野才对，而不是像批判吴老师的那位学者，仍然是在分门别类，在讲你是你，我是我。在这个方面反而没有夏先生在那个时代所展现的那种大开大合的包容性了。我不知道是不是能够回答你的问题，但这至少是我个人的一些观察。

庞叔伟（中文系 06 硕）：三位老师好。我想请教许老师一个问题。您对 80 年代之后的"文革"记忆，尤其是一些释放个人记忆的"文革"写作，比如《动物凶猛》，后来改编为电影《阳光灿烂的日子》，这样一些文本有什么看法？谢谢。

许子东：《动物凶猛》包括在我那本书中。我蛮喜欢这篇小说，我觉得它写得挺好。它从少男的情欲在这种特定时代的转化的角度提供了对"文革"形成的某一种原因的解释。最新有一个小说叫《英格力士》，也有些新意。但我总期待着可以有更好的作品出现。因为这段资源太丰富了，有太大灾难，太多悲喜。我相信这是一个可能要很久才能挖得出来的话题。

另外，我看夏志清那部小说史，印象很深的就是他可能有很多东西没讲到，可是放下这本书，你清清楚楚地看到了一个标准，看到了一种价值观，看到了一种眼光。你就可以想象，凭这种眼光，看到别的作品，他会怎样评价。好像看到了一个人。这是我看很多文学史所看不到的。很多文学史给了我很多知识，教给我很多不知道的东西，但是我完全没法评判这个作者在这本书外面会说什么话，我不知道。夏志清这本书给我这个力量，这是我很向往的一个境界。

　　陈平原：谢谢王德威教授，谢谢许子东教授，更谢谢各位同学的积极参加和提问。谢谢大家。（掌声）

（本文收入《许子东讲稿·卷二》，
北京：人民文学出版社，2011 年）

附录六

《白鹿原》中的神权、族权与政权

　　《白鹿原》是 20 世纪 90 年代最重要的长篇小说之一[1]，自 1993 年问世以来，持久受读者欢迎。陈忠实在作品前引用巴尔扎克的话："小说被认为是一个民族的秘史。"《白鹿原》写了六个历史时期：晚清时期、军阀混战时期、大革命时期、抗日战争时期、解放战争时期、"镇反"时期。小说基本格局在前两个时期，即晚清和军阀混战时期已经成形。第一章到第五章写的是 1910 年之前，第六章到第十二章大概写 1911 年到 1927 年。

　　毛泽东在《湖南农民运动考察报告》中有一段著名的论述：

　　　　中国的男子，普通要受三种有系统的权力的支配，即:(一)由一国、一省、一县以至一乡的国家系统（政权）;(二)由宗祠、支祠以至家长的家族系统（族权）;(三)由阎罗天子、城隍庙王以至土地菩萨的阴间系统以及由玉皇上帝以至各种神怪的神仙系统——总称之为鬼神系统（神权）。至于女子，除受上述三种权力的支配以外，还受男子的支配（夫权）。[2]

　　通过这一论述，读者可以对《白鹿原》有更深入的理解。按照《白鹿原》的描写，晚清时期，至少在乡村的基层，"政权"的影响力比较有限。白嘉轩设计买卖鹿子霖宝地，中医冷医生做中介，签约即可，并没有官员批准。农民贪财种鸦片，县令说要禁，却也贯彻不了。白鹿两家换地打架，甚至要打官司，结果白鹿书院的朱先生写一幅字送给两边，就讲和了。更重要的事件，比如第五章，白嘉轩主持重修祠堂，在祠堂内办学，而且有谁如果犯了赌、毒等违反乡规的事情，也在祠堂里执法、体罚。这些事情关系到乡村基本社会秩序，没有看到有清廷的官员来参与。

乡村"政权"具体开始出现是在小说第七章。辛亥革命后，"皇帝在位时的行政机构齐茬儿废除了，县令改为县长；县下设仓，仓下设保障所，仓里的官员称总乡约，保障所的官员叫乡约。白鹿仓原是清廷设在白鹿原上的一个仓库，在镇子西边三里的旷野里，丰年储备粮食，灾年赈济百姓，只设一个仓正的官员，负责丰年征粮和灾年发放赈济，再不管任何事情"[3]。现在白鹿仓变成了行政机构，不可与过去同日而语。保障所更是新添的最低一级行政机构，辖管十个左右的大小村庄。

作家对地方行政概念交代得非常清楚。白鹿仓的总乡约是田福贤，第一保障所乡约是鹿子霖。小说里，田福贤上面的县长换了好多个，但是国民党县部书记从北伐到1949年都是岳维山。

从情节上讲，田福贤、岳维山这些乡县干部一做二三十年，既没有调走，也没有升官，其实不大可信。共产党员鹿兆鹏（鹿子霖长子），北伐时已是党的省委委员、县委领导，30年代是红三十六军副政委了，可是十几年以后，到1949年，他还只是解放军十五师的联络科科长，也是为了使小说情节凝练的需要而没怎么升迁。这些人物几十年围绕着白鹿原战斗，为了争夺"政权"。读者并不在意这些细节破绽，因为小说的重点从来不是写岳维山、田福贤或鹿兆鹏的仕途，甚至关键也不在他们几十年的私人恩怨，小说的真正主题是"政权""族权"与"神权"三者之间的关系。

《白鹿原》之所以重要，就是因为这是一部试图从"族权""政权"与"神权"的矛盾关系来解析 20 世纪中国农村社会结构的小说。"族权"和"政权"的矛盾统一关系，直接体现在白嘉轩、鹿子霖两个财主家三代人几十年错综复杂、明争暗斗的历史中。《白鹿原》就剧情来讲，完全可以借用并扩展一下路翎小说的书名——"两个财主底儿女们"。

一

据说长篇小说第一句很重要，奠定基调。《白鹿原》第一句是："白嘉轩后来引以为豪壮的是一生里娶过七房女人。"[4]这里的关键词既不是"七房女人"也不是"豪壮"，而是"后来"。这是加西亚·马尔克斯的"多年以后……"的写法。

陈忠实有一大堆乡土故事素材，但写法技巧受到 1985 年寻根文学及魔幻现实主义的影响。在某种意义上，《白鹿原》是以《古船》笔法写出来的《红旗谱》。在思想上，这种当时出现的对中国乡村伦理秩序的再思考，和 80 年代海外新儒学理论的输入有没有有意无意的关系，也要仔细观察。

白嘉轩之前的六个女人都在婚后不久死去。某天，白嘉轩在雪地偶然发现一处有奇物异草，姐夫朱先生把异草解释成当地传说中的一个神话吉祥物白鹿。于是，白嘉轩就通过冷医生做中介，和鹿子霖做买卖，获得了这块不起眼的宝地。自从把父亲的坟迁到宝地以后，白嘉轩果然诸事一帆风顺：先娶了最后一任妻子仙草，接连生了三个儿子、一个女儿；又在岳父指点下种鸦片发财；然后主持祠堂重修，并办学堂。姐夫也称赞白嘉轩，说："你们翻修祠堂是善事，可那仅仅是个小小的善事；你们兴办学堂才是大善事，无量功德的大善事。"[5] 这时"白嘉轩确切地验证了自己在白鹿村作为族长的权威和号召力，从此更加自信"[6]。

在中国现代文学里，"族长"和"族权"的形象有一个从"可疑"到"可憎"的变化过程。《祝福》里坚持礼教的鲁四老爷对祥林嫂的悲剧有没有责任？《萧萧》里的长辈因为少读《四书》《五经》，没有把通奸偷情的童养媳马上卖掉。在《家》里，高老太爷当然是旧秩序的基石。不过黄子平也讨论过，"高老太爷临终时与觉慧的对话是最动人的一幕"，真正败坏礼教传统的是克安、克定一班人。[7] 路翎笔下的财主蒋捷三，比儿女们更坚持人伦底线，也更富有抗日热情。但到了《红旗谱》，冯老兰兼有土地权、宗法祠堂，儿子又是国民党司令的同学，所以封建"族权"和反动"政权"狼狈为奸，族长的负面形象渐渐成为模式，甚至成为"集体记忆"。张艺谋将刘恒小说《伏羲伏羲》改编成电影《菊豆》，故事背景搬到了民国早年。要惩罚侄婶偷情，法庭就是阴森森的宗族祠堂。

《白鹿原》不仅不同于早年当代文学中的"族长－地主"联盟，而且比现代文学中任何一部作品都更加正面描写"族权"的代表白嘉轩。整个长篇中，"政权"属于国民党等，有点被神话的"族权"却始终能与"政权"有些分离甚至抗衡。

白鹿祠堂重修以后的第一件大事，是在祠堂里办学堂。那么学堂又属于哪一个权力系统？其实学堂和三个权力系统都有关系。现代学校当然可以由政府办，白鹿原里后来也有官办的新式学校。但第三个权力"神权"也可以被广义理解为信仰系统，不只是"阎罗天子、城隍庙王以至土地菩萨"，因为信仰也依托于道德和知识（哪怕是不够正确的道德和知识），所以小说中的学校教育又和"神权"有关。这也是为什么小说里一贯英明的朱先生特别称赞办学堂比修祠堂更重要。

《白鹿原》中各色人物称得上主角的也有十来个：白嘉轩、鹿子霖、鹿兆鹏、白灵、白孝文、黑娃、鹿三、田福贤、冷先生等。但其中思维最清醒，地位最独特，看透所有政治人伦关系，甚至能感悟阴阳世界问题，几乎最不犯错误的就是"神权"代表——白鹿书院的朱先生。

白嘉轩发现宝地，是因为朱先生解图；方巡抚领清军进攻辛亥革命军，也被朱先生劝退；军阀刘军长围攻西安，亦是朱先生的预言导致他崩溃——至少是预言他崩溃；几十年变迁中，只有朱先生超然，得到各方势力或明或暗或真或假的尊敬。类似的例子，整个长篇，整个白鹿原上的近现代史，都一再证实。

理智上，读者当然也会怀疑朱先生的形象到底是不是真实可信，是不是"魔幻现实主义"中的"魔幻"部分。但是国人既然能相信诸葛孔明，为什么就不能假想（或者至少盼望）孔明在20世纪中国故事里也有一个传人？在小说里，谁认识朱先生，谁就会在各种争斗中获得一定优势。因为朱先生的功能太重要，小说出版后还有人试图找出朱先生的原型。朱先生在《白鹿原》里兼有认识魔幻（迷信）和具备知识（信仰）的双重能力。前者比如说领悟白灵，感知生死，小说里其他人也有梦中显灵、鬼魂附体等描写；后者比如研究县制，纵观天下，使得国共双方、土匪军阀都十分信服。

既懂魔幻神奇，又通知识书本，朱先生在小说里的功能就是把学校教育与"神权"信仰系统挂钩。这很特别，因为在其他革命历史小说里，学校都是祠堂与迷信的对立面。小学老师常是地下党（如《红旗谱》的贾湘农），宣传革命新思潮，反对祠堂文化。《白鹿原》里虽然鹿兆鹏也是新学校的校长，但朱先生的白鹿书院，似乎更有学术气氛，客观上与原上的"政权"和"族权"分庭抗礼。

《白鹿原》要想象和虚构这么一个"政权""族权""神权"权力制衡的局面，还要加上一个辅助因素——三者之间要有专业人士沟通。在《白鹿原》的各种社会经济文化活动中，冷先生始终严守中立，负责文书、手续、契约、信用、担保，处理重大官司、人事纠纷、红白喜事，假如有公共卫生事故，当然更要请他出面。冷先生将两个女儿分别嫁给鹿家长子和白家二子，与白鹿原"政权"和"族权"的代表同时保持亲家关系。

在小说的第一个历史阶段——辛亥革命前，两个地主，一个医生，一个校长，互相之间又有子女婚姻关系相连，形成了一个人事人伦关系网，维持着白鹿原的"政权""族权""神权"的暂时平衡。

二

但是到此为止，小说好像回避淡化了一个农村故事必须处理的重要矛盾。鹿三从秉德老汉当家时就在白家打工。主仆关系和谐，长工觉得找到好主人，地主也觉得找到好长工。白嘉轩和鹿三一起下地干活，家里事从不把鹿三当外人，白家独生女甚至认鹿三做干爹。《白鹿原》是否有意淡化阶级矛盾或者阶级斗争？

驯服的长工鹿三有一个强悍造反的儿子黑娃。黑娃虽然和地主的儿子们一起在祠堂读书，但就是不安心。在白家打工，也讨厌主人家腰板太硬，形象太正。他反而和鹿兆鹏关系良好。阶级身份和对这种身份的挑战后来对黑娃的命运有决定性影响。

小说第六章是全书当中最有和平气息的一章，不仅因为出现了辛亥革命，不仅因为白灵认鹿三为干大——矛盾调和，也不仅因为朱先生奇迹般地劝退了清军方巡抚，还因为朱先生为白鹿祠堂拟了一份乡约。乡约不仅书写在祠堂墙上，所有族人还都要背诵："一、德业相劝；二、过失相规；三、礼俗相交……"一时间小说中的民间治理秩序好像完全由"族权"掌控。

有两件事突然打破了祠堂里朗诵乡约的美好气氛。第一个事件是黑娃出外打工，带回来一个来历不明的风骚女人。小说第九章专门补述黑娃娶小娥的全过程。地主娶二奶为了"泡枣"。女人送餐递碗，手指触碰。半夜入房，小伙子初次性体验——《白鹿原》非常喜欢浓墨重彩地描述男人的初次性生活经验，后面还有白孝文新婚、白家三儿子娶媳妇等，都是强调男性生理角度。事情暴露，一番曲折，黑娃把小娥带回白鹿原。陈忠实的性描写不像王小波那么有间离效果，也不像贾平凹那样细密写实，主要特点就是强调处男感觉，反复强调。

写农民与地主小老婆的故事，是当代小说里的老桥段（与之相对，也有小说常写地主看中农民女儿）。但族长不准黑娃和小娥上祠堂，他们只能住在村外破窑。另一边厢地主儿子鹿兆鹏娶妻，比黑娃更加不幸。新婚次日就不与妻子同房，说是没有爱情。父亲、祖父到学校劝，鹿校长还是不肯回家见妻子。男人在新婚之夜就逃走的情节，似曾相识，《活动变人形》和《玫瑰门》都有。

并不是《白鹿原》里所有年轻人的婚事都在呼应其他小说，白孝文就是特例。他被父亲培养成一个极正经的男人，以至于初夜懵懂无知，后来是在别人的共同教导下终于开窍。但一旦开窍，势不可当。父亲、祖母只好警告新媳妇，赶快多照顾你老公的身体，身体要保重。"族权"下的家庭，充满关心，也充满管控，但再怎么关心和管控，《白鹿原》里财主的儿女们都会走跟父母不一样的道路。

第二个事件是暂时平衡的局面被一帮外来兵痞打破。军阀刘军长围攻西安城，派杨排长带几十个士兵到白鹿原强行征粮。他们把老百姓找来，进行射鸡（击）表演——将一排鸡吊在那里，一排士兵举枪打去，打得血肉横飞，一地鸡毛。田福贤、鹿子霖等乡官没法违抗，村民只好乖乖交粮。唯一的反抗行动，就是地下党鹿兆鹏找黑娃、韩裁缝帮忙，三人烧了军阀征粮的米仓。下面军阀排长虽然胡作非为，但是上面刘军长却很敬重白鹿书院朱先生。这可能是中国知识分子的一个美梦：不管什么样的政治势力都要尊重一个中立的文人。刘军长请朱先生算命，预测战局发展。朱先生婉转劝走了军阀。拖了几个月，军阀果真放弃围城。白鹿原渡过了一个难关。

军阀混战快结束之时，就是北伐胜利进军之际。小说用了一个非常特别的细节来渲染国共第一次合作的历史气氛：白家白灵和鹿家兆海在保卫西安时结下友谊，两人讨论前途，结果决定一人入一党，反正都齐心北伐。少男少女掷铜圆，白灵参加国民党，鹿兆海入了共产党。两人抱在一起，又以铜圆起誓，友谊变成爱情——这是现当代中国小说里最富戏剧性的一个瞬间。

在当代文学史上，《白鹿原》的第一个贡献，就是讨论"族权"有没有可能在乡村秩序下与"政权""神权"互相制约。其实也是探讨中国传统社会当中是否存在某种独特的政教分离模式。

小说的第二个贡献，是在茅盾之后，再次以比较写实的方式展现北伐时期的农民运动。鹿兆鹏介绍黑娃去了农民运动讲习所，历经数月的学习，回来以后就在各村组织农会，口号是"一切权力归农协"。小说中的农民运动做了几件大事：一是惩罚好色之徒，把和尚和碗客捆绑在戏台上，揭露他们的性罪行，群情激奋。与"性"有关的审判总是最引人注目。二是算经济账。批斗总乡约，让田福贤秘书招供账面上、台底下贪污了多少钱，这可是大家的血汗钱……于是民情再度激愤。但是鹿兆鹏校长掌握政策，没有马上动用铡刀。三是算文化账，砸碎祠堂当中的那些碑石乡约，打破精神枷锁。当然，祠堂里的学堂也顺带被冲击，不能让封建主义毒害乡村子弟。

三

1927 年，国民党叛变革命，屠杀共产党员和革命群众。田福贤回乡，在同一个戏台惩罚农协，吊打农民运动参加者，黑娃逃走了。这时，之前沉默的族长白嘉轩出面做了两件事情：第一件是修复祠堂，重拼乡约。朱先生称赞说这才是治本之策，言下之意：其他方式都是治标。祠堂重开的仪式由族长儿子白孝文主持——暗示这个时代的"族权"也可以世袭。第二件是白嘉轩当众跪求田福贤不要反攻倒算。也算是卖族长的面子，放过一些农民运动参加者。不过白兴儿、小娥还是被惩罚。到此，小说中非常正气英武的"族权"已经受到三次挑战：军阀射鸡表演、农会怒砸祠堂、族长跪求乡官。祠堂威信的建立和被损坏、再建立和再毁坏，是《白鹿原》一条非常重要的情节主线。

黑娃逃走后，先随革命军，后做土匪。小娥在村里受迫害就求乡约长辈鹿子霖保护。不想鹿乡约连哄带骗地占有了小娥。鹿子霖占有小娥不只是因为好色，他还要女人去色诱白家长子。白孝文眼看要成为族长接班人，鹿乡约想要打击白家和祠堂。

鹿乡约这段"政权"暗算"族权"的情节比较煽情，充满巧合，匪夷所思。但从长篇布局看，的确推动了叙事节奏，达到了令祠堂正义蒙羞受挫的叙事效果。鹿子霖和小娥的奸情被人发现，乡约又转祸于狗蛋。在祠堂上，白孝文和鹿子霖亲手鞭打奸夫淫妇。晚上鹿子霖搂着裸体的小娥说，鞭打在你身上，其实白嘉轩就是在打我的脸。

之后小娥果然色诱白孝文。但白孝文不像鹿子霖，他真的有点喜欢田小娥。田小娥到此为止，先后和郭举人、农民黑娃、鹿乡约、白孝文四个男人发生关系，在地主、土匪、乡官、族长接班人之间，她的身体就成了各派势力的竞技场。田小娥的身体先是凝聚着地主和雇农的阶级矛盾，然后又变成土匪和官员的斗争战场，接着又要成为小说中"政权"暗算"族权"的阴险工具。

而且，好戏还没完。白嘉轩坚守的祠堂文化已经接连被军阀、农会和总乡约破坏，但接下来的两个打击更加强烈：一是黑娃派土匪夜袭白、鹿两家，打死了鹿子霖的爹，重伤了白嘉轩的腰——黑娃小时候就嫌他的腰板太硬了；二是孝文和小娥事发，两个人在祠堂当众被施以鞭刑，培养已久的"族权"接班人毁于一旦。

白孝文卖地、卖楼、抽鸦片，很快就堕落成乞丐。在绝境时，他跟很多灾民一起去讨舍饭，因鹿子霖、田福贤介绍他到保安团当兵，绝处逢生。白孝文的前半生，就是在祠堂失败，然后投靠官府，最后成为小说中的实际胜利者。他的命运，是否也意味着整本《白鹿原》，写的就是"族权"对"政权"的不断妥协、抗争与失败的历史呢？

另一边厢，鹿兆海做了军官，入了国民党，回来碰到白灵，白灵却在大革命失败时参加了共产党。两个人位置换了，谈不拢了。比较吊诡的是白灵在地下工作当中居然要扮演鹿兆鹏太太。两兄弟爱同一女子，还要夹在政治斗争、谍战背景当中，更加残酷。

四

《白鹿原》1998 年在争议声中获茅盾文学奖。《白鹿原》在男女关系这一方面的描写，其实远远没有超过茅盾的自然主义。小说从第十四章到第二十八章，都写二三十年代的国共故事，抗日战争只有第二十九章。第三十章到第三十四章又是解放战争时期。所以国共在政治军事上的争斗是《白鹿原》最主要的政治背景。

祠堂族长白嘉轩开始对农会和乡官都不支持，象征知识信仰系统的朱先生对政治前途有更长远的忧虑。小说十九章写鹿兆鹏被捕，岳父冷先生拿出全部家当贿赂总乡约田福贤，鹿子霖也在一旁求情。田福贤把所有送来的钱都埋在一棵树下，然后向上级要求把共产党员鹿兆鹏押回白鹿原处理。结果他另外找了个罪犯顶替，放走了鹿兆鹏——被放走的鹿兆鹏想不通，问朱先生：田福贤怎么会放过我？朱先生劝这位地下党人赶快离开西安，不然救他的人全不得活。田福贤之所以承担风险放人，一方面是贪财，另一方面也是人情——冷先生的面子，还有鹿子霖是同党。

鹿乡约、田福贤、岳维山代表"政权"，白嘉轩、白孝文、白孝武修补"族权"，小说中只有一个朱先生在维系象征信仰系统的"神权"吗？其实朱先生的信仰工程得到两个女主角无意之中的帮助：一是象征白鹿的白灵。白灵之死，几个主要人物都有梦中感应，这是现实主义中的理想之光。二是田小娥后来被愤怒的鹿三杀掉，鹿三就被鬼附体，生不如死，这也是魔幻之笔。正值白鹿原瘟疫，白嘉轩的老婆仙草、母亲白赵氏都为鬼影所扰。于是村民们纷纷去拜被埋掉的窑洞。最后朱先生建议给小娥的亡灵建一个塔，给她压住——其实是化怪力乱神为信仰图腾——再一次证明了小说中的"神权"既是"土地庙和灶王爷"，又不只是"土地庙和灶王爷"。之前人人唾骂的小娥，现在化蝶让大家跪拜，"神权"作为朴素的乡村宗教，由迷信、知识和信仰共同组合而成。

"十七年文学"描写国共故事，主要是四种故事模式：一、农民运动；二、白区谍战；三、武装斗争；四、改造土匪。《白鹿原》一定程度上继承并发展了这四个模式。对农民运动，有多方面描写；写白区谍战，有真假夫妻；写武装斗争和土匪改造，都是旧情节新结尾。战场戏是红三十六军进攻西安，可惜因叛徒出卖而战败。改造土匪，就是鹿兆鹏上山找黑娃及匪首。土匪先投县保安团，后在白孝文、黑娃带领下起义。

从《红高粱》起，土匪在革命战争文学里扮演重要角色，深层原因是侠义传统在民间有深厚基础。《白鹿原》里黑娃既代表底层农民造反，又带领农会砸祠堂，再作为土匪游离于国共之间。白孝文和黑娃都是"先造反后招安"，回乡拜祠堂。"浪子回头"一方面显示直到40年代，"族权"在"政权"争夺与"神权"动摇之时，至少在形式上仍维持自己的道德尊严，另一方面也证明乡约族长腰板终究要和世俗权力妥协。假如孝文、黑娃不是骑马的军官，他们还能重回祠堂吗？

当代文学中，《红旗谱》中的中国农村社会结构模式影响深远。贫农－教师－共产党，对抗地主－祠堂－国民党，这个斗争格局，被很多作品继承与发展。《红高粱》加上了第七个因素——土匪，故事结构有所改变。《白鹿原》是更大规模地调整重组：还是六个因素，但是学堂和祠堂站在一起，并和政治斗争形成三角关系。土匪只是三角状态之外的一个游离的、次要的因素。

小说不仅论述了"政权""族权""神权"三者角逐的历史走向，也涉及了"族权""神权"后来逐渐败退的部分原因。不管怎样，到了90年代，有作家对中国20世纪的历史有了一些世纪末角度的回顾。陈忠实基本上就写了这一部小说，但已经够了。20世纪中国小说史永远都不会遗漏他的名字。《白鹿原》是中国当代文学的一个高峰。

从晚清到"五四"文学到延安文学再到当代文学，农民、知识分子和官员／干部形象一直贯穿在大部分中国小说里，而且三者之间的复杂关系有很多变化。最基本的关系模式是知识分子或愤慨、或无奈、或冷漠地看着官府如何欺负民众。愤慨如《老残游记》中江湖医生目睹并抗议官员（包括清官）胡乱判案伤害民众；无奈如《祝福》中的"我"眼见祥林嫂被政权、族权、神权、夫权束缚至死而无力援救于是自责歉疚；冷漠如《阿Q正传》中的阿Q最后被审判时，旁边有穿长衫的人虽然批评阿Q下跪是"奴隶性",事实上他们也是审判阿 Q 的有文化的帮凶……到了《红旗谱》时代，更简洁的关系模式是"士助民反官"：小学教师地下党帮助贫苦农民与地主及反动政府斗争……直到 80 年代余华的《活着》,福贵一家在厄运、环境和官员（县长夫人等）压迫下八死一生，很苦很善良，但也还有一个文青视角来转述老农民（其实也是地主儿子）的故事。

在《白鹿原》中，当然也贯穿有"士—民—官"三种人物形象，但具体到个人，却又常常超越典型的阶级共性（作品引来非议获得激赏皆因此）。比如白嘉轩，在祠堂教训体罚族人时，他是白鹿原的"统治阶级"，抗议或哀求军阀和国民党官员时他又代表了乡亲民众。黑娃和他大鹿三都是农民，一个忠于主人保卫礼教（还杀害不幸的田小娥），一个打坏主人腰骨，上山为匪，最后起义。谁才能真正代表农民形象？中国革命里的阶级问题，在《白鹿原》中显得特别复杂。小说里的"士"又至少可分成三类：一是小学校长鹿兆鹏及白灵等年轻人，由进步学生成为革命党（由"士"而"仕"，新的官员／干部其实大都是从知识分子发展而来）；二是以冷先生为代表的"专业人士"，不问政治只办文书、债务、法律，是农村里的"工具理性"；三是最重要的"神权"代表，就是朱先生和他的学堂，始终站在"政权"与"族权"之外，始终旁观各种政治斗争。所以《白鹿原》的基本模式也还是"士见官欺民"，不过"士"不止一类,"官"又有几种,"民"也不是一个整体概念。如何用"文学是人学"的原则来书写复杂的历史，《白鹿原》做了颇有文学史意义的尝试。

（本文发表于《文学评论》2021 年第 5 期）

注释

第一讲

1 黄继持：《现代化·现代性·现代文学》，香港：牛津大学出版社，2004 年。

2 [美] 王德威、陈思和、许子东主编：《一九四九以后：当代文学六十年》，香港：牛津大学出版社，2010 年。

3 陈晓明：《中国当代文学主潮》（第 2 版），北京：北京大学出版社，2013 年。

4 "以前谈百年文学避不开要谈民国文学。早在 2003 年，吉林大学张福贵教授就曾提出将中华民国文学作为现代文学的命名，同时主张将当代文学命名为中华人民共和国文学。显然那时候时机并不成熟。我是一直拖到 2009 年才在现代文学年会上重新提出百年文学的概念，为迎接国内即将开始的纪念辛亥革命 100 周年热潮做准备。2009 年 9 月，我在成都参加中国现代文学研究会第十届年会，做了一个《新旧文学的分水岭：寻找被中国现代文学史遗忘和遮蔽了的七年》的主题发言。"参见丁帆：《回到时代现场体悟文学》，《长江文艺》2016 年第 8 期。

5 参见丁帆、张福贵教授 2014 年做客杭州师范大学的共同对话，旨在探讨民国文学史的断代问题。

6 参见李陀：《当代中国大陆文学变革的开始》，《新地》1991 年第 1 卷第 6 期。

7 "礼拜六派"是出现于民国初年的文学流派。1914 年，鸳鸯蝴蝶派因以《礼拜六》周刊（1914 年 6 月 6 日星期六创刊，1916 年停刊，1921 年复刊）为主要阵地而得名。

8 [美] 王德威：《被压抑的现代性：晚清小说新论》，宋伟杰译，北京：北京大学出版社，2005 年。

9　1915 年 9 月 15 日，陈独秀在上海创办《青年杂志》，后改名为《新青年》（自 1915 年 9 月 15 日创刊号至 1926 年 7 月终刊共出 11 卷 63 期），掀起新文化运动，明确提出并且宣传倡导科学（"赛先生"Science）、民主（"德先生"Democracy）和新文学。

10　胡适编选：《建设理论集》，引自赵家璧主编：《中国新文学大系》第 1 卷，上海：上海良友图书印刷公司，1935—1936 年。

11　钱理群、温儒敏、吴福辉：《中国现代文学三十年》，北京：北京大学出版社，1998 年。

12　《中国现代小说史》一书先是用英文写就的。1961 年，夏志清《中国现代小说史（1917—1957）》由美国耶鲁大学出版社出版。第一本《中国现代小说史》的中译繁体字版本由香港友联出版社于 1979 年出版，刘绍铭等译。

13　参见余英时、陈致：《余英时访谈录》，北京：中华书局，2012 年。

14　李泽厚：《中国现代思想史论》，北京：生活·读书·新知三联书店，2008 年。

15　［美］林毓生：《中国意识的危机："五四"时期激烈的反传统主义》，穆善培译，贵阳：贵州人民出版社，1986 年。

16　参见李欧梵、季进：《李欧梵季进对话录》，苏州：苏州大学出版社，2003 年。

17　胡适：《胡适的日记》，香港：中华书局，1986 年。

18　胡适：《胡适留学日记》，海口：海南出版社，1994 年。

19　鲁迅：《呐喊·自序》，引自《呐喊》，北京：人民文学出版社，1973 年。

20　胡适：《海上花列传·序》，引自《海上花列传》，上海：亚东图书馆，1930 年。亦收入《胡适文存》第 3 集第 6 卷，台北：远东图书公司，1953 年。

21　《中国哲学史大纲》原是胡适留学美国哥伦比亚大学时的博士论文《中国古代哲学方法之进化史》，1917 年他据此编成在北京大学教授中国哲学史的讲义。1918 年 7 月经过整理，8 月蔡元培序，1919 年 2 月由上海商务印书馆出版。

22　王照：生于 1859 年，是近代拼音文字提倡者、"官话字母"方案的制订人。《官话合声字母》一书 1901 年在日本出版。后在北京修订重印，名为《重刊官话合声字母序例及关系论说》（北京官话字母义塾 1903 年版，北京拼音官话书报社 1906 年翻刻）。这是我国第一套汉字笔画式的拼音文字方案，声母、韵母共 62 个，采用声韵双拼的方法。

23　劳乃宣：生于 1843 年，是清末著名的等韵学家，曾出版《等韵一得》一书，也曾参与清末的切音字运动（即拼音文字运动），依王照的《官话合声字母》增订成《增订合声简字谱》。

24　胡适编选：《建设理论集》，引自赵家璧主编：《中国新文学大系》第 1 卷，上海：上海良友图书印刷公司，1935—1936 年。

25　胡适：《尝试集》，初版为民国九年（1920 年），由上海亚东图书馆印行，共出 14 版，直到抗战事起无再版。

26　《教我如何不想她》是由刘半农在 1920 年于英国伦敦大学留学期间所作，是中国早期广为流传的重要诗篇。参见《扬鞭集》节选。

27　汪静之：《蕙的风》，北京：人民文学出版社，1983 年。

28　《留美学生季报》是由一群留学生组建社团而创办的刊物。清宣统三年 (1911 年)，东美学生会编辑出版的中文杂志《留美学生年报》共出版了 3 期，后于 1914 年 3 月正式改组成为《留美学生季报》，为中国留美学生会会刊。《季报》每年 1 卷，1 卷 4 期，分别为春季号、夏季号、秋季号和冬季号，32 开本，由每年的 3、6、9、12 月在上海出版，共出版了 50 期。从创刊到 1916 年底由中华书局印行，1917 年后由商务印书馆印行，直至 1928 年停刊。参见唐德刚：《胡适杂忆》，桂林：广西师范大学出版社，2005 年。

第二讲

1　[日] 竹内好：《鲁迅》，李心峰译，杭州：浙江文艺出版社，1986 年，第 14 页。

2　《古史辨》全书共 7 册，1、2、3、5 册由顾颉刚编辑，4、6 册由罗根泽编辑，7 册由吕思勉、童书业合编。共收入 20 世纪二三十年代史学界研究中国古代史、考辨古代史料的文章 350 篇，计 325 万字。其内容包括对《周易》《诗经》等经书的考辨，对儒、墨、道、法诸家的研究，对夏以前有关古史传说、“阴阳五行说”的起源、古代政治及古帝王系统的关系的考辨和研究，等等。

3　[德] 恩格斯：《反杜林论》，原题《欧根·杜林先生在科学中实行的变革》，1876 年出版德文本。中文译本是 20 世纪六七十年代的必读书。

4　“五四运动”这个名词也是由罗家伦最早提出来的，他在 1919 年 5 月 26 日的《每周评论》第 23 期上用“毅”的笔名发表了一篇文章，题目就叫《“五四运动”的精神》。参见胡适：《纪念“五四”》，《独立评论》1935 年第 149 号。

5　张爱玲：《色，戒》，首载于台湾《中国时报·人间副刊》，1978 年 4 月 11 日。

6　胡适：《胡适来往书信选》，北京：中华书局，1979 年。

7　鲁迅：《呐喊·自序》，引自《鲁迅论创作》，上海：上海文艺出版社，1983 年。

8　瞿秋白：《鲁迅杂感选集·序言》，引自《鲁迅杂感选集》，上海：青光书局，1933 年。

9　毛泽东：《新民主主义论》，引自《毛泽东选集》第 2 卷，北京：人民出版社，1991 年。

10　鲁迅：《答徐懋庸并关于抗日统一战线问题》，《作家》月刊 1936 年第 1 卷第 5 期。

11　鲁迅：《华盖集续编·无花的蔷薇》，引自《鲁迅全集》第 3 卷，北京：人民文学出版社，1973 年，第 256 页。

12　[日] 丸山升：《鲁迅·革命·历史：丸山升现代中国文学论集》，王俊文译，北京：北京大学出版社，2005 年。

13　[日] 藤井省三：《鲁迅事典》，东京：三省堂，2002 年。

14　平心：《人民文豪鲁迅》，上海：心声阁，1941 年。

15　鲁迅：《我们现在怎样做父亲》，《新青年》1919 年 11 月 1 日第 6 卷第 6 号。

16　[美] 夏济安：《黑暗的闸门：中国左翼文学运动研究》，香港：香港中文大学出版社，2015 年。

17　[英] 赫胥黎：《天演论》，严复译注，北京：商务印书馆，1981 年。

18　鲁迅：《野草·希望》，引自《鲁迅全集》第 2 卷，北京：人民文学出版社，1981 年。

19　[日] 竹内好：《鲁迅》，李心峰译，杭州：浙江文艺出版社，1986 年，第 40—44 页。

20　鲁迅：《父亲的病》，引自《朝花夕拾》，北京：人民文学出版社，1972 年。

21　[美] 周蕾：《原初的激情：视觉、性欲、民族志与中国当代电影》，孙绍谊译，台北：远流出版公司，2001 年。

22　葛兆光：《禅宗与中国文化》，上海：上海人民出版社，1986 年。

23　[美] 丹尼尔·贝尔：《资本主义文化矛盾》，赵一凡、蒲隆、任晓晋译，北京：生活·读书·新知三联书店，1989 年。

24　鲁迅：《坟·我之节烈观》，引自《鲁迅全集》第 1 卷，北京：人民文学出版社，1981 年。

第三讲

1　[德] 顾彬：《莫言讲的是荒诞离奇的故事》，德国之声，2012 年 10 月 12 日。

2　李碧华：《"月媚阁"的饺子》，引自许子东编：《香港短篇小说选 1998—1999》，香港：三联书店，2001 年。

3　吴组缃：《官官的补品》，引自《一千八百担》，北京：华夏出版社，2009 年。

4　鲁迅：《影的告别》，引自《野草》，北京：人民文学出版社，1973 年。

5　张爱玲：《第一炉香》，香港：皇冠文化出版有限公司，1991 年。

6　鲁迅：《阿 Q 正传》，北京：人民文学出版社，1976 年。

7　周作人：《鲁迅小说里的人物》，石家庄：河北教育出版社，2002 年。

8　鲁迅：《俄文译本〈阿 Q 正传〉序及著者自叙传略》，《语丝》周刊 1925 年 6 月 15 日第 31 期。

9　[美] 夏志清：《中国现代小说史》，刘绍铭等译，桂林：广西师范大学出版社，2014 年。

10　[日] 竹内好：《鲁迅》，李心峰译，杭州：浙江文艺出版社，1986 年。

11　鲁迅：《肥皂》，引自《彷徨》，北京：人民文学出版社，1973 年。

12　鲁迅：《彷徨·伤逝》，引自《鲁迅全集》第 1 卷，北京：人民文学出版社，
　　1973 年。

13　[德] 马格斯、安格尔斯：《共产党宣言》，陈望道译，上海：社会主义研究
　　社，1920 年。

第四讲（存目）

第五讲

1　王国维（1877—1927），字静安，又字伯隅，晚号观堂，浙江杭州府海宁人。
　　与梁启超、陈寅恪、赵元任一同被称为"清华国学四大导师"。著有《〈红楼
　　梦〉评论》《宋元戏曲考》《人间词话》《观堂集林》等。

2　《现代评论》1924 年创刊于北京，1928 年停刊，共 9 卷 209 期，另有增刊 3
　　期，由陈源、徐志摩等编辑，主要撰稿人有胡适、徐志摩、唐有壬等。

3　陈西滢（1896—1970），名源，字通伯，江苏无锡人。1924 年与徐志摩等人
　　创办《现代评论》并开辟《闲话》专栏，西滢是他为"闲话"专栏撰稿时的
　　笔名。1927 年与凌叔华结婚。著有《西滢闲话》《西滢后话》等。

4　徐志摩（1897—1931），原名章垿，字槱森，美国留学时改名志摩，浙江海
　　宁人。1921 年入剑桥大学研究政治经济学，1923 年成立新月社。1924 年任
　　北京大学教授。1926 年任光华大学、大夏大学和南京中央大学（1949 年更
　　名为南京大学）教授。1930 年辞去上海和南京的职务，应胡适之邀再度任北
　　京大学教授，兼北京女子师范大学教授。1931 年 11 月 19 日因飞机失事罹难。
　　代表作品有《再别康桥》《翡冷翠的一夜》等。

5　闻一多（1899—1946），本名闻家骅，字友三，湖北黄冈市浠水县人。1916 年
　　开始在《清华周刊》上发表系列读书笔记。1925 年 3 月在美国留学期间创作
　　《七子之歌》。1928 年 1 月出版第二部诗集《死水》。1932 年离开青岛，回到母
　　校清华大学任中文系教授，1946 年 7 月 15 日在云南昆明被国民党特务暗杀。

6　朱湘（1904—1933），字子沅，安徽太湖人。1925 年出版第一本诗集《夏天》，
　　1926 年自办刊物《新文》，1927 年出版第二本诗集《草莽》。1927 年至 1929
　　年留学美国，1933 年 12 月 5 日自溺而亡。

7　陈梦家（1911—1966），笔名陈漫哉，浙江上虞人，生于南京，与闻一多、
　　徐志摩、朱湘一起被称为"新月诗派的四大诗人"。1929 年 10 月在《新月》
　　杂志发表处女作《那一晚》，是后期新月派重要成员。1957 年，发表《慎重

一点"改革"汉字》和《关于汉字的前途》，被定性为"章罗联盟（中国民主同盟的章伯钧与罗隆基）反对文字改革的急先锋"并被打为右派，1966 年 9 月 3 日自缢离世。著有诗集《不开花的春》《铁马集》《梦家诗存》等，及学术专著《老子今释》《海外中国铜器图录考释第一集》《尚书通论》等。

8　　[美] 夏志清：《中国现代小说史》，刘绍铭等译，香港：香港中文大学出版社，2005 年，第 17 页。

9　　成仿吾（1897—1984），原名成灏，笔名石厚生、芳坞、澄实，湖南新化县知方团人（今琅瑭乡）。1920 年创作处女作《一个流浪人的新年》。1921 年 7 月与郭沫若、郁达夫等人在日本东京建立了著名的革命文学团体创造社。1925 年参加中国国民党，1928 年在巴黎参加中国共产党，主编中共柏林、巴黎支部机关刊物《赤光》。1931 年 9 月回国后，参与中国左翼作家联盟活动。1937 年创办陕北公学。1938 年 8 月，成仿吾与徐冰翻译《共产党宣言》。

10　浅草社于 1922 年春在上海成立，主要成员有林如稷、陈炜谟、陈翔鹤、冯至等。其出版物《浅草》季刊，共出 4 期（1923 年 3 月—1925 年 2 月）。1925 年初林如稷出国，该社活动亦随之停止。

11　沉钟社 1925 年秋成立于北京，因创办《沉钟》周刊得名。主要成员有杨晦、陈翔鹤、陈炜谟、冯至等。《沉钟》周刊 1925 年 10 月 10 日创刊，至第 10 期停刊。1926 年 8 月 10 日改为《沉钟》半月刊，出版第 1 期，至第 12 期停刊。1933 年 10 月 15 日复刊，为第 13 期。1934 年 2 月 28 日又复刊，至第 34 期再次停刊。沉钟社曾出版《沉钟丛书》7 种，包括冯至诗集《昨日之歌》、陈翔鹤小说集《不安定的灵魂》、陈炜谟小说集《炉边》、杨晦译法国罗曼·罗兰著《贝多芬传》、冯至诗集《北游及其他》、杨晦戏剧集《除夕及其他》、郝荫潭长篇小说《逸路》。

12　莽原社于 1925 年 4 月 24 日成立于北京，主要成员有鲁迅、高长虹、黄鹏基、尚钺、向培良、韦素园、韦丛芜等，因出版《莽原》周刊而得名。1925 年 4 月《莽原》在北京初刊时为周刊，附于《京报》发行，共出 32 期，鲁迅为主编。1926 年 1 月改为半月刊单独出版，共出 48 期。1927 年 12 月，《莽原》半月刊出至第 2 卷第 24 期停刊，莽原社也随之停止活动。

13　《现代》杂志 1932 年 5 月创刊于上海，由现代书局发行。第 1、2 卷由施蛰存编辑，自第 3 卷起由施蛰存、杜衡合编，至第 6 卷 1 期出版，改由汪馥泉编辑。1935 年 5 月，该杂志出至 6 卷 4 期，因现代书局关闭而停刊。

14　许杰（1901—1993），原名世杰，字士仁，笔名张子山，浙江天台清溪镇人。1921 年发起组织微光文艺社，借《越绎日报》版位刊《微光》副刊，开始发表小诗、散文和短篇小说。毕业后与王以仁发起成立星星社，提倡以教育改革推动社会改革。1925 年入文学研究会，著有《惨雾》《赌徒吉顺》等。

15　[美] 夏志清：《中国现代小说史》，刘绍铭等译，香港：香港中文大学出版社，2005 年，第 50 页。

16　鲁迅：《新秋杂识（三）》，引自《鲁迅文集·杂文集·准风月谈》。署名旅隼。"花是植物的生殖机关呀，虫鸣鸟啭，是在求偶呀之类，就完全忘不掉了。"

本篇最初发表于 1933 年 9 月 17 日的《申报·自由谈》，转引自《鲁迅全集》第 5 卷，北京：人民文学出版社，1973 年，第 348 页。

17　叶圣陶（1894—1988），文学研究会创办人之一。1918 年，发表第一篇白话小说《春宴琐谭》。曾任《妇女杂志》和《小说月报》编辑，1930 年初加入开明书社，成为《中学生》编辑，并与夏丏尊、朱自清合编数本基本国文教科书。著有《隔膜》《线下》《未厌集》以及童话故事《稻草人》等。

18　《倪焕之》最初连载于《教育杂志》上，分 12 期在 1928 年刊完。1929 年上海开明书店出版。

19　《遗腹子》写于 1926 年 7 月 28 日，1928 年收入叶圣陶的《未厌集》，由上海商务印书馆发行。

20　《中学生》杂志创刊于 1930 年 1 月，以中学生为读者群，由开明书店出版。前 12 期主编为夏丏尊，自 1931 年 3 月号（总第 13 号）起，改由叶圣陶主编，助手为其夫人胡墨林。杂志特约撰稿人有：朱自清、朱光潜、周作人、俞平伯、林语堂、贺昌群、郑振铎、丰子恺、周予同、王伯祥、徐调孚、傅东华等，蔡元培、郁达夫、李石岑等也曾在杂志上发表文章。1937 年 8 月至 1939 年 4 月，《中学生》杂志因抗日战争停刊。直到 1939 年 5 月，在胡愈之、傅彬然、宋云彬、丰子恺等人的帮助下，《中学生》在桂林复刊，改名为《中学生战时半月刊》。为适应战时的需要，改为半月刊，每期 32 面，16 开本，封面上加印"战时半月刊"的字样。编纂委员会由王鲁彦、宋云彬、胡愈之、唐锡光、张梓生、傅彬然、贾祖璋、丰子恺组成，推定宋云彬、贾祖璋、傅彬然承担约稿、审稿的事宜，请在四川乐山的叶圣陶当社长。每期稿子由桂林航空寄给叶圣陶审稿。新中国成立之后，又改为《中学生》继续发行。

21　开明书店是 20 世纪上半叶在中国上海开设的一个著名出版机构，拥有夏丏尊、叶圣陶、顾均正、唐锡光、赵景深、丰子恺、王伯祥、徐调孚、傅彬然、宋云彬、金仲华、贾祖璋、周予同、郭绍虞、王统照、陈乃乾、周振甫等学者、作家担任编辑工作。其作者群也十分庞大，其中比较知名的有：杜亚泉、范文澜、郭沫若、冯友兰、高长虹、顾寿白、胡伯恩、胡绳、黄裳、刘半农、郁达夫、闻一多、柯灵、老舍、鲁迅、舒新城、汪静之、巴金、冰心、茅盾、朱自清、朱光潜、丰子恺、郑振铎等。开明书店共出版书刊约 1500 种，其中教科书有林语堂《开明英文读本》《开明活叶文选》等，青少年读物有《开明青年丛书》《世界少年文学丛刊》等，古籍及工具书有《二十五史》《二十五史补编》《十三经索引》《十六种曲》《辞通》等，刊物有《中学生》《文学周报》等，文学作品有茅盾的《虹》《蚀》《茅盾短篇小说集》以及巴金的《家》《春》《秋》《巴金短篇小说集》等。

22　夏丏尊（1886—1946），本名夏铸，字勉旃，号闷庵，浙江上虞松厦人。1924 年冬，夏与匡互生、朱光潜等人一起在上海组织成立立达学会。1928 年担任开明书店编译所所长。1930 年主编《中学生》杂志创刊。著有《平屋杂文》《文章作法》《现代世界文学大纲》《阅读与写作》等，译有《爱的教育》《文心》《近代日本小说集》。

23　朱自清（1898—1948），原名自华，号秋实，后改名自清，字佩弦。1919 年开始发表诗歌，1928 年第一本散文集《背影》出版。1932 年 7 月，任清华大学中国文学系主任。1934 年，出版《欧游杂记》和《伦敦杂记》。1935 年，出版散文集《你我》。1948 年 8 月 12 日，因胃穿孔病逝于北平。

24　许地山（1894—1941），名赞堃，字地山，笔名落花生（落华生），台湾台南人（生于台湾台南，祖籍广东揭阳）。1917 年考入北京大学文学院，1926 年毕业并留校任教。其间与瞿秋白、郑振铎等人联合主办《新社会》旬刊，积极宣传革命。"五四"前后从事文学活动，后转入英国牛津大学曼斯菲尔学院研究宗教学、印度哲学、梵文等。1935 年应聘为香港大学文学院主任教授。著有《缀网劳蛛》《空山灵雨》等。

25　《玉官》原载 1939 年《大风》旬刊第 29 至 36 期。

26　《春桃》发表于 1934 年 7 月 1 日《文学》第 3 卷第 1 期，署名落华生。电影《春桃》1988 年发行，由凌子风执导，刘晓庆（饰春桃）、姜文（饰刘向高）等主演。

27　《商人妇》原载于 1921 年《小说月报》第 12 卷第 4 号。1925 年收入许地山短篇小说集《缀网劳蛛》，由上海商务印书馆发行。

28　郑振铎（1898—1958），字西谛，有幽芳阁主、纫秋馆主、友荒、郭源新等笔名，浙江温州人。1920 年与沈雁冰、叶绍钧等人发起成立文学研究会，创办《文学周刊》与《小说月报》。1937 年参加文化界救亡协会，与胡愈之等人组织复社，出版《鲁迅全集》、主编《民主周刊》。1958 年率领中国文化代表团赴开罗访问途中飞机失事遇难身亡。著有《文学大纲》《插图本中国文学史》等。

29　《文学大纲》始作于 1923 年，自 1924 年 1 月起连载于《小说月报》，至 1927 年成书，共连载 3 年，分 4 大卷，约 80 万字。

30　张资平（1893—1959），原名张秉声，曾用名伟民，广东梅县人。创造社组建者之一。早年留学日本东京帝国大学，专攻地质学。著有《冲击期化石》《苔莉》《不平衡的偶力》等。

31　田汉（1898—1968），字寿昌，曾用笔名伯鸿、陈瑜、漱人、汉仙等，湖南长沙人。1917 年去日本学海军，后改学教育进日本东京高等师范学校，热心于戏剧。1925 年田汉创办南国社，1932 年经瞿秋白主持加入中国共产党。1935 年为电影《风云儿女》谱写主题曲《义勇军进行曲》。

32　郑伯奇（1895—1979），原名郑隆谨，字伯奇，笔名东山、虚舟等，陕西长安县瓜洲堡村人。1910 年参加同盟会，1917 年赴日本留学，1921 年加入创造社。1926 年，回国任广州中山大学教授，兼黄埔军校政治教官。1927 年到上海参加中国左翼作家联盟和左翼戏剧家联盟。后任良友图书印刷公司编辑，主编《电影画报》《新小说》等期刊。

33　[俄] 普列汉诺夫：《论艺术》（即《没有地址的信》），鲁迅据外村史郎的日译本翻译，1930 年 7 月由上海光华书局出版。

34　鲁迅：《且介亭杂文·门外文谈》，引自《鲁迅全集》第 6 卷，北京：人民文学出版社，1973 年，第 100 页。

35　［德］康德：《判断力批判》，转引自朱光潜：《西方美学史》，北京：人民文学
出版社，2002 年，第 350—352 页。

36　孙荃（1897—1978），原名兰坡，小字潜缇，大青乡人，幼入私塾，聪慧善
学。孙荃和郁达夫于 1920 年 7 月 24 日结婚，随郁达夫迁居安庆、上海、北
京等地。在郁达夫与王映霞结婚后，孙荃终生未再嫁。

37　郭沫若在《论郁达夫》中写道："记得是李初梨说过这样的话：'达夫是模拟
的颓唐派，本质的清教徒'。"原载 1946 年 9 月《人物杂志》第 3 期，转引
自蒋增福编：《众说郁达夫》，杭州：浙江文艺出版社，1996 年，第 2 页。

38　大江健三郎（1935—2023），日本作家，1958 年短篇小说《饲育》获得第 39
届芥川文学奖，以职业作家的身份正式登上日本文坛。1994 年获得诺贝尔文
学奖。

39　郁达夫：《文学上的阶级斗争》，《创造周报》第 3 号，1923 年 5 月 27 日。

40　郁达夫：《日记九种》，上海：北新书局，1927 年。

41　郁达夫：《毁家诗纪》，1939 年初香港《大风》旬刊计划出版周年纪念专号，
特约郁达夫赐文，郁达夫便将 1936 年到 1938 年间所写诗词选出诗 19 首、
词 1 阙，详加注解并冠名《毁家诗纪》寄出，发表在 1939 年 3 月 5 日的《大
风》旬刊上。

42　刘海粟（1896—1994），原名刘槃，字季芳，号海翁，江苏武进（今属常州
市）人，现代杰出画家、美术教育家。1912 年与乌始光、张聿光等创办上海
图画美术学院，后改为上海美术专科学校，任校长。历任南京艺术学院名誉
院长、教授，上海美术家协会名誉主席。中国美术家协会顾问。英国剑桥国际
传略中心授予"杰出成就奖"。意大利欧洲学院授予"欧洲棕榈金奖"。

43　［日］铃木正夫：《苏门答腊的郁达夫》，李振声译，上海：上海远东出版社，
1996 年。

44　许子东：《浪漫派？感伤主义？零余者？私小说家？：郁达夫与外国文学》，
引自《许子东讲稿·卷二》，北京：人民文学出版社，2011 年。

45　郁达夫：《卢骚的思想和他的创作》，引自《郁达夫文集》第 6 卷，香港：三
联书店，1983 年。

46　［法］卢梭：《忏悔录》，黎星译，北京：人民文学出版社，1980 年，第 2 页。

47　［日］川端康成：《古都》，唐月梅译，新北：木马文化，2015 年。

48　佐藤春夫（1892—1964），日本小说家、诗人。和歌山县立新宫中学校（现
在和歌山县立新宫高等学校）毕业后，到东京师事生田长江，加入与谢野宽
的新诗社。考旧制东京第一高等学校的过程中，进庆应义塾大学文学部预科，
跟时任教授永井荷风学习。1935 年与增田涉共同翻译《鲁迅选集》。鲁迅身
后，他主导译成日本版《大鲁迅全集》。

49　《春风沉醉的晚上》写于 1923 年 7 月，最早发表于《创造》季刊第 2 卷第 2

期，1924 年 2 月 28 日。

50　梁锡华：《不与时人同梦》，引自《文学的沙田》，台北：洪范书局，1985 年，第 107—116 页。

51　郝景芳：《北京折叠》，引自《孤独深处》，台北：远流出版公司，2016 年。

52　鲁迅：《伤逝》，引自《彷徨》，香港：三联书店，1999 年。

53　王安忆：《小城之恋》，北京：作家出版社，1996 年。

54　张贤亮：《绿化树》，北京：人民文学出版社，2014 年。

55　见许子东：《许子东讲稿·卷二》，北京：人民文学出版社，2011 年。

第六讲

1　凌叔华：《绣枕》，引自《太太·绣枕》，北京：华夏出版社，1997 年。

2　张爱玲：《封锁》，引自《传奇：张爱玲短篇小说集》，台北：皇冠文化出版有限公司，2016 年，第 292 页。

3　瞿秋白（1899—1935），生于江苏常州，散文作家，文学评论家。他曾两度担任中国共产党实际最高领导人，是中国共产党早期领袖和缔造者之一。1935 年在福建长汀被南京国民政府逮捕并就义。

4　冯雪峰（1903—1976），浙江义乌人，诗人、文艺评论家。1921 年考入浙江省立第一师范，1925 年到北京大学旁听日语，1927 年加入中国共产党。1928年结识了鲁迅，编辑出版《萌芽》月刊，并与鲁迅共同编辑《科学的艺术论丛书》。1929 年参加筹备中国左翼作家联盟，后任"左联"党团书记、中共上海文化工作委员会书记。1941 年被捕，1942 年 11 月下旬被营救出狱。1943 年到重庆，在中华文艺界抗敌协会工作。1928 年 2 月，丁玲爱上了帮忙讲授日语的冯雪峰。面对胡也频和冯雪峰，丁玲陷入情感旋涡。为了摆脱这一棘手的选择，丁玲和胡也频也南下上海。之后三人到杭州谈判，冯雪峰退出。

5　胡也频（1903—1931），福建福州人。幼年入私塾读书，因家庭生活困难，曾两度辍学。1924 年参与编辑《京报》副刊《民众文艺周刊》，开始在该刊发表小说和短文。同年夏天，与丁玲结识并成为亲密伴侣。1930 年 5 月，由于鼓动学生进行革命而被省政府通缉。他返回上海，参加了中国左翼作家联盟，后当选为"左联"执行委员，并任工农兵文学委员会主席。1931 年 1 月17 日，在东方旅社出席第一次全国工农兵代表大会预备会议时被国民党反动派逮捕，2 月 7 日被杀害于上海龙华淞沪警备司令部。

6　冯达是丁玲的第二个丈夫，比丁玲小四岁。1931 年 11 月与丁玲同居。1983年 12 月 19 日，丁玲告诉骆宾基："我同冯达好，这里边雪峰还起了作用，他看到我一个人在上海生活，不能和很多人来往，坐在那里写文章，很苦，就给我出主意，是不是有一个人照顾你好，要像也频那么好当然也不容易，但是如果有一个人，过一种平安的家庭生活，让你的所有力量从事创作，也很好。"参见李向东、王增如：《丁玲传》，北京：中国大百科全书出版社，2015 年。

7　陈企霞（1913—1988），原名陈延桂。浙江鄞县人，中国现代作家。1931 年开始发表作品，包括小说散文，次年至上海，结识作家叶紫，创办无名文艺社，出版《无名文艺》旬刊、月刊，随后参加中国左翼作家联盟。1933 年至沪西郊区从事工农教育，加入中国共产主义青年团，后两次被捕，出狱后从事救亡工作，组织进取社、读书社和救亡会。1935 年加入中国共产党，参加中共地下党工作及救亡活动。1940 年赴延安，先后在中央青委宣传部、《解放日报》副刊部工作，参加延安文艺座谈会。1945 年参加华北文艺工作团，华北文工团并入华北联合大学后，任联大文艺学院文学系主任，参与编辑《北方文化》《华北文艺》等刊。1952 年加入中国作家协会，历任全国文联、文协秘书长，《文艺报》副主编、主编、中国作协理事。1955 年因"丁玲、陈企霞"冤案而受到错误处理。后任杭州大学教师。1979 年平反，恢复名誉。

8　李向东、王增如：《丁玲传》，北京：中国大百科全书出版社，2015 年。

9　陈明，原名陈芝祥，1917 年生，江西鄱阳县人。在"一二·九"运动中，他是麦伦中学的学生领袖、上海学生抗日救国联合会的创始人和领导者之一。1937 年 5 月，20 岁的陈明奔赴延安成为抗大十三队的学员，不久结识了已到延安半年多的丁玲。陈明和丁玲经过五年曲折恋爱终于走到一起。1957 年，原本应该平反的丁玲又被打成"右派"。在北京电影制片厂工作的陈明随之被打成右派，开除党籍，撤销级别，被发配到黑龙江监督劳动。1961 年，陈明摘除右派帽子，不久发生"文革"，陈明也跟丁玲一起被关进"牛棚"。1970 年春天，丁玲和陈明又分别被关进了秦城监狱。1975 年 5 月，丁玲获释，陈明也随之获释。2010 年出版《我与丁玲五十年》。

10　丁玲：《在医院中》，初次发表于《谷雨》，题目为《在医院中时》。1942 年发表于重庆《文艺阵地》时更名为《在医院中》。

11　丁玲：《我在霞村的时候》，《中国文化》（延安）第 3 卷第 1 期，1941 年 6 月。

12　丁玲：《三八节有感》，《解放日报》（延安），1942 年 3 月 9 日。

13　李向东、王增如：《丁玲传》，北京：中国大百科全书出版社，2015 年。

第七讲

1　曹丕：《典论·论文》，引自郭绍虞主编：《中国历代文论选》，上海：上海古籍出版社，2001 年，第 60—61 页。

2　《诗经》的第一个英译本是理雅各（James Legge）的 1871 年分行散文式译本 *The She King*（Oxford University Press）。1891 年又出现了两种《诗经》英译本：詹宁斯（William Jennings）的 *The Shi King*（George Rutledge & Sons）和阿连壁

（Clement F. R. Allen）的 *The Book of Chinese Poetry*（London）。20 世纪《诗经》的全译本明显增多，有拜因（L. Cranmer-Byng）的 *Book of Odes*（London，1905），庞德（Ezra Pound）的 *Shih-ching*（Harvard University Press，1915），阿瑟·韦利（Arthur Waley）的 *The Book of Songs*（Allen & Unwin，1937），高本汉（Bernhard Karlgren）的 *The Book of Odes*（Museum of Far Eastern Antiquities，1950），麦克诺顿（William McNaughton）的 *The Book of Songs*（Twayne Publishers，1971），许渊冲的译本 *Book of Poetry*（湖南出版社，1993），汪榕培、任秀桦合译的《诗经》（中英文版，辽宁教育出版社，1995）。国外最受瞩目的英译本，分别是阿瑟·韦利的 *The Book of Songs* 及高本汉的 *The Book of Odes*。

3 [古希腊] 亚里士多德：《诗学》，陈中梅译注，北京：商务印书馆，1996 年。

4 "他（郭沫若）选择了甲骨、金文的考释，这是最适于诗人想象力驰骋的领域。"见余英时：《谈郭沫若的古史研究》，引自《历史人物与文化危机》，台北：东大图书公司，1995 年，第 111 页。

5 郭沫若：《中国古代社会研究》（上海：联合书店，1930 年）、《甲骨文字研究》（上海：大东书局，1931 年 5 月）、《卜辞通纂》（成书于 1933 年，初版为日本东京文求堂石印本）、《殷契粹编》（成书于 1937 年，同年由日本文求堂据手稿影印出版）等。

6 葛兆光：《宅兹中国：重建有关"中国"的历史论述》，台北：联经出版公司，2011 年。

7 郭沫若：《十批判书》，重庆：群益出版社，1945 年。

8 郭沫若：《李白与杜甫》，北京：人民文学出版社，1971 年。

9 此诗写于 1916 年 8 月 23 日，最早发表在 1917 年《新青年》第 2 卷第 6 号，后收入《尝试集》改题为《蝴蝶》。

10 《梦与诗》，最早发表在 1921 年 1 月 1 日《新青年》第 8 卷第 5 号，收入胡适：《尝试集》，北京：人民文学出版社，1984 年，第 67 页。

11 写于 1924 年 9 月 24 日，最早发表在 1924 年 12 月 8 日《语丝》周刊第 4 期，后收入《野草》。

12 写于 1920 年 9 月 4 日，最初题为《情歌》，1923 年 9 月 16 日发表于《晨报副镌》。收入《扬鞭集》时题目改为《教我如何不想她》。

13 汪静之《过伊家门外》："我冒犯了人们的指摘，一步一回头地瞟我意中人；我怎样欣慰而胆寒呵。"写于 1922 年 1 月 8 日，1922 年收录在亚东图书馆版《蕙的风》中。

14 郭沫若：《凤凰涅槃》，最早发表在 1920 年 1 月 30 日—31 日上海《时事新报·学灯》，1921 年收录于《女神》。引自《女神》，北京：人民文学出版社，1985 年，第 47—49 页。

15 写于 1920 年 2 月初，最早发表在 1920 年 2 月 7 日上海《时事新报·学灯》，引自《女神》，北京：人民文学出版社，1985 年，第 56 页。

16　《死水》写于 1925 年 4 月，最早发表在 1926 年 4 月 15 日北京晨报副刊《诗镌》第 3 号上。

17　相传《女史箴图》为东晋顾恺之的画作。1900 年八国联军侵入北京，《女史箴图》被英军劫走，现藏于英国大英博物馆。

18　闻一多的《洗衣歌》最早在 1925 年 7 月 11 日《现代评论》第 2 卷第 31 期发表，原名为《洗衣曲》，后改名为《洗衣歌》。

19　《炉中煤》最早发表在 1920 年 2 月 3 日的上海《时事新报·学灯》上，1921 年收入《女神》。

20　《雨巷》最早发表在 1928 年 8 月出版的《小说月报》第 19 卷第 8 号。

21　《我的太阳》(*O sole mio*)，创作于 1898 年。作词者为 Giovanni Capurro，作曲者为 Eduardo di Capua，原唱：帕瓦罗蒂、卡鲁索。

22　《再别康桥》1928 年 11 月 6 日写于中国海上，1928 年 12 月第一次发表在《新月》第 1 卷第 10 号，后收入《猛虎集》。

23　"圣奥古斯丁给一般美所下的定义是'整一'或'和谐'，给物体美所下的定义是'各部分的适当比例，再加上一种悦目的颜色'。前一个定义来自亚里士多德，后一个定义来自西塞罗。……圣托玛斯则认为'美有三个因素。第一是一种完整或完美，凡是不完整的东西就是丑的；其次是适当的比例或和谐；第三是鲜明，所以着色鲜明的东西是公认为美的'。"见朱光潜：《西方美学史》(上)，第 129—131 页，北京：人民文学出版社，1963 年。

24　卡苏斯·朗吉弩斯 (213—273)，公元 3 世纪雅典修辞学家。唯一保存下来的作品是论文 *Peri Hupsousn*，现在通译为《论崇高》。

25　转引自朱光潜：《西方美学史》(上)，北京：人民文学出版社，1979 年，第 236 页。

26　同上。

27　杜衡在《望舒草·序》中回忆叶圣陶曾称赞《雨巷》"替新诗底音节开了一个新的纪元"，引自梁仁编：《戴望舒诗全编》，杭州：浙江文艺出版社，1989 年，第 52 页。

28　引自李璟《摊破浣溪沙》："青鸟不传云外信，丁香空结雨中愁。"

29　余光中：《评戴望舒的诗》，引自《余光中选集》第 3 卷，合肥：安徽教育出版社，1999 年，第 201—203 页。

30　[法] 波德莱尔：《巴黎的忧郁》，钱春绮译，北京：人民文学出版社，1991 年。

31　商禽 (1930—2010)，原名罗显烆，又名罗燕，曾用笔名罗砚、甲乙、申酉、丁戊己、壬癸等。四川珙县人。台湾"现代诗运动"初期的健将，作品有《长颈鹿》《火鸡》《鸽子》《灭火机》等散文诗。

32　《断章》是卞之琳的代表作，创作于 1935 年 10 月，后编入《鱼目集》。

33　出自《独坐敬亭山》，载于《全唐诗》，是唐代诗人李白创作的一首五绝。

34　徐葆耕：《瑞恰慈：科学与诗》，北京：清华大学出版社，2003 年。

35　林毓生：《"五四"时代的激烈反传统主义与中国自由主义的前途》，《中外文学》第 3 卷第 12 期，1975 年 5 月 1 日。修订后经《明报月刊》转载，第 125—127 期，1976 年 5 月—7 月。

36　[德] 爱克曼辑录：《歌德谈话录》，朱光潜译，人民文学出版社，1978 年。

37　《远和近》最早发表在 1980 年《诗刊》10 月号，是顾城《小诗六首》其中之一。

38　最早收录于北岛在 1978 年自行用油墨印刷出版的诗集《陌生的海滩》。

第八讲

1　鲁迅：《忽然想到（六）》，引自《鲁迅全集》第 3 卷，北京：人民文学出版社，1981 年，第 45 页。

2　鲁迅：《小杂感》，发表于《语丝》周刊 1927 年 12 月 17 日第 4 卷第 1 期，后收入《而已集》。

3　《立论》是鲁迅于 1925 年创作的一首散文诗，最早发表在 1925 年 7 月 13 日《语丝》周刊第 35 期，后收入《野草》。

4　鲁迅：《新秋杂识（三）》，引自《鲁迅全集》第 5 卷，北京：人民文学出版社，1981 年。

5　茅盾编选：《小说一集》，引自赵家璧主编：《中国新文学大系》第 3 卷，上海：上海良友图书印刷公司，1936 年。

6　《故乡的野菜》写于 1924 年 2 月，最早发表在同年 4 月 5 日的《晨报副镌》，后来先后收入周作人的自编文集《雨天的书》《泽泻集》和《知堂文集》中。

7　周作人：《新村的精神》，《民国日报·觉悟》第 23—24 期，1919 年。

8　引自梁遇春：《春醪集》，上海：北新书局，1930 年。

9　《子夜》在 1933 年 4 月由开明书店出版单行本，署名"茅盾"。小说题目原叫"夕阳"，正式出版时，茅盾再三斟酌，决定将书名《夕阳》改为《子夜》。

10　《创造》最早发表在 1928 年 4 月的《东方杂志》上。曾收入《野蔷薇》和《茅盾文集》。

11　"阅读期待"是德国"接受美学"的一个概念。"接受美学"这一概念是由德国康茨坦斯大学文艺学教授姚斯在 1967 年提出的。

第九讲

1 《茶馆》是老舍在 1956 年完成的作品，1958 年由北京人民艺术剧院首排。

2 《我和春天有个约会》是香港金牌编剧杜国威 1992 年创作的舞台剧，由刘雅丽（饰姚小蝶）、苏玉华（饰凤萍）、米雪（饰金露露）、冯蔚衡（饰洪莲茜）出演。1994 年开拍电影版本，刘雅丽（饰姚小蝶）、苏玉华（饰凤萍）、罗冠兰（饰金露露）、冯蔚衡（饰洪莲茜）。1995 年，香港亚洲电视推出邓萃雯（饰姚小蝶）、万绮雯（饰凤萍）、蔡晓仪（饰金露露）、商天娥（饰洪莲茜）的版本。

3 狄德罗（1713—1784），生于郎格勒。法国启蒙思想家、唯物主义哲学家，作家，百科全书派的代表人物。著有《哲学思想录》《对自然的解释》《达朗贝尔和狄德罗的谈话》《关于物质和运动的哲学原理》等。

4 1907 年 2 月，为了替江苏水灾赈灾募捐，春柳社在日本东京演出《茶花女》的第三幕，李叔同（李息霜）扮演玛格丽特，曾孝谷扮演阿芒父亲，唐肯扮演阿芒。

5 胡适的独幕剧《终身大事》发表于 1919 年 3 月《新青年》6 卷 3 号，原作为英文，后译成中文。

6 伊凡（孔慧怡）：《才子佳人的背面》，原载《香港文学》第 109 期（1994 年 1 月），收入许子东编选：《香港短篇小说选 1994—1995》，香港：三联书店，2000 年。

7 田汉的《咖啡店之一夜》，最早发表在 1922 年《创造》季刊的第 1 卷第 1 期上。1924 年 12 月，中华书局发行单行本。

8 田汉的独幕剧《获虎之夜》，最初连载于 1924 年 1 月的《南国半月刊》第 2 期上，后因杂志停刊而未登完，同年收入中华书局出版的《咖啡店之一夜》。

9 郭沫若的五幕话剧《屈原》创作于 1942 年 1 月，于 1942 年 4 月由中华剧艺社在重庆国泰大剧院公演。

10 郭沫若的六幕话剧《蔡文姬》创作于 1959 年 2 月 3 日，2 月 9 日写完。1959 年，发表在上海《收获》第 3 期。1959 年 5 月 21 日，由北京人民艺术剧院首演。

11 丁西林的独幕剧《压迫》，最早发表在 1926 年 1 月的《现代评论》一周年增刊上。

12 《北京人》写于 1940 年，1941 年 12 月由文化生活出版社出版。同年由重庆的中央青年剧社首演演出。

13 《雷雨》最早发表在 1934 年 7 月的《文学季刊》上，1934 年底由上虞春晖中学学生首次演出。

14 王蒙：《活动变人形》，北京：人民文学出版社，1987 年。

15 郁达夫的《给一个文学青年的公开状》，最早发表在 1924 年 11 月 16 日的《晨报副刊》上。

16 《日出》是曹禺创作于 1935 年的四幕话剧，1936 年发表于《文学月刊》1 卷 1—4 期。1937 年 2 月 3 日—5 日在上海卡尔登大戏院（今长江剧场）演出。

17 《原野》于 1937 年 4 月在靳以主编的《文丛》第 1 卷第 2 期开始连载，至 8 月第 1 卷第 5 期载毕。同年 8 月由上海文化生活出版社出版。1937 年 8 月 7 日—14 日，《原野》在上海卡尔登大戏院举行首次公演。

18 毛泽东：《中国社会各阶级的分析》，引自《毛泽东选集》第 1 卷，北京：人民出版社，1969 年，第 3 页。

19 张恨水（1895—1967），原名心远，笔名恨水，鸳鸯蝴蝶派代表作家。著有《春明外史》《金粉世家》《啼笑因缘》《八十一梦》等。

20 《啼笑因缘》1930 年 3 月至 11 月在《新闻报·快活林》上连载，1931 年由上海三友书社出版单行本（共三册）。

21 1952 年，香港银城影片公司出品由杨工良、尹海清导演的《啼笑因缘》，主演：白燕（饰杜凤屏／赵碧姬）、张活游（饰麦干生）；1957 年，华侨电影企业公司出品电影版《啼笑因缘》，导演：李晨风，主演：吴楚帆（饰刘大帅）、张瑛（饰樊家树）、梅绮（饰沈凤喜）、罗艳卿（饰关秀姑）；1964 年，国际电影懋业有限公司出品赵雷、葛兰版，导演：王天林，主演：赵雷（饰樊家树）、林翠（饰关秀姑）、葛兰（饰沈凤喜）；1964 年，香港邵氏兄弟有限公司出品《故都春梦》，改编自《啼笑因缘》（又名《新啼笑因缘》），主演：李丽华（饰沈凤仙／何丽霞）、凌波（饰关秀珠）、关山（饰范嘉树）。电视剧方面：1974 年，香港无线首先将《啼笑因缘》改编为电视剧，编导：王天林；主演：陈振华（饰樊家树）、欧嘉慧（饰关秀姑）、李司棋（饰沈凤喜／何丽娜）。1987 年，香港亚洲电视亦开拍电视剧《啼笑因缘》，成为第二个版本，导演：梁志成；编剧：连瑞芳、蓝瑞鹏、钟清玲；主演：刘松仁（饰樊家树）、米雪（饰沈凤喜／何丽娜）、苗可秀（饰关秀姑）。1987 年，安徽电影家协会与内蒙古电视台联合摄制拍摄黄梅戏电视剧《啼笑姻缘》，主演：孙启新（饰樊家树）、王惠（饰沈凤喜／何丽娜）、李克纯（饰关秀姑）。2004 年，中央电视台播出新版《啼笑因缘》，主演：胡兵（饰樊家树）、袁立（饰沈凤喜／何丽娜）、傅彪（饰刘大帅），导演为黄蜀芹。

22 王安忆：《窗前搭起脚手架》，收入短篇小说集《打一电影名字》，上海：上海文艺出版社，2015 年。

第十讲

1 李晓，1950 年生，本名李小棠，巴金之子，四川成都人。曾在安徽农村插队八年，1982 年毕业于上海复旦大学中文系，著有《小镇上的罗曼史》《天桥》《继续操练》《四十而立》《门规》等。

2　托马斯·霍布斯（1588—1679），英国政治哲学家，著有《论公民》《利维坦》《论政体》《论人》等。

3　巴金：《关于〈激流〉》，引自《巴金自传》，南京：江苏文艺出版社，1995年，第133页。

4　同上，第141—142页。

5　同上，第143页。

6　张爱玲：《私语》，引自《流言》，台北：皇冠文学出版有限公司，1982年，第149页。

7　巴金：《家》，北京：人民文学出版社，2001年，第243页。

8　同上。

9　王晓莺：《离散译者张爱玲的中英翻译》，广州：中山大学出版社，2015年，第148—149页。

10　巴金：《家》，北京：人民文学出版社，2001年，第234页。

11　《老张的哲学》初载于1926年《小说月报》第17卷第7—12号。《小说月报》分六期连载《老张的哲学》，8月号登出的第二部分，按作者要求改署笔名"老舍"。1928年由商务印书馆初版印行。

12　《二马》最初由《小说月报》第20卷第5号（1929年5月）开始连载，同年第20卷第12号续完。

13　《月牙儿》在《国闻周报》第12卷第12期（1935年4月1日）连载，在第14期（1935年4月15日）续完，后收入短篇小说集《樱海集》，由上海人间书屋1935年初版。

14　《离婚》是老舍第一部未在杂志上连载就直接出版单行本的长篇小说，1933年由上海良友图书印刷公司初版印行。

15　《断魂枪》最早发表在天津《大公报》副刊《文艺》第13期（1935年9月），1936年收入由开明书店出版的老舍短篇小说集《蛤藻集》。

16　《骆驼祥子》最初在《宇宙风》半月刊第25—48期（1936年9月16日—1937年10月1日）连载。1939年由上海人间书屋出版。

17　巴金：《团圆》，1961年8月发表在《上海文学》上。

18　杰克·伦敦（1876—1916），美国20世纪著名现实主义作家。著有《马丁·伊登》《野性的呼唤》《白牙》《热爱生命》《海狼》《铁蹄》等小说。

19　[美]杰克·伦敦：《马丁·伊登》，吴劳译，上海：上海译文出版社，1990年。

20　老舍：《断魂枪》，引自舒济、舒乙编：《老舍小说全集》第10卷，武汉：长江文艺出版社，1993年，第352页。

第十一讲

1　《八骏图》最早发表在 1935 年 8 月 1 日《文学》第 5 卷第 2 号。

2　王晓明：《"乡下人"的文体和城里人的理想：论沈从文的小说创作》，《文学评论》1988 年第 3 期。

3　沈从文：《三个男人和一个女人》，引自《沈从文全集》第 8 卷，太原：北岳文艺出版社，2002 年。

4　《柏子》最早发表在 1928 年 8 月 10 日《小说月报》第 19 卷第 8 号。

5　埃德加·斯诺（1905—1972），美国记者，被认为是第一个参访中共领导人毛泽东的西方记者。1937 年的《西行漫记》是斯诺最为著名的作品。

6　《活的中国》（Living China），1936 年初版，中国现代短篇小说英文译作，收录了鲁迅、柔石、郭沫若、茅盾、巴金等 15 位左翼作家的作品及斯诺撰写的《鲁迅评传》等。

7　沈从文：《新与旧》，上海：上海良友图书印刷公司，1936 年。

8　侯桂新：《〈大众文艺丛刊〉与中国现代文学的转折》，《中国现代文学研究丛刊》，2009 年。

9　郭沫若：《斥反动文艺》，香港《大众文艺丛刊》第 1 辑《文艺的新方向》，1948 年 3 月 1 日。

10　茅盾编选：《小说一集》，引自赵家璧主编：《中国新文学大系》第 3 卷，上海：上海良友图书印刷公司，1936 年。

11　柔石：《为奴隶的母亲》，《萌芽》第 1 卷第 3 期，1930 年 3 月 1 日。

12　蒋牧良：《夜工》，上海：文化生活出版社，1946 年。

13　《生人妻》为民国时期短篇小说，作者罗淑。最初发表在 1936 年巴金、靳以主编的《文学月刊》上，1938 年收入上海文艺出版社出版的同名小说集中。

14　原载《北京文学》1998 年第 6 期的《到黑夜我想你没办法：温家窑风景（五题）》，曾被《中华读书报》《亚洲周刊》等评为"2007 年十大好书"，入围 2010 年度美国最佳英译小说奖的复评，并入围 2012 年度诺贝尔文学奖复评。

15　《嫁妆一牛车》曾被《亚洲周刊》评选为"20 世纪中文小说一百强"。

16　最早于 1973 年发表于《中国时报》，后结集成书。见黄春明：《莎哟娜拉·再见》，新北：远景出版事业有限公司，1974 年。

17　[法] 司汤达：《红与黑》，魏裕译，北京：中央编译出版社，2009 年。

18　[美] 玛格丽特·米切尔：《乱世佳人》，陈良廷等译，上海：上海译文出版社，2007 年。

19　《边城》最初于 1934 年 1 月至 4 月在《国闻周报》连载，1934 年 10 月由上海生活书店初版。其后 40 年间，沈从文对《边城》屡有修改。后收入《沈从文文集》第 6 卷，广州花城出版社、香港三联书店 1983 年 1 月版。

20　参见《亚洲周刊》第 13 卷第 24 期（1999 年 6 月），第 36—37 页。

21　《奥赛罗》是英国剧作家莎士比亚的四大悲剧之一，大约创作于 1603 年。

22　《寒夜》最初在《文艺复兴》第 2 卷第 1—6 期（1946 年 8 月—1947 年 1 月）连载，1947 年 3 月由上海晨光出版公司发行单行本。

23　马原：《错误》，最早发表在《收获》1987 年第 1 期。

第十二讲

1　张爱玲：《天才梦》，1939 年西风出版社征文，后收入《张看》。引自《张看》，台北：皇冠文学出版有限公司，1985 年，第 279 页。

2　张爱玲：《倾城之恋》，最早发表在《杂志》第 11 卷第 6—7 期（1943 年 9—10 月），后收入《传奇》。

3　张爱玲：《谈女人》，最早发表在《天地》第 6 期（1944 年 3 月），后收入《流言》。

4　刘绍铭、梁秉钧、许子东主编：《再读张爱玲》（第一场会议的讲评），香港：牛津大学出版社，2001 年，第 60—61 页。

5　曾朴：《孽海花》，上海：上海古籍出版社，1979 年。

6　参见张爱玲：《小团圆》，香港：皇冠文化出版有限公司，2009 年。

7　"那里什么我都看不起，鸦片，教我弟弟作《汉高祖论》的老先生，章回小说，懒洋洋灰扑扑地活下去。像拜火教的波斯人，我把世界强行分作两半，光明与黑暗，善与恶，神与魔。属于我父亲这一边的必定是不好的。"见张爱玲：《私语》，引自《流言》，台北：皇冠文学出版有限公司，1982 年，第 149 页。

8　胡兰成：《今生今世》，新北：远景出版事业有限公司，2004 年。

9　《沉香屑·第一炉香》，最初载于上海《紫罗兰》杂志（1943 年 5 月），后收入《传奇》（上海山河图书公司，1946 年 11 月增订本）。

10　电影《海上花》根据韩邦庆小说《海上花列传》以及张爱玲注译的《海上花开：国语海上花列传》改编而成，1998 年上映。导演：侯孝贤；编剧：朱天文；主演：梁朝伟（饰王莲生）、羽田美智子（饰沈小红）、李嘉欣（饰黄翠凤）、刘嘉玲（饰周双珠）。

11　张爱玲：《倾城之恋》，最初连载于《杂志》第 11 卷第 6—7 期（1943 年 9—10 月），后收入《传奇》。

12　张爱玲：《金锁记》，最初连载于《杂志》第 12 卷第 2 期（1943 年 11—12

月），后收入《传奇》。

13　张爱玲：《红玫瑰与白玫瑰》，最初连载于《杂志》第 13 卷第 2—4 期（1944 年 5—7 月），后收入《传奇》。

14　张爱玲：《留情》，最初刊载于《杂志》第 14 卷 5 期（1945 年 2 月），后收入《传奇》。

15　张爱玲：《茉莉香片》，最初连载于上海《杂志》月刊第 11 卷 4 期（1943 年 7 月），后收入《传奇》。

附录一　当代文学史中的"遗产"与"债务"

1　洪子诚：《中国当代文学史》，北京：北京大学出版社，1999 年，第 4—5 页。

2　许子东编：《香港短篇小说选（1994—1995）》，香港：三联书店，2000 年，第 10 页。

3　杨匡汉、孟繁华主编：《共和国文学 50 年》，北京：中国社会科学出版社，1999 年，第 38—51 页。

4　同上，第 15 页。

5　郑万鹏：《中国当代文学史（1949—1999）》，北京：华夏出版社，2007 年，第 1 页。

6　谢冕：《中国当代文学史（1949—1999）·序》，引自郑万鹏：《中国当代文学史（1949—1999）》，北京：华夏出版社，2007 年，第 1 页。

7　谢冕：《文学的纪念（1949—1999）》，《文学评论》1999 年第 4 期。

8　路文彬：《国家的文学：对于 1949—1976 年中国文学的一种理解》，《文艺争鸣》1999 年第 4 期。

9　[德] 顾彬：《二十世纪中国文学史》，范劲等译，上海：华东师范大学出版社，2008 年，第 253 页。

10　同上。

11　也难免有不赞同的声音，如董健、丁帆、王彬彬就曾不点名地批评："近年来颇为流行的研究倾向，即'历史补缺主义'，用流行话语来表述，就是'制造虚假繁荣'。不管出于什么意图，这都是对历史的歪曲。一种情况是'好心的'，一厢情愿地要使历史'丰富'起来，'多元'起来。既不想承认那些在极"左"路线下被吹得很'红'的作品的文学价值，又不甘心面对被历史之筛过之后文学史的空白，贫乏与单调，便想尽办法，另辟蹊径，多方为历史'补缺'。"引自《中国当代文学史新稿》，北京：人民文学出版社，2005 年，第 5 页。

12　[德] 汉斯·罗伯特·姚斯：《文学史作为向文学理论的挑战》，引自《接受美学与接受理论》，周宁、金元浦译，沈阳：辽宁人民出版社，1987 年，第 26 页。

13　顾彬说《棋王》中的信息同阿多诺 (Theodor Adorno) 的名言"一个在错误中的正确生活是不可能的"完全相悖，这也是对《棋王》的另一解读方式。见 [德] 顾彬：《二十世纪中国文学史》，范劲等译，上海：华东师范大学出版社，2008 年，第 343 页。

14　[德] 顾彬：《二十世纪中国文学史》，范劲等译，上海：华东师范大学出版社，2008 年，第 269 页。

15　引自金元浦：《接受反应文论》，济南：山东教育出版社，1998 年，第 43 页。

16　同上。

17　夏志清：《中国现代小说史》，香港：香港中文大学出版社，2001 年。

18　钱理群、温儒敏、吴福辉：《中国现代文学三十年》，北京：北京大学出版社，1998 年。

19　如中国科学院文学研究所编：《中国文学史》，北京：人民文学出版社，1962 年。全书三卷按朝代划分共七十二章，其中有二十三章以作家或作品为题：《诗经》、屈原、司马迁、陶渊明、《文心雕龙》、李白、杜甫、白居易、苏轼、陆游、辛弃疾、关汉卿、王实甫、白朴和马致远、《三国演义》、《水浒传》、《西游记》、《金瓶梅》、汤显祖、蒲松龄、洪升和孔尚任、吴敬梓、《红楼梦》。

20　孟繁华、程光炜的《中国当代文学发展史》（北京：人民文学出版社，2004 年）有些章节以作家为标题，但也将其视为现象，如"赵树理现象""姚文元现象""贺敬之现象"等。

21　陶东风、和磊：《导论：从精英化到去精英化——新时期文学 30 年扫描》，引自《中国新时期文学 30 年》，北京：中国社会科学出版社，2008 年。

22　同上，第 6 页。

23　同上，第 287 页。

24　同上，第 288 页。

25　同上，第 297 页。

26　同上，第 7 页。

27　同上，第 20 页。

28　同上，第 24 页。

29　王蒙《海的梦》、张贤亮《邢老汉和狗的故事》、张浩《方舟》、铁凝《哦，香雪》、汪曾祺《受戒》、阿城《棋王》、韩少功《爸爸爸》、王安忆《叔叔的故事》……

30　曹万生：《中国现代汉语文学史》（下），北京：中国人民大学出版社，2007 年，第 529 页。

31　多本文学史均提及战争文化之影响，如陈思和《中国当代文学史教程》第三章第一节"战争文化规范与小说创作"。

32　精彩的案例分析如洪子诚《中国当代文学史》第八章第三节"《红岩》的写作

方式"。

33　参见黄子平：《革命·历史·小说》，香港：牛津大学出版社，1996 年。

34　这个讲话在各种当代文学史中没有得到足够的重视，同时期《飞天》《调动》《假如我是真的》等"文革"后首批被批判作品也少有人提及。陈著将沙叶新剧作列入"改革文学"呼唤公仆主题，颇见创意与苦心。

35　陈思和：《中国当代文学史教程·前言》，引自《中国当代文学史教程》，上海：复旦大学出版社，1999 年，第 17 页。

36　[德] 顾彬：《二十世纪中国文学史》，范劲等译，上海：华东师范大学出版社，2008 年，第 8 页。

37　如顾著很注意作协的组织形式，说"中国作家协会成立于 1949 年 6 月"，其实 1949 年 7 月成立的是中华全国文学工作者协会，1953 年 9 月才改名中国作家协会，与全国文联平级。

38　如谈到张贤亮是某小说中的情人原型："这种说法反倒令人生疑：像张贤亮这样对女性怀有荒唐想象的作家难道真有令人刮目相看的一面？"见 [德] 顾彬：《二十世纪中国文学史》，范劲等译，上海：华东师范大学出版社，2008 年，第 322 页。

39　[德] 顾彬：《二十世纪中国文学史》，范劲等译，上海：华东师范大学出版社，2008 年，第 314 页。

40　同上，第 337 页。

41　洪子诚：《中国当代文学概说》，香港：青文书屋，1997 年，第 26 页。在 2007 年北京大学版《中国当代文学史》的修订版第 25 章中，洪子诚对 90 年代的稿酬版税问题也有论述。

附录二　现代文学批评的不同类型

1　郭沫若：《论郁达夫》，《人物杂志》1946 年 9 月第 3 期。收入郭沫若：《沫若文集》第 12 卷，北京：人民文学出版社，1957 年。

2　钱杏邨：《死去了的阿 Q 时代》，《太阳月刊》1928 年 3 月号。收入钱杏邨：《现代中国文学作家》，上海：泰东图书局，1928 年。

3　"鲁迅先生的时代性和阶级性，就此完全决定了。他是资本主义以前的一个封建余孽。资本主义对于社会主义是反革命，封建余孽对社会主义是二重反革命。鲁迅是二重的反革命人物。以前说鲁迅是新旧过渡期的游移分子，说他是人道主义者，这是完全错了，他是一位不得志的 Fascist（法西斯谛）！"杜荃：《文艺战线上的封建余孽》，《创造月刊》1928 年 8 月 10 日第 2 卷第 1 期。收入《中国现代文学史参考资料·文学运动史料选》第 2 卷，上海：上海教育出版社，1979 年，第 126 页。

4　中国社会科学院近代史研究所编：《胡适来往书信选》，北京：社会科学文献出版社，1979 年，第 329 页。

5　同上，第 339 页。

6　陈西滢推举的"新文学运动以来的十部著作"包括：胡适的《胡适文存》、吴稚晖的《一个新信仰的宇宙观与人生观》、顾颉刚的《古史辨》、郁达夫的小说《沉沦》、鲁迅的小说集《呐喊》、郭沫若的诗集《女神》、徐志摩的《志摩的诗》、西林的戏剧《一只马蜂》、杨振声的长篇小说《玉君》以及冰心的小说集《超人》。

7　转引自阎晶明：《陈西滢评鲁迅作品》，《齐鲁晚报》，2005 年 7 月 29 日。

8　同上。

9　周作人：《"沉沦"》，《晨报副镌》，1922 年 3 月 26 日，署名仲密。

10　同上。

11　茅盾：《茅盾回忆录》（上），北京：华文出版社，1997 年。

12　"大概是在 1929 年 11 月间，李立三同志到芝罘路秘密机关来找我，把中央的这些意思告诉我：一是文化工作者需要团结一致，共同对敌，自己内部不应该争吵不休；二是我们有的同志攻击鲁迅是不对的，要尊重鲁迅，团结在鲁迅旗帜下；三是要团结左翼文艺界、文化界的同志，准备成立革命的群众组织。李立三同志要我和鲁迅先生联系，征求他的意见。"吴黎平（时任中共中央宣传部文化工作委员会委员）：《长念文苑战旗红》，引自朱正：《鲁迅传》，香港：三联书店，2008 年，第 251 页。

13　周健强：《夏衍谈"左联"后期》，《新文学史料》1991 年第 4 期，北京：人民文学出版社，第 131—132 页。

14　冯雪峰：《关于李立三约鲁迅谈话的经过》，引自朱正：《鲁迅传》，香港：三联书店，2008 年，第 265 页。

15　萧军：《延安日记》（上卷），香港：牛津大学出版社，2013 年。

16　高华：《红太阳是怎样升起的》，香港：中文大学出版社，2011 年，第 313—364 页。

17　萧军日记从他自己的角度记录了会议开幕当天的情况和他的发言及心情："由毛泽东报告了边区现在危险的政治环境，国际的环境，接着他提出了六个文艺问题，我第一个起立发言，约 40 分钟。对于每一个问题，我给了自己的说明，同时也阐明了政治，军事，文化应该如何彼此接近和理解。六个问题是：一立场。二态度。三对象。四材料（写什么）。五如何收集材料（和各方接近）。六学习。我补充的问题：一作家与外界的关系。二作家对内界的关系。三作家对自己姐妹行艺术的关系。四作家对作家——A 革命的，B 非革命的，C 自由主义的。我的讲话和平时一般，引起普遍注意凝神和欢腾。我的精神和言语始终是控制着他们。缺点：A 语调欠柔和抑扬，B 有的地方罗嗦，C 急快，D 显得才情焕发，E 欠含蓄，F 强制人。大致是好的。之后我更要洗炼它，使它单纯、精彩而有力。"见萧军：《延安日记》（上卷），香港：牛津大学出版社，2013 年，第 456 页。

18　郭沫若：《斥反动文艺》，香港《大众文艺丛刊》1948 年 3 月第 1 辑，第 19—22 页。

19　鲁迅批判梁实秋的文章，原载《萌芽》1930 年 5 月 1 日，后收入《二心集》。据冯雪峰回忆："当鲁迅先生写好这篇杂文交给我编进《萌芽》月刊的时候，他自己高兴得笑起来说：'你看，比起乃超来，我真要刻薄得多了。'"这个对话再现了鲁迅当年与组织内同人协同笔战的历史场景（但不久前冯乃超刚批过鲁迅）。引自朱正：《鲁迅传》，香港：三联书店，2008 年，第 275 页。

20　鲁迅讽刺《现代》杂志主编施蛰存用语。见鲁迅：《扑空》，《申报·自由谈》，1933 年 10 月 23 日—24 日，署名丰之余。收入鲁迅：《准风月谈》，北京：人民文学出版社，1995 年，第 170 页。

21　见冯雪峰为鲁迅起草的《答徐懋庸并关于抗日统一战线问题》，上海《作家》月刊 1936 年 8 月号。

22　洪子诚的《中国当代文学概说》（香港：青文书屋，1997 年，第二章注释 7）首先注意到这个稿费版税制度的变化及其文学史意义。但在该书的扩充版，成为大学教材的北京大学出版社出版的《中国当代文学史》中，却删去了相关研究。

23　最近还有一招："下架"（如冯唐译泰戈尔《飞鸟集》及其他一些人文书籍），但弄不清是当年批判传统的回潮，还是"与时俱进"的炒作新法。

附录三　架空穿越：第三种虚构历史的文学方法

1　马振方：《历史小说三论》，《北京大学学报》（哲学社会科学版）2004 年第 41 卷第 4 期。

2　[日]菊池宽：《历史小说论》，引自《文学创作讲座》第 1 卷，上海：上海光华书局，1931 年。

3　郁达夫：《历史小说论》，引自《郁达夫文集》第 5 卷，广州：花城出版社、生活·读书·新知三联书店香港分店，1982 年。

4　许道军、葛红兵：《叙事模式·价值取向·历史传承："架空历史小说"研究论纲》，《社会科学》2009 年第 3 期。

5　吴趼人：《痛史》，引自《中国近代小说大系》，南昌：江西人民出版社，1988 年，第 22 页。

6　阿英：《晚清小说史》，北京：人民文学出版社，1980 年，第 177 页。

7　王晓明：《面对新的文学生产机制》，《文艺理论研究》2003 年第 2 期。

8　徐向春：《中国当代历史小说发展概观》，《四川理工学院学报》（社会科学版）

2010 年第 5 期。

9 鲁迅：《中国小说史略》，上海：上海古籍出版社，2019 年。

10 《北京晚报》，2015 年 10 月 20 日。

11 海宴：《琅琊榜》（上），成都：四川文艺出版社，2014 年，第 203—204 页。

附录六 《白鹿原》中的神权、族权与政权

1 民间已有所谓"当代四大名著"一说，包括《平凡的世界》《白鹿原》《活着》
《废都》四部小说。见"天地史话"公众号《当代四大名著》一文，2020 年
11 月 30 日，http://www.360doc.cn/mip/948728400.html。如果从明代"四大
奇书"的传统看，《白鹿原》确是逐鹿中原的历史演义；表现农民和政府关系
的有《平凡的世界》或《红高粱》或《活着》；世俗世情小说可以《废都》或
《长恨歌》为代表；神魔科幻类只有《三体》传承。当然，在现阶段，这些说
法都还缺乏严格的学术意义或民意统计基础。

2 毛泽东：《湖南农民运动考察报告》，引自《毛泽东选集》第 1 卷，北京：人
民出版社，1991 年，第 31 页。

3 陈忠实：《白鹿原》，北京：人民文学出版社，1993 年，第 87 页。

4 同上，第 1 页。

5 同上，第 60 页。

6 同上，第 77 页。

7 黄子平：《命运三重奏：〈家〉与"家"与"家中人"》，引自巴金：《巴金小说
全集》第 4 卷，台北：远流出版公司，1993 年，第 1—9 页。

中国现代文学作家系年（本书部分）

	1880	1890	1900	1910	1920	1930	1940	1950	1960	1970	1980	1990	2000

胡　适	1891 ———————————————— 1962
鲁　迅	1881 ———————— 1936
周作人	1885 ———————————————— 1967
郁达夫	1896 ———————— 1945
冰　心	1900 —————————————————————— 1999
凌叔华	1900 ————————————————————— 1990
丁　玲	1904 ——————————————— 1986
郭沫若	1892 —————————————————— 1978
戴望舒	1905 ———————— 1950
闻一多	1899 ———————— 1946
卞之琳	1910 —————————————————— 2000
梁遇春	1906 ——— 1932
茅　盾	1896 —————————————————— 1981
田　汉	1898 ————————————— 1968
曹　禺	1910 —————————————————— 1996
老　舍	1899 ————————————— 1966
巴　金	1904 ——————————————————————— 2005
沈从文	1902 ————————————————— 1988
萧　红	1911 ——— 1942
张爱玲	1920 ————————————————— 1995
钱锺书	1910 ———————————————————— 1998

图书在版编目(CIP)数据

许子东现代文学课 / 许子东著 . -- 增订本 .
北京：九州出版社，2025. 5. -- ISBN 978-7-5225
-3904-1

Ⅰ . I209.6

中国国家版本馆 CIP 数据核字第 20250PF145 号

许子东现代文学课（增订本）

作　　者　许子东 著
责任编辑　周　春
出版发行　九州出版社
地　　址　北京市西城区阜外大街甲35号（100037）
发行电话　（010）68992190/3/5/6
网　　址　www.jiuzhoupress.com
印　　刷　山东临沂新华印刷物流集团有限责任公司
开　　本　965毫米×635毫米　16开
印　　张　35.75
字　　数　448千
版　　次　2025年5月第1版
印　　次　2025年5月第1次印刷
书　　号　ISBN 978-7-5225-3904-1
定　　价　129.00元